W0350921

HET GELUID VAN DE NACHT

María Dueñas

HET GELUID VAN DE NACHT

Zevende druk

WERELDBIBLIOTHEEK · AMSTERDAM

Uit het Spaans vertaald door Jacqueline Visscher

Eerste druk april 2012
Tweede druk april 2012
Derde druk mei 2012
Vierde druk mei 2012
Vijfde druk juni 2012
Zesde druk augustus 2012
Zevende druk september 2012

Omslagontwerp Karin van der Meer

Oorspronkelijke titel *El tiempo entre costuras*

Spuistraat 283 · 1012 VR Amsterdam

www.wereldbibliotheek.nl

ISBN 978 90 284 2455 5
e-book 978 90 284 4016 6

Voor mijn moeder, Ana Vinuesa

Voor de families Vinuesa Lope en Álvarez Moreno,
vanwege hun jaren in Tétouan en de nostalgie
waarmee ze zich deze altijd hebben herinnerd

Voor alle oud-inwoners van het Spaanse Protectoraat in Marokko
en de Marokkanen met wie ze samenleefden

DEEL EEN

1

Een schrijfmachine brak mijn levenslot open. Het was een Hispano-Olivetti en wekenlang vormde een etalageruit de scheiding tussen ons. Vanaf nu bezien, vanaf de balustrade van de verstreken jaren, is het bijna onvoorstelbaar dat een simpel mechanisch voorwerp het vermogen had de loop van een leven te veranderen en in een paar dagen alle uitgestippelde plannen uiteen kon laten spatten. Maar zo was het, en ik kon het gewoon niet voorkomen.

In feite waren het geen grootse plannen die ik destijds koesterde. Het ging om voor de hand liggende, bijna huiselijke verlangens, in overeenstemming met de coördinaten van de plaats en de tijd waarin ik leefde – een toekomst die binnen mijn bereik lag als ik mijn vingers een beetje uitstrekte. In die dagen draaide mijn wereld traag rond een paar figuren van wie ik dacht dat ze vast en onvergankelijk waren. Mijn moeder was altijd de meest solide van hen geweest. Ze was naaister en werkte als gezel in een atelier met een voorname cliëntèle. Ze was heel ervaren, maar toch was ze altijd een eenvoudige naaister in loondienst gebleven, een arbeidster als vele andere vrouwen die tien uur per dag hun nagels en ogen sleten met knippen en naaien, met passen en corrigeren van kledingstukken bestemd voor andermans lichaam en voor blikken zoals die maar zelden op haar vielen. Over mijn vader wist ik destijds maar weinig. Bijna niets. Hij was er nooit geweest en zijn afwezigheid deed me ook niets. Ik was nooit bijzonder nieuwsgierig naar hem geweest, maar op mijn achtste of negende gaf mijn moeder me voorzichtig een paar kruimeltjes informatie. Dat hij een ander gezin had, dat hij niet bij ons kon wonen. Ik werkte die gegevens even haastig en met evenveel tegenzin naar binnen als de laatste lepels van de schrale kikkererwtensoep met kabeljauw die voor me stond: ik popelde om buiten op het plein te gaan spelen en het leven van die vreemde interesseerde me echt niet.

Ik ben geboren in 1911, in hetzelfde jaar dat onze flamencoster Pastora Imperio trouwde met El Gallo, de stierenvechter; het jaar dat in

Mexico Jorge Negrete het levenslicht zag en in Europa de schittering doofde van een tijd die de belle époque werd genoemd. In de verte werd het geroffel al hoorbaar van wat de Grote Oorlog zou worden en in de Madrileense cafés werden destijds *El Debate* en *El Heraldo* gelezen, terwijl op de podia La Chelito de mannen het hoofd op hol bracht door schaamteloos op het ritme van haar ondeugende liedjes te heupwiegen. Koning Alfons XIII kreeg het in dat jaar voor elkaar om tussen zijn minnaressen door zijn vijfde wettige dochter te verwekken. Aan het hoofd van zijn regering stond intussen de liberaal Canalejas, die niet kon bevroeden dat een fanatieke anarchist nog geen jaar later een einde aan zijn leven zou maken door hem twee keer in het hoofd te schieten toen hij voor de etalage van boekhandel San Martín de nieuwste uitgaven stond te bekijken.

Ik groeide op in een tamelijk gelukkige omgeving, weliswaar met meer schaarste dan overvloed, maar zonder grote tekorten of frustraties. Ik werd grootgebracht in een smalle straat van een onvervalste Madrileense volksbuurt, bij de plaza de la Paja, vlak bij het Palacio Real. Op een steenworp afstand van het altijd levendige hart van de stad, in een sfeer van was die te drogen hing, de geur van loog, kakelende buurvrouwen en lome katten in het zonnetje. De lagere school volgde ik in een buurtlokaaltje: we zaten met z'n vieren in bankjes voor twee, met alle leeftijden bij elkaar, om al duwend luidkeels Espronceda's gedicht 'Het piratenlied' en de tafels op te zeggen. Daar leerde ik lezen en schrijven, rekenen en de namen van de rivieren die op de vergeelde landkaart aan de muur liepen. Op mijn twaalfde was het afgelopen met school en kwam ik als leermeisje in dienst bij het atelier waar mijn moeder werkte. Mijn vanzelfsprekende lot.

Uit de zaak van doña Manuela Godina, de eigenares, kwamen al tientallen jaren de prachtigste kledingstukken, voortreffelijk gesneden en vervaardigd, befaamd in heel Madrid. Kleding voor overdag, cocktailjaponnen, mantels en capes waarmee dames van aanzien zouden pronken tijdens hun wandelingen in de Castellana, op de hippodroom en de poloclub Puerta de Hierro, wanneer ze gingen theedrinken in Sakuska en wanneer ze hun luisterrijke kerken bezochten. Niettemin verstreek er enige tijd voor ik werd ingewijd in de geheimen van het naaien. Eerst was ik het meisje voor alles in het atelier: degene die het vuur opporde en de snippers opveegde, degene die de strijkijzers op de kachel verwarmde en buiten adem garen en knopen op de plaza de Pontejos kocht. Het meisje dat de gereedgekomen kleding in grote bruinlinnen hoezen naar voorname woningen moest brengen: mijn lievelingstaak, het plezierigste karweitje van mijn beginnende carrière. Zo leerde ik de portiers en chauffeurs van de mooiste kapitale panden kennen, de dienstmeisjes, huishoudsters en butlers van de rijkste families. Vrijwel zonder zelf gezien te worden sloeg ik de piekfijne dames, hun dochters en echtgenoten gade. En als een stille getuige ging ik hun deftige huizen binnen, aristocratische paleisjes en weelderige woningen in statige, karakteristieke gebouwen. Soms kwam ik niet verder dan de dienstvertrekken en nam iemand van het huispersoneel het pak dat ik kwam brengen in ontvangst; andere keren spoorden ze me aan naar de kleedkamers te gaan en dan liep ik door de gangen, wierp heimelijk een blik in de salons en verslond met mijn ogen de tapijten, kroonluchters, fluwelen gordijnen en vleugelpiano's, waar soms wel en soms ook niet iemand op speelde, terwijl ik bedacht hoe vreemd het leven in een dergelijk universum moest zijn.

Mijn dagen vergleden vredig in die twee werelden; ik was me niet echt bewust van de verschillen die tussen beide bestonden. Ik liep net zo makkelijk door de brede lanen met rijtuigen en grote toegangspoorten als door mijn eigen buurt met haar waanzinnige netwerk van kronkelige straatjes, altijd vol plassen, afval, geschreeuw van straatventers en schel geblaf van hongerige honden; straten waarin de mensen altijd gehaast voortgingen en waar je je bij de schreeuw 'Water!' maar beter uit de voeten kon maken om niet onder de urinespetters te komen zitten. Ambachtslieden, kleine winkeliers, bedienden en onlangs in de hoofdstad aangekomen dagloners vulden de huurwoningen en gaven mijn buurt haar volksziel. Velen van hen kwamen de wijk praktisch niet uit, tenzij ze ertoe gedwongen waren; mijn moeder en ik gingen daarentegen elke morgen al vroeg op pad en spoedden ons naar de calle Zurbano om daar onze dagelijkse werkzaamheden in het atelier van doña Manuela ter hand te nemen.

Een paar jaar na mijn indiensttreding vonden beide vrouwen dat het tijd werd dat ik leerde naaien. Op mijn veertiende begon ik met het allereenvoudigste: doorslaan, rijgen, lusjes maken. Daarna volgden stikken, zomen en knoopsgaten maken. We zaten op lage rieten stoelen te werken, gebogen over een houten blad op onze schoot waarop het werk rustte. Doña Manuela ontving de cliënten, ze knipte, deed de pasbeurten en het corrigeerwerk. Mijn moeder nam de maten op en zorgde voor de rest; zelf deed ze het moeilijkste naaiwerk en ze verdeelde de andere taken, hield toezicht op de uitvoering ervan en dwong tempo en discipline af aan een klein bataljon arbeidsters, dat bestond uit een half dozijn oudere naaisters, vier of vijf jonge vrouwen en een stel babbelzieke leermeisjes die altijd meer zin hadden in grappen en grollen dan om hard te werken. Sommigen slaagden erin goede naaisters te worden, anderen hadden die capaciteiten niet en waren gedoemd eeuwig de vervelendste klusjes te doen. Ging er een weg, dan nam een ander meteen haar plaats in die rommelige ruimte in, zo volstrekt verschillend van de serene kapitale gevel en de ingetogen lichte salon waar alleen de cliënten mochten komen. Doña Manuela en mijn moeder waren de enigen die van de met saffraankleur beklede muren konden genieten, de enigen die de mahonie meubels mochten gebruiken en over de eiken vloer liepen die wij, de jongste meisjes, met katoenen lappen glimmend opwreven. Alleen zij vingen zo nu en dan de zonnestralen op die door de hoge deurramen van de vier balkons aan de straatzijde binnenvielen. Wij, de rest van de groep, bleven altijd aan de achterkant, in dat vrouwenverblijf waar het 's winters ijskoud en 's zomers bloedheet was, onze werkplaats dus, een sombere achterruimte met slechts twee kleine raampjes die uitkeken op een donkere binnenplaats, en waarin de uren als zuchtjes wind vergleden onder het geneurie van copla's en het geluid van bezige scharen.

Ik leerde vlot. Ik had behendige vingers, die er al snel aan wenden om de naald vast te houden en de stoffen te voelen. Aan afmetingen, delen en vormen. Lengte van hals tot taille, borstomvang, beenlengte. Armsgat, mouwafwerking, biais. Op mijn zestiende leerde ik stoffen te onderscheiden, op mijn zeventiende de kwaliteit en de mogelijkheden ervan te zien. Crêpe de Chine, zijden mousseline, georgette, chantillykant. Als in een tredmolen gingen de jaren voorbij: in de herfst maakten we mantels van goede stoffen en mantelpakjes voor het naseizoen, in de lente luchtige japonnen voor lange, ver van ons af staande vakanties aan de Cantabrische kust, het strand La Concha in San Sebastián en El Sardinero in Santander. Ik werd achttien, negentien. Stilaan werd ik ingewijd in het snijden van de stof en het vervaardigen van de moeilijkste delen. Ik leerde kragen en revers aanzetten, op voorhand zien hoe een kledingstuk viel en afgewerkt moest worden. Ik hield van mijn werk, genoot ervan. Soms vroegen doña Manuela en mijn moeder me mijn mening; ze begonnen vertrouwen in me te krijgen. 'Het meisje heeft het in de vingers en ze heeft er oog voor, Dolores,' merkte doña Manuela eens op. 'Ze is goed, en zal nog beter worden als ze ons niet ontglipt. Voor je het weet is ze beter dan jij.' En mijn moeder ging gewoon door met haar bezigheden, alsof ze haar niet had gehoord. Ik sloeg evenmin mijn ogen van mijn werk op en deed alsof ik niet geluisterd had. Maar steels keek ik even naar haar en zag toen dat er een flauw glimlachje om haar mond vol spelden speelde.

De jaren verstreken, het leven verstreek. De mode veranderde en het werk in het atelier schikte zich naar wat ze dicteerde. Na de Grote Oorlog kwamen de rechte lijnen in zwang, werden korsetten in de ban gedaan en liet men zonder een spoor van schaamte de benen zien. Maar toen de gelukkige jaren twintig ten einde liepen, keerde de taille van de japonnen terug op haar natuurlijke plek, werden de rokken weer langer en de wensen, mouwen en decolletés weer decent. We gingen een nieuw decennium in en er volgden meer veranderingen. Allemaal tegelijk, plotseling, bijna als een lawine. Ik werd twintig, de Republiek werd uitgeroepen en ik leerde Ignacio kennen. Op een septemberzondag in het Bombillapark, tijdens een gezellig dansfeest met veel naaimeisjes, eeuwige studenten en soldaten met verlof. Hij vroeg me ten dans, maakte me aan het lachen. Na twee weken hadden we het over trouwen.

Wie was Ignacio, wat betekende hij voor me? De man van mijn leven, dacht ik destijds. De rustige jongen in wie ik een goede vader voor mijn kinderen zag. Ik had inmiddels de leeftijd bereikt dat voor eenvoudige meisjes als ik maar weinig andere mogelijkheden overbleven dan het huwelijk. Het voorbeeld van mijn moeder, die me in haar eentje had grootgebracht en daarvoor van zonsopgang tot zonsondergang moest werken, had me nooit aangetrokken. En in Ignacio zag ik de ideale kandidaat om niet in haar voetsporen te treden: iemand met wie ik de rest van mijn volwassen leven kon delen zonder 's ochtends wakker te moeten worden met de smaak van eenzaamheid in mijn mond. Het was geen overstelpende passie die me naar hem voerde, maar wel een intense genegenheid en de zekerheid dat mijn dagen aan zijn zijde zonder grote zorgen of uitschieters zouden verstrijken, met de weldadige zachtheid van een kussen.

Ignacio Montes, zo geloofde ik, was de bezitter van de arm waaraan ik me tijdens talloze wandelingen zou vasthouden, de naaste bij wie ik me voor altijd veilig en geborgen zou voelen. Twee jaar ouder dan ik, mager, hartelijk, even meegaand als lief. Hij had een goed postuur en weinig vlees, beschaafde manieren en een hart waarvan het vermogen me lief te hebben met het uur leek te verdubbelen. Zoon van een Castiliaanse weduwe met haar welgetelde spaarcentjes onder de matras, met tussenpozen bewoner van armzalige pensions, hoopvolle aspirant voor een overheidsambt en eeuwige kandidaat bij alle ministeries die hem een levenslang loon konden beloven. Oorlog, Binnenlandse Zaken, Financiën. De droom van drieduizend peseta per jaar, tweehonderdeenenveertig per maand: voor altijd een vast salaris om in ruil daarvoor de rest van zijn dagen te slijten in die gezapige wereld van departementen en secretariaten, van vloeibladen, geschept papier, zegels en inktpotten. Daarop bouwden we onze toekomst: op het kabbelende bestaan in een bureaucratie, die sollicitatie na sollicitatie halsstarrig weigerde mijn Ignacio op haar loonlijst in te lijven. En hij bleef onverdroten volharden. In februari bij Justitie en in juni bij Landbouw, en weer van voren af aan.

Ignacio, die zich geen duur vermaak kon veroorloven, maar wel tot alles bereid was om me gelukkig te maken, onthaalde me intussen op de bescheiden attenties die zijn noodlijdende portemonnee hem toestond: een kartonnen doosje met zijderupsen op moerbeibladeren, tuitzakjes met gepofte kastanjes en beloften van eeuwige liefde op het gras onder het viaduct. Samen luisterden we naar concerten in de muziekkoepel van het Parque del Oeste en samen gingen we op zonnige zondagen roeien in de bootjes van het Retiro. Er was geen volksfeest met zwierende schommels en draaiorgel waar we niet heen gingen, en geen *chotis* die we niet met de precisie van een uurwerk dansten. Al die namiddagen die we doorbrachten in het Parque de Vistillas, al die films die we voor een-vijftig zagen in de buurtbioscopen! Een verfrissing als een Valenciaanse *horchata* was voor ons een luxe, een taxi een luchtspiegeling. Het was waar dat Ignacio's warmte niet veel mocht kosten, maar die was wel grenzeloos. Ik was zijn hemel en sterren, de mooiste, de beste. Mijn haar, mijn gezicht, mijn ogen. Mijn handen, mijn mond, mijn stem. Alles aan me was onovertroffen; ik was de bron van zijn vreugde. En ik hoorde hem aan, zei 'gekkie' tegen hem en liet me liefhebben.

Het leven in het atelier sloeg in die tijd echter een andere maat. Het werd moeilijk, onzeker. De Tweede Republiek had veel beroering teweeggebracht in de comfortabele, voorspoedige wereld van onze cliënten. Madrid kookte en stuiptrekte, de politieke spanningen drongen in alle hoeken door. Gegoede families rekten hun zomerse verblijf in het noorden eindeloos en bleven maar liever ver van de onrustige, opstandige hoofdstad waar op de pleinen luidkeels de *Mundo Obrero* werd aangeprezen, terwijl het behoeftige proletariaat uit de periferie onverschrokken oprukte naar de Puerta del Sol. Op straat begonnen particuliere grote auto's schaars te worden, de feesten van de rijken namen af. In rouw gehulde oude vrouwen baden novenen opdat president Azaña maar spoedig mocht vallen, en op het uur dat de gaslantaarns werden aangestoken was het geluid van schoten dagelijkse kost geworden. De anarchisten staken kerken in brand, de falangisten trokken snoevend hun pistool. Steeds vaker bedekten aristocraten en gegoede burgers hun meubels met lakens, ontsloegen het personeel, vergrendelden de luiken en vertrokken haastig naar het buitenland, waarbij ze volop juwelen, angsten en bankbiljetten de grens overbrachten, en hunkerden naar de koning in ballingschap en een gedwee Spanje, maar dat zou nog lange tijd op zich laten wachten.

En naar het atelier van doña Manuela kwamen steeds minder dames, er volgden minder opdrachten en er was minder werk. Druppelsgewijs en met pijn in het hart werden eerst de leermeisjes en vervolgens de andere naaisters weggezonden, tot uiteindelijk alleen de eigenares, mijn moeder en ik over waren. En toen we de laatste japon van markiezin de Entrelagos af hadden en we de daaropvolgende zes dagen met de handen in de schoot naar de radio zaten te luisteren zonder dat er iemand aanbelde, verkondigde doña Manuela zuchtend dat haar niets anders overbleef dan de zaak sluiten.

In die roerige tijden dat het heftige politieke gekrakeel de stalles in de theaters deed trillen en regeringen maar heel kort standhielden, kregen wij echter amper de kans om te treuren over ons verlies. Drie weken na de aankondiging van ons gedwongen nietsdoen verscheen Ignacio met een bos viooltjes en het bericht dat hij eindelijk een plekje had veroverd. De plannen voor onze bescheiden bruiloft dichtten het ongewisse en in huiselijke kring bespraken we de naderende gebeurtenis. Hoewel de Republiek nieuwe winden had meegevoerd waarin het vaandel van het burgerlijk huwelijk genoegzaam wapperde, drong mijn moeder, in wier ziel ongehinderd en vreedzaam het alleenstaand ouderschap, een ijzeren katholieke geest en een nostalgische loyaliteit aan de afgeschafte monarchie samenleefden, erop aan dat we in de naburige San Andréskerk zouden trouwen. Ignacio en ik gaven toe; hoe hadden we ook kunnen protesteren zonder de hiërarchie te verstoren waarin hij al mijn wensen vervulde en ik die van mijn moeder zonder enige tegenspraak respecteerde? Bovendien had ik geen goede reden om te weigeren: ik koesterde geen bijzondere verwachtingen wat de plechtigheid betrof, een altaar met een priester in soutane of een kamer met een driekleurige vlag was me om het even.

We besloten dus dat we de datum zouden afspreken met dezelfde pastoor die me vierentwintig jaar eerder, op 8 juni en volgens de heiligenkalender, de naam Sira had gegeven. Sabiniana, Victorina, Gaudencia, Heraclia of Fortunata had het volgens de heiligen van die dag evengoed kunnen worden.

'Sira, vader, doe maar gewoon Sira, want dat is tenminste kort.' Zo besloot mijn moeder in haar alleenstaand ouderschap. En Sira werd het.

We zouden de bruiloft met onze familie en een paar vrienden vieren. Met mijn opa zonder benen en zonder verstand, lichamelijk en geestelijk verminkt in de oorlog op de Filippijnen, een permanente, stille gedaante in zijn schommelstoel bij het balkon van onze eetkamer. Met Ignacio's moeder en zussen, die van buiten de stad zouden overkomen. Met onze buren van de deur tegenover, Engracia en Norberto en hun drie kinderen, socialisten en dierbaren die ons zo na stonden dat het was alsof hetzelfde bloed ons via de overloop verbond. Met doña Manuela, die de draad weer zou oppakken om me haar laatste kunstwerk in de vorm van een bruidsjapon cadeau te doen. We zouden onze gasten onthalen op schuimgebak, wijn uit Malaga en vermout; misschien konden we een muzikant uit de buurt laten komen om een paso doble te spelen, en we zouden een straatfotograaf een portret van ons laten maken dat onze woning zou sieren, een woning die we nog niet hadden en die voorlopig mijn moeders huis zou zijn.

Het was toen, midden in dat drukke gedoe en geregel, dat bij Ignacio het idee opkwam dat ik me moest gaan voorbereiden op vergelijkende examens om net als hij ambtenaar te worden. Zijn gloednieuwe plek op een ambtelijke afdeling had hem de ogen geopend voor een nieuwe wereld: die van de overheid onder de Republiek, een omgeving waarin zich voor vrouwen beroepen aftekenden die verdergingen dan het fornuis, de wastobbe en ander huishoudelijk werk; een wereld waarin het vrouwelijke geslacht schouder aan schouder met de man vooruit kon komen, onder gelijke voorwaarden en met hun dromen op dezelfde doelen gericht. Inmiddels hadden de eerste vrouwen als afgevaardigden in het parlement plaatsgenomen, was voor het openbare leven gelijkheid van sekse afgekondigd, waren we rechtsbevoegd, stem- en arbeidsgerechtigd verklaard. En toch was ik duizendmaal liever weer gaan naaien, al had Ignacio niet meer dan drie middagen nodig om me te overtuigen. De oude wereld van stoffen en stiksteken was ingestort en een nieuw universum opende zijn poorten voor ons: daar moest je je naar plooien. Ignacio zelf zou zich met mijn voorbereiding kunnen bezighouden; hij had alle lijsten met onderwerpen en vragen, en hij beschikte over een ruime ervaring in de kunst van het talloze malen meedoen en afgewezen worden, zonder ooit de moed te verliezen. Van mijn kant zou ik me er dan goed van bewust moeten zijn dat ik mijn schouders eronder moest zetten om de kleine groep die we vanaf de bruiloft zouden vormen – wij tweeën met mijn moeder, mijn grootvader en ons toekomstige kroost – draaiende te houden. Ik gaf dus toe.

Eenmaal zover ontbrak het ons nog aan één ding: een schrijfmachine waarop ik kon leren typen en me kon voorbereiden op het onontkoombare examen machineschrijven. Ignacio had jarenlang geoefend op andermans machines in naargeestige instituten waar het naar vet, inkt en geconcentreerd zweet rook; het was een martelgang geweest en hij wilde niet dat ik diezelfde weg moest bewandelen, vandaar zijn ijver om ons eigen apparaat te bemachtigen. Daaraan wijdden we ons de daaropvolgende weken, alsof het om de belangrijkste investering van ons leven ging.

We bestudeerden alle mogelijkheden en maakten eindeloos berekeningen. Van de prestaties begreep ik niets, maar ik meende dat een klein en licht model het best voor ons zou zijn. Voor Ignacio deed het formaat er niet toe; hij beet zich daarentegen vast in prijzen, betalingstermijnen en het mechanisme. We lokaliseerden alle verkooppunten in Madrid, brachten uren voor etalages door en leerden buitenlandse namen uitspreken die verre gebieden en filmacteurs opriepen: Remington, Royal, Underwood. We hadden evengoed voor het ene als voor het andere merk kunnen kiezen; voor hetzelfde geld hadden we bij een Amerikaanse of een Duitse firma gekocht, maar de uitverkorene was uiteindelijk de Italiaanse zaak Hispano-Olivetti in de calle Pi y Margall. Hoe hadden we ooit kunnen bevroeden dat we met die zo simpele daad, door twee of drie stappen te doen en een drempel over te gaan, het doodsvonnis voor onze toekomst samen tekenden en ons levenspad een onherroepelijke wending gaven.

2

'Ik ga niet met Ignacio trouwen, mam.'

Ze was net een draad in de naald aan het steken en bevroor onder mijn woorden, het garen tussen twee vingers geklemd.

'Wat zeg je nou toch, meisje,' mompelde ze. Haar stem klonk schor, vol onzekerheid en ongeloof.

'Dat ik hem verlaat. Ik ben verliefd geworden op een ander.'

Ze las me fel de les met de overtuigendste verwijten die ze maar kon bedenken, ze riep de hemel aan en smeekte om tussenkomst van het hele koor heiligen, en met tientallen argumenten probeerde ze me over te halen mijn beslissing terug te draaien. Toen ze doorkreeg dat dat alles geen effect had, ging ze in de schommelstoel zitten, het tweelingbroertje van mijn opa's stoel, sloeg haar handen voor haar gezicht en begon te huilen.

Ik verdroeg het moment ogenschijnlijk flink, probeerde mijn nervositeit te verbergen achter mijn stellige woorden. Ik was bang voor mijn moeders reactie: Ignacio was voor haar de zoon die ze nooit gekregen had, de aanwezigheid die de mannelijke leegte in ons kleine gezin verdrong. Ze konden het samen goed vinden, begrepen elkaar. Mijn moeder maakte eten dat hij lekker vond, ze poetste zijn schoenen en keerde zijn jasjes wanneer ze door de tand des tijds begonnen te slijten. Van zijn kant maakte hij haar galant complimentjes wanneer ze zich had opgedoft voor de zondagse mis, bracht hij snoeperijtjes voor haar mee, en half voor de grap, half serieus zei hij soms tegen haar dat ze knapper was dan ik.

Ik was me ervan bewust dat ik met mijn overmoed ons hele comfortabele familieleven te gronde zou richten; ik wist dat ik de steigers van meer levens dan alleen het mijne omver zou werpen, maar ik kon het niet helpen. En mijn besluit stond vast, rotsvast: er zouden geen bruiloft en vergelijkende examens komen, ik zou niet leren typen aan onze tafel thuis, en met Ignacio zou ik nooit kinderen, bed of pleziertjes delen. Ik zou hem verlaten, en zelfs de krachtigste storm kon mijn besluit niet doen wankelen.

De zaak Hispano-Olivetti had twee grote etalages waarin de producten met trotse pracht aan de voorbijgangers werden getoond. Daartussenin bevond zich een beglaasde deur met overdwars een blinkende bronzen beugelstang. Ignacio duwde ertegenaan en we gingen naar binnen. Een klingelend belletje kondigde onze komst aan, maar er verscheen niemand. Beschroomd bleven we een paar minuten staan wachten terwijl we de inrichting met eerbiedig respect gadesloegen, de glanzende houten meubels niet eens durfden aanraken waarop die wonderen van het mechanische schrijven stonden en waaruit wij het exemplaar zouden kiezen dat het meest geschikt was voor ons doel. Achter in de grote uitstalruimte ontwaarden we een kantoor. Daar klonken mannenstemmen.

We hoefden niet veel langer te wachten; de stemmen wisten dat er klanten waren binnengekomen en een van hen, gevat in een corpulent lichaam dat in donkere kleding was gehuld, kwam naar ons toe. De minzame verkoper begroette ons en vroeg naar onze wensen. Ignacio begon te praten, beschreef wat hij zocht, vroeg om informatie en advies. De winkelbediende ontplooide bedreven al zijn kunde en begon uit te weiden over de eigenschappen van elke schrijfmachine in die ruimte. Heel gedetailleerd, heel nauwgezet en heel technisch; zo precies en langdradig dat ik na twintig minuten bijna in slaap viel. Intussen zoog Ignacio die informatie met al zijn vijf zintuigen op, was hij zich totaal niet meer bewust van mij en alles wat niet te maken had met datgene wat hem werd verteld. Ik besloot een eindje rond te lopen; die hele uiteenzetting interesseerde me geen bal. Wat Ignacio koos zou ongetwijfeld goed zijn. Wat boeide mij nou al dat gezemel over aanslagen, wagenhendel en belletje bij het einde van de regel.

Dus begaf ik me naar andere gedeelten van de winkelruimte, op zoek naar iets om mijn verveling mee te verdrijven. Ik bekeek de grote reclameplaten die vanaf de wanden de producten van de firma aanprezen met kleurige tekeningen en woorden in talen die ik niet begreep; vervolgens liep ik naar de etalage en sloeg de voorbijgangers gade die zich door de straat haastten. Na een poosje keerde ik met tegenzin terug naar het achterste deel van de zaak.

Een grote kast met spiegelende glazen deuren besloeg deels een van de wanden. Ik bekeek er mijn spiegelbeeld in, zag dat er een paar lokken uit mijn knotje waren losgeraakt en stopte ze terug; ik benutte het moment ook om in mijn wangen te knijpen en mijn verveelde gezicht weer wat kleur te geven. Vervolgens inspecteerde ik op mijn gemak mijn kleding: ik had me uitgesloofd er zo goed mogelijk uit te zien en mijn mooiste mantelpakje aangetrokken; per slot van rekening was die aankoop een bijzondere gebeurtenis voor ons. Ik trok mijn kousen recht door ze vanaf mijn enkels in een opgaande beweging glad te strijken; ik schikte langzaam mijn rok rond mijn heupen, het jasje rond mijn bovenlijf en de kraag rond mijn hals. Ik deed mijn haar nogmaals goed, bekeek mezelf daarna van voren en van opzij, en ik sloeg rustig de kopie van mezelf gade die het spiegelglas weerkaatste. Ik probeerde wat poses, deed een paar danspasjes en moest om mezelf lachen. Toen ik genoeg had van mijn eigen beeld begon ik weer door de ruimte te dwalen en doodde de tijd door langzaam mijn hand over oppervlakten te laten glijden en landerig tussen het meubilair door te drentelen. Ik besteedde amper aandacht aan datgene wat ons daar in feite had gebracht: afgezien van de grootte waren al die apparaten hetzelfde voor me. Er waren grote en robuuste machines, en ook kleinere; sommige zagen er licht uit, andere zwaar, maar in mijn ogen was het één massa van donkere bakbeesten waarvan geen enkele bekoring uitging. Lusteloos bleef ik er bij eentje staan, bracht mijn wijsvinger boven de toetsen en deed alsof ik de letters aansloeg die het dichtst bij mijn persoontje kwamen. De 's', de 'i', de 'r', de 'a'. 'Si-ra,' herhaalde ik zachtjes.

'Een prachtige naam.'

De mannenstem klonk vlak achter me, zo dichtbij dat ik de adem van de spreker bijna op mijn huid voelde. Er liep een rilling over mijn rug en ik draaide me geschrokken om.

'Ramiro Arribas,' zei hij terwijl hij zijn hand uitstak. Het duurde even voor ik kon reageren; misschien omdat ik het niet gewend was dat iemand me zo formeel begroette; misschien omdat ik de indruk die de plotselinge verschijning op me had gemaakt nog niet verwerkt had.

Wie de man was, waar hij vandaan gekomen was, verklaarde hij zelf met zijn ogen nog strak op de mijne gericht.

'Ik ben de bedrijfsleider. Neem me niet kwalijk dat ik u niet eerder te woord kon staan, maar ik probeerde een interlokaal telefoongesprek tot stand te brengen.'

En ik heb u gadegeslagen vanachter het gordijn dat het kantoor van de winkelruimte scheidt, had hij erbij kunnen zeggen. Hij deed het niet, maar liet het wel doorschemeren. Ik merkte het aan de intensiteit van zijn blik, aan zijn stellige stem; aan het feit dat hij naar mij en niet naar Ignacio toe was gekomen, en aan de lange tijd dat hij mijn hand in de zijne gevangenhield. Ik wist dat hij me had staan observeren, mij door zijn zaak had zien dwalen. Hij had gezien hoe ik me voor de kast met de glazen deuren had gefatsoeneerd: mijn kapsel in orde bracht, mijn kleding schikte en mijn kousen rechttrok door mijn handen over mijn benen te laten glijden. Verscholen in zijn kantoor had hij mijn heupwiegende lichaam en de trage cadans van elk van mijn bewegingen geabsorbeerd. Hij had me getaxeerd, had mijn lichaamsvormen en gelaatstrekken beoordeeld. Hij had me bestudeerd met het trefzekere oog van iemand die heel goed weet wat hem bevalt en die gewend is zijn verlangens meteen te bevredigen zodra ze in hem opkomen. En hij besloot het me te laten merken. Zoiets had ik nog nooit bij een man opgemerkt; ik had nooit gedacht dat ik zo'n sterke fysieke aantrekkingskracht op iemand kon uitoefenen. Maar op dezelfde manier als dieren eten of gevaar ruiken, met hetzelfde primaire instinct, wist mijn wezen dat Ramiro Arribas had besloten als een wolf op mij te jagen.

'Is dat uw man?' vroeg hij, naar Ignacio wijzend.

'Mijn verloofde,' wist ik uit te brengen.

Misschien verbeeldde ik het me, maar ik meende te zien dat er een voldaan glimlachje om zijn mondhoeken speelde.

'Aha. Komt u mee, alstublieft.'

Hij liet me voorgaan en terwijl hij dat deed vlijde de kom van zijn hand zich om mijn middel, alsof hij daar zijn hele leven op had gewacht. Hij begroette Ignacio innemend, stuurde de verkoper terug naar het kantoortje en nam met het gemak van iemand die in de lucht knipt en duiven laat opvliegen de teugels in handen, als een goochelaar met gepommadeerde haren, scherpe gelaatstrekken, een brede glimlach, een krachtige nek en zo'n imponerende houding, zo viriel en zelfverzekerd, dat het net was of mijn arme Ignacio naast hem nog honderd jaar nodig zou hebben voor hij een man was.

Hij vernam dat de schrijfmachine die we van plan waren te kopen voor mij was, zodat ik kon leren typen, en hij loofde het idee alsof het een geniale zet was. Voor Ignacio bleek hij een competente vakman die technische details uiteenzette en over voordelige betaalwijzen praatte. Voor mij was hij meer: een schok, een magneet, een vaststaand feit.

Het duurde nog even voor we de zaak hadden beklonken. Al die tijd hielden Ramiro Arribas' signalen geen moment op. Een onverhoedse aanraking, een grapje, een glimlach, dubbelzinnige woorden en priemende blikken die diep in mijn binnenste drongen. Ignacio, die helemaal opging in zijn eigen wereld en niet doorhad wat er voor zijn ogen gebeurde, koos uiteindelijk de draagbare Lettera 35, een schrijfmachine met ronde witte toetsen waarop de letters van het alfabet zo mooi waren weergegeven dat het leek of ze er met een beiteltje in gegraveerd waren.

'Een voortreffelijk besluit,' concludeerde de bedrijfsleider terwijl hij Ignacio's verstandigheid prees. Alsof deze heer en meester over zijn eigen wil was geweest en hij Ignacio niet met zijn handige verkooppraatjes had gemanipuleerd om hem voor dat model te laten kiezen. 'De beste keus voor zulke verfijnde vingers als die van uw verloofde. Sta me toe ze te bekijken, señorita, alstublieft.'

Verlegen stak ik mijn hand uit. Eerst zocht ik snel Ignacio's blik om zijn toestemming te vragen, maar ik vond hem niet: hij ging weer volledig op in het mechanisme van het apparaat. Onder de onwetende passiviteit van mijn verloofde streelde Ramiro Arribas mijn hand traag en onbeschaamd, vinger voor vinger, zo sensueel dat ik er kippenvel van kreeg en mijn benen begonnen te trillen als bladeren die wiegden in de zomerbries. Hij liet me pas los toen Ignacio zijn ogen van de Lettera 35 wist los te rukken en verdere instructies vroeg om de koop af te handelen. De twee kwamen overeen nu een aanbetaling van vijftig procent te doen en de resterende som de volgende dag te betalen.

'Wanneer kunnen we hem meenemen?' vroeg Ignacio toen.

Ramiro Arribas wierp een blik op de klok. 'Onze magazijnbediende is op dit moment bezet en hij komt pas laat terug. Ik vrees dat we niet eerder dan morgen een exemplaar kunnen afleveren.'

'En deze dan? Kunnen we deze niet meenemen?' drong Ignacio aan, die de transactie zo snel mogelijk wilde afhandelen. Nu het model gekozen was, vond hij de overige formaliteiten maar hinderlijk en wilde ze zo snel mogelijk achter de rug hebben.

'Geen sprake van, echt niet. Ik kan niet toestaan dat señorita Sira een machine moet gebruiken die al door andere cliënten is betast. Morgen, morgenochtend heb ik een nieuw exemplaar voor u klaarstaan, met foedraal en in verpakking. Als u me uw adres geeft' – hij richtte zich tot mij – 'zal ik er persoonlijk op toezien dat u hem voor het middaguur in huis hebt.'

'We komen hem zelf halen,' sneed ik hem de pas af. Ik voelde dat die man tot alles in staat was, en er ging een golf van ontzetting door me heen bij de gedachte dat hij zich bij mijn moeder zou aandienen en dan naar mij zou vragen.

'Ik kan niet eerder dan 's middags, ik moet werken,' merkte Ignacio op. Naarmate hij praatte, leek een onzichtbare strop zich langzaam vaster om zijn keel te knopen, verstikte hem bijna. Ramiro hoefde niet veel moeite te doen om die een beetje aan te trekken.

'En u, señorita?'

'Ik werk niet,' antwoordde ik zonder hem aan te kijken.

'Dan komt u toch betalen,' opperde hij langs zijn neus weg.

Ik kon geen woorden vinden om te weigeren en Ignacio had absoluut niet in de gaten dat dat simpele voorstel om langs te komen ons dichter bij elkaar zou brengen. Ramiro Arribas liep met ons mee naar de deur en nam hartelijk afscheid, alsof we de beste klanten waren die de zaak ooit had bediend. Met zijn linkerhand klopte hij stevig op de rug van mijn verloofde, met zijn rechter schudde hij mijn hand weer. En woorden had hij voor ons allebei.

'U hebt een voortreffelijke keus gemaakt door naar de firma Hispano-Olivetti te komen, echt waar, Ignacio. Ik verzeker u dat deze dag u nog lang zal heugen. En u, Sira, kom alstublieft tegen elf uur. Ik verwacht u.'

Die nacht lag ik in mijn bed te woelen, kon ik de slaap niet vatten. Dit alles was waanzin en ik had nog tijd om eraan te ontsnappen. Ik hoefde alleen maar te besluiten niet naar de winkel terug te gaan. Ik zou thuis kunnen blijven, bij mijn moeder, haar helpen met de matrassen opschudden en de vloer met lijnolie boenen; een praatje maken met de buurvrouwen op het plein, daarna naar de markt La Cebada gaan om een kwart pond kikkererwten of een stuk kabeljauw te halen. Ik zou kunnen wachten tot Ignacio terugkwam van het ministerie en het niet-nakomen van onze afspraak met een leugentje afdoen: dat ik hoofdpijn had, dat ik dacht dat het ging regenen. Ik zou na het middageten een tijdje kunnen gaan liggen, urenlang een vaag niet-echt-lekker-zijn kunnen simuleren. Ignacio zou dan alleen gaan, de betaling met de bedrijfsleider afhandelen, de schrijfmachine meenemen en daarmee zou alles eindigen. We zouden niets meer van Ramiro Arribas vernemen, hij zou ons pad nooit meer kruisen. Zijn naam zou beetje bij beetje in vergetelheid raken en wij zouden ons alledaagse leventje voortzetten. Alsof hij mijn vingers nooit met een vurig verlangen had gestreeld, alsof hij me nooit vanachter een gordijn met zijn ogen had verslonden. Zo makkelijk was het, zo simpel. En ik wist het.

Ik wist het, ja, maar ik deed alsof ik het niet wist. De volgende dag wachtte ik tot mijn moeder boodschappen ging doen; ik wilde niet dat ze zag hoe ik me opdirkte: als ze me zo vroeg in de ochtend al helemaal opgedoft zag, zou ze vermoeden dat er iets vreemds aan de hand was. Zodra ik de deur achter haar hoorde dichtgaan, begon ik me haastig klaar te maken. Ik vulde een lampetkom om me te wassen, ik besprenkelde mezelf met lavendelwater, verwarmde de krultang op het fornuis, streek mijn enige zijden bloes en haalde mijn kousen van de lijn waar ze gedurende de nacht fris hadden kunnen drogen. Het waren dezelfde als de dag ervoor: andere had ik niet. Ik dwong mezelf tot rust en trok ze behoedzaam aan; het mocht niet gebeuren dat ik er in mijn haast een ladder in maakte. En elk van die werktuiglijke, al duizend keer herhaalde bewegingen was die dag voor het eerst bestemd voor een bepaald persoon, een doel en een eindpunt: Ramiro Arribas. Voor hem kleedde ik me aan en parfumeerde me, opdat hij me zou zien, opdat hij me zou ruiken, opdat hij me weer zou aanraken en zijn ogen weer in de mijne zou laten verzinken. Voor hem besloot ik mijn haren los te laten hangen, mijn glanzende haardos die tot halverwege mijn rug reikte. Voor hem snoerde ik mijn middel in door de riem van mijn rok zo strak aan te trekken dat ik bijna geen adem meer kreeg. Voor hem, alles allemaal voor hem.

Ik liep vastberaden over straat, deed alsof ik de wellustige blikken en brutale complimentjes niet opmerkte. Ik dwong mezelf niet na te denken; ik vermeed het de reikwijdte van mijn daden onder ogen te zien en wilde niet stilstaan bij de gedachte of die weg me nu naar de poorten van het paradijs of rechtstreeks naar het slachthuis zou voeren. Ik liep door de costanilla de San Andrés, stak de plaza de los Carros over, en via de calle Cava Baja begaf ik me naar de Plaza Mayor. In twintig minuten was ik bij de Puerta del Sol; in minder dan een halfuur had ik mijn bestemming bereikt.

Ramiro wachtte al op me. Zodra hij mijn silhouet bij de deur ontwaarde, brak hij het gesprek af dat hij met een andere bediende voerde en begaf zich naar de uitgang, terwijl hij in het voorbijgaan zijn hoed en regenjas pakte. Toen hij bij me was, wilde ik zeggen dat ik het geld in mijn tas had, dat hij de groeten kreeg van Ignacio, dat ik misschien diezelfde middag nog begon met leren typen. Hij gaf me de kans niet. Hij begroette me niet eens. Hij lachte me alleen maar toe met een sigaret tussen zijn lippen bungelend, streelde mijn onderrug en zei: 'We gaan'. En ik ging met hem mee.

De uitgekozen plek kon niet onschuldiger zijn: hij nam me mee naar Café Suizo. Toen ik opgelucht vaststelde dat dat een veilige omgeving was, geloofde ik dat ik mezelf nog kon redden. Ik dacht zelfs, terwijl hij een tafeltje zocht en me uitnodigde plaats te nemen, dat achter die ontmoeting misschien niet meer school dan een blijk van voorkomendheid tegenover een klant. Ik begon zelfs te vermoeden dat die hele onbeschaamde hofmakerij slechts voortsproot uit mijn buitensporige verbeelding. Maar zo was het niet. Ondanks de onschuldige entourage plaatste onze tweede ontmoeting me opnieuw aan de rand van de afgrond.

'Je bent geen minuut uit mijn gedachten geweest nadat je gisteren was weggegaan,' fluisterde hij me toe zodra we waren gaan zitten.

Ik was niet in staat te antwoorden, de woorden wilden niet naar mijn mond komen; zoals suiker in water losten ze ergens in mijn hersenen op. Hij pakte mijn hand weer en streelde die op precies dezelfde manier als de vorige middag, zonder zijn ogen ervan af te wenden.

'Ze zijn ruw, vertel eens, wat hebben deze vingers gedaan voor ze bij mij terechtkwamen?'

Zijn stem klonk opnieuw vertrouwd en zinnelijk, ver verwijderd van de geluiden om ons heen: het rinkelende geluid van glazen en servies op de marmeren tafels, het geroezemoes van de ochtendlijke gesprekken en het stemgeluid van obers die bestellingen doorgaven aan de bar.

'Naaien,' zei ik zacht zonder mijn ogen op te slaan van mijn schoot.

'Je bent dus naaister.'

'Dat was ik. Nu niet meer.' Uiteindelijk keek ik op. 'De laatste tijd is er niet veel werk meer,' voegde ik eraan toe.

'En daarom wil je nu leren typen.'

Hij sprak samenzweerderig, vertrouwelijk, alsof hij me kende, alsof zijn en mijn ziel al sinds het begin der tijden op elkaar hadden gewacht.

'Mijn verloofde heeft bedacht dat ik me moet presenteren bij de vergelijkende examens om net als hij ambtenaar te worden,' zei ik enigszins beschaamd.

De komst van onze drankjes onderbrak ons gesprek. Voor mij een kop chocolademelk. Voor Ramiro koffie zo zwart als de nacht. Ik maakte van de pauze gebruik om hem te bekijken terwijl hij een paar woorden wisselde met de ober. Hij droeg een ander pak dan de vorige dag, een ander smetteloos overhemd. Zijn manieren waren elegant, en ondanks die verfijning, zo vreemd aan de mannen in mijn omgeving, droop de mannelijkheid uit alle poriën van zijn lichaam: zoals hij rookte, zoals hij de knoop van zijn stropdas schikte, zoals hij zijn portemonnee uit zijn zak haalde, of het kopje naar zijn lippen bracht.

'En waarom zou een vrouw als jij haar leven op een ministerie willen slijten, als ik vragen mag?' vroeg hij na de eerste slok koffie.

Ik haalde mijn schouders op. 'Zodat we een beter leven krijgen, neem ik aan.'

Hij boog zich weer langzaam naar me toe, goot zijn warme stem opnieuw in mijn oor. 'Wil je echt een beter leven krijgen, Sira?'

Ik verschool me achter een slokje chocolademelk om niet te hoeven antwoorden.

'Wacht, je hebt daar iets zitten, laat me het even wegvegen,' zei hij.

Toen bracht hij zijn hand naar mijn gezicht en legde hem open op mijn kaaklijn, vlijde hem om mijn bot alsof deze en geen andere mal me ooit had gevormd. Vervolgens plaatste hij zijn duim daar waar blijkbaar het vlekje zat, vlak bij mijn mondhoek. Hij streelde me zacht, ongehaast. Ik liet hem begaan: door een mengeling van hevige angst en verrukking was ik niet in staat me te verroeren.

'Hier heb je ook iets zitten,' zei hij schor terwijl zijn duim van plek veranderde.

Nu was het een randje van mijn onderlip. Hij herhaalde de streling. Nog trager, nog tederder. Een rilling liep over mijn rug, ik klauwde mijn nagels in het pluche van mijn stoel.

'En hier ook,' zei hij weer. Toen streelde hij mijn hele mond, millimeter voor millimeter, van de ene hoek naar de andere, ritmisch, langzaam, nog langzamer. Ik stond op het punt weg te zinken in een put van iets zachts wat ik niet kon benoemen. Het maakte me niet uit dat het allemaal een leugen was en dat er op mijn lippen geen spoor van chocolade te bekennen viel. Het maakte me niet uit dat aan het tafeltje naast ons drie achtenswaardige oude heren hun gesprek staakten om het tafereel opgewonden gade te slaan, hevig wensend dat ze dertig jaar minder op hun conto hadden staan.

Toen kwam een grote, luidruchtige groep studenten het café binnen en met hun herrie en gelach verbraken ze de magie van het moment, alsof iemand een zeepbel doorprikte. En plots was het of ik uit een droom ontwaakte, werd ik me halsoverkop van meerdere dingen tegelijk bewust: dat de vloer niet was weggesmolten maar zich stevig onder mijn voeten bevond, dat de vinger van een onbekende op het punt stond mijn mond binnen te dringen, dat een verlangende hand over mijn linkerbovenbeen omhoog kroop, en dat ik op een haar na de afgrond in was gedoken. Die herwonnen tegenwoordigheid van geest deed me opspringen en toen ik ijlings mijn tas pakte, gooide ik het glas water om dat de ober samen met mijn chocolademelk had gebracht.

'Hier is het geld voor de schrijfmachine. Laat in de middag, tegen sluitingstijd, komt mijn verloofde die ophalen,' zei ik terwijl ik het stapeltje bankbiljetten op het marmeren tafelblad legde.

Hij greep mijn pols. 'Ga niet weg, Sira, wees niet boos op me.'

Ik rukte me los. Ik keek hem niet aan en zei evenmin gedag; ik draaide me slechts om en ging met een geforceerde waardigheid op weg naar de deur. Toen pas besefte ik dat ik het glas water over me heen gekregen had en dat mijn linkervoet kletsnat was.

Hij kwam me niet achterna: waarschijnlijk voelde hij wel dat het geen zin had. Hij bleef gewoon zitten, maar toen ik wegliep vuurde hij zijn laatste pijl op mijn rug af.

'Kom nog eens terug. Je weet waar je me kunt vinden.'

Ik deed alsof ik hem niet hoorde, versnelde mijn pas tussen de zwerm studenten en ging op in de drukte op straat.

Acht dagen lang ging ik naar bed in de hoop dat het bij het ochtendgloren anders zou zijn, maar alle acht de ochtenden erna werd ik wakker met dezelfde obsessie: Ramiro Arribas. De herinnering aan hem overviel me op elk moment van de dag en ik kon hem geen minuut uit mijn gedachten krijgen: wanneer ik het bed opmaakte, mijn neus snoot, een sinaasappel pelde of wanneer ik de traptreden af liep met hem op mijn netvlies gegrift.

Ignacio en mijn moeder waren intussen druk bezig met de bruiloftsplannen, maar het lukte ze niet mij even enthousiast te krijgen. Niets vond ik leuk, niets wekte ook maar de minste interesse in me op. Het zullen de zenuwen wel zijn, dachten ze. En ik deed intussen mijn uiterste best Ramiro uit mijn hoofd te zetten, zijn stem niet meer in mijn oren te horen; zijn vinger die mijn mond streelde, zijn hand die over mijn bovenbeen kroop niet meer te voelen en me af te sluiten voor zijn laatste woorden die op mijn trommelvlies weerklonken toen ik hem in het café de rug toekeerde, ervan overtuigd dat ik met mijn vertrek een einde aan die waanzin had gemaakt. Kom nog eens terug, Sira. Kom terug.

Ik vocht uit alle macht. Ik vocht en ik verloor. Het lukte me niet om ook maar een greintje rationaliteit tegenover de onstuimige aantrekkingskracht te plaatsen die de man me had laten voelen. Hoezeer ik ook in mijn omgeving zocht, ik kon geen middelen, kracht of houvast vinden waaraan ik me kon vastklampen om te voorkomen dat hij me meesleurde. Niet de toekomstige echtgenoot met wie ik over minder dan een maand verondersteld werd te trouwen, niet de integere moeder die zo haar best had gedaan me als een fatsoenlijke, verantwoordelijke vrouw groot te brengen. Ik werd zelfs niet afgeremd door de onzekerheid amper te weten wie die vreemde was en wat voor toekomst me aan zijn zijde te wachten stond.

Negen dagen na mijn eerste bezoek aan de firma Hispano-Olivetti ging ik terug. Net als de keren ervoor werd ik begroet door het klingelende belletje boven de deur. Geen dikke verkoper die me tegemoetkwam, geen magazijnjongen, geen andere werknemer. Alleen Ramiro verwelkomde me.

Ik liep naar hem toe, probeerde mijn stappen ferm te laten klinken, had mijn woorden klaar. Ik kon ze niet uitspreken. Hij gaf me de kans niet. Zodra ik voor hem stond, legde hij zijn hand om mijn nek en zoende me zo intens, zo zinnelijk en zo lang op mijn mond dat mijn lichaam verslapte, op het punt stond te smelten en in een plas stroop te veranderen.

Ramiro Arribas was vierendertig, had een verleden van komen en gaan, en bezat zo'n immense verleidingskracht dat zelfs een betonnen muur die niet had kunnen weerstaan. Aantrekkingskracht, twijfel en angst eerst. Afgrond en hartstocht daarna. Ik dronk de lucht in die hij uitademde en zweefde een paar centimeter boven de straatstenen wanneer ik naast hem liep. De rivieren zouden buiten hun oevers kunnen treden, gebouwen instorten en de straten van de aardbodem verdwijnen; de hemel zou met de aarde kunnen versmelten en het hele universum onder mijn voeten wegzakken, en ik zou het allemaal verdragen zolang Ramiro maar bij me was.

Ignacio en mijn moeder begonnen te vermoeden dat er iets vreemds met me aan de hand was, iets wat verderging dan de normale spanning vanwege het ophanden zijnde huwelijk. Maar ze konden niet achter de redenen van mijn opwinding komen, noch de oorzaak achterhalen van het geheimzinnige gedoe waarmee ik me de hele tijd omringde, van mijn ongeregelde komen en gaan en het hysterische lachje dat ik soms niet kon onderdrukken. Het lukte me maar een paar dagen om dat dubbelleven in evenwicht te houden, net genoeg om te merken dat de balans met de minuut verder verstoord raakte, dat Ignacio's schaal naar beneden zakte en die van Ramiro omhoogging. In minder dan een week wist ik dat ik radicaal met alles moest breken en me in het diepe moest storten. Het werd tijd dat ik de zeis over mijn verleden haalde. Het kortwiekte.

Ignacio kwam 's middags bij ons.

'Wacht op het plein op me,' siste ik hem toe, de deur op een klein kiertje openhoudend.

Mijn moeder had ik het tegen etenstijd verteld; hij moest het nu ook weten. Vijf minuten later ging ik naar buiten, met gestifte lippen en in de ene hand mijn nieuwe tas en in de andere de Lettera 35. Hij zat op me te wachten op hetzelfde bankje als altijd, op dat kille steen waar we zoveel uren hadden doorgebracht met plannen maken voor een gezamenlijke toekomst die nooit meer zou komen.

'Je gaat er met een ander vandoor, hè?' zei hij zodra ik naast hem was gaan zitten. Hij keek me niet aan, hield zijn blik op de grond gericht, op de stoffige aarde die hij met de neus van zijn schoen omwoelde.

Ik knikte alleen maar. Een volmondig ja zonder woorden. Wie is het, wilde hij weten. Ik vertelde het. Om ons heen de geluiden van altijd: kinderen, honden en fietsbellen, het klokgelui van de San Andrés dat opriep voor de late mis, de karrenwielen die over het plaveisel ratelden, de vermoeide muilezels op weg naar het einde van de dag. Het duurde een tijd voor Ignacio weer wat zei. Hij moest zoveel vastberadenheid, zoveel overtuiging in mijn besluit hebben opgemerkt dat hij zijn verbijstering zelfs niet liet doorschemeren. Hij maakte geen drama, vroeg geen verklaring. Hij maakte me geen verwijten, vroeg niet of ik mijn gevoelens wilde heroverwegen. Hij sprak slechts één zin uit, traag, alsof hij die eruit moest wringen.

'Hij zal nooit zoveel van je houden als ik.'

En daarna stond hij op, greep de schrijfmachine en liep daarmee de leegte tegemoet. Ik zag zijn achterkant verdwijnen, voortgaand in het flauwe licht van de lantaarns, terwijl hij zich misschien moest bedwingen om dat onding niet tegen de grond te smijten.

Ik hield mijn blik strak op hem gericht, keek hoe hij wegliep van mijn plein tot zijn lichaam in de verte verdween, tot het die vroege herfstavond niet langer zichtbaar was. En ik zou graag hebben getreurd om zijn afwezigheid, hebben gejammerd om dat korte en trieste afscheid, en mezelf verwijten hebben gemaakt omdat ik een streep door onze enthousiaste toekomstplannen had getrokken. Maar ik kon het niet. Ik vergoot niet één traan en verweet mezelf helemaal niets.

Nog geen minuut nadat hij was verdwenen, stond ik ook op van het bankje en vertrok. Mijn buurt, mijn mensen, mijn kleine wereld, ik liet ze voorgoed achter me. Daar bleef mijn hele verleden terwijl ik een nieuw traject van mijn leven in sloeg; een leven dat me stralend tegemoet scheen en waarvan ik me in het nabije heden geen groter genot kon voorstellen dan dat van Ramiro's beschermende armen.

3

Bij hem werd ik een andere manier van leven gewaar. Ik leerde onafhankelijk van mijn moeder te zijn, met een man samen te leven en een dienstmeisje te hebben. Om hem elk moment te behagen en geen ander doel te hebben dan hem gelukkig maken. En ik leerde een ander Madrid kennen: het Madrid van de mondaine gelegenheden en de in zwang zijnde plekken; het Madrid van de theaters, restaurants en het nachtleven. Cocktails in Negresco, Granja del Henar en Bakanik. Filmpremières in de Real Cinema met orkestorgel, Mary Pickford op het doek. Ramiro die bonbons in mijn mond stopte en ikzelf die met mijn lippen zijn vingertoppen beroerde, bijna smeltend van liefde. Carmen Amaya in het theater Fontalba, Raquel Meller in het theater Maravillas. Flamenco in de club Villa Rosa, cabaret in het Palacio del Hielo. Een wervelend en bruisend Madrid waarin Ramiro en ik leefden alsof er geen gisteren of morgen bestond. Alsof we de hele wereld doorlopend moesten consumeren voor het geval de toekomst nooit zou komen.

Wat had Ramiro, wat gaf hij me waardoor ik mijn leven in een paar weken helemaal op zijn kop zette? Zelfs nu, zoveel jaren later, kan ik met mijn ogen dicht een hele lijst opstellen van alles wat me in hem aanlokte, en ik ben ervan overtuigd dat als ik honderd keer geboren werd, ik net als toen weer honderd keer verliefd zou worden. Ramiro Arribas, onweerstaanbaar, mondain, razend knap. Met zijn naar achteren gekamde kastanjebruine haar, zijn oogverblindende en o zo mannelijke uiterlijk straalde hij vierentwintig uur per dag en zeven dagen per week optimisme en zelfverzekerdheid uit. Snedig en zinnelijk, onverschillig voor de grote politieke problemen van die tijd, alsof zijn koninkrijk niet van deze wereld was. Vriend van velen zonder ooit iemand serieus te nemen, beramer van geweldige plannen, altijd het juiste woord en het correcte gebaar paraat. Dynamisch, magnifiek, niet van zins zich aan te passen. Vandaag bedrijfsleider van een Italiaanse zaak in schrijfmachines, gisteren vertegenwoordiger van Duitse auto's, eergisteren wat maakte het uit, en volgende maand God mag weten wat.

Wat zag Ramiro in mij, waarom had hij zijn zinnen gezet op een eenvoudig naaistertje dat op het punt stond te trouwen met een ambitieloze ambtenaar? De ware liefde, voor het eerst in zijn leven, zwoer hij me duizenden keren. Er waren andere vrouwen geweest, uiteraard. Hoeveel, wilde ik weten. Een aantal, maar niet één zoals jij. En dan kuste hij me en dacht ik op het randje van een flauwte te balanceren. Het zou me ook nu nog niet moeilijk vallen een lijst op te stellen met zijn indrukken van mij; ik herinner me ze allemaal. Een explosief mengsel van een bijna kinderlijke argeloosheid en het uiterlijk van een godin, zei hij. Een ongeslepen diamant, zei hij. Soms behandelde hij me als een klein meisje en dan leken de tien jaar die we scheelden wel tien eeuwen. Hij voorzag mijn grillen, liet me van de ene verbazing in de andere vallen met de meest onverwachte ontdekkingen. Hij kocht kousen voor me bij Sederías Lyon, crèmes en parfums, ijs met chirimoya, mango en kokos uit Cuba. Hij onderrichtte me: hij leerde me bestek te hanteren, zijn Morris te besturen, de menukaarten in restaurants te lezen en bij het roken te inhaleren. Hij vertelde me over figuren van vroeger en artiesten die hij ooit had gekend; hij haalde herinneringen op aan oude vrienden en liep vooruit op de fantastische mogelijkheden die ons ergens op een verre plek op deze aardbol zouden wachten. Hij schetste wereldkaarten en liet me groeien. Maar soms verdween dat meisje en verrees ik als complete vrouw en liet mijn gebrek aan kennis en ervaring hem koud: hij verlangde naar me, hij aanbad me gewoon zoals ik was en hij klemde zich aan me vast, alsof mijn lichaam het enige anker was in de spelingen van zijn tumultueuze bestaan.

Vanaf het eerste begin trok ik bij hem in, in zijn mannenwoning aan de plaza de las Salesas. Ik nam bijna niets mee, alsof mijn leven opnieuw begon, alsof ik een ander was, opnieuw geboren. Mijn onstuimige hart en een paar dingen om aan te trekken waren de enige bezittingen die ik naar zijn domicilie overbracht. Af en toe ging ik op bezoek bij mijn moeder; in die tijd naaide ze thuis, in opdracht, niet veel bijzonders, en ze kon er het hoofd maar nauwelijks mee boven water houden. Voor Ramiro kon ze geen waardering opbrengen, de manier waarop hij met me omging keurde ze af. Ze beschuldigde hem ervan dat hij me onnadenkend had meegesleurd, dat hij zijn leeftijd en positie misbruikte om me om de tuin te leiden, dat hij me dwong al mijn ankers binnenboord te halen. Ze vond het maar niets dat ik ongetrouwd met hem samenleefde, dat ik Ignacio had laten zitten, en dat ik niet meer dezelfde was als voorheen. Hoezeer ik ook mijn best deed, het lukte me niet haar ervan te overtuigen dat hij me nergens toe dwong, dat het eenvoudigweg de tomeloze liefde was die me dreef. Onze discussies werden met de dag verhitter: we slingerden harde verwijten over en weer, en we krasten in elkaars ziel. Op elke voorzet van haar antwoordde ik met een snauw, op elk verwijt met een nog fellere belediging. Het gebeurde maar zelden dat we niet eindigden met tranen, geschreeuw en slaande deuren, en mijn bezoekjes werden korter, de tussenpozen langer. En de afstand tussen mijn moeder en mij groter.

Tot er van haar kant een toenadering kwam. Weliswaar alleen als tussenpersoon, dat is zo, maar daarmee – hoe hadden we dat ooit kunnen voorzien – namen onze wegen opnieuw een wending. Op een dag verscheen ze bij Ramiro's huis, halverwege de ochtend. Hij was al weg en ik lag nog te slapen. De avond ervoor waren we uit geweest, hadden we Margarita Xirgu in het theater La Comedia gezien en daarna waren we nog naar Le Cock gegaan. Het moest al tegen vieren lopen toen we naar bed gingen; ik was doodmoe, zo moe dat ik niet de moed had kunnen opbrengen om de make-up die ik sinds kort gebruikte te verwijderen. Half slapend hoorde ik Ramiro rond tienen weggaan, half slapend hoorde ik Prudencia binnenkomen, het dienstmeisje dat orde in onze chaos schiep. Half slapend hoorde ik haar weggaan om melk en brood te gaan halen en half slapend hoorde ik even later dat er op de deur werd geklopt. Eerst bescheiden, vervolgens krachtig. Ik dacht dat Prudencia de sleutel weer eens was vergeten. Verdwaasd kwam ik het bed uit en met een pesthumeur ging ik op het aanhoudende geklop af terwijl ik riep: 'Ik kom al!' Ik trok niet eens iets aan: die stomme Prudencia was die moeite niet waard. Slaperig deed ik open, en daar stond niet Prudencia maar mijn moeder. Ik wist niet wat ik moest zeggen. Zij aanvankelijk evenmin. Ze bekeek me alleen van top tot teen, en richtte haar blik vervolgens successievelijk op mijn verwarde haren, de zwarte vegen onder mijn ogen van de uitgelopen mascara, het restje lippenstift rond mijn lippen en het uitdagende nachthemd dat meer vlees bloot liet dan haar fatsoensnormen toestonden. Ik was niet bestand tegen haar blik, ik kon haar niet trotseren. Misschien omdat ik nog te verdoofd was door het nachtbraken. Misschien omdat de serene ernst in haar houding me ontwapende.

'Kom binnen, blijf niet in de deuropening staan,' zei ik terwijl ik mijn verbijstering over haar onverwachte komst probeerde te verhullen.

'Nee, dank je, ik heb haast. Ik ben alleen maar gekomen om je een boodschap door te geven.'

De situatie was zo gespannen en bizar dat ik het nooit geloofd zou hebben als ik het die ochtend niet zelf had meegemaakt. Mijn moeder en ik, die zoveel hadden gedeeld en in veel dingen zo gelijk waren, leken opeens twee vreemden die elkaar wantrouwden, als straathonden die elkaar argwanend vanaf een afstandje inschatten.

Ze bleef voor de deur staan, ernstig, met rechte rug, haar haren in een strakke knot, waarin de eerste grijze haren doorschemerden. Waardig en rijzig, haar hoekige wenkbrauwen omlijstten haar afkeurende blik. Ondanks haar eenvoudige kleding in zekere zin elegant. Toen ze me eindelijk grondig had opgenomen, sprak ze. Haar woorden waren echter niet bedoeld om me te bekritiseren, hoewel ik daar bang voor was.

'Ik kom je een boodschap overbrengen. Een verzoek dat niet van mij komt. Je kunt er gevolg aan geven of niet, dat moet je zelf weten. Maar ik geloof dat je het moet doen. Denk er maar over; beter laat dan nooit.'

Ze kwam de drempel niet over en haar bezoekje duurde nauwelijks nog een minuut: de minuut die ze nodig had om me een adres, een tijdstip voor diezelfde namiddag en zonder verdere plichtplegingen haar rug te presenteren. Het verwonderde me dat ik geen veeg uit de pan kreeg, maar daar hoefde ik niet lang op te wachten. Ze was nog niet bij de trap of ze beet me toe: 'Ga je gezicht wassen, kam je haar en trek iets fatsoenlijks aan. Je ziet eruit als een del.'

Onder het eten deelde ik mijn stomme verbazing met Ramiro. Ik zag de zin er niet van in, had geen idee wat er achter die onverwachte boodschap kon zitten, was argwanend. Ik smeekte hem met me mee te gaan. Waarheen? Om mijn vader te leren kennen. Waarom? Omdat hij het wilde. Waarvoor? Nog in geen tien jaar puzzelen zou ik ook maar de minste reden hebben kunnen bedenken.

Met mijn moeder had ik aan het begin van de namiddag op het aangeduide adres afgesproken: Hermosilla 19. Een voorname straat, een voornaam gebouw, zo een waar ik in andere tijden kleding uit doña

Manuela's atelier had afgeleverd. Ik had mijn uiterste best gedaan er goed uit te zien voor onze ontmoeting: ik had een blauwe wollen japon uitgekozen, een bijpassende jas en een klein hoedje met drie veren dat charmant over mijn linkeroor viel. Dat alles was natuurlijk door Ramiro betaald; het waren de eerste kledingstukken die ik droeg die niet door mijn moeder of door mezelf waren gemaakt. Verder droeg ik hooggehakte schoenen en vielen mijn haren los op mijn rug; ik had me vrijwel niet opgemaakt want ik had geen zin in verwijten. Voor ik wegging bekeek ik mezelf in de grote kleedspiegel. De spiegel weerkaatste ook het beeld van Ramiro achter me, die met zijn handen in zijn zakken glimlachend en vol bewondering naar me stond te kijken.

'Je ziet er fantastisch uit. Hij zal onder de indruk zijn.'

Ik probeerde dankbaar voor zijn compliment te glimlachen, maar het lukte me niet echt. Ik zag er mooi uit, inderdaad, mooi en anders, als iemand die niets te maken had met de vrouw die ik tot voor een paar maanden was geweest. Mooi, anders, en benauwd als een rat in de val, doodsbang, en ik betreurde het dat ik die ongewone uitnodiging had aangenomen.

Toen we arriveerden zag ik aan de blik van mijn moeder dat ze het helemaal niets vond Ramiro naast me te zien. En toen ze merkte dat we samen naar binnen wilden gaan, sneed ze hem zonder meer de pas af.

'Dit is een familiekwestie. Wacht hier, alstublieft.'

Zonder zijn antwoord af te wachten draaide ze zich om en ging de imposante toegangsdeur van zwart ijzer en glas door. Ik had liever gehad dat hij bij me bleef, ik had zijn steun en zijn kracht nodig, maar ik durfde niet tegen haar in te gaan. Dus zei ik zacht tegen Ramiro dat hij maar beter kon gaan en volgde ik haar.

'We komen voor mijnheer Alvarado. Hij verwacht ons,' deelde ze de portier mee. Deze knikte zwijgend en wilde ons naar de lift begeleiden.

'Dat is niet nodig, dank u.'

We liepen de ruime hal door en gingen de trap op, mijn moeder voorop, met ferme stappen, waarbij ze het glanzende hout van de leuning nauwelijks aanraakte, gehuld in een mantelpakje dat ik niet eerder had gezien. Ik achter haar, met lood in de schoenen, terwijl ik de leuning vastklemde als een reddingsboei in een stormige nacht. Beiden stil als het graf. De vragen tolden door mijn hoofd naarmate we trede voor trede hoger kwamen. Eerste overloop. Waarom bewoog mijn moeder zich zo vrijelijk op die onbekende plek? Tussenverdieping. Hoe zou de man zijn naar wie we op weg waren, waarom wilde hij me na al die jaren opeens leren kennen? Eerste verdieping. Mijn overige vragen bleven opgehoopt in het voorgeborchte van mijn geest: er was geen tijd meer voor, we waren er. Grote deur rechts, mijn moeders vinger zelfverzekerd op de bel, zonder in het minst geïntimideerd te lijken. Onmiddellijk opengaande deur, oude kromme dienstmeid in zwart uniform met smetteloos mutsje.

'Goedemiddag, Servanda. We komen voor meneer. Ik neem aan dat hij in de bibliotheek is.'

De mond van Servanda bleef openhangen met de begroeting erin, alsof ze een stel geestverschijningen voor zich had. Toen ze eindelijk kon reageren en wat wilde uitbrengen, werd ze overstemd door een stem zonder gezicht. Mannenstem, donker, krachtig, van achter uit de woning.

'Laat ze binnenkomen.'

Het dienstmeisje deed een stap opzij, nog ten prooi aan nerveuze ontreddering. Het was niet nodig dat ze ons de weg wees; die scheen mijn moeder uitermate goed te kennen. We liepen door een ruime gang, lieten salons met beklede wanden en familieportretten links liggen. Bij een grote dubbele deur, de linkerhelft stond open, bleef ze staan. Toen zagen we een mannengedaante die ons in het midden van het vertrek opwachtte. En weer de luide stem.

'Kom verder.'

Groot kantoor voor een grote man. Groot bureau bedekt met papieren, grote boekenkast vol boeken, grote man die zijn blik op me richtte, eerst op mijn gezicht, daarna omlaag, vervolgens weer omhoog. Me ontdekkend. Hij slikte, ik slikte. Hij deed een paar stappen naar ons toe, legde zijn hand op mijn arm en kneep er zacht in, alsof hij zich ervan wilde verzekeren dat ik echt was. Vaag glimlachje om een mondhoek, enigszins melancholisch.

'Je bent precies je moeder vijfentwintig jaar geleden.'

Hij hield mijn blik vast terwijl hij een seconde, twee, drie, tien, druk uitoefende. Vervolgens, zonder me los te laten, wendde hij zijn blik af en keek naar mijn moeder. Op zijn gezicht tekende zich weer die vage, bittere glimlach af.

'Wat is dat lang geleden, Dolores.'

Ze antwoordde niet, maar ontweek zijn ogen evenmin. Toen haalde hij zijn hand van mijn arm en stak hem haar toe; hij leek geen begroeting te zoeken, eerder contact, een aanraking, alsof hij hoopte dat haar vingers hem tegemoetkwamen. Maar ze stond daar roerloos, zonder gehoor te geven aan zijn roep, tot hij leek te ontwaken uit de betovering, zijn keel schraapte en ons op een toon die even geforceerd als neutraal klonk vroeg te gaan zitten.

In plaats van naar het grote bureau te lopen waar de papieren zich opstapelden vroeg hij ons mee naar een andere plek in de bibliotheek. Mijn moeder nam plaats in een fauteuil en hij tegenover haar. Ik alleen op een sofa, in het midden, tussen hen in. Gespannen, geen van drieën op ons gemak. Hij verhulde dat door een sigaar op te steken. Zij zat rechtop, de knieën tegen elkaar en met kaarsrechte rug. Intussen kraste ik aandachtig met mijn wijsvinger over de wijnkleurige damasten bekleding van de sofa, alsof ik een gat in de schering van de stof wilde krabben om er als een hagedis in weg te vluchten. De atmosfeer vulde zich met rook, opnieuw een geschraap als voorbode van een opmerking, maar voor hij die ten beste kon geven nam mijn moeder het woord. Ze praatte tegen mij, maar haar ogen bleven strak op hem gericht. Haar stem dwong me ten slotte naar beiden op te kijken.

'Goed, Sira, dit is je vader. Eindelijk ontmoet je hem dus. Hij heet Gonzalo Alvarado, hij is ingenieur, eigenaar van een ijzergieterij, en hij heeft altijd al in dit huis gewoond. Voorheen was hij de zoon en nu is hij de mijnheer, zo gaat dat in het leven. Heel lang geleden kwam ik hier om voor zijn moeder te naaien, toen leerden we elkaar kennen en... Nou ja, drie jaar later werd jij geboren. En denk nou niet aan zo'n keukenmeidenroman waarin de gewetenloze jonge meneer het arme naaistertje bedriegt, of iets in die geest. Toen we een verhouding kregen was ik tweeëntwintig en hij vierentwintig: we wisten allebei heel goed wie we waren, waar we waren en wat we deden. Van enig bedrog zijnerzijds was geen sprake, noch van enige illusie van mijn kant. Het was een verhouding die ophield te bestaan omdat ze nergens toe kon leiden, omdat ze nooit had moeten beginnen. Ik was degene die besloot er een eind aan te maken; het was niet zo dat hij jou en mij in de steek liet. En ik was degene die er altijd op heeft gestaan dat jullie geen contact hadden. Je vader probeerde ons niet uit het oog te verliezen, eerst vasthoudend, daarna wende hij van lieverlee aan de situatie. Hij trouwde en kreeg andere kinderen: twee jongens. Ik had al heel lang niets meer van hem gehoord, tot ik eergisteren een bericht van hem kreeg. Hij heeft me niet verteld waarom hij je nu nog wil leren kennen, dat zullen we zo wel horen.'

Terwijl ze aan het woord was, sloeg hij haar aandachtig en waarderend gade. Toen ze zweeg, wachtte hij even voor hij het vaandel overnam. Alsof hij nadacht, zijn woorden woog opdat ze exact zouden weergeven wat hij wilde zeggen. Ik maakte van dat moment gebruik om hem eens goed op te nemen, en het eerste wat bij me opkwam was dat ik me nooit zo'n vader had kunnen voorstellen. Ik was donker, mijn moeder was donker, en de schaarse keren in mijn leven dat ik me een voorstelling van mijn verwekker had gemaakt, had ik me hem altijd ingebeeld zoals wij, precies zo, met een gebruinde huidskleur, donker haar en een tenger postuur. Ook had ik een vader altijd geassocieerd met de mensen in mijn omgeving: onze buurman Norberto, vaders van mijn vriendinnen, de mannen die de kroegen en de straten van mijn buurt bevolkten. Gewone vaders van gewone mensen: postbeambten, winkelbedienden, kantooremployés, obers in een café of hooguit eigenaar van een tabakswinkel, een fourniturenzaak of een groentekraam op de Cebada. De heren die ik zag wanneer ik door de welvarende straten van Madrid liep om de leveringen van doña Manuela's atelier weg te brengen waren voor mij als wezens uit een andere wereld, van een andere soort en absoluut niet passend in het model dat mijn geest van de categorie vaderfiguur had gevormd. Voor me zat echter een van die exemplaren. Een nog knappe man, ondanks zijn enigszins buitensporige gezetheid, met haren die inmiddels grijs waren maar ooit blond moesten zijn geweest, en roodomrande honingkleurige ogen, donkergrijs pak, eigenaar van een groot huis en een afwezig gezin. Een vader anders dan andere vaders, en die nu eindelijk begon te praten, waarbij hij zich afwisselend tot mijn moeder en tot mij richtte, soms tot ons allebei, soms tot geen van beiden.

'Eens kijken, dit is niet eenvoudig,' zei hij bij wijze van opening.

Diepe inademing, trek aan de sigaar, rook naar buiten. Blik opgeslagen, eindelijk op mijn ogen gericht. Vervolgens op die van mijn moeder. Terug naar de mijne. En toen hernam hij het woord, en hij hield gedurende zo'n lange en zo'n intense tijd niet meer op dat toen hij eindelijk zweeg we bijna in het donker zaten, onze lichamen veranderd waren in schaduwen en het enige licht in onze omgeving de verre en zwakke weerschijn was van een tulpvormige groene lamp op het bureau.

'Ik heb jullie gevraagd te komen omdat ik vrees dat ze me een dezer dagen gaan vermoorden. Of ik vermoord iemand en dan sluiten ze me op, wat gelijkstaat aan een dood bij leven, dat komt op hetzelfde neer. De politieke situatie staat op springen en God behoede ons wanneer die ontploft.'

Ik keek tersluiks naar mijn moeder om haar reactie te peilen, maar haar gezicht verried niet de minste verontrusting: het was alsof ze niet de voorspelling van een naderende dood te horen had gekregen, maar hoe laat het was of de aankondiging dat het een bewolkte dag ging worden. Intussen ging hij verder en spuide zijn in bitterheid gedrenkte voorgevoelens.

'En omdat ik weet dat mijn dagen geteld zijn, heb ik de inventaris van mijn leven opgemaakt, en wat denk je dat ik onder mijn vermogen mag scharen? Geld, inderdaad. Eigendommen ook, inderdaad. En een bedrijf met tweehonderd werknemers waarvoor ik me dertig jaar heb afgebeuld en waar ze me nu, op de dagen dat ze geen staking organiseren, vernederen en in mijn gezicht spuwen. En een echtgenote die er meteen met haar moeder en zussen vandoor ging om rozenkransen te bidden in Saint-Jean-de-Luz zodra er een paar kerken in brand werden gestoken. En twee zonen die ik niet begrijp, een stel nietsnutten veranderd in fanatici die de godganse dag schietend op het dak zitten en idolaat zijn van die verlichte zoon van Primo de Rivera die alle jongeheren van Madrid het hoofd op hol heeft gebracht met zijn romantische nonsens over de nationale geest versterken. Naar de gieterij met hen allemaal, dat is wat ik zou doen, en ze daar twaalf uur per dag laten werken, eens kijken of het aambeeld en de hamer ze van hun nationale geest willen genezen.

De wereld is enorm veranderd, Dolores, heb je het niet gemerkt? Arbeiders zijn niet meer tevreden met het volksfeest van San Cayetano en de stieren van Carabanchel, zoals in de zarzuela wordt bezongen. Tegenwoordig verruilen ze de ezel voor een fiets, worden ze lid van een vakbond, en bij de eerste de beste tegenvaller dreigen ze hun patroon een kogel tussen zijn ogen te jagen. Waarschijnlijk hebben ze gelijk, want niemand kiest voor een leven dat overloopt van tekorten en waarin je vanaf het moment dat je tanden krijgt van zonsopgang tot zonsondergang moet werken. Maar hier is veel meer nodig dan dat:

met hun vuist heffen, met degene die boven hen staat haten en de *Internationale* zingen lossen ze niets op; met een hymne verander je een land niet. Redenen om in opstand te komen hebben ze natuurlijk te over; hier heerst een eeuwenlange honger, en veel onrecht ook, maar die verhelp je niet door in de hand van degene die je voedt te bijten. Dit land moet gemoderniseerd worden, en daarvoor hebben we moedige ondernemers en gekwalificeerde arbeiders nodig, goede scholing en serieuze regeringen die hun tijd kunnen uitzitten. Maar hier is alles een ramp, iedereen doet maar waar hij zin in heeft en niemand werkt er serieus aan om met alle excessen af te rekenen. De politici van de ene en die van de andere kant brengen hun dagen door in het parlement met heftige kritiek en retorisch gebroddel. De koning zit goed waar hij zit; hij had al veel eerder moeten opstappen. De socialisten, anarchisten en communisten vechten voor hun mensen zoals het betaamt, maar ze zouden het geordend en met overleg moeten doen, zonder wraakzucht en verhitte gemoederen. De rijken en de monarchisten glippen intussen angstig weg naar het buitenland. En met z'n allen bewerkstelligen we uiteindelijk dat het leger opstaat, een militaire staat vormt, en dan zullen we het zeker gaan berouwen. Of we komen in een burgeroorlog terecht, storten ons in onderlinge vuurgevechten en vermoorden ten slotte onze eigen broeders.'

Hij sprak stellig, zonder pauzes. Tot hij opeens weer naar de werkelijkheid leek af te dalen en merkte dat zowel mijn moeder als ik, ook al wisten we ons te beheersen, helemaal uit het lood geslagen was, niet wetend waar hij met zijn moedeloos makende betoog heen wilde, noch wat wij met die onbarmhartige woordenvloed te maken hadden.

'Neem me niet kwalijk dat ik jullie dit alles zo spontaan vertel, maar ik denk er al heel lang over na en ik geloof dat het moment is aangebroken om te handelen. Dit land gaat ten onder. Dit alles is waanzin, en zoals ik daarnet al zei, zullen ze me een dezer dagen vermoorden. De bordjes in de wereld worden verhangen en het valt niet mee je aan te passen. Meer dan dertig jaar heb ik als een paard gewerkt, me het vuur uit de sloffen gelopen voor mijn bedrijf en heb ik getracht mijn plicht te doen. Maar of deze tijden laten me hun ware gezicht niet zien, of ik moet ernstig tekortgeschoten zijn, want uiteindelijk heeft alles en iedereen me de rug toegekeerd en is het of het leven plots zijn wraak over me uitbraakt. Mijn zonen zijn me ontglipt, mijn vrouw heeft me verlaten en de situatie in mijn bedrijf is een hel geworden. Ik ben alleen achtergebleven, heb niemand op wie ik kan steunen en ik ben ervan overtuigd dat het alleen nog maar slechter wordt. Daarom bereid ik me voor, regel ik mijn zaakjes, de papieren, de rekeningen. Mijn uiterste wilsbeschikking, voor het geval ik op een dag niet meer thuiskom, en daarom handel ik nu alles af. En tegelijk met mijn zaken breng ik ook mijn herinneringen en mijn gevoelens op orde, want iets daarvan rest me nog, al is het niet veel. Hoe zwarter ik alles om me heen zie, hoe meer ik in mijn gevoelsleven wroet en het goede dat het leven voor me in petto heeft gehad uit mijn geheugen opdiep; en nu mijn dagen geteld zijn, ben ik tot het besef gekomen dat een van de weinige dingen die echt de moeite waard zijn geweest, wel, Dolores, weet je, dat ben jij. Jij en deze dochter van ons, die je evenbeeld is uit de jaren dat we samen waren. Daarom wilde ik jullie zien.'

Gonzalo Alvarado, mijn vader die ten slotte een gezicht en een naam gekregen had, sprak nu wat rustiger. Gaandeweg zijn betoog begon de man door te schemeren die hij elke dag, afgezien van deze, moest zijn: zelfverzekerd, resoluut in zijn gebaren en woorden, gewend om leiding te geven en gelijk te krijgen. Het had hem moeite gekost te beginnen; het was hem vast niet meegevallen om na een afwezigheid van een kwarteeuw oog in oog te staan met een verloren geliefde en een onbekende dochter. Maar op dit punt van onze ontmoeting blaakte hij weer van zelfvertrouwen, was hij heer en meester over de situatie. Ferm in zijn taal, oprecht en openhartig als alleen iemand die niets meer te verliezen heeft kan zijn.

'Weet je, Sira? Ik hield echt van je moeder; ik hield veel van haar, heel veel, en ik zou willen dat alles anders was gelopen en dat ik haar altijd naast me had kunnen hebben. Maar helaas was dat niet het geval.'

Hij maakte zich los van mijn blik en keek weer naar haar. Naar haar grote amandelkleurige ogen, vermoeid van het naaien. Naar haar rijpe schoonheid zonder smeerseltjes of opsmuk.

'Ik heb niet echt voor je gevochten, hè, Dolores? Ik was niet in staat de confrontatie met mijn familie aan te gaan; ik was niet zo sterk als jij. Vervolgens, zoals je weet, schikte ik me naar het leven dat van me verwacht werd, wende ik aan een andere vrouw en een ander gezin.'

Mijn moeder luisterde in stilte, ogenschijnlijk onaangedaan. Ik zou echt niet durven zeggen of ze haar emoties verborg of dat ze niet warm of koud werd van die woorden. Ze bleef gewoon stijfjes zitten, haar gedachten een raadsel, kaarsrecht in dat voortreffelijk vervaardigde mantelpakje waarin ik haar nog nooit had gezien, vast en zeker gemaakt van overgebleven snijdsels voor een vrouw met meer geld en geluk in het leven dan zij. Verre van geremd door haar passieve houding ging hij verder.

'Ik weet niet of jullie me geloven of niet, maar nu ik mijn einde zie naderen, betreur ik het met heel mijn hart dat ik me zoveel jaar niet om jullie heb bekommerd en jou, Sira, niet eens heb leren kennen. Ik had sterker moeten aandringen, mijn inspanningen om jullie bij me te houden niet moeten staken, maar het was zoals het was en jij was zo fier, Dolores, je zou er nooit mee hebben ingestemd de kruimeltjes van mijn leven te krijgen. Kon het niet alles zijn, dan maar liever niets. Je moeder is heel hard, meisje, heel hard en heel ferm. En ik was waarschijnlijk een zwakkeling en een idioot, maar goed, het is nu niet het moment voor klaagzangen.'

Hij viel even stil, mijmerend, zonder naar ons te kijken. Vervolgens ademde hij diep in door zijn neus, liet de lucht krachtig ontsnappen en veranderde van houding; hij maakte zijn rug van de leuning los en boog zijn lichaam naar voren, alsof hij directer wilde zijn, alsof hij besloot dat hij datgene wat hij ons te zeggen had nu echt ging aansnijden. Hij leek eindelijk zover dat hij zich van de bittere nostalgie kon losrukken die hem boven het verleden liet zweven, klaar om zich op de aardse vraagstukken van het heden te richten.

'Ik wil jullie niet te veel vermoeien met mijn melancholie, neem me niet kwalijk. Ter zake nu. Ik heb jullie laten komen vanwege mijn laatste wil. En ik zou graag zien dat jullie me allebei goed begrijpen en het niet verkeerd opvatten. Het is niet mijn bedoeling jullie te compenseren voor al die jaren dat ik me niet met jullie heb bemoeid, noch om mijn berouw met een toelage te tonen, en al helemaal niet om nu jullie respect te kopen. Het enige wat ik wil is de losse eindjes goed afwerken, eindjes waarvan ik geloof dat ze rechtmatig gezien vastgeknoopt moeten zijn wanneer mijn uur gekomen is.'

Voor het eerst sinds we waren gaan zitten stond hij op, en hij begaf zich naar het bureau. Ik volgde hem met mijn blik: ik monsterde zijn brede rug, de goede snit van zijn jasje, zijn ondanks zijn gezetheid lichtvoetige manier van lopen. Vervolgens keek ik naar het portret dat aan de achterwand hing waar hij naartoe liep; je kon er onmogelijk niet naar kijken, zo groot was het. Een elegante dame gekleed naar de mode van het begin van de eeuw, niet mooi en niet lelijk, met een tiara op haar korte golvende haar en met een norse gelaatsuitdrukking, olieverf in een bladgouden lijst. Toen hij zich omdraaide wees hij er met een hoofdbeweging naar.

'Mijn moeder, de grootse doña Carlota, je grootmoeder. Herinner je je haar nog, Dolores? Ze is zeven jaar geleden gestorven; als ze dat nou vijfentwintig jaar geleden had gedaan, was jij, Sira, waarschijnlijk in dit huis geboren. Nou ja, laten we de doden maar in vrede laten rusten.'

Hij praatte zonder naar ons te kijken, was druk bezig achter zijn bureau. Hij opende laden, haalde er dingen uit, rommelde tussen zijn papieren en kwam met volle handen terug. Toen hij weer naar ons toe liep, kon hij zijn ogen niet van mijn moeder afhouden.

'Je bent nog even mooi, Dolores,' merkte hij op toen hij ging zitten. Zijn gespannenheid was weggeëbd, zijn aanvankelijke onbehagen was slechts een vage herinnering. 'Ach, neem me niet kwalijk, ik heb jullie niets aangeboden, wat willen jullie drinken? Ik roep Servanda even...' Hij wilde alweer opstaan, maar mijn moeder hield hem tegen.

'Dank je, Gonzalo, maar we hoeven niets. Laten we dit alsjeblieft afhandelen.'

'Herinner je je Servanda nog, Dolores? Hoe ze ons bespiedde, hoe ze ons volgde om alles daarna snel aan mijn moeder over te brieven?' Hij liet opeens een lach horen, donker, kort, bitter. 'Weet je nog dat ze ons in de strijkkamer betrapte? En moet je nu zien, hoe ironisch na al die jaren, mijn moeder ligt weg te rotten op het kerkhof en ik ben hier nog, met Servanda als enige die zich om me bekommert, wat een pathetisch lot. Ik had haar moeten wegsturen toen mijn moeder overleed, maar waar had die arme vrouw heen gemoeten, inmiddels oud, doof en zonder familie. Bovendien kon ze waarschijnlijk niet anders dan mijn moeder gehoorzamen: je werk lichtzinnig kwijtraken was er destijds niet bij, ook al had doña Carlota een onverdraaglijk karakter en joeg ze het personeel verbitterd de straat op. Nou ja, als jullie niets nemen hoef ik ook niets. Laten we dus verdergaan.'

Hij bleef op het puntje van de fauteuil zitten, zonder achterover te leunen, met zijn grote handen op de stapel die hij van het bureau had meegebracht. Papieren, pakjes, doosjes. Uit zijn binnenzak pakte hij een bril met een metalen montuur en hij zette hem op.

'Goed, laten we tot de praktische zaken overgaan. Eens kijken, een voor een.'

Als eerste nam hij een pak dat eigenlijk uit twee grote buikige enveloppen bestond die met een elastiekje bijeengehouden werden.

'Dit is voor jou, Sira, zodat je je leven een goede start kunt geven. Het is niet het derde deel van mijn vermogen dat je naar billijkheid had moeten toekomen omdat je een van mijn drie nakomelingen bent, maar het is alles wat ik je op dit moment in contanten kan geven. Ik heb bijna niets kunnen verkopen; het zijn slechte tijden voor welk soort transactie dan ook. Goederen en ander bezit kan ik je evenmin geven: je bent geen wettige dochter van me en de successierechten zouden alles opslokken, nog afgezien van het feit dat je in een eeuwige strijd met mijn twee zonen verwikkeld zou raken. Maar hier heb je in elk geval bijna honderdvijftigduizend peseta. Je lijkt me slim, net als je moeder; je zult het ongetwijfeld goed investeren. En ik wil ook dat je dit geld aanwendt voor haar, dat je ervoor zorgt dat het haar aan niets ontbreekt en dat je haar onderhoudt, mocht dat op een dag nodig blijken. Eerlijk gezegd had ik het geld liever tussen jullie tweeën verdeeld, maar ik weet dat Dolores het nooit zou aannemen en daarom geef ik jou nu de verantwoordelijkheid voor het totaal.'

Hij reikte me de enveloppen aan; voor ik ze aanpakte keek ik onzeker naar mijn moeder, niet wetend wat ik moest doen. Met een hoofdknikje, kort en krachtig, gaf ze me toestemming. Toen pas stak ik mijn hand uit.

'Dank u wel,' mompelde ik tegen mijn vader.

Voor hij antwoordde, glimlachte hij even stroef. 'Geen dank, meisje, geen dank. Goed, laten we verdergaan.'

Vervolgens pakte hij een met blauw fluweel beklede doos en maakte hem open. Toen nog een, ditmaal een donkerrode, wat kleiner. Daarmee deed hij hetzelfde. En zo verder, tot vijfmaal toe. Hij liet ze uitgestald op de tafel staan. De juwelen die erin lagen fonkelden niet – het licht was schaars – maar ook zo was de waarde duidelijk.

'Dit behoorde toe aan mijn moeder. Er is meer, maar María Luisa, mijn vrouw, heeft ze meegenomen op haar vrome ballingschap. De meest waardevolle heeft ze echter achtergelaten, waarschijnlijk omdat ze nogal opvallend zijn. Ze zijn voor jou, Sira; de kans dat je ze ooit zult dragen is klein, zoals je ziet zijn ze nogal opzichtig. Maar je kunt ze tegen een mooi bedrag verkopen of verpanden als de nood aan de man is.'

Ik wist niet wat ik moest zeggen; mijn moeder wel. 'Geen denken aan, Gonzalo. Dit is van je echtgenote.'

'Helemaal niet,' onderbrak hij haar. 'Dit alles, mijn lieve Dolores, is niet het eigendom van mijn vrouw; dit alles is van mij, en het is mijn wens dat het van mij overgaat op mijn dochter.'

'Dat gaat niet, Gonzalo, echt niet.'

'Zeker wel.'

'Nee.'

'Jawel.'

Daar liep de discussie vast. Stilte van Dolores' kant, strijd verloren. Een voor een sloot hij de doosjes. Daarna stapelde hij ze op tot een nette piramide, de grootste onder, de kleinste boven. Over het glanzend geboende tafelblad schoof hij ze naar me toe en toen ze voor me stonden, richtte hij zijn aandacht op een stapeltje dubbelgevouwen papieren. Hij vouwde ze open en liet ze me zien.

'Dit zijn de certificaten van de juwelen, met hun beschrijving, taxatie en dat soort zaken. En een notariële akte waarin wordt verklaard dat ze mijn eigendom zijn en dat ik ze uit vrije wil aan jou overdraag. Die zal je van pas komen mocht je ooit moeten bewijzen dat ze van jou zijn; ik verwacht niet dat je iemand rekenschap zult hoeven afleggen, maar je weet het nooit.'

Hij vouwde de papieren weer op, deed ze in een soort map, bond er vaardig een rood lint omheen en legde die ook voor me neer. Vervolgens pakte hij een envelop en haalde daar een paar perkamenten vellen uit, met stempels, handtekeningen en andere formele zaken.

'En nu nog iets, bijna het laatste. Eens kijken hoe ik je dit ga uitleggen.' Pauze, inademing, uitademing. Hervatting. 'Dit document hebben mijn advocaat en ik samen opgesteld, en een notaris heeft de inhoud bekrachtigd. Kortweg staat erin dat ik jouw vader ben en jij mijn dochter. Wat je eraan hebt? Waarschijnlijk niets, want als je op een dag mijn bezittingen zou willen opeisen, zul je merken dat ik alles aan je twee halfbroers heb nagelaten, hetgeen betekent dat je nooit meer rendementen van deze familie zult krijgen dan datgene waarmee je vandaag mijn huis verlaat. Maar voor mij heeft het wel degelijk waarde: het houdt in dat ik publiekelijk iets erken wat ik al vele jaren geleden had moeten erkennen. Hier staat wat jou en mij verbindt, en je kunt ermee doen wat je wilt: het aan de halve wereld laten zien of het in duizend stukjes scheuren en die in het vuur werpen; dat is helemaal aan jou.'

Hij vouwde het document dubbel, stopte het terug, overhandigde me de envelop en pakte een andere van tafel, de laatste. De vorige was groot, van een goede kwaliteit papier, met een elegant handschrift en een notarieel briefhoofd. Deze was klein, grauw, gewoontjes, en zag eruit alsof hij door vele handen was gegaan voor hij in de onze terechtgekomen was.

'De laatste alweer,' zei hij zonder zijn hoofd op te heffen.

Hij maakte de envelop open, haalde de inhoud eruit en bekeek het stapeltje even. Vervolgens, zonder een woord te zeggen en mij overslaand, gaf hij het aan mijn moeder. Toen stond hij op en liep naar een van de balkons. Daar bleef hij staan, zijn handen in zijn broekzakken, de vroege avond of het niets observerend, ik weet het niet. Wat mijn moeder had gekregen was een stapeltje foto's. Oude foto's, vergeeld en van een slechte kwaliteit, op een lenteochtend meer dan twintig jaar eerder voor een paar peseta genomen door een straatfotograaf. Een jong stelletje, knap, lachend. Samenzweerderig en vertrouwelijk, gevangen in het fragiele net van een liefde die even groot als problematisch was, niet wetend dat toen ze jaren na hun scheiding samen met die getuigenis uit het verleden werden geconfronteerd, hij zich zou omdraaien naar het balkon om haar niet te hoeven aankijken en zij haar tanden op elkaar zou klemmen om niet in zijn bijzijn in huilen uit te barsten.

Dolores nam de foto's een voor een door, traag. Daarna gaf ze ze aan mij, zonder me aan te kijken. Ik bekeek ze langzaam en stopte ze toen terug in de envelop. Hij kwam weer naar ons toe, ging zitten en hervatte het gesprek.

'Hiermee hebben we de materiële kwesties gehad. Nu volgt mijn advies. Niet dat ik je nu nog een moreel legaat wil nalaten, dochter; wie ben ik om je vertrouwen in te boezemen of een voorbeeld te stellen, maar na al die jaren maken die paar extra minuten ook niet meer uit, of wel?'

Ik schudde mijn hoofd.

'Goed, mijn advies is het volgende: ga hier zo snel mogelijk vandaan. Allebei, ver weg; jullie moeten Madrid verlaten en hoe verder weg, hoe beter. Spanje uit, als het even kan. Blijf niet in Europa, daar ziet het er evenmin goed uit. Ga naar Amerika, of als jullie dat te ver vinden, naar Afrika. Naar Marokko; ga naar het Protectoraat, dat is een goede plek om te leven. Een rustige plek waar nooit meer iets gebeurt sinds de strijd met de Moren voorbij is. Begin een nieuw leven op een plek ver van dit doorgedraaide land, want binnenkort zal hier iets vreselijks losbarsten en dan brengt niemand het er levend af.'

Ik kon me niet inhouden. 'Waarom gaat u dan niet weg?'

Opnieuw die bittere glimlach. Toen stak hij zijn grote hand naar me uit en greep de mijne stevig vast. Zijn hand was warm. Hij sprak zonder me los te laten.

'Omdat ik geen behoefte meer heb aan een toekomst, meisje; ik heb inmiddels al mijn schepen achter me verbrand. En doe me een plezier, zeg geen u tegen me. Mijn cirkel is rond, misschien een beetje voortijdig, ongetwijfeld, maar ik heb noch de zin, noch de kracht om voor een nieuw leven te vechten. Als je zo'n verandering inzet, moet je dat in volle overtuiging doen, met dromen en verwachtingen, met hoop. Heb je die niet, dan is weggaan enkel ontsnappen, en ik heb geen zin om ergens heen te vluchten, ik blijf liever hier en bied datgene wat komende is het hoofd. Maar jij, Sira, jij bent jong, je moet een gezin stichten, het vooruithelpen. En Spanje is een slechte plek aan het worden. Dus is mijn advies als vader en als vriend: vertrek. Neem je moeder mee, zodat ze haar kleinkinderen ziet opgroeien. En zorg voor haar zoals ik dat niet heb kunnen doen, beloof me dat.'

Hij hield zijn ogen strak op me gericht tot hij een bevestigende beweging zag. Ik wist niet hoe hij verwachtte dat ik voor mijn moeder zou zorgen, maar ik durfde niet anders dan te knikken.

'Goed, dan zijn we klaar, denk ik,' deelde hij mee.

Hij stond op en wij volgden zijn voorbeeld.

'Pak je spullen,' zei hij. Ik gehoorzaamde. Alles paste in mijn tas, op de grootste doos en de enveloppen met het geld na.

'En laat me je nu voor het eerst en vermoedelijk ook voor het laatst omhelzen. Ik betwijfel of we elkaar ooit zullen weerzien.'

Hij omarmde mijn tengere lijf met zijn corpulente lichaam en drukte me stevig tegen zich aan; vervolgens nam hij mijn gezicht tussen zijn grote handen en kuste me op mijn voorhoofd.

'Je bent even mooi als je moeder. Veel succes in je leven, dochter van me. God zegene je.'

Ik wilde iets antwoorden, maar ik kon het niet. Het geluid bleef ter hoogte van mijn keel in een wirwar van slijm en woorden steken; de tranen sprongen me in de ogen en ik kon me alleen maar omdraaien en op zoek naar de uitgang de gang in vluchten, struikelend, met een waas voor mijn ogen en een akelig stekende pijn in mijn buik.

In het trapportaal wachtte ik op mijn moeder. De voordeur was halfopen blijven staan en ik zag haar naar buiten komen, vanaf een afstandje gadegeslagen door Servanda. Ze had vuurrode wangen en glazige ogen; haar gezicht vertoonde eindelijk emotie. Ik was geen getuige geweest van wat mijn ouders in die kleine vijf minuten hadden gedaan en tegen elkaar hadden gezegd, maar ik heb altijd geloofd dat ook zij elkaar omhelsden en voorgoed afscheid namen.

We gingen naar beneden zoals we naar boven waren gegaan: mijn moeder voorop, ik achter haar. In stilte. Met de juwelen, de documenten en de foto's in mijn tas, de dertigduizend duro onder mijn arm geklemd en het geluid van klikkende hakken op de marmeren traptreden. Op de overloop kon ik me niet meer beheersen: ik greep haar bij de arm en dwong haar te stoppen en zich om te draaien. Mijn gezicht tegenover haar gezicht, mijn stem nauwelijks meer dan een doodsbang gefluister. 'Gaan ze hem echt doden, mam?'

'Ik weet het niet, meisje, ik weet het echt niet...'

4

We gingen naar buiten en ondernamen zwijgend de terugtocht. Zij versnelde haar pas en ik deed mijn best haar bij te houden, hoewel het soms lastig was haar grote stappen bij te benen op mijn ongemakkelijke nieuwe schoenen met hoge hak. Na een paar minuten waagde ik het op samenzweerderige toon iets tegen haar te zeggen, nog steeds van streek. 'Wat moet ik hier nu mee doen, mam?'

Ze bleef niet staan. 'Het veilig opbergen,' was haar enige commentaar.

'Alles? En jij dan, wil jij niets?'

'Nee, het is allemaal voor jou; jij bent de erfgename, en bovendien ben je een volwassen vrouw en moet je zelf weten wat je gaat doen met datgene wat je vader je heeft willen geven, dat is mijn zaak niet.'

'Zeker weten?'

'Zeker weten, meisje, echt. Geef me maar een foto, maakt niet uit welke, gewoon als herinnering. Verder is alles voor jou, maar Sira, meisje, luister in godsnaam goed naar me, in naam van God en van de Heilige Maria.'

Eindelijk bleef ze staan en in het flauwe licht van een lantaarn keek ze me aan. Om ons heen liepen voorbijgangers in alle richtingen, zich niet bewust van de verwarring die de ontmoeting bij ons teweeggebracht had.

'Wees voorzichtig, Sira. Wees voorzichtig en verstandig,' zei ze zacht, de woorden snel uitsprekend. 'Doe geen domme dingen, want wat je daar hebt is veel, heel veel, veel meer dan waar je ooit van hebt kunnen dromen; dus, meisje van me, wees in 's hemelsnaam bedachtzaam, verstandig en bedachtzaam.'

We liepen in stilte verder tot onze wegen zich scheidden. Zij ging terug naar de leegte van haar huis zonder mij, naar het stille gezelschap van mijn opa, die nooit geweten heeft wie zijn kleindochter had verwekt omdat Dolores, koppig en trots, altijd had geweigerd zijn naam te onthullen. En ik keerde terug naar Ramiro. Hij wachtte me thuis rokend op terwijl hij in het halfdonker naar de radio luisterde, verlangend om te weten hoe het me was vergaan en klaar om buiten de deur te gaan dineren.

Ik deed hem het hele bezoek in geuren en kleuren uit de doeken: wat ik daar had gezien, wat ik van mijn vader had gehoord, hoe ik me had gevoeld en wat hij me had aangeraden. En ik liet hem ook zien wat ik had meegebracht uit dat huis waarin ik waarschijnlijk nooit meer een voet zou zetten.

'Dit is een vermogen waard, meisje,' lispelde hij toen hij de juwelen zag.

'En er is nog meer,' zei ik terwijl ik hem de enveloppen overhandigde.

Als antwoord ontsnapte hem slechts een gefluit.

'Wat moeten we hiermee doen, Ramiro?' vroeg ik ongerust, met een benauwd stemmetje.

'Wat moet jij ermee doen, bedoel je, schat; dit alles is alleen van jou. Als je wilt kan ik eens kijken wat de beste manier is om het te bewaren. Misschien is het een goed idee alles in de kluis op mijn kantoor te leggen.'

'Waarom zouden we het niet naar een bank brengen?' vroeg ik.

'In deze hachelijke tijden is dat volgens mij niet de beste oplossing.'

De beurskrach in New York van een paar jaar eerder, de politieke instabiliteit en nog veel meer zaken die mij absoluut niet interesseerden waren de argumenten waarmee hij zijn voorstel omkleedde. Ik luisterde amper naar hem: wat hij besloot zou wel goed zijn, meende ik; het enige wat ik wilde was dat hij zo snel mogelijk een veilige plek vond voor het fortuin dat inmiddels in mijn vingers brandde.

De volgende dag kwam hij beladen met papieren en katernen terug van zijn werk.

'Ik loop de hele tijd maar aan jouw kapitaaltje te denken en ik heb de oplossing gevonden, geloof ik. Het beste wat je kunt doen is een bedrijf oprichten,' kondigde hij aan, meteen toen hij binnenkwam.

Ik was het huis niet uit geweest sinds ik was opgestaan. De hele ochtend voelde ik me gespannen en nerveus, had ik aan de vorige namiddag moeten denken, nog geschokt door de vreemde gewaarwording te weten dat ik een vader met voor- en achternaam, een vermogen en gevoelens had. Van dat onverwachte voorstel raakte ik alleen maar meer verward.

'Waarom zou ik een bedrijf willen hebben?' vroeg ik gealarmeerd.

'Omdat je geld dan veiliger zal zijn. En om nog een reden.'

Toen vertelde hij me over de problemen op zijn werk, de spanningen met zijn Italiaanse bazen en de onzekerheid voor buitenlandse ondernemingen in het roerige Spanje van die dagen. En over ideeën, hij vertelde me ook over zijn ideeën terwijl hij een hele rits plannen ontvouwde waarvan hij me niet eerder deelgenoot had gemaakt. Allemaal innovatief, schitterend, bedoeld om het land met buitenlandse vindingen te moderniseren en zo de weg naar een modern Spanje te openen. Import van Engelse oogstmachines voor de landbouwgronden in Castilië, Noord-Amerikaanse stofzuigers die beloofden de stedelijke woningen brandschoon te maken, en een nachtclub in Berlijnse stijl waarvoor hij al een locatie in de calle Valverde op het oog had. Maar onder al die projecten sprong er een in het bijzonder uit: Instituut Pitman.

'Hier denk ik al maanden over na, al sinds we via een van onze oude klanten een folder van het bedrijf ontvingen, maar vanuit mijn positie als bedrijfsleider leek het me niet opportuun persoonlijk contact met hen op te nemen. Als we nou een bedrijf op jouw naam oprichten, is alles veel eenvoudiger,' verduidelijkte hij. 'In Argentinië is Instituut Pitman een begrip: ze hebben meer dan twintig vestigingen, duizenden leerlingen die ze klaarstomen voor een baan in de bedrijfssector, het bankwezen en bij de overheid. Op basis van revolutionaire methoden krijgen ze les in typen, steno en boekhouden, en na elf maanden staan ze buiten met een diploma onder de arm, klaar om de wereld te veroveren. En het bedrijf blijft maar groeien, nieuwe dependances openen, personeel aannemen en inkomsten genereren. Wij zouden hetzelfde kunnen doen en aan deze kant van de oceaan Instituut Pitman opzetten. Als we dat aan de Argentijnen voorstellen vanuit het gegeven dat we een legaal opgericht bedrijf hebben en over voldoende kapitaal beschikken, zijn onze kansen vermoedelijk vele malen groter dan wanneer we ons simpelweg als particulieren bij hen aandienen.'

Ik had geen idee of dit nu een verstandig project was of het waanzinnigste van al zijn plannen, maar Ramiro sprak met zoveel stelligheid en met zoveel kennis van zaken, dat ik er geen moment aan twijfelde dat het een fantastisch idee was. Hij ging verder en liet me bij elk woord dat hij zei versteld staan.

'Bovendien geloof ik dat we de suggestie van je vader om Spanje te verlaten serieus moeten overwegen. Hij heeft gelijk: alles hier staat enorm onder spanning, een dezer dagen springt de boel en het is nu niet het moment om nieuwe zaken op te zetten. Daarom moeten we volgens mij zijn advies ter harte nemen en naar Afrika gaan. Als alles goed gaat en het hier weer tot rust gekomen is, kunnen we de sprong naar het Schiereiland maken en in heel Spanje gaan uitbreiden. Geef me wat tijd om uit jouw naam contact met de eigenaren van Pitman in Buenos Aires op te nemen en ze te overtuigen van ons plan om in Marokko een groot filiaal te openen; we zien nog wel of het Tanger of het Protectoraat gaat worden. Binnen hooguit een maand zullen we antwoord krijgen. En zodra we dat hebben, *arrivederci* Hispano-Olivetti: we vertrekken en aan het werk!'

'Maar waarom zouden de Moren willen leren typen?'

Een luide lach was Ramiro's eerste reactie. Vervolgens nam hij mijn onwetendheid weg.

'Maar schatje toch. Ons instituut richt zich op de Europese bevolking in Marokko: Tanger is een internationale stad, een vrijhaven met inwoners die uit heel Europa zijn gekomen. Er zijn veel buitenlandse bedrijven, ambassades, banken en allerhande financiële firma's; de mogelijkheden zijn enorm en overal is behoefte aan gekwalificeerd personeel met kennis van machineschrijven, steno en boekhouden. In Tétouan ligt de situatie anders, maar is het net zo kansrijk: de bevolking is minder internationaal omdat het de hoofdstad is van het Spaanse Protectoraat, maar ook daar zijn veel ambtenaren en aspiranten om dat te worden, en ze moeten zich allemaal voorbereiden, lieverd, dat weet jij zelf maar al te goed, en daar kan Instituut Pitman voor zorgen.'

'Stel dat de Argentijnen het niet willen?'

'Dat betwijfel ik ten zeerste. In Buenos Aires heb ik vrienden met goede contacten. Het gaat lukken, let maar op. Ze dragen hun methode en kennis aan ons over en ze zullen vertegenwoordigers sturen om het personeel op te leiden.'

'En wat ga jij dan doen?'

'In mijn eentje niets. Wij samen veel. Wij gaan het bedrijf leiden. Jij en ik, samen.'

Ik liet mijn antwoord voorafgaan door een nerveus lachje. Het beeld dat Ramiro schetste kon niet ongeloofwaardiger zijn: het arme, werkloze naaistertje dat tot voor een paar maanden nog dacht te gaan leren typen omdat ze geen nagel meer had om haar gat te krabben, stond op het punt als bij toverslag te veranderen in de eigenares van een bedrijf met fascinerende toekomstperspectieven.

'Wil je dat ik een bedrijf ga leiden? Ach, Ramiro, ik heb toch helemaal nergens verstand van.'

'Hoezo niet? Hoe vaak moet ik je nog zeggen hoeveel je waard bent! Je hebt alleen nooit de kans gekregen het te laten zien: je hebt je jeugdjaren opgesloten gezeten in een hol, kleren naaiend voor andere vrouwen, zonder de mogelijkheid je aan iets beters te wijden. Jouw tijd, jouw grote moment, moet nog komen.'

'En wat zullen ze bij Hispano-Olivetti zeggen als ze horen dat je weggaat?'

Hij lachte spottend en kuste me op het puntje van mijn neus.

'Hispano-Olivetti, lieve schat, kan wat mij betreft naar de hel lopen.'

Instituut Pitman of een luchtkasteel, het maakte me niet uit, zolang het idee maar uit Ramiro's mond kwam; zolang hij zijn plannen maar met een koortsig enthousiasme uiteenzette terwijl hij mijn handen vasthield en me diep in mijn ogen keek, zolang hij maar herhaalde hoeveel ik waard was en hoe goed alles zou gaan als we samen op de toekomst zouden inzetten. Instituut Pitman of de stookketels van de hel: zijn voorstel was wet voor me.

De volgende dag bracht hij de informatiefolder mee die zijn verbeelding had geprikkeld. Hele paragrafen beschreven de geschiedenis van het bedrijf: sinds 1919 actief, opgericht door drie compagnons, Allúa, Schmiegelon en Jan. Gebaseerd op het stenosysteem bedacht door de Engelsman Isaac Pitman. Onfeilbare methode, strenge docenten, absolute verantwoordelijkheid, persoonlijke bejegening, schitterende toekomst na het behalen van het diploma. Foto's van glimlachende jongeren die hun briljante loopbaan al bijna proefden, benadrukten de geloofwaardigheid van de beloften. Het pamflet straalde een triomfalisme uit dat de meest ongelovige ziel nog zou raken: 'Lang en steil is het pad des levens. Niet allen bereiken het zo verlangde einde, daar waar het succes en fortuin wachten. Velen blijven onderweg steken: de onstandvastigen, de zwakken van karakter, de onachtzamen, de onwetenden, zij die enkel in het lot geloven en vergeten dat aan de meest exemplarische en klinkende triomfen werd gewerkt met studie, vasthoudendheid en wilskracht. En ieder mens kan zijn eigen toekomst kiezen. Kies nu!'

Die middag ging ik naar mijn moeder. Ze zette koffie van vers gemalen bonen en terwijl we die dronken, met de nietsziende en zwijgende aanwezigheid van mijn grootvader op de achtergrond, maakte ik haar deelgenoot van ons plan en opperde dat ze wellicht bij ons kon komen wonen zodra we ons in Afrika hadden geïnstalleerd. Precies zoals ik al had verwacht, beviel ons idee haar van geen kant en wilde ze evenmin bij ons komen wonen.

'Je hoeft je vader echt niet te gehoorzamen of alles wat hij heeft verteld te geloven. Het feit dat hij zelf problemen in zijn bedrijf heeft, wil nog niet zeggen dat ons iets zal overkomen. Hoe meer ik erover nadenk, hoe meer ik geloof dat hij overdrijft.'

'Hij zal toch niet voor niets zo bang zijn; hij verzint het heus niet...'

'Hij is zo bang omdat hij gewend is bevelen te geven zonder dat iemand ooit tegen hem ingaat, en nu is hij van zijn stuk gebracht omdat de arbeiders voor het eerst hun stem verheffen en rechten eisen. Eerlijk gezegd vraag ik me aldoor af of het geen waanzin is geweest, die smak geld, en vooral die juwelen, aan te nemen.'

Waanzin of niet, feit was dat het geld, de juwelen en de plannen zich rustig en gerieflijk in ons leven van alledag voegden, altijd aanwezig in onze gedachten en gesprekken. Zoals we hadden afgesproken, nam Ramiro de procedures voor de oprichting van het bedrijf op zich en beperkte ik me ertoe de papieren die hij me voorlegde te tekenen. En vanaf dat moment ging mijn leven gewoon verder: onstuimig, vrolijk, verliefd, en gekenmerkt door een dwaze argeloosheid.

De ontmoeting met Gonzalo Alvarado had de scherpe kantjes van de relatie tussen mijn moeder en mij wat afgesleten, maar onze wegen namen onherroepelijk een andere koers. Dolores kon zich redden door zo zuinig mogelijk te zijn met de laatste lapjes uit het atelier van doña Manuela; soms naaide ze wat voor een buurvrouw, maar het grootste deel van de tijd zat ze stil. Mijn leven speelde zich inmiddels in een heel andere wereld af: een universum waarin geen plaats was voor patronen en voeringstoffen, waarin bijna niets nog herinnerde aan het naaistertje dat ik ooit was.

De verhuizing naar Marokko werd nog een paar maanden opgeschort. Gedurende die tijd gingen Ramiro en ik uit; we lachten, rookten, bedreven waanzinnig de liefde en dansten de *carioca* tot in de kleine uurtjes. Om ons heen vonkte de politieke atmosfeer, en vormden stakingen, arbeidsconflicten en straatgeweld het toneel van alledag. In februari won de linkse coalitie van het Frente Popular de verkiezingen; als reactie werd de Falange almaar agressiever. Pistolen en vuisten vervingen de woorden in die politieke strijd, de spanningen liepen telkens hoger op. Maar ons deerde dat alles niet, want wij waren slechts enkele passen verwijderd van een nieuwe fase in ons leven.

5

We verlieten Madrid eind maart 1936. Op een ochtend ging ik kousen kopen en toen ik terugkwam trof ik onze woning helemaal overhoop aan, en Ramiro omgeven door koffers en valiezen.

'We gaan. Vanmiddag.'

'Heb je bericht van de Pitmans?' vroeg ik terwijl de zenuwen door mijn lijf gierden.

Hij antwoordde zonder me aan te kijken, haalde haastig pantalons en hemden uit de kast. 'Niet rechtstreeks, maar ik heb gehoord dat ze ons voorstel serieus bestuderen. Dus geloof ik dat we nu onze vleugels moeten uitslaan.'

'En je werk dan?'

'Ik heb ontslag genomen. Daarnet. Ik was het meer dan zat. Ze wisten dat het een kwestie van dagen was voor ik zou opstappen. Dus vaarwel Hispano-Olivetti, tot nooit. Er wacht ons een andere wereld, schat. Het geluk is met de dapperen, dus ga je spullen pakken want we vertrekken.'

Ik zei niets, en door mijn zwijgen was hij gedwongen zijn tomeloze activiteit te staken. Hij stopte, keek me aan en glimlachte toen hij me zo beduusd zag. Toen kwam hij naar me toe, pakte me bij mijn middel en met een kus vaagde hij al mijn angsten volledig weg en gaf me een energietransfusie waardoor ik zelfs in staat was op eigen vleugels naar Marokko te vliegen.

Vanwege de haast had ik amper een paar minuten om afscheid te nemen van mijn moeder; net genoeg voor een snelle omhelzing, bijna in de deuropening, en een 'Maak je geen zorgen, ik schrijf je'. Ik was blij dat we het afscheid kort moesten houden: het zou te veel pijn hebben gedaan. Ik keek zelfs niet om toen ik de trap af draafde; hoewel ze heel sterk was, wist ik dat ze op het punt stond in huilen uit te barsten en het was nu niet het moment voor sentimenteel gedoe. Naïef als ik was, dacht ik dat onze scheiding niet lang zou duren; alsof je voor Afrika alleen maar een paar straten hoefde te nemen en we niet langer dan een paar weken zouden weggaan.

Op een winderige lentemiddag ontscheepten we in Tanger. We hadden een grijs en nors Madrid achter ons gelaten en installeerden ons in een vreemde, oogverblindende stad vol kleuren en contrasten, waar de donkere gezichten van de Arabieren met hun boernoesen en tulbanden zich mengden met de daar gevestigde Europeanen en anderen die hun verleden ontvluchtten en op doorreis waren naar allerhande wisselende bestemmingen, met hun koffers altijd maar half uitgepakt en gevuld met vage dromen. Tanger, met zijn zee, zijn twaalf internationale vlaggen en die intense begroeiing van palmen en eucalyptussen; met oude Moorse straatjes en nieuwe lanen waar luxe automobielen rondreden met de aanduiding CD: corps diplomatique. Tanger, waar de minaretten van moskeeën en de geur van kruiden probleemloos samengingen met consulaten, banken, frivole buitenlandse dames in cabrio's, het aroma van belastingvrije lichte tabak en Parijse parfums. De terrassen van de badhuizen in de haven verwelkomden ons met in de zeewind wapperende luifels, en in de verte lagen Kaap Malabata en de Spaanse kust. Europeanen, getooid in lichte luchtige kleding, beschermd door zonnebrillen en slappe hoeden, dronken een aperitiefje en bladerden intussen met hun benen over elkaar geslagen traag en achteloos de internationale pers door. Sommigen hadden zich toegelegd op het zakenleven, anderen op het ambtenaarschap, en velen van hen op een ledig en schijnbaar zorgeloos leven; de prelude op het ongewisse dat komende was en dat zelfs de stoutmoedigsten onder hen niet konden voorspellen.

In afwachting van concrete berichten van de Pitman-eigenaren namen we onze intrek in Hotel Continental, boven de haven en bij de oude binnenstad. Ramiro telegrafeerde de Argentijnse firma onze adreswijziging door en ik nam de taak op me elke dag bij de receptie naar de brief te vragen die het begin van onze toekomst moest inluiden. Zodra we het antwoord binnen hadden, zouden we besluiten of we in Tanger bleven of ons in het Protectoraat vestigden. Intussen, terwijl het bericht er lang over deed om de Atlantische Oceaan over te steken, begonnen wij ons in de stad te mengen onder uitgewekenen zoals wij, verbonden als we waren met die grote groep mensen met een vaag verleden en een onvoorspelbare toekomst. Mensen die zich met hart en ziel overgaven aan de uitputtende taak van babbelen, drinken, dansen, voorstellingen in het theater Cervantes bezoeken en 's ochtends een spelletje kaart, en die niet in staat waren te voorzien of het leven nu een stralende toekomst voor hen in petto had of een naargeestig einde waarvan ze nog geen tekenen zagen.

We begonnen net als zij te worden en stapten een tijd binnen waar van alles was, behalve rust. Er waren lange liefdesuren in de kamer van het Continental terwijl de witte gordijnen zachtjes bewogen in de zeebries; onstuimige passie met op de achtergrond het monotone geluid van de ventilatorbladen vermengd met het stokkende ritme van onze ademhaling, naar salpeter smakend zweet op onze huid en verkreukte lakens die van het bed op de vloer gleden. We gingen ook voortdurend op stap, een uitgaansleven overdag en 's avonds. Aanvankelijk alleen wij met z'n tweetjes; we kenden immers niemand. Soms, als de levant niet te sterk was, gingen we naar het strand bij het Bosque Diplomático; in de namiddag wandelden we over de net aangelegde boulevard Pasteur, of zagen we Amerikaanse films in Florida Kursaal of in Capitol, of we gingen wat drinken in een cafeetje op de Zoco Chico, het kloppende hart van de stad waar het Arabische en het Europese zich gerieflijk en gracieus vervlochten.

Ons isolement duurde echter amper een paar weken: Tanger was klein, Ramiro uiterst sociaal en in die tijd scheen iedereen een enorme behoefte te voelen elkaars gezelschap te zoeken. Al snel groetten we bekende gezichten, leerden we namen kennen en voegden we ons bij groepjes als we de etablissementen binnenkwamen. We lunchten en dineerden in Bretagne, Roma Park of in Brasserie de la Plage, en 's avonds gingen we naar Bar Russo, of naar Chatham, of naar Detroit op de place de France, of naar Central met zijn groep Hongaarse animators, of naar de music-hall M'salah met optredens in het grote glazen paviljoen dat uitpuilde van de Fransen, Engelsen en Spanjaarden, joden van diverse nationaliteiten, Marokkanen, Duitsers en Russen die dansten, dronken en op de maat van een fantastisch concert in een mengelmoes van talen over de politiek van hier en van daar discussieerden. Soms eindigden we in Haffa, aan zee, in tenten tot de dageraad aanbrak. Met kussens op de grond, met mensen die achterovergeleund kif rookten en thee dronken. Rijke Arabieren en Europeanen met een onduidelijk fortuin die ergens in het verleden misschien ook rijk waren geweest, of misschien ook niet. Zelden gingen we in die wazige tijd voor het ochtendgloren naar bed; we leefden op het breukvlak van de gespannen verwachting omtrent berichten uit Argentinië en het gedwongen nietsdoen bij het uitblijven daarvan. We wenden eraan ons te bewegen in het nieuwe Europese deel en te wandelen door het Moorse, samen te leven met die bonte mengeling van uitgewekenen en de lokale bevolking. Dames met een wasbleke huid die getooid met parels en breedgerande hoeden hun poedeltjes uitlieten, en zwarte barbiers die buiten met hun aftandse instrumenten aan het werk waren. Straatverkopers van smeerseltjes en zalfjes, de onberispelijke kleding van de diplomaten, de kudden geiten en de haastige, vluchtige silhouetten, bijna zonder gezicht, van de moslimvrouwen in boernoes en kaftan.

Dagelijks was er nieuws over Madrid. Soms lazen we het in de lokale Spaanstalige kranten, *Democracia*, *El Diario de África* of de republikeinse *El Porvenir*. Soms hoorden we het gewoon bij monde van de krantenverkopers die op de Zoco Chico de koppen riepen in een mengelmoes van talen: *La Vedetta di Tangeri* in het Italiaans, *Le Journal de Tangier* in het Frans. Bij tijden kreeg ik brieven van mijn moeder, korte, eenvoudige, afstandelijke. Zo vernam ik dat mijn grootvader stil en rustig in zijn schommelstoel was heengegaan, en tussen de regels las ik hoe moeilijk het voor haar werd om dag na dag te overleven.

Het was ook een periode van ontdekkingen. Ik leerde een paar Arabische zinnetjes, niet veel, maar wel nuttig. Mijn gehoor wende aan het geluid van andere talen – Frans, Engels – en andere accenten van mijn eigen taal zoals het Haketía, het dialect van de Marokkaanse sefardische joden dat het Oudspaans als basis had en waaraan Arabische en Hebreeuwse woorden waren toegevoegd. Ik kwam erachter dat er substanties zijn die worden gerookt of gespoten of gesnoven en die de zintuigen op hol brengen; dat sommige mensen in staat zijn hun moeder te verspelen aan de baccarattafel en dat er vleselijke hartstochten bestaan met veel meer combinaties dan die van een man en een vrouw horizontaal op een matras. Ik hoorde ook over dingen die zich in de wereld afspeelden en waar ik met mijn basale onderwijs nooit kennis van genomen had: ik kwam te weten dat er jaren eerder een grote oorlog in Europa was geweest, dat in Duitsland een zekere Hitler aan de macht was die door de een werd bewonderd en door de ander gevreesd, en dat iemand die de ene dag nog op een bepaalde plek was en daar ogenschijnlijk permanent zou blijven, de volgende dag gevlogen kon zijn om zijn vege lijf te redden zodat hij niet in elkaar geslagen zou worden, of om te voorkomen dat hij daarmee op een plek zou belanden die erger was dan in zijn akeligste nachtmerries.

En ik ontdekte ook, tot mijn ontzetting, dat alles waarvan we denken dat het stabiel is, elk moment en ogenschijnlijk zonder reden verstoord kan raken, een andere koers kan nemen en veranderen. Anders dan mijn opgedane kennis over de voorliefdes van de een of de ander, over Europese politiek en de vaderlandse geschiedenis van de mensen om ons heen, leerde ik die les niet omdat iemand het me vertelde, maar omdat ik het aan den lijve ondervond. Ik kan me het exacte moment of wat er concreet gebeurde niet meer herinneren, maar op een gegeven moment begonnen de dingen tussen Ramiro en mij te veranderen.

Aanvankelijk was het niet meer dan een wijziging in onze routine. We raakten meer bij anderen betrokken en gingen steevast naar de ene of naar de andere plek; we zwierven niet meer op ons gemak door de straten, we lieten ons niet meer door de loomte meevoeren, zoals in het begin. Mijn voorkeur ging uit naar onze vorige fase – alleen wij tweetjes, zonder anderen om ons heen – maar ik begreep dat Ramiro met zijn overweldigende persoonlijkheid overal sympathie wekte. En wat hij deed was goed voor mij, dus verdroeg ik zonder protesten al die eindeloze uren die we met vreemden doorbrachten, al begreep ik doorgaans amper waar ze het over hadden, soms omdat ze in een andere taal dan de mijne spraken, soms omdat het over plaatsen en kwesties ging waar ik nog niets van wist: concessies, nazisme, Polen, bolsjewieken, visa, uitleveringen. Ramiro kon zich redden met Frans en Italiaans, hij brabbelde wat Engels en kende een paar woorden Duits. Hij had voor internationale firma's gewerkt en contact met buitenlanders onderhouden, en wanneer hij de juiste woorden niet wist gebruikte hij gebaren en omschrijvingen. Voor hem leverde het communiceren geen enkel probleem op en al spoedig werd hij een geziene figuur in de emigrantenkringen. Het was moeilijk een restaurant binnen te gaan zonder minstens twee of drie tafels gedag te moeten zeggen, de bar van Hotel El Minzah of het terras van café Tingis te betreden zonder gevraagd te worden ons bij het geanimeerde gesprek van een groepje aan te sluiten. En Ramiro ging met hen om alsof hij ze zijn hele leven al kende, en ik liet me meeslepen, verworden tot zijn schaduw, een bijna altijd zwijgende aanwezigheid, onverschillig voor alles wat niet te maken had met in zijn buurt zijn, ik begon meer en meer zijn aanhangsel te worden, een altijd gewillige verlenging van zijn persoon.

Er was een tijd, ongeveer zolang de lente duurde, dat we beide facetten konden combineren en in evenwicht houden. We behielden onze intieme momenten, onze exclusieve uren. We behielden de vlam van de tijd in Madrid, en tegelijkertijd openden we ons voor nieuwe vrienden en drongen we door in het wervelende lokale leven. Op een gegeven moment begon de balans echter verstoord te raken. Heel geleidelijk, stukje bij beetje, maar onomkeerbaar. De publieke uren begonnen de ruimte van onze privémomenten te infiltreren. De bekende gezichten waren niet langer simpele bronnen van gesprekken en anekdotes, maar kregen vorm als mensen met een verleden, met toekomstplannen en het vermogen zich tussen ons te dringen. De persoonlijkheden kwamen uit de anonimiteit en tekenden zich scherp af, bleken interessant, aantrekkelijk. Een aantal namen kan ik me nog herinneren; een aantal gezichten rest nog in mijn geheugen, gezichten die inmiddels waarschijnlijk doodshoofden zijn en wier verre plaats van herkomst ik destijds niet op de kaart wist te plaatsen. Ivan, de elegante zwijgzame Rus, rank als riet, met een schichtige blik en altijd met een pochet in de borstzak van zijn jasje, als een zijden bloem buiten het seizoen. Die Poolse baron wiens naam me nu niet te binnen schiet en die het altijd en eeuwig over zijn vermeende fortuin had, maar niet meer bezat dan een wandelstok met een zilveren knop en twee overhemden die bij de boord versleten waren door het wrijven van zijn huid tegen de jaren. Isaac Springer, de Oostenrijkse jood met zijn grote neus en zijn gouden sigarettenkoker. Het Kroatische stel, de Jovovics, allebei zo mooi, zo op elkaar lijkend en zo dubbelzinnig dat ze nu eens voor geliefden en dan weer voor broer en zus doorgingen. De transpirerende Italiaan die me altijd met wazige ogen bekeek, Mario heette hij, of misschien Mauricio, ik weet het niet meer. En Ramiro werd steeds inniger met hen, werd deelgenoot van hun verlangens en zorgen, actief onderdeel van hun plannen. En ik zag hoe hij dag na dag stilletjes, heel stilletjes, nader tot hen kwam en zich van mij verwijderde.

Een bericht van de eigenaren van Instituut Pitman leek nooit te komen, maar tot mijn verbazing wekte Ramiro niet in het minst de indruk verontrust te zijn door het uitblijven daarvan. We brachten steeds minder tijd samen door in de kamer in het Continental. Er was steeds minder gefluister, er waren minder zinspelingen op al datgene wat hij tot voor kort zo geweldig aan me had gevonden. Hij had het nog amper over zaken waar hij voorheen zo gek op was geweest en die hij niet moe werd te zeggen: mijn glanzende huid, mijn goddelijke heupen, mijn zijdezachte haar. Hij complimenteerde me nog nauwelijks met mijn charmante lach, mijn verfrissende jeugdigheid. Hij lachte bijna nooit meer om wat hij voorheen mijn heerlijke argeloze onwetendheid noemde, en ik merkte dat ik telkens minder belangstelling, minder betrokkenheid, minder tederheid in hem opwekte. Het was toen, in die droevige tijd, dat de onzekerheid aan mijn gemoed begon te knagen, dat ik me niet lekker begon te voelen. Niet alleen geestelijk, maar ook lichamelijk. Slecht, echt slecht, vreselijk, erger. Misschien kon mijn maag niet aan het nieuwe eten wennen, zo anders dan de maaltijden van mijn moeder of de eenvoudige gerechten in de Madrileense restaurants. Wellicht had die zo drukkende vochtige warmte van de beginnende zomer iets te maken met mijn toenemende zwakte. Het daglicht werd me te fel, de geuren op straat wekten weerzin en braakneigingen bij me op. Met veel moeite kon ik net genoeg moed verzamelen om 's morgens op te staan, op de meest onverwachte momenten was ik misselijk en ik kon de hele dag wel slapen. Soms – niet vaak – leek Ramiro zich zorgen te maken; dan kwam hij bij me zitten, legde zijn hand op mijn voorhoofd en zei lieve woordjes. Soms – meestal – zocht hij afleiding, verdween hij, glipte bij me weg.

's Avonds ging ik niet meer met hem mee; ik had amper de fut om op mijn benen te staan. En zo bleef ik alleen in het hotel, lange, stroperige, verstikkende uren; plakkerige, snikhete uren zonder een zuchtje wind, als zonder leven. Ik stelde me voor dat hij hetzelfde deed als de laatste tijd en in hetzelfde gezelschap: drinken, biljarten, praten en nog meer praten, berekeningen maken en kaarten schetsen op een stuk papier boven op het witte marmerblad van een tafel in een bar. Ik dacht dat hij hetzelfde deed als met mij erbij, maar dan zonder mij, en ik kon niet vermoeden dat hij een andere fase in was gegaan, dat er meer was, dat hij inmiddels de grens van de gewone sociale omgang met vrienden was overgegaan om een nieuw terrein te betreden dat hem niet onbekend was. Er waren meer plannen, inderdaad. En ook speelholen, heftige pokerpartijen, feesten tot het licht begon te worden. Weddenschappen, grootspraak, duistere transacties en exorbitante plannen. Leugens, mooie praatjes en het bovenkomen van een kant van zijn persoonlijkheid die maandenlang verborgen was gebleven. Ramiro Arribas, de man met de vele gezichten, had me er tot dan toe slechts één laten zien. Het andere zou ik al snel leren kennen.

Elke nacht kwam hij later thuis en was hij er erger aan toe. De slippen van zijn hemd uit zijn broek, de knoop van zijn stropdas ergens ter hoogte van zijn borst, zeer opgewonden, stinkend naar tabak en whisky, met slepende stem excuses stamelend als hij me wakker aantrof. Soms raakte hij me niet eens aan, liet hij zich als een zak cement op het bed vallen en sliep meteen in, waarbij hij zo luidruchtig ademde dat ik de schamele uurtjes tot het helemaal ochtend was niet meer kon slapen. Andere keren omhelsde hij me lomp, kwijlde in mijn hals, rukte de kleding die hem hinderde weg en ontlaadde zich in me. En ik liet hem zonder enig verwijt begaan, zonder goed te begrijpen wat er met ons gebeurde, niet in staat die verwijdering te benoemen.

Soms kwam hij niet thuis. Dat waren de ergste nachten: slapeloze uren bij de gelige lichtjes op de kaden die in het donkere water van de baai gereflecteerd werden, vroege ochtenden waarop ik verwoed mijn tranen wegveegde, en ook het wrange vermoeden dat alles misschien een vergissing, een enorme vergissing was geweest die ik niet terug kon draaien.

Het einde liet niet lang op zich wachten. Bereid om eens en voor altijd achter de oorzaak van mijn ziek-zijn te komen, maar zonder Ramiro ongerust te willen maken, ging ik op een vroege ochtend naar een artsenpraktijk in de calle Estatuto. DOKTER BEVILACQUA, ALGEMENE GENEESKUNDE, STOORNISSEN EN ZIEKTEN stond er op het goudbruine bordje op de deur. Hij luisterde naar me, onderzocht me, stelde vragen. En hij had niet eens een kikkerproef of een ander procedé nodig om vast te stellen wat ik al vermoedde, en Ramiro – daar kwam ik even later achter – eveneens. Met verwarde gevoelens keerde ik terug naar het hotel: vreugde, beklemming, blijdschap, vrees. Ik hoopte hem nog in bed aan te treffen, hem wakker te kussen om hem het nieuws te vertellen. Maar dat heb ik nooit kunnen doen. Ik heb hem nooit kunnen zeggen dat we een kind zouden krijgen, want toen ik aankwam was hij er niet meer, en samen met zijn afwezigheid trof ik slechts een overhoopgehaalde kamer aan, de kastdeuren wijd open, de laden uit hun geleiders getrokken en koffers verspreid over de vloer.

We zijn beroofd, was het eerste wat ik dacht.

Ik kreeg geen lucht en moest op het bed gaan zitten. Ik sloot mijn ogen en haalde diep adem, één, twee, drie keer. Toen ik ze weer opendeed, liet ik mijn blik door de kamer gaan. In mijn hoofd herhaalde zich maar één gedachte: Ramiro, Ramiro, waar is Ramiro? En toen, op het moment dat mijn ogen door het vertrek dwaalden, stuitten ze op een envelop op het nachtkastje aan mijn kant van het bed. Tegen de voet van het lampje gezet, mijn naam in blokletters geschreven met de krachtige halen van een handschrift dat ik tot het einde der tijden zou hebben herkend:

SIRA, *mijn liefste,*

Voor je verder leest moet je weten dat ik je aanbid en dat je herinnering tot in lengte van dagen in me zal voortleven. Wanneer je deze regels leest ben ik al niet meer in de buurt, ben ik een andere weg ingeslagen, en hoewel ik niets liever zou willen, vrees ik dat jij en het schepseltje dat je volgens mij verwacht daar op dit moment onmogelijk bij passen.

Ik wil je mijn excuses aanbieden voor mijn gedrag van de laatste tijd tegenover jou, dat ik me zo weinig om je heb bekommerd; ik vertrouw erop dat je begrijpt dat de onzekerheid door het uitblijven van een bericht van Instituut Pitman me ertoe heeft genoopt andere wegen voor de toekomst te zoeken. Ik heb verscheidene voorstellen bestudeerd, maar slechts één ervan is uitverkoren; het gaat om een even fascinerend als veelbelovend avontuur, maar daar moet ik me met lichaam en ziel aan wijden, en daarom is het momenteel onmogelijk rekening te houden met jouw aanwezigheid.

Ik twijfel er geen moment aan dat het project dat ik nu opstart een doorslaand succes zal worden, maar op dit moment, nu het nog in de beginfase verkeert, moet er een flinke som worden geïnvesteerd die mijn financiële middelen te boven gaat, en daarom ben ik zo vrij geweest je vaders geld en juwelen te lenen om de eerste uitgaven te kunnen bekostigen. Ik verwacht je alles, wat ik nu als een lening beschouw, ooit te kunnen teruggeven, zodat je het mettertijd aan je nakomelingen kunt geven, net als je vader aan jou heeft gedaan. Ik vertrouw er ook op dat de herinnering aan je moeders onbaatzuchtigheid en kracht om jou groot te brengen als inspiratiebron

dient voor de volgende fases in je leven.
Vaarwel, mijn lieve schat. Voor altijd de jouwe,
RAMIRO

PS *Ik raad je aan Tanger zo snel mogelijk te verlaten; dit is geen goede plek voor een vrouw alleen, en al helemaal niet in je huidige toestand. Ik vrees dat bepaalde mensen naar me op zoek zijn, en als ze me niet aantreffen zouden ze achter jou aan kunnen gaan. Als je het hotel verlaat, doe dat dan zo discreet mogelijk en met zo min mogelijk bagage. Hoewel ik mijn uiterste best zal doen, weet ik niet of ik in de haast van mijn vertrek in staat zal zijn de rekening van de afgelopen maanden te voldoen, en ik zou het mezelf nooit vergeven als jij daar op enige wijze last mee krijgt.*

Ik kan me niet herinneren wat ik dacht. In mijn geheugen is het beeld van het tafereel intact gebleven: de overhoopgehaalde kamer, de lege kast, het verblindende licht dat door het geopende raam binnenstroomde en ikzelf op het onopgemaakte bed, de brief in mijn ene hand, mijn andere op de net bevestigde zwangerschap gedrukt, terwijl er dikke zweetdruppels langs mijn slapen gleden. Maar de gedachten die op dat moment door mijn hoofd gingen, hebben of nooit bestaan, of hebben geen spoor nagelaten want ik heb ze nooit meer kunnen terugroepen. Wat ik wel zeker weet is dat ik meteen aan het werk ging, als een machine die werd aangezet, met overhaaste bewegingen maar zonder te kunnen nadenken of gevoelens te uiten. Ondanks de inhoud van de brief bleef Ramiro zelfs op afstand mijn handelingen bepalen, en ik gehoorzaamde gewoon. Ik opende een koffer en met beide handen vulde ik hem met het eerste wat ik te pakken kreeg, zonder ook maar even na te denken over wat ik het best kon meenemen en wat daar kon blijven. Een stel japonnen, een haarborstel, een paar blouses en wat oude tijdschriften, een handvol ondergoed, ongelijke paren schoenen, twee jasjes zonder de bijbehorende rok en drie rokken zonder het bijpassende jasje, losse papieren die op de schrijftafel waren blijven liggen, potjes uit de badkamer, een handdoek. Toen de koffer tot de rand toe gevuld was met dat rommeltje aan kleding en andere spullen sloot ik hem en vertrok, ik smeet de deur met een klap achter me dicht.

In de drukte van het lunchuur, met gasten die de eetzaal binnengingen en verlieten en het heen-en-weergedraaf van obers, voetstappen en stemmen in allerlei talen die ik niet verstond, leek bijna niemand mijn vertrek op te merken. Alleen Hamid, de kleine piccolo die eruitzag als een kind maar dat niet meer was, kwam gedienstig naar me toe om me met mijn bagage te helpen. Ik weerde hem zwijgend af en ging naar buiten. Ik begon te lopen met een tred die vast noch bedaard, noch het tegendeel was, zonder dat ik ook maar enig idee had waar ik heen kon. Ik herinner me dat ik door de steile rue du Portugal liep, ik bewaar nog wat losse beelden van de Zoco de Afuera, een gekrioel van stalletjes, dieren, stemmen en boernoesen. Ik liep doelloos rond en verscheidene keren moest ik me tegen een muur drukken als ik het getoeter van een auto of het geschreeuw *Balak, balak!* van een Marokkaan die zijn waren haastig vervoerde achter me hoorde. Tijdens mijn onbezonnen rondzwerven kwam ik langs het Engelse kerkhof, langs de katholieke kerk en door de rue Siaghine, de rue de la Marina en langs de Grote Moskee. Ik liep en liep maar, voelde geen vermoeidheid of wat dan ook, gedreven door een kracht buiten mezelf die mijn benen in beweging bracht alsof ze bij een lichaam hoorden dat niet het mijne was. Ik had nog veel langer kunnen lopen: uren, nachten, misschien weken, jaren en jaren, tot het einde der dagen. Maar ik deed het niet, want op de cuesta de la Playa, toen ik als een geestverschijning langs de Escuelas Españolas kwam, stopte een taxi naast me.

'Kan ik u ergens heen brengen, mademoiselle?' vroeg de chauffeur in een mengeling van Spaans en Frans.

Ik geloof dat ik een instemmende beweging met mijn hoofd maakte. Door mijn koffer dacht hij vast dat ik op reis ging.

'Naar de haven, het station, of neemt u de bus?'

'Ja.'

'Ja, wat?'

'Ja.'

'De bus?'

Ik knikte weer: een bus, een trein, een boot of de bodem van een afgrond, het was me om het even. Ramiro had me verlaten en ik kon nergens heen, dus was de ene plek net zo slecht als de andere. Of slechter.

6

Een zachte stem probeerde me wakker te krijgen en met vreselijk veel moeite lukte het me mijn ogen half open te doen. Naast me ontwaarde ik twee gedaanten, eerst wazig, daarna scherper. Een ervan was een man met grijzend haar wiens nog onduidelijke gezicht me vaag bekend voorkwam. Het andere silhouet kreeg de vorm van een non met een smetteloos witte kap. Ik probeerde me te oriënteren, maar nam alleen een hoog plafond boven mijn hoofd waar, bedden aan weerszijden van me, de geur van medicijnen en het zonlicht dat door het raam binnenstroomde. Toen besefte ik dat ik in een ziekenhuis lag. De eerste woorden die ik mompelde kan ik me nog goed herinneren.

'Ik wil naar huis.'

'En waar is uw huis, lieve kind?'

'In Madrid.'

Ik meende te zien dat de twee figuren een snelle blik wisselden. De non pakte mijn hand en kneep er zachtjes in.

'Ik vrees dat dat vooralsnog niet mogelijk is.'

'Waarom niet?'

'Het verkeer in de Straat van Gibraltar is stilgelegd,' antwoordde de man. 'Het gebied is in staat van oorlog verklaard.'

Wat dat kon betekenen wist ik niet, want meteen toen die woorden mijn oren bereikten zonk ik weer weg in een diepe put van zwakte en in een eindeloze slaap, waaruit ik pas dagen later ontwaakte. Toen dat het geval was, bleef ik nog een tijd opgenomen. Die roerloze weken in het Hospital Civil in Tétouan waren nuttig om mijn gevoelens enigszins op orde te brengen en om datgene wat de afgelopen maanden was gebeurd te overdenken. Maar dat was pas tegen het einde, tijdens de laatste dagen, want die eerste tijd, 's ochtends en 's middags, 's avonds en 's nachts, gedurende de uren voor het bezoek dat ik nooit kreeg en wanneer ze me het eten kwamen brengen waarvan ik nog geen hap naar binnen kreeg, huilde ik alleen maar. Ik dacht niet, ik overdacht niets, ik herinnerde me zelfs niets. Ik huilde alleen maar.

Toen mijn ogen in de loop der dagen opdroogden omdat ik gewoonweg geen tranen meer had, begon ritmisch een stoet beelden aan mijn bed te verschijnen. Ik kon bijna zien hoe ze jacht op me kwamen maken, zag ze door de deur achter in de zaal die grote lichte ruimte binnenkomen. Levendige herinneringen, autonome, grote en kleine, die een voor een dichterbij kwamen en op mijn bed sprongen, langs mijn lichaam omhoogkropen en via mijn oren of mijn nagels of de poriën van mijn huid mijn hoofd binnendrongen en daar meedogenloos gingen zeuren met taferelen en momenten waaraan ik liever nooit meer had teruggedacht. En vervolgens, toen de troep herinneringen nog wel bleef komen maar hun aanwezigheid wat minder rumoerig werd, maakte buitengewoon kil, als een soort huiduitslag, de behoefte zich van me meester alles te analyseren, een oorzaak en een reden te vinden voor elk van de gebeurtenissen die de voorgaande acht maanden in mijn leven waren voorgevallen. Die fase was de ergste: de agressiefste, de heftigste. De fase die het pijnlijkst was. En hoewel ik niet zou kunnen zeggen hoe lang het duurde, weet ik wel heel zeker dat een onverwachte verschijning er een eind aan maakte.

Tot aan dat moment waren de dagen voorbijgegaan tussen kraamvrouwen, zusters van liefdadigheid en witgeschilderde metalen bedden. Af en toe doemde de witte jas van een arts op en op bepaalde tijdstippen kwamen familieleden van andere opgenomen vrouwen op bezoek en praatten ze zachtjes, liefkoosden de pasgeboren baby's of troostten zuchtend diegenen die net als ik halverwege waren blijven steken. Ik was in een stad waar ik geen sterveling kende. Niemand was me ooit komen opzoeken; dat verwachtte ik ook niet. Het was mezelf niet eens duidelijk wat ik in die onbekende plaats deed. Van de omstandigheden bij mijn aankomst restte me enkel een warrige herinnering.

Maar op een ochtend werd mijn eenzaamheid op onvoorziene wijze doorbroken. Voorgegaan door de bolle witte gedaante van zuster Virtudes verscheen toen opnieuw het mannengezicht dat dagen eerder een paar vage woorden over een oorlog had gesproken.

'Je hebt bezoek, meisje,' kondigde de non aan. Ik meende een licht bezorgde ondertoon in haar zangerige stem te bespeuren. Toen de zojuist aangekomene zich bekendmaakte, begreep ik waarom.

'Commissaris Claudio Vázquez, señora,' zei de onbekende bij wijze van begroeting. 'Of is het señorita?'

Zijn haar was vrijwel wit; verder een slappe vilten hoed, een licht zomerpak en een zongebruind gezicht waarin twee schrandere, donkere ogen fonkelden. Verzwakt als ik was, kon ik niet zien of het om een rijpere man met een jeugdig uiterlijk ging of om een jonge man die vroeg grijs geworden was. Nou ja, dat deed er op dat moment niet toe: het was veel belangrijker te weten wat hij van me wilde. Zuster Virtudes duidde hem een stoel aan die bij de muur stond; hij pakte hem op en zette hem aan de rechterkant van mijn bed. Hij legde zijn hoed op het voeteneind en ging zitten. Met een even hoffelijke als autoritaire glimlach liet hij de non weten dat ze kon gaan.

Het licht stroomde binnen door de grote ramen van de zaal. Daarachter wiegden onder een stralend blauwe hemel de palmen en eucalyptussen zachtjes in de wind, getuigend van een prachtige zomerdag voor eenieder die hem niet hoefde door te brengen in een ziekenhuisbed met een politiecommissaris als gezelschap. De met smetteloos witte lakens strak opgemaakte bedden aan weerszijden van het mijne waren onbezet, net als bijna alle andere. Toen de non vertrokken was, haar misnoegen dat ze niet bij ons gesprek aanwezig mocht zijn met moeite verhullend, waren de commissaris en ik alleen in de zaal, op twee of drie gedaanten in een ver bed en een jonge non die verderop stilletjes de vloer aan het vegen was na. Ik lag meer dan dat ik zat, het laken tot mijn borst opgetrokken, met enkel mijn steeds dunner wordende armen, mijn knokige schouders en mijn hoofd erbovenuit. Mijn donkere haar in een vlecht langs één kant van mijn smalle asgrauwe gezicht, uitgeput door de inzinking.

'De zuster vertelde me dat het inmiddels wat beter met u gaat, dus moeten we praten, goed?'

Ik knikte alleen maar, zonder te kunnen raden wat die man met me zou willen bepraten; ik wist niet dat het bij wet verboden was verscheurd en ontredderd te zijn. Toen haalde de commissaris een opschrijfboekje uit de binnenzak van zijn jasje en raadpleegde een paar notities. Hij moest ze kort daarvoor nog hebben doorgenomen, want hij hoefde de blaadjes niet om te slaan om ze te zoeken: hij keek gewoon naar de bladzijde voor hem en daar stonden ze, voor zijn ogen, de aantekeningen die hij blijkbaar nodig had.

'Goed, ik begin met u enkele vragen te stellen; antwoord gewoon met ja of nee. U bent Sira Quiroga Martín, geboren te Madrid op 25 juni 1911, klopt dat?'

Zijn toon was beleefd, maar daarom niet minder direct en onderzoekend. Een zeker respect voor mijn toestand verzachtte het beroepsmatige karakter van zijn bezoek, maar verhulde dat niet helemaal. Ik bevestigde de juistheid van mijn persoonlijke gegevens met een hoofdknikje.

'En op 15 juli jongstleden kwam u vanuit Tanger aan in Tétouan.'

Ik knikte nogmaals.

'In Tanger verbleef u sinds 23 maart in Hotel Continental.'

Weer een bevestiging.

'In gezelschap van...' – hij raadpleegde zijn opschrijfboekje – 'Ramiro Arribas Querol, afkomstig uit Vitoria, geboren op 23 oktober 1901.'

Ik knikte weer en sloeg ditmaal mijn ogen neer. Het was de eerste keer dat ik na al die tijd zijn naam hoorde. Het leek commissaris Vázquez niet op te vallen dat ik uit het lood geslagen was, of misschien ook wel, maar wilde hij niet dat ik dat merkte; hij ging door met zijn ondervraging en trok zich niets aan van mijn reactie.

'En in het Continental liet u beiden een onbetaalde rekening achter van drieduizendzevenhonderdnegenentachtig Franse frank.'

Ik gaf geen antwoord. Ik draaide gewoon mijn hoofd opzij om zijn blik te ontwijken.

'Kijk me aan,' zei hij.

Ik negeerde hem.

'Kijk me aan,' herhaalde hij. Zijn toon bleef neutraal: hij sprak niet nadrukkelijker dan de eerste keer, noch vriendelijker en evenmin strenger. Gewoon hetzelfde. Hij wachtte geduldig tot ik gehoorzaamde en hem aankeek. Maar ik antwoordde niet. Hij herformuleerde zijn vraag zonder humeurig te worden.

'Bent u zich ervan bewust dat u in het Continental een rekening hebt openstaan van drieduizendzevenhonderdnegenentachtig Franse frank?'

'Ik geloof van wel,' zei ik uiteindelijk met een dun stemmetje. En ik keek weer van hem weg en draaide mijn hoofd opzij. En ik begon te huilen.

'Kijk me aan,' verzocht hij voor de derde maal.

Hij wachtte nog een poosje, tot hij besefte dat ik die keer niet de bedoeling of de kracht of de moed had om hem het hoofd te bieden.

Toen hoorde ik dat hij opstond, om het voeteneind heen liep en naar de andere kant kwam. Hij nam plaats op het bed naast me waarop ik mijn blik gevestigd had; met zijn gewicht ruïneerde hij het glad opgemaakte bed en hij richtte zijn ogen strak op de mijne.

'Ik probeer u te helpen, señora. Of señorita, dat is me om het even,' verklaarde hij streng. 'U zit vreselijk in de nesten, al denk ik dat het buiten uw schuld is. Ik meen te weten hoe alles is gebeurd, maar u moet meewerken. Als u mij niet helpt, kan ik u niet helpen, begrijpt u?'

Ik zei moeizaam ja.

'Mooi, houd dan op met huilen en laten we beginnen.'

Ik droogde mijn tranen met de rand van het laken. De commissaris gaf me even de tijd. Zodra hij merkte dat mijn huilen bedaarde, hervatte hij consciëntieus zijn werk.

'Klaar?'

'Klaar,' mompelde ik.

'Luister, de directie van het Continental beschuldigt u ervan te zijn vertrokken met achterlating van een gepeperde onbetaalde rekening, maar dat is nog niet alles. De zaak ligt helaas veel gecompliceerder. We zijn te weten gekomen dat het bedrijf Hispano-Olivetti ook aangifte tegen u heeft gedaan wegens oplichting voor een bedrag van vierentwintigduizendachthonderdnegentig peseta.'

'Maar ik... Maar...'

Met een handgebaar brak hij mijn tegenwerping af; hij had me nog meer te vertellen.

'En een opsporingsbevel wegens het ontvreemden van waardevolle juwelen uit een particuliere woning in Madrid.'

'Ik... Nee... Maar...'

De schok die zijn woorden bij me teweegbrachten was zo groot dat ik alleen maar onsamenhangend kon stamelen. De commissaris, zich bewust van mijn ontreddering, probeerde me te kalmeren.

'Ik weet het, ik weet het. Rustig maar, forceer uzelf niet. Ik heb alle papieren die in uw koffer zaten gelezen en zodoende heb ik de gebeurtenissen min of meer kunnen reconstrueren. Ik heb het briefje gevonden van uw man, of uw verloofde, of uw minnaar, of wat die Arribas ook mag zijn, en tevens een verklaring omtrent de schenking van de juwelen met u als begunstigde, en een document waaruit blijkt dat de vorige eigenaar van genoemde juwelen in feite uw eigen vader is.'

Ik kon me niet herinneren dat ik die papieren had meegenomen; ik wist niet waar ze waren gebleven nadat Ramiro ze had opgeborgen, maar als ze tussen mijn spullen zaten moest ik ze wel zelf en geheel onbewust uit de hotelkamer hebben meegenomen toen ik vertrok. Ik zuchtte enigszins opgelucht toen ik begreep dat daarin wellicht mijn redding lag.

'Praat met hem, alstublieft, praat met mijn vader,' smeekte ik. 'Hij is in Madrid, hij heet Gonzalo Alvarado en woont in de calle Hermosilla nummer 19.'

'We kunnen hem op geen enkele manier bereiken. De communicatie met Madrid is ontzettend slecht. De hoofdstad stuiptrekt, velen zijn onvindbaar: opgepakt, gevlucht, of vertrokken, of ondergedoken, of dood. Bovendien ligt de zaak voor u nog gecompliceerder want de aangifte is gedaan door de zoon van Alvarado, Enrique heet hij als ik het goed heb, uw halfbroer, toch? Inderdaad, Enrique Alvarado,' stelde hij vast nadat hij zijn aantekeningen had geraadpleegd. 'Blijkbaar heeft een dienstmeid hem een paar maanden geleden verteld dat u in de woning was en daar nogal van streek met een aantal pakjes weer vertrok: men gaat ervan uit dat de juwelen daarin zaten, men denkt dat Alvarado senior slachtoffer is geworden van chantage, of van een andere vorm van afpersing. Kortom, een kwalijke zaak, al lijken deze documenten u vrij te pleiten.'

Uit een buitenzak van zijn jasje haalde hij de papieren tevoorschijn die mijn vader me tijdens onze ontmoeting vele maanden eerder had gegeven.

'Gelukkig voor u heeft Arribas ze niet samen met de juwelen en het geld meegenomen, wellicht omdat ze hem compromitteerden. Hij had ze moeten vernietigen om zijn rug vrij te houden, maar in zijn haast om van het toneel te verdwijnen heeft hij dat niet gedaan. Wees hem daar maar dankbaar voor, want dit is wat u vooralsnog uit de gevangenis houdt,' zei hij veelbetekenend. Meteen daarna sloot hij zijn ogen even, alsof hij zijn laatste woorden wilde inslikken. 'Neem me niet kwalijk, ik wilde u niet kwetsen; ik kan me voorstellen dat het geen moment bij u zal opkomen een kerel die zich zo tegenover u heeft misgedragen dankbaar te zijn.'

Ik reageerde niet op zijn verontschuldiging en antwoordde mat met een andere vraag: 'Waar is hij nu?'

‘Arribas? Dat kunnen we niet met zekerheid zeggen. Wellicht in Brazilië, misschien in Buenos Aires. Of in Montevideo. Hij is ingescheept op een oceaanstomer onder Argentijnse vlag, maar hij kan in meerdere havens van boord zijn gegaan. Blijkbaar was hij in gezelschap van drie andere figuren: een Rus, een Pool en een Italiaan.’

‘Maar gaat u hem niet zoeken? Doet u niets om hem op te sporen en te arresteren?’

‘Ik vrees van niet. We hebben maar weinig tegen hem: niet meer dan een onbetaalde rekening, voor de helft voor u. Tenzij u aangifte tegen hem wilt doen omtrent de juwelen en het geld dat hij u afhandig heeft gemaakt, al denk ik eerlijk gezegd dat het niet de moeite waard is. Het is waar dat dat allemaal van u was, maar de herkomst is enigszins troebel en tegen u is voor exact hetzelfde aangifte gedaan. Kortom, ik denk dat we nooit meer iets van hem zullen horen; dat soort kerels is doorgaans heel uitgekookt, heeft veel ervaring en weet hoe ze moeten verdwijnen om even later geheel onverwacht als iemand anders weer ergens op deze aardbol op te duiken.’

‘Maar we zouden een nieuw leven beginnen, we zouden een bedrijf opzetten; we zaten op de goedkeuring te wachten,’ stamelde ik.

‘Bedoelt u dat met de schrijfmachines?’ vroeg hij terwijl hij nog een envelop uit zijn zak haalde. ‘Dat had u niet gekund: u had geen toestemming. De eigenaren van het instituut in Argentinië zagen er niets in om hun bedrijf uit te breiden naar de andere kant van de Atlantische Oceaan, en dat hebben ze in april laten weten.’ Hij zag mijn onthutste gezicht. ‘Dat heeft Arribas u nooit verteld, hè?’

Ik dacht aan mijn dagelijkse gang naar de receptie, hoopvol, reikhalzend uitkijkend naar de brief waarvan ik meende dat hij ons leven zou veranderen, en die Ramiro dus al maanden in zijn bezit had zonder mij daar iets over te vertellen. Mijn handvatten om hem te verdedigen verdwenen, gingen in rook op. Flauwtjes klemde ik me aan het laatste sprankje hoop vast.

‘Maar hij hield van me...’

De commissaris glimlachte bitter, met een zweem van iets wat medelijden kon zijn.

‘Dat zeggen al die lui van dat slag. Luister, señorita, houd uzelf niet voor de gek: kerels als Arribas houden alleen van zichzelf. Ze kunnen hartelijk zijn en gul lijken; doorgaans zijn ze heel innemend, maar op het uur der waarheid zijn ze alleen in hun eigen hachje geïnteresseerd, en zodra het penibel wordt, gaan ze er als een speer vandoor en walsen overal overheen om maar niet gepakt te worden. Ditmaal was u vol aan de beurt, pure pech. Ik twijfel er niet aan dat hij u waardeerde, maar op een dag diende zich een beter project aan en werd u een last voor hem die hij niet wilde meeslepen. Daarom heeft hij u verlaten. Pieker er niet meer over. Het is uw schuld niet, maar wij kunnen helaas weinig uitrichten om het onomkeerbare recht te zetten.'

Ik wilde me niet verder verdiepen in de oprechtheid van Ramiro's liefde; het deed me te veel pijn, en ik keerde liever terug naar de praktische zaken.

'En dat van Hispano-Olivetti? Wat heb ik daar volgens hen mee te maken?'

Hij ademde diep in en blies de lucht krachtig weer uit, alsof hij zich erop voorbereidde een onaangename kwestie aan te snijden.

'Die zaak is nog lastiger. Momenteel zijn er geen onomstotelijke bewijzen die u vrijpleiten, al vermoed ik persoonlijk dat het nog zo'n rotstreek is waar uw man, of uw verloofde, of wat die Arribas ook mag zijn, u bij heeft betrokken. De officiële versie luidt dat u te boek staat als eigenares van een onderneming die een hoeveelheid schrijfmachines heeft ontvangen en ze nooit heeft betaald.'

'Hij had bedacht een bedrijf op mijn naam op te zetten, maar ik wist niet... Ik heb nooit geweten... Ik was niet...'

'Dat is ook wat ik geloof: dat u geen flauw vermoeden had van alles wat hij uithaalde met u als dekmantel. Ik zal u vertellen wat er volgens mij is gebeurd; de officiële versie kent u immers. Corrigeer me maar als ik me vergis. U hebt van uw vader geld en juwelen gekregen, klopt?'

Ik knikte.

'En vervolgens bood Arribas aan een onderneming op uw naam te laten registreren en al het geld en de juwelen te bewaren in de kluis van het bedrijf waar hij werkte, klopt?'

Ik knikte weer.

'Nou, dat heeft hij dus niet gedaan. Of beter gezegd, hij deed het wel, maar niet als deposito op uw naam. Met uw geld deed hij een aankoop bij het bedrijf waarvoor hij werkte, terwijl hij deed alsof het om een opdracht ging van de import- en exportfirma met de naam Mecanografía Quiroga, waarvan u de eigenares was. Met uw geld betaalde hij stipt op tijd en Hispano-Olivetti koesterde geen enkele argwaan: een normale order, groot en goed afgehandeld, punt. Arribas verkocht de machines door, aan wie en hoe weet ik niet. Tot zover boekhoudkundig niets aan de hand voor Hispano-Olivetti, en heel bevredigend voor Arribas, die zonder een cent van zijn eigen geld te hebben geïnvesteerd een geweldige zaak had gedaan. Welnu, een paar weken later plaatste hij opnieuw een grote order op uw naam, die welwillend werd geaccepteerd. De aankoopsom voor deze bestelling werd niet meteen volledig voldaan, alleen de eerste termijn, maar aangezien u als een trouw betaalster te boek stond wekte dat geen achterdocht, ze meenden dat het openstaande bedrag netjes voldaan zou worden volgens de overeengekomen termijnen. Punt is dat die betalingen nooit volgden: Arribas verkocht de handel opnieuw door, ging er met de opbrengst vandoor en kneep ertussenuit, samen met u en uw vrijwel intacte vermogen, plus een aardig kapitaaltje dat hij met de doorverkoop en de nooit betaalde aankoop had verdiend. Een mooie slag, zegt u dat wel, al moest iemand inmiddels iets zijn gaan vermoeden, want naar ik heb begrepen was uw vertrek uit Madrid nogal overhaast, nietwaar?'

Als in een flits herinnerde ik me mijn thuiskomst in onze woning aan de plaza de las Salesas die ochtend in maart, Ramiro's nerveuze gedrag terwijl hij kleding uit de kast trok en in allerijl koffers vulde, de haast waartoe hij me maande om hetzelfde te doen zonder ook maar een seconde te verliezen. Met die beelden in mijn hoofd bevestigde ik de veronderstelling van de commissaris. Hij sprak verder.

'Dus heeft die Arribas niet alleen uw geld ingepikt, maar heeft hij het ook nog eens gebruikt om mooie winsten voor zichzelf te behalen. Een zeer gewiekste kerel, dat lijdt geen twijfel.'

De tranen sprongen me weer in de ogen.

'Stop, doe me een plezier. Uw tranen zullen u nog wel beter van pas komen. Gedane zaken nemen geen keer. Luister, dit alles is op een heel ongelegen en moeilijk moment gebeurd.'

Ik slikte, vermande me en kon ons gesprek hervatten.

'Vanwege de oorlog waar u het zojuist over had?'

'Waar dit alles zal eindigen is niet bekend, maar vooralsnog is de situatie uiterst ingewikkeld. De ene helft van Spanje is in handen van de opstandelingen en de andere helft is loyaal aan de regering. Er heerst een vreselijke chaos, informatie en nieuws ontbreken, een ramp gewoon.'

'En hier? Hoe staan de zaken hier?'

'Nu tamelijk rustig; de afgelopen weken was het veel roeriger. Hier is alles begonnen, weet u dat niet? Vanhier is de opstand opgekomen; vanhier, vanuit Marokko, is generaal Franco vertrokken en is de troepenbeweging in gang gezet. De eerste dagen waren er bombardementen; als antwoord op de opstand viel de luchtmacht van de Republiek het Hoge Commissariaat aan, maar door stomme pech misten ze hun doel en een van de Fokkers veroorzaakte nogal wat burgergewonden, de dood van een aantal Moorse kinderen en de verwoesting van een moskee, met als gevolg dat de Moren die actie als een aanval op hen beschouwden en zich automatisch aan de kant van de opstandelingen schaarden. Anderzijds hebben er ook talrijke arrestaties en fusillades plaatsgevonden van verdedigers van de Republiek die tegen de opstand zijn; de Europese gevangenis zit bomvol en er is een soort gevangenenkamp, El Mogote, opgezet. Uiteindelijk, na de val van ons vliegveld Sania Ramel, vlak bij dit ziekenhuis, was het afgelopen met het regeringsbolwerk in het Protectoraat, dus wordt inmiddels heel Noord-Afrika beheerst door de rebellerende militairen en is de situatie min of meer gekalmeerd. De strijd woedt nu in alle hevigheid op het Iberisch schiereiland.'

Met zijn linkerduim en -wijsvinger wreef hij in zijn ogen; daarna liet hij zijn hand langzaam naar boven glijden, over zijn wenkbrauwen, zijn voorhoofd en de haargrens, over zijn kruin en zijn nek, tot hij bij zijn hals was. Hij sprak zacht, als voor zichzelf.

'En nou maar afwachten wanneer die vervloekte rotzooi eindigt...'

Ik haalde hem uit zijn overpeinzingen: ik kon de onzekerheid geen moment langer verdragen.

'Maar kan ik nu vertrekken of niet?'

Mijn vraag deed hem terugkeren naar de werkelijkheid. Helemaal.

'Nee. Geen sprake van. U kunt nergens heen, en al helemaal niet naar Madrid. Daar houdt vooralsnog de regering van de Republiek stand. Met steun van de bevolking, en ze bereiden zich voor op een langdurig verzet.'

'Maar ik moet terug,' drong ik zwakjes aan. 'Daar is mijn moeder, mijn huis...'

Hij begon weer te praten, terwijl hij zijn best deed zijn geduld te bewaren. Mijn vasthoudendheid werd steeds vervelender voor hem, al probeerde hij me gezien mijn precaire toestand niet te kwetsen. In andere omstandigheden zou hij me waarschijnlijk met heel wat minder egards hebben behandeld.

'Luister, ik weet niet waar uw voorkeur ligt, bij de regering of bij de opstandelingen.' Zijn stem klonk weer streng; na een kort moment van mismoedigheid had hij zijn kracht hervonden; waarschijnlijk hadden de vermoeidheid en de spanning van de bewogen dagen hem even de rekening gepresenteerd. 'Na alles wat ik de afgelopen weken heb moeten zien, interesseert uw positie me eerlijk gezegd maar weinig, sterker nog, ik wil liever niets weten. Ik beperk me ertoe mijn werk te doen en probeer politieke kwesties buiten beschouwing te laten; daar houden zich helaas al genoeg mensen mee bezig. Maar ironisch genoeg staat het geluk nu eens aan uw kant, al zult u dat bijna niet kunnen geloven. Hier, in Tétouan, het centrum van de opstand, zult u volstrekt veilig zijn omdat buiten mij niemand zich druk maakt om uw akkefietjes met de wet, en die zijn behoorlijk troebel, dat kan ik u wel zeggen. Voldoende om u onder normale omstandigheden een flinke tijd in de cel te zetten.'

Ik wilde protesteren, gealarmeerd en paniekerig. Hij gaf me de kans niet: hij stak zijn hand op om me tegen te houden en ging verder.

'Ik neem aan dat ze in Madrid de meeste politiezaken en alle rechtszaken die niet politiek of heel ernstig zijn opschorten. Met wat ze daar nu op hun bordje hebben gekregen geloof ik nooit dat ze een vermeende oplichtster van een firma in schrijfmachines en een vermoedelijke dievegge van haar vaders vermogen, aangegeven door haar eigen broer, tot in Marokko zullen achtervolgen. Tot voor een paar weken zouden het tamelijk ernstige delicten zijn geweest, maar vandaag de dag zijn het onbeduidende kwesties in vergelijking met wat ze in de hoofdstad voor hun kiezen krijgen.'

'Dus?' vroeg ik onzeker.

'Dus verroert u zich niet. U onderneemt geen enkele poging om Tétouan te verlaten, en verder doet u er alles aan om me niet het minste probleem te bezorgen. Mijn taak is toezien op de orde en veiligheid in deze zone van het Protectoraat, en ik geloof niet dat u daarvoor een ernstige bedreiging vormt. Maar uit voorzorg wil ik u niet uit het oog verliezen. Dus u blijft een tijdje hier en werkt zich niet in de nesten. En zie dit niet als een advies of suggestie, maar als een strikt bevel. Het gaat om een bijzondere vorm van hechtenis: ik stop u niet in de cel en onderwerp u evenmin aan huisarrest, dus hebt u een zekere bewegingsvrijheid. Maar het is u volstrekt verboden de stad zonder mijn toestemming te verlaten, is dat duidelijk?'

'Tot wanneer?' vroeg ik zonder een bevestigend antwoord te geven. Het idee voor onbepaalde tijd alleen in die onbekende stad te moeten blijven was in mijn ogen de ergste van alle opties.

'Tot de boel in Spanje gekalmeerd is en we weten waar we aan toe zijn. Dan zal ik besluiten wat we met u gaan doen; op dit moment heb ik noch de tijd, noch de mogelijkheid me met uw zaak bezig te houden. Voorlopig hoeft u slechts één probleem op te lossen: de schuld aan het hotel in Tanger.'

'Maar dat geld heb ik helemaal niet...' verklaarde ik, bijna in tranen.

'Dat weet ik. Ik heb uw bagage grondig doorzocht en vastgesteld dat u afgezien van een allegaartje aan kleding en wat papieren niets bij u hebt. Maar op dit moment bent u de enige die we hebben en zit u even diep in die kwestie als Arribas. Dus zult u, nu hij zijn hielen heeft gelicht, de rekening moeten voldoen. En daar kan ik u niet vanaf helpen, vrees ik, want in Tanger weten ze dat u hier bent, bij mij en uitstekend gelokaliseerd.'

'Maar hij heeft al mijn geld meegenomen...' hield ik aan met een stem waarin opnieuw tranen doorklonken.

'Dat weet ik ook, en doe me een plezier, houd verdorie eens op met huilen. In zijn briefje legt Arribas zelf alles uit: in eigen woorden verklaart hij openlijk wat voor schoft hij is, dat hij u zonder een rooie cent in de kou heeft laten staan en er met uw hele vermogen vandoor is gegaan. En dat terwijl u zijn kind droeg, een kind dat u verloor zodra u voet in Tétouan zette, meteen toen u uit de bus stapte.'

Mijn ontstelde gezicht, mijn tranen en mijn uitdrukking van pijn en frustratie brachten hem ertoe een vraag te stellen.

'Weet u dat niet meer? Ik was degene die u daar opwachtte. De gendarmerie in Tanger had ons bericht over uw komst. Blijkbaar had een hotelpiccolo iets tegen de bedrijfsleider gezegd over uw overhaaste vertrek; hij vond dat u nogal overstuur was en sloeg alarm. Toen ontdekten ze dat u beiden de kamer had verlaten met de bedoeling er niet terug te keren. Aangezien u een flinke rekening had openstaan waarschuwden ze de politie; die spoorde de taxichauffeur op die u naar La Valenciana had gebracht en ze kwamen erachter dat u hiernaartoe op weg was. Normaal gesproken had ik een van mijn mannetjes gestuurd om u in te rekenen, maar omdat de boel de laatste tijd zo hectisch is, houd ik liever overal zelf een oogje op om onaangename verrassingen te vermijden, en zodoende besloot ik u op te wachten. U was nog niet uitgestapt of u viel flauw, in mijn armen; toen heb ik u hierheen gebracht.'

In mijn geheugen begonnen wat vage herinneringen op te doemen. De verstikkende hitte in die bus, die iedereen inderdaad La Valenciana noemde. Het geschreeuw daarbinnen, de manden met levende kippen, de zweetlucht en de uitgewasemde geuren van de lichamen en de pakketten die de Moorse en Spaanse passagiers meesleepten. De gewaarwording van een kleverig vocht tussen mijn benen. En mijn extreme zwakte bij het uitstappen toen we eenmaal in Tétouan waren aangekomen, mijn ontzetting toen ik voelde dat er iets warms en vochtigs langs mijn benen sijpelde. Het donkere, stroperige spoor dat ik achterliet, en zodra ik een voet op het asfalt van de nieuwe stad zette een mannenstem die uit een gezicht kwam dat half beschaduwd werd door de rand van zijn hoed. 'Sira Quiroga? Politie. Komt u mee, alstublieft.' Op dat moment werd ik overweldigd door een eindeloze slapte en merkte ik dat alles wazig werd en mijn benen onder me weggleden. Ik verloor het bewustzijn, en nu, weken later, werd ik opnieuw geconfronteerd met dat gezicht, waarvan ik nog niet wist of het toebehoorde aan mijn beul of aan mijn verlosser.

'Zuster Virtudes heeft me op de hoogte gehouden van uw ziekteverloop. Ik probeer u al dagen te spreken te krijgen, maar tot nu hadden ze het me verboden. U lijdt aan pernicieuze anemie, vertelden ze me, en aan nog wat zaken. Maar blijkbaar gaat het nu beter met u, want vandaag mocht ik u bezoeken en een dezer dagen wordt u ontslagen.'

'Waar moet ik dan heen?' Mijn verontrusting was zeker zo groot als mijn angst. Ik voelde me niet in staat in mijn eentje een onbekende werkelijkheid het hoofd te bieden. Nog nooit had ik iets zonder hulp gedaan, altijd was er iemand geweest die me de weg had gewezen: mijn moeder, Ignacio, Ramiro. Ik voelde me waardeloos, niet geschikt om het leven en zijn verwikkelingen in mijn eentje te trotseren. Niet in staat te overleven zonder een hand die me stevig vasthield, zonder een hoofd dat de beslissingen voor me nam. Zonder iemand naast me op wie ik vertrouwde en van wie ik afhankelijk was.

'Daar ben ik mee bezig,' zei hij, 'een plekje voor u zoeken, en denk maar niet dat dat eenvoudig is zoals de zaken er nu voor staan. In elk geval zou ik enkele gegevens over uw geschiedenis willen horen die me vooralsnog zijn ontgaan, dus als u zich sterk genoeg voelt, zou ik morgen willen terugkomen zodat u me alles wat u is overkomen zelf kunt vertellen. Wie weet kan een kleinigheid ons helpen bij het oplossen van de problemen waarin u nu verkeert dankzij uw man, uw verloofde...'

'... of wat die klootzak ook mag zijn,' vulde ik bitter en met een licht ironische grimas aan.

'Was u getrouwd?' vroeg hij.

Ik schudde mijn hoofd.

'Beter voor u,' concludeerde hij kortaf. Hij keek op zijn horloge. 'Goed, ik zal u niet langer vermoeien,' zei hij terwijl hij opstond. 'Voor vandaag is het wel genoeg. Morgen kom ik terug. Hoe laat weet ik nog niet, zodra ik een gaatje heb, we hebben het ontzettend druk.'

Ik sloeg hem gade terwijl hij haastig naar de deur liep, met de soepele, gedecideerde tred van iemand die geen tijd verloren laat gaan. Vroeg of laat, wanneer ik hersteld was, zou ik moeten uitzoeken of die man inderdaad in mijn onschuld geloofde, of dat hij zich gewoon wilde bevrijden van de last die ik voor hem betekende en die op een heel ongelegen moment uit de lucht was komen vallen. Nu kon ik daar niet over nadenken: ik was uitgeput en bang. Het enige wat ik wilde was in een diepe slaap vallen en alles vergeten.

Commissaris Vázquez kwam de volgende dag terug, om zeven of acht uur 's avonds, toen de hitte wat was afgenomen en het licht minder fel geworden was. Zodra ik hem door de deur aan de andere kant van de zaal zag binnenkomen, steunde ik op mijn ellebogen en duwde mezelf moeizaam overeind. Toen hij bij mijn bed was, ging hij op dezelfde stoel zitten als de dag ervoor. Ik begroette hem niet eens. Ik schraapte alleen mijn keel, slikte, en begon alles wat hij wilde horen te vertellen.

7

Dat tweede bezoek van don Claudio vond plaats op een vrijdag eind augustus. Maandag kwam hij me halverwege de ochtend halen: hij had onderdak voor me gevonden en wilde me zelf naar mijn nieuwe adres brengen. In andere omstandigheden zou dat ogenschijnlijk hoffelijke gedrag op een andere manier geïnterpreteerd kunnen worden, maar op dat moment bestond er noch bij hem, noch bij mij ook maar de minste twijfel over dat zijn belangstelling voor me zuiver beroepsmatig was, een voorzorgsmaatregel om grotere complicaties te voorkomen.

Toen hij arriveerde was ik aangekleed. Met niet bij elkaar passende kleding die me te ruim was geworden, mijn haren in een strakke knot, half zittend op het voeteneind van het al opgemaakte bed. Met aan mijn voeten mijn koffer, gevuld met de miserabele resten van mijn schipbreuk, en mijn knokige vingers verstrengeld in mijn schoot terwijl ik vergeefs probeerde krachten te verzamelen. Toen ik hem zag aankomen wilde ik opstaan, maar hij beduidde me dat ik moest blijven zitten. Hij nam plaats op de rand van het bed tegenover me en zei slechts: 'Wacht even. We moeten praten.'

Hij keek me aan met zijn donkere ogen die dwars door een muur heen konden gaan. Inmiddels was ik erachter dat hij geen grijzende jongeman was en evenmin een jeugdig ogende oude man; hij was ergens tussen de veertig en vijftig, welgemanierd maar gehard door zijn werk, goedgebouwd en met een zwaar op de proef gestelde geest door zijn omgang met schurken van allerlei allooi. Een man, dacht ik, met wie ik onder geen beding problemen moest krijgen.

'Luister, dit is niet de gebruikelijke procedure die we op mijn bureau volgen; gezien de huidige omstandigheden maak ik een uitzondering, maar ik wil dat u heel goed beseft wat uw werkelijke situatie is. Hoewel ik persoonlijk geloof dat u het argeloze slachtoffer bent van een smeerlap, is het de rechter die zich over dergelijke kwesties moet uitspreken, niet ik. Maar zoals de zaken nu staan, in deze chaotische tijden, vrees ik dat een rechtszaak ondenkbaar is. En we zouden er niets bij winnen als we u, tot God mag weten wanneer, in een cel stoppen. Dus zoals ik laatst al zei, laat ik u vrij maar, let wel, gecontroleerd en met beperkte bewegingsvrijheid. En om u niet in verleiding te brengen, krijgt u uw paspoort niet terug. Bovendien bent u vrij op voorwaarde dat u, zodra u helemaal hersteld bent, een fatsoenlijke manier zoekt om uw brood te verdienen en te sparen om uw schuld bij het Continental af te lossen. In uw naam heb ik een jaar de tijd gevraagd om de rekening te voldoen en daar zijn ze mee akkoord gegaan, dus u kunt even vooruit en alles aanpakken om dat geld bij elkaar te krijgen, maar op een nette manier en zonder aanvaringen met de wet, duidelijk?'

'Ja, meneer,' prevelde ik.

'En stelt u me niet teleur; probeer me geen streek te leveren en dwing me niet serieus achter u aan te gaan, want mocht u me tarten, dan stel ik de machinerie in werking, zet ik u op de eerste boot die weer naar Spanje gaat en zit u voor u het weet zeven jaar in de vrouwengevangenis Quiñones, begrepen?'

Op zo'n vreselijk dreigement kon ik niets samenhangends antwoorden; ik knikte alleen maar. Toen stond hij op; ik even later ook. Hij deed het snel en soepel; ik moest me enorm inspannen om zijn bewegingen te kunnen volgen.

'Vooruit dan maar,' besloot hij. 'Laat maar, ik draag uw koffer wel, u bent amper in staat uw eigen schaduw mee te torsen. De auto staat voor de deur; neem afscheid van de nonnen, bedank ze voor hun goede zorgen en dan gaan we.'

In zijn wagen reden we door Tétouan en voor het eerst kon ik een deel van de stad zien die voor onbepaalde tijd mijn stad zou moeten worden. Het Hospital Civil lag in een buitenwijk; langzaam reden we naar het centrum. Naarmate we verder kwamen groeide het aantal zielen op straat. Zo tegen het middaguur waren de straten bomvol. Auto's reden er bijna niet, maar de commissaris moest om de haverklap toeteren om zich een weg te banen tussen de mensen die ongehaast door elkaar krioelden. Er waren mannen in lichte linnen pakken en met panamahoed, rennende kinderen in korte broek en Spaanse vrouwen met hun boodschappenmand vol groente. Er waren moslims met tulband en gestreepte boernoesen, en moslimvrouwen gehuld in wijde gewaden die alleen hun ogen en voeten vrijlieten. Er waren soldaten in uniform en meisjes in gebloemde zomerjurken, inheemse kinderen die blootsvoets tussen de kippen speelden. Het geluid van stemmen, zinnen en losse woorden in het Arabisch en Spaans, voortdurende groeten aan de commissaris wanneer iemand zijn auto herkende. Het viel moeilijk te geloven dat nog maar een paar weken eerder in die sfeer iets was opgekomen wat zich inmiddels liet aanzien als een burgeroorlog.

Onderweg spraken we niet; het tochtje was niet bedoeld als plezierrit, maar als strikte afhandeling van een formaliteit die hem noodzaakte mij van de ene plek naar de andere te vervoeren. Maar af en toe, wanneer de commissaris vermoedde dat we iets voor ogen kregen wat vreemd of nieuw voor me kon zijn, wees hij ernaar met een hoofdbeweging en zonder zijn blik van de weg af te wenden benoemde hij het met een paar karige woorden. 'Vrouwen uit het Rifgebergte,' herinner ik me dat hij zei terwijl hij een groep Marokkaanse vrouwen aanduidde die waren uitgedost met gestreepte rokken en grote strohoeden waaraan gekleurde kwastjes bungelden. De tien of vijftien minuten die de rit duurde waren voldoende voor me om vormen in me op te nemen, geuren te ontdekken en de naam te leren van enkele gestalten waarmee ik in die nieuwe fase van mijn leven dagelijks zou moeten samenleven. Het Hoge Commissariaat, cactusvijgen, het paleis van de kalief, de waterdragers met hun ezels, de Moorse wijk, het Dersa- en Gorguesgebergte, kruidenierswinkeltjes die *bakalitos* heetten, geurige munt.

Op de plaza de España stapten we uit de auto; een stel Moortjes kwam aansnellen om mijn bagage te dragen en de commissaris liet ze hun gang gaan. Toen liepen we La Luneta in, bij de joodse buurt, bij de medina. La Luneta, mijn eerste straat in Tétouan: smal, rumoerig, oneffen en lawaaierig, met veel mensen, kroegen, cafés en drukke bazaars waar van alles werd gekocht en van alles werd verkocht. We kwamen bij een portiek, gingen naar binnen, klommen een trap op. Op de eerste verdieping belde de commissaris aan.

'Hallo, Candelaria. Hier is het vrachtje waar je op wachtte.' Onder de blik van de stevige, struise vrouw in het rood die de deur had opengedaan, wees mijn metgezel met een korte hoofdbeweging naar mij.

'Maar wat is dat nou voor vrachtje, mijn beste commissaris?' antwoordde ze terwijl ze haar handen in haar zij zette en een krachtig lachsalvo ten beste gaf. Meteen daarop deed ze een stap opzij en liet ons binnen. Ze had een lichte woning, stralend van eenvoud en naar dubieuze smaak ingericht. Ze bezat ook een ogenschijnlijk aangeboren vrijmoedigheid, die echter de indruk niet kon wegnemen dat het bezoekje van de agent grote spanning bij haar teweegbracht.

'Een speciaal vrachtje, afkomstig van mij,' verduidelijkte hij terwijl hij mijn koffer onder de kalender met een afbeelding van een Heilig Hart in het halletje neerzette. 'U dient deze señorita voor een tijdje in huis te nemen, vooralsnog zonder haar daar een cent voor te rekenen; later, als ze de kost gaat verdienen, regelt u het onderling maar.'

'Nee toch, in godsnaam, mijn huis zit al barstensvol! Er komt elke dag zeker een half dozijn figuren langs die ik ook niet kan hebben!'

Ze loog, dat was duidelijk. De robuuste donkere vrouw loog, en hij wist het.

'Ga nou niet zielig doen, Candelaria; ik heb u al gezegd dat u haar hoe dan ook in huis moet nemen.'

'Maar sinds dat gedoe met de opstand komen er almaar mensen die onderdak zoeken, don Claudio! Ik heb de matrassen al op de grond liggen!'

'Houd op met die smoesjes. Het scheepvaartverkeer in de Straat ligt al weken stil en zelfs de meeuwen komen er niet door. Of het u nu bevalt of niet, u zult moeten doen wat ik u vraag; verreken het maar met alles wat u me schuldig bent. Bovendien moet u haar niet alleen onderdak geven, u moet haar helpen ook. Ze kent niemand in Tétouan en sleept een nare geschiedenis mee, dus maak een plekje voor haar, want vanaf dit moment blijft ze hier, duidelijk?'

Ze antwoordde met frisse tegenzin: 'Als glas, meneer, helder als glas.'

'Dan laat ik haar aan uw zorgen over. Mochten zich problemen voordoen, dan weet u waar u me kunt vinden. Het staat me helemaal niet aan haar hier te moeten laten; ze heeft al aardig wat meegemaakt en van u zal ze weinig goeds leren, maar ja...'

De pensionhoudster onderbrak hem onschuldig maar met een zweem van spot: 'U verdenkt mij toch zeker nergens van, of wel soms, don Claudio?'

De commissaris liet zich niet om de tuin leiden door de snorrende toon van de Andalusische.

'Ik verdenk alles en iedereen, Candelaria, daar word ik voor betaald.'

'Maar als ik volgens u zo slecht ben, mijn beste commissaris, waarom brengt u dit schatje dan in godsnaam naar me toe?'

'Omdat ik, dat heb ik al gezegd, zoals de zaken nu staan geen andere plek heb waar ik haar heen kan brengen. Denk maar niet dat ik het met plezier doe. In elk geval draagt u nu de verantwoordelijkheid voor haar, u vindt wel iets waarmee ze aan de kost kan komen; ze zal nog lang niet terug kunnen naar Spanje en ze moet geld verdienen, want ze heeft hier nog wat te vereffenen. Wellicht kunt u haar aan een baantje als verkoopster helpen, of in een kapperszaak. Een fatsoenlijk baantje in elk geval, kijk maar. En doe me een plezier en noem me niet meer "mijn beste commissaris", dat heb ik u al honderden malen gezegd.'

Toen nam ze me op, schonk voor het eerst aandacht aan me. Van top tot teen, snel en zonder nieuwsgierigheid, alsof ze simpelweg de omvang taxeerde van de last die zojuist op haar was gevallen. Daarna keek ze weer naar mijn metgezel en met een spottende berusting accepteerde ze de opdracht.

'Wees maar gerust, don Claudio, want Candelaria neemt haar wel onder haar vleugeltjes. Ik zie wel waar ik haar onderbreng, maar maak u geen zorgen, u weet wel dat ze bij mij in de zevende hemel zal zijn.'

De hemelse beloften van de pensionhoudster leken de agent niet echt te overtuigen, want om de bepalingen van mijn verblijf aldaar te benadrukken vond hij het nodig de duimschroeven nog wat strakker aan te draaien. Hij veranderde zijn intonatie en met geheven wijsvinger gaf hij een laatste waarschuwing, die geen scherts als antwoord duldde.

'Pas op, Candelaria, pas op en wees voorzichtig, want de boel is heel gespannen en ik wil niet meer problemen dan strikt noodzakelijk is. En waag het niet haar bij een van uw louche praktijken te betrekken. Ik vertrouw u voor geen cent, geen van beiden, dus houd ik u constant in de gaten. En zodra ik iets over vreemde acties hoor, neem ik u allebei mee naar het bureau en dan krijgt zelfs de koning u er niet uit, begrepen?'

We prevelden allebei oprecht: 'Ja, meneer.'

'Afgesproken. Dus herstellen en zodra u daartoe in staat bent aan het werk.'

Ten afscheid keek hij me aan en hij leek even te aarzelen of hij me een hand zou geven of niet. Uiteindelijk besloot hij het niet te doen en hij sloot onze ontmoeting af met een spaarzame zin: 'Pas op uzelf, we spreken elkaar.' Toen verliet hij de woning en draafde lichtvoetig de trap af terwijl hij zijn hoed met een hand op zijn hoofd drukte. We keken hem zwijgend vanuit de deuropening na tot hij uit ons blikveld verdween, en net toen we naar binnen wilden gaan, hoorden we zijn voetstappen halt houden en zijn stem door het trappenhuis galmen: 'Ik gooi u allebei in de kerkers, en daar krijgt zelfs het kindje Jezus u niet uit!'

'Val dood, klootzak!' was het eerste wat Candelaria zei nadat ze de deur met een zet van haar kolossale achterwerk had gesloten. Vervolgens keek ze me aan en glimlachte lusteloos om mijn verbijstering enigszins weg te nemen. 'Een duivelse vent, ik word hartstikke gestoord van hem. God mag weten hoe hij het voor elkaar krijgt, maar er ontgaat hem niks en ik heb hem de godganse dag op mijn nek zitten.'

Daarna zuchtte ze zo krachtig dat haar volumineuze voorgevel werd opgeblazen en weer leegliep alsof er twee ballonnen onder haar strakgespannen jurk van dunne katoen zaten.

'Vooruit, schatje, kom verder, je krijgt een kamertje aan de achterkant. Die vervloekte opstand ook. Alles en iedereen staat op zijn kop en op straat is het een en al heibel en in de kazernes bloed! Laten we maar hopen dat die herrie snel voorbij is en dat we weer normaal kunnen leven! Ik moet even weg, wat zaakjes regelen; jij blijft hier en pakt je spulletjes uit, en als ik tegen etenstijd terug ben, vertel je me alles eens rustig op je gemak.'

Schreeuwend in het Arabisch sommeerde ze een Moors meisje van amper vijftien te komen; ze kwam de keuken uit terwijl ze haar handen afdroogde aan een doek. Samen begonnen ze wat op te ruimen en het bed te verschonen in het piepkleine kamertje zonder ventilatie dat vanaf die avond mijn slaapkamer zou zijn. En daar installeerde ik me; ik had geen idee hoe lang ik daar moest blijven en welke koers mijn toekomst zou nemen.

Candelaria Ballesteros, in Tétouan beter bekend als Candelaria de smokkelaarster, was zevenenveertig en had, zoals ze zelf aangaf, vaker onder vuur gelegen dan de kazerne van de Regulares. Ze ging door voor weduwe, maar ze wist zelf niet of haar echtgenoot tijdens een van zijn vele bezoeken aan Spanje was gestorven, of dat de brief uit Málaga die ze zeven jaar eerder had ontvangen met het bericht van zijn verscheiden na een longontsteking gewoon een schaamteloos verzinsel was geweest om ertussenuit te kunnen knijpen zonder dat iemand hem zou zoeken. De misère van het leven als dagloner in de Andalusische olijfgaarden ontvluchtend was het echtpaar na de Rifoorlog in 1926 neergestreken in het Protectoraat. Vanaf dat moment wijdden beiden zich aan de meest uiteenlopende handeltjes, geen ervan echt zuivere koffie, en waarvan hij de schamele opbrengsten welwillend had geïnvesteerd in feesten, bordelen en glazen Fundador-brandy. Ze hadden geen kinderen en toen haar Francisco in rook opging en haar alleen achterliet, en zonder de contacten met Spanje om door te gaan met het smokkelen van alles wat maar in hun handen was gevallen, besloot Candelaria een woning te huren en daar een bescheiden pension van te maken. Maar dat betekende niet dat ze ophield met kopen, verkopen, weer kopen en verkopen, ruilen en hardnekkig onderhandelen over alles waar ze maar de hand op kon leggen. Munten, sigarettenkokers, zegels, pennen, kousen, horloges, aanstekers: alles van schimmige herkomst, alles met een onduidelijke bestemming.

In haar woning in de calle La Luneta, tussen de Moorse medina en de Spaanse wijk, herbergde ze zonder aanzien des persoons iedereen die aanbelde en om een bed vroeg, doorgaans mensen met weinig middelen en nog minder aspiraties. Met hen, en met alles wat ze tegenkwam, probeerde ze het op een akkoordje te gooien: ik verkoop aan jou, ik koop van jou, ik geef wat toe; jij bent me iets schuldig, ik jou, en geef jij nou wat toe. Maar altijd omzichtig, altijd heel omzichtig, want Candelaria de smokkelaarster met haar supervrouwelijke uiterlijk, haar louche zaakjes en haar flair, die zelfs de meest vastberaden persoon van zijn stuk bracht, was verre van gek en ze wist dat met commissaris Vázquez niet te sollen viel. Een grapje hier en een ironische opmerking daar wellicht, maar met illegale praktijken was het oppassen geblazen, want als hij haar in de kraag kon vatten, zou hij meer doen dan alleen maar alles in beslag nemen, want, zoals ze zelf zei: 'Mocht-ie me met mijn vingers in de suikerpot betrappen, dan neemt-ie me hoogstpersoonlijk mee naar het bureau, en dan zijn de rapen gaar.'

Het aardige Moorse meisje hielp me met mijn spulletjes. Samen pakten we mijn schaarse bezittingen uit en hingen ze op aan de ijzeren hangertjes in wat voor de kast doorging, eigenlijk gewoon een houten kist met bij wijze van gordijntje een lap stof ervoor. Dat meubelstuk, een kaal peertje en een oud bed met een dunne geitenharen matras vormden het meubilair in het vertrek. Een oude kalender met een afbeelding van nachtegalen, met de complimenten van barbierszaak El Siglo, zorgde voor de enige kleurige noot op de gekalkte muren waarop een zee van lekkagesporen zichtbaar was. In een hoek, op een hutkoffer, was weinig gebruikt huisraad opgestapeld: een hoge rieten mand, een gebarsten lampetkom, twee of drie schilferige po's en een stel verroeste ijzeren kooien. Sober, grenzend aan armoedig, maar de kamer was schoon, en terwijl ze me hielp het rommeltje aan gekreukte kledingstukken dat mijn hele bezit vormde te ordenen, herhaalde het meisje met de zwarte ogen: 'Siñorita, jij niet zorgen maken; Jamila wassen, Jamila strijken kleren van siñorita.'

Mijn krachten lieten nog te wensen over en de minieme inspanning van het verplaatsen en leeghalen van de koffer was genoeg om me te dwingen steun te zoeken, want alles om me heen begon te draaien. Ik ging op het voeteneind van het bed zitten, sloot mijn ogen en sloeg mijn handen voor mijn gezicht terwijl ik met mijn ellebogen op mijn knieën steunde. Na een paar minuten was de duizeligheid voorbij; ik keerde terug naar het heden en zag dat de jonge Jamila me bezorgd gadesloeg. Ik keek rond. De donkere kamer, sober als een kloostercel, was er nog steeds, en ook mijn gekreukte kleding aan de hangertjes en de geleegde koffer op de vloer. En ondanks de onzekerheid die vanaf die dag als een afgrond voor me lag, bedacht ik met een zekere opluchting dat ik, hoe slecht het ook zou worden, in elk geval een beschut plekje had.

Een uurtje later was Candelaria terug. Kort daarvoor en daarna arriveerde de bescheiden keur aan gasten die kost en onderdak in het huis hadden gevonden. De klandizie bestond uit een vertegenwoordiger van kappersproducten, een ambtenaar van de posterijen, een gepensioneerde leraar, een tweetal verzuurde zusters op leeftijd, een dikke weduwe met een zoon die ze ondanks zijn diepe stem en het dons dat welig op zijn gezicht tierde nog Paquito noemde. Allen groetten me beleefd toen de hospita me voorstelde, allen gingen vervolgens in stilte op de hun toegewezen plek aan tafel zitten: Candelaria aan het hoofd, de rest verdeeld over de lange zijden. De vrouwen en Paquito aan de ene kant, de mannen tegenover hen. 'Jij aan de andere kop,' beval ze me. Aan één stuk door kletsend over hoe duur het vlees was geworden en hoe mooi de meloenen dat jaar waren, begon ze iedereen stoofpot op te scheppen. Ze wendde zich tot niemand in het bijzonder en toch leek ze er enorm op gebrand te blijven praten, al waren de onderwerpen nog zo banaal en was de aandacht van de eters miniem. Zonder een woord te zeggen begonnen ze allemaal te eten terwijl ze ritmisch het bestek van het bord naar hun mond brachten. Er was niets anders te horen dan de stem van de hospita, het geluid van lepels die tegen het aardewerk stootten en van kelen die het eten doorslikten. Maar toen Candelaria even niet oplette, begreep ik opeens de reden van haar voortdurende gebabbel: het eerste gaatje dat in haar georeer viel toen ze Jamila naar de eetkamer riep werd meteen benut door een van de gezusters om tweedracht te zaaien, en toen snapte ik waarom Candelaria per se zelf aan het woord wilde blijven en het gesprek met vaste stuurmanshand wilde aanvoeren.

'Badajoz is gevallen, zeggen ze.' De woorden van de jongste van de twee rijpe zusters leken evenmin aan iemand in het bijzonder gericht; aan de waterkan misschien, of het zoutvaatje, het olie- en azijnstel of het schilderij van het Laatste Avondmaal dat enigszins scheefhangend de wand tooide. Haar toon klonk gemaakt onverschillig, alsof ze commentaar leverde op de temperatuur van die dag of op de smaak van de erwten. Ik wist echter meteen dat die inmenging even onschuldig was als een net geslepen zakmes.

'Wat zonde, zoveel goede jongens die zich hebben opgeofferd om de wettige regering van de Republiek te verdedigen; zoveel jonge krachtige levens verspild, en dat terwijl ze zo'n appetijtelijke vrouw als u zoveel plezier hadden kunnen schenken, Sagrario.'

De bijtende repliek kwam voor rekening van de vertegenwoordiger en vond weerklank in het geschater van de overige mannelijke bewoners. Zodra doña Herminia in de gaten kreeg dat haar Paquito de inmenging van de verkoper van haargroeimiddeltjes ook grappig had gevonden, verkocht ze de jongen een flinke klap tegen zijn kop waarvan hij tot in zijn nek rood kleurde. Toen schoot de oude leraar de jongen op bedachtzame toon zogenaamd te hulp. Zonder zijn ogen van zijn bord te halen oordeelde hij: 'Lach niet, Paquito. Ze zeggen dat van lachen je bovenkamer opdroogt.'

Hij kon zijn zin nauwelijks afmaken want de moeder van het joch trad op. 'Daarom heeft het leger in opstand moeten komen: om een eind te maken aan al dat gelach, al die vreugde, al die losbandigheid waardoor Spanje naar z'n mallemoer ging...'

En toen leek de jacht geopend. De drie mannen aan de ene kant en de drie vrouwen aan de andere verhieven bijna gelijktijdig hun stem in een gekakel waarbij niemand naar een ander luisterde en allen zich schor schreeuwden aan beschimpingen en rotopmerkingen. Verdorven rooie, ouwe kwezel, duivelszoon, zuurpruim, ontaarde atheïst en tientallen andere kwalificaties om de tegenover zittende tafelgenoot te vernederen vlogen in een kruisvuur van woedend geschreeuw door de lucht. De enigen die zwegen waren Paquito en ikzelf: ik omdat ik nieuw was en noch de kennis, noch een mening over het verloop van de strijd had, en Paquito vermoedelijk uit angst voor de klinkende oorvijgen van zijn furieuze moeder, die op dat moment met haar mond vol halfgekauwde aardappels en een straaltje olie dat over haar kin sijpelde de leraar uitmaakte voor walgelijke vrijmetselaar en aanhanger van Satan. Aan het andere uiteinde van de tafel onderging Candelaria intussen seconde na seconde een gedaanteverwisseling: de woede blies haar vrouwenlijf op en haar gezicht, kort daarvoor nog vriendelijk, werd roder en roder, tot ze zich niet meer kon inhouden en zo hard met haar vuist op tafel sloeg dat de wijn uit de glazen sprong, de borden tegen elkaar aan botsten en de saus van het stoofgerecht over het tafellaken gulpte. Haar stem verhief zich bulderend boven die van de anderen.

'Als er in dit bevoorrechte huis nog één woord over die vervloekte oorlog wordt gezegd, gooi ik u allemaal de straat op en smijt ik u de koffers vanaf het balkon achterna.'

Met tegenzin en elkaar dodelijke blikken toewerpend bond iedereen in en at verder, terwijl ze hun woede maar met moeite konden bedwingen. De horsmakreel van de tweede gang werd vrijwel in stilte genuttigd; de watermeloen van het toetje dreigde vanwege de felrode kleur even gevaarlijk te worden, maar het kwam niet tot een nieuwe uitbarsting. De middagmaaltijd eindigde zonder verdere incidenten; daarvoor hoefden we trouwens alleen maar op de avondmaaltijd te wachten. Toen volgden als aperitiefje weer de ironische opmerkingen en dubbelzinnige grappen; vervolgens de giftige pijlen en de verwensingen over en weer, het kruisjes slaan en uiteindelijk de zware beledigingen en het gooien van korsten brood, die als doelwit het oog van de tegenstander hadden. En tot slot opnieuw de bulderende waarschuwing van Candelaria omtrent de uitzetting die alle gasten boven het hoofd hing als beide kampen doorgingen elkaar over het tafellaken heen van repliek te dienen. Ik kwam erachter dat dit het normale verloop was gedurende de drie maaltijden in het pension, om de dag en die daartussen ook. De pensionhoudster ontdeed zich echter nooit van ook maar één enkele logé, hoewel ze allemaal hun oorlogszucht en scherpe tong en richtkunst paraat hielden om ongenadig op de vijandelijke flank te schieten. De zaken in het leven van de smokkelaarster stonden er in die tijd van schaarse handeltjes niet zo rooskleurig voor dat ze vrijwillig afzag van datgene wat elk van die arme drommels zonder dak of ankerplaats voor kost, overnachting en recht op een wekelijks bad betaalde. Dus gebeurde het ondanks haar dreigementen maar zelden dat er geen smadelijke opmerkingen, olijvenpitten, politieke verkondigingen, bananenschillen, en in het heetst van de strijd soms een fluim en meer dan één vork, van de ene kant van de tafel naar de andere vlogen. Het leven zelf, uitgevochten op huiselijke schaal.

8

En zo verstreek mijn eerste tijd in het pension in La Luneta, tussen mensen van wie ik nooit veel meer te weten kwam dan hun voornaam en – bovenal – de reden waarom ze daar verbleven. De leraar en de ambtenaar, beiden vrijgezel en op leeftijd, waren stamgasten; de gezusters waren half juli uit Soria overgekomen voor de begrafenis van een familielid, en toen ze terug wilden naar hun streek bleek dat de Straat was afgesloten voor scheepsverkeer; iets soortgelijks overkwam de handelsreiziger in kappersproducten, die door de opstand tegen zijn wil in het Protectoraat vastzat. Wat duisterder waren de motieven van de moeder en haar zoon, al veronderstelde iedereen dat ze op zoek waren naar een wat vage echtgenoot en vader die op een ochtend sigaretten was gaan halen op de plaza Zocodover in Toledo en had besloten niet meer naar huis terug te keren. Te midden van de vrijwel dagelijks oplaaiende knallende ruzies, de echte oorlog die gedurende de zomer meedogenloos voortging en die kliek ontheemde, opvliegende en angstige mensen die het verloop ervan minutieus volgden, voegde ik me naar dat huis en zijn schimmige wereld, verstevigde ik mijn band met de eigenares van dat nerinkje waar ze volgens mij, gezien de aard van de klandizie, maar weinig opbrengsten uit kon halen.

In die tijd kwam ik zelden buiten: er was geen plek waar ik heen kon en niemand om bij langs te gaan. Meestal was ik alleen, of met Jamila, of met Candelaria als ze thuis was, wat niet vaak voorkwam. Soms, als ze niet zo gehaast en druk met haar geritsel bezig was, stond ze erop dat ik met haar mee naar buiten ging om samen een bezigheid voor me te zoeken, want dat gezichtje van je zal net perkament worden, meisje, het krijgt nog geen ietsepietsie zon, zei ze. Soms kon ik haar uitnodiging gewoon niet aannemen, dan had ik er de kracht niet voor, maar andere keren zwichtte ik en dan nam ze me overal mee naartoe, wandelden we door het kronkelige doolhof van straatjes in de Morenwijk en door de moderne, rechtlijnige straten van de Ensanche, de

Spaanse stadsuitbreiding met haar mooie huizen en goedverzorgde mensen. Bij elk etablissement waarvan ze de eigenaar kende vroeg ze of ze een baantje voor me hadden, of ze iemand wisten die werk had voor het toegewijde meisje dat dag en nacht wilde werken, voor mij dus. Maar het waren moeilijke tijden en al klonken de schoten ver weg, iedereen leek diep getroffen door het onzekere verloop van de strijd, maakte zich zorgen over zijn dierbaren ginds in Spanje, over de verblijfplaats van die en die, de opmars van de troepen aan het front, de levenden, de doden en dat wat nog in het verschiet lag. In die omstandigheden wilde vrijwel niemand zijn zaak uitbreiden of nieuw personeel aannemen. En hoewel we die uitjes doorgaans afsloten met een kop Moorse thee en een schaal hapjes in een cafeetje op de plaza de España, betekende elke mislukte poging een extra schep beklemming op mijn al bestaande berg, en voor Candelaria, al zei ze dat niet, een extra hapje zorgen erbij.

Mijn fysieke gezondheid verbeterde in hetzelfde tempo als die van mijn gemoed, met een slakkengangetje dus. Ik bleef vel over been en mijn vale, grauwe gelaat contrasteerde sterk met de zongebruinde gezichten om me heen. Mijn gevoelens zaten nog klem en mijn geest was moe; ik voelde me bijna nog even verscheurd als op de eerste dag dat Ramiro me verlaten had. Ik bleef heimwee houden naar het kind, over wiens prenatale bestaan ik maar enkele uren zekerheid had gehad, en ik werd verteerd door zorgen over mijn moeder daarginds in het belegerde Madrid. Ik bleef angstig vanwege de aangiften die tegen me waren gedaan en don Claudio's waarschuwingen, was doodsbang bij het idee dat ik de openstaande schuld niet zou kunnen aflossen en in de gevangenis zou eindigen. Nog altijd droeg ik de paniek bij me en bleven mijn wonden akelig schrijnen.

Een van de effecten van een blinde, uitzinnige verliefdheid is dat je je zintuigen uitschakelt voor wat er in je omgeving gebeurt. Ze dwingt je zoveel aandacht aan één enkel wezen te besteden dat je geïsoleerd raakt van de rest van het universum, ze houdt je in een pantser gevangen en plaatst je buiten de andere werkelijkheden, ook al spelen die zich voor je neus af. Toen alles uiteenspatte, besefte ik dat de acht maanden dat ik met Ramiro samen was zo intens waren geweest dat ik verder eigenlijk met niemand echt contact had gehad. En toen pas werd ik me mijn eenzaamheid ten volle bewust. In Tanger had ik nooit de moeite genomen banden met iemand aan te knopen: ik had voor niemand anders belangstelling gehad dan voor Ramiro en alles wat met hem te maken had. Maar in Tétouan was hij er niet meer, en met hem waren mijn houvast en referentiepunten verdwenen; daarom moest ik leren op eigen benen te staan, aan mezelf te denken en ervoor te vechten dat de last van zijn afwezigheid stukje bij beetje minder treurig werd. Zoals in de folder van Instituut Pitman stond: lang en steil is het pad des levens.

Augustus liep ten einde en september deed zijn intrede met minder lange avonden en frissere ochtenden. De dagen gingen traag voorbij boven de drukte in La Luneta. Mensen betraden en verlieten winkels, cafés en bazaars, liepen door de straat, bleven voor etalages staan en maakten op de hoek een praatje met bekenden. Terwijl ik vanuit mijn wachttoren het veranderende licht en die tomeloze dynamiek gadesloeg, drong het steeds sterker tot me door dat ik ook in beweging moest komen, een productieve activiteit moest ontwikkelen om niet langer op Candelaria's liefdadigheid te teren, en dat ik moest beginnen de duro's bij elkaar te schrapen waarmee ik mijn schuld kon aflossen. Maar het lukte me niet dat te bewerkstelligen, en om mijn inactiviteit en mijn onvermogen een bijdrage te leveren aan de financiën van het huis te compenseren, probeerde ik in elk geval zo veel mogelijk te helpen met het huishoudelijke werk en niet enkel een last te zijn die even improductief was als een afgedankt meubelstuk. Ik schilde aardappelen, dekte de tafel en hing op het dakterras de was op. Ik hielp Jamila met stof afnemen en ramen zemen, ik leerde wat Arabische woordjes van haar en liet me onthalen op haar eeuwige glimlach. Ik gaf de planten water, klopte de kleden en voorzag kleine klusjes die iemand vroeg of laat zou moeten doen. In overeenstemming met de temperatuursverandering moest het pension voor de naderende herfst worden klaargemaakt en ik droeg mijn steentje bij. We maakten de bedden in alle kamers winterklaar, wisselden de lakens om, verwijderden de zomerspreien en haalden de winterexemplaren van zolder. Toen zag ik dat een groot deel van het linnengoed dringend aan een verstelbeurt toe was, dus zette ik een grote mand bij het balkon en begon met het herstellen van scheuren en zomen en het afwerken van rafels.

En toen gebeurde het onverwachte. Ik had me nooit kunnen voorstellen dat de gewaarwording weer een naald vast te houden me zoveel voldoening zou geven. Die ruwe spreien en simpele katoenen lakens hadden niets te maken met de zijde en mousseline in doña Manuela's atelier, en het verstellen ervan was een wereld van verschil met de fijne steekjes die ik ooit maakte om kledingstukken voor de voorname dames in Madrid in elkaar te zetten. Candelaria's eenvoudige eetkamer leek in niets op doña Manuela's atelier, zoals ook de aanwezigheid van het Moorse meisje en het onophoudelijke getwist van mijn oorlogszuchtige medebewoners niet overeenstemden met de entourage die mijn voormalige collegaatjes en onze verfijnde cliënten hadden gevormd. Maar de polsbeweging was dezelfde, en de naald ging weer rap voor mijn ogen heen en weer, en mijn vingers waren trefzeker bezig zoals ze dat jarenlang hadden gedaan, dag in dag uit, op een andere plek en met andere doeleinden. Het genot weer te naaien was zo groot dat het me voor een paar uur terugvoerde naar gelukkiger tijden en voor even de loden last van mijn misère wegnam. Het was alsof ik thuiskwam.

De avond viel en het werd al donker toen Candelaria terugkeerde van een van haar vele tripjes. Ze trof me aan omgeven door stapels zojuist hersteld linnengoed en met de voorlaatste handdoek in mijn handen.

'Vertel me nou niet dat je kunt naaien, meisje!'

Mijn antwoord op die begroeting was voor het eerst sinds lange tijd een bevestigende, bijna triomfantelijke glimlach. Opgelucht dat ze eindelijk een nuttig aspect had ontdekt aan de last die mijn aanwezigheid voor haar werd, nam de pensionhoudster me mee naar haar slaapkamer en maakte zich op de hele inhoud van haar kast op het bed te legen.

'Van deze jurk moet de zoom uitgelegd, van deze jas de kraag gekeerd. Van dit bloesje moet je de naden herstellen en deze rok moet bij de heupen een paar centimeter wijder worden gemaakt, want de laatste tijd heb ik er een paar kilootjes bij gekregen en ik kom er met geen mogelijkheid meer in.'

En zo ging het maar door, tot de enorme berg oude kleding amper in mijn armen paste. Het kostte me slechts één ochtend om haar versleten garderobe weer in orde te brengen. Tevreden over mijn efficiëntie en vastbesloten mijn productieve vermogen volop te benutten, kwam Candelaria die namiddag thuis met een lap cheviot voor een overjas.

'Engelse wol, de beste. Die hebben we uit Gibraltar meegebracht voor de heibel begon. Nou is die bijna niet meer te krijgen. Durf je?'

'Bezorg me een goede schaar, twee meter voering, zes hoornen knopen en een klosje bruin garen. Ik neem nu meteen uw maten en morgenochtend is hij klaar.'

Met die karige middelen en de eettafel als operatiebasis had ik tegen het avondeten de opdracht pasklaar. Voor het ontbijt was de jas af. Ze had haar ogen nog maar net open, de slaap zat er nog in, en haar haren nog in een netje, of Candelaria trok het kledingstuk al over haar nachthemd aan en bestudeerde ongelovig het effect in de spiegel. De schouders voegden zich onberispelijk naar haar beendergestel en de revers vielen aan weerszijden perfect symmetrisch open en verbloemden haar excessieve borstomvang. De taille werd bevallig geaccentueerd door een brede ceintuur, de juiste snit verdoezelde haar omvangrijke heupen. De brede elegante mouwomslagen maakten mijn werk en haar armen af. Het resultaat kon niet bevredigender zijn. Ze bekeek zichzelf van voren, van opzij, van achteren en nogmaals van opzij. Eén keer, nog een keer; nu eens dichtgeknoopt, dan weer openvallend, met de kraag opgezet en de kraag platgestreken. Haar praatzucht was even stilgevallen, zo geconcentreerd taxeerde ze het product. Nogmaals van voren, nogmaals van opzij. En ten slotte haar oordeel.

'Wel verdomme! En hoezo heb je me niet eerder gezegd hoe goed je hierin bent, schatje?'

Twee nieuwe rokken, drie blouses, een overhemdjurk, een stel mantelpakjes, een jas en een winterduster vonden een plek op de hangertjes in haar kast, al naar gelang ze erin slaagde couponnetjes stof te bemachtigen waar ze zo min mogelijk in investeerde.

'Chinese zijde, voel eens, voel maar; twee Amerikaanse aanstekers heeft die Indiër van de bazaar hier beneden me afhandig gemaakt, de vuile rotzak. Gelukkig had ik er nog een paar van vorig jaar, want nu wil die klootzak alleen nog Hassani-geld; ze zeggen dat de flappen van de Republiek eruit gaan en vervangen worden door die van de nationalen, wat een waanzin, meisje,' ratelde ze verhit terwijl ze een pakje openmaakte en een paar meter vuurrode zijde voor me neerlegde.

Een andere keer bracht ze een flinke lap gabardine mee: 'Echte goeie, schatje, echte goeie.' De dag erna was het een coupon paarlemoeren satijn, met het bijbehorende verhaal over hoe ze die bemachtigd had, doorspekt met weinig eervolle vermeldingen aan het adres van de moeder van de jood die haar eraan geholpen had. Een restant karamelkleurige dunne wol, een couponnetje alpaca, een stuk bedrukt satijn, en zo maar door: met pingelen en sjacheren sleepte ze bijna een dozijn lappen stof in de wacht, die ik knipte en naaide en die zij paste en prees. Tot haar vindingrijkheid om materiaal te bemachtigen uitgeput raakte, of tot ze vond dat haar nieuwe garderobe eindelijk goed gesorteerd was, of besloot dat het tijd werd zich aan andere bezigheden te wijden.

'Met alles wat je voor me hebt gemaakt is je schuld bij mij tot de dag van vandaag afgelost,' kondigde ze aan. Tijd om van mijn opluchting te genieten kreeg ik niet, want ze vervolgde meteen: 'En nou gaan we het over de toekomst hebben. Je hebt heel veel talent, kindje, en dat mag je niet verspillen, en al helemaal niet nou je de centen zo goed kan gebruiken om van dat geduvel waar je mee zit af te komen. Je hebt zelf wel gemerkt dat het om de dooie dood niet meevalt een baantje te vinden, dus denk ik dat je het best maar voor anderen kan gaan naaien. Maar met al dat gedonder wat we hebben, ben ik bang dat de mensen de deur van hun huis niet snel voor je zullen openzetten. Je moet je eigen plek hebben, je eigen atelier openen, en dan nog zal het niet makkelijk wezen om klanten te vinden. We moeten er eens goed over nadenken.'

Candelaria de smokkelaarster kende Jan en alleman in Tétouan, maar om zich een goed beeld van de naaiwereld te vormen moest ze verscheidene keren op stap, allerlei contacten hier en daar aanspreken en een gedegen onderzoek naar de situatie ter plekke doen. Een paar dagen nadat het idee was opgekomen hadden we al een honderd procent betrouwbaar overzicht. Toen was ik te weten gekomen dat er twee of drie gerenommeerde kleermaaksters waren naar wie de echtgenotes en dochters van de hoge militairen, van een paar vooraanstaande artsen en van vermogende zakenlieden gingen. Een treetje lager stonden vier of vijf decente naaisters voor de uitgaanskleding en zondagse jassen van de gezinsmoeders van hooggeplaatste ambtenaren. En ten slotte had je een stuk of tien onbeduidende naaisters die thuis langskwamen en net zo makkelijk dusters van perkal maakten als geërfde jurken vermaakten, zomen ophaalden of gaten in sokken stopten. Het panorama was niet optimaal, de concurrentie aanzienlijk, maar ik zou er hoe dan ook iets op moeten verzinnen om een opening voor mezelf te creëren. Hoewel mijn pensionhoudster van mening was dat geen van die beroepsnaaisters daadwerkelijk imponeerde en het overgrote deel een soort huispersoneel vormde dat zo ongeveer tot de familie behoorde, mocht je ze daardoor zeker niet uitvlakken: als ze hun werk goed doen kunnen naaisters een levenslang vertrouwen genieten.

Het idee weer actief te zijn wekte gemengde gevoelens bij me op. Aan de ene kant klopte er een sprankje hoop dat ik al tijden niet had gevoeld. Geld verdienen om mezelf te onderhouden en mijn schulden af te lossen met iets wat ik heel graag deed en waarin ik goed was, dat was gewoon het beste wat me op dat moment kon overkomen. Maar aan de andere kant, als ik de keerzijde van de medaille bezag, pakten de onrust en onzekerheid zich als pikdonkere wolken boven me samen. Om mijn eigen zaak te openen, hoe eenvoudig en klein die ook zou zijn, had ik een beginkapitaal nodig waarover ik niet beschikte, contacten die ik niet had en veel meer geluk dan het leven me de laatste tijd had gegund. Het zou niet makkelijk zijn als naaister een plekje, hoe bescheiden ook, te veroveren: om vertrouwen te winnen en cliënten binnen te halen zou ik vindingrijk moeten zijn, boven het maaiveld moeten uitsteken, iets bijzonders moeten bieden.

Terwijl Candelaria en ik ons het hoofd braken over de weg die ik kon inslaan, kwamen er intussen verscheidene vriendinnen en kennissen van haar naar het pension om me opdrachten te geven: een mooi bloesje, kindje, doe me een plezier; een paar jasjes voor de kleintjes voor als het koud gaat worden. Doorgaans waren het eenvoudige vrouwen en hun financiële draagkracht was navenant. Ze arriveerden met een hele rits kinderen en povere couponnetjes, en ze gingen met Candelaria zitten kletsen terwijl ik aan het naaien sloeg. Ze zuchtten over de oorlog, treurden om het lot van hun dierbaren in Spanje terwijl ze hun tranen depten met de punt van de zakdoek die ze in hun mouw hadden gefrommeld. Ze klaagden steen en been over de dure tijden en vroegen zich angstig af hoe ze in godsnaam hun kroost moesten grootbrengen als de strijd zich voortzette of een vijandelijk schot hun echtgenoot zou doden. Ze betaalden weinig en laat, soms nooit, dat wat ze konden ophoesten. Al met al, en ondanks de kleine beurs van de klanten en de eenvoudige opdrachten, had het simpele feit dat ik weer aan het naaien was de scherpe kantjes van mijn verdriet af geslepen en een kier gemaakt, waardoor inmiddels een zwak lichtstraaltje binnenviel.

9

Tegen het einde van de maand begon het te regenen, een middag, nog een en nog een. Drie dagen lang liet de zon zich amper zien; er waren donderslagen, bliksemschichten, razende windvlagen en bladeren op de doorweekte grond. Ik vervaardigde nog steeds de kledingstukken waarvoor de vrouwen uit de buurt me opdracht gaven: saaie en stijlloze kleren, maaksels van grove stof bestemd om het lichaam tegen de gure weersomstandigheden te beschermen, met maar weinig aandacht voor het esthetische element. Tot Candelaria, tussen een jasje voor de kleinzoon van een buurvrouw en een geruite rok voor de dochter van de portierster door, weer eens gehuld in een van haar onstuimige buien thuiskwam.

'Ik heb het, meisje, ik weet het, ik heb de oplossing!'

Ze kwam van buiten, in haar nieuwe overjas van cheviot die stevig was ingesnoerd rond haar middel, een hoofddoek, en op haar oude, met modder besmeurde schoenen met afgetrapte hakken. Zonder ook maar een moment haar woordenstroom in te dammen begon ze kledingstukken uit te trekken en vertelde ondertussen de bijzonderheden van haar grote ontdekking. Haar machtige boezem rees en daalde terwijl ze hortend ademhalend haar nieuws ontvouwde en zichzelf als een ui afpelde.

'Ik kom net bij de kapper vandaan waar mijn goede vriendin Remedios werkt, want ik moest nog wat zaakjes met haar regelen, en Reme was op dat moment een permanent aan het zetten bij een *gabacha*...'

'Een wat?' onderbrak ik haar.

'Een gabacha: een fransoos, een kakmadam,' verduidelijkte ze haastig voor ze verderging. 'Dat dacht ik dus, dat het een fransoos was, maar even later kwam ik erachter dat ze geen Française maar een Duitse was die ik niet kende, want de andere, de vrouw van de consul en die van Gumpert en Bernhardt, en die van Langenheim, die weliswaar geen Germaanse maar een Italiaanse is, die ken ik wel degelijk, en hoe, want we hebben wat dingetjes gedaan. Goed, maar wat ik zeggen wou is dat

Reme, terwijl ze bezig was met het haar van die gabacha, me vroeg waar ik die prachtige jas vandaan had. En ik zei natuurlijk tegen haar dat een vriendin die voor me had gemaakt, en toen bekeek de gabacha, die later geen gabacha bleek maar een Duitse, zoals ik net al zei, me eens goed, en nog eens, en toen begon ze mee te praten, met dat accent van d'r waardoor het net lijkt of ze je niet iets vertelt maar door de strot duwt, nou, en toen zei die fratsenmadam tegen me dat ze iemand zocht die voor haar kon naaien, maar wel eentje die echt goed kon naaien, en of ik een goed modeatelier wist, maar dan wel van de allerallerbeste, dat ze nog niet lang in Tétouan was en hier een tijd zou blijven, en, nou ja, dat ze iemand zocht. En ik heb tegen haar gezegd...'

'Dat ze hierheen moet komen zodat ik voor haar kan naaien...' was ik haar voor.

'Maar kind, wat bazel je nou, ben je lijp of zo? Zo'n juffer kan ik toch niet hiernaartoe laten komen! Die deftige dames komen bij de generaals en de kolonels, en zijn gewend aan andere zaken en andere plekken, je hebt geen idee wat voor stijl die Duitse eropna houdt en hoeveel poen ze moet hebben.'

'Dus?'

'Dus toen, welk vogeltje me dat influisterde weet ik niet, maar opeens zei ik tegen haar dat ik had gehoord dat ze een haute couture-atelier gaan openen.'

Ik moest flink slikken.

'En ik word geacht dat te doen?'

'Uiteraard, schatje, wie anders?'

Ik probeerde weer te slikken, maar ditmaal lukte het niet echt. Mijn keel was plotseling kurkdroog geworden.

'Maar hoe moet ik nou een atelier openen, Candelaria?' vroeg ik benauwd.

Haar eerste antwoord was een schaterlach. Het tweede bestond uit vijf woorden die zo vlot werden uitgesproken dat ze niet de minste twijfel toelieten: 'Met mij, kindje, met mij.'

Ik doorstond het avondeten met een dansende knoop zenuwen in mijn buik. Voor die tijd kon de pensionhoudster me niets meer uitleggen, want zodra ze haar uitspraak had gedaan, kwamen de gezusters de eetkamer binnen en becommentarieerden opgetogen de bevrijding van het Alcázar van Toledo. Kort daarna kwam de rest van de gasten erbij, terwijl de ene kant overliep van tevredenheid en de andere zijn ongenoegen herkauwde. Jamila begon de tafel te dekken en Candelaria moest naar de keuken om het avondeten klaar te maken: gesmoorde bloemkool en tortilla; alles goedkoop, alles lekker zacht, zodat de tafelgenoten het tafereel van de vorige dag niet konden herhalen, toen ze elkaar woest de karbonadebotten naar het hoofd hadden gesmeten.

Gekruid met de gebruikelijke spanningen werd het avondeten afgesloten, en de een na de ander verliet haastig de eetkamer. De vrouwen en melkmuil Paquito begaven zich naar de kamer van de gezusters om naar het avondpraatje van de nationalistische generaal Queipo de Llano op Radio Sevilla te luisteren. De mannen vertrokken naar de Unión Mercantil voor het laatste kopje koffie van de dag en om over de voortgang van de oorlog te praten. Jamila ruimde de tafel af en ik wilde haar net gaan helpen om de stapel borden af te wassen toen Candelaria me met een bazige uitdrukking op haar gebruinde gezicht naar de gang riep.

'Ga naar je kamer en wacht daar op me, ik kom er zo aan.'

Het duurde maar een paar minuten voor ze bij me was, de tijd die ze nodig had om haastig haar nachthemd en kamerjas aan te schieten, vanaf het balkon vast te stellen dat de drie mannen inmiddels een eind weg waren en al bij het steegje Intendencia liepen, en om zich ervan te vergewissen dat de vrouwen zoals gewenst helemaal opgingen in het stomme gezwam van de rebellerende generaal dat de ether in ging: 'Goedenavond, dames en heren! Houd moed!' Ik zat nog maar net op de rand van mijn bed, met het licht uit, onrustig en nerveus op haar te wachten. Het was een opluchting dat ze er was.

'We moeten praten, meisje. Jij en ik moeten eens ernstig praten,' zei ze zacht terwijl ze naast me ging zitten. 'Eens kijken: ben je bereid een atelier te openen? Ben je bereid de beste naaister van Tétouan te worden, kleding te maken die hier nog nooit is gemaakt?'

'Bereid natuurlijk wel, Candelaria, maar...'

'Geen gemaar. Luister goed en onderbreek me niet. Het zit zo: na mijn ontmoeting met de Duitse in de kapperszaak van mijn vriendin ben ik wat gaan rondvragen en het blijkt dat we de laatste tijd hier in Tétouan mensen hebben die er eerst niet waren. Net als jou is overkomen, of die venijnige gezusters, Paquito en zijn vette moeder, en Matías van de haargroeimiddeltjes: door de opstand zitten jullie hier allemaal vast, als ratten in de val, en kunnen jullie de Straat niet over om naar huis te gaan.

Goed, er zijn meer mensen wie min of meer hetzelfde is overkomen, maar in plaats van het zootje armoedzaaiers waarmee ik zit opgezadeld, blijken het bemiddelde lui te zijn die er eerst niet waren en nou wel, snap je wat ik zeg, meisje? Er is een beroemde toneelspeelster die hier met haar gezelschap kwam en moest blijven. Er is een behoorlijk aantal buitenlandse vrouwen, voornamelijk Duitse, van wie gezegd wordt dat hun echtgenoten iets te maken hebben met de hulp aan het leger om Franco's troepen naar het Schiereiland over te brengen. En zo nog een paar. Niet heel veel, om eerlijk te zijn, maar genoeg om je voor een flinke tijd werk te bezorgen als je ze als klant kunt binnenhalen, want bedenk maar dat zij niet trouw zijn aan een andere naaister omdat ze niet van hier zijn. En bovendien, nou komt het belangrijkste, zitten ze goed in de slappe was, en omdat ze uit het buitenland komen zal deze oorlog ze een biet wezen, oftewel, ze willen feestvieren, en zolang het gedonder duurt gaan ze zich echt niet in vodden kleden of zich een beetje zorgen maken om wie de veldslagen wint, volg je me nog, liefje?'

'Ik volg u, Candelaria, natuurlijk volg ik u, maar...'

'Ssssst! Ik zei toch dat ik geen gemaar wil horen voor ik klaar ben! Eens kijken, wat jij nu nodig hebt, nu, meteen, liefst vandaag al, is een voortreffelijke plek waar je de klanten het beste van het beste kan bieden. Ik zweer je op mijn doden dat ik van mijn leven nog niemand heb zien naaien zoals jij, dus moeten we meteen aan de gang. En ja, ik weet wel dat je geen pingping hebt, maar daar heb je Candelaria voor.'

'Maar u hebt zelf ook geen cent; u klaagt de hele dag dat u niet eens genoeg hebt voor het eten voor ons allemaal.'

'Het is sappelen, dat klopt. Het is de laatste tijd behoorlijk lastig om handel te bemachtigen. Bij de grensposten hebben ze detachementen neergezet met tot de tanden gewapende soldaten, en als je niet vijftigduizend vrijbrieven hebt, die ondergetekende nooit zal krijgen, is het gewoon onmogelijk erlangs te komen en in Tanger handelswaar te halen. En Gibraltar is nog veel lastiger, nu het vervoer door de Straat stilligt en met die oorlogsvliegtuigen die laag overvliegen en alles wat daar maar beweegt platbombarderen. Maar ik heb iets waarmee we aan de benodigde duiten kunnen komen om de zaak op te zetten; iets wat me voor het eerst in mijn ellendige leven vanzelf is toegevallen, zonder dat ik ernaar op zoek was, en waarvoor ik zelfs mijn huis niet uit hoefde. Kom eens hier, dan laat ik het je zien.'

Toen liep ze naar de hoek in de kamer waar de stapel nutteloze troep stond.

'Loop effe de gang in om te kijken of de zussen nog naar de radio luisteren,' beval ze fluisterend.

Toen ik terugkwam met het antwoord dat ze dat inderdaad deden, had ze de kooien, de mand, de po's en de lampetkom al weggehaald. Voor haar stond alleen nog de hutkoffer.

'Doe de deur goed dicht, de knip erop, het licht aan en kom hier,' verzocht ze bazig zonder haar stem onnodig te verheffen.

Het kale peertje aan het plafond vulde het vertrek plotseling met een flauw licht. Net toen ze de klep had opgetild stond ik naast haar. Onder in de kist lag alleen een groezelig stuk deken. Ze tilde het voorzichtig, bijna met zorg op.

'Kom eens wat dichterbij.'

Wat ik zag maakte me sprakeloos, ademloos. Een vracht donkere pistolen, tien, twaalf, vijftien misschien, twintig misschien, lag wanordelijk op de houten bodem, met de loop verschillende kanten op gericht, als een peloton slapende moordenaars.

'Heb je ze gezien?' siste ze. 'Doe de kist dan weer dicht. Geef me die oude rommel aan, dan zet ik die er weer op, en doe het licht uit.'

Candelaria's stem klonk zacht, maar gewoon als altijd; van de mijne zou ik het niet weten, want de impact van wat ik daarnet had gezien zorgde ervoor dat ik een hele tijd geen woord kon uitbrengen. We keerden terug naar het bed en zij naar het gefluister.

'Er zullen mensen zijn die denken dat de opstand bij verrassing kwam, maar dat is een smerige leugen. Zo ongeveer iedereen wist dat er iets heftigs aan zat te komen. De boel smeulde al een tijdje, en niet alleen in de kazernes en op de Gele Vlakte. Ze zeggen dat er zelfs in het Casino Español een heel arsenaal achter de bar verstopt lag, zeg jij maar of dat wel of niet zo was. De eerste weken van juli had ik in deze kamer een douanebeambte ondergebracht die op een oproep wachtte, dat was althans wat-ie me vertelde. Voor mij zat er een luchtje aan, waarom zou ik daarover liegen, want volgens mij was die man helemaal geen douane of zoiets, maar ja, aangezien ik nooit vragen stel, want ik zit er ook niet op te wachten dat iemand zijn neus in mijn geritsel steekt, maakte ik zijn kamer in orde, zette een bord warm eten voor hem op tafel en daarmee uit. Na de 18de juli heb ik hem niet meer gezien. Hij kan zich net zo goed bij de opstandelingen hebben aangesloten als over de berberpaadjes naar de Franse zone zijn gevlucht, of zijn meegevoerd naar het fort op de Monte Hacho om daar bij het krieken van de dag te worden doodgeschoten; ik heb geen flauw idee wat er met hem is gebeurd, en ik heb het niet willen uitzoeken ook. Het geval wil dat ik vier of vijf dagen na zijn verdwijning een luitenant op mijn dak kreeg die zijn spulletjes kwam halen. Zonder iets te vragen heb ik hem de weinige dingen die in de kast lagen gegeven, zei tegen de man "Ga met God" en dacht dat daarmee de kous af was. Maar toen Jamila de kamer voor de volgende gast schoonmaakte en onder het bed ging vegen, hoorde ik haar opeens gillen als een speenvarken, alsof ze de duivel in eigen persoon had gezien, met de drietand in zijn hand, of wat de duivel van de moslims dan ook bij zich mag hebben, Joost mag weten wat dat is. Het geval wil dat ze daar, in de hoek, achterin, een hoop pistolen een zwieper met de bezem had gegeven.'

'En toen u ze gevonden had, hebt u ze gewoon gehouden?' vroeg ik met een dun stemmetje.

'Wat moest ik er anders mee? Had ik soms naar de eenheid van die luitenant moeten gaan, met alles wat ons boven het hoofd hing?'

'U had ze kunnen inleveren bij don Claudio.'

'Don Claudio? Ben je gestoord of zo, meisje?'

Ditmaal was ik het die met een luid 'Ssssst' tot stilte en voorzichtigheid maande.

'Hoezo zou ik don Claudio de pistolen geven? Wil je soms dat-ie me levenslang opsluit, terwijl hij toch al zo de pik op me heeft? Ik heb ze gehouden omdat ze in mijn huis lagen, en bovendien is die douanier ertussenuit geknepen terwijl hij me nog twee weken huur schuldig was, dus waren die wapens min of meer zijn betaling in natura. Ze zijn een smak geld waard, kindje, en nu, met deze toestanden, zelfs nog meer, dus zijn die pistolen van mij en kan ik ermee doen wat ik wil.'

'Bent u van plan ze te verkopen? Dat kan behoorlijk gevaarlijk zijn.'

'Wel verdorie, natuurlijk is het gevaarlijk, maar we hebben die poen nodig om jouw zaak op te zetten.'

'U wilt toch niet zeggen dat u zich voor mij in dat wespennest gaat steken, Candelaria...'

'Nee, meisje, echt niet,' viel ze me in de rede. 'Ik zal het je uitleggen. Ik ga me niet in m'n eentje in dat wespennest steken; dat doen we met z'n tweetjes. Ik zoek iemand die de handel wil kopen en met wat ik ervoor krijg, zetten we jouw atelier op en dan doen we samsam.'

'Maar waarom verkoopt u ze niet voor uzelf? In plaats van voor mij een zaak te openen kunt u daar dan van rondkomen.'

'Omdat het alleen de honger van vandaag zou stillen, en wat ik wil is een opbrengt voor de lange termijn. Als ik de handel verkoop en dat wat ik ervoor beur twee of drie maanden lang in de stoofpot gooi, waar moet ik dan van leven als de oorlog maar doorgaat?'

'Wat als ze u betrappen wanneer u die pistolen gaat verhandelen?'

'Nou, dan zeg ik tegen don Claudio dat het een zaak van ons tweetjes was, en dan gaan we saampjes naar de plek waar hij ons heen stuurt.'

'Naar de gevangenis?'

'Of naar het kerkhof. Afwachten maar wat die kaffer met ons gaat doen.'

Hoewel ze die laatste onheilspellende verkondiging met een vette, spottende knipoog had gedaan, groeide mijn paniek met de seconde. Commissaris Vázquez' staalharde blik en zijn ernstige waarschuwingen lagen me nog vers in het geheugen. Houd u verre van troebele zaakjes, lever me geen streken, gedraag u fatsoenlijk. De woorden die zijn mond verlieten vormden een hele lijst van ongewenste zaken. Bureau, vrouwengevangenis. Diefstal, oplichting, schuld, aangifte, rechtbank. En nu, alsof het nog niet genoeg was, wapenhandel.

'Doe het niet, Candelaria, het is veel te gevaarlijk,' smeekte ik haar doodsbenauwd.

'Wat moeten we dan?' vroeg ze fel fluisterend. 'Van de lucht leven soms? Snotjes eten? Jij bent hier zonder een rooie cent gekomen en ik weet ook niet meer waar ik ze vandaan moet halen. Van de andere gasten betalen alleen de moeder, de leraar en de telegrafist me, en we moeten maar zien hoe lang die het nog kunnen rekken met het beetje dat ze hebben. De andere drie drommels en jij bezitten niet meer dan wat ze aan hun lijf hebben, maar ik kan jullie ook niet op straat zetten, hen niet uit naastenliefde en jou niet omdat ik bepaald niet zit te wachten op een don Claudio die me in mijn nek hijgt. Dus vertel jij me dan maar hoe ik het moet rooien.'

'Ik kan voor die vrouwen blijven naaien. Ik zal nog harder werken, de hele nacht opblijven als dat nodig is. Wat ik verdien delen we...'

'En hoeveel is dat? Hoeveel denk je binnen te halen met die lorren voor buurvrouwen maken? Hoeveel schamele centen? Ben je je schuld in

Tanger soms al vergeten? Ben je van plan voorgoed in dit hok te blijven zitten?' De woorden borrelden uit haar mond als een overdonderende waterval van gesis. 'Luister, kindje, jouw handen zijn een schat waar je u tegen zegt en het zou doodzonde zijn als je d'r geen gebruik van maakt. Ik weet wel dat het leven je flink wat klappen heeft gegeven, dat je verloofde zich schandelijk heeft misdragen, dat je in een stad bent waar je niet wilt zijn, ver van je geboortestreek en je familie, maar dit is wat er is, gebeurd is gebeurd, en de tijd kan je niet terugdraaien. Je moet vooruitkijken, Sira. Je moet dapper zijn, je nek durven uitsteken en voor jezelf vechten. Met de ellende die je meesleept zal er geen jongeheer op je deur kloppen en je in een appartementje installeren, en bovendien denk ik dat je na die ervaring voorlopig ook niet meer van een kerel afhankelijk wilt wezen. Je bent nog hartstikke jong en op jouw leeftijd kun je je leven zelf in de hand nemen; meer doen dan je beste jaren slijten aan zomen en zuchten om wat je bent kwijtgeraakt.'

'Maar dat met de pistolen, Candelaria, die pistolen verkopen...' fluisterde ik bang.

'Dat is wat er is, meisje, dat is wat we hebben, en ik zweer je op mijn doden dat ik er alles uit zal halen wat erin zit. Wat denk jij dan, dat ik niet liever iets fatsoenlijkers had gehad, dat ze me hadden laten zitten met een lading Zwitserse horloges of ragfijne kousen in plaats van met pistolen? Natuurlijk wel! Maar het geval wil dat we wapens hebben, en het geval wil dat we in oorlog zijn, en het geval wil dat er mensen zijn die ze graag zouden kopen.'

'Maar wat als ze u betrappen?' vroeg ik weer, onzeker.

'En we zijn weer terug bij af! Nou, als ze me snappen, dan bidden we de Christus van Medinaceli dat don Claudio een beetje medelijden met ons mag hebben, gaan we een tijdje de bak in en daarmee uit! Verder help ik je maar even herinneren dat je nog maar tien maanden hebt om je schuld te betalen, en als je zo doorgaat, met voor gewone vrouwen naaien, kan je die in nog geen twintig jaar afbetalen. Dus al wil je nog zo eerlijk zijn, als je voet bij stuk houdt beland je uiteindelijk toch in de gevangenis, en daar zal zelfs de Heilige Custodio niets aan kunnen veranderen. De gevangenis of je benen spreiden in een derderangs bordeel zodat de soldaten die aan het front zijn afgepeigerd zich in jou kunnen ontladen, dat is ook een optie die je in jouw omstandigheden zou kunnen overwegen.'

‘Ik weet het niet, Candelaria, ik vind het heel eng...’

‘Ik schijt ook peuken, je denkt toch zeker niet dat ik van steen ben? Gewoon wat ritselen is wel even andere koek dan in oorlogstijd een stuk of vijftien pistolen verhandelen. Maar een andere oplossing is er niet, kindje.’

‘Maar hoe wilt u het dan aanpakken?’

‘Daar hoef jij je geen zorgen over te maken, ik heb zo mijn connecties. Ik denk dat ik die handel met een dag of wat kwijt ben. Daarna zoeken we een ruimte op de beste plek van Tétouan, richten die in en dan ga jij beginnen.’

‘Hoezo “ga jij beginnen”? En u dan? Zijn we dan niet samen in het atelier?’

Ze lachte zachtjes en schudde haar hoofd. ‘Nee, meisje. Ik zorg voor het geld om de huur voor de eerste maanden te betalen en om wat je nodig hebt aan te schaffen. En daarna, als alles klaar is, ga jij aan het werk en blijf ik gewoon hier thuis, en aan het eind van de maand delen we de opbrengst. Het zou ook niet goed zijn als ze jou met mij verbinden; zo’n bijzondere naam heb ik niet en ik val ook niet in de klasse vrouwen die we als klant moeten krijgen. Dus zorg ik voor het startkapitaal en jij voor de gouden handjes. En dan samsam. Dat noemen ze investeren.’

Een vage geur van Instituut Pitman en Ramiro’s plannen drong opeens de donkere kamer binnen en stond op het punt me mee te voeren naar een eerdere fase die ik absoluut niet wilde herbeleven. Met onzichtbare handbewegingen wuifde ik de gewaarwording weg en keerde terug naar de realiteit om meer duidelijkheid te krijgen.

‘Wat nou als ik niets verdien? Als het me niet lukt cliënten binnen te halen?’

‘Nou, dan zijn we de sigaar. As is verbrande turf, hazenhartje. Je moet niet meteen het ergste denken. We moeten positief zijn en ons beste beentje voorzetten. Want er is echt niemand die de boel voor ons gaat oplossen, met al die ellende die we meezeulen, dus of we vechten voor onszelf, of we zullen de honger moeten wegmeppen.’

‘Maar ik heb de commissaris mijn woord gegeven en gezegd dat ik me verre van problemen zou houden.’

Candelaria moest haar best doen het niet uit te schateren.

‘Die Francisco van me had ook beloofd, nog wel tegenover de pastoor van mijn dorp, dat-ie me tot het einde der dagen zou respecteren, en die klootzak heeft me er flink van langs gegeven, de klerelijer. Niet te geloven, meisje, dat je nog zo naïef bent na de klappen die het lot je de laatste tijd heeft gegeven. Denk aan jezelf, Sira, denk aan jezelf en vergeet de rest, want in deze moeilijke tijden is het eten of gegeten worden. Bovendien is het allemaal zo erg niet. Wij gaan niemand neerschieten. Wat wij doen is gewoon een vrachtje dat we niet nodig hebben verhandelen, en aan wie God ze ook mag geven, dat-ie er maar gelukkig mee mag wezen. Als het goed is, merkt don Claudio er pas wat van als je zaak spic en span op poten staat, en mocht-ie je ooit vragen waar je de poen vandaan hebt gehaald, dan zeg je maar dat je het van mij hebt geleend, en als hij je niet gelooft of het idee staat hem niet aan, dan had-ie je maar in het ziekenhuis bij de zusters van de liefdadigheid moeten laten in plaats van je naar mijn huis brengen en je aan mijn zorg over te laten. Hij heeft al zat gedonder aan zijn kop en is echt niet op zoek naar meer problemen, dus als we de boel stilletjes kunnen regelen neemt-ie echt niet de moeite om van alles te gaan onderzoeken, neem dat maar van me aan, en ik ken hem goed, want we meten onze krachten al jaren, dus maak je daarover geen zorgen.'

Ik wist dat Candelaria gelijk had met haar voortvarendheid en levensfilosofie. Kortom, hoe we de zaak ook wendden of keerden, hoe vaak we die ook van boven, van onder, van rechts en andersom bekeken, dat ellendige plan was en bleef een verstandige oplossing voor de misère van twee arme, alleenstaande en ontheemde vrouwen die in turbulente tijden een pikzwart verleden meetorsten. Rechtschapenheid en eerlijkheid waren mooie concepten, maar ze gaven je niet te eten, betaalden niet je schulden en verdreven evenmin de kou van de winterse nachten. Morele principes en onberispelijk gedrag waren voor een ander soort mensen, niet voor een stel ongelukkige vrouwen met een beschadigde ziel zoals wij dat in die tijd waren. Candelaria interpreteerde mijn zwijgen als instemming.

'Dus? Zal ik de boel morgen in gang zetten?'

Ik voelde me alsof ik geblinddoekt langs de rand van een afgrond danste. In de verte gaven de radiofonische golven al knetterend nog steeds Queipo's gewauwel vanuit Sevilla door. Ik zuchtte diep. Mijn stem klonk uiteindelijk zacht en vast. Of bijna.

'We doen het.'

Tevreden gaf mijn toekomstige compagnon me een liefdevol kneepje in mijn wang, glimlachte en maakte zich op te vertrekken. Ze schikte haar duster en verhief haar gezette lijf boven de versleten stoffen pantoffels, die al minstens de helft van haar bestaan als jongleur van het overleven hadden meegemaakt. Candelaria de smokkelaarster, opportuniste, vechtster, brutale vlegel en goede vriendin stond al bij de deur toen ik halfluid een laatste vraag stelde. Eigenlijk had die niet veel te maken met alles wat we die avond besproken hadden, maar ik was nieuwsgierig naar haar antwoord.

'Candelaria, aan welke kant staat u in deze oorlog?'

Ze draaide zich verbaasd om, maar aarzelde geen seconde om krachtig fluisterend te antwoorden: 'Ik? Tot het bittere einde aan de kant van de winnaar, schatje.'

10

De dagen volgend op de avond dat ze me de pistolen had laten zien waren vreselijk. Candelaria liep in en uit en bewoog zich constant als een luidruchtige dikke slang. Zonder een woord te zeggen ging ze van haar kamer naar de mijne, van de eetkamer naar de straat, van de straat naar de keuken, altijd gehaast, geconcentreerd, grommend en brommend een verwarde litanie mompelend waarvan niemand iets begreep. Ik stoorde haar niet in haar komen en gaan, en vroeg evenmin naar de voortgang van de zaken: ik wist dat ze me, zodra het zover was, vanzelf wel op de hoogte zou brengen.

Er verstreek bijna een week voor ze eindelijk iets mee te delen had. Die dag kwam ze 's avonds pas na negenen thuis, toen we allemaal met een leeg bord voor ons op haar komst zaten te wachten. Het avondeten verliep als altijd: opgewonden en strijdlustig. Na afloop verspreidden de gasten zich over het pension voor hun laatste bezigheden van de dag, terwijl wij samen de tafel afruimden. En in die tijd, tussen het wegbrengen van vuil bestek, servies en servetten, bracht ze me fluisterend en beetje bij beetje op de hoogte van het verloop van haar plannen: vannacht wordt de kwestie eindelijk afgehandeld, kleintje; alle vis is verkocht, morgenochtend gaan we met jouw deel aan de gang; wat kijk ik daar naar uit, schatje, om verdorie eindelijk eens van dit gedoe af te zijn.

Zodra we de afwas gedaan hadden, ging elk van ons naar haar kamer zonder nog een woord te wisselen. De rest van de groep beëindigde de dag intussen met hun avondlijke sleur: gorgelen met eucalyptus, de radio, krulspelden inzetten voor de spiegel, of de gang naar het café. Om niet op te vallen riep ik welterusten en ging naar bed. Ik lag een hele tijd wakker, tot de geluiden in huis langzaam maar zeker verstomden. Het laatste wat ik hoorde was Candelaria die haar kamer verliet en vervolgens vrijwel geruisloos de buitendeur achter zich sloot.

Een paar minuten na haar vertrek viel ik in slaap. Voor het eerst sinds dagen lag ik niet eindeloos te woelen en doken onder de deken evenmin de duistere voorgevoelens van de voorgaande nachten op: gevangenis, bureau, arrestatie, doden. Het was of mijn zenuwen besloten hadden me een pauze te gunnen in de wetenschap dat het sinistere zaakje bijna afgehandeld was. Ik verzonk in een diepe slaap, gesust door het zoete idee dat we de volgende morgen aan onze toekomst zouden gaan werken, zonder de zwarte schaduw van de pistolen boven ons hoofd.

Maar de rust duurde niet lang. Ik wist niet hoe laat het was – twee uur, drie uur misschien – toen een hand me bij mijn schouder greep en me krachtig door elkaar schudde.

'Wakker worden, meisje, word wakker.'

Ik kwam overeind, gedesoriënteerd, nog half slapend.

'Wat is er, Candelaria? Wat doet u hier? Bent u al terug?' bracht ik stamelend uit.

'Een ramp, kindje, een levensgrote ramp,' antwoordde de smokkelaarster fluisterend.

Ze stond naast mijn bed en in de nevelen van mijn slaap kwam haar volumineuze gestalte me indrukwekkender voor dan ooit. Ze droeg een overjas die ik niet kende, wijd en lang, tot aan haar kin gesloten. Ze begon hem haastig los te knopen terwijl ze een warrige uitleg gaf.

'Het leger bewaakt alle toegangen over de weg naar Tétouan en de mannen die uit Larache zijn gekomen om de handel op te halen, durven het niet aan de stad in te gaan. Ik heb tot bijna drie uur staan wachten maar er verscheen niemand, en uiteindelijk hebben ze een Moor naar me toe gestuurd, een Berber, om te zeggen dat de toegangen veel zwaarder bewaakt zijn dan ze hadden gedacht, dat ze bang zijn de stad niet levend te zullen verlaten als ze besluiten binnen te komen.'

'Waar had u met ze afgesproken?' vroeg ik terwijl ik mijn best deed alles wat ze vertelde op de juiste plek te plaatsen.

'In de medina, in de Suica-buurt, achter een kolenhandel.'

Ik wist niet over welke plek ze het had, maar probeerde er ook niet achter te komen. In mijn nog slaperige hoofd tekende zich met dikke lijnen onze mislukking af: dag handel, dag naaiatelier. En hallo zorgen, omdat ik niet wist wat er de komende tijd van mij moest worden.

'Alles is dus voorbij,' zei ik, en ik wreef in mijn ogen om het laatste restje slaap te verdrijven.

'Geen denken aan, kleintje,' zei de pensionhoudster scherp terwijl ze zich van haar jas ontdeed. 'De plannen zijn gewijzigd, maar ik zweer je bij alles wat heilig is dat die pistolen vannacht mijn huis hoe dan ook zullen verlaten. Dus schiet op, schoonheid, kom je bed uit, we hebben geen tijd te verliezen.'

Het duurde even voor het tot me doordrong wat ze zei; mijn aandacht was op een andere kwestie gericht: het beeld van Candelaria die het vormeloze gewaad dat ze onder haar jas droeg uittrok, een soort wijde kamerjas van ruwe wol waaronder de gulle vormen van haar lichaam amper zichtbaar waren. Ik keek stomverbaasd toe hoe ze zich uitkleedde, zonder de zin van die actie te begrijpen en niet in staat te doorgronden waarom ze zich in allerijl aan het voeteneind van mijn bed van haar kleding ontdeed. Tot ze, eenmaal bevrijd van het gewaad, voorwerpen tussen haar botervette vlees vandaan begon te halen. En toen begreep ik het: vier pistolen in haar kousen, zes achter haar gordel, twee achter de bandjes van haar bh en nog een stel onder haar oksels. De overige vijf zaten gewikkeld in een oude lap in haar tas. Negentien in totaal. Negentien kolven met de negentien bijbehorende lopen die op het punt stonden de warmte van dat robuuste lichaam te verlaten om overgeplaatst te worden naar een bestemming waarvan ik op dat moment een vermoeden kreeg.

'En wat wilt u dat ik doe?' vroeg ik doodsbenauwd.

'De wapens naar het treinstation brengen, ze voor zes uur vanochtend afleveren en de negentienhonderd duro die ik als prijs heb bedongen mee terug nemen. Je weet toch waar het station is? Aan de overkant van de weg naar Ceuta, aan de voet van de Gorgues. Daar kunnen de mannen ze in ontvangst nemen zonder Tétouan binnen te gaan. Ze komen de berg af en halen de koopwaar net voor het licht wordt op, zonder de stad in te hoeven.'

'Maar waarom moet ík ze brengen?' Ik was opeens klaarwakker; de schrik had mijn slaap op slag verdreven.

'Omdat toen ik terugkwam uit de Suica-buurt en liep te peinzen over hoe ik dat met het station zou regelen, die klootzak van een Palomares, die net uit de bar El Andaluz kwam, want het was sluitingstijd, me aanhield voor de ingang van de Intendencia en tegen me zei dat-ie voor hetzelfde geld vannacht even langskwam in het pension om een huiszoeking te doen.'

'Wie is Palomares?'

'De kwaaiste agent van heel Spaans-Marokko.'

'Een van don Claudio's mannen?'

'Hij staat onder zijn bevel, ja. Wanneer zijn baas erbij is loopt-ie hem aldoor te paaien, maar zodra hij zijn gang kan gaan doet die hufter me toch een partij stoer en grof, en inmiddels heeft-ie half Tétouan de stuipen op het lijf gejaagd met zijn dreigement ze levenslang op te sluiten.'

'Maar waarom heeft hij u vannacht aangehouden?'

'Omdat hij daar zin in had, omdat hij een gore klootzak is die ervan geniet mensen klappen te geven en angst aan te jagen, vooral vrouwen. Dat doet-ie al jaren en met het gedonder van nou is het nog erger geworden.'

'Maar vermoedde hij iets van de pistolen?'

'Nee, meisje, gelukkig heeft-ie me niet gevraagd mijn tas open te maken en het ook niet gewaagd me aan te raken. Hij zei alleen met die walgelijke stem van hem, hé, waar ga jij zo laat nog heen, smokkelaarster, je bent toch niet bezig met een van je sjacherzaakjes, hè, vette zeug, en ik antwoordde, ik heb een goede vriendin van me bezocht, don Alfredo, die heel erg last heeft van nierstenen. Ik vertrouw je voor geen cent, smokkelaarster, je bent een vuile oplichtster, zei die brulaap toen, en ik moest op mijn tong bijten om niets terug te zeggen, al stond ik op het punt hem verrot te schelden, dus met mijn tas stevig onder mijn arm geklemd heb ik de sokken erin gezet en intussen tot de Heilige Maria gebeden dat de pistolen maar niet van mijn lijf zouden vallen, en toen ik hem voorbij was hoorde ik die rottige stem van hem weer, misschien kom ik straks wel naar je pension en doe ik een huiszoeking, vuile snol, eens kijken wat ik daar aantref.'

'En u denkt dat hij echt komt?'

'Misschien wel, misschien niet,' antwoordde ze schouderophalend. 'Als hij een arme sloerie tegen het lijf loopt die hem een goeie beurt wil geven waardoor hij zich lekker licht gaat voelen vergeet-ie mij wellicht. Maar krijgt-ie 'm vannacht niet omhoog, dan zou het me niks verbazen als hij over een poosje op de deur bonst, de gasten naar het trappenhuis bonjourt en mijn huis zonder meer binnenstebuiten keert. Het zou niet de eerste keer zijn.'

'Dus u kunt de verdere nacht het pension niet meer uit, voor het geval dat,' fluisterde ik langzaam.

'Gesnopen, schatje,' bevestigde ze.

'En de pistolen moeten onmiddellijk weg, want Palomares mag ze hier niet aantreffen,' voegde ik eraan toe.

'Zo is het maar net.'

'En de levering moet echt vandaag gebeuren, want de kopers wachten op de wapens en ze zetten hun leven op het spel als ze die in Tétouan moeten komen halen.'

'Duidelijker had je het niet kunnen zeggen, schatje.'

We bleven even stil, keken elkaar aan, gespannen en pathetisch. Zij staand, halfnaakt, met vetkwabben die rijkelijk over haar gordel en bh puilden; ik zittend, met mijn benen dubbelgevouwen, nog onder de lakens, in nachtpon, met verwarde haren en een angstig hart. En de zwarte pistolen om ons heen verspreid.

Ten slotte sprak de pensionhoudster met stellige woorden: 'Jij moet het doen, Sira. We hebben geen keus.'

'Ik kan het niet, ik niet, ik niet...' stamelde ik.

'Je móét, kleintje,' herhaalde ze met donkere stem. 'Anders is alles verloren.'

'Maar denk eens aan wat er allemaal al boven mijn hoofd hangt, Candelaria: de schuld bij het hotel, de aangifte door het bedrijf en door mijn halfbroer. Als ze me hier ook nog op betrappen, betekent dat het einde voor me.'

'Dat einde krijgen we ook wel als Palomares vannacht komt opdagen en ons snapt met wat we hier in huis hebben,' bracht ze ertegen in met een blik op de wapens.

'Maar Candelaria, luister nou...' drong ik aan.

'Nee, jij luistert naar mij, meisje, nou luister je eens goed naar mij,' zei ze streng. Ze siste hard met wijd opengesperde ogen. Ze boog zich naar me toe; ik zat nog in bed. Ze greep me krachtig bij mijn armen en dwong me haar recht aan te kijken. 'Ik heb alles geprobeerd, ik heb me de benen uit het lijf gelopen en het is me niet gelukt,' zei ze toen. 'Zo grillig is het lot; de ene keer laat het je winnen en de andere keer spuugt het je in het gezicht en verlies je. En vannacht heeft het tegen me gezegd, verrek maar, smokkelaarster. Ik heb geen kruit meer om te verschieten, Sira, wat deze geschiedenis aangaat ben ik opgebrand. Maar jij niet. Nou ben jij de enige die ervoor kan zorgen dat we niet naar de verdommenis gaan, de enige die de handelswaar kan wegbrengen en het geld ophalen. Als het niet echt nodig was, zou ik het je nooit hebben gevraagd, God weet dat ik de waarheid spreek. Maar we hebben geen andere keus, kindje, je moet in beweging komen. Jij zit hier even diep in als ik; het is een zaak van ons allebei en er hangt een hoop van af. Onze toekomst hangt ervan af, meisje, de hele toekomst. Als we dat geld niet te pakken krijgen, komen we er nooit bovenop. En nu ligt het in jouw handen. Je moet het doen. Voor jezelf en voor mij, Sira. Voor ons allebei.'

Ik wilde blijven weigeren; ik wist dat ik goede redenen had om te zeggen: nee, geen sprake van, echt niet. Maar ik besefte ook dat Candelaria gelijk had. Ik had zelf besloten aan dit sinistere spel mee te doen, niemand had me gedwongen. We vormden een team waarin aanvankelijk elk haar eigen rol had. Als eerste zou Candelaria de handel verkopen; vervolgens zou ik aan het werk gaan. Maar we waren ons er allebei van bewust dat grenzen soms onnauwkeurig en rekbaar zijn, dat ze kunnen bewegen, vervagen of zelfs oplossen en verdwijnen als inkt in water. Zij had zich aan haar deel van de overeenkomst gehouden en had het geprobeerd. Het lot had haar de rug toegekeerd en het was haar niet gelukt, maar nog niet alle mogelijkheden waren uitgeput. Het was niet meer dan billijk dat ik nu een poging deed.

Ik wachtte even voor ik iets zei; eerst moest ik de beelden die me naar de strot sprongen verjagen: het bureau, de cel aldaar, het onbekende gezicht van die Palomares.

'Hebt u al bedacht hoe ik het zou moeten doen?' vroeg ik ten slotte met een dun stemmetje.

Candelaria liet de lucht sissend ontsnappen en vatte opgelucht weer moed.

'Heel simpel, popje. Wacht effe, ik ben zo terug en vertel het je.'

Nog halfnaakt liep ze de kamer uit en in minder dan een minuut was ze terug, met in haar armen iets wat me een enorme witte lap leek.

'Je gaat als Morin, in boernoes,' zei ze terwijl ze de deur achter zich dichtdeed. 'Onder die dingen kan je de hele wereld kwijt.'

Dat was waar. Dagelijks zag ik Arabische vrouwen helemaal ingepakt in die grote vormeloze gewaden, een soort heel wijde mantels die hoofd, armen en het hele lichaam voor en achter bedekten. Daaronder kon iemand inderdaad van alles verbergen. Hun mond en neus gingen meestal schuil achter een stuk stof en de kap reikte tot over hun wenkbrauwen. Alleen ogen, enkels en voeten waren zichtbaar. Ik had geen betere manier kunnen bedenken om met een klein arsenaal aan pistolen over straat te lopen.

'Maar eerst moeten we wat anders doen. Kom eindelijk dat nest eens uit, kleintje, want er is werk aan de winkel.'

Ik gehoorzaamde zwijgend, liet haar de leiding nemen. Bruusk rukte ze het bovenlaken van mijn bed en bracht het naar haar mond. Met een ferme beet trok ze de rand stuk en daarna begon ze de stof in lange repen van een paar decimeter breed te scheuren.

'Doe hetzelfde met het onderlaken,' beval ze. Met behulp van onze tanden en handen hadden we met z'n tweeën maar een paar minuten nodig om de lakens van mijn bed te reduceren tot een twintigtal lange stroken katoen. 'En nu binden we deze repen om je lijf en zetten de pistolen ermee vast. Doe je armen omhoog, daar komt de eerste.'

En zo werden, terwijl ik mijn nachthemd nog aanhad, de negentien wapens aan mijn lijf bevestigd, stevig vastgemaakt met de repen van de lakens. Per pistool een strook: eerst wikkelde Candelaria het wapen in een dubbelgeslagen stuk stof, vervolgens drukte ze het tegen mijn lijf en draaide de strook er nog twee of drie keer omheen. Ten slotte knoopte ze de uiteinden stevig vast.

'Je hebt geen vlees op je botten, meisje, er is geen stukje meer over waar ik de volgende kan vastmaken,' zei ze nadat ze mijn voorkant en mijn rug volledig bedekt had.

'Op mijn bovenbenen,' suggereerde ik.

Dat deed ze, tot uiteindelijk de hele lading een plekje had gevonden op mijn borst, mijn ribben, onderrug en schouderbladen, in mijn zij, op mijn armen, heupen en bovenbenen. Ik was net een mummie, bedekt met witte zwachtels waaronder een zwaar en luguber harnas schuilging dat mijn bewegingen bemoeilijkte, maar waarmee ik me weldra zou moeten leren voortbewegen.

'Trek deze muiltjes aan, ze zijn van Jamila,' zei ze terwijl ze een stel versleten bruinleren slofjes voor mijn voeten zette. 'En nou de boernoes,' voegde ze eraan toe, en ze hield het grote witte gewaad voor me. 'Zo ja, helemaal tot over je hoofd, dan kijk ik hoe je eruitziet.'

Ze bekeek me met een scheef lachje.

'Perfect, precies een onbeduidende Morin. Voor je op weg gaat moet je niet vergeten dat sluierstuk voor je gezicht te doen zodat je mond en neus bedekt zijn. En nou, hup, naar buiten, dan leg ik je uit waar je heen moet.'

Ik begon stroef te lopen; het was moeilijk me normaal te bewegen. De pistolen waren loodzwaar en dwongen me me wijdbeens en met enigszins gespreide armen voort te bewegen. We gingen de gang in, Candelaria voorop en ik achter haar, me onhandig verplaatsend: een grote witte bult die tegen de wanden, meubels en deurposten botste. Tot ik ongemerkt tegen een plankje sloeg en alles wat erop stond wegmaaide: een bord uit Talavera, een gedoofde petroleumlamp en het sepiaportret van een familielid van de pensionhoudster. Het aardewerk, het glas van het portret en het kapje van de petroleumlamp gingen aan diggelen zodra ze de tegelvloer raakten, en door het kabaal begonnen in de slaapkamers spiraalveren te kraken toen de slaap van de gasten werd verstoord.

'Wat gebeurt er?' riep de dikke moeder vanuit haar bed.

'Niks, ik heb een glas water later vallen. Slapen allemaal!' antwoordde Candelaria bevelend.

Ik probeerde te bukken om de brokstukken op te rapen, maar vooroverbuigen ging behoorlijk moeilijk.

'Laat nou, meisje, dat ruim ik straks wel op,' zei ze terwijl ze met haar voet wat glasscherven aan de kant schoof.

En toen ging onverwachts een deur open, nog geen drie meter bij ons vandaan. Het hoofd vol krulspelden van Fernanda, de jongste van de gezusters, verscheen. Voor ze de kans kreeg te vragen wat er was gebeurd en wat een Morin in boernoes die de boel in de gang omgooide daar midden in de nacht deed, vuurde Candelaria een pijl op haar af die haar alle vermogen om te spreken en te reageren ontnam.

'Als u nou niet heel snel teruggaat uw bed in, vertel ik morgen meteen als ik ben opgestaan tegen Sagrario dat u op vrijdag onder de rots afspraakjes hebt met de assistent van de poli.'

De paniek dat haar vrome zus achter haar liefdesavontuurtje zou kunnen komen was groter dan haar nieuwsgierigheid en zonder een woord te zeggen glipte Fernanda haar kamer weer in.

'Vooruit, kleintje, het wordt al laat,' commandeerde de smokkelaarster fluisterend. 'Ze kunnen je beter niet uit dit huis zien komen. Je weet maar nooit of die Palomares hier rondhangt en we de boel verknallen nog voor we begonnen zijn. We gaan via de achterkant.'

We gingen de kleine patio aan de achterkant van het gebouw op. Daar werden we verwelkomd door de donkere nacht, een kromme wingerd, wat rommel en de fiets van de telegrafist. We zochten dekking in een hoekje en begonnen weer zachtjes te praten.

'En wat doe ik nu?' fluisterde ik.

Ze leek alles goed te hebben overdacht en antwoordde zacht maar kordaat: 'Je klimt op dat bankje daar en springt van het muurtje, maar pas op dat je voeten niet in de boernoes blijven hangen en je op je smoel valt.'

Ik keek naar de twee meter hoge muur en de stenen rand waar ik op moest klimmen om aan de andere kant te komen. Ik vroeg me liever niet af of dat me wel zou lukken met het gewicht van de pistolen en gehuld in die vele meters stof, dus wachtte ik gewoon op de volgende instructies.

'En dan?'

'Wanneer je eroverheen bent, sta je op de patio van don Leandro's kruidenierswinkel; daar klim je op de kisten en tonnen die hij daar heeft neergezet en dan kom je probleemloos op de volgende patio, dat is die van bakker Menahen. Daar, achteraan, zie je een houten deurtje dat uitkomt op een zijsteegje waarlangs hij de zakken meel laat komen. Sta je eenmaal op straat, vergeet dan wie je bent: bedek je goed, duik in elkaar en ga naar de joodse buurt en daarna de Morenwijk in. Maar pas goed op, meisje, loop rustig en dicht bij de muur, slof met je voeten alsof je een ouwe vrouw bent, want je moet niet zwierig lijken zodat een of andere ellendeling het in zijn kop haalt je lastig te vallen, want er lopen heel wat Spaanse gastjes rond die stapelgek zijn op betoverende moslimvrouwtjes.'

'En dan?'

'Als je in de Moorse wijk bent, loop je daar wat rond en je verzekert je ervan dat niemand op je let of je volgt. Kom je iemand tegen, verander dan onopvallend van richting of blijf zo ver mogelijk bij hem uit de buurt. Na een tijdje ga je door de poort La Luneta en dan tot het park, je weet waar dat is, toch?'

'Ik geloof van wel,' antwoordde ik terwijl ik me de route in mijn hoofd probeerde te prenten.

'Als je daar bent, zie je het station vanzelf voor je; je steekt de weg naar Ceuta over en gaat naar binnen, langzaam en goed bedekt. Hoogstwaarschijnlijk zijn er alleen een paar slaperige soldaten die je niet eens zien staan. Je komt vast ook een verdwaalde Marokkaan tegen die op de trein naar Ceuta wacht; christelijke mensen komen pas veel later.'

'Hoe laat vertrekt de trein?'

'Om halfacht. Maar zoals je weet leven Moren volgens een ander tijdschema, dus zal het niemand verbazen dat je daar 's morgens al voor zessen bent.'

'En moet ik ook instappen, of wat moet ik doen?'

Candelaria wachtte even voor ze antwoord gaf en ik vermoedde dat haar plan daar min of meer ophield.

'Nee, in principe neem je de trein niet. Wanneer je op het station bent, ga je een poosje op het bankje onder het dienstregelingenbord zitten; geef ze de tijd om je te zien zodat ze weten dat jij degene bent die de handel komt brengen.'

'Wie moeten me zien?'

'Dat doet er niet toe. Wie jou moet zien, die ziet je heus wel. Na twintig minuten sta je op, ga je naar de restauratie en improviseer je wat, en dan vertelt de kastelein je waar je de pistolen moet achterlaten.'

'Gewoon zomaar?' vroeg ik gealarmeerd. 'Wat als die man er niet is, of me negeert, of ik niet met hem kan praten? Wat doe ik dan?'

'Ssssst. Niet zo hard, zo meteen horen ze ons nog. Maak je nou geen zorgen, je merkt vanzelf wel wat je moet doen,' zei ze ongeduldig, niet in staat haar woorden een overtuiging mee te geven omdat ze die duidelijk niet voelde. Toen besloot ze de waarheid te zeggen. 'Luister, meisje, vannacht is alles zo vreselijk misgegaan dat ze me niet meer konden zeggen dan dat: dat de pistolen om zes uur 's morgens op het station moeten zijn, dat de persoon die ze brengt twintig minuten onder het dienstregelingenbord moet gaan zitten en dat de kantinebaas degene is die zal vertellen hoe de overdracht in zijn werk gaat. Meer weet ik niet, kindje, en dat spijt me vreselijk. Maar wees niet bang, popje, je zal merken dat alles vanzelf gaat als je daar eenmaal bent.'

Ik wilde zeggen dat ik dat betwijfelde, maar door haar bezorgde gezicht deed ik het maar niet. Voor het eerst sinds ik haar had leren kennen leken de zelfverzekerdheid van de smokkelaarster en haar vermogen om de neteligste situaties vindingrijk op te lossen uitgeput. Maar ik wist dat als ze zelf had kunnen gaan, ze niet bang geweest zou zijn: het zou haar zijn gelukt op het station te komen en met behulp van haar spitsvondigheid de taak te volbrengen. Punt was dat mijn huisbazin die nacht aan handen en voeten gebonden was, vastgezet in haar huis door een dreigende huiszoeking die misschien die nacht zou plaatsvinden, of misschien ook niet. En ik wist ook dat als ik niet reageerde en de teugels stevig in handen nam, dat het dan het einde voor ons allebei betekende. Dus vermande ik me en sprak mezelf moed in.

'U hebt gelijk, Candelaria. Ik vind wel een manier, maakt u zich geen zorgen. Maar vertel me eerst nog één ding.'

'Wat je maar wilt, kindje, maar schiet op, over minder dan twee uur is het al bij zessen,' voegde ze eraan toe terwijl ze probeerde haar opluchting over mijn vechtlust te verbergen.

'Waar komen de wapens terecht? Wie zijn die mannen uit Larache?'

'Dat is voor jou niet van belang, meisje. Het belangrijkste is dat ze op het afgesproken tijdstip op hun bestemming zijn, dat je ze op de plek aflevert die ze je aanduiden en dat je het geld mee terug neemt dat ze je moeten geven: negentienhonderd duro, vergeet dat niet en tel de flappen een voor een na. En daarna kom je als de wiedeweerga hierheen, waar ik met smart op je zal zitten wachten.'

'We zetten hoog in, Candelaria,' hield ik aan. 'Vertel me in elk geval met wie we het spel spelen.'

Ze zuchtte diep en haar boezem, die maar half bedekt werd door de sleetse duster die ze op het laatste moment had aangeschoten, rees en daalde alsof hij werd opgepompt.

'Het zijn vrijmetselaars,' fluisterde ze toen in mijn oor, bang een vervloekt woord uit te spreken. 'De bedoeling was dat ze vannacht met een busje uit Larache zouden komen. Hoogstwaarschijnlijk zitten ze nu ergens verborgen bij de bronnen van Buselmal, of in een van de boomgaarden bij de Martil. Ze komen via berberpaadjes; over de gewone weg durven ze niet. Mogelijk halen ze de wapens op waar jij ze achterlaat en stappen ze niet eens in de trein. Als je het mij vraagt gaan ze van het station rechtstreeks terug naar hun eigen stad en laten ze Tétouan links liggen, als ze tenminste niet al eerder worden gepakt, God verhoede het. Maar daar sla ik maar een slag naar, want eerlijk gezegd heb ik geen flauw idee waar die kerels mee bezig zijn.'

Ze zuchtte diep terwijl ze in de leegte staarde en mompelde toen: 'Wat ik wel weet, kindje, want dat weet iedereen, is dat de opstandelingen wreed hebben opgetreden tegen iedereen die iets met de vrijmetselarij te maken had. Sommigen werden voor de kop geschoten tussen dezelfde muren van de ruimte waar ze bij elkaar kwamen; de bofkonten vluchtten zo snel mogelijk naar Tanger of de naar Franse zone. Anderen zijn naar El Mogete afgevoerd en kunnen elk moment gefusilleerd worden en met de wind verdwijnen. En vermoedelijk zit er ook nog een stel ondergedoken in kelders, op zolders en in garages, doodsbang dat iemand ze op een dag zal verlinken en dat ze met geweren uit hun schuilplaats worden gemept. Daarom kon ik niemand vinden die het spul durfde te kopen, maar via via kreeg ik dat contact in Larache en daarom weet ik dat de pistolen daarnaartoe zullen gaan.'

Toen keek ze me aan, zo ernstig en somber als ik haar niet eerder had zien kijken.

'Het is een vreselijke zooi, meisje, echt een klerezooi,' zei ze tandenknarsend. 'Medelijden en respect zijn ver te zoeken, en zodra iemand ook maar een ietsepietsie opvalt, nemen ze hem gelijk mee. Er zijn al veel arme drommels dood, fatsoenlijke mensen die nooit een vlieg, laat staan een mens, kwaad hebben gedaan. Pas goed op, kleintje, laat jij niet de volgende wezen.'

Ik duikelde opnieuw een sprankje moed op uit het niets, zodat we allebei overtuigd zouden zijn van iets waar ikzelf niet in geloofde.

'Maakt u zich geen zorgen, Candelaria, we komen er wel uit.'

En zonder nog iets te zeggen liep ik naar het gemetselde bankje, klaar om met de sinistere lading stevig op mijn lijf gebonden over de muur te klimmen. Achter me stond de smokkelaarster me onder de wingerd na te kijken terwijl ze prevelend een kruisje sloeg. In de naam van de Vader, de Zoon en de Heilige Geest, moge de Maagd der Wonderen je beschermen, schatje. Het laatste wat ik hoorde was de klinkende kus die ze op haar gekruiste vingers drukte toen ze klaar was met haar litanie. Een seconde later verdween ik achter de muur en viel als een voddenbaal op de patio van de kruidenier.

11

In minder dan vijf minuten was ik bij de uitgang van bakker Menahen. Onderweg bleef ik een paar keer vastzitten aan spijkers en splinters die ik in het donker niet had gezien. Ik schramde mijn pols, trapte op de boernoes, gleed uit, verloor bijna mijn evenwicht en dreigde achterover te vallen toen ik op een stapel kisten klom die schots en scheef tegen de muur waren gezet. Eenmaal bij de uitgang was het eerste wat ik deed mijn kleding goed omslaan, zodat van mijn gezicht alleen mijn ogen nog zichtbaar waren. Daarna schoof ik de roestige grendel weg, haalde diep adem en ging op pad.

Het steegje was verlaten; er was geen schim, geen geluid te bekennen. Mijn enige gezelschap was de maan die grillig tussen de wolken door opdook. Ik begon langzaam, zo dicht mogelijk langs de linkerkant, te lopen en bereikte al snel La Luneta. Voor ik de straat in liep, bleef ik op de hoek staan om het tafereel in me op te nemen. Aan de kabels boven de straat hingen bij wijze van lantaarns gelige lampjes. Ik keek naar links en naar rechts en herkende een paar slaperige etablissementen waar het overdag een en al bedrijvigheid was. Hotel Victoria, apotheek Zurita, café Levante, waar vaak flamenco werd gezongen, kiosk Galindo en een zoutmagazijn. Het theater Nacional, de bazaars van de Indiërs, vier of vijf taveernes waarvan ik de naam niet wist, de juwelierswinkel La Perla van de gebroeders Cohen en La Espiga de Oro waar we elke ochtend brood haalden. Allemaal dicht, gesloten. Stil en roerloos als de doden.

Ik liep La Luneta in terwijl ik mijn best deed mijn tempo aan te passen aan het gewicht van onze handelswaar. Ik ging een stuk rechtdoor en sloeg toen de mella in, de joodse buurt. Het lineaire ontwerp van de smalle straatjes troostte me: ik wist dat ze niet doodliepen, dat de jodenwijk een perfecte ruit vormde waar je onmogelijk kon verdwalen. Vervolgens betrad ik de medina en aanvankelijk ging alles goed. Ik kwam langs bekende plekken: de broodsoek, die van het vlees. Ik kwam niemand tegen, geen kip, geen hond, geen blinde bedelaar die om een aalmoes vroeg. Slechts het zachte geluid van mijn eigen muiltjes die over het plaveisel sloften en het geruis van een fontein ergens ver weg bereikten mijn oren. Ik merkte dat het lopen met de pistolen minder zwaar werd, dat mijn lichaam wende aan de nieuwe afmetingen. Af en toe betastte ik mezelf om me ervan te vergewissen dat alles nog op zijn plek zat: eerst mijn zij, dan mijn armen, dan mijn heupen. Ik bleef gespannen, maar ik wandelde in elk geval tamelijk kalm door de donkere steile straatjes, langs witgekalkte muren en met grote klinknagels versierde houten deuren.

Om de ongerustheid van me af te zetten, dwong ik mezelf te bedenken hoe die Arabische huizen er vanbinnen uitzagen. Mooi en fris, had ik gehoord, met patio's, fonteinen en galerijen met mozaïek en tegeltjes, met bewerkte houten plafonds en daktuinen die gestreeld werden door de zon. Vanaf de straat, waar enkel de gekalkte muren zichtbaar waren, was dat alles onvoorstelbaar. Verzonken in die gedachten zwierf ik rond, tot ik na een tijdje vond dat ik daar wel genoeg had rondgelopen om er honderd procent zeker van te zijn dat ik niet de minste achterdocht had gewekt, en ik besloot me naar de poort La Luneta te begeven. En het was op dat moment, exact op dat moment, dat ik achter in het straatje waar ik liep een paar gedaanten mijn richting op zag komen. Twee militairen, twee officieren in breeches, met sjerpen om hun middel en de rode muts van de Regulares: vier benen die energiek bewogen, hun laarzen op het plaveisel lieten klinken terwijl ze zacht en nerveus met elkaar praatten. Ik hield mijn adem in en duizend rampzalige beelden schoten als steekvlammen bij een fusilladenmuur door mijn hoofd. Ik dacht dat alle pistolen zich plots van hun banden zouden bevrijden en met veel geraas op de grond zouden kletteren wanneer ze langsliepen; ik haalde het in mijn hoofd dat een van hen de kap zou wegtrekken om mijn gezicht te kunnen zien, dat ze me iets zouden laten zeggen, dat ze zouden ontdekken dat ik een Spaanse landgenote was die wapens naar hun tegenstanders smokkelde, en geen inheemse die daar gewoon wat rondzwierf.

De twee mannen liepen langs me heen; ik drukte me zo dicht mogelijk tegen de muur, maar de steeg was zo nauw dat we elkaar bijna raakten. Ze letten echter totaal niet op me. Ze negeerden mijn aanwezigheid alsof ik onzichtbaar was, en vervolgden haastig hun weg en hun gesprek. Ze hadden het over detachementen en munitie, over zaken die ik niet begreep en ook niet wilde begrijpen. Tweehonderd, tweehonderdvijftig hooguit, zei de ene toen ze me passeerden. Nee, zeg, echt niet, nee, neem dat maar van me aan, sprak de andere hem fel tegen. Hun gezichten zag ik niet, want opkijken durfde ik niet, maar zodra het geluid van hun laarzen in de verte wegstierf, versnelde ik mijn pas en kon ik eindelijk opgelucht ademhalen.

Maar amper een paar seconden later besefte ik dat ik niet zo vroeg had moeten juichen: toen ik mijn ogen opsloeg ontdekte ik dat ik niet meer wist waar ik was. Om dat te weten had ik drie of vier zijstegen eerder rechts af moeten slaan, maar de plotselinge verschijning van de militairen had me zo van mijn stuk gebracht dat ik het niet had gedaan. Opeens merkte ik huiverend dat ik verdwaald was. Ik had al vaker in de medina rondgelopen, maar ik kende zijn geheimen en kronkelingen niet. Zonder daglicht en bij afwezigheid van de bedrijvigheid en de geluiden van overdag had ik geen flauw idee waar ik me bevond.

Ik besloot terug te gaan en de route opnieuw te bepalen, maar het lukte me niet. Wanneer ik meende uit te komen bij een bekend pleintje, trof ik een boog aan; wanneer ik een doorgang verwachtte, stuitte ik op een moskee of een trap. Onbeholpen vervolgde ik mijn weg door kronkelstraatjes, en om me te oriënteren probeerde ik me bij elke hoek de activiteiten van overdag voor te stellen. Maar hoe langer ik liep, hoe verlorener ik me voelde in die wirwar van stegen. Nu de handwerkslieden sliepen en hun zaken gesloten waren kon ik niet zien of ik me in het gebied van de ketellappers en blikslagers bevond, of dat ik inmiddels in het deel was waar de spinners, wevers en kleermakers overdag aan het werk waren. Daar waar in het zonlicht de honingkoekjes, bladerdeeggebakjes, massa's kruiden en bosjes basilicum me geholpen zouden hebben de weg te vinden, trof ik nu enkel vergrendelde deuren en gesloten luiken aan. De tijd leek te zijn stilgezet. Zonder de stemmen van kooplieden en kopers, zonder de stoet ezels beladen met platte manden en op de grond zittende vrouwen uit het Rifgebergte, tussen groenten en sinaasappels die ze misschien niet zouden verkopen, was de medina net een leeg toneel. Mijn nervositeit nam toe: ik wist niet hoe laat het was, maar ik was me ervan bewust dat het niet lang meer zou duren voor het zes uur was. Ik versnelde mijn pas, liep een steegje uit, sloeg een ander in, en nog een, en weer een: ik keerde om, bepaalde opnieuw de richting.

Niets. Geen enkele aanwijzing, geen enkel herkenningspunt: alles was opeens een duivels labyrint geworden waar je met geen mogelijkheid uit kon ontsnappen.

Mijn dolende voetstappen brachten me in de buurt van een huis met een grote lantaarn boven de deur. Opeens hoorde ik gelach, kabaal, stemmen die zonder maat te kunnen houden onder begeleiding van een valse piano de tekst van ‘Mi jaca’ zongen. Ik besloot ernaartoe te gaan, verlangend naar een referentiepunt waardoor ik weer zou weten waar ik was. Ik was er bijna toen een stel struikelend en in het Spaans pratend uit het etablissement kwam: een zo te zien beschonken man die zich stevig had vastgegrepen aan een geblondeerde vrouw op leeftijd die schaterend lachte. Toen besefte ik dat ik bij een bordeel was, maar het was al te laat om me voor te doen als een oude inheemse vrouw: het stel was slechts een paar stappen bij me vandaan. Hé, Morinnetje, kom eens hier, Morinnetje, ik heb iets wat je moet zien, snoezepoes, kijk eens dan, Morinnetje, kom eens kijken, zei de man kwijlend terwijl hij een arm naar me uitstak en met zijn andere hand obsceen zijn kruis vastgreep. De vrouw probeerde hem tegen te houden en ondersteunde hem lachend, terwijl ik buiten zijn bereik sprong en als een gek wegsnelde, mijn boernoes stevig om mijn lichaam gesjord.

Achter me liet ik de hoerenkast vol soldatenvolk dat zat te kaarten, liedjes blèrde en uitzinnig de vrouwen betastte, allemaal even ontsnappend aan de zekerheid dat ze een dezer dagen de Straat zouden oversteken om met de macabere oorlogsrealiteit geconfronteerd te worden. En toen, terwijl ik me met alle vuur van de wereld in de zolen van mijn muiltjes van die tent verwijderde, was het lot me eindelijk gunstig gezind en stuitte ik, toen ik de hoek omsloeg, op de soek El Foki.

Ik was ontzettend opgelucht dat ik de weg teruggevonden had: eindelijk wist ik hoe ik uit die kooi waarin de medina was veranderd kon ontsnappen. De tijd vloog en dat moest ik ook doen. Met passen zo lang en vlug als mijn hart kon verdragen, was ik binnen een paar minuten bij de poort La Luneta. Daar wachtte me echter een nieuwe schrik: een van de gevreesde militaire controles die de mannen uit Larache de toegang tot Tétouan hadden belet. Een groep soldaten, veiligheidsbarrières en een stel voertuigen: voldoende om eenieder die de stad met een niet geheel zuiver doel wilde binnengaan af te schrikken. Ik merkte dat mijn mond droog werd, maar ik wist dat ik erlangs moest en niet kon blijven staan om te bedenken wat ik moest doen, dus besloot ik mijn weg te vervolgen, met mijn blik weer strak op de grond gericht en de vermoeide gang die Candelaria me had aangeraden. Het bloed bonkte in mijn slapen en ik hield mijn adem in toen ik langs de controlepost liep met de gedachte dat ze me elk moment konden aanhouden en me zouden vragen waar ik heen ging, wie ik was, wat ik verborg. Tot mijn geluk keken ze amper naar me. Ze negeerden me gewoon, zoals kort daarvoor de officieren die ik in dat steegje was tegengekomen ook hadden gedaan. Wat kon die Marokkaanse met haar slepende tred die als een schim door de nachtelijke straten zwierf nou voor gevaar opleveren voor de glorieuze opstand?

Ik stond buiten en liep naar het park, dwong mezelf tot kalmte. Zogenaamd rustig wandelde ik door de tuinen vol slapende schaduwen, zo wonderlijk sereen zonder de luidruchtige kinderen, paartjes en oude mensen die zich in het zonlicht tussen de fonteinen en palmbomen bewogen. Naarmate ik vorderde, tekende het station zich scherper voor mijn ogen af. Vergeleken met de lage huizen in de medina vond ik het opeens groots en beangstigend, half Moors, half Andalusisch, met torentjes op de hoeken, groene daken en tegeltjes, en enorme bogen bij de toegangen. Verscheidene lantaarns verlichtten de gevel en het silhouet tekende zich af tegen het Gorguesmassief, die indrukwekkende rotsige bergen via welke de mannen uit Larache verondersteld werden te komen. Slechts één keer eerder was ik langs het station gekomen, toen de commissaris me met zijn auto van het hospitaal naar het pension had gebracht. Verder had ik het alleen uit de verte gezien, vanaf het uitzichtpunt in La Luneta, en had ik me zijn grootsheid niet echt kunnen voorstellen. Toen ik het gebouw die nacht voor me had, vond ik het zo bedreigend dat ik onmiddellijk de knusse nauwe straatjes in de medina begon te missen.

Maar ik kon niet toestaan dat de angst me zijn tanden weer zou laten zien, dus stak ik onverschrokken de weg naar Ceuta over, waar op dat tijdstip niets, zelfs het stof niet, bewoog. Ik probeerde mezelf moed in te spreken, schatte de tijd, zei tegen mezelf dat het bijna voorbij was, dat ik een groot deel van het gebeuren inmiddels achter de rug had. De gedachte dat ik me spoedig zou kunnen bevrijden van de knellende zwachtels, de pistolen die mijn lichaam kneusden en dat gewaad waarin ik me zo vreemd voelde, troostte me. Even nog, heel even maar.

Ik ging het station door de openstaande hoofddeur binnen. Een lege, kil verlichte ruimte verwelkomde me, heel anders dan de nachtelijke duisternis die ik achter me liet. Het eerste wat ik zag was een grote klok die kwart voor zes aangaf. Ik slaakte een zucht onder de stof die mijn gezicht bedekte: mijn vertraging was niet buitensporig geweest. Opzettelijk langzaam liep ik door de hal terwijl ik vanonder de kap snel het tafereel in me opnam. De loketten waren gesloten en op een bankje lag een oude moslim met een bundeltje aan zijn voeten. Achterin leidden twee grote deuren naar het perron. Links was een deur die volgens de grote letters op het bord toegang gaf tot de restauratie. Ik zocht naar het mededelingenbord met de dienstregeling en zag het aan de rechterkant. Ik keek er niet op, maar ging gewoon op het bankje eronder zitten wachten. Zodra ik het hout raakte, voelde ik een golf van dankbaarheid door mijn hele lichaam gaan. Tot aan dat moment had ik niet gemerkt hoe moe ik was van de enorme inspanning die ik had geleverd door onafgebroken te hebben rondgelopen met die sinistere lading als een loodzware tweede huid om me heen.

Hoewel er al die tijd dat ik daar roerloos zat niemand in de hal verscheen, hoorde ik aan de geluiden dat ik niet alleen was. Sommige kwamen van buiten, van het perron. Voetstappen en mannenstemmen, de ene keer zachtjes, de andere keer harder. Het waren jonge stemmen, van de soldaten die het station moesten bewaken, nam ik aan, en ik probeerde er niet aan te denken dat ze waarschijnlijk uitdrukkelijk bevel hadden gekregen op alles wat enigszins verdacht was te schieten. Vanuit de restauratie bereikten me ook geluiden. Het deed me goed ze te horen; zo wist ik tenminste dat de kastelein bezig en op zijn plek was. Ik bleef tien minuten zitten, tien tergend langzaam verstrijkende minuten: voor de afgesproken twintig die Candelaria me had opgedragen was geen tijd. Toen de wijzers van de klok vijf voor zes aangaven, verzamelde ik mijn krachten, stond moeizaam op en ging op weg naar mijn bestemming.

De restauratie was groot en telde op z'n minst een dozijn tafels, allemaal leeg op één na, waaraan een man met zijn hoofd op zijn armen lag te dommelen; naast hem stond een lege wijnkaraf. Sloffend op mijn muiltjes liep ik naar de toonbank zonder ook maar het minste idee te hebben van wat ik moest zeggen of wat ik daar te horen zou krijgen. Achter de bar was een donkere magere man met een gedoofde halve sigaret tussen zijn lippen bezig borden en bekers netjes op te stapelen, ogenschijnlijk zonder enige aandacht te schenken aan de vrouw met het gesluierde gezicht die bijna voor hem stond. Toen hij me bij de toonbank zag komen, zei hij luid en duidelijk en zonder de sigaret uit zijn mond te halen: om halfacht, de trein gaat niet eerder dan halfacht. Toen voegde hij er zacht nog een paar Arabische woorden aan toe die ik niet begreep. Ik ben Spaans, ik versta u niet, prevelde ik vanachter mijn sluier. Zijn mond viel open en hij kon zijn ongeloof niet verbergen; het restant van zijn sigaret belandde onverhoeds op de grond. Toen gaf hij me schielijk de boodschap door: ga naar de toiletten op het perron en doe de deur dicht, ze wachten op u.

Ik keerde langzaam op mijn schreden terug, liep weer naar de hal en vandaar de nacht in. Eerst hulde ik me goed in de boernoes en trok de sluier bijna tot aan mijn wenkbrauwen omhoog. Het brede perron leek verlaten en ertegenover was niets anders dan het rotsige Gorguesmassief, donker en immens. De soldaten, vier stuks, stonden samen onder een van de bogen die toegang tot het spoor gaven te roken en zacht te praten. Ze schrokken op toen ze een gedaante zagen aankomen; ik merkte dat ze verstrakten, hun laarzen in het gelid plaatsten en hun houding rechtten, hun geweren goed om hun schouders hingen.

'Hé daar, halt!' schreeuwde een van hen toen hij me zag. Ik voelde mijn lichaam onder het metaal van de pistolen verstijven.

'Laat haar maar, Churruca, zie je niet dat het een Morin is?' zei een andere soldaat meteen.

Ik bleef staan, ging niet voor- en niet achteruit. Zij kwamen evenmin dichterbij: ze bleven waar ze waren, zo'n twintig of dertig meter verderop, kibbelend over wat ze moesten doen.

'Mij maakt het niet uit of het een Morin of een christen is. De sergeant heeft gezegd dat we iedereen naar zijn legitimatie moeten vragen.'

'Verdomme, Churruca, wat ben jij toch stom. We hebben je al tien keer uitgelegd dat hij daarmee alle Spanjaarden bedoelt, niet de moslims, snap je dat nou nog niet, man!' verduidelijkte weer een ander.

'Jullie zijn het die het niet snappen. Vooruit, mevrouw, uw papieren.'

Ik dacht dat mijn benen me niet meer zouden kunnen dragen, dat ik flauw zou vallen. Ik veronderstelde dat dit onherroepelijk het einde was. Mijn adem stokte en ik voelde het koude zweet over mijn hele lijf uitbreken.

'Wat ben jij toch een sukkel, Churruca,' zei de stem van een andere wapenbroeder achter hem. 'Die inheemsen lopen niet met een legitimatiebewijs rond. Wanneer leer je nou dat je hier in Afrika bent en niet op het grote plein van je dorp?'

Te laat: de scrupuleuze soldaat was nog maar twee passen bij me vandaan en had zijn hand uitgestoken om een document aan te nemen, terwijl hij mijn blik zocht tussen de lagen stof die me bedekten. Die vond hij echter niet: ik hield mijn ogen strak naar beneden gericht, op zijn bemodderde laarzen, op mijn oude muiltjes en op de kleine halve meter die beide voetenparen scheidden.

'Als de sergeant erachter komt dat je een koosjere Marokkaanse hebt lastiggevallen, komt dat je op drie hele dagen in de kerkers van de Alcazaba te staan, jochie.'

Die onheilspellende, mogelijke straf zorgde ervoor dat Churruca eindelijk verstandig werd. Het gezicht van mijn redder zag ik niet; mijn blik bleef op de grond gericht. Maar de dreigende hechtenis had effect en na even te hebben nagedacht, trok de plichtsgetrouwe koppige soldaat zijn hand terug, maakte rechtsomkeert en liep bij me vandaan.

Ik zegende het gezonde verstand van de makker die hem had tegengehouden, en toen de vier soldaten weer samen onder de boog stonden, draaide ik me om en hervatte mijn weg naar een vooralsnog onbepaalde plek. Ik begon langzaam over het perron te schuifelen, zonder concreet doel, en probeerde mijn kalmte te herwinnen. Toen ik zover was, kon ik eindelijk op zoek naar de toiletten. Ik begon om me heen te kijken: een paar Arabieren die met hun rug tegen de muur op de grond zaten te slapen en een magere hond die over de rails liep. Het duurde niet lang voor ik mijn doel gevonden had; tot mijn geluk bevonden de toiletten zich bijna achteraan op het perron, helemaal aan de andere kant van waar de soldaten stonden. Met ingehouden adem duwde ik de deur met figuurglazen panelen open en kwam in een soort hal terecht. Er was maar weinig licht, maar ik wilde de schakelaar niet zoeken, ik liet mijn ogen liever aan de duisternis wennen. Links zag ik het bordje HEREN en rechts DAMES. Achterin, tegen de wand, ontwaarde ik iets wat een berg stof leek die langzaam in beweging kwam. Een bedekt hoofd kwam behoedzaam uit de baal omhoog, in het schemerdonker kruiste zijn blik de mijne.

'Hebt u de goederen?' vroeg een stem in het Spaans. Hij praatte zacht en snel.

Ik knikte en de baal kwam behendig overeind om te veranderen in de gedaante van een man, die net als ik als naar Moors gebruik gekleed was.

'Waar zijn ze?'

Ik trok mijn sluier naar beneden om makkelijker te kunnen praten, tilde mijn boernoes op en toonde hem mijn omzwachtelde lichaam.

'Hier.'

'Mijn God,' mompelde hij slechts. In die twee woorden lag een wereld van gevoelens besloten: verbazing, beklemming, urgentie. Hij had een lage stem en het leek me een ontwikkelde man.

'Kunt u ze zelf losmaken?' vroeg hij toen.

'Dat zal tijd kosten,' fluisterde ik.

Hij wees naar een damestoilet en we gingen naar binnen. De ruimte was krap en door een klein raampje viel het laatste maanlicht binnen, voldoende om geen verdere verlichting nodig te hebben.

'Er is haast geboden, we hebben geen minuut te verliezen. De ochtendploeg kan elk moment arriveren en ze doorzoeken het hele station voordat de eerste trein vertrekt. Ik zal u moeten helpen,' kondigde hij aan terwijl hij de deur achter zich dichtdeed.

Ik liet de boernoes op de grond vallen en kruiste mijn armen zodat die onbekende met mijn onderrug kon beginnen, knopen losmaken, stroken afwikkelen en mijn magere lijf bevrijden van die sinistere bedekking.

Voor hij begon, deed hij de kap van zijn djellaba naar beneden en ik ontwaarde het ernstige, gelijkmatige gezicht van een Spanjaard van middelbare leeftijd met een baard van verscheidene dagen. Hij had kastanjebruine krullen, warrig door het gewaad waarmee hij zich waarschijnlijk al een hele tijd had vermomd. Zijn vingers gingen aan het werk, maar echt eenvoudig was het niet. Candelaria had haar best gedaan en niet een van de wapens was verschoven, maar de knopen waren zo strak en de meters stof zoveel dat het ons veel meer tijd kostte om dat alles van mijn lijf te halen dan die onbekende en ik hadden gewild. We zwegen allebei, omgeven door witte tegeltjes en met als enig gezelschap het Turkse closet, het regelmatige geluid van onze ademhaling en af en toe een paar geprevelde woorden die de voortgang van het werk aangaven: deze is klaar, nu hier, iets opzij graag, zo gaat het goed, doe uw arm iets verder omhoog, voorzichtig. Ondanks zijn haast ging de man uit Larache eindeloos fijnzinnig te werk, bijna beschroomd, en hij probeerde mijn intiemste lichaamsdelen zo veel mogelijk uit de weg te gaan en mijn blote huid niet meer aan te raken dan strikt noodzakelijk was. Alsof hij bang was dat hij mijn integriteit met zijn handen bezoedelde, alsof de lading die op me kleefde een exquise verpakking van zijdepapier was in plaats van een zwart pantser bestaande uit voorwerpen die bedoeld waren om te doden. Ik voelde me geen moment ongemakkelijk onder zijn fysieke nabijheid, zijn ongewilde strelingen, de intimiteit van onze bijna tegen elkaar aan gedrukte lichamen. Dat was zonder enige twijfel het prettigste moment van de nacht: niet omdat na al die maanden een man weer met zijn handen over mijn lichaam ging, maar omdat ik geloofde dat daarmee het begin van het einde in zicht kwam.

Alles verliep in een redelijk tempo. Een voor een kwamen de pistolen uit hun schuilplaats tevoorschijn en belandden op een stapel op de vloer. Nog maar een paar te gaan, drie of vier, meer niet. Over vijf, hooguit tien minuten zou alles voorbij zijn, schatte ik. En toen was het opeens gedaan met de rust; onze adem stokte, onze bewegingen bevroren. Buiten, nog in de verte, waren opgewonden geluiden te horen die een nieuwe activiteit aankondigden.

De man ademde diep in en haalde een horloge uit zijn zak.

'De aflossing is gearriveerd, ze zijn te vroeg,' meldde hij. In zijn schorre stem klonken angst en ongerustheid door, en de wens mij geen van beide gevoelens te laten merken.

'En nu?' siste ik.

'Zo snel mogelijk weg hier,' antwoordde hij direct. 'Kleed u aan, vlug.'

'En de pistolen die nog moeten dan?'

'Maakt niet uit. We moeten weg, nu. Zo meteen komen de soldaten binnen om te controleren of alles in orde is.'

Terwijl ik me met trillende handen weer in de boernoes hulde, trok hij een groezelige stoffen zak van zijn middel en wierp daar met handenvol tegelijk de pistolen in.

'Hoe gaan we weg?' fluisterde ik.

'Daardoor,' zei hij, terwijl hij opkeek en met zijn kin naar het raampje wees. 'U springt eerst; daarna gooi ik de pistolen en dan volg ik. Maar luister: als ik me niet bij u kan voegen, pakt u de pistolen, rent ermee weg langs de spoorbaan en laat u ze achter bij het eerste bord dat u tegenkomt waarop een halte of station wordt aangekondigd. Iemand zal ze daar ophalen. Kijk niet achterom en wacht niet op me; gewoon rennen en ontsnappen. Bereid u voor op de sprong. Vooruit, zet een voet op mijn handen.'

Ik keek naar het raampje, hoog en nauw. Ik dacht dat we er onmogelijk door pasten, maar ik zei het niet. Ik was zo geschrokken dat ik alleen maar wilde gehoorzamen, blindelings vertrouwend op de beslissingen van de anonieme vrijmetselaar wiens naam ik nooit te weten zou komen.

'Wacht even,' zei hij toen, alsof hij iets vergeten was.

Hij rukte zijn hemd open en haalde er een stoffen zakje onder vandaan, een soort buidel.

'Stop dit eerst weg, dit is het afgesproken bedrag. Voor het geval er buiten complicaties optreden.'

'Maar er moeten nog meer pistolen...' stamelde ik terwijl ik mezelf beklopte.

'Maakt niet uit. U hebt uw deel volbracht, dus dient u te beuren,' antwoordde hij terwijl hij het buideltje om mijn hals hing. Ik liet hem begaan, roerloos, als bedwelmd. 'Vooruit, we hebben geen seconde te verliezen.'

Ten slotte reageerde ik. Ik zette mijn voet op zijn in elkaar gevouwen handen en duwde mezelf omhoog tot ik de rand van het raam kon vastgrijpen.

'Maak het open, schiet op,' beval hij. 'Kijk naar buiten. Vertel me vlug wat u ziet en hoort.'

Het raam keek uit op een donker veld. De activiteit vond plaats aan een andere kant, buiten mijn gezichtsveld. Geluid van motoren, knarsende banden op het grind, ferme voetstappen, begroetingen en bevelen, bazige stemmen die taken verdeelden. Fel, vurig, alsof de wereld op het punt stond te vergaan terwijl de ochtend nog niet eens begonnen was.

'Pizarro en García, naar de restauratie. Ruiz en Albadalejo, naar de loketten. Jullie naar het kantoor en jullie naar de toiletten. Schiet op, vooruit met die luie reet!' schreeuwde iemand autoritair en driftig.

'Ik zie niemand, maar ze komen hierheen,' meldde ik met mijn hoofd nog buiten het raampje.

'Spring,' gelastte hij toen.

Ik kon het niet. Het was akelig hoog. Eerst moest ik de rest van mijn lichaam erdoor wurmen, en onbewust weigerde ik alleen te gaan. Ik wilde dat de man me verzekerde dat hij met me meeging, dat hij me aan de hand zou meevoeren, waar ik ook heen moest.

De drukte kwam steeds dichterbij. Stampende laarzen, harde stemmen die plekken verdeelden. 'Quintero, naar de damestoiletten, Villarta, naar de heren.' Het waren duidelijk niet de lakse rekruten die ik bij mijn aankomst had getroffen, maar een patrouille van frisse mannen die aan het begin van hun werkdag naar actie verlangden.

'Springen en rennen!' spoorde de man me aan terwijl hij mijn benen vastgreep en me omhoogduwde.

Ik sprong. Ik sprong, viel, en boven op me viel de zak pistolen. Ik had amper de grond geraakt of ik hoorde het abrupte kabaal van deuren die werden opengetrapt. Het laatste wat mijn oren bereikte was een bars geschreeuw en gesnauw tegen iemand die ik nooit meer zou zien: 'Hé, Moor, wat moet je daar in de damestoiletten? Wat gooi je daar uit raam? Villarta, snel, ga kijken of hij iets naar buiten heeft gekieperd.'

Ik zette het op een lopen, blindelings, als een dolle. Beschermd door de donkere nacht en de zak met wapens meeslepend; doof, gevoelloos, zonder te weten of ze me volgden en zonder me te willen afvragen wat er met de man uit Larache zou gebeuren die het geweer van de soldaat op hem gericht zou zien. Ik verloor een muiltje, een van de laatste pistolen raakte los en viel, maar ik bleef niet staan om ze te pakken. Ik rende verder in de duisternis en volgde de spoorlijn, op slechts één schoen, zonder te stoppen, zonder te denken. Ik kwam door een vlak veld, door moestuinen, rietakkers en kleine plantages. Ik struikelde, stond op en rende aan één stuk door, zonder de afstand te schatten die mijn voeten aflegden. Ik kwam geen sterveling tegen en niets onderbrak het uitzinnige geroffel van mijn voeten, tot ik tussen de schimmen een bord zag. HALTE MALALIEN, stond erop. Dat moest de plek zijn.

De stopplaats was zo'n honderd meter voorbij het bord en werd enkel verlicht door een gelige lantaarn. Ik beëindigde mijn dollemanstocht zodra ik het opschrift zag dat het stationnetje aankondigde. Snel keek ik om me heen of er al iemand was aan wie ik de wapens kon overhandigen. Mijn hart ging wild tekeer en mijn mond was droog, zat vol stof en roet, ik probeerde uit alle macht mijn zwoegende ademhaling te smoren. Niemand kwam naar me toe. Niemand wachtte op de handelswaar. Misschien zouden ze later komen, misschien nooit.

In minder dan een minuut nam ik het besluit. Ik legde de zak plat op de grond, zodat hij niet erg opviel, en begon er koortsachtig kleine brokken steen op te leggen, schraapte in de grond, haalde er aarde, stenen en onkruid uit tot de zak redelijk bedekt was. Toen ik meende dat het geen verdacht pakketje meer leek, ging ik weg.

Bijna zonder tijd te nemen om op adem te komen hervatte ik mijn tocht, in de richting van de lichtjes van Tétouan. Eenmaal bevrijd van de last besloot ik me ook van mijn andere ballast te ontdoen. Ik tilde mijn boernoes op en al lopend lukte het me langzaam en met de nodige moeite de laatste knopen van de repen stof los te krijgen. De drie pistolen die nog op mijn lijf zaten vielen onderweg op de grond, eerst een, toen nog een, ten slotte het laatste. Toen ik vlak bij de stad gekomen was, kleefden er enkel nog vermoeidheid, bedroefdheid en verwondingen aan mijn lichaam. En een met bankbiljetten gevuld buideltje om mijn hals. Van de wapens geen spoor meer.

Ik was weer bij de weg naar Ceuta en pakte de schuifelende tred weer op. Het andere muiltje was ik ook verloren, dus nam ik opnieuw de gedaante aan van een goed ingepakte Morin die blootsvoets en vermoeid omhoogklom naar de poort La Luneta. Ik hoefde niet meer te doen alsof ik moe was: mijn benen konden gewoon niet meer. Mijn ledematen waren stram, ik zat onder de blaren, viezigheid en blauwe plekken en ik was gebroken.

Toen het licht werd kwam ik de stad binnen. De muezzin van een naburige moskee riep de moslims op tot het eerste gebed en de kornettist van de Intendencia-kazerne blies de reveille. Uit het gebouw van *La Gaceta de África* rolden de dagbladen vers van de pers en in La Luneta liepen gapend vroege schoenpoetsers rond. Bakker Menahen had zijn oven aangestoken en don Leandro, met zijn voorschoot stevig om zijn middel geknoopt, stalde zijn kruidenierswaren uit.

Al die dagelijkse taferelen trokken aan mijn ogen voorbij als zaken die zich heel ver weg afspeelden, zonder mijn interesse te wekken, zonder te bezinken. Candelaria zou tevreden zijn wanneer ik haar het geld overhandigde en ze zou vinden dat ik een heldendaad had verricht, dat wist ik. Maar zelf voelde ik niet het minste sprankje van iets wat op voldoening leek. Enkel het zwarte gat van een immense ongerustheid.

Toen ik als een gek door de velden rende, toen ik met mijn nagels in de grond klauwde en de zak met aarde en stenen bedekte, toen ik over de weg liep, tijdens al die laatste activiteiten van de lange nacht, waren er duizend beelden door mijn hoofd geschoten die verschillende episoden met maar één hoofdrolspeler vormden: de man uit Larache. In een ervan ontdekten de soldaten dat hij niets uit het raam had gesmeten, dat het vals alarm was geweest, dat die figuur alleen maar een slaperige, verwarde Arabier was, en dus lieten ze hem gaan, want het leger had uitdrukkelijke orders de inheemse bevolking niet lastig te vallen, tenzij ze iets verontrustends opviel. In een heel andere scène stelde de soldaat meteen toen de deur werd opengetrapt vast dat het om een vermomde Spanjaard ging; hij zette hem klem in de wc, hield hem onder schot met het geweer op een paar centimeter van zijn hoofd en schreeuwde om versterking. Die kwam, ze ondervroegen hem, misschien identificeerden ze hem, misschien namen ze hem als gevangene mee naar de kazerne, misschien probeerde hij te vluchten en schoten ze hem in zijn rug en werd hij gedood toen hij op het spoor sprong. Tussen die twee voorstellingen waren nog duizend andere taferelen mogelijk; ik wist echter dat ik nooit te weten zou komen welk ervan de waarheid het dichtst benaderde.

Uitgeput en vervuld van vrees stapte ik de portiek in. Boven Marokko gloorde de ochtend.

12

Ik trof de deur van het pension geopend en de gasten wakker aan, op een kluitje in de eetkamer. Aan de tafel waar ze elkaar dagelijks beledigingen en verwensingen toewierpen zaten de gezusters in kamerjas en met krulspelden in hun haar te huilen en te snotteren, terwijl de leraar, don Anselmo, ze probeerde te troosten met sussende woorden die ik niet kon verstaan. Paquito en de reizend agent pakten het schilderij van het Laatste Avondmaal op om het weer op zijn plek aan de wand te hangen. De telegrafist, in pyjamabroek en hemd, stond nerveus in een hoek te roken. De gezette moeder blies intussen zachtjes in een kop lindebloesemthee om die te laten afkoelen. Alles was overhoopgehaald, niets stond nog op zijn plek, op de vloer lagen kapotgesmeten glaswerk en bloempotten, zelfs de gordijnen waren van de roeden gerukt.

Niemand leek de komst van een Morin op dat tijdstip vreemd te vinden; ze dachten vast dat het Jamila was. Nog gehuld in de boernoes sloeg ik het tafereel een poosje gade, tot een hard gesis vanuit de gang mijn aandacht opeiste. Toen ik mijn hoofd omdraaide zag ik Candelaria als een bezetene met haar armen maaien, met in haar ene hand een stoffer en in de andere het blik.

'Kom binnen, kleintje,' beval ze opgewonden. 'Kom binnen en vertel, ik heb het niet meer en moet gewoon weten wat er is gebeurd.'

Ik had besloten de hachelijke details voor mezelf te houden en alleen het eindresultaat met haar te delen. Dat de pistolen er niet meer waren en het geld wel; dat was wat Candelaria wilde horen en dat was wat ik haar zou vertellen. De rest van het verhaal was voor mezelf.

Ik sprak terwijl ik mijn hoofdbedekking weghaalde.

'Het is allemaal goed gegaan,' fluisterde ik.

'Och, lieverd, kom hier, dan krijg je een pakkerd! Die Sira van me is meer waard dan het goud van Peru, dat meisje van me is grootser dan de dag des Heren!' kraaide de smokkelaarster. Ze smeet de schoonmaakartikelen op de vloer, klemde me tussen haar borsten en overdekte mijn gezicht met smakkende kusjes die klonken als scheetjes.

'Stil nou, Candelaria, mijn God, stil nou, zo meteen horen ze u,' bracht ik angstig uit, nog steeds tegen haar aan gedrukt. Zonder ook maar naar me te luisteren ontlaadde ze haar vreugde in een reeks verwensingen aan het adres van de agent die diezelfde nacht haar huis op zijn kop had gezet.

'Wat dondert het mij nou als ze me nu nog horen! Naar de hel met jou, Palomares, met jou en al die lui van jouw soort! Loop naar de bliksem, je hebt me toch nergens op kunnen betrappen!'

Omdat ik voorzag dat die emotionele uitbarsting na zo'n lange nacht vol spanning nog lang niet voorbij zou zijn, greep ik Candelaria bij de arm en trok haar mee naar mijn kamer terwijl zij intussen doorging met haar vervloekingen.

'Hopelijk steken ze je een dolk in de rug, verdomde klootzak! Krijg de tering, Palomares, je hebt hier lekker niks gevonden, ook al heb je alle meubels omgetrapt en de matrassen leeggetrokken!'

'Stil nou, Candelaria, wees nou toch stil,' drong ik aan. 'Vergeet die Palomares en bedaar nou, dan vertel ik u hoe het is gegaan.'

'Goed, meisje, goed, vertel maar,' antwoordde ze terwijl ze haar best deed rustig te worden. Ze haalde diep adem, haar kamerjas was scheef dichtgeknoopt en warrige plukken haar piepten onder het haarnetje vandaan. Ze bood een haveloze aanblik, maar desondanks straalde ze enthousiasme uit. 'Die hufter kwam vanochtend om vijf uur aanzetten en toen schopte die smeerlap ons allemaal naar buiten, die... die... Nou ja, laten we het maar vergeten, gebeurd is gebeurd. Vertel jij maar, schatje, vertel me alles in geuren en kleuren.'

Ik vertelde haar in grote lijnen over mijn lotgevallen terwijl ik de buidel met bankbiljetten tevoorschijn haalde die de man uit Larache om mijn hals gehangen had. De ontsnapping door het raampje vermeldde ik niet, evenmin de onheilspellend schreeuwende soldaat en de pistolen die ik had achtergelaten onder het eenzame bord met de aankondiging van station Malalien. Ik overhandigde haar simpelweg de inhoud van de buidel en trok daarna de boernoes en het nachthemd dat ik eronder aanhad uit.

'Verrek maar, Palomares!' riep ze schaterend terwijl ze het geld in de lucht omhoogwierp. 'Sodemieter op, eikel, je hebt me lekker toch niet te pakken!'

Plots viel haar geschreeuw stil, en dat was niet omdat ze opeens weer bij zinnen kwam, maar ze kon haar vrolijkheid niet langer luchten door wat haar ogen zagen.

'Maar je bent hartstikke toegetakeld, kleintje! Je lijkt de Christus met de Vijf Wonden wel!' riep ze uit bij het zien van mijn naakte lichaam. 'Doet het pijn, kindje?'

'Een beetje wel,' mompelde ik terwijl ik me als een zak cement op het bed liet vallen. Een leugen. De waarheid was dat ik de pijn tot in mijn ziel voelde.

'En smerig alsof je in een vuilnishoop hebt liggen rollen,' zei ze, weer helemaal nuchter. 'Ik ga snel een paar pannen water op het vuur zetten om een lekker warm bad voor je te maken. En dan doen we kompressen met zalf op de wonden, en dan...'

Ik hoorde niets meer. Voor de smokkelaarster haar zin had kunnen afmaken, was ik al in slaap gevallen.

13

Zodra het huis op orde en iedereen weer in zijn normale doen was, ging Candelaria op pad om in de Ensanche een ruimte voor mijn bedrijfje te zoeken.

De Tétouaanse Ensanche, zo totaal verschillend van de Moorse medina, was naar Europese maatstaven geconstrueerd om tegemoet te komen aan de behoeften van het Spaanse Protectoraat: zijn burgerlijke en militaire instellingen herbergen en in woningen en winkels voorzien voor de gezinnen die afkomstig waren van het Iberisch schiereiland en zich gaandeweg permanent in Marokko hadden gevestigd. De nieuwe gebouwen, met witte gevels, ornamentele balkons en een uitstraling tussen modern en Moors in, lagen aan brede straten en ruime pleinen die harmonieus een rechthoek vormden. Daar verplaatsten zich goedgekapte dames en heren met hoed, geüniformeerde militairen, Europees geklede kinderen en formeel verloofd gearmde paartjes. Er waren trolleybussen en wat automobielen, confiseries, luisterrijke cafés en een select eigentijds winkelaanbod. Er heerste orde en rust, een totaal andere wereld dan de drukte, de geuren en stemmen op de soeks in de medina, die besloten enclave uit het verleden omgeven door muren met zeven poorten naar de buitenwereld. En tussen beide delen in, het Arabische en het Spaanse, lag bijna bij wijze van grens La Luneta, de straat die ik op het punt stond te verlaten.

Zodra Candelaria een ruimte voor het atelier gevonden had, zou mijn leven een nieuwe wending nemen en zou ik me daarnaar moeten voegen. Ik besloot alvast te veranderen: ik zou mezelf helemaal vernieuwen, me van de oude ballast ontdoen en vanaf nul beginnen. In een paar maanden tijd had ik de deur voor de neus van mijn hele verleden dichtgeslagen; ik was afwisselend en tegelijk veranderd van een onbeduidend naaistertje in vele verschillende vrouwen. Heel kort aspirante voor een overheidsbetrekking, begunstigde van het erfgoed van een grootindustrieel, reislustig minnares van een schaamteloze schoft, begoocheld kandidate om directielid te worden van een Argentijns bedrijf, falende moeder van een niet-geboren kind, verdachte van oplichting en diefstal en tot over haar oren in de schuld, en een gelegenheidshandelaarster in wapens die zich had voorgedaan als een onschuldige inheemse. En al heel snel moest ik me weer een nieuwe persoonlijkheid aanmeten, want geen van de vorige kon ik nog gebruiken. In mijn oude wereld heerste oorlog en was de liefde weggeglipt, met medeneming van mijn bezittingen en illusies. Het nooit geboren kind was weggevloeid in een plas stollend bloed toen ik uit een bus stapte, een dossier met mijn gegevens circuleerde op politiebureaus in twee landen en in drie steden, en het kleine arsenaal pistolen dat ik op mijn huid had vervoerd, had misschien al levens genomen. Die pathetische bagage wilde ik de rug toekeren, en ik nam het besluit de toekomst tegemoet te treden met een masker van bravoure en zelfvertrouwen om te voorkomen dat mijn angsten, mijn ellende en de dolk die nog in mijn ziel stak zichtbaar zouden zijn.

Ik besloot met de buitenkant te beginnen, een façade te creëren van een wereldse, onafhankelijke vrouw aan wie niets te bespeuren viel van mijn verleden als slachtoffer van een verwerpelijke schoft, noch van de duistere oorsprong van het bedrijf dat ik weldra ging opzetten. Daartoe moest het verleden verfraaid, rap een heden bedacht en een even onechte als schitterende toekomst gepland worden. En het moest snel gebeuren, ik moest meteen aan de slag. Geen tranen meer, geen gejammer. Geen toegeeflijke blik op het verleden. Enkel het heden, het nu. Daarom koos ik een nieuwe persoonlijkheid die ik uit mijn mouw schudde, zoals een goochelaar een sliert zakdoeken of een hartenaas tevoorschijn tovert. Ik besloot een gedaanteverwisseling te ondergaan en mijn keuze viel op een ogenschijnlijk vastberaden, betrouwbare en dynamische vrouw. Ik moest alles in het werk stellen zodat mijn naïviteit voor arrogantie, mijn onzekerheid voor nonchalance werd aangezien; zodat mijn angsten niet eens vermoed werden, verborgen als ze waren achter de ferme pas op hoge hakken en een op en top zelfverzekerde verschijning; zodat de enorme inspanning niet doorschemerde die ik nog dagelijks moest leveren om stilaan mijn verdriet te boven te komen.

Als eerste zou ik me een andere stijl aanmeten. Door de ongewisse tijden, de miskraam en de herstelperiode was ik zes of zeven kilo afgevallen. De verbittering en het ziekenhuis hadden de rondingen van mijn heupen, enige borstomvang, wat dijvlees en het overtollige vet dat zich ooit rond mijn middel had opgehoopt afgevoerd. Dat alles hoefde ik ook niet terug. Ik voelde me prettig met mijn nieuwe figuur: nog een stap vooruit. Uit mijn geheugen diepte ik de kledingstijl van de buitenlandse vrouwen in Tanger op, en ik besloot mijn sobere garderobe onder handen te nemen. Ik zou die minder streng maken dan die van mijn landgenoten, wat suggestiever, maar zonder uitdagend of onbetamelijk te zijn. De tinten wat kleuriger, de stoffen wat speelser. Het decolleté van de blouses een beetje verder opengeknoopt, de rokken iets minder lang. Voor de gebarsten spiegel in Candelaria's kamer imiteerde, oefende en maakte ik me het bekoorlijke over elkaar slaan van de benen eigen dat ik dagelijks op het tijdstip van het aperitiefje op de terrassen had gezien, de elegante tred waarmee de dames over de brede trottoirs van de boulevard Pasteur zwierden, en de charme van pas gemanicuurde handen die een Frans modetijdschrift, een gin-fizz of een Turkse sigaret in een ivoren mondstuk vasthielden.

Voor het eerst in meer dan drie maanden schonk ik aandacht aan mijn uiterlijk en ik ontdekte dat ik dringend aan een opknapbeurt toe was. Een buurvrouw epileerde mijn wenkbrauwen, een andere deed mijn handen. Na maanden mijn gezicht alleen gewassen te hebben maakte ik me weer op; ik koos potloden uit om de contouren van mijn lippen aan te zetten, karmijnrode lippenstift om ze in te kleuren, oogschaduw, rouge, eyeliner en mascara voor mijn wimpers. Ik liet Jamila met de naaischaar mijn haar knippen, exact volgens een foto in een oude *Vogue* die nog in mijn koffer zat. Mijn dikke donkere haar dat tot halverwege mijn rug reikte, viel als dode ravenvleugels in lange lokken op de keukenvloer, tot mijn haar in een rechte lijn ter hoogte van mijn kaak viel, steil, met een scheiding opzij en de neiging ondeugend over mijn rechteroog te vallen. Naar de hel met die warme haardos waar Ramiro zo door gefascineerd werd. Ik zou niet kunnen zeggen of het nieuwe kapsel me wel of niet stond, maar ik voelde me frisser, vrijer. Hernieuwd, voorgoed gedistantieerd van die middagen onder de ventilatorbladen in onze kamer in het Continental, van die eindeloze uren zonder andere beschutting dan onze vervlochten lichamen en mijn lange dikke haardos die als een deken over de lakens uitwaaierde.

Al na een paar dagen wierp Candelaria's zoektocht vruchten af. Eerst had ze drie panden in de Ensanche gelokaliseerd waar per direct een ruimte te huur was. Ze vertelde me de bijzonderheden van elk appartement, we bespraken de voor- en nadelen van elk pand grondig en kwamen ten slotte tot een besluit.

Het eerste appartement waarover Candelaria me vertelde leek aanvankelijk perfect: groot, modern, hagelnieuw, vlak bij het postkantoor en het theater Español. 'Er is zelfs een handdouche die net een telefoon lijkt, kindje, alleen komt er geen stem maar een waterstraal uit die je elke kant op kan richten,' verklaarde de smokkelaarster perplex over dat wonder. Niettemin streepten we het weg. De reden was dat ernaast een braakliggend terrein lag waar zich naar hartenlust magere katten en vuilnis ophoopten. De Ensanche groeide, zeker, maar hier en daar waren nog plekken die op bebouwing wachtten. We dachten dat een dergelijk schouwspel geen goede indruk zou maken op de verfijnde cliëntèle die we wilden binnenhalen, dus viel de optie van een atelier met telefoondouche af.

Het tweede alternatief lag aan de belangrijkste weg van Tétouan, in een prachtig gebouw met torentjes op de hoeken. Op het eerste gezicht voldeed het eveneens aan al onze eisen: het was ruim, voornaam en in plaats van te grenzen aan een braakliggend terrein lag het op de hoek van twee belangrijke en drukke verkeersaders. Daar weerhield ons echter een buurvrouw: in het gebouw ernaast was een van de beste kleermaaksters van de stad gevestigd, een naaister op leeftijd met een goede reputatie. We overwogen het, maar besloten die mogelijkheid ook af te strepen; het was beter de concurrentie niet te hinderen.

We helden dus over naar de derde optie. De ruimte die uiteindelijk mijn werk- en woonverblijf zou worden was een groot appartement in de calle Sidi Mandri, niet ver van de plaza de España, het Hoge Commissariaat en het paleis van de kalief met zijn indrukwekkende wachters die de ingang bewaakten, een exotisch vertoon van tulbanden en prachtige op de wind wiegende schoudermantels.

Candelaria sloot de overeenkomst met de jood Jacob Benchimol, die vanaf dat moment heel discreet mijn huisbaas werd in ruil voor een stipt betaalde huur ten bedrage van driehonderdvijfenzeventig peseta per maand. Drie dagen later nam ik, de nieuwe Sira Quiroga, zogenaamd veranderd in een persoon die ik weliswaar niet was maar op een dag misschien zou zijn, het appartement in bezit en zette ik de deuren voor een nieuwe fase in mijn leven wijd open.

'Ga jij maar vast vooruit,' zei Candelaria toen ze me de sleutel overhandigde. 'Het is beter dat ze ons niet meer zo vaak samen zien. Ik kom zo.'

Ik baande me een weg door de rommelige La Luneta terwijl er voortdurend mannen naar me keken. Ik kon me niet herinneren dat me de voorgaande maanden ook maar een kwart van dergelijke blikken was toegeworpen, toen ik er nog uitzag als een onzeker meisje met mijn haar in een saai knotje en lusteloos voortging in kleurloze kleding en met verwondingen van een verleden dat ik probeerde te vergeten. Nu bewoog ik me met een voorgewende flair en deed ik mijn best een arrogantie en savoir-faire uit te stralen die niemand een paar weken eerder had kunnen bevroeden.

Hoewel ik probeerde rustig te lopen, bereikte ik toch binnen tien minuten de plaats van bestemming. Dat gebouw was me nooit opgevallen, ook al stond het op luttele meters van de hoofdstraat van de Spaanse wijk. Het deed me plezier te zien dat het op het eerste gezicht aan alle voorwaarden voldeed die ik wenselijk achtte: een uitstekende locatie met stijlvolle voordeuren, een zweem Arabisch exotisme in het tegelwerk aan de gevel, een vleug Europese soberheid in het binnenontwerp. De gedeelde toegangsruimte was elegant en goed ingedeeld; de trap was niet heel breed, maar had wel een prachtige smeedijzeren balustrade die gracieus meedraaide met de opgaande traparmen.

Het portaal was open, zoals gebruikelijk in die jaren. Ik nam aan dat er een conciërge was, maar die liet zich niet zien. Zenuwachtig begon ik omhoog te lopen, bijna op mijn tenen, en probeerde het geluid van mijn voetstappen te dempen. Aan de buitenkant was ik zelfverzekerd en elegant, maar vanbinnen was ik geïntimideerd en viel ik het liefst zo min mogelijk op. Ik bereikte de eerste verdieping zonder iemand te zijn tegengekomen en stond op een overloop met twee identieke deuren. Links en rechts, beide gesloten. De eerste hoorde bij de woning van de mij nog onbekende buren. De tweede was mijn deur. Ik haalde de sleutel uit mijn tas, stak hem met trillende vingers in het slot, draaide hem om. Ik gaf de deur beschroomd een zetje en gedurende een paar seconden durfde ik niet naar binnen te gaan; ik liet mijn blik slechts over datgene glijden wat de deuropening me liet zien. Een ruime hal met kale wanden en een wit-met-granaatkleurige vloer waarvan de tegels in een geometrisch patroon waren gelegd. Achteraan het begin van een gang. Rechts een grote salon.

In de loop der jaren waren er veel momenten geweest waarop het lot me onverwachte ontwikkelingen had gepresenteerd, aangename en minder aangename verrassingen die ik spoorslags het hoofd moest bieden al naar gelang ze zich voordeden. Soms was ik erop voorbereid, meestal niet. Maar nooit was ik me er zo sterk van bewust geweest dat ik een nieuwe periode in ging als toen op die oktobermiddag, toen mijn voetstappen het eindelijk aandurfden de drempel over te gaan en hol weerklonken in de ongemeubileerde woning. Achter me bleef een gecompliceerd verleden en voor me, als een voorteken, lag een grootse lege ruimte die de tijd zou vullen. Vullen met wat? Met voorwerpen en genegenheid. Met minuten, gewaarwordingen en mensen; met leven.

Ik ging de schemerdonkere salon binnen. Drie balkons waarvan de gesloten groene luiken het daglicht tegenhielden. Ik deed ze een voor een open en de Marokkaanse herfst stroomde het vertrek binnen, bedolf de schaduwen met zoete voorspellingen.

Ik proefde de stilte en de eenzaamheid, en bleef een paar minuten roerloos staan; ik deed helemaal niets, stond daar gewoon in het midden van de leegte en nam mijn nieuwe plek in de wereld in me op. Na een poosje, toen ik vond dat het tijd werd uit mijn lethargie te ontwaken, laadde ik me op met een flinke dosis doortastendheid en kwam in beweging. Met doña Manuela's atelier als voorbeeld liep ik het hele appartement door en deelde in gedachten de ruimte in. De salon zou als ontvangstruimte dienen; daar zouden ideeën worden gepresenteerd, modebladen bekeken, stoffen en modellen uitgekozen en opdrachten binnengehaald. De kamer ernaast, een soort eetkamer met een erker op de hoek, zou de paskamer worden. Een gordijn halverwege de gang zou dat gedeelte van de rest van het appartement scheiden. Het volgende stuk gang met de bijbehorende kamers zou het werkdeel worden: atelier, magazijn, strijkkamer, ruimte voor voltooide modellen en illusies, alles wat er maar in paste. Het derde gedeelte, helemaal achter in de woning, het donkerste en minst aantrekkelijke, zou voor mij zijn. Daar zou mijn ware ik bestaan, de gepijnigde, gedwongen ontheemde vrouw, geplaagd door schulden, vragen en onzekerheden. De vrouw wier hele bezit bestond uit een halflege koffer en een moeder die alleen in een verre stad woonde en daar voor haar bestaan vocht. De vrouw die wist dat er een flinke berg pistolen nodig was geweest om het atelier te kunnen openen. Dat zou mijn toevluchtsoord worden, mijn privéruimte. Daarbuiten, als het lot me tenminste niet langer de rug toekeerde, zou zich het publieke terrein bevinden van de naaister die uit de Spaanse hoofdstad was gekomen om in het Protectoraat het elegantste modehuis te openen dat het gebied ooit had gekend.

Ik liep terug naar de entree en hoorde iemand met haar knokkels op de deur kloppen. Ik deed meteen open, ik wist wie het was. Candelaria glipte als een uit de kluiten gewassen aal naar binnen.

'En, meisje, hoe vind je het? Is het wat?' vroeg ze gespannen. Ze had zich voor de gelegenheid opgedoft: ze droeg een van de mantelpakjes die ik voor haar had gemaakt, schoenen die ze van mij had overgenomen en die haar twee maten te klein waren, en een enigszins opzichtig kapsel waar haar vriendin Remedios haastig voor had gezorgd. Vanonder de onbeholpen opgemaakte oogleden glansden haar donkere ogen aanstekelijk. Ook voor de smokkelaarster was het een bijzondere dag, het begin van iets nieuws en onverhoopts. Met de zaak die ze nu ging beginnen, speelde ze voor de eerste en enige keer in haar stormachtige bestaan zo'n hoge troef uit. Misschien zouden de honger uit haar kindertijd, de pakken slaag van haar man en de voortdurende dreigementen bij monde van de politie die ze al jaren moest aanhoren, eindelijk gecompenseerd worden. Driekwart van haar leven had ze het maar net kunnen rooien, had ze spitsvondig moeten zijn, almaar vooruit moeten vluchten en armpje moeten drukken met de tegenspoed; misschien was de tijd aangebroken om te gaan uitrusten.

Ik antwoordde niet meteen op haar vraag hoe ik de ruimte vond; eerst hield ik haar blik een poosje vast en overdacht ik wat die vrouw voor mij betekend had sinds de commissaris me als een ongewenst pakketje in haar huis had gedumpt.

Ik keek haar zwijgend aan en over haar heen verscheen opeens de schaduw van mijn moeder. Ze hadden maar heel weinig gemeen, Dolores en de smokkelaarster. Mijn moeder was een en al gestrengheid en gematigdheid, en vergeleken bij haar was Candelaria puur dynamiet. Hun manier van zijn, hun ethische normen en de wijze waarop beiden de beschikkingen van het lot het hoofd boden waren totaal verschillend, maar voor het eerst herkende ik een zekere overeenkomst tussen hen.

Beiden, elk op haar manier en in haar eigen wereld, behoorden tot het slag moedige en strijdlustige vrouwen die in staat waren zich een weg door het leven te banen met het weinige waarmee het lot hun bedeelde. Voor mezelf en voor hen, voor ons alle drie, moest ik vechten om het atelier van de grond te krijgen.

'Ik vind het geweldig,' antwoordde ik ten slotte, glimlachend. 'Het is perfect, Candelaria, ik had me geen betere plek kunnen wensen.'

Ze lachte terug en gaf me liefdevol een kneepje in mijn wang, met een wijsheid zo oud als de wereld. We voelden beiden dat alles vanaf nu heel anders zou zijn. We zouden elkaar blijven zien, zeker, maar slechts af en toe en niet openlijk. We zouden niet langer onder hetzelfde dak wonen, we zouden niet meer samen de ruzies over het tafelkleed heen meemaken, we zouden na het avondeten niet meer samen de tafel afruimen, noch in het donker fluisterend in mijn armzalige kamertje praten. Onze wegen stonden op het punt te scheiden, inderdaad. Maar we wisten allebei dat we tot het einde der dagen verbonden waren door iets waarover niemand ons ooit zou horen praten.

14

In minder dan een week was ik geïnstalleerd. Aangespoord door Candelaria richtte ik de vertrekken in en bestelde meubels, apparaten en naaibenodigdheden. Zij regelde alles met vernuft en bankbiljetten, bereid zich tot over de oren in een zaak te storten waarvan de toekomst nog ongewis was.

'Zeg maar wat je nodig hebt, schatje, want ik ben nog nooit van mijn leven in een chic naaiatelier geweest, dus ik heb ook geen idee wat voor spulletjes zo'n zaak moet hebben. Als we niet met die vervloekte oorlog zaten, hadden we samen naar Tanger kunnen gaan om daar bij Le Palais du Mobilier van die Franse mirakels te kopen, en als we daar dan toch waren meteen een stel onderbroeken bij La Sultana, maar omdat we vastzitten in Tétouan en ik niet wil dat ze je te veel met mij in verband brengen, pakken we het als volgt aan: jij zegt wat je nodig hebt en ik verzin wel wat om het via mijn connecties te bemachtigen. Dus, kleintje, trek je mond open en zeg me waarnaar ik op zoek moet gaan en waarmee ik moet beginnen.'

'Eerst de salon. Die moet het imago van het huis vertegenwoordigen, elegantie en goede smaak uitstralen,' zei ik terwijl ik me doña Manuela's atelier en alle statige woningen waar ik kleding had afgeleverd voor de geest haalde. Hoewel het appartement in de Sidi Mandri, ontworpen naar de maatstaven van het kleine Tétouan, veel minder voornaam en groot was dan de gegoede huizen in Madrid, zouden mijn herinneringen aan vroegere tijden als voorbeeld kunnen dienen om het heden vorm te geven.

'En wat zetten we erin?'

'Een fantastische sofa, twee stel mooie fauteuils, een grote tafel in het midden en twee of drie kleinere als bijzettafels. Lange damasten gordijnen voor de balkons en een grote lamp. Vooralsnog is dat voldoende. Niet veel, maar allemaal wel stijlvol en eersteklas kwaliteit.'

'Hoe ik daar allemaal aan moet komen zie ik zo een-twee-drie nog niet, meisje, want hier in Tétouan hebben we geen winkels met al die pracht en praal. Laat me er effe over nadenken; ik heb een vriend die bij een transportonderneming werkt, eens kijken of-ie me een vrachtje kan bezorgen... Goed, maak jij je daar nou maar niet druk om, ik zie wel hoe ik het regel, en als sommige van die dingen tweede- of derdehands zijn maar wel van superkwaliteit, nou ja, dat maakt dan niet uit, toch? Daar krijgt het huis meer karakter van. Ga door, kindje.'

'Modebladen, buitenlandse modetijdschriften. Doña Manuela had ze bij tientallen; als ze verouderd waren mochten wij ze hebben en nam ik ze mee naar huis. Ik werd het nooit moe ze in te kijken.'

'Dat zal ook lastig worden; je weet dat de grenzen sinds de opstand gesloten zijn en dat er maar heel weinig van buiten binnen komt. Maar goed, ik weet iemand die een vrijbrief voor Tanger heeft. Ik zal hem eens polsen en kijken of-ie ze als gunst voor me kan meebrengen; later zal hij me als tegenprestatie wel een fikse rekening presenteren, maar goed, dat zien we dan wel weer...'

'Laten we hopen dat het hem lukt. En laat hem een flinke stapel van de beste meenemen.' Ik noemde een paar namen van tijdschriften die ik zelf in Tanger had gekocht toen Ramiro zijn belangstelling voor me begon te verliezen. Hele nachten vluchtte ik in die tijd in die mooie plaatjes en foto's. 'De Amerikaanse *Harper's Bazaar*, *Vogue* en *Vanity Fair*, en de Franse *Madame Figaro*,' voegde ik eraan toe. 'Alles wat hij maar te pakken kan krijgen.'

'Komt goed. Verder.'

'Voor de paskamer een driedelige passpiegel. En nog een stel fauteuils. En een gestoffeerd bankje om de kledingstukken op te leggen.'

'Ga door.'

'Stof. Coupons van drie of vier palm, van de beste kwaliteit; die zullen als voorbeeld dienen. Grote lappen pas wanneer we echt aan de gang zijn.'

'De beste heeft La Caraqueña; die van de Moren op de *burrakía* naast de grote markt kan je vergeten, die zijn lang zo chic niet. Ik zal ook eens kijken wat de Indiërs in La Luneta voor me kunnen bemachtigen; die zijn ontzettend gewiekst en hebben altijd wel iets speciaals achter liggen. En ze hebben ook goede contacten in de Franse zone, wellicht kunnen we daar wat moois vandaan halen. Vraag maar verder, schoonheid.'

'Een naaimachine, als het kan een Amerikaanse Singer. Hoewel ik bijna alles met de hand doe, is het wel handig om er een te hebben. En een goed strijkijzer met strijkplank. En een paar paspoppen. De andere dingen haal ik straks zelf wel, vertel me alleen waar ik de beste fourniturenwinkel kan vinden.'

En zo regelden we het. Eerst plaatste ik een bestelling en vervolgens zette Candelaria, vanuit de achterhoede, onvermoeibaar al haar sjacherkunsten in om datgene wat we nodig hadden te bemachtigen. Soms arriveerden dingen heimelijk en op vreemde tijdstippen, verhuld in dekens en gebracht door olijfkleurige mannen. Soms vonden de activiteiten overdag plaats, voor het oog van iedereen die door de straat kwam. Er kwamen meubels, schilders en elektriciens; ik ontving onophoudelijk pakketjes, werkinstrumenten en allerhande bestellingen. In mijn hoedanigheid van mondaine, vlotte en bekoorlijke vrouw stapte ik trots rond en hield van begin tot eind toezicht op de gang van zaken. Resoluut, met aangezette wimpers en voortdurend mijn nieuwe kapsel gladstrijkend, handelde ik kordaat de onvoorziene zaken die zich voordeden af en maakte ik kennis met de buren. Ze groetten me allemaal terughoudend wanneer ik ze tegenkwam in het portaal of op de trap. Op de begane grond zaten een hoedenwinkel en een tabakszaak; op de eerste verdieping, tegenover me, woonden een oudere, in rouw gehulde vrouw en een vlezige, bebrilde jongeman van wie ik vermoedde dat hij haar zoon was. Boven twee gezinnen met een rits kinderen die de hele tijd rondsnuffelden om erachter te komen wie nu toch die nieuwe buurvrouw van ze was.

In luttele dagen was alles klaar: nu moesten alleen nog de opdrachten komen. De eerste nacht dat ik daar sliep, alleen en doodsbang, herinner ik me nog als de dag van gisteren; ik deed geen oog dicht. Het was nog vroeg in de avond toen ik de laatste huiselijke geluiden hoorde in de naburige woningen: een huilend kind, een radio, de moeder met zoon van tegenover die luidkeels kibbelden, het geluid van servies en stromend water toen iemand de afwas van een verlate avondmaaltijd deed. Naarmate de avond vorderde, verstilde het rumoer en namen denkbeeldige geluiden de plaats ervan in: ik dacht dat de meubels bovenmatig kraakten, dat ik voetstappen op de tegels in de gang hoorde en dat schaduwen me vanaf de pas geverfde muren belaagden.

Nog voor de eerste zonnestraal doorbrak, stond ik op, niet in staat mijn onrust nog een seconde langer te verdragen. Ik liep naar de salon, opende de luiken en wachtte op het balkon de dageraad af. Vanaf de minaret van een moskee klonk de oproep voor het *fayr*, het eerste gebed van de dag. De straat was nog verlaten en de bergen van de Gorgues, amper zichtbaar in de schemering, tekenden zich in het eerste ochtendlicht in al hun grootsheid af. Loom begon de stad te ontwaken. Moorse dienstmeisjes in boernoesen en grote omslagdoeken kwamen aanlopen. In tegengestelde richting vertrok een stel mannen naar hun werk en gingen verscheidene zwartgesluierde vrouwen twee aan twee of drie aan drie haastig op weg naar de vroegmis. Wat ik niet zag waren de kinderen die naar school vertrokken, de winkels en kantoren die opengingen, en evenmin de dienstmeisjes die churros gingen kopen, of de moeders die naar de markt liepen om producten uit te kiezen die Moorse jongetjes vervolgens in manden op hun rug naar hun huis brachten. Voor dat plaatsvond was ik weer naar binnen gegaan en op mijn hagelnieuwe sofa van granaatkleurige tafzijde gaan zitten. Waarom? Om te wachten tot mijn lot eindelijk een andere koers zou nemen.

Jamila arriveerde al vroeg. We glimlachten nerveus naar elkaar; het was voor ons allebei de eerste dag. Candelaria had me haar diensten aangeboden en daar was ik haar dankbaar voor: we hadden een diepe genegenheid voor elkaar opgevat en het jonge meisje zou een goede bondgenote voor me zijn, een klein zusje. 'Ik heb zo een andere Fatima gevonden; neem jij Jamila maar mee, het is een lief kind en je zal zien dat ze een grote hulp voor je is.' Dus kwam de zachtaardige Jamila bij mij, opgetogen dat ze het zware werk in het pension niet meer hoefde te doen en samen met haar siñorita een nieuwe activiteit mocht ontplooien, waardoor haar jeugdige bestaan wat minder vermoeiend zou worden.

Jamila arriveerde, inderdaad, maar verder niemand. Niet die eerste dag, niet de volgende, en evenmin de daaropvolgende. Drie ochtenden stond ik voor dag en dauw op en maakte me met de grootste zorg klaar. Onberispelijke kleding en kapsel, smetteloos huis, glamourbladen met elegante glimlachende dames op de omslag op tafel, de naaibenodigdheden netjes geordend in het atelier; alles piekfijn verzorgd, in afwachting van de komst van iemand die van mijn diensten gebruik wilde maken. Niemand scheen dat echter te willen.

Soms hoorde ik geluiden, voetstappen, stemmen op de trap. Dan snelde ik op mijn tenen naar de deur en keek verlangend door het spionnetje, maar het bleek nooit voor mij te zijn. Met mijn oog tegen de ronde opening gedrukt zag ik luidruchtige kinderen, haastige mevrouwen en vaders met hoed, beladen dienstmeisjes, loopjongens, de conciërge met haar schort voor, de hoestende postbode en eindeloos veel andere figuren voorbijkomen. Maar niemand die van plan was haar garderobe in mijn atelier te laten vervaardigen.

Ik aarzelde of ik Candelaria moest inseinen of nog even geduldig zou afwachten. Ik aarzelde een dag, twee, drie, tot ik de tel kwijtraakte. Ten slotte nam ik een besluit: ik zou naar La Luneta gaan en tegen haar zeggen dat ze haar contacten moest opporren, dat ze geen middel onbeproefd moest laten om potentiële cliënten te laten weten dat de zaak geopend was. Of ze kreeg het voor elkaar, of ons gezamenlijke bedrijfje zou als een nachtkaars uitgaan nog voor het goed en wel gestart was. Maar zover kwam het niet en ik hoefde de expertise van de smokkelaarster niet in te zetten, want net die ochtend werd er eindelijk aangebeld.

'Guten Morgen. Ik ben Frau Heinz; ik ben nieuw in Tétouan en heb wat kleding nodig.'

Ik ontving haar in een mantelpakje dat ik een paar dagen eerder voor mezelf had gemaakt. Grijsblauw, strakke kokerrok, getailleerd jasje, geen blouse eronder en de bovenste knoop precies één millimeter boven de plek gesloten waar het decolleté zijn decentie zou verliezen. En toch superelegant. Met als enige opsmuk een lange zilveren ketting om mijn hals waaraan een oude schaar van hetzelfde metaal hing; van pure ouderdom niet meer geschikt om mee te knippen, maar ik was hem tegengekomen in de kraam van een antiquair toen ik op zoek was naar een lamp, en ik had ter plekke besloten dat die schaar bij mijn nieuwe imago zou horen.

De zojuist aangekomene keek me amper aan toen ze zich voorstelde; haar ogen leken meer geïnteresseerd de distinctie van de ruimte in te schatten om zich ervan te verzekeren dat die aan haar niveau voldeed. Haar helpen ging me makkelijk af: ik hoefde alleen maar te doen alsof ik niet mezelf maar doña Manuela was, geïncarneerd in een aantrekkelijke en competente buitenlandse. We namen plaats in de salon, elk in een fauteuil, zij met een enigszins mannelijk aandoende pose en ik met mijn beste over elkaar geslagen benen, iets wat ik al duizend keer geoefend had. In haar gebroken taaltje vertelde ze me wat ze nodig had: twee mantelpakjes en twee avondjurken. En een ensemble om in te tennissen.

'Geen probleem,' loog ik.

Ik had werkelijk geen idee hoe een stelletje voor een dergelijke activiteit er in godsnaam uitzag, maar ik zou mijn onwetendheid niet laten blijken, al stond er een heel vuurpeloton voor me. We bladerden de tijdschriften door en bekeken de voorbeelden. Voor de avondjurken koos ze twee modellen van grote ontwerpers uit die tijd, Marcel Rochas en Nina Ricci, gevonden op de pagina's van een Frans tijdschrift met de couturecollectie van het seizoen herfst-winter 1936. De ideeën voor de kleding voor overdag haalde ze uit *Harper's Bazaar*: twee modellen van het modehuis Harry Angelo, een naam die ik niet eerder had gehoord, maar ik hoedde me er wel voor dat te zeggen. Verrukt over mijn keur aan tijdschriften deed de Duitse haar best me in haar gebrekkige Spaans te vragen waar ik ze vandaan had. Ik deed alsof ik haar niet begreep: als ze de listen van mijn compagnon de smokkelaarster te weten kwam, had mijn eerste cliënte op datzelfde moment de benen genomen en had ik haar nooit teruggezien. Vervolgens gingen we over op het uitkiezen van de stof. Met de monsters die ik van verscheidene winkels had gekregen, liet ik haar een scala aan voorbeelden zien waarvan ik de kleur en kwaliteit een voor een beschreef.

De keus was tamelijk snel gemaakt. Chiffon, fluweel en organza voor de avondkleding; flanel en kasjmier voor overdag. Over het model en de stof voor het tennispakje hadden we het niet: dat zou ik te zijner tijd wel oplossen. Haar bezoek duurde goed een uur. Halverwege kwam Jamila, gekleed in een turkooizen kaftan en haar grote donkere ogen geaccentueerd met kohl, stilletjes binnen met een blinkend dienblad waarop Moorse zoetigheden en zoete muntthee stonden. De Germaanse nam er dankbaar van en met een nauwelijks zichtbare knipoog bracht ik mijn dank over aan mijn nieuwe dienstmeisje. De laatste taak bestond uit het opnemen van de maten. Bedreven noteerde ik de gegevens in een notitieboek met leren omslag: de kosmopolitische versie van doña Manuela waarin ik mezelf had getransformeerd bleek heel nuttig. We spraken af dat de eerste pasbeurt vijf dagen later zou plaatsvinden en we namen uiterst beleefd afscheid. Tot ziens, Frau Heinz, dank u voor uw bezoek. Tot ziens, Fräulein Quiroga, tot binnenkort. Ik had de deur nog niet gesloten of ik moest beide handen voor mijn mond slaan om het niet uit te schreeuwen en ik moest mijn beenspieren spannen om niet als een jong veulen te gaan trappelen. Had ik mijn aanvechting de vrije loop kunnen laten, dan was het simpelweg een uiting van mijn enthousiasme geweest, want onze eerste cliënte zat in het net en er was geen weg terug.

De daaropvolgende dagen werkte ik 's ochtends, 's middags en 's avonds. Het was de eerste keer dat ik zulke belangrijke kledingstukken helemaal alleen maakte, zonder de supervisie en hulp van mijn moeder of doña Manuela. Ik legde alles, vermenigvuldigd met vijftigduizend, van mijn vijf zintuigen in het werk, en nog wilde de angst te falen geen seconde wijken. Ik tekende de stof af met krijt en knipte de delen met evenveel angst als precisie. Ik schikte ze bij elkaar, haalde ze weg en legde ze weer bij elkaar. Ik slingerde om, reeg, maakte ze op een paspop vast, los en weer vast, net zo lang tot ik tevreden was over het resultaat. De mode was sterk veranderd sinds ik me in de wereld van naald en draad bewoog. Toen ik halverwege de jaren twintig bij doña Manuela begon, domineerden rechte lijnen, verlaagde tailles en korte lengtes voor overdag, en geraffineerd simpele tuniekjes van eenvoudige snit voor de avond. Het decennium van de jaren dertig bracht langere lengtes, nauwsluitende tailles, schuine snit, schoudervullingen en voluptueuze silhouetten. De mode veranderde zoals de tijd veranderde, en daarmee de eisen van de cliëntèle en de kunsten van de naaisters. Maar ik wist me aan te passen; datzelfde gemak waarmee ik me naar de grillige, door Parijs gedicteerde modetrends voegde, had ik maar wat graag ook voor mijn persoonlijke leven gehad.

15

De eerste dagen gingen als een wervelstorm voorbij. Ik werkte onafgebroken en kwam heel weinig buiten, alleen om bij het vallen van de avond een korte wandeling te maken. Doorgaans kwam ik dan een van mijn buren tegen: de moeder gearmd met haar zoon van tegenover, twee of drie kinderen van boven die de trap af stormden, of een vrouw die haastig naar huis snelde om het avondeten voor het gezin voor te bereiden. Er hing slechts één schaduw boven de bezigheden van die week: het vervloekte tennispakje. Op een gegeven moment besloot ik Jamila met een briefje naar La Luneta te sturen: 'Ik heb tijdschriften nodig met voorbeelden van tenniskleding. Het geeft niet als het oude exemplaren zijn.'

'Siñora Candelaria zeggen Jamila morgen terugkomen.'

En de volgende dag ging Jamila weer naar het pension en keerde terug met een stapel tijdschriften die nauwelijks in haar armen paste.

'Siñora Candelaria zeggen siñorita Sira deze kijken eerst,' meldde ze met haar lieve stem in onbeholpen Spaans.

Ze zag er verhit uit, bruiste van energie en was dolenthousiast. In zekere zin deed ze me aan mezelf denken tijdens mijn eerste jaren voor het atelier in de calle Zurbano, toen mijn taak simpelweg bestond uit van hot naar her hollen om boodschappen te doen en bestellingen af te leveren, toen ik lichtvoetig en zorgeloos als een jong katje door de straten ging, me door kleine dingen liet afleiden waardoor ik een paar minuten van het tijdstip van terugkeer kon afsnoepen en de opsluiting tussen de vier muren zo lang mogelijk kon uitstellen. De nostalgie dreigde me een zweepslag te geven, maar ik wist me tijdig af te wenden en hem met succes te ontwijken: ik had me de kunst van het vluchten eigen gemaakt zodra de melancholie te dichtbij kwam.

Ik stortte me begerig op de tijdschriften. Alle oud, vele beduimeld, sommige zelfs zonder omslag. Weinig modebladen, de meeste met algemene onderwerpen. Een stuk of wat Franse, voornamelijk Spaanse of edities uit het Protectoraat: *La Esfera*, *Blanco y Negro*, *Nuevo Mundo*,

Marruecos Gráfico, Ketama. Verscheidene bladzijden vertoonden een vouwtje; waarschijnlijk had Candelaria ze eerst zelf doorgenomen en wilde ze mijn aandacht op die pagina's vestigen. Ik sloeg er een open, maar wat ik zag was niet wat ik had gehoopt. Op een foto gaven twee geheel in het wit geklede mannen met glanzend ingevette haren elkaar boven een net een hand terwijl ze in hun andere hand een racket hadden. Op een ander plaatje klapte een groepje superelegante dames terwijl een mannelijke tennisser een beker overhandigd kreeg. Toen besefte ik dat ik in mijn briefje aan Candelaria niet had gespecificeerd dat het tennispakje voor een vrouw moest zijn. Ik wilde net Jamila roepen om nogmaals naar La Luneta te gaan toen ik een jubelkreet slaakte. In het derde gemerkte tijdschrift stond precies datgene wat ik nodig had. Een uitgebreide reportage toonde een vrouwelijke tennisser in een lichtgekleurd truitje en een soort gespleten rokje, half een gewoon rokje, half een wijd broekje; iets dergelijks had ik nog nooit gezien en de meeste lezers van dat tijdschrift waarschijnlijk evenmin, gezien de vele aandacht die de foto's aan de outfit schonken.

De tekst was in het Frans en die begreep ik amper, maar sommige dingen sprongen eruit: de tennisster Lilí Álvarez, de ontwerpster Elsa Schiaparelli, een plaats genaamd Wimbledon. Ondanks mijn voldoening dat ik iets gevonden had waarmee ik aan het werk kon, werd die plotseling overschaduwd door een gevoel van onrust. Ik sloeg het tijdschrift dicht en bestudeerde het aandachtig. Het was oud, vergeeld. Ik zocht naar de datum: 1931. De voorpagina ontbrak, de randen vertoonden vlekken, sommige bladzijden waren gescheurd. Ik werd bezorgd. Zo'n oud vod kon ik moeilijk aan de Duitse laten zien om haar mening over het stelletje te vragen; dan zou er niets overblijven van mijn zogenaamde beeld als sublieme naaister volgens de laatste modetrends. Ik ijsbeerde door de woning terwijl ik probeerde een uitweg, een strategie te bedenken: alles wat me maar kon helpen bij de oplossing van het probleem. Na tientallen keren over de gangtegels heen en weer gelopen te hebben, was het enige wat bij me opkwam het model kopiëren en laten doorgaan voor een origineel ontwerp van mezelf, maar ik kon absoluut niet tekenen en het resultaat zou zo knullig zijn dat ik verscheidene treden op de ladder van mijn zogenaamde kunde naar beneden zou duikelen. Ongedurig als ik bleef, besloot ik nogmaals een beroep op Candelaria te doen.

Jamila was weggegaan: het lichte werk in het nieuwe huis stond haar voortdurend vrije momenten toe, iets wat ondenkbaar was geweest tijdens haar drukbezette dagen in het pension. Van elk verloren moment maakte het jonge meisje gebruik om de straat op te gaan onder het mom van een boodschapje doen. 'Siñorita willen dat Jamila pitjes kopen, ja?' Zonder het antwoord af te wachten draafde ze de trap al af om zonnebloempitten te kopen, of brood, of fruit, of gewoon wat lucht en vrijheid in te ademen. Ik scheurde de bladzijden uit het blad, stopte ze in mijn tas en besloot zelf naar La Luneta te gaan, maar toen ik daar aankwam bleek de smokkelaarster niet thuis. Het nieuwe dienstmeisje was druk bezig in de keuken en de leraar zat bij het raam, geplaagd door een fikse verkoudheid. Verder was er niemand. Hij begroette me vriendelijk.

'Nou nou, wat gaat het leven ons goed sinds we van holletje veranderd zijn,' merkte hij ironisch op bij de aanblik van mijn nieuwe uiterlijk.

Ik reageerde nauwelijks op zijn woorden, ik had andere, dringender zaken aan mijn hoofd.

'Weet u waar Candelaria is, don Anselmo?'

'Geen idee, lieve kind, je weet wel dat ze altijd overal en nergens uithangt, altijd maar de hort op is.'

Ik wrong nerveus mijn handen. Ik moest haar zien, ik moest een oplossing vinden. De leraar zag mijn onrust.

'Is er iets, meisje?'

Wanhopig nam ik mijn toevlucht tot hem. 'Kunt u toevallig goed tekenen?'

'Wie, ik? Nee, daar heb ik geen kaas van gegeten. Pak me mijn geodriehoek af en ik ben verloren.'

Ik had geen flauw idee wat voor ding dat mocht zijn, maar dat was ook niet belangrijk: het was duidelijk dat mijn voormalige pensiongenoot me niet kon helpen. Opnieuw handenwringend ging ik het balkon op om te kijken of Candelaria al in aantocht was. Ik bekeek de straat vol mensen, tikte onbewust zenuwachtig met mijn hak op de vloer. De stem van de oude republikein klonk achter me: 'Waarom vertel je niet wat er aan de hand is? Misschien kan ik je helpen.'

Ik draaide me om. 'Ik zoek iemand die goed kan tekenen, om een paar voorbeelden uit een tijdschrift voor me na te tekenen.'

'Ga dan naar de school van Bertuchi.'

'Van wie?'

'Bertuchi, de schilder.' Uit mijn gezichtsuitdrukking leidde hij af dat ik niet wist over wie hij het had. 'Maar meisje toch, je woont al drie maanden in Tétouan en je weet niet wie maestro Bertuchi is? Mariano Bertuchi, de grote schilder van Marokko.'

Ik had geen idee wie die Bertuchi was en het interesseerde me ook geen klap. Het enige wat ik wilde was een oplossing voor mijn urgente probleem.

'En zou hij datgene wat ik nodig heb voor me kunnen tekenen?' vroeg ik gespannen.

Don Anselmo liet een lachsalvo horen, gevolgd door een zware hoestbui. De drie pakjes Toledo per dag begonnen hun telkens zwaardere tol te eisen.

'Wat bazel je nou, Sirita, mijn lieve kind. Alsof Bertuchi die modellen voor jou zou tekenen! Don Mariano is een artiest, een man die volledig opgaat in zijn schilderwerk, in het laten voortleven van de traditionele kunsten van dit land, een kunstenaar die het beeld van Marokko over de landsgrenzen brengt, en zeker geen portrettist in opdracht. Maar wat je op zijn school wel kunt vinden is een hele hoop mensen die je een handje kunnen helpen: jonge schilders met weinig bezigheden, meisjes en jongens die daar schilderles volgen.'

'Waar is die school?' vroeg ik terwijl ik mijn hoedje opzette en haastig mijn tas greep.

'Bij de poort La Reina.'

De onzekerheid op mijn gezicht moest hem opnieuw ontroeren, want na weer een schaterlach en een hoestaanval kwam hij moeizaam overeind en voegde eraan toe: 'Vooruit dan maar, ik ga wel met je mee.'

We liepen La Luneta uit en betraden de mella, de joodse buurt; we gingen door de nauwe straatjes terwijl ik stilletjes terugdacht aan mijn dolende tocht tijdens die nacht van de wapens. Zo overdag leek alles anders, met de kleine winkels in bedrijf en de wisselkantoren geopend. Vervolgens kwamen we in de Moorse steegjes van de medina terecht, waar het me nog altijd moeite kostte om me te oriënteren. Ondanks mijn hoge hakken en de strakke kokerrok probeerde ik met haastige tred over het plaveisel te gaan. Zijn leeftijd en zijn hoestbuien beletten don Anselmo echter om me bij te houden. Zijn leeftijd, zijn hoestbuien en zijn onafgebroken gebabbel over de kleuren en het licht van Bertuchi's schilderijen; over diens olieverfschilderijen, diens aquarellen en pentekeningen, en over de bezigheden van de schilder als promotor van de school voor inheemse kunsten en van het voorbereidend onderwijs op de Schone Kunsten.

'Heb je vanuit Tétouan wel eens een brief naar Spanje gestuurd?' vroeg hij.

Uiteraard had ik mijn moeder geschreven. Maar ik betwijfelde ten zeerste of mijn brieven in deze hachelijke tijden hun bestemming in Madrid wel hadden bereikt.

'Want op bijna alle postzegels van het Protectoraat staan prenten van hem. Afbeeldingen van Alhucemas, Alcazarquivir, Xauen, Larache, Tétouan. Landschappen, mensen, taferelen uit het dagelijkse leven: alles komt voort uit zijn penselen.'

We liepen door, hij pratend, ik de gang erin houdend en luisterend.

'En de affiches en posters om het toerisme te bevorderen, heb je die ook niet gezien? Ik denk niet dat iemand in deze rampzalige tijd zin heeft om voor zijn plezier naar Marokko te komen, maar Bertuchi heeft jarenlang de goede dingen van dit land bekendheid gegeven.'

Ik wist over welke posters hij het had. Ze hingen overal, ik zag ze dagelijks. Afbeeldingen van Tétouan, van Ketama, van Arcila, van andere plekken in deze streek. Met het onderschrift: 'Protectoraat van de Spaanse Republiek in Marokko.' Het zou niet lang meer duren eer de naam gewijzigd werd.

Na een flinke wandeling, tijdens welke we mannen en soeks, geiten en kinderen, colbertjes, djellaba's, marchanderende stemmen, geheel verhulde vrouwen, honden en plassen, kippen, de geur van koriander en munt, van versgebakken brood met olijfolie – kortom, het bruisende leven – tegenkwamen, arriveerden we op onze bestemming. De school bevond zich aan de rand van de stad, in een gebouw dat bij een oud vestingwerk hoorde en onderdeel was van de muur. In de omgeving was tamelijk veel beweging: jonge mensen die in en uit liepen, sommige alleen, andere al pratend in groepjes, sommige met grote mappen onder de arm en andere niet.

'We zijn er. Ik laat je hier achter; ik wil dit ommetje benutten om een wijntje te gaan drinken met een paar vrienden die in de Suica wonen; de laatste tijd ga ik maar weinig weg en als ik dan eens buiten kom, moet ik er gebruik van maken.'

'Maar hoe kom ik terug?' vroeg ik onzeker. Ik had onderweg totaal niet opgelet; ik dacht dat de leraar weer met me mee zou lopen.

'Zit daar maar niet over in, alle jongens hier zullen het heerlijk vinden je te helpen. Succes met je tekeningen, laat me weten hoe het is afgelopen.'

Ik bedankte hem voor het brengen, liep de treden op en ging het gebouw binnen. Ik merkte meteen dat verscheidene blikken op me bleven rusten; in die tijd waren ze er daar op school vast niet aan gewend vrouwen zoals ik te zien. Ik liep tot halverwege de hal en daar bleef ik staan, opgelaten, verloren, zonder te weten wat ik moest doen of naar wie ik moest vragen. Maar tijd om mijn volgende stap te overdenken kreeg ik niet, want achter me klonk een stem: 'Krijg nou wat, daar hebben we mijn beeldschone buurvrouw.'

Ik draaide me om zonder ook maar enig idee te hebben wie die woorden kon hebben uitgesproken, en toen zag ik de jongeman die tegenover me woonde staan. Daar was hij, alleen ditmaal. Met aardig wat kilo's meer en flink wat minder haar dan gebruikelijk was op zijn leeftijd; waarschijnlijk moest hij nog dertig worden. Hij gaf me niet de kans iets te zeggen. Daar was ik dankbaar voor, ik had ook niet geweten wat.

'U ziet er enigszins verloren uit. Kan ik u helpen?'

Het was de eerste keer dat hij iets tegen me zei. Hoewel we elkaar sinds mijn komst in de Sidi Mandri meerdere malen waren tegengekomen, had ik hem alleen samen met zijn moeder gezien. Geen van drieën had dan meer dan een beleefd goedendag gemompeld. Ik kende ook een ander, heel wat minder aangenaam aspect van hun stemmen: dat wat ik vrijwel elke avond vanuit mijn woning hoorde, wanneer moeder en zoon elkaar in de haren vlogen en tot diep in de nacht verhit en luidruchtig ruzieden. Ik besloot openhartig tegen hem te zijn; ik had ook geen uitvlucht bij de hand en geen tijd er een te verzinnen.

'Ik ben op zoek naar iemand die een paar tekeningen voor me kan maken.'

'Mag ik vragen van wat?'

Hij vroeg het niet brutaal, gewoon nieuwsgierig. Nieuwsgierig, direct en lichtelijk geaffecteerd. Zo alleen leek hij veel doortastender dan in gezelschap van zijn moeder.

'Ik heb een stel foto's van een paar jaar oud en zou willen dat iemand daar tekeningen van maakt. Zoals u waarschijnlijk weet ben ik naaister. Ze zijn voor een pakje dat ik voor een cliënte moet maken; maar eerst moet ik het haar laten zien zodat ze het kan goedkeuren.'

'Hebt u de foto's bij u?'

Ik knikte.

'Mag ik ze eens zien? Misschien kan ik u helpen.'

Ik keek om me heen. Er waren niet veel mensen, maar wel genoeg om me ongemakkelijk te voelen als ik zo publiekelijk de uitgescheurde bladzijden moest laten zien. Ik hoefde niets te zeggen; hij had het al begrepen.

'Zullen we naar buiten gaan?'

Eenmaal buiten haalde ik de oude pagina's uit mijn tas. Ik overhandigde ze hem zwijgend en hij bekeek ze aandachtig.

'Schiaparelli, de muze van de surrealisten, hoe interessant. Ik ben dol op het surrealisme, u ook?'

Ik had geen flauw idee wat hij me vroeg, maar voelde daarentegen wel een enorme drang mijn probleem op te lossen, dus veranderde ik de loop van ons gesprek en deed alsof ik zijn vraag niet had gehoord.

'Weet u iemand die ze voor me kan maken?'

Hij keek me vanachter zijn dikke brillenglazen aan en glimlachte zonder zijn lippen van elkaar te halen. 'Kunt u het met mij af, denkt u?'

Diezelfde avond bracht hij me de schetsen; dat hij zo snel zou zijn had niet ik verwacht. Zelf had ik de dag al voor gezien gehouden, een nachtpon aangetrokken met daaroverheen een lange fluwelen kamerjas die ik had gemaakt om de tijd te doden gedurende die ledige dagen dat ik op cliënten wachtte. Ik had net wat in de salon gegeten en op het dienblad lagen de resten van mijn sobere maal: een trosje druiven, een stukje kaas, een glas melk, een paar biscuitjes. Het was stil en donker, op een staande lamp in de hoek na. Het verbaasde me dat er om bijna elf uur 's avonds werd aangeklopt en ik keek haastig door het spionnetje, nieuwsgierig en geschrokken tegelijk. Toen ik zag wie het was, schoof ik de grendel opzij en deed open.

'Goedenavond, buurvrouw. Ik hoop dat ik niet ongelegen kom.'

'Nee, hoor, ik was nog op.'

'Ik heb wat voor u,' kondigde hij aan terwijl hij me een glimp liet zien van de vellen bristolkarton die hij achter zijn rug hield.

Hij gaf ze niet aan me maar hield ze daar, half verborgen, terwijl hij mijn reactie afwachtte. Ik aarzelde even of ik hem op dat late tijdstip wel moest binnenvragen. Intussen bleef hij onbewogen in de deuropening staan, met zijn werk aan mijn gezichtsveld onttrokken en een schijnbaar onschuldige glimlach op zijn gezicht.

Ik begreep de boodschap. Hij was niet van plan me ook maar een centimeter van zijn werk te laten zien voor ik hem liet binnenkomen.

'Kom verder, alstublieft,' gaf ik toe.

'Graag, dank u wel,' antwoordde hij zacht zonder zijn voldoening te verbergen. Hij droeg een hemd en broek met daaroverheen een vilten kamerjasje. En zijn bril. En zijn enigszins geaffecteerde houding.

Hij bestudeerde de entree ongegeneerd en liep zonder te wachten tot ik hem daartoe uitnodigde de salon in. 'Uw huis bevalt me wel. Het is heel elegant, heel chic.'

'Dank u, ik ben nog niet helemaal klaar. Zou u me alstublieft willen laten zien wat u hebt meegebracht?'

Meer woorden had mijn buurman niet nodig om te begrijpen dat ik hem op dat late tijdstip niet had binnengelaten om naar zijn commentaar over de inrichting te luisteren.

'Hier is uw opdracht,' zei hij, en eindelijk liet hij zien wat hij verborgen had gehouden.

Op drie dunne stukken karton was in potlood en pastel, vanuit verschillende perspectieven en poses, een bijna onwerkelijk gestileerd model geschetst van het zonderlinge rokje dat geen rokje was. Mijn tevredenheid moest meteen op mijn gezicht te lezen zijn.

'Ik neem aan dat u ze goed vindt,' zei hij met onverholen trots.

'Ik vind ze heel erg goed.'

'U neemt ze dus?'

'Natuurlijk. U hebt me enorm geholpen. Wat ben ik u schuldig?'

'Een bedankje, verder niets; het is een welkomstpresentje. Moeder zegt dat je beleefd moet zijn tegen de buren, hoewel ze u maar zozo vindt. Ik denk dat u naar haar mening te gedecideerd en aan de frivole kant bent,' merkte hij ironisch op.

Ik glimlachte en even leek een lichte onderstroom ons te verbinden, nauwelijks een windzuchtje, dat verdween zoals het was verschenen zodra we zijn moeder de naam van haar zoon door de geopende deur hoorden schreeuwen.

'Fééééééé-lix!' Ze hield de 'e' langdurig aan, als het elastiekje van een katapult. Nadat ze de eerste lettergreep maximaal had uitgerekt, liet ze de tweede krachtig knallen. 'Fééééééé-lix,' herhaalde ze.

Hij rolde met zijn ogen en maakte theatraal een wanhopig gebaar. 'Ze kan niet zonder me, het arme mens. Ik kan maar beter gaan.'

De krijsende stem van zijn moeder, met die langgerekte eerste vocaal, sommeerde hem ten derden male te komen opdraven.

'U kunt altijd een beroep op me doen; ik maak graag meer schetsen voor u, ik ben dol op alles wat uit Parijs komt. Nu ga ik terug naar de kerker. Welterusten, mijn lieve buurvrouw.'

Ik deed de deur dicht en bleef een hele tijd naar de tekeningen kijken. Ze waren werkelijk schitterend; ik had me geen mooier resultaat kunnen wensen. Ook al was het niet mijn verdienste, die avond ging ik met een heerlijke smaak in mijn mond slapen.

De volgende dag stond ik vroeg op; om elf uur verwachtte ik mijn cliënte voor de eerste pasbeurt, maar ik wilde alles tot in de puntjes hebben voorbereid wanneer ze zou arriveren. Jamila was naar de markt en kon elk moment terug zijn. Om tien over halfelf ging de bel; ik dacht dat de Duitse misschien wat aan de vroege kant was. Ik droeg hetzelfde grijsblauwe pakje als de vorige keer; ik had besloten het als een soort uniform te dragen om haar te ontvangen, in al zijn eenvoud de elegantie ten top. Op die manier zou ik mijn professionaliteit uitbuiten en tegelijk verhullen dat ik amper herfstkleding in mijn kast had hangen. Mijn kapsel was al in orde, mijn gezicht perfect opgemaakt, de oude zilveren schaar hing om mijn hals. Alleen de finishing touch ontbrak nog: het onzichtbare masker van een mondaine vrouw. Ik zette het op en deed zwierig open. En toen zakte de grond onder mijn voeten weg.

'Goedemorgen, señorita,' klonk een stem terwijl de man zijn hoed afnam. 'Mag ik binnenkomen?'

Ik slikte. 'Goedendag, commissaris. Natuurlijk, komt u verder, alstublieft.'

Ik ging hem voor naar de salon en vroeg hem plaats te nemen. Verstrooid liep hij naar een fauteuil, alsof hij al lopend volledig opging in het observeren van het vertrek. Hij liet zijn blik nauwlettend over het gipsen lijstwerk van het bewerkte plafond glijden, over de damasten gordijnen en de grote mahonie tafel met buitenlandse tijdschriften. Over de oude kroonluchter, prachtig en spectaculair, die Candelaria God mag weten waar, voor hoeveel en met welke duistere listen op de kop had getikt. Mijn hart was sneller gaan kloppen en mijn maag draaide zich om.

Eindelijk nam hij plaats en ik ging tegenover hem zitten, zwijgend, wachtend op wat hij te zeggen had terwijl ik mijn onrust over zijn onverwachte bezoek zo goed mogelijk verborg.

'Goed, ik zie dat het u voor de wind gaat.'

'Ik doe mijn best, en inmiddels ben ik aan het werk; ik verwacht elk moment een cliënte.'

'En wat doet u precies?' was zijn vraag. Hij wist het antwoord heel goed, maar om een of andere reden wilde hij het uit mijn mond horen.

Ik probeerde een neutrale toon aan te slaan. Ik wilde niet bang of schuldig lijken, maar me evenmin voordoen als de uiterst zelfverzekerde en vastberaden vrouw die ik, zoals hij beter dan wie ook wist, niet was.

'Ik naai. Ik ben naaister,' antwoordde ik.

Hij zei niets, keek me alleen met zijn priemende ogen aan en wachtte tot ik verderging met mijn verklaring. Die gaf ik hem terwijl ik kaarsrecht op het randje van de sofa zat, zonder een spoor van een van de mondaine poses die ik wel duizend keer voor mijn nieuwe persoonlijkheid geoefend had. Geen spectaculair kruisen van de benen. Geen elegante gebaren om mijn haar glad te strijken. Totaal geen geknipper met mijn ogen. Ingetogenheid en kalmte waren het enige wat ik probeerde uit te stralen.

'Dit werk deed ik al in Madrid, ik naai al mijn halve leven. Ik werkte in het atelier van een uitstekend bekendstaande naaister, mijn moeder was daar gezel. Ik heb er heel veel geleerd: het was een zaak met eersteklas mode en we maakten er kleding voor voorname, vooraanstaande dames.'

'Ik begrijp het. Een uiterst eerzaam beroep. En voor wie werkt u nu, als ik vragen mag?'

Ik slikte weer. 'Voor niemand. Voor mezelf.'

Hij trok zogenaamd verbaasd zijn wenkbrauwen op. 'En mag ik vragen hoe u een zaak als deze in uw eentje hebt kunnen opzetten?'

Commissaris Vázquez mocht dan akelig vasthoudend en staalhard zijn, maar hij was boven alles een heer, en als zodanig formuleerde hij zijn vragen ook zeer hoffelijk. Een hoffelijkheid gekruid met een cynische ondertoon die hij geenszins verhulde. Hij zag er veel rustiger uit dan destijds in het ziekenhuis. Niet zo strak, niet zo gespannen. Jammer dat ik niet in de lijn van zijn stijl kon antwoorden.

'Ik heb het geld kunnen lenen,' zei ik simpelweg.

'Nou nou, wat een geluk hebt u gehad,' zei hij ironisch. 'En zou u zo vriendelijk willen zijn me te vertellen wie de persoon is die u zo'n genereuze gunst heeft verleend?'

Ik dacht dat ik het niet zou kunnen, maar het antwoord kwam onmiddellijk over mijn lippen. Onmiddellijk en vast. 'Candelaria.'

'Candelaria de smokkelaarster?' vroeg hij met een scheef glimlachje waarin evenveel sarcasme als ongeloof lag.

'In eigen persoon, meneer.'

'Hoe interessant. Ik wist niet dat gesjacher in deze tijd zoveel opleverde.'

Hij keek me weer met die borende blik aan, en op dat moment wist ik dat mijn lot precies op het punt balanceerde van overleven of naar beneden storten. Als een geldstuk dat omhoog wordt gegooid en dezelfde kans heeft op kruis als op munt te vallen. Als een onbeholpen koorddanseres op het touw, met vijftig procent kans naar beneden te duikelen en exact evenveel om zwierig in de lucht te blijven. Als een tennisbal geslagen door het model op de schetsen die mijn buurman had gemaakt, een mislukte slag van een gracieuze, in Schiaparelli geklede speelster, een bal die niet over het veld scheert maar gedurende een eeuwigheid, een aantal seconden, boven het net blijft hangen voor hij aan een van beide kanten neerdaalt, aarzelend of hij nou de bevallige tennisster in pasteltinten de punten zal gunnen of haar anonieme tegenstandster. Aan de ene kant de redding, aan de andere de ondergang, en ik in het midden. Zo zag ik mezelf die herfstochtend toen commissaris Vázquez mijn angstigste voorgevoelens met zijn bezoek bevestigde. Ik sloot mijn ogen, ademde in door mijn neus. Vervolgens deed ik ze weer open en begon te praten.

'Luister, don Claudio, u hebt me gezegd dat ik moest gaan werken en dat doe ik nu. Dit is een fatsoenlijk bedrijf, geen voorbijgaande bevlieging of dekmantel voor vuile zaakjes. U weet heel veel over me; u weet waarom ik hier ben, u kent de redenen van mijn tuimeling en de omstandigheden waardoor ik niet kan vertrekken. Maar u weet niet waar ik vandaan kom en waar ik heen wil, en als u een minuutje hebt, dan vertel ik u dat nu. Ik kom uit een eenvoudige familie; mijn moeder heeft me in haar eentje grootgebracht. Over mijn vader, de vader die me het geld en de juwelen gaf die voor een groot deel de oorzaak van mijn ongeluk waren, wist ik tot een paar maanden geleden niets. Helemaal niets, tot hem op een dag opeens het gevoel bekroop dat ze hem om zijn politieke overtuiging zouden gaan vermoorden, en om schoon schip met zijn verleden te maken besloot hij mij te erkennen en me een deel van zijn nalatenschap te geven. Tot die tijd wist ik niet eens zijn naam en had ik geen cent van zijn fortuin gezien. Daardoor moest ik al gaan werken toen ik nog maar drie turven hoog was: in het begin was het niet meer dan boodschapjes doen en de vloer vegen, voor een grijpstuiver omdat ik nog een kind was, van dezelfde leeftijd als die meisjes in het uniform van de Milagrosa die daarnet door de straat kwamen; misschien was een van hen uw dochtertje wel dat op weg was naar school, die wereld van nonnen, schoonschrijven en Latijnse vervoegingen die ik nooit heb kunnen leren omdat er bij mij thuis een beroep moest worden geleerd en geld verdiend. Maar ik deed het met plezier, echt: ik vond het heerlijk om te naaien en had er slag van, dus leerde ik, deed mijn best, volhardde en werd mettertijd een goede kleermaakster. En dat ik er op een dag mee ophield was geen bevlieging, maar het gebeurde omdat de zaken moeilijk werden in Madrid. In het licht van de politieke situatie vertrokken veel van onze cliënten naar het buitenland, het atelier moest sluiten en er was met geen mogelijkheid nog werk te vinden.

Problemen heb ik nooit gezocht, commissaris. Alles wat me dit afgelopen jaar is overkomen, al die misdrijven waar ik zogenaamd bij betrokken ben, heb ik niet zelf gekozen, en dat weet u heel goed, maar het gebeurde omdat op een dag een ongewenst sujet mijn pad kruiste. En u kunt zich niet voorstellen wat ik ervoor over zou hebben om het moment waarop die schoft mijn leven binnenkwam te kunnen uitwissen, maar gedane zaken nemen geen keer en zijn problemen zijn nu mijn problemen, en ik weet dat ik ze hoe dan ook zal moeten oplossen. Het is mijn verantwoordelijkheid en die neem ik ook. Maar u moet weten dat ik daar alleen met naaien in zal kunnen slagen; iets anders kan ik niet. Als u deze deur voor me dichtgooit, als u me deze vleugels afneemt, wurgt u me, want op een andere manier zal het me nooit lukken. Ik heb het geprobeerd, maar niemand wil me in dienst nemen want verder kan ik niets. Dus wil ik u een gunst vragen, eentje maar: laat me doorgaan met dit atelier en vraag me verder niets meer. Vertrouw me, richt me niet te gronde. De huur van deze ruimte en al het meubilair dat hier staat is tot op de laatste peseta betaald; ik heb niemand bedrogen en ben niemand nog iets schuldig. Het enige wat deze zaak nodig heeft is iemand die het werk doet, en daar ben ik voor, bereid om mijn handen uit de mouwen te steken, dag en nacht. Laat me gewoon rustig mijn werk doen. Ik zal u geen problemen geven, dat zweer ik u op mijn moeder, en zij is het enige wat ik heb. Zodra ik het geld voor Tanger bij elkaar heb, zodra ik mijn schuld heb afgelost en de oorlog voorbij is, ga ik naar haar terug en zal ik u nooit meer lastigvallen. Maar in die tussentijd, commissaris, smeek ik u me geen verdere uitleg te vragen en me rustig te laten werken. Ik vraag u alleen die voet van mijn keel te halen en me niet te verstikken nog voor ik begonnen ben, want als u dat doet wint u er niets mee en verlies ik daarentegen alles.'

Hij antwoordde niet meteen en ik zei ook niets meer; we keken elkaar gewoon aan. Tegen alle verwachting in had ik mijn betoog met vaste stem en een serene uitdrukking kunnen afmaken, zonder in te storten. Eindelijk had ik alles eens gelucht, alles wat al zo lang aan me knaagde eruit gegooid. Opeens voelde ik me doodmoe. Ik was moe van de klappen die ik had moeten incasseren van een gewetenloze schoft, van de maanden die ik met angst had moeten leven, van het me constant bedreigd voelen. Moe van de schuld die zwaar op me drukte, beladen als de Morinnen die ik vaak in groepjes zag lopen, langzaam en gebogen, sloffend in hun boernoes, met zakken en bundels haardhout, trossen dadels, kleine kinderen, aardewerken kruiken en zakken kalk op hun rug. Ik was het beu me angstig en vernederd te voelen, ik was het beu op zo'n trieste manier en ver van mijn eigen land te moeten leven. Moe, uitgeput, afgepeigerd, maar niettemin bereid mijn tanden te laten zien en me uit de ellende te vechten.

Het was de commissaris die ten slotte de stilte verbrak. Hij ging staan; ik volgde zijn voorbeeld, trok mijn rok recht, streek de kreukels zorgvuldig glad. Hij pakte zijn hoed en draaide hem een paar keer rond, keek er aandachtig naar. Het was niet meer de slappe zomerhoed van een paar maanden daarvoor; nu was het een donkere winterborsalino, een goede hoed van chocoladebruin vilt, die hij tussen zijn vingers liet draaien alsof daarin de sleutel van zijn gedachten lag. Toen hij ermee klaar was, antwoordde hij.

'Afgesproken. Ik ga akkoord. Als niemand met iets bijzonders bij me komt, zal ik niet uitzoeken hoe u dit alles hebt kunnen opzetten. Vanaf nu kunt u aan het werk en uw zaak opbouwen. Ik zal u met rust laten. Eens kijken of we geluk hebben en we allebei van de problemen verlost raken.'

Verder zei hij niets meer, en hij wachtte evenmin mijn antwoord af. Nauwelijks had hij de laatste lettergreep van zijn oordeel uitgesproken, of hij maakte een lichte hoofdbeweging ten afscheid en liep naar de deur. Vijf minuten later arriveerde Frau Heinz. Welke gedachten me in die tussentijd door het hoofd gingen, heb ik nooit kunnen terughalen. Ik weet alleen nog dat ik, toen de Duitse aanbelde en ik ging opendoen, me voelde alsof er een loodzware last van me af was gevallen.

DEEL TWEE

16

In de loop van de herfst volgden meer cliënten, merendeels welgestelde buitenlandse dames; mijn compagnon de smokkelaarster had gelijk met haar voorspelling. Verscheidene Duitsen. Een enkele Italiaanse. Ook een aantal Spaansen, vrijwel altijd echtgenotes van zakenlieden, want de overheid en het leger beleefden bewogen tijden. Een enkele rijke sefardische jodin, beeldschoon, *hadreando* in hun zachte Oudspaans, dat een andere cadans kende, in het melodieuze ritme van het Haketía, het muzikale joods-Spaanse dialect uit de omgeving, met vreemde, oude woorden als in *mi wuena, mi reina, buena semana mos dé el Dió, ansina como te digo que ya te contí.*

Stilaan ging de zaak lopen, ging het nieuwtje rond. Er kwam geld binnen: in peseta's van Burgos, in Franse en Marokkaanse franken, in Hassani-rialen. Ik bewaarde alles in een kleine geldkist met zeven sloten, in de tweede lade van mijn nachtkastje. De 30ste van de maand overhandigde ik het totaal aan Candelaria. In een mum van tijd legde de smokkelaarster een handvol peseta's apart voor de lopende kosten en maakte van de overige biljetten een strak rolletje, dat ze vaardig tussen haar borsten liet verdwijnen. Met onze maandopbrengst verborgen in de warmte van haar weelderige boezem snelde ze naar de joden om de voordeligste wisselaar te zoeken. Even later was ze terug in het pension, buiten adem en met een flinke koker Britse ponden op dezelfde bergplaats verstopt. Nog hijgend van de haast haalde ze de buit tevoorschijn. 'Op zeker, kindje, op zeker, want voor mij zijn de Engelsen het slimst. Die peseta's van Franco sparen jij en ik zeker niet, nog niet eentje, want als de nationalen straks de oorlog verliezen kan je er niet eens je reet mee afvegen.' Ze verdeelde rechtvaardig: 'De helft voor jou en de helft voor mij, en dat het maar mag blijven binnenstromen, schatje.'

Ik wende eraan alleen te wonen, rustig, zonder angst. Om verantwoordelijk te zijn voor het atelier en voor mezelf. Ik werkte veel, ontspande me weinig. Het aantal opdrachten vereiste geen tweede stel handen, hulp had ik niet nodig. Maar daardoor was ik wel onophoudelijk in de weer met draad en naald, schaar, verbeelding en strijkbout. Af en toe ging ik eropuit om stoffen te kopen, knopen in te slaan of klosjes garen en haakjes uit te kiezen. Ik genoot vooral van de vrijdag: dan ging ik naar de naburige plaza de España om te kijken hoe de kalief vanuit zijn paleis naar de moskee ging, gezeten op een wit paard, onder een groene parasol en omgeven door inheemse soldaten in hun fantastische uniform; een indrukwekkend schouwspel. Daarna wandelde ik meestal door wat men de calle del Generalísimo begon te noemen, vervolgde mijn weg naar de plaza Muley-el-Muley en kwam langs de Nuestra Señora de las Victoriaskerk, de katholieke missiepost gevuld met rouw en oorlogsgebeden.

De oorlog: zo ver, zo aanwezig. Nieuws over de andere kant van de Straat bereikte ons via radio, pers en van mond tot mond. Thuis markeerden de mensen de voortgang met gekleurde spelden op een kaart aan de muur. Ik stelde me in de eenzaamheid van mijn woning op de hoogte van wat er in mijn land speelde. De enige gril die ik mezelf in die maanden toestond was de aanschaf van een radio; dankzij dat toestel wist ik voor het eind van het jaar dat de republikeinse regering naar Valencia was verhuisd en het volk alleen had gelaten om Madrid te verdedigen. De Internationale Brigade arriveerde om de republikeinen te helpen, Hitler en Mussolini erkenden Franco's legitimiteit, José Antonio Primo de Rivera werd geëxecuteerd in de gevangenis van Alicante, ik vergaarde honderdtachtig Engelse ponden, het werd kerst.

Die eerste kerstavond in Afrika bracht ik in het pension door. Hoewel ik de uitnodiging had geprobeerd af te slaan, haalde de hospita me met haar allesverpletterende onstuimigheid weer eens over. 'Jij komt in La Luneta eten, daar maken we geen woord meer aan vuil, want zolang Candelaria een plekje aan haar tafel heeft, zal niemand hier in z'n uppie de kerst doorbrengen.'

Ik kon niet weigeren, maar wat vond ik het moeilijk! Naarmate de feestdagen naderden, drongen de zuchtjes droefenis door de kieren van de ramen binnen en sijpelden onder de deur door, tot de melancholie zich meester had gemaakt van het hele atelier. Hoe zou het mijn moeder vergaan, hoe zou ze de onzekerheid, het niets-van-me-horen verdragen, hoe zou ze zich staande houden in die vreselijke tijden? Die vragen zonder antwoord overvielen me doorlopend en daardoor nam mijn ongerustheid met de dag toe. De sfeer om me heen droeg ook weinig bij om optimistisch te zijn: er was amper een sprankje vreugde te bekennen, al brachten de winkels wel wat versieringen aan, wisselde men goede wensen uit en neurieden kinderen uit de naburige appartementen kerstliedjes wanneer ze de trap op en af draafden. De zekerheid van wat zich in Spanje afspeelde was zo duister en ondoorzichtig dat vrijwel iedereen de lust tot feestvieren was vergaan.

Kort na achten arriveerde ik in het pension; op straat was ik bijna niemand tegengekomen. Candelaria had kalkoen gebraden: de eerste opbrengsten van de nieuwe zaak hadden bijgedragen aan een zekere voorspoed in haar provisiekast. Ik had twee flessen bubbeltjeswijn en een peperdure, uit Tanger gehaalde Hollandse kaasbol bij me. Ik trof de gasten mat, verbitterd en heel triest aan. De pensionhoudster deed haar best het moreel van de klandizie hoog te houden door flink en luidkeels te zingen terwijl ze met de laatste dingen voor het diner bezig was.

'Ik ben er, Candelaria,' kondigde ik aan toen ik de keuken binnenkwam.

Ze hield op met zingen en in de kookpot roeren.

'En wat mankeert jou, als ik vragen mag? Je komt binnen met een gezicht alsof je regelrecht naar het slachthuis wordt gevoerd.'

'Niets, wat zou er met me moeten zijn?' antwoordde ik, haar blik ontwijkend terwijl ik een plekje zocht waar ik de twee flessen kon neerzetten.

Ze veegde haar handen af aan een doek, pakte me bij mijn arm en dwong me haar aan te kijken. 'Mij hou je niet voor de gek, meisje. Het komt door je moeder, hè?'

Ik keek haar niet aan en antwoordde evenmin.

'De eerste kerstavond buiten het nest is verdomd klote, kindje, maar je moet effe door de zure appel heen bijten. Luister, die van mij herinner ik me nog goed, en dat terwijl we bij mij thuis zo arm als een kerkrat waren en eigenlijk niks anders deden dan de hele avond zingen, dansen en klappen, want iets om naar binnen te schuiven was er praktisch niet. Maar al met al trekt het bloed, ook al heb je met je familie alleen maar gebrek en ellende gedeeld.'

Ik keek haar nog steeds niet aan, deed alsof ik druk doende was een vrij plekje voor de wijn te vinden tussen de berg keukengerei die op tafel stond. Een vijzel, een soeppan en een schaal vla. Een bak olijven, drie knoflookbollen, een takje laurier. Ze praatte door, vertrouwelijk, zelfverzekerd.

'Maar langzamerhand gaat alles over, dat zal je wel merken. Ik geloof vast en zeker dat het goed gaat met je moeder en dat ze vanavond bij de buren eet, en dan denkt ze wel aan je en mist ze je, zeker weten, maar ze zal ook hartstikke blij zijn omdat ze weet dat jij in elk geval de mazzel hebt dat je niet in Madrid bent, maar ergens ver van de oorlog vandaan.'

Misschien had Candelaria gelijk en hield mijn afwezigheid eerder een troost dan verdriet voor haar in. Wellicht geloofde ze dat ik nog met Ramiro in Tanger was; misschien dacht ze dat we die avond in een schitterend hotel dineerden, omgeven door zorgeloze buitenlanders die tussen de gangen door dansten, zich niet bewust van het lijden aan de overkant van de Straat. Hoewel ik mijn best had gedaan haar per brief op de hoogte te houden, wist iedereen dat de post uit Marokko nooit in Madrid aankwam, dat die berichten Tétouan waarschijnlijk niet eens hadden verlaten.

'Voor hetzelfde geld hebt u gelijk,' mompelde ik bijna binnensmonds. Ik had de flessen wijn nog in mijn hand en hield mijn blik strak op de tafel gericht, niet in staat er een gaatje voor te vinden. Ik had evenmin de moed Candelaria aan te kijken, bang als ik was om in tranen uit te barsten.

'Zeker weten, meisje, pieker er niet langer over. Natuurlijk is het hartstikke moeilijk als een dochter er niet is, maar weten dat ze buiten bereik van de bommen en mitrailleurs is, is een goeie reden om blij te zijn. Dus vooruit, een beetje vrolijkheid,' riep ze, en ze griste een van de flessen uit mijn hand. 'Hiermee zijn we zo weer opgekikkerd, mijn hartje.' Ze maakte de fles open en hield hem omhoog. 'Op de moeder die je op de wereld heeft gezet,' zei ze. Voor ik iets kon terugzeggen nam ze een flinke teug van het schuimende vocht. 'En nou jij,' beval ze nadat ze haar mond met de rug van haar hand had afgeveegd. Ik had helemaal geen zin om te drinken, maar gehoorzaamde. Het was op Dolores' gezondheid: voor haar zou ik alles doen.

De maaltijd begon, en hoewel Candelaria haar uiterste best deed de stemming erin te brengen, zeiden we maar weinig. Zelfs de lust om te bekvechten was afwezig. De leraar hoestte zo erg dat zijn borstbeen bijna brak en de verzuurde gezusters, die zuurder waren dan ooit, plengden wat traantjes. De dikke moeder zuchtte en snotterde. Haar Paquito steeg de wijn naar het hoofd en hij bazelde wat; de telegrafist diende hem van repliek; eindelijk lachten we. En toen ging de pensionhoudster staan en hief haar gebarsten glas op allen. Op de aanwezigen, op de afwezigen, op de een en op de ander. We omhelsden elkaar, huilden samen, en voor één avond bestond er enkel het kamp dat we als peloton ongelukkigen samen vormden.

De eerste maanden van het jaar verliepen kalm, met constant werk. In de loop van die tijd werd mijn buurman Félix Aranda een dagelijkse aanwezigheid. Behalve dat onze woningen zo dicht bij elkaar lagen, kwam hij me ook nader op een manier die niet in meters uitgedrukt kon worden. Zijn enigszins bijzondere gedrag en mijn vele hulpvragen droegen bij aan onze vriendschap, een band die op vreemde tijden tot stand kwam en zich over de decennia en de wisselvalligheden van ons leven uitstrekte. Na die eerste schetsen waarmee het probleem van de tennisoutfit uit de wereld was geholpen, volgden er meer gelegenheden waarbij de zoon van doña Encarna me een helpende hand bood, zodat ik zwierig ogenschijnlijk onoverkomelijke hindernissen kon nemen. Anders dan het geval was met de broekrok van Schiaparelli kwam het tweede struikelblok dat me kort na mijn vestiging noodzaakte een beroep op hem te doen niet voort uit artistieke behoeften, maar uit mijn onwetendheid wat geldkwesties betrof. Het begon met een probleempje waarvoor iemand met wat meer opleiding haar hand niet had omgedraaid. Maar de paar jaar op de eenvoudige volksschool in mijn Madrileense buurt reikten niet zover. Daarom zag ik me om elf uur 's avonds – de volgende ochtend moest ik de eerste factuur van mijn atelier afgeven – onverwacht en onplezierig geplaatst voor mijn onvermogen om de posten en hoeveelheden die correspondeerden met de verrichte werkzaamheden op schrift te stellen.

Dat was in november. In de loop van de namiddag had de hemel een loodgrijze kleur aangenomen en toen de avond viel begon het te stortregenen, de voorbode van een hevige storm afkomstig van de nabije Middellandse Zee, een storm die de bomen geselde, elektriciteitspalen omverblies en de mensen hun nest in joeg om onder de dekens aan één stuk door vurig een litanie tot de Heilige Barbara te prevelen. Een paar uur voor het weer was omgeslagen, had Jamila mijn eerste gereedgekomen opdrachten bij Frau Heinz' woning afgeleverd. De twee avondjaponnen, de twee pakjes voor overdag en de tennisoutfit – mijn eerste vijf werkstukken – waren in het atelier van de hangers gehaald waar ze hadden gewacht op een laatste strijkbeurt, in de bijbehorende linnen hoezen geschikt en in drie opeenvolgende tochtjes naar hun bestemming gebracht. Toen Jamila van de derde bezorging terugkwam bracht ze het verzoek over.

'Frau Heinz zeggen Jamila morgenochtend rekening in Duitse mark brengen.'

En voor het geval de boodschap niet goed zou overkomen, overhandigde ze me een envelop met een kaartje waarop het ook op schrift stond. Toen ging ik zitten om te bedenken hoe je in vredesnaam een factuur moest maken, en voor het eerst stribbelde mijn geheugen, mijn grote bondgenoot, tegen en kon het me niet uit de brand helpen. In de loop van de oprichting van het bedrijfje en bij de vervaardiging van de eerste kledingstukken hadden mijn herinneringen aan doña Manuela's wereld als hulpmiddel gediend om verder te komen. Ik wist tot in de kleinste details hoe een goed modehuis intern functioneerde, ik kon maten nemen, stof knippen, rokken plisseren, mouwen en revers aanzetten, maar hoe goed ik ook in mijn catalogus van weetjes en herinneringen zocht, nergens vond ik iets wat als referentie kon dienen voor het opstellen van een factuur. Ik had er vele in handen gehad toen ik nog in Madrid werkte en ze naar de woningen van de cliënten bracht; soms was ik zelfs teruggekomen met de betaling. Nooit was het echter in me opgekomen een van die enveloppen open te maken om de inhoud te bestuderen.

Ik bedacht om zoals gewoonlijk een beroep op Candelaria te doen, maar door de balkondeuren zag ik de donkere avond, de krachtige wind die een telkens heviger regenval meevoerde en de onverbiddelijke bliksemschichten die zich vanaf zee een weg baanden. Bij dat schouwspel leek me de weg te voet naar het pension een van de meest woeste paden naar de hel. Vandaar dat ik besloot het zelf op te lossen: ik pakte potlood en papier en zette me aan de keukentafel, gereed om de klus te klaren. Anderhalf uur later zat ik daar nog, met een berg verfrommelde blaadjes om me heen, voor de vijfde keer met een mes een punt aan het potlood slijpend en nog steeds zonder te weten hoeveel de vijfenvijftig duro die ik de Duitse wilde rekenen in Duitse mark was. Het was op dat moment, midden in de nacht, dat er hard iets tegen de keukenruit sloeg.

Geschrokken sprong ik zo snel op dat mijn stoel omviel. Meteen daarna zag ik dat er in de keuken van tegenover licht brandde, en ondanks de regen en het tijdstip, ontwaarde ik daar de mollige gedaante van mijn buurman Félix, met bril, dunne krulletjes en zijn arm omhoog, klaar om een tweede handje amandelen te gooien. Ik deed het raam open en wilde al woedend tegen hem uitvaren over dat onbegrijpelijke gedrag, maar voor ik ook maar een woord kon zeggen overbrugde zijn stem de leegte die ons scheidde. Het harde gekletter van de regen tegen de tegels van de lichtkoker dempte het volume; de inhoud van zijn melding kwam echter helder door.

'Ik heb een schuilplaats nodig. Ik hou niet van storm en onweer.'

Ik kon natuurlijk vragen of hij gek was. Ik kon hem laten weten dat ik me rot geschrokken was, schreeuwen dat hij een imbeciel was en het raam gewoon dichtdoen. Maar ik deed geen van die dingen, want in mijn hoofd vlamde plots een lichtje op: misschien zou die bizarre actie positief kunnen uitpakken.

'Je mag binnenkomen, op voorwaarde dat je me helpt,' zei ik, hem zonder erbij na te denken tutoyerend.

'Doe de deur open, ik ben er in een wip.'

Uiteraard wist mijn buurman dat tweehonderdvijfenzeventig peseta overeenkwam met twaalfenhalve Reichsmark. Zoals hij evenmin onbekend was met het feit dat je een fatsoenlijke factuur niet met een afgekloven potlood op een velletje goedkoop papier kon schrijven, dus stak hij opnieuw over naar zijn eigen huis en was onmiddellijk terug met een stel ivoorkleurige vellen Engels papier en een Waterman-pen, waarmee hij paarsige inktlijnen in een keurige kalligrafie produceerde. Hij deed een beroep op al zijn vindingrijkheid – veel dus – en al zijn artistieke talent – eveneens veel – en te midden van het gedonder en in pyjama had hij niet alleen in een halfuurtje de chicste factuur gemaakt die de Europese naaisters in Noord-Afrika zich ooit hadden kunnen voorstellen, maar had hij bovendien een naam aan mijn bedrijf gegeven. Chez Sirah was geboren.

Félix Aranda was een vreemde man. Geestig, verbeeldingsvol en ontwikkeld, zeker. En nieuwsgierig, en weetgierig. En enigszins excentriek, en brutaal ook. De avondlijke gang van zijn huis naar het mijne werd een gebruikelijke exercitie. Niet dagelijks, maar wel gestaag. Soms gingen er drie of vier dagen voorbij dat we elkaar niet zagen, soms kwam hij vijf avonden per week. Of zes. Of zelfs zeven. Hoe vaak we elkaar ontmoetten hing af van iets wat niet ons tweeën betrof: hoe dronken zijn moeder was. Een heel vreemde relatie, een heel duistere gezinswereld heerste er achter de deur van tegenover. Sinds de dood van haar echtgenoot, zijn vader dus, jaren eerder, gingen Félix en doña Encarna ogenschijnlijk heel harmonieus samen door het leven. Samen maakten ze elke avond tussen zes en zeven een wandeling, samen woonden ze de mis en de novenen bij, samen sloegen ze middeltjes in bij apotheek Benatar, samen groetten ze beleefd bekenden en samen aten ze gebak bij La Campana. Hij altijd vol aandacht voor haar, haar liefdevol beschermend, terwijl hij haar stappen goed in de gaten hield: voorzichtig, mama, pas op dat je niet struikelt, hierheen, mama, voorzichtig, pas goed op. Zij, trots op haar zoon, verkondigde aldoor links en rechts zijn begaafdheden: mijn Félix zegt, mijn Félix doet, mijn Félix denkt, ach, mijn Félix toch, wat zou ik in godsnaam zonder hem moeten beginnen.

Het zorgzame kuiken en de moederkloek veranderden echter in een stel kleine monsters zodra ze hun privéterrein betraden. Ze waren de drempel van hun woning nog niet over of de oude vrouw hulde zich in een tiranniek uniform en haalde haar onzichtbare karwats tevoorschijn om haar zoon zo diep mogelijk te vernederen. Krab mijn been, Félix, mijn kuit jeukt; niet daar, meer naar boven, wat ben je toch een stuk onbenul, hoe heb ik ooit zo'n misbaksel als jij kunnen baren; trek het tafelkleed recht, ik zie dat het scheef ligt; niet zo, nu is het nog erger, leg het terug zoals het eerst was, alles waar je aanzit verknoei je gewoon, je kunt ook niets, achterlijke idioot, ik had je beter naar het vondelingenhuis kunnen brengen toen je werd geboren; kijk eens in mijn mond of mijn tanden erger zijn gaan etteren, haal het water van Carmen waardoor ik wat minder winderig word, wrijf mijn rug in met kamferspiritus, vijl dat eksteroog bij, knip mijn teennagels, voorzichtig, vetzak, je neemt mijn teen erbij mee; geef me mijn zakdoek want ik moet mijn slijm kwijt, breng me een Sor Virginia-pleister voor mijn spit; was mijn haren en zet me mijn krulspelden in, niet zo hard, stommeling, je trekt me nog alle haren uit mijn hoofd.

En zo groeide Félix op, leidde hij een dubbelleven met kanten die even ongelijk als pathetisch waren. Na de dood van zijn vader was hij van de ene op de andere dag het geadoreerde jongetje af: vol in de groei en zonder dat iemand het in de gaten had, was hij in het openbaar het middelpunt van vertroetelingen en liefkozingen, maar in de besloten sfeer het mikpunt van zijn moeders woede en frustraties. Als met een zeis werden al zijn dromen weggemaaid: uit Tétouan vertrekken om schone kunsten in Sevilla of Madrid te studeren, zijn onduidelijke seksualiteit ontdekken en mensen zoals hij ontmoeten, personen met een weinig conventionele geest die ernaar hunkerden vrij rond te vliegen. Daarentegen zag hij zich veroordeeld permanent onder de zwarte vleugels van doña Encarna te leven. Zijn middelbareschoolexamens legde hij af bij de Mariazusters van het Colegio del Pilar, met uitmuntende cijfers die echter nergens toe dienden, want zijn moeder had al gebruikgemaakt van haar staat van gepijnigde weduwe om een muisgrijs overheidsbaantje voor hem te regelen. Formulieren stempelen op de afdeling Leveringen van de Gemeentelijke Diensten: het beste baantje om de creativiteit van de meest kunstzinnige persoon te smoren en hem als een hond vast te leggen; nu krijg je een lekker stukje vlees van me, nu een trap waarvan je buik openspringt.

Hij onderging die klappen met engelengeduld. En zo hielden ze in de loop der jaren het gebrek aan evenwicht onveranderlijk in stand: zij tiranniek en hij gedwee, meegaand, verdraagzaam. Het was schier onmogelijk erachter te komen wat Félix' moeder in hem zocht, waarom ze hem zo behandelde, wat ze buiten datgene wat hij haar altijd al had willen geven nog meer van haar zoon verlangde. Liefde, respect, medelijden? Nee. Die kreeg ze al moeiteloos; hij was niet krenterig met genegenheid, kom nou zeg, Félix niet. Doña Encarna wilde meer. Toewijding, onvoorwaardelijke beschikbaarheid, aandacht voor haar vreemdste grillen. Slaafsheid, onderwerping. Precies datgene wat haar echtgenoot altijd van haar had geëist. Daarom, veronderstelde ik, had ze zich van hem ontdaan. Félix had me dat nooit met zoveel woorden verteld, maar als Klein Duimpje had hij kruimeltjes gestrooid. Ik volgde ze en kwam tot mijn conclusie. De overleden don Nicasio was waarschijnlijk door zijn vrouw vermoord, zoals Félix zich wellicht op een duistere nacht van zijn moeder zou ontdoen.

Het was moeilijk in te schatten hoe lang hij die dagelijkse portie ellende had kunnen verdragen als de oplossing hem niet geheel onverwacht voor ogen was gekomen. Een privaat persoon, dankbaar voor een bekwame afhandeling op het kantoor, deed hem een worst en een paar flessen anijs cadeau; laten we die eens proeven, mama, vooruit, één glaasje, maak alleen je lippen nat. Het waren echter niet alleen doña Encarna's lippen die de zoete smaak van de likeur op prijs stelden, maar ook haar tong, en haar gehemelte, en haar keel, en haar slokdarm, en van daaraf steeg het haar naar het hoofd, en diezelfde avond van de brandewijn stuitte Félix ineens op de uitweg. Vanaf dat moment werd de fles anijs zijn grote bondgenoot: zijn toeverlaat en de vluchtweg via welke hij de derde dimensie van zijn leven kon betreden. Nooit meer was hij enkel de modelzoon voor de buitenwereld en het stuk vuil thuis; vanaf die dag werd hij eveneens een ongeremde nachtvlinder, een deserteur op jacht naar de zuurstof die hem thuis ontbrak.

'Een glaasje Mono, mama?' vroeg hij steevast na het avondeten.

'Vooruit dan maar, een klein slokje. Voornamelijk om mijn keel te smeren, ik geloof dat ik vanmiddag in de kerk kou heb gevat.'

De vier vingers stroperig vocht verdwenen duizelingwekkend snel in doña Encarna's keelgat.

'Ik zei het je nog, mama, je kleedt je niet warm genoeg,' vervolgde Félix hartelijk terwijl hij het glaasje nogmaals tot de rand toe vulde. 'Vooruit, drink maar snel op, je zult zien dat je het dan weer warm krijgt.' Tien minuten en drie flinke teugen anijs later lag doña Encarna half bewusteloos te snurken en vluchtte haar zoon als een vrijgelaten vogeltje naar tenten van bedenkelijk allooi om zich bij mensen te voegen die hij overdag en in bijzijn van zijn moeder niet eens had durven groeten.

Na mijn komst in de Sidi Mandri en de nacht van het stormachtige onweer werd mijn huis een permanent toevluchtsoord voor hem. Daar kwam hij tijdschriften doorbladeren, me ideeën aan de hand doen, schetsen maken en me geestig allerhande dingen vertellen over de wereld, over mijn cliënten en over alle mensen die ik dagelijks zag maar niet kende. Zo kwam ik avond na avond meer te weten over Tétouan en zijn inwoners: waarvandaan en waarom al die gezinnen naar dat verre gebied waren gekomen, wie die dames waren voor wie ik naaide, wie macht bezat, wie geld had, wie wat deed, waarom, wanneer en hoe.

Maar doña Encarna's toewijding aan de fles werd niet altijd beloond met kalmerende effecten en dan barstte de bom. De formule, ik giet je vol sterkedrank en jij laat me met rust, werkte helaas niet altijd volgens verwachting. En wanneer het anisetje haar niet plat kreeg, brak met die zuippartij de hel los. Die avonden waren de ergste, want dan ging de moeder niet over in de staat van makke mummie, maar veranderde ze in een donderende Jupiter die met haar gebrul het gevoel van eigenwaarde van de sterkste persoon verpletterde. Klotezoon, misbaksel, lammeling, hufter waren nog wel de mildste bewoordingen die ze uitbraakte. Hij, wetend dat de ochtendlijke kater de kleinste herinnering bij haar zou wegvagen, repliceerde met de precisie van een messenwerper met een stel even onbehoorlijke beschimpingen. Walgelijke heks, klotewijf, zuipende hoer. Wat een schande, Heer, als hun vrienden met wie ze banketbakkerij, apotheek en kerkbank deelden hen eens hadden kunnen horen. De volgende dag leek de vergetelheid echter met haar volle gewicht op hen te zijn neergedaald en heerste tijdens hun avondwandeling opnieuw de beminnelijkheid, alsof er nooit ook maar enige spanning tussen hen had bestaan. Heb je vandaag zin in een koffiebroodje, mama, of wil je liever een vleespasteitje? Wat jij wilt, Félix, lieverd, jij maakt immers altijd de juiste keus voor me; kom, we moeten opschieten want we moeten María Angustias nog condoleren, ze hebben me verteld dat haar neef is gevallen tijdens de slag bij de Jarama; ach, zo erg, lieverd, gelukkig word jij als zoon van een weduwe niet voor actieve dienst opgeroepen; ik had bij de Heilige Maagd echt niet geweten wat ik alleen en met mijn kind aan het front zou moeten beginnen.

Félix was pienter genoeg om te beseffen dat er een ziekelijke afwijking boven hun relatie hing, maar hij was niet moedig genoeg om er korte metten mee te maken. Wellicht ontvluchtte hij daarom zijn miserabele werkelijkheid door zijn moeder stilletjes aan de drank verslaafd te maken, zodat hij als een vampier midden in de nacht kon wegglippen, of door te lachen om zijn eigen ellende en die aan duizend-en-een belachelijke oorzaken toe te schrijven en de meest wonderlijke oplossingen te overwegen. Languit op de sofa in mijn salon vond hij bijvoorbeeld afleiding in het speuren naar eigenaardigheden en oplossingen in krantenadvertenties, terwijl ik een boordje afwerkte of het laatste knoopsgat van de dag maakte.

En dan zei hij dingen als: 'Denk je dat de problemen van mijn moeder die almaar de kop opsteken aan haar zenuwen te wijten zijn? Misschien is het te verhelpen. Luister maar eens: "Nervional. Wekt de eetlust op, stimuleert de spijsvertering, normaliseert de stoelgang. Laat luimen en lusteloosheid verdwijnen. Neem Nervional, aarzel niet langer."'

Of deze: 'Volgens mij heeft mijn moeder een hernia. Ik had al eens bedacht haar een orthopedisch korset te geven om te zien of daarmee ook haar slechte humeur verdwijnt, en moet je dit nou horen: "Hernia opgelopen? Voorkom risico's en hinder met de innovatieve en onverbeterlijke volautomatische compressor, een wonder der mechanische wetenschap dat zonder banden, bretels of andere lastige zaken al uw klachten volledig laat verdwijnen." Voor hetzelfde geld werkt het, wat vind jij, liefje, zal ik er een kopen?'

Of deze wellicht: 'Stel dat het iets met haar bloed blijkt te zijn? Moet je horen wat hier staat: "Bloedzuiverende Richelet. Bloedsomloopproblemen. Spataderen en zweertjes. Zuivering van verontreinigd bloed. Probaat middel tegen urinevergiftiging."'

En soortgelijke nonsens: 'Stel dat het aambeien zijn? Of dat het boze oog op haar gevallen is? Zal ik in de Morenwijk eens op zoek gaan naar een sjamaan die haar kan bezweren? Eigenlijk zou ik me niet zo druk moeten maken, want ik geloof vast en zeker dat haar darwinistische neigingen uiteindelijk haar lever zullen aantasten en haar binnenkort om zeep helpen, want ze doet nog geen twee dagen met een fles en dat oude mens ruïneert me gewoon.' Hij staakte zijn betoog, wellicht omdat hij een reactie verwachtte, maar die bleef uit. Of die werd in elk geval niet in woorden uitgedrukt. 'Ik weet niet waarom je me op die manier aankijkt, schatje,' voegde hij er toen aan toe.

'Omdat ik niet weet waar je het over hebt, Félix.'

'Weet je niet wat ik met darwinistische neigingen bedoel? Weet je niet wie Darwin is? Die man van de apen, die van de theorie dat wij mensen van de primaten afstammen. Als ik zeg dat mijn moeder darwinistische neigingen heeft, is dat omdat ze zo dol is op Anís del Mono, Anijs van de Aap, snap je? Meisje toch, je hebt een fantastische stijl en naait als de engeltjes zelf, maar aan algemene ontwikkeling ontbreekt het je nogal, toch?'

Dat was inderdaad zo. Ik wist dat ik makkelijk nieuwe dingen leerde en goed kon onthouden, maar was me ook bewust van de hiaten in mijn opleiding. Ik had destijds wat schaarse encyclopedische kennis opgedaan: ik kende de naam van een handvol koningen uit mijn hoofd en ik wist ook dat Spanje in het noorden grensde aan de Cantabrische Zee en dat de Pyreneeën ons land van Frankrijk scheidden. Ik kon luid de tafels opzeggen en snel rekensommetjes maken, maar ik had van mijn leven nog geen boek gelezen, en van geschiedenis, aardrijkskunde, kunst en politiek wist ik weinig meer dan datgene wat ik had opgepikt tijdens mijn maanden met Ramiro, en verder wat ik had opgestoken tijdens de ruzies tussen de seksen in Candelaria's pension. Ik kon de mensen om de tuin leiden als stijlvolle jonge vrouw en excellent naaister, maar ik was me ervan bewust dat zodra iemand aan de buitenkant ging krabben, hij of zij moeiteloos de broze binnenkant waarop ik steunde zou ontdekken. Daarom gaf Félix me die eerste winter in Tétouan een heel bijzonder geschenk: hij nam mijn algemene ontwikkeling op zich.

Het was de moeite waard. Voor ons allebei. Voor mij door de kennis en verfijning die ik opdeed. Voor hem omdat onze samenkomsten zijn eenzame uren vulden met genegenheid en gezelschap. Maar ondanks zijn lovenswaardige pogingen was mijn buurman een allesbehalve conventionele leraar. Félix Aranda was een man met een vrije geest die vier vijfde deel van zijn leven klem zat tussen twee polen: zijn despotische moeder en de geestdodende saaiheid van het meest bureaucratische baantje dat denkbaar was, dus waren orde, gematigdheid en geduld wel het laatste wat je van hem mocht verwachten in zijn uren van verlossing. Om die te vinden had ik weer naar La Luneta moeten gaan en de leraar Anselmo een leerplan moeten laten opstellen dat aansloot bij mijn onwetendheid. Félix mocht dan geen methodische en georganiseerde leraar zijn, hij onderrichtte me wel in vele zaken die weliswaar even onsamenhangend als chaotisch waren, maar die me niettemin op een of andere manier in mijn leven van pas kwamen. Zo raakte ik dankzij hem vertrouwd met namen als Modigliani, Scott Fitzgerald en Josephine Baker, kon ik het kubisme van het dadaïsme onderscheiden, wist ik wat jazz was, leerde ik de hoofdsteden van Europa op de kaart te duiden, prentte ik me de namen van hun beste hotels en cabarets in, en kon ik uiteindelijk in het Engels, Frans en Duits tot honderd tellen.

En eveneens dankzij Félix hoorde ik wat mijn Spaanse landgenoten in dat verre gebied deden. Ik wist dat Marokko sinds 1912 onder Spaans protectoraat viel, een paar jaar nadat met Frankrijk het Verdrag van Algeciras was getekend volgens hetwelk, zoals doorgaans met arme verwanten gebeurt, ons Spaanse vaderland tegenover het rijke Frankrijk het slechtste stuk van het land ten deel was gevallen, het minst welvarende, het minst gewenste. Het botje van Afrika, noemden ze het wel. Spanje zocht daar meerdere zaken: het wilde zijn imperiale droom herleven, het wilde meedelen in het koloniale Afrikaanse banket dat de Europese naties hielden, al kreeg het enkel de kruimeltjes die de grootmachten het toestopten; het hoopte tot de enkels van Engeland en Frankrijk te kunnen reiken, nu Cuba en de Filippijnen ons uit de vingers waren geglipt en de stier inmiddels zo kaal was als een kakkerlak.

Het was niet eenvoudig Marokko onder controle te krijgen, al was het toegewezen gebied volgens het Verdrag van Algeciras maar klein, de inheemse bevolking gering en de grond onontgonnen en schraal. Het had verzet en opstanden in Spanje tot gevolg, en duizenden Spaanse en Afrikaanse doden tijdens de bloedige waanzin van de wrede Rifoorlog. Maar ze slaagden erin: ze namen de leiding en bijna vijfentwintig jaar na de officiële uitroeping van het Protectoraat, toen al het binnenlandse verzet gebroken was, waren mijn landgenoten nog daar, met hun kapitaal stevig gevestigd en almaar in aantal toenemend. Soldaten van alle rangen, ambtenaren van posterijen, douane en openbare werken, accountants, bankemployés. Ondernemers en vroedvrouwen, leraren, apothekers, juristen en winkelbedienden. Middenstanders, metselaars. Artsen en nonnen, schoenpoetsers, kasteleins. Complete families die op hun beurt weer andere families aantrokken, gelokt door de goede lonen en de mogelijkheid een toekomst op te bouwen in een samenleving met andere culturen en religies. En ik was een van hen. In de loop van een kwarteeuw had Spanje in ruil voor zijn opgelegde aanwezigheid Marokko vooruitgang gebracht op het gebied van voorzieningen, gezondheid en openbare werken, en waren de eerste stappen gezet naar een bescheiden verbetering van de landbouw. En was een school voor kunst en traditionele ambachten opgericht. En al die andere zaken, bedoeld om de koloniserende bevolking tevreden te stellen maar die tevens de inheemsen ten goede kwamen: het elektriciteitsnet, stromend water, scholen en instituten, winkels, openbaar vervoer, poliklinieken en ziekenhuizen, de treinverbinding tussen Tétouan en Ceuta, de trein die nog naar het strand Río Martín reed. In materiële termen gesproken had Spanje maar weinig van Marokko verkregen; bronnen om te exploiteren waren er praktisch niet. In menselijke termen, en dan met name de laatste tijd, had het echter wel degelijk iets heel belangrijks voor een van de twee kampen van de burgeroorlog gekregen: duizenden soldaten van de inheemse Marokkaanse strijdkrachten die als beesten aan de overkant van de Straat vochten, aan de kant van het Spaanse opstandelingenleger.

Behalve deze en andere kennis bracht Félix me meer: gezelschap, vriendschap en ideeën voor mijn zaak. Sommige daarvan bleken geweldig en andere volstrekt bizar, maar ze leidden er in elk geval toe dat het eenzame stel zielen dat we vormden aan het einde van de dag kon lachen. Het lukte hem nooit me over te halen mijn atelier te veranderen in een experimentele surrealistische studio waar schoudermanteltjes de vorm van een schoen hadden en paspoppen het model presenteerden met een telefoon als hoofdbedekking. Hij kreeg het evenmin voor elkaar dat ik halssnoeren van zeeslakken of plukken espartogras voor de ceinturen gebruikte, en ook niet dat ik een weinig glamoureuze dame als cliënte weigerde. Wat andere zaken betrof luisterde ik echter wel naar hem.

Op zijn aandringen veranderde ik bijvoorbeeld mijn manier van praten. Ik ontdeed mijn volkse Spaans van vulgaire en platte uitdrukkingen en nam een nieuwe stijl van spreken aan om meer raffinement uit te stralen. Ik liet Franse woordjes en uitroepen vallen die ik herhaaldelijk had gehoord in de etablissementen in Tanger, had opgepikt uit de gesprekken om me heen waaraan ik vrijwel nooit deelnam en tijdens onverwachte ontmoetingen met mensen met wie ik nooit meer dan een paar zinnen zou wisselen. Het waren slechts enkele uitingen, een half dozijn of zo, maar Félix hielp me de uitspraak te verfijnen en het juiste moment te bepalen om ze te gebruiken. Ze waren allemaal bedoeld voor mijn cliënten, de huidige en de toekomstige. Ik zou het afspelden vooraf laten gaan door *vous permettez?*, aankondigen dat ik klaar was met *voilà tout* en het resultaat prijzen met *très chic*. Ik zou het hebben over bepaalde *maisons de haute couture* waarvan men zou denken dat ik ooit bevriend was met de eigenaar, en over *gens du monde* die ik wellicht had leren kennen tijdens mijn veronderstelde omzwervingen over de wereld. Aan alle stijlen, modellen en accessoires zou ik het etiketje *à la française* hangen; alle dames zouden worden aangesproken met *madame*. Om de contemporaine patriottische grootheden warm te onthalen, besloten we dat ik bij Spaanse cliënten op het juiste moment zou refereren aan personen en plaatsen die ik van vroeger kende, toen ik naar de betere woningen van Madrid draafde. Ik zou me namen en titels laten ontglippen als iemand die een zakdoek laat vallen: luchtig, zonder enig vertoon. Dat de japon geïnspireerd was op dat ene model dat ik een paar jaar eerder ter gelegenheid van het polofeest op de Puerta de Hierro voor mijn vriendin de markiezin van Puga had gemaakt; dat die stof identiek was aan de stof die was gebruikt voor het debutantenbal van de oudste dochter van de graven van Encinar dat plaatsvond in hun paleisje aan de calle Velázquez.

Op Félix' aanwijzing liet ik ook een goudkleurig bordje voor op de deur maken waarop in een Engels lettertype stond: CHEZ SIRAH – GRAND COUTURIER. Bij La Papelera Africana bestelde ik een doos ivoorkleurige kaartjes met de naam en het adres van mijn zaak. Zo deden de beste Franse modehuizen van die tijd het ook, volgens Félix. Dat van die 'h' op het eind was ook zijn idee; daarmee kreeg het atelier een internationaal cachet, zei hij. Ik speelde het spel mee, waarom ook niet? Tenslotte deden we niemand kwaad met die onbeduidende *folie de grandeur*. Daarin volgde ik hem, en in nog duizend andere kleine dingen, waardoor ik als een volleerd circusartieste niet alleen veel zekerder de toekomst tegemoet ging, maar er eveneens in slaagde een verleden uit mijn mouw te toveren. Daarvoor hoefde ik trouwens niet veel moeite te doen: met drie of vier poses, een handvol juiste accenten en een aantal adviezen van mijn bijzondere pygmalion zette mijn nog beperkte cliëntèle in amper een paar maanden een heel leven voor me in elkaar.

In de ogen van de kleine kolonie selecte dames die mijn cliënten binnen die wereld van emigranten vormden, was ik een jonge haute couture-naaister, dochter van een geruïneerd miljonair, verloofd met een heel knappe aristocraat die enige verleidings- en avonturendrang vertoonde. Verondersteld werd dat we in verschillende landen hadden gewoond en dat we ons vanwege de politieke onrust gedwongen hadden gezien onze huizen en zaken in Madrid te sluiten. Op dat moment was mijn verloofde druk bezig met een aantal bloeiende ondernemingen in Argentinië, terwijl ik in de hoofdstad van het Protectoraat zijn terugkeer afwachtte omdat het klimaat aldaar me was aanbevolen, want het zou gunstig zijn voor mijn zwakke gezondheid. Aangezien ik altijd een bewogen, druk en mondain leven had geleid, kon ik onmogelijk passief de tijd voorbij zien glijden, en zodoende had ik besloten een klein atelier in Tétouan te openen. In wezen louter als tijdverdrijf. Vandaar dat ik geen astronomische prijzen rekende en allerhande opdrachten aannam.

Ik weerlegde nooit het kleinste detail van het beeld dat ze zich dankzij de pittoreske suggesties van mijn vriend Félix van mij hadden gevormd. Ik versterkte het evenmin: ik liet alles gewoon in de lucht hangen, voedde het onbekende en werd nog abstracter, nog vager; een geweldige haak met verleidelijk aas om nieuwe cliënten te vangen. Als de andere naaisters uit doña Manuela's atelier me toch eens hadden kunnen zien! Als de buurvrouwen van de plaza de la Paja me eens hadden kunnen zien! Als mijn moeder me eens had kunnen zien! Mijn moeder. Ik probeerde zo weinig mogelijk aan haar te denken, maar haar herinnering bestookte me voortdurend. Ik wist dat ze sterk en vindingrijk was; ik wist dat ze het zou volhouden. Maar desalniettemin hunkerde ik ernaar iets van haar te horen, te vernemen hoe ze het van dag tot dag redde, hoe ze in haar eentje en zonder inkomsten het hoofd boven water hield. Ik snakte ernaar haar te laten weten dat het goed met me ging, dat ik weer alleen was, weer naaide. Via de radio volgde ik het nieuws en Jamila ging elke ochtend bij kiosk Alcaraz *La Gaceta de África* halen. Tweede triomferende jaar onder Franco's bescherming, kondigden de voorpagina's inmiddels aan. Hoewel de actualiteiten gezeefd werden door het filter van het nationale kamp, bleef ik zo goed mogelijk op de hoogte van de situatie in Madrid en het verzet daar. Al met al bleek het onmogelijk rechtstreeks bericht van mijn moeder te ontvangen. Ik miste haar vreselijk, ik had er heel wat voor over als ik alles in die vreemde lichte stad met haar had kunnen delen, als we samen het atelier hadden kunnen openen, als ik weer kon smullen van haar gerechten, als ik haar altijd trefzekere oordelen weer mocht horen. Maar Dolores was niet daar en ik wel. Omgeven door onbekenden, zonder plek om naar terug te keren, vechtend om te overleven terwijl ik een schijnverleden verzon waarmee ik 's morgens opstond, worstelend om ervoor te zorgen dat niemand te weten kwam dat een gewetenloze uitvreter me op mijn ziel had getrapt en dat een berg pistolen als basis had gediend om de zaak te kunnen openen waarmee ik mijn dagelijkse brood verdiende.

Vaak ook dacht ik aan Ignacio, mijn eerste verloofde. Zijn fysieke nabijheid miste ik niet; Ramiro's aanwezigheid was zo waanzinnig sterk geweest dat die van hem, zo lief en zo licht, me ver en vaag voorkwam, als een bijna verdwenen schaduw. Maar dat nam niet weg dat ik met weemoed terugdacht aan zijn loyaliteit, zijn tederheid en de zekerheid dat me aan zijn zijde nooit iets pijnlijks zou zijn overkomen. En vaak, veel vaker dan me lief was, overviel me onverwachts de herinnering aan Ramiro en die bracht me dan een scherpe, diepe steek in mijn binnenste toe. Het deed pijn, natuurlijk deed het pijn. Ontzettend pijn, maar ik wende eraan met die pijn te leven als iemand die een zware baal voorttrekt: je sleurt een enorm gewicht mee en al vertraagt het je pas en vereist het een bovenmatige inspanning, het verhindert toch niet helemaal dat je vooruitkomt.

Al die onzichtbare aanwezigheden – Ramiro, Ignacio, mijn moeder, dat wat verloren was gegaan, dat wat voorbij was – verwerden tot vluchtige of minder vluchtige, krachtige of minder krachtige metgezellen waarmee ik moest leren leven. Ze overvielen me wanneer ik alleen was, op stille namiddagen wanneer ik in het atelier met patronen en garen in de weer was, 's avonds in bed of in de schemerige salon op de avonden zonder Félix, wanneer hij zijn clandestiene avonturen beleefde. De rest van de dag lieten ze me doorgaans met rust: waarschijnlijk voelden ze aan dat ik het dan te druk had om aandacht aan ze te schenken. Ik had immers genoeg te stellen met het draaiende houden van de zaak en het opbouwen van mijn schijnidentiteit.

17

Met de lente nam de hoeveelheid werk toe. Het weer veranderde en mijn cliënten bestelden luchtige modellen voor de komende heldere ochtenden en avonden van de Marokkaanse zomer. Nieuwe gezichten maakten hun opwachting: nog een paar Duitsen, meer jodinnen. Dankzij Félix kreeg ik min of meer een goed beeld van hen allen. Vaak kwam hij mijn cliënten tegen in het portaal en op de trap, op de overloop en buiten wanneer ze naar het atelier kwamen of het verlieten. Hij herkende ze, plaatste ze; en wanneer het hem aan bijzonderheden ontbrak vond hij het leuk her en der brokjes informatie te vergaren om hun profiel te kunnen samenstellen: wie waren zij en wie hun familie, wat kwamen ze doen, waar kwamen ze vandaan. Later, op het moment dat zijn moeder met weggedraaide ogen en kwijlend van de brandewijn in haar stoel voor pampus lag, kwam hij me zijn bevindingen vertellen.

Zo kwam ik bijvoorbeeld veel te weten over Frau Langenheim, een van de Duitsen die al snel trouwe cliënten werden. Haar vader was ambassadeur van Italië in Tanger geweest en haar moeder was Engels, maar zij had de naam aangenomen van haar echtgenoot, een oudere mijningenieur, lang, kaal, gerenommeerd lid van de kleine maar krachtige Duitse kolonie in Spaans-Marokko: een van de nazi's van wie, zo vertelde Félix me, vrij onverwacht en tot verbijstering van de republikeinen, de eerste externe steun voor het opstandelingenleger was gekomen, op rechtstreeks bevel van Hitler, amper een paar dagen na de rebellie. Pas na een tijdje kwam ik erachter hoe cruciaal het optreden van mijn cliëntes stijve echtgenoot voor het verloop van de broederstrijd was geweest. Dankzij Langenheim en Bernhardt, een eveneens in Tétouan residerende Duitser voor wiens half-Argentijnse echtgenote ik ook wel eens naaide, kregen Franco's troepen onvoorzien en in een mum van tijd de beschikking over een flink arsenaal aan militaire hulp waardoor ze hun manschappen naar het Schiereiland konden overbrengen. Maanden daarna, als teken van dankbaarheid en erkenning voor het betekenisvolle optreden van haar echtgenoot, zou mijn cliënte uit handen van de kalief de hoogste onderscheiding van het Protectoraatsgebied ontvangen, en ik zou haar voor die plechtigheid in zijde en organza kleden.

Lang voor die protocollaire ceremonie kwam Frau Langenheim op een aprilochtend naar het atelier en bracht iemand mee die ik nog niet kende. De bel ging en Jamila deed open; ik wachtte intussen in de salon terwijl ik deed alsof ik bij het licht dat door de balkondeuren binnenviel het stramien van een stof bekeek. In feite bekeek ik niets; ik had die pose simpelweg ingestudeerd om mijn cliënten met een professioneel air te ontvangen.

'Ik heb een Engelse vriendin meegebracht zodat ze uw creaties kan zien,' zei de vrouw van de Duitser terwijl ze gedecideerd het vertrek binnenkwam.

Naast haar verscheen toen een superslanke blonde vrouw, van wie me meteen duidelijk was dat het geen nationaal product kon zijn. Ik schatte dat ze ongeveer mijn leeftijd had, maar te oordelen naar het gemak waarmee ze zich bewoog, had ze al wel duizend levens van het formaat van het mijne achter de rug kunnen hebben. Mijn aandacht werd meteen getrokken door haar verfrissende spontaniteit, de overweldigende zelfverzekerdheid die ze uitstraalde en de natuurlijke elegantie waarmee ze me begroette, mijn vingers even met de hare beroerde terwijl ze met een zwierig gebaar een haarlok uit haar gezicht streek. Haar naam was Rosalinda Fox en haar huid was zo licht en teer dat ze gemaakt leek van het zijdepapier om kant mee in te pakken, en ze had een aparte manier van praten waarbij woorden uit verschillende talen in zonderlinge, soms enigszins onbegrijpelijke klanken over elkaar heen buitelden.

'Ik heb dringend een nieuwe garderobe nodig, so... I believe dat u en ik gedoemd zijn... eh... to understand each other. Elkaar te begrijpen, I mean,' zei ze met een vrolijk lachje.

Frau Langenheim sloeg het aanbod plaats te nemen af met een ik heb haast, liefje, ik moet meteen weer weg. Ondanks haar achternaam en de mengelmoes van haar afkomst sprak ze goed Spaans.

'Rosalinda, lieverd, we zien elkaar straks op de cocktail van consul Leonini,' zei ze toen ze afscheid nam van haar vriendin. 'Bye, sweetie, bye, dag dag.'

De zojuist aangekomene en ik gingen zitten, en ik begon weer met de ceremonie van alle eerste bezoeken: ik spreidde mijn verzameling poses en uitdrukkingen tentoon, we bladerden tijdschriften door en bekeken stoffen. Ik adviseerde haar en ze maakte keuzes; vervolgens heroverwoog ze haar besluit, stelde het bij en koos opnieuw. Vanaf het begin voelde ik me op mijn gemak bij haar gracieuze ongedwongenheid. Soms was mijn gekunstelde gedrag vermoeiend, vooral als ik bijzonder veeleisende cliënten tegenover me had. Dat was bij haar niet het geval: alles verliep losjes en zonder buitensporige eisen.

We gingen naar het pasvertrek en ik nam de maten van haar smalle, katachtige skelet, de kleinste maten die ik ooit had opgenomen. We praatten verder over stoffen en vormen, over mouwen en decolletés; daarna doorliepen we de keuzes opnieuw, bevestigden ze en ik noteerde ze. Een blousejapon van gedessineerde zijde voor overdag, een koraalrood mantelpakje van koele wol en een avondjapon naar de nieuwste collectie van Lanvin. Ik maakte een afspraak voor over tien dagen en dacht dat we daarmee klaar waren. Maar mijn nieuwe cliënte vond het nog geen tijd om te vertrekken, en comfortabel op de sofa genesteld haalde ze een hoornen sigarettenkoker tevoorschijn en bood me een sigaret aan. We rookten ongehaast, becommentarieerden modellen en in haar zonderlinge taaltje vertelde ze me over haar voorkeuren. Ze wees naar de patronen en vroeg me hoe je borduursel in het Spaans zei, hoe schoudervulling, en hoe gesp. Ik vertelde het haar, we lachten om haar elegant onbeholpen uitspraak, rookten weer en ten slotte besloot ze te vertrekken, bedaard, alsof ze niets te doen had en niemand haar ergens verwachtte. Eerst werkte ze haar make-up nog bij terwijl ze tamelijk ongeïnteresseerd naar haar eigen beeld in het spiegeltje van haar poederdoos keek. Daarna bracht ze haar goudblonde lokken in model en pakte haar hoed, haar tas en haar handschoenen, alle elegant en van de beste kwaliteit maar verre van nieuw, merkte ik op. Ik bracht haar naar de deur, luisterde naar het geklik van haar hakken op de trap, en pas vele dagen later kwam ik meer over haar te weten. Ik was haar nooit tegengekomen tijdens mijn wandelingen in de namiddag, had haar nooit in enig etablissement gezien, niemand had me ooit iets over haar verteld, noch deed ik zelf een poging om te achterhalen wie die Engelse was die blijkbaar tijd te over had.

In die dagen was ik constant bezig: het groeiende aantal cliëntes zorgde voor eindeloze uren werk, maar door het goed te organiseren kon ik het aan; ik was onafgebroken tot in de kleine uurtjes aan het naaien en zo lukte het me elk kledingstuk op het afgesproken tijdstip af te hebben. Tien dagen na die eerste ontmoeting had ik de drie opdrachten van Rosalinda Fox op de respectieve pop gedrapeerd, klaar voor de eerste pasbeurt. Maar ze kwam niet opdagen. De volgende dag ook niet, die daarop evenmin. Ze nam niet de moeite me te waarschuwen, stuurde niemand met een berichtje om zich te verontschuldigen, de afspraak te verzetten of haar vertraging te rechtvaardigen. Het was de eerste keer dat me zoiets met een opdracht overkwam. Ik dacht dat ze misschien niet van plan was terug te komen, dat ze gewoon een buitenlandse op doorreis was geweest, een van die bevoorrechte zielen die naar eigen goeddunken het Protectoraat konden verlaten en zich vrij over zijn grenzen konden bewegen; een ware kosmopoliet en geen schijnwereldburger zoals ik. Daar ik geen redelijke verklaring voor haar gedrag kon bedenken, besloot ik de kwestie te laten voor wat die was en me aan mijn andere verplichtingen te wijden. Vijf dagen na de afgesproken datum stond ze als uit de lucht gevallen weer voor de deur, toen ik nog aan het lunchen was. Ik had de hele morgen jachtig gewerkt en had pas na drieën een gaatje gevonden om wat te eten. Er werd gebeld, Jamila deed open terwijl ik intussen in de keuken een banaan at. Zodra ik de stem van de Engelse aan de andere kant van de gang hoorde, waste ik mijn handen bij de gootsteen en trok in allerijl mijn hakken aan. Haastig ging ik haar begroeten en maakte onderweg met mijn tong mijn tanden schoon, fatsoeneerde mijn kapsel met mijn ene hand en trok met de andere mijn rok en de revers van mijn jasje recht. Haar begroeting was net zo lang als haar vertraging was geweest.

'Duizendmaal excuses omdat ik niet eerder ben gekomen en nu zo inverwacht voor de deur sta, zeg je dat zo?'

'Onverwacht,' corrigeerde ik.

'Onverwacht, sorry. Ik ben a few days weggeweest, ik had wat zaken af te handelen in Gibraltar, al vrees ik dat het me niet gelukt is. Anyway, ik hoop dat ik niet op een ongelegen tijdstip kom.'

'Nee hoor,' jokte ik. 'Komt u verder, alstublieft.'

Ik leidde haar naar de pasruimte en liet haar de drie modellen zien. Ze prees ze en ontdeed zich intussen van haar eigen kledingstukken, tot ze in haar onderkleding stond. Ze droeg een satijnen setje dat eens prachtig moest zijn geweest; de tijd en het gebruik hadden het echter deels aan glans doen inboeten. Haar zijden kousen leken evenmin rechtstreeks uit de winkel te komen waar ze ooit waren gekocht, maar ze straalden wel glamour en topkwaliteit uit. Een voor een paste ik de drie creaties op haar fragiele, knokige lichaam. Haar huid was zo transparant dat je alle aderen van haar lijf eronder meende te bespeuren. Met mijn mond vol spelden corrigeerde ik millimeters en piepkleine stukjes stof op de contouren van haar tengere silhouet. Ze leek voortdurend tevreden, liet alles over zich heen komen, stemde in met mijn suggesties en vroeg amper om veranderingen. We rondden het passen af, ik verzekerde haar dat alles très chic zou worden. Ze kleedde zich weer aan, terwijl ik in de salon wachtte. Binnen een paar minuten was ze er, en uit haar houding maakte ik op dat ze ondanks haar ontijdige komst die dag evenmin haast had om te vertrekken. Dus bood ik haar thee aan.

'Ik snak naar een kop Darjeeling met een drupje leite, maar ik denk dat het groene thee met munt zal moeten worden, right?'

Ik had geen flauw idee over welk brouwsel ze het had, maar dat liet ik niet merken. 'Inderdaad, Moorse thee,' antwoordde ik onverstoorbaar. Toen zei ik tegen haar dat ze het zich gemakkelijk moest maken en ik liet Jamila komen.

'Hoewel ik Engelse ben,' verklaarde ze, 'heb ik het grootste deel van mijn leven in India doorgebracht, en al zal ik daar waarschijnlijk nooit meer terugkeren, toch blijven er dingen die ik mis. Zoals nosso thee, bijvoorbeeld.'

'Ik begrijp het. Mij kost het ook moeite te wennen aan sommige dingen van hier en tegelijkertijd mis ik andere die ik heb achtergelaten.'

'Waar woonde u hiervoor?' wilde ze weten.

'In Madrid.'

'En daarvoor?'

Ik stond op het punt in lachen uit te barsten om haar vraag, het toneelspel omtrent mijn veronderstelde en geheel verzonnen verleden te vergeten, openlijk te bekennen dat ik nooit een voet buiten de stad had gezet waarin ik geboren was tot een of andere schoft besloot me mee te slepen om me daarna als een peukje weg te werpen. Maar ik hield me in en viel terug op vaagheden.

'Wel, op verscheidene plekken, nu eens hier, dan weer daar, u kent het wel, hoewel ik al met al het langst in Madrid heb gewoond. En u?'

'Let's see,' zei ze opgewekt. 'Ik ben geboren in Engeland, maar ze namen me al snel mee naar Calcutta. Op mijn tiende stuurden mijn ouders me naar kostschool in Engeland, eh... op mijn zestiende keerde ik terug naar India en toen ik twintig was ging ik de novo naar het Westen.

Eenmaal hier bracht ik again een tijd in Londen door en daarna nog een longo periode in Zwitserland. Eh... Later een jaar in Portugal, daarom raak ik soms in de war met die twee talen, het Portugees en het Spaans. En nu heb ik me uiteindelijk in Afrika gevestigd, eerst in Tanger en sinds kort hier in Tétouan.'

'Dat klinkt als een interessant leven,' zei ik, niet in staat de volgorde van die stroom aan exotische bestemmingen en apart uitgesproken woorden in me op te nemen.

'Well, dat ligt eraan,' antwoordde ze schouderophalend terwijl ze voorzichtig, om haar mond niet te verbranden, een slokje van de thee nam die Jamila net had ingeschonken. 'Ik had het echt niet erg gevonden om in India te blijven, maar inverwacht gebeurden er dingen waardoor ik daar weg moest. Soms neemt het lot de beslissingen voor ons, right? After all, eh... that's life. Zo gaat het in het leven, nietwaar?'

Ondanks haar vreemde uitspraak en de overduidelijke afstand tussen onze werelden begreep ik precies waar ze het over had. We dronken onze thee en babbelden verder over oppervlakkige zaken: de kleine aanpassingen aan de mouwen van de japon van gedessineerde dupion zijde, de datum voor de volgende pasbeurt. Ze keek op de klok en leek zich opeens iets te herinneren.

'Ik moet gaan,' zei ze terwijl ze opstond. 'Ik was vergeten dat ik nog some shopping moet doen voor ik me ga klaarmaken. Ik ben uitgenodigd voor een cocktail bij de Belgische consul thuis.'

Ze sprak zonder me aan te kijken, trok intussen haar handschoenen goed bij de vingers en zette haar hoed op. Ik sloeg haar nieuwsgierig gade, vroeg me af met wie die vrouw naar al die feestjes ging, met wie ze haar vrijheid om te kunnen gaan en staan waar ze maar wilde zou delen, met wie haar zorgeloosheid als welgesteld meisje dat constant over de wereld zwierf en van het ene continent naar het andere hupte om bruisende talen te spreken en thee met aroma's van duizend volken te drinken. Toen ik haar ogenschijnlijk ledige leventje met mijn moeizame leven van alledag vergeleek, voelde ik opeens iets over mijn rug kriebelen dat verdacht veel op afgunst leek.

'Weet u misschien waar ik een zwempak kan kopen?' vroeg ze toen impulsief.

'Voor u?'

'Nee. Voor meu filho.'

'Pardon?'

'My son. No, that's English, sorry. Mijn zoon?'

'Uw zoon?' vroeg ik ongelovig.

'Mijn zoon, that's the word. Hij heet Johnny, hij is vijf and he's so sweet... Een schatje gewoon.'

'Ik woon ook nog niet lang in Tétouan en ik vrees dat ik u niet kan helpen,' antwoordde ik, mijn verbijstering verbergend. In het idyllische leven dat ik die dartele, meisjesachtige vrouw amper een paar seconden eerder had toebedacht, pasten vrienden en bewonderaars, glazen champagne, transcontinentale reizen, zijden pakjes, feesten tot het ochtendgloren, haute couture-avondjaponnen en, met heel veel moeite, misschien een jonge echtgenoot, even frivool en aantrekkelijk als zij. Maar ik had nooit kunnen raden dat ze een zoontje had, want als moeder had ik me haar niet voorgesteld. En toch was ze dat blijkbaar.

'Nou ja, geeft niet, ik vind wel iets,' zei ze bij wijze van afscheid.

'Succes. En vergeet niet dat ik u over vijf dagen verwacht.'

'Ik zal er zijn, I promise.'

Ze ging weg en hield haar belofte niet. In plaats van op de vijfde dag verscheen ze op de vierde, onaangekondigd en ontzettend gehaast. Tegen het middaguur kwam Jamila zeggen dat ze er was, net toen ik bezig was met de pasbeurt van Elvirita Cohen, de dochter van de eigenaar van het theater Nacional in mijn oude straat La Luneta en een van de mooiste vrouwen die ik ooit heb gezien.

'Siñora Rosalinda zeggen zij moeten zien siñorita Sira.'

'Zeg haar dat ze even geduld moet hebben, dat ik over een minuutje bij haar kom.'

Het waren er meer dan één, meer dan twintig waarschijnlijk, want ik moest nog wat aanpassingen doen aan de japon voor die beeldschone jodin met haar gladde huid waarin ze op een of ander societyevenement zou schitteren. Ze praatte ongehaast tegen me in haar muzikale Haketía: hier iets omhoog, mi reina, wat mooi wordt het zo, mi weno, zeker.

Via Félix – hoe kon het ook anders – was ik bekend met de situatie van de sefardische joden in Tétouan. Sommigen bemiddeld, anderen eenvoudig, allen discreet: goede handelaren, gevestigd in het noorden van Afrika sinds hun verdrijving van het Schiereiland, vele eeuwen daarvoor, en uiteindelijk pas sinds een paar jaar wettige Spanjaarden, nadat de regering van de Republiek hun origine officieel had erkend.

De sefardische gemeenschap vormde destijds ongeveer een tiende van de bevolking van Tétouan, maar een groot deel van de economische macht in de stad lag in hun handen. Vele van de nieuwe gebouwen in de Ensanche waren door hen gebouwd, en vele van de beste zaken en winkels hadden zij gevestigd: juweliers, schoenenzaken, textiel- en confectiewinkels. Hun financiële macht kwam tot uitdrukking in hun vormingscentra – de Alianza Israelita –, in hun eigen sociëteit en de synagogen waar ze hun gebedsbijeenkomsten en plechtigheden hielden. Waarschijnlijk zou Elvira Cohen bij een daarvan de japon van grosgrain dragen die ik met haar aan het passen was op het moment dat de onvoorspelbare Rosalinda Fox me voor de derde keer met een bezoek vereerde.

Ze wachtte in de salon, staand bij een van de balkons, en ze zag er zenuwachtig uit. Mijn twee cliënten groetten elkaar met een afstandelijke beleefdheid: de Engelse verstrooid, de sefardische verrast en nieuwsgierig.

'Ik heb een probleem,' viel ze met de deur in huis zodra het geluid van de dichtgaande deur aangaf dat we alleen waren.

'Vertel. Wilt u misschien even plaatsnemen?'

'Ik heb liever een glaasje. A drink, please.'

'Ik vrees dat ik u alleen thee, koffie of een glas water kan aanbieden.'

'Evian?'

Ik schudde mijn hoofd en bedacht dat ik een kleine bar zou moeten inrichten om mijn cliënten op crisismomenten te kunnen opbeuren.

'Never mind,' fluisterde ze terwijl ze mat ging zitten. Ik deed hetzelfde in de fauteuil tegenover haar, sloeg als vanzelf losjes mijn benen over elkaar en wachtte tot ze me de reden van haar onverwachte bezoek zou vertellen. Eerst pakte ze haar sigarettenkoker, stak een sigaret op en wierp de koker onverschillig op de sofa. Na de eerste haal, lang en diep, besefte ze opeens dat ze mij geen sigaret had aangeboden; ze verontschuldigde zich en maakte een gebaar om haar foutje recht te zetten. Ik hield haar tegen, nee, dank u. Ik verwachtte zo weer een cliënte en ik wilde niet dat mijn vingers in die intieme pasruimte naar tabak roken. Ze sloot de koker weer en begon ten slotte te praten.

'Ik heb an evening gown nodig, eh... een spectaculaire japon voor vanavond. Er is een inverwachte verplichting gerezen en ik moet er als een princess uitzien.'

'Als een prinses?'

'Right. Als een prinses. Bij wijze van falar, obviously. Ik heb iets muito, muito elegants nodig.'

'Uw avondjapon is klaar voor de tweede pasbeurt.'

'Lukt het u die vandaag af te hebben?'

'Absoluut onmogelijk.'

'En een ander exemplaar?'

'Ik vrees dat ik u niet kan helpen. Ik kan u niets aanbieden. Ik werk niet met confectiestukken; alles wat ik maak is in opdracht.'

Ze nam weer een lange trek van haar sigaret, ditmaal echter niet verstrooid maar me strak door de kringelende rook aankijkend. Haar gezicht vertoonde niet langer de uitdrukking van het zorgeloze meisje van de vorige keren; nu had ze de blik van een nerveuze vrouw die desalniettemin vastbesloten was zich niet zomaar gewonnen te geven.

'Het moet opgelost worden. Toen ik van Tanger hierheen verhuisde, heb ik een aantal trunks, hutkoffers, ingepakt met dingen die ik niet meer nodig had om ze naar mijn moeder in Engeland te versturen. Per ongeluk is toen mijn koffer met evening gowns, met al meus noitejaponnen daar inverwacht ook naartoe gezonden; ik wacht nu tot ze me die back sturen. Ik heb net gehoord dat ik vannoite word verwacht op een receptie by de German consul, de Duitse consul. Eh... It's the first time, de eerste keer dat ik in het openbaar op een plechtigheid verschijn met een... een persoon met wie ik een... een... een muito speciale liason onderhoud.'

Ze sprak gehaast maar behoedzaam en deed haar best ervoor te zorgen dat ik alles begreep wat ze in haar halfwassen Spaans zei, en dat door haar zenuwen meer dan ooit als Portugees klonk en sterker dan bij een van onze vorige ontmoetingen doorspekt was met woorden uit haar moedertaal.

'Well, it is... hmm... It's muito belangrijk for... for... for him, voor die persoon en voor mij dat ik een buona impressao op de leden van de German colony, de Duitse gemeenschap in Tétouan maak. So far heeft Mrs. Langenheim me geholpen enkelen van hen persoonlijk te leren kennen omdat ze half English is, eh... maar vannoite verschijn ik voor het eerst in het openbaar met die persoon, openly together, en daarom moet ik extremely well dressed zijn, echt heel, heel goed gekleed, en... en...'

Ik onderbrak haar; het had geen enkele zin dat ze zich voor niets zo uitsloofde.

'Het spijt me vreselijk, echt waar. Ik zou u ontzettend graag hebben geholpen, maar het is gewoon onmogelijk. Zoals ik u net al zei, heb ik niets in mijn atelier wat klaar is en uw japon kan ik onmogelijk in een paar uur afmaken; daar heb ik minstens drie tot vier dagen voor nodig.'

Zwijgend doofde ze haar sigaret, in gedachten verzonken. Ze beet op haar lip en wachtte een paar seconden voor ze opkeek en opnieuw aanviel, en wel met een volstrekt ongemakkelijke vraag.

'Zou u me misschien een van uw noitejaponnen willen lenen?'

Ik maakte een ontkennend gebaar en probeerde intussen een aannemelijk excuus te bedenken waarachter ik me kon verschuilen om het betreurenswaardige feit dat ik er niet één bezat te verhullen.

'Ik geloof het niet, nee. Al mijn kleding is in Madrid gebleven, en toen de oorlog uitbrak was het onmogelijk die terug te krijgen. Hier heb ik enkel wat pakjes voor overdag, geen avondkleding. Ik neem niet echt deel aan het sociale leven, weet u. Mijn verloofde zit in Argentinië en ik...'

Tot mijn grote opluchting onderbrak ze me meteen.

'I see, ik begrijp het.'

We bleven een paar eindeloze seconden zwijgen zonder elkaar aan te kijken, staarden beiden naar tegengestelde punten in het vertrek om ons ongemakkelijke gevoel te verbergen. De een naar de balkons, de ander naar de boog die de salon van de entree scheidde. Zij verbrak de spanning.

'I think I must leave now. Ik moet gaan.'

'Het spijt me, echt. Als we wat meer tijd hadden gehad...'

Ik maakte mijn zin niet af; ik zag in dat het volstrekt nutteloos was het onveranderbare nogmaals te herhalen. Ik wilde van onderwerp veranderen, haar aandacht afleiden van de trieste werkelijkheid die de voorbode was van een lange, ongelukkige avond met iemand die ongetwijfeld de man was op wie ze verliefd was. Het leven van die vrouw, anders zo zwierig en gedecideerd, die op dat moment in zichzelf gekeerd haar spullen pakte en naar de deur liep, intrigeerde me.

'Morgen is alles gereed voor de tweede pasbeurt, goed?' zei ik bij wijze van schrale troost.

Ze glimlachte vaag en zonder verder iets te zeggen vertrok ze. Ik bleef alleen achter, staand, roerloos, deels verslagen door mijn onmacht een cliënte in nood te helpen en deels omdat ik nog geboeid werd door de wonderlijke vorm die het leven van Rosalinda Fox voor mijn ogen aannam: de jonge moeder en wereldreizigster die zomaar hutkoffers vol avondjaponnen kwijtraakte, als iemand die op een regenachtige namiddag in de haast haar portemonnee op een bank in het park of op een tafel in het café laat liggen.

Ik liep naar de balkondeuren, waarvan de luiken deels gesloten waren, en zag haar naar buiten komen. Ze liep kalm naar een felrode auto die voor mijn portiek geparkeerd stond. Ik ging ervan uit dat daar iemand op haar wachtte, misschien wel de man die ze diezelfde avond zo graag wilde behagen. Ik kon mijn nieuwsgierigheid niet bedwingen en spande me in zijn gezicht te onderscheiden terwijl ik me allerlei voorstellingen van hem maakte. Het was vast een Duitser; mogelijk was dat de reden van haar wens een goede indruk op zijn landgenoten te maken. En jong, aantrekkelijk, charmant; mondain en vastberaden net als zij. Ik kreeg nauwelijks tijd nog meer te bedenken, want zodra ze bij de auto was en het rechterportier opendeed – de plek waar normaal de bijrijder zat – zag ik verbaasd dat aan die kant het stuur was en dat ze blijkbaar zelf reed. In die Engelse auto met het stuur aan de rechterkant zat niemand op haar te wachten; ze startte zelf de motor en reed zelf weg, precies zoals ze was gekomen. Zonder man, zonder japon voor die avond, en waarschijnlijk zonder enige hoop die middag nog een oplossing te vinden.

Terwijl ik de nare smaak die onze ontmoeting had achtergelaten probeerde kwijt te raken, herstelde ik de orde in de salon: ik ruimde de asbak op, blies de gemorste as van tafel, streek met de neus van mijn schoen een hoekje van het tapijt glad, schudde de kussens op waartussen we het ons gemakkelijk hadden gemaakt en begon de tijdschriften te herordenen die ze had doorgebladerd toen ik met Elvirita Cohen bezig was. Ik sloeg een *Harpers's Bazaar* dicht die openlag op een advertentie voor lippenstift van Helena Rubinstein, en ik wilde hetzelfde al doen met de voorjaarseditie van *Madame Figaro* toen ik opeens de foto herkende van een model dat me vaag bekend voorkwam. In mijn hoofd doemden als een zwerm vogels duizend herinneringen aan een andere tijd op. Me bijna niet bewust van wat ik deed, riep ik Jamila. Onbesuisd kwam ze in een mum van tijd de salon binnenstuiven.

'Ga als de wiedeweerga naar het huis van Frau Langenheim en vraag haar señora Fox op te sporen. Ze moet onmiddellijk bij me langskomen; zeg haar dat het uiterst dringend is.'

18

'De ontwerper van het model, mijn lief onwetend meisje, is Mariano Fortuny y Madrazo, zoon van de grootse Mariano Fortuny, die na Goya zo ongeveer de beste schilder van de negentiende eeuw is. Hij was een geweldig kunstenaar, nauw verbonden met Marokko trouwens. Hij kwam hier gedurende de Afrikaanse oorlog, was verbluft over het licht en het exotisme in dit land, en hij besloot die in vele schilderijen uit te beelden; in feite is een van zijn bekendste doeken *La batalla de Tetuán*, De Slag bij Tétouan. En als Fortuny senior al een magistraal schilder was, zijn zoon is een waar genie. Hij schildert eveneens, maar in zijn Venetiaanse atelier ontwerpt hij ook decors voor theaterwerken, en hij is fotograaf, vormgever, deskundige in klassieke technieken en ontwerper van stoffen en japonnen, waaronder de legendarische Delphos, die jij, kleine bedriegster, daarnet hebt geplagieerd met een zelfgemaakte uitvoering, en uiterst succesvol, vermoed ik zo.'

Félix lag op de sofa te praten met in zijn hand het tijdschrift waarin de foto stond die mijn geheugen had wakker geschud. Ik, uitgeput na de doodvermoeiende middag, luisterde roerloos vanuit een van de fauteuils; die avond had ik niet meer de kracht om een naald vast te houden. Ik had hem daarnet de hele geschiedenis van de afgelopen uren verteld, beginnend bij het moment dat mijn cliënte haar terugkeer aankondigde met zulke piepende remmen dat de buren hun balkons op waren gevlogen. Ze snelde naar boven, haar haast weerklonk op de traptreden. Ik wachtte haar op met de deur geopend en zonder haar zelfs maar te begroeten maakte ik haar deelgenoot van mijn idee.

'We gaan een noodversie van een Delphos maken, weet u waarover ik het heb?'

'Een Delphos van Fortuny?' wilde ze ongelovig weten.

'Een imitatie-Delphos.'

'Denkt u dat dat mogelijk is?'

We hielden elkaars blik even vast. De hare straalde plotseling een vonk van herwonnen hoop uit. De mijne, ik wist het niet. Wellicht vastberadenheid en stoutmoedigheid, drang om te zegevieren, om met succes die moeilijke situatie op te lossen. Waarschijnlijk school in mijn ogen ook een zekere angst om te falen, maar die probeerde ik zo goed mogelijk te verbergen.

'Ik heb het eerder gedaan; ik denk dat het me wel zal lukken.'

Ik toonde haar de stof die ik wilde gebruiken: een grote lap blauwgrijze satijnzijde die Candelaria bij een van haar recente ritselpraktijken op de kop had getikt. Uiteraard hield ik de herkomst ervan voor me.

'Hoe laat moet u aanwezig zijn?'

'Om acht uur.'

Ik keek op de klok. 'Goed, dit is wat we doen. Het is nu bijna één uur. Zodra ik klaar ben met de dame die over tien minuten komt passen, maak ik deze stof nat en droog hem weer. Daar heb ik zo'n vier à vijf uur voor nodig, wat ons op zes uur vanavond brengt. Dan heb ik nog zeker anderhalf uur nodig voor de vervaardiging: die is heel simpel, enkel rechte naden. Bovendien heb ik uw maten al, passen zal niet nodig zijn. Desalniettemin kost het enige tijd, ook de afwerking. Dat brengt ons bijna op uur U. Waar woont u? Neem me niet kwalijk, het is niet uit nieuwsgierigheid, maar...'

'In de paseo de las Palmeras.'

Dat had ik kunnen weten: daar bevonden zich vrijwel alle luxe huizen van Tétouan. Een afgelegen rustig gebied in het zuidelijke stadsdeel, vlak bij het park, bijna aan de voet van de imposante Gorgues, met grote woningen omgeven door tuinen. Daarachter boomgaarden en rietvelden.

'Dan kan ik de japon onmogelijk naar uw adres laten brengen.'

Ze keek me vragend aan.

'U zult zich hier moeten omkleden,' verduidelijkte ik. 'Kom tegen halfacht, opgemaakt, gekapt, klaar om te vertrekken, met de schoenen en juwelen die u gaat dragen. Mijn advies is niet veel en geen al te opzichtige sieraden: die heeft de japon niet nodig; hij zal veel eleganter ogen met ingetogen accessoires, begrijpt u wat ik bedoel?'

Ze begreep het. Ze begreep het uitstekend, bedankte me opgelucht voor de moeite en vertrok weer. Een halfuur later zette ik me geholpen door Jamila aan de meest onverwachte en vermetele taak van mijn korte carrière als zelfstandig naaister. Ik wist echter wat ik deed; in mijn jaren bij doña Manuela's modehuis had ik een keer geassisteerd bij hetzelfde werk. We deden het destijds voor een cliënte met zowel stijl als onbestendige financiële middelen. Elena Barea was haar naam. In haar welvarende periodes maakten we luxueuze modellen van de prachtigste stoffen voor haar. In tegenstelling tot de andere dames uit haar omgeving en klasse, die zich in tijden van afnemende rijkdom verscholen achter zogenaamde reisjes, afspraken of ziektes waardoor ze geen nieuwe bestellingen konden plaatsen, verborg zij zich nooit. Toen de magere jaren hun intrede deden in de onregelmatige zaken van haar man, bleef Elena Barea gewoon naar ons atelier komen. Ze kwam, lachte schaamteloos hun vervluchtigende kapitaal weg en samen met de eigenares bedacht ze manieren om verouderde kledingstukken te vermaken zodat ze als nieuw konden gelden: door de snit te veranderen, versiersels toe te voegen en de meest onvermoede delen op te halen. Of ze koos trefzeker goedkope stoffen en modellen die een simpele vervaardiging toestonden: aldus slaagde ze erin het factuurbedrag sterk terug te dringen zonder veel aan elegantie te hoeven inboeten. Honger scherpt het vernuft, besloot ze altijd met een schaterlach. Noch mijn moeder, noch doña Manuela, noch ik kon geloven wat onze ogen zagen toen ze op een dag met haar meest bizarre opdracht kwam aanzetten.

'Hier wil ik een kopie van,' zei ze terwijl ze iets uit een kleine doos haalde wat op een rolletje verwrongen bloedrode stof leek. Ze lachte toen ze ons verbaasde gezicht zag. 'Dit, dames, is een Delphos, een unieke japon. Het is een creatie van Fortuny, de kunstenaar: ze worden in Venetië gemaakt en slechts in enkele zeer exclusieve zaken in grote Europese steden verkocht. Kijk eens wat een prachtige kleur, wat een schitterende plissés! De techniek is een absoluut geheim van de schepper. De japon omsluit je als een handschoen. En ik, mijn beste doña Manuela, wil er een. Een imitatie, uiteraard.'

Ze nam een van de uiteinden van de stof tussen haar vingers en als bij toverslag verscheen er een rode tafzijden japon, prachtig en oogverblindend, die in een perfecte valling tot aan de grond reikte en onderaan als een waaier openviel, een hele cirkel noemden we dat. Het ging om een soort tuniek met duizenden verticale plooitjes. Klassiek, eenvoudig, subliem. Sinds die dag waren er vier of vijf jaar verstreken, maar het hele vervaardigingsproces stond in mijn geheugen gegrift omdat ik tijdens alle fases actief had meegeholpen. Of het nu voor Elena Barea of voor Rosalinda Fox was, de techniek was dezelfde; het enige punt was dat we heel krap in de tijd zaten en genoodzaakt waren snel te werken. Voortdurend geassisteerd door Jamila verwarmde ik pannen water, die we zodra het water kookte in de badkuip leeggoten. Mijn handen brandend dompelde ik de stof erin en liet die weken. Terwijl we het experiment nerveus gadesloegen, vulde de badkamer zich met stoom, parelden de zweetdruppels op ons voorhoofd en lieten de dampen ons beeld in de spiegel vervagen. Na een poosje besloot ik dat de stof eruit kon, die inmiddels heel donker en onherkenbaar was. We lieten het water weglopen, pakten elk een uiteinde en wrongen de lap zo stevig mogelijk uit, in de lengte en allebei een andere kant op draaiend, zoals we ook zo vaak met de lakens in het pension in La Luneta hadden gedaan om de laatste druppel water eruit te krijgen voor we ze in de zon te drogen hingen. Alleen spreidden we de lap ditmaal niet weer helemaal uit, maar juist het tegenovergestelde: de bedoeling was dat de stof gedurende het droogproces zo strak mogelijk opgerold bleef, zodat als het vocht eenmaal verdwenen was alle plooitjes van de gekreukelde slang waarin de zijde was veranderd behouden bleven. Toen deden we de rol in een teil en droegen die samen naar het dakterras. Opnieuw draaiden we beide uiteinden in tegengestelde richting tot de stof de vorm had aangenomen van een dik touw en vanzelf opkrulde tot een grote dikke spiraal; daarna spreidden we een handdoek op de grond uit en legden daar de opgekrulde stof op, de voorproef van de japon waarmee mijn Engelse cliënte over enkele uren zou moeten pronken tijdens haar eerste verschijning in het openbaar aan de arm van de mysterieuze man van haar leven.

We lieten de stof in de zon drogen en gingen intussen weer naar beneden, vulden het kleine fornuis met kolen en stookten het zo hoog mogelijk op, zodat het in de keuken zo heet als in een ketelruim werd. Zodra het vertrek in een oven was veranderd en we meenden dat de middagzon haar kracht verloor, gingen we weer naar het dak en haalden de verwrongen stof op. We legden een schone handdoek op het gietijzeren fornuis en daarop de verkreukelde, nog als een ring opgerolde stof. Om de tien minuten en zonder hem uit te rekken draaide ik de rol om, opdat de warmte van de kolen de stof gelijkmatig zou drogen. Van een restje zijde dat over was, maakte ik tussen mijn gangen naar de keuken door een gevoerde ceintuur, die ik afwerkte tot een eenvoudige brede band van gladgestreken zijde. Om vijf uur 's middags nam ik het opgekrulde materiaal van het fornuis en ging ermee naar het atelier. Het zag eruit als een warme worst: niemand had op dat moment kunnen bevroeden wat ik er in minder dan een uur mee van plan was.

Ik legde de stofworst op de kniptafel en langzaam, uiterst behoedzaam, rolde ik het buisvormige voortbrengsel uit. En als bij toverslag verscheen onder mijn nerveuze blik en tot Jamila's verbijstering de zijde, geplisseerd en glanzend, schitterend gewoon. We hadden geen blijvende plooien kunnen fabriceren, zoals bij Fortuny's authentieke exemplaren het geval was, omdat we noch de middelen, noch de kennis daartoe bezaten, maar we waren wel in staat geweest een soortgelijk effect te bewerkstelligen dat op z'n minst een avond zou standhouden: een speciale avond voor een vrouw die spectaculair moest zijn. Ik vouwde de stof helemaal uit en liet hem afkoelen. Daarna knipte ik het materiaal in vier stukken, waarvan ik een smalle koker naaide die het lichaam als een tweede huid zou omsluiten. Ik maakte een eenvoudige hals en armsgaten. Tijd voor een decoratieve afwerking was er niet, maar ruim een uur later was de imitatie-Delphos klaar: een huisgemaakte spoedversie van een revolutionair model in de wereld van de haute couture; een bedrieglijke imitatie, die het echter in zich had eenieder te overweldigen die zijn blik op het lichaam richtte dat het binnen een klein halfuur zou omhullen.

Ik keek net naar het effect van de ceintuur toen de bel ging. Toen pas besefte ik dat ik er vreselijk uitzag. Het zweet veroorzaakt door het kokende water had mijn make-up en mijn kapsel geruïneerd; de hitte, de geleverde inspanning om de stof uit te wringen, het op en neer lopen naar het dakterras en het ononderbroken werken van die middag hadden me gemangeld alsof de hele cavalerie over me heen gegaloppeerd was. Ik snelde naar mijn kamer terwijl Jamila opendeed; ik kleedde me haastig om, kamde mijn haar, knapte me wat op. Het resultaat van het werk was bevredigend en daar mocht ik niet voor onderdoen.

In de veronderstelling dat ze in de salon op me wachtte, ging ik Rosalinda begroeten, maar toen ik langs de openstaande deur van het atelier liep zag ik haar voor de paspop staan waarop haar japon was gedrapeerd. Ze stond met haar rug naar me toe, haar gezichtsuitdrukking kon ik dus niet zien. Vanuit de deuropening vroeg ik simpelweg: 'Bevalt het u?'

Ze draaide zich onmiddellijk om en antwoordde niet meteen. Met vlugge passen kwam ze naar me toe, nam mijn hand en drukte die stevig. 'Dank u, dank u wel, a million dank.'

Haar haar was opgestoken in een lage wrong, haar natuurlijke golven wat sterker geaccentueerd dan anders. Haar ogen en jukbeenderen waren bescheiden opgemaakt; het rood op haar lippen was echter spectaculair. De stilettohakken maakten haar bijna tien centimeter langer. Aan sieraden droeg ze enkel een stel lange witgouden oorbellen, glinsterend en goddelijk. Ze rook naar verfijnd parfum. Ze ontdeed zich van haar gewone kleding en ik hielp haar in de japon. De onregelmatig geplisseerde tuniek voegde zich blauw, melodieus en sensueel naar haar lichaam en benadrukte haar tengere bouw en haar fragiele ledematen, modelleerde en onthulde elegant haar weelderige welvingen en rondingen. Ik schikte de brede ceintuur om haar middel en strikte die op de rug. Zwijgend bekeken we het resultaat in de spiegel.

'Verroer u niet,' zei ik.

Ik liep naar de gang, riep Jamila en liet haar binnenkomen. Toen ze Rosalinda zo aangekleed zag, sloeg ze haar handen voor haar mond om een kreet van verbazing en bewondering te smoren.

'Draait u zich eens om zodat ze u goed kan zien. Een groot deel van het werk komt Jamila toe. Zonder haar was het me nooit gelukt.'

De Engelse glimlachte dankbaar naar Jamila en draaide elegant en gracieus een paar keer rond. Het meisje sloeg haar beduusd, verlegen en gelukkig gade.

'En haast u zich nu. Het is al bijna tien voor acht.'

Jamila en ik installeerden ons op een van de balkons om haar te zien vertrekken, zwijgend, stevig gearmd en bijna in een hoek gedrukt om vanaf de straat niet gezien te worden. Het was vrijwel donker. Ik keek naar beneden in de verwachting haar kleine rode auto te zien, maar in plaats daarvan stond er een glimmend zwarte wagen, imposant, met vlaggetjes op de voorkant waarvan ik op die afstand en in het schaarse licht de kleuren niet kon onderscheiden. Zodra haar in blauwe zijde gehulde gedaante in de portiek verscheen, werden de koplampen ontstoken en stapte aan de rechterkant een man in uniform uit, die snel het achterportier opendeed. Hij bleef daar stijf staan en wachtte tot ze elegant en majestueus naar buiten kwam en met korte pasjes naar de auto liep. Ongehaast, alsof ze zichzelf trots en zelfverzekerd wilde showen. Ik kon niet ontwaren of er nog iemand achterin zat; zodra ze had plaatsgenomen, sloot de geüniformeerde man het portier en keerde snel naar zijn plaats terug. Toen zette het voertuig zich krachtig in beweging en verdween pijlsnel in de duisternis, met daarin een vrouw vol illusies in de meest frauduleuze japon van de hele geschiedenis van de imitatie-haute couture.

19

De volgende dag hernamen de dingen hun normale loop. Halverwege de middag werd er gebeld; dat bevreemdde me want ik had geen afspraak staan. Het was Félix. Zonder een woord te zeggen glipte hij naar binnen en sloot de deur achter zich. Zijn gedrag verbaasde me: doorgaans kwam hij pas naar mijn huis als de avond al een flink eind was gevorderd. Toen hij eenmaal veilig was voor de onderzoekende ogen van zijn moeder achter het spionnetje zei hij snel op ironische toon: 'Het is me wat, meisje, zoals de zaken erop vooruitgaan.'

'Hoezo?' vroeg ik verwonderd.

'Vanwege de etherische dame die ik daarnet in het trapportaal tegenkwam.'

'Rosalinda Fox? Die kwam passen. Bovendien heeft ze me vanochtend als dank een boeket bloemen gestuurd. Zij is het die ik gisteren uit de brand geholpen heb.'

'Vertel me nou niet dat die magere blonde die ik daarnet tegenkwam degene van de Delphos is!'

'In eigen persoon.'

Hij nam de tijd om dit te laten bezinken. Toen vervolgde hij enigszins spottend: 'Kijk kijk, hoe interessant! Het is je gelukt een probleem op te lossen voor een heel, heel, maar dan ook echt heel bijzondere dame.'

'Bijzonder in welk opzicht?'

'Bijzonder in dit opzicht, liefje, dat je cliënte momenteel waarschijnlijk de invloedrijkste vrouw is om welke kwestie dan ook binnen het Protectoraat op te lossen. Afgezien van haar kledingproblemen, natuurlijk, maar daar heeft ze jou voor, de keizerin van de imitatie.'

'Ik kan je niet volgen, Félix.'

'Bedoel je dat je niet weet wie die Rosalinda Fox is, voor wie je gisteren in een paar uur tijd een geweldige avondjapon hebt gemaakt?'

'Een Engelse die het grootste deel van haar leven in India heeft gewoond en een zoontje van vijf heeft.'

'En een minnaar.'

'Een Duitser.'

'Koud, steenkoud.'

'Is het geen Duitser?'

'Nee, schat. Je zit hartstikke, maar dan ook echt hartstikke fout.'

'Hoe weet je dat?'

Hij glimlachte malicieus. 'Omdat heel Tétouan dat weet. Haar minnaar is heel iemand anders.'

'Wie dan?'

'Een belangrijk man.'

'Wie?' herhaalde ik, aan zijn mouw trekkend, niet in staat mijn nieuwsgierigheid te bedwingen.

Hij lachte weer schelms en sloeg met een theatraal gebaar zijn hand voor zijn mond, alsof hij me een groot geheim ging vertellen. Toen fluisterde hij langzaam in mijn oor: 'Rosalinda Fox is de minnares van de hoge commissaris.'

'Commissaris Vázquez?'

Hij antwoordde eerst met een schaterlach en kwam vervolgens met een uitleg.

'Nee, zeg, Claudio Vázquez is enkel belast met politiezaken: hij moet het plaatselijke geboefte en de troep stommelingen over wie hij het bevel voert in het gareel houden. Ik betwijfel ten zeerste of hij tijd kan vrijmaken voor buitenechtelijke avontuurtjes, en al helemaal niet voor een vast vriendinnetje, dat hij bovendien in een villa met zwembad in de paseo de las Palmeras zou installeren. Jouw cliënte, schoonheid, is de minnares van luitenant-kolonel Juan Luis Beigbeder y Atienza, de hoge commissaris van Spanje in Marokko en de gouverneur-generaal van de Plazas de Soberanía, de soevereine plaatsen. De belangrijkste militaire en bestuurlijke functie van het hele Protectoraat, als je begrijpt wat ik bedoel.'

'Weet je dat zeker, Félix?' mompelde ik.

'Dat mijn moeder zo gezond als een vis de tachtig mag bereiken als ik tegen je lieg. Niemand weet hoe lang ze al samen zijn, ze is pas ruim een maand in Tétouan; voor iedereen lang genoeg trouwens om te weten wie ze is en wat er tussen hen speelt. Sinds kort is hij officieel door Burgos tot hoge commissaris benoemd, al nam hij praktisch vanaf het begin van de oorlog de leiding op zich. Ze zeggen dat Franco zeer tevreden over hem is omdat hij almaar strijdlustige Moorse kereltjes voor het front ronselt.'

Zelfs in mijn stoutste dromen had ik niet kunnen bedenken dat Rosalinda Fox verliefd was op een luitenant-kolonel van het nationale kamp.

'Wat is hij voor man?'

Door mijn nieuwsgierige toon moest hij opnieuw smakelijk lachen.

'Beigbeder? Weet je niet wie hij is? Eerlijk gezegd laat hij zich ook niet vaak zien. Tegenwoordig verblijft hij het grootste deel van de tijd in het Hoge Commissariaat, maar voorheen, toen hij nog afgevaardigde voor Inheemse Zaken was, kon je hem op elk moment van de dag op straat tegenkomen. Toen werd hij uiteraard niet opgemerkt; hij was gewoon een anonieme en serieuze officier die amper aan het sociale leven deelnam. Hij was bijna altijd alleen en bezocht vrijwel nooit de soirees in La Hípica, Hotel Nacional of Salón Márfil, en evenmin bracht hij zijn dagen kaartend door, zoals bijvoorbeeld die kerel die zich nergens druk om maakte, kolonel Sáenz de Buruaga, die op de dag van de opstand zijn eerste bevelen zelfs vanaf het terras van het casino gaf. Een onopvallende figuur en enigszins solitair, die Beigbeder.'

'Aantrekkelijk?'

'Mij spreekt hij uiteraard niet aan, maar voor hetzelfde geld kan hij jullie wel bekoren, want vrouwen zijn immers rare wezens.'

'Beschrijf hem eens.'

'Lang, slank, stug. Donker, haar netjes gekamd. Ronde bril, snor en een intellectuele uitstraling.'

'Getrouwd?'

'Waarschijnlijk wel, al heeft hij hier blijkbaar altijd alleen gewoond. Maar dat is niet ongebruikelijk voor militairen, om hun gezin niet mee te nemen naar al hun standplaatsen, bedoel ik.'

'Leeftijd?'

'Oud genoeg om haar vader te kunnen zijn.'

'Ik geloof het gewoon niet.'

Hij lachte weer. 'Dat moet je zelf weten. Als je nou eens niet zoveel werkt en wat meer uitgaat, kom je hem vast een keer tegen en dan kun je met eigen ogen vaststellen wat ik je daarnet heb verteld. Zo af en toe maakt hij nog een wandeling, al wordt hij nu altijd geëscorteerd door lijfwachten. Ze zeggen dat hij een zeer ontwikkeld man is, dat hij meerdere talen spreekt en vele jaren buiten Spanje heeft gewoond; in principe heel anders dan die vaderlandbeschermers aan wie we hier gewend zijn, hoewel uit zijn huidige functie duidelijk blijkt dat hij aan hun kant staat. Misschien hebben jouw cliënte en hij elkaar in het buitenland leren kennen; wie weet vertelt ze het je een keer en dan geef jij het weer aan mij door, want je weet dat ik dergelijke romances machtig interessant vind. Goed, meisje, ik laat je met rust; ik neem de heks mee naar de bios. Dubbele voorstelling: *La hermana sor Sulpicio* en *Don Quintín el amargao*, mooie middag staat me te wachten! Door die martelende oorlog hebben we al bijna geen jaar meer een fatsoenlijke film te zien gekregen. En dat terwijl ik juist zo'n zin heb in een goede Amerikaanse musical. Herinner je je Fred Astaire en Ginger Rogers nog in *Top Hat*? "I just got an invitation through the mail/ your presence is requested this evening/ it's formal: top hat, white tie and tails..."'

Al neuriënd vertrok hij en ik deed de deur achter hem dicht. Ditmaal was het niet zijn moeder die indiscreet door het deurspionnetje loerde, maar ikzelf. Ik observeerde hem terwijl hij met het liedje nog op zijn lippen rinkelend zijn sleutelbos uit zijn zak haalde, de huissleutel zocht en die in het slot stak. Toen hij verdwenen was, ging ik terug naar het atelier en hervatte mijn werkzaamheden; ik kon maar moeilijk geloven wat ik daarnet had gehoord. Ik probeerde nog een poosje te werken, maar ik merkte dat me de lust daartoe ontbrak. Of de kracht. Of beide. Ik dacht terug aan de turbulente vorige dag en besloot mezelf de rest van de middag vrij te geven. Ik was van plan net als Félix en zijn moeder naar de bioscoop te gaan; een beetje afleiding had ik wel verdiend. Met dat idee liep ik naar buiten, maar op onverklaarbare wijze voerden mijn stappen me een andere richting in en leidden me naar de plaza de España.

Ik werd onthaald op bloembedden en palmbomen, een grond bezaaid met kleurige kiezelsteentjes en witte gebouwen eromheen. Op de stenen bankjes zaten net als op vele andere middagen jonge stelletjes en groepjes vriendinnen. Uit de naburige cafeetjes steeg een aangename geur van borrelhapjes op. Ik stak het plein over en liep verder naar het Hoge Commissariaat, dat ik sinds mijn komst al vaak had gezien, maar waarvoor ik tot aan dat moment weinig belangstelling had gehad. Dicht bij het paleis van de kalief herbergde een groot wit gebouw in koloniale stijl en omgeven door lommerrijke tuinen de belangrijkste dependance van de Spaanse overheid. Tussen de begroeiing door ontwaarde ik de twee hoofdverdiepingen en een terugspringende derde, de torentjes op de hoeken, de groene luiken en de oranjeachtige stenen randen. Arabische soldaten, imposant, stoïcijns, met tulband en lange capes, hielden de wacht voor het grote ijzeren hek. Onberispelijke functionarissen van het Spaanse leger in Afrika, in kakikleurig uniform, kwamen en gingen via een kleine zijpoort, autoritair in hun breeches en hoge glimmend gepoetste laarzen. Het krioelde er ook van de inlandse soldaten, met uniformjasjes in Europese stijl, wijde broeken en een soort bruingrijze band om de kuiten gewikkeld. De tweekleurige nationale vlag wapperde tegen een blauwe hemel die het begin van de zomer leek te willen aankondigen. Ik sloeg die gestage drukte van geüniformeerde mannen een tijdje gade, tot ik me de vele blikken bewust werd die mijn roerloosheid trok. Opgelaten en niet op mijn gemak draaide ik me om en liep terug naar het plein. Wat moest ik daar voor het Hoge Commissariaat, wat dacht ik daar te vinden, waarvoor was ik daarheen gegaan? Vermoedelijk nergens voor; tenminste niet voor iets wat concreter was dan de leefomgeving waar de verrassende minnaar van mijn nieuwste cliënte zich ophield van dichtbij te bekijken.

20

De lente ging over in een zachte zomer met lichte avonden, en als altijd deelde ik de opbrengst van het atelier met Candelaria. De stapel Britse ponden in het kistje groeide en ik had het benodigde bedrag bijna bij elkaar om mijn schuld af te lossen; de betalingstermijn die door het Continental was gesteld liep binnenkort af en de wetenschap dat het me ging lukken, dat ik mijn vrijheid eindelijk zou kunnen afbetalen, beurde me op. Via radio en pers volgde ik het nieuws over de oorlog op de voet. Generaal Mola stierf, de slag bij Brunete ving aan. Félix kwam nog steeds 's avonds binnenvallen en Jamila stond nog altijd aan mijn zijde; ze boekte vooruitgang met haar aparte, lieflijke Spaans en begon me te helpen met wat simpele werkjes: rijgen, een knoop aanzetten, een lusje maken. Vrijwel niets onderbrak de dagelijkse monotonie in het atelier, slechts de geluiden van huiselijke bezigheden en flarden van gesprekken in de naburige woningen die door geopende ramen van de lichtkoker binnendrongen. Dat, en het voortdurende gedraaf van de kinderen van de bovenste woningen, die inmiddels vakantie hadden en buiten gingen spelen, soms in horden, soms een voor een. Geen van die geluiden hinderde me. Integendeel, ze hielden me gezelschap, zorgden ervoor dat ik me minder alleen voelde.

Op een middag in juli klonken de geluiden en stemmen echter harder, was het geren onstuimiger.

'Ze zijn er, ze zijn er!' Er volgden meer stemmen, geschreeuw en slaande deuren, namen die luid snikkend werden herhaald: 'Concha, Concha! Carmela, mijn zuster! Ach, Esperanza, eindelijk!'

Ik hoorde ze meubels verschuiven, talloze malen haastig de trap op en af lopen. Ik hoorde gelach, ik hoorde gehuil en bevelen. 'Vul de badkuip, haal meer handdoeken, breng het beddengoed, de matrassen.' 'Het meisje, geef het meisje wat te eten.' En meer gehuil, meer geëmotioneerd geschreeuw, meer gelach. En op een vreemd tijdstip etensgeuren en rammelend vaatwerk in de keuken. En weer: 'Carmela, mijn God, Concha, ach Concha!' De commotie duurde tot laat in de avond. Toen pas kwam Félix bij me en kon ik het hem eindelijk vragen.

'Wat is er toch aan de hand bij de Herrera's, waarom zijn ze de hele dag al zo opgewonden?'

'Heb je het niet gehoord? Josefina's zusters zijn er. Het is ze gelukt hen uit de rode zone te krijgen.'

De volgende morgen hoorde ik weer de stemmen en drukte, al was het inmiddels wat kalmer. Maar ook nu was de bedrijvigheid de hele dag niet van de lucht: een komen en gaan, de bel, de telefoon, het geren van kinderen door de gang. En ondertussen meer gesnik, meer gelach, meer gehuil, en weer meer gelach. In de namiddag werd er aan mijn deur gebeld. Ik dacht dat het een van hen was, dat ze misschien iets nodig hadden, me een gunst wilden vragen, iets lenen: een half dozijn eieren, een sprei, een kruikje olie misschien. Maar ik had het mis. Degene die voor de deur stond was iemand die ik nooit had verwacht.

'Señora Candelaria laat zeggen dat u zo snel mogelijk naar La Luneta moet komen. De leraar, don Anselmo, is overleden.'

Paquito, de dikke zoon van de dikke moeder, bracht me hevig transpirerend de boodschap over.

'Ga maar vast vooruit en zeg dat ik eraan kom.'

Ik vertelde Jamila het nieuws en ze begon verdrietig te huilen. Zelf vergoot ik geen tranen, maar ik was diep geraakt. Van alle leden die de roerige bende vormden met wie ik in het pension had samengewoond, ging don Anselmo me het meest aan het hart, hij was degene die een hartelijke relatie met me was aangegaan. Ik trok het donkerste pakje aan dat in mijn kast hing; in mijn garderobe had ik nog geen rouwkleding opgenomen. Jamila en ik liepen ijlings door de straten, bereikten het portaal van onze bestemming en gingen een stukje de trap op. We konden niet verder: een opeengepakte groep mensen sloot de toegang af. Met ellebogenwerk baanden we ons een weg door de menigte vrienden en bekenden van de leraar die eerbiedig op hun beurt wachtten om hem een laatste groet te brengen.

De deur van het pension stond open en al voor we de drempel overgingen, kwamen de geur van brandende kaarsen en een luid geprevel van eenstemmig biddende vrouwenstemmen ons tegemoet. Candelaria liep meteen op ons af toen we binnenkwamen. Ze had zich in een zwarte jurk gewurmd die haar overduidelijk te strak zat, en boven haar imposante boezem bungelde een medaillon met het gelaat van de Maagd. In het midden van de eetkamer, op de tafel, stond een geopende kist met het asgrijze lichaam van don Anselmo, op zijn paasbest aangekleed. Er liep een rilling over mijn rug toen ik naar hem keek; ik voelde dat Jamila haar nagels in mijn arm drukte. Ik gaf Candelaria twee zoenen en zij besproeide me met haar tranenstroom, vlak naast mijn oor.

'Daar ligt-ie dan, gesneuveld op het slagveld zelf.'

Ik dacht terug aan al die ruzies tussen de gangen door waarvan ik zoveel dagen getuige was geweest. Resten ansjovis en schillen van Afrikaanse meloen, ruw en geel, die van de ene naar de andere kant over tafel vlogen. De venijnige grappen en beschimpingen, de als lansen geheven vorken, het gebrul van het ene en van het andere kamp. De provocaties en het dreigement ze op straat te zetten dat de smokkelaarster nooit in praktijk bracht. De eetkamertafel als een waar slagveld, inderdaad. Ik onderdrukte een droeve lach. De gezusters zuurpruim, de dikke moeder en een stel buurvrouwen zaten bij het raam, van top tot teen in de rouw, monotoon en triest de mysteriën van de rozenkrans te bidden. Even stelde ik me een levende don Anselmo voor, met een Toledo tussen zijn lippen, al hoestend en woedend schreeuwend dat ze verdomme moesten ophouden met dat bidden voor hem. Maar de leraar was niet meer onder de levenden en zij wel. En bij zijn dode lichaam, al was hij nog warm en aanwezig, konden ze doen waar ze zin in hadden. Candelaria en ik gingen bij hen zitten. De pensionhoudster sloot aan bij het ritme van het gebed en ik wendde voor dat ik hetzelfde deed, maar mijn geest zwierf naar andere contreien.

Heer, ontferm U over ons.

Christus, ontferm U over ons.

Ik schoof mijn rieten stoel zo dicht naar haar toe dat onze armen elkaar raakten.

Heer, ontferm U over ons.

'Ik moet u iets vragen, Candelaria,' fluisterde ik zacht.

Christus, hoor ons.

Christus, verhoor ons.

'Wat is er, kindje?' antwoordde ze even zacht.

God, hemelse Vader, ontferm U over ons.

God, Zoon, Verlosser van de wereld.

'Ik heb gehoord dat ze mensen uit de rode zone halen.'

God, heilige Geest.
Heilige Drievuldigheid, één God.
'Dat zeggen ze, ja...'
Heilige Maria, bid voor ons.
Heilige Moeder Gods.
Heilige Maagd der maagden.
'Kunt u erachter komen hoe ze dat doen?'
Moeder van Christus.
Moeder van de Kerk.
'Waarom wil je dat weten?'
Moeder van de goddelijke genade.
Allerreinste Moeder.
Allerzuiverste Moeder.
'Om mijn moeder weg te krijgen uit Madrid en haar hiernaartoe te halen, naar Tétouan.'
Ongeschonden Moeder.
Onbevlekte Moeder.
'Ik zal wat moeten rondvragen...'
Zeer minnelijke Moeder.
Zeer wonderlijke Moeder.
'Morgenochtend?'
Moeder van goede raad.
Moeder van de Schepper.
Moeder van de Zaligmaker.
'Zodra ik kan. En hou nou je mond en bid. Met z'n allen moet het ons toch lukken don Anselmo de hemel in te krijgen.'

De dodenwake duurde tot de morgenstond. De volgende dag begroeven we de leraar, met een plechtigheid in de katholieke missiepost, met eerbiedige responsorie en alle poespas die de vurigste gelovigen eigen is. We begeleidden de kist naar het kerkhof. Het waaide hard, zoals zo vaak in Tétouan: een hinderlijke wind die de sluiers deed opwaaien, rokken oplichtte en slierten eucalyptusbladeren over de grond voortblies. Toen de geestelijke met de laatste Latijnse woorden bezig was, boog ik me naar Candelaria toe en bracht fluisterend mijn nieuwsgierigheid over.

'Wat ik niet snap is dat don Anselmo op deze manier wordt begraven, terwijl de gezusters altijd beweerden dat hij een goddeloze zoon van Lucifer was.'

'Hou op, kind, schei uit, zo meteen blijft zijn ziel in de hel zwerven en komt zijn geest ons 's nachts, als we liggen te slapen, aan onze tenen trekken.'

Met moeite kon ik mijn lachen inhouden. 'Mijn God, Candelaria, wees niet zo bijgelovig!'

'Laat mij nou maar. Ik ben inmiddels een ouwe rot en ik weet waar ik het over heb.'

Zonder nog een woord te zeggen concentreerde ze zich weer op de liturgie en keek niet meer naar me tot het laatste *requiescat in pace* was uitgesproken. Daarna lieten ze het lichaam in het graf zakken en toen de doodgravers de eerste scheppen aarde op hem wierpen, begon de groep uiteen te vallen. Ordelijk begaven we ons naar het hek van het kerkhof. Plotseling bukte Candelaria zich en terwijl ze aan het riempje van haar schoen prutste, liet ze de gezusters met de dikke moeder en de buurvrouwen voorgaan. Wat achterblijvend zagen we ze als een zwerm raven weglopen, met hun zwarte sluiers tot aan hun middel vallend; een halve mantel, noemden we die.

'Kom, kindje, jij en ik gaan de nagedachtenis van die arme don Anselmo eer bewijzen, want ik heb me toch een trek gekregen van al dat verdriet...'

We wandelden naar El Buen Gusto, kozen onze taartjes en gingen ze op een bankje op het kerkplein oppeuzelen, omgeven door palmbomen en bloembedden. En ten slotte stelde ik haar de vraag die al sinds de ochtend op het puntje van mijn tong lag.

'Bent u iets te weten gekomen?'

Ze knikte met haar mond vol schuimgebak. 'Een lastige zaak. En het kost een flinke duit.'

'Vertel.'

'Hier in Tétouan is er iemand die de zaak regelt. Ik ben nog niet achter alle details, maar blijkbaar loopt het via het Internationale Rode Kruis in Spanje. Ze lokaliseren mensen in de rode zone en op een of andere manier lukt het ze om ze naar een haven in Oost-Spanje te brengen, vraag me niet hoe want ik heb geen flauw idee. Vermomd, in vrachtwagens, lopend, God mag het weten. Daar gaan ze in elk geval aan boord. Wie naar de nationale zone wil, brengen ze naar Frankrijk en dan de grens over naar Baskenland. En wie naar Marokko wil, sturen ze als het effe kan naar Gibraltar, maar dat wil nog wel eens lastig wezen en dan moeten ze eerst naar andere havens aan de Middellandse Zee worden gebracht. De volgende bestemming is Tanger en dan ten slotte Tétouan.'

Mijn hart was sneller gaan kloppen.

'Weet u ook met wie ik moet gaan praten?'

Ze glimlachte enigszins triest en gaf me een liefdevol klopje op mijn bovenbeen, waardoor mijn rok onder de poedersuiker kwam te zitten.

'Voor je met iemand gaat praten, moet je een flinke stapel flappen op zak hebben. Britse ponden. Had ik je dat gezegd of niet, dat het geld van de Engelsen het beste is?'

'Ik heb niets uitgegeven van het geld dat ik de afgelopen maanden heb gespaard,' verklaarde ik terwijl ik haar vraag negeerde.

'Maar je hebt ook nog die schuld bij het Continental.'

'Misschien is het genoeg voor allebei.'

'Dat betwijfel ik, schat. Het zou je tweehonderdvijftig pond gaan kosten.'

Mijn keel werd plotseling droog en de hap bladerdeeg bleef er als een prop stijfsel in steken. Ik begon te hoesten; de smokkelaarster klopte me op de rug. Toen het me eindelijk lukte te slikken, snoot ik mijn neus en vroeg: 'Kan ik het van u lenen, Candelaria?'

'Ik ben hartstikke platzak, kindje.'

'Maar het geld van het atelier dat ik u steeds gegeven heb dan?'

'Uitgegeven.'

'Waaraan?'

Ze slaakte een diepe zucht. 'Aan deze begrafenis, aan de medicijnen van de laatste tijd en aan een stel rekeningen die don Anselmo her en der had openstaan. Gelukkig was dokter Maté een vriend van hem en hoef ik zijn visites niet te betalen.'

Ik keek haar ongelovig aan. 'Maar hij moest toch nog geld hebben van zijn pensioen?' bracht ik naar voren.

'Hij had geen rooie cent meer.'

'Hoe kan dat nou? Hij ging al maanden nergens meer naartoe en hij had helemaal geen onkosten...'

Ze glimlachte met een mengeling van medelijden, verdriet en spot. 'Hoe die ouwe dondersteen het geflikt heeft weet ik niet, maar al zijn spaargeld heeft-ie aan de Rode Hulp gegeven.'

Hoewel de benodigde som om mijn moeder naar Marokko te halen en tevens mijn schuld af te lossen ver buiten mijn bereik lag, bleef die gedachte maar door mijn hoofd spoken. Die nacht sliep ik nauwelijks, beziggehouden als ik werd door de kwestie van alle mogelijke kanten te bekijken. Ik verzon de meest absurde alternatieven en telde en hertelde duizend keer mijn gespaarde bankbiljetten, maar hoezeer ik ook mijn best deed, het lukte me niet ze zich te laten verveelvoudigen. En toen, toen het al bijna licht werd, schoot me een andere oplossing te binnen.

21

De gesprekken, de lachsalvo's en het ritmische getik op de schrijfmachine vielen eensgezind stil zodra de vier paar ogen zich op me richtten. Het vertrek was grijs, gevuld met rook, tabaksgeur en de zurige stank van op elkaar gepakte mensen. Op dat moment was er niets anders te horen dan het gezoem van vele vliegen en het trage ritme van de houten ventilatorbladen die boven onze hoofden zwenkten. En na een paar seconden het bewonderende gefluit van iemand die door de gang liep en me zag staan, gekleed in mijn mooiste pakje, te midden van vier tafels waarachter vier transpirerende mannen in hemdsmouwen druk aan het werk waren. Zo leek het althans.

'Ik kom voor commissaris Vázquez,' deelde ik mee.

'Hij is er niet,' zei de dikste.

'Maar hij komt zo,' zei de jongste.

'U mag wel even wachten,' zei de magerste.

'Ga zitten, als u wilt,' zei de oudste.

Ik nam plaats op een stoel met een zitting van guttapercha en daar zat ik roerloos ruim anderhalf uur te wachten. In de loop van die eindeloze negentig minuten wendde het kwartet voor hun bezigheden te hervatten, maar dat was niet zo. Ze deden alleen alsof ze werkten en bekeken me intussen brutaal, sloegen met een dubbelgevouwen krant vliegen dood, wisselden obscene gebaren uit en gaven elkaar briefjes door, waarschijnlijk met gekrabbelde opmerkingen over mijn borsten, mijn billen en mijn benen, en alles wat ze met me zouden doen als ik een beetje lief voor ze was.

Eindelijk arriveerde don Claudio. Als een ware dirigent kwam hij haastig binnen, nam tegelijkertijd zijn hoed af en trok zijn jasje uit, deelde links en rechts bevelen uit, terwijl hij een paar notities ontcijferde die iemand hem net had overhandigd.

'Juárez, ik wil je in de calle de Comercio hebben, daar heeft een steekpartij plaatsgevonden. Cortés, als dat rapport over die luciferverkoopster niet binnen tien tellen op mijn bureau ligt, schop ik je naar Ifni. Bautista, hoe staat het met die overval op de graansoek? Cañete...'

Daar viel hij stil. Hij viel stil omdat hij mij zag. En Cañete, de magere, bleef zonder opdracht.

'Komt u verder,' zei hij simpelweg terwijl hij naar een kantoortje achter in het vertrek wees. Hij trok zijn jasje, dat hij inmiddels bijna uit had, weer netjes aan. 'Cortés, dat van die luciferverkoopster moet nog even wachten. En jullie, aan het werk,' maande hij de rest.

Hij sloot de glazen deur die zijn hok van de werkruimte scheidde en bood me een stoel aan. Zijn kamer was veel kleiner maar oneindig veel aangenamer dan het aangrenzende kantoor. Hij hing zijn hoed aan een haakje en installeerde zich achter een bureau bedolven met papieren en mappen. Hij zette een bakelieten ventilator aan en de verkoelende luchtstroom voelde als een wonder midden in de woestijn.

'Goed, zegt u het maar.' Zijn toon was niet echt sympathiek maar evenmin het tegendeel. Hij zag er niet zo nerveus en bezorgd uit als bij onze eerste ontmoetingen, maar ook niet zo sereen als op die dag in het najaar toen hij besloten had het touw om mijn nek wat te laten vieren. Ergens daartussenin. Net als de zomer ervoor was zijn gezicht gebruind door de zon. Misschien doordat hij, zoals vele inwoners van Tétouan, vaak naar het nabije strand Río Martín ging, of misschien gewoon doordat hij voortdurend de hele stad doorkruiste om allerhande kwesties op te lossen.

Inmiddels kende ik zijn stijl van werken, dus bracht ik mijn verzoek naar voren en bereidde ik me voor op zijn eindeloze spervuur van vragen.

'Ik heb mijn paspoort nodig.'

'Mag ik weten waarom?'

'Om naar Tanger te gaan.'

'Mag ik weten waarvoor?'

'Om nogmaals te onderhandelen over mijn schuld.'

'Nogmaals te onderhandelen, in welk opzicht?'

'Ik heb meer tijd nodig.'

'Ik dacht dat uw atelier goed liep: ik had verwacht dat u de benodigde som inmiddels bij elkaar had. Ik weet dat u welgestelde cliënten hebt; ik heb wat inlichtingen ingewonnen en er wordt positief over u gesproken.'

'De zaken lopen inderdaad goed, dat is zo. En ik heb gespaard.'

'Hoeveel?'

'Genoeg om de rekening van het Continental te voldoen.'
'Dus?'
'Er doen zich andere kwesties voor waar ik ook geld voor nodig heb.'
'Kwesties van welke aard?'
'Familiekwesties.'
Hij keek me quasi-ongelovig aan. 'Ik dacht dat uw familie in Madrid zat.'
'Daarom juist.'
'Verklaar u nader.'
'Voor mij is mijn moeder mijn enige familie. En ze is in Madrid. En ik wil haar daar weghalen en naar Tétouan laten komen.'
'En uw vader?'
'Ik heb u al verteld dat ik die nauwelijks ken. Ik ben er alleen in geïnteresseerd mijn moeder te vinden.'
'Ik begrijp het. En hoe wilt u dat doen?'
Ik zette hem gedetailleerd uiteen wat Candelaria me had verteld, zonder haar naam te noemen. Hij hoorde me aan zoals hij altijd had gedaan, met zijn ogen strak op me gericht en mijn woorden ogenschijnlijk met al zijn vijf zintuigen in zich opnemend, al was ik ervan overtuigd dat hij volledig op de hoogte was van die verplaatsingen van de ene naar de andere zone.
'Wanneer zou u naar Tanger willen gaan?'
'Zo snel mogelijk, als u me toestemming geeft.'
Hij ging verzitten en bleef me aankijken. Met de vingers van zijn linkerhand trommelde hij ritmisch op het bureaublad. Als ik dwars door zijn vlees en botten heen had kunnen kijken, zou ik hebben gezien hoe zijn hersenen op gang kwamen en een koortsachtige activiteit ontwikkelden; hoe hij mijn plan overwoog, mogelijkheden verwierp, oordeelde en besloot. Na een tijd die kort moet zijn geweest maar die me eindeloos voorkwam, staakte hij plots zijn geroffel en gaf een krachtige klap op het houten blad. Toen wist ik dat hij een besluit had genomen, maar voor hij het me meedeelde begaf hij zich naar de deur en stak zijn hoofd door de opening.
'Cañete, maak een grenspasje klaar voor de overgang bij Borch op naam van señorita Sira Quiroga. Nu meteen.'
Ik haalde diep adem toen ik wist dat ook Cañete eindelijk een klusje had, maar ik zei niets voor de commissaris weer terugkeerde en me zonder omhaal op de hoogte stelde.

'U krijgt van mij uw paspoort, een vrijgeleide en twaalf uur de tijd om morgen naar Tanger heen en terug te gaan. Ga met de bedrijfsleider van het Continental praten en kijk wat u kunt bereiken. Niet veel, vrees ik, eerlijk gezegd. Maar u kunt het proberen. Houd me op de hoogte. En denk eraan: geen gesjoemel.'

Hij opende een lade, zocht erin en haalde zijn hand weer tevoorschijn met mijn paspoort erin. Cañete kwam binnen, legde een papier op het bureau en keek naar me, vol lust om zijn magere lijf in me te verlichten. De commissaris tekende het document en zonder op te kijken snauwde hij, vanwege de treuzelende aanwezigheid van zijn ondergeschikte: 'Wegwezen, Cañete.' Meteen daarna vouwde hij het vel dubbel, stopte het in mijn paspoort en overhandigde me dat zwijgend. Toen stond hij op en hield de deur voor me open, als uitnodiging om te vertrekken. De vier paar ogen waar ik bij mijn aankomst op was gestuit, waren er zeven geworden toen ik het kantoor verliet. Zeven macho's met hun armen over elkaar die smachtend zaten te wachten op mijn vertrek, alsof ze voor het eerst van hun leven een fatsoenlijke vrouw binnen de muren van het politiebureau zagen.

'Hoe zit het, zijn we vandaag soms met vakantie?' slingerde don Claudio hun naar het hoofd.

Ze kwamen allemaal werktuiglijk in beweging en deden alsof ze druk bezig waren: ze haalden papieren uit mappen, praatten met elkaar over zogenaamd belangrijke zaken en tikten driftig op de schrijfmachine, waarbij ze waarschijnlijk niets anders deden dan dezelfde letter twaalf keer achter elkaar aanslaan.

Ik vertrok en liep weg over het trottoir. Toen ik langs het openstaande raam kwam, zag ik de commissaris het kantoor weer binnengaan.

'Verdomme, baas, wat een stuk!' hoorde ik een stem die ik niet kon plaatsen zeggen.

'Bek dicht, Palomares, of ik laat je wachtlopen op de Pico de las Monas.'

22

Ze hadden me verteld dat er voor de oorlog uitbrak meerdere bussen per dag gingen om de zeventig kilometer die Tétouan van Tanger scheidden af te leggen. In die dagen was het aantal ritten echter beperkt en de dienstregeling wisselend, waardoor niemand me uitsluitsel kon geven. Daarom begaf ik me de volgende ochtend nerveus naar de remise van La Valenciana, bereid om al wat nodig was te verdragen opdat een van die grote rode voertuigen me naar mijn bestemming bracht. Als ik de vorige dag anderhalf uur omgeven door die lomperiken op het bureau had kunnen wachten, moest ik het ook wel aankunnen tussen ledige chauffeurs en vettige monteurs te wachten. Ik trok mijn mooiste pakje met jasje weer aan, knoopte ter bescherming een zijden doek om mijn hoofd en zette een grote zonnebril op om daarachter mijn spanning te verbergen. Het was nog geen negen uur toen ik nog maar luttele meters naar de remise van het busbedrijf in de buitenwijk af hoefde te leggen. Ik liep vlug en in gedachten: ik nam de komende ontmoeting met de bedrijfsleider van het Continental door en overdacht de argumenten die ik wilde gebruiken. Bij mijn bezorgdheid over het afbetalen van de schuld voegde zich ook een andere, minstens zo onaangename gewaarwording. Voor het eerst sinds ik er was vertrokken zou ik weer naar Tanger gaan, een stad die vergeven was van herinneringen aan Ramiro. Ik wist dat het pijnlijk zou zijn en dat de herinnering aan de tijd die ik met hem had samengeleefd weer werkelijk zou worden. Ik voelde dat het een moeilijke dag zou worden.

Onderweg kwam ik maar weinig mensen tegen, en nog minder auto's; het was nog vroeg. Daarom verbaasde het me dat een van die voertuigen naast me remde. Een spiksplinternieuwe zwarte Dodge, niet groot en niet klein. De auto was me volstrekt onbekend, maar de stem die eruit opklonk niet.

'Morning, dear. Wat een verrassing je hier te zien. Kan ik je ergens heen brengen?'

'Ik denk het niet, dank u. Ik ben er al,' antwoordde ik terwijl ik naar de remise van La Valenciana wees.

Al pratend stelde ik tersluiks vast dat mijn Engelse cliënte een van de pakjes droeg die de week ervoor mijn atelier hadden verlaten. Net als ik had ze haar haren bedekt met een dun hoofddoekje.

'Ben je van plan de bus te nemen?' vroeg ze lichtelijk ongelovig.

'Inderdaad, ik ga naar Tanger. Maar in elk geval bedankt voor uw aanbod.'

Alsof ze een leuke grap had gehoord, vloeide er een zangerige lach van Rosalinda Fox' lippen.

'No way, sweetie. Geen sprake van, liefje, geen bus. Ik ga ook naar Tanger, stap in. En geen "u" meer, please. We zijn inmiddels vriendinnen, aren't we?'

Ik overwoog het aanbod snel en ging ervan uit dat het niet tegen de orders van don Claudio in was, dus nam ik het aan. Dankzij die onverwachte uitnodiging zou ik me de onaangename tocht besparen in een bus waaraan ik trieste herinneringen had, en bovendien zou ik mijn bezorgdheid makkelijker van me af kunnen zetten nu ik onderweg gezelschap had.

Ze reed over de paseo de las Palmeras. We lieten de busonderneming achter ons en kwamen langs grote, prachtige woningen die vrijwel verscholen in de weelderige tuinen lagen. Ze wees er een aan.

'Dat is mijn huis, maar niet lang meer, denk ik. Waarschijnlijk verhuis ik binnenkort weer.'

'Weg uit Tétouan?'

Ze lachte, alsof ik een grapje had gemaakt. 'Nee, nee, voor geen goud. Maar het kan zijn dat ik naar een wat comfortabelere woning ga; deze villa is fantastisch, maar hij heeft een tijd leeggestaan en er moet het nodige aan gebeuren. De leidingen zijn er vreselijk aan toe, er komt praktisch geen water uit de kraan, en je moet er niet aan denken onder die omstandigheden daar een winter door te brengen. Ik heb het tegen Juan Luis gezegd en hij is op zoek naar een andere woning, a bit more comfortable.'

Ongedwongen, zelfverzekerd, zonder de vaagheid van die dag waarop de receptie met de Duitsers plaatsvond, liet ze de naam van haar geliefde vallen. Ik reageerde er niet op, alsof ik volledig op de hoogte was van wat er tussen hen bestond, alsof het ook voor een naaister als ik de gewoonste zaak ter wereld was de hoge commissaris bij zijn voornaam te noemen.

'Ik ben gek op Tétouan, it's so, so beautiful. Het doet me een beetje denken aan de witte buurt van Calcutta, met die bomen en planten en koloniale huizen. Maar dat is al lang geleden.'

'Heb je geen plannen om terug te gaan?'

'Nee, absoluut niet. Dat alles is verleden tijd: er zijn nare dingen gebeurd en er waren mensen die me bepaald niet netjes hebben behandeld. Bovendien vind ik het leuk om telkens ergens anders te wonen: voorheen in Portugal, nu in Marokko, morgen who knows. In Portugal ben ik ruim een jaar gebleven: eerst in Estoril en later in Cascais. Toen veranderde de sfeer en besloot ik het roer om te gooien.'

Ze praatte aan één stuk door, geconcentreerd op de weg. Ik had het idee dat haar Spaans een stuk verbeterd was sinds onze eerste ontmoeting: ik hoorde vrijwel geen Portugese invloeden meer, al bleef ze met tussenpozen woorden en frasen uit haar moedertaal gebruiken. We hadden de kap van de auto naar beneden geklapt, en het geluid van de motor was oorverdovend. Je moest bijna schreeuwen om je verstaanbaar te maken.

'Tot voor kort bevond zich daar, in Estoril en Cascais, een geweldige kolonie met Engelsen en andere buitenlanders: diplomaten, Europese aristocraten, Engelse wijnondernemers, Amerikanen van de oil companies... We hadden veel party's en alles was spotgoedkoop: de drank, de huur, de bedienden. We leefden ons uit met bridgen; alles was ontzettend, echt ontzettend leuk. Maar onverwachts, bijna van de ene op de andere dag, veranderde alles. Opeens leek de halve wereld zich daar te willen vestigen. Het gebied werd overspoeld met nieuwe Britishers, die na overal in het Empire te hebben gewoond geen zin hadden hun pensionering in de regen van the old country door te brengen, en het zachte klimaat van de Portugese kust verkozen. En met monarchistische Spanjaarden die voorvoelden wat hun te wachten stond. En met Duitse joden, onbehaaglijk in eigen land, die het potentieel van Portugal hadden ingeschat en hun zaken daarheen verplaatsten. De prijzen rezen de pan uit.' Met een meisjesachtig gebaar haalde ze haar schouders op en voegde eraan toe: 'Ik denk dat die plek zijn charm verloor.'

Lange stukken werd het gelige landschap slechts onderbroken door vijgencactussen en rietvelden. Nadat we een bergachtig deel met pijnbomen waren gepasseerd, daalden we weer af naar droge gebieden. De punten van onze zijden hoofddoekjes wapperden in de wind en glansden in het zonlicht terwijl ze verder vertelde over haar lotgevallen rond haar komst naar Marokko.

'In Portugal had ik veel over Marokko gehoord, vooral over Tétouan. In die tijd was ik goed bevriend met generaal Sanjurjo en zijn aanbiddelijke Carmen, so sweet, wist je dat ze danseres is geweest? Johnny, mijn zoontje, speelde elke dag met hun kleine Pepito. Ik vond het heel erg toen José Sanjurjo bij die airplane crash omkwam, een terrible ongeluk. Hij was een ontzettend innemende man; fysiek niet erg aantrekkelijk, to tell you the truth, maar zo sympathiek, zo vrolijk. Hij zei altijd *guapísssssima* tegen me; van hem leerde ik mijn eerste woordjes Spaans. Hij was het die me voorstelde aan Juan Luis, in Berlijn, tijdens de winterspelen in februari vorig jaar. Hij fascineerde me meteen, uiteraard. Ik was samen met mijn vriendin Niesha vanuit Portugal gekomen: twee vrouwen alleen die in een Mercedes door Europa naar Berlijn rijden, can you imagine? We logeerden in het Adlon, dat ken je vast wel.'

Ik maakte een vaag gebaar dat geen nee en geen ja betekende; intussen ging ze verder, zonder veel aandacht aan me te schenken.

'Berlijn, wat een stad, my goodness. De cabarets, party's, night clubs, alles zo vibrerend, zo vol leven; de eerwaarde moeder-overste van mijn anglicaanse internaat zou zich doodgeschrokken zijn als ze me daar had kunnen zien. Op een avond kwam ik de twee heren toevallig in de lounge van het hotel tegen, having a drink. Sanjurjo was in Duitsland om wapenfabrieken te bezoeken; Juan Luis, die daar verscheidene jaren had gewoond in de hoedanigheid van military attaché van de Spaanse ambassade, vergezelde hem op zijn tournee. We maakten a little chitchat. In het begin wilde Juan Luis discreet zijn en in mijn bijzijn niets loslaten, maar José wist dat ik een goede vriendin was. We zijn hier voor de winterspelen, en we maken ons op voor het oorlogsspel, zei hij schaterend. My dear José: als dat vreselijke ongeluk niet was gebeurd, zou hij nu waarschijnlijk de leiding hebben over het nationalistische leger in plaats van Franco, so sad. Anyway, toen we weer in Portugal waren, had Sanjurjo het voortdurend over die ontmoeting en over zijn vriend Beigbeder: over de geweldige indruk die ik op hem had gemaakt, over zijn leven in het geweldige Spaans-Marokko. Wist je dat José ook hoge commissaris in Tétouan is geweest, in de jaren twintig? Hij was het die de tuin van het Hoge Commissariaat heeft ontworpen, so beautiful. En koning Alfons XIII heeft hem de titel markies van het Rif toegekend. De leeuw van het Rif, noemen ze hem daarom, poor dear José.'

We reden nog steeds door het dorre landschap. Rosalinda was niet te stuiten en praatte onvermoeibaar door. Ze sprong van het ene onderwerp op het andere, waarbij ze grenzen en tijden overschreed zonder erbij stil te staan of ik haar wel kon volgen in dat labyrintische leven dat ze me beetje bij beetje onthulde. Plots moesten we midden in niemandsland stoppen; door het abrupte remmen stoof een wolk stof en droge aarde op. We lieten een kudde uitgehongerde geiten voorbijgaan die gehoed werd door een herder met een groezelige tulband en in een rafelige djellaba. Nadat het laatste dier was overgestoken, stak hij de stok die dienstdeed als herdersstaf in de lucht om aan te geven dat we onze weg konden vervolgen, en met zijn mond vol zwarte gaten zei hij iets wat we niet begrepen. Toen hervatte ze de rit en het gesprek.

'Een paar maanden later begonnen de events van juli vorig jaar. Ik was net uit Portugal vertrokken en was op dat moment in Londen om mijn verhuizing naar Marokko te regelen. Juan Luis heeft me verteld dat zijn taak gedurende de opstand op bepaalde momenten a bit difficult was: er waren verzetshaarden, vuurgevechten en explosies, en zelfs bloed in de fonteinen van Sanjurjo's geliefde tuin. Maar de opstandelingen bereikten hun doel en Juan Luis droeg daar zijn steentje aan bij. Hij was degene die de kalief Muley Hassan, de grootvizier en de rest van de islamitische hoogwaardigheidsbekleders inlichtte. Hij spreekt vloeiend Arabisch, you know, hij heeft gestudeerd aan het Instituut voor Oosterse Talen in Parijs en hij heeft vele jaren in Afrika gewoond. Hij is een goede vriend van het Marokkaanse volk en bewondert hun cultuur, hij noemt ze zijn broeders en zegt dat jullie Spanjaarden allemaal Moren zijn; hij is zo grappig, so funny.'

Ik onderbrak haar niet, maar in mijn hoofd vormden zich vage beelden van hongerige Moren die in den vreemde vochten, hun bloed gaven voor andermans zaak in ruil voor een miezerig loontje en een paar kilo suiker en meel, die het leger, zo werd gezegd, aan de Berberstammen gaven terwijl hun mannen aan het front vochten. Het ronselen van die arme Arabieren, had Félix me verteld, werd georganiseerd door onze goede vriend Beigbeder.

'Anyway,' ging ze verder, 'diezelfde avond nog lukte het hem alle moslimautoriteiten aan de kant van de opstandelingen te krijgen, iets wat fundamenteel was voor het succes van de militaire operatie. Daarna, als erkenning, benoemde Franco hem tot hoge commissaris. Ze kenden elkaar nog van vroeger, ze waren wel eens naar dezelfde bestemming gezonden, maar bevriend waren ze bepaald niet, no, no. In feite, ook al had hij maanden eerder Sanjurjo vergezeld in Berlijn, stond Juan Luis initially buiten de complotten voor de opstand; vraag me niet waarom maar de organisatoren hadden niet op hem gerekend. In die tijd had hij een min of meer administratieve functie als afgevaardigde van Inheemse Zaken, stond hij buiten de kazernes en samenzweringen, leefde hij in zijn eigen wereld. Hij is heel bijzonder, meer een intellectueel dan een man van militaire actie, you know what I mean, hij mag graag lezen, praten, discussiëren, andere talen leren... Dear Juan Luis, zo ontzettend romantisch.'

Ik bleef het moeilijk vinden het idee van de innemende en romantische man die mijn cliënte schetste te rijmen met dat van een vastberaden hoge functionaris van het opstandelingenleger, maar ik peinsde er niet over haar dat te laten merken. Toen stuitten we op een controlepost, bemand door tot de tanden gewapende inheemse soldaten.

'Geef me je paspoort, alsjeblieft.'

Ik haalde het uit mijn tas, samen met het document om de grens over te mogen dat don Claudio me de vorige dag had verstrekt. Ik reikte haar beide aan; ze nam het eerste en wees het andere, zonder er een blik op te werpen, van de hand. Ze maakte een waaier van mijn paspoort, het hare en een dubbelgevouwen vel papier dat waarschijnlijk een onbeperkte vrijbrief was waarmee ze toegang kreeg tot het einde van de wereld, als ze toevallig zin had om daarheen te gaan. Met haar mooiste glimlach overhandigde ze het pakketje aan een van de Moorse soldaten, *mejanis* werden ze genoemd. Hij nam alles mee een witgekalkt hokje in. Onmiddellijk kwam er een Spaanse militair naar buiten; hij ging met zijn meest martiale groet voor ons in de houding staan en gebaarde zwijgend dat we onze tocht konden voortzetten. Rosalinda hervatte haar monoloog, pakte hem op een ander punt op dan waar ze een paar minuten eerder was gebleven. Ik probeerde intussen weer rustig te worden. Ik wist dat ik niet nerveus hoefde te zijn, dat officieel alles in orde was, maar toch kon ik niet voorkomen dat zich daar bij die controlepost een gewaarwording van angst over mijn lichaam had verspreid, als een plots opkomende huiduitslag.

'So, oktober vorig jaar ging ik in Liverpool aan boord van een koffievrachtschip met bestemming de West Indies, en dat een tussenstop in Tanger maakte. En daar bleef ik, precies zoals ik had bedacht. De ontscheping was absolutely crazy, want de haven van Tanger is zo, zo awful, je kent het daar wel, toch?'

Ditmaal knikte ik met kennis van zaken. Hoe zou ik mijn aankomst daar met Ramiro van ruim een jaar eerder kunnen vergeten. Het licht, de schepen, het strand, de verspreide witte huizen op de groene berghelling die tot aan de zee stonden. Het scheepsgetoeter en de geur van zout en teer. Ik concentreerde me weer op Rosalinda en haar reisavonturen; het was nog geen tijd om de zak met melancholie te openen.

'Stel je voor, ik had Johnny bij me, mijn zoontje, en Joker, mijn cockerspaniël, en verder mijn auto en zestien hutkoffers waarin mijn spullen zaten: kleding, tapijten, porselein, mijn boeken van Kipling en Evelyn Waugh, fotoalbums, mijn golfclubs en mijn HMV, je weet wel, een koffergrammofoon met al mijn platen: Paul Whiteman en orkest, Bing Crosby, Louis Armstrong... En uiteraard had ik ook een flinke stapel introductiebrieven. Dat was een van de belangrijkste dingen die mijn vader me leerde toen ik just a girl was, afgezien van paardrijden en bridgen, of course. Ga nooit op reis zonder introductiebrieven, zei hij altijd, poor daddy, hij is een paar jaar geleden gestorven aan een heart attack, hoe zeg je dat in het Spaans?' vroeg ze terwijl ze een hand naar de linkerkant van haar borst bracht.

'Een hartaanval?'

'That's it, een hartaanval. Zodoende maakte ik dankzij mijn brieven meteen Engelse vrienden: gepensioneerde oud-functionarissen uit de koloniën, legerofficieren, personen van het corps diplomatique, you know, dezelfden als altijd, once again. Voor het merendeel behoorlijk saai, to tell you the truth, al leerde ik via hen een paar allerliefste mensen kennen. Ik huurde een schitterend huisje bij de Dutch Legation, zocht een dienstmeisje en verbleef daar een paar maanden.'

Kleine witte bouwsels doken verspreid langs de weg op, als prelude op onze naderende aankomst in Tanger. Ook het aantal mensen dat langs de weg liep nam toe: groepjes moslimvrouwen bepakt met bundels, rennende kinderen met blote benen die onder hun korte djellaba's uitstaken, mannen met kappen en tulbanden, dieren, nog meer dieren, ezels met waterkruiken, een kudde magere schapen, af en toe een stel kippen die kakelend rondrenden. De stad begon langzaam vorm aan te nemen en Rosalinda reed behendig naar het centrum, nam in volle vaart bochten terwijl ze het huis in Tanger beschreef waar ze zo dol op was en waaruit ze nog niet zo lang geleden was vertrokken. Ik begon intussen plekken te herkennen en deed mijn best niet te denken aan de man met wie ik daar was geweest in een tijd dat ik me gelukkig waande. Ten slotte zette ze de wagen stil op de place de France, waarbij ze zo hard remde dat vele voorbijgangers zich naar ons omdraaiden. Zich niet van hen bewust knoopte ze haar sjaaltje los en werkte haar lippen bij in de achteruitkijkspiegel.

'Ik sterf van verlangen naar een morning cocktail in de bar van El Minzah. Maar eerst moet ik iets afhandelen. Ga je mee?'

'Waarheen?'

'Naar de Bank of London and South America. Kijken of die afschuwelijke echtgenoot van me eindelijk mijn toelage heeft overgemaakt.'

Ik deed mijn sjaaltje ook af en vroeg me af wanneer die vrouw zou ophouden me te verbazen. Ze bleek niet alleen een liefdevolle moeder terwijl ik meende dat ze een dartele jonge vrouw was; ze vroeg me niet alleen een avondjapon te leen voor een receptie met uitgezonden nazi's terwijl ik dacht dat ze een luxueuze garderobe bezat, ontworpen en vervaardigd door befaamde internationale couturiers; ze had niet alleen een machtige militair die twee keer zo oud als zij was als geliefde terwijl ik me haar had voorgesteld met een frivole buitenlandse aanbidder. Nee, dat alles was nog niet genoeg om mijn gissingen onderuit te halen. Nu bleek dat er in haar leven ook nog een afwezige maar in leven zijnde echtgenoot bestond, iemand die blijkbaar niet overliep van enthousiasme om haar te onderhouden.

'Ik vrees dat ik niet met je mee kan, ik moet ook wat zaken regelen,' was mijn antwoord op haar uitnodiging. 'Maar we kunnen wel voor straks afspreken.'

'All right.' Ze keek op haar horloge. 'Om één uur?'

Ik stemde in. Het was nog voor elven, ik zou tijd in overvloed hebben voor mijn kwestie. Succes misschien niet, maar tijd had ik in elk geval wel.

23

De bar van Hotel El Minzah was nog exact hetzelfde als een jaar eerder. Geanimeerde groepjes stijlvolle Europese mannen en vrouwen zaten aan tafeltjes en stonden aan de bar whisky, sherry en cocktails te drinken, waarbij ze met het gemak waarmee je je zakdoek overpakt in je andere hand van de ene taal op de andere oversprongen. Midden in de ruimte veraangenaamde een pianist de sfeer met zijn melodieuze muziek. Niemand leek haast te hebben en zo op het eerste gezicht was alles hetzelfde als in de zomer van 1936, met als enige verschil dat er aan de bar nu geen man op me wachtte die in het Spaans met de barkeeper praatte, maar een Engelse vrouw die met een glas in haar hand in het Engels met hem babbelde.

'Sira, dear!' riep ze zodra ze mijn aanwezigheid bemerkte. 'Een pink gin?' vroeg ze terwijl ze haar glas omhooghield.

Het was me om het even, gin met Angostura-bitter of drie vingers terpentijn, dus nam ik haar aanbod met een gemaakte glimlach aan.

'Ken je Dean? Hij is een oude vriend. Dean, mag ik je voorstellen aan Sira Quiroga, my dressmaker.'

Ik keek naar de barkeeper en herkende zijn magere gestalte en zijn zwaarmoedige gelaat, waarin een stel ogen met een duistere, raadselachtige blik school. Ik herinnerde me dat hij altijd met iedereen aan de praat was in de tijd dat Ramiro en ik zijn bar bezochten, dat iedereen een beroep op hem deed wanneer hij een contactpersoon, een referentie of glibberige informatie nodig had. Ik voelde zijn ogen over me heen glijden, me in het verleden plaatsend, terwijl hij tegelijkertijd de veranderingen taxeerde en me associeerde met de vervlogen Ramiro. Hij zei eerder iets dan ik.

'U bent hier vaker geweest, geloof ik, een tijd geleden, toch?'

'Een tijd geleden, inderdaad,' antwoordde ik eenvoudigweg.

'Ja, ik meen me u te herinneren. Wat is er sindsdien veel gebeurd, nietwaar? Tegenwoordig zijn hier veel meer Spanjaarden; toen u ons bezocht waren het er nog niet zoveel.'

Inderdaad, er was veel gebeurd. Duizenden Spanjaarden waren naar Tanger gekomen, vluchtend voor de oorlog, en Ramiro en ik waren vertrokken, waren elk onze eigen weg gegaan. Mijn leven was veranderd; mijn land, mijn lichaam en mijn gevoelens waren veranderd; alles was dusdanig veranderd dat ik er niet bij stil wilde staan, dus deed ik alsof ik iets in mijn tas zocht en gaf geen antwoord. De twee vervolgden hun gesprek en hun ontboezemingen, waarbij ze telkens tussen Engels en Spaans wisselden en me af en toe bij hun geroddel, dat me absoluut niet interesseerde, probeerden te betrekken; ik had meer dan genoeg aan mijn hoofd om mijn eigen zaken op orde te krijgen. Een aantal bezoekers vertrok, andere kwamen binnen: elegant uitziende mannen en vrouwen, schijnbaar zonder haast of verplichtingen. Rosalinda groette velen van hen met een bekoorlijk gebaar of een paar beminnelijke woorden, niet meer dan noodzakelijk was, alsof ze een uitgebreider samenzijn wilde voorkomen. Dat lukte haar ook een tijdje, tot het moment dat er twee bekenden binnenkwamen die, zodra ze haar in het oog kregen, besloten dat een simpel 'Hallo, wat leuk je te zien', voor hen niet voldoende was. Het ging om een tweetal ogenschijnlijk superieure exemplaren, blond, slank en sierlijk, niet nader te specificeren buitenlandse dames in de stijl van diegenen wier uitdrukkingen en houdingen ik zo vaak voor de gebarsten spiegel in Candelaria's kamer had geoefend, net zo lang tot ik me die eigen had gemaakt. Ze begroetten Rosalinda met vluchtige kusjes, hun lippen tuitend en vrijwel zonder elkaars bepoederde wang te beroeren. Ze kwamen brutaalweg bij ons zitten. De barkeeper maakte hun aperitiefje klaar; ze haalden hun sigarettenkoker, ivoren sigarettenpijpjes en zilveren aanstekers tevoorschijn. Ze lieten namen en functies vallen, party's, ontmoetingen en misgelopen ontmoetingen met die en die en nog meer mensen: herinner je je die avond in Villa Harris nog, je kunt je niet voorstellen wat Lucille Dawson is overkomen met haar laatste verloofde, o, wist je trouwens dat Bertie Stewart geruïneerd is? En zo maar door, tot een van de twee, het minst jonge en het meest met juwelen behangen exemplaar, zonder verdere omwegen datgene naar voren bracht wat beiden vanaf het moment dat ze Rosalinda hadden opgemerkt al in hun hoofd moesten hebben gehad.

'Goed, liefje, hoe staan de zaken in Tétouan? We waren allemaal stomverbaasd toen we van je plotselinge vertrek hoorden. Het was allemaal zo vreselijk onverwacht...'

Een cynisch lachje ging vooraf aan Rosalinda's antwoord.

'O, mijn leven in Tétouan is helemaal het einde. Ik heb een geweldig huis en fantastische vrienden, zoals my dear Sira, die het beste haute couture-atelier van heel Noord-Afrika heeft.'

Ze keken me nieuwsgierig aan en ik reageerde met een zwierige zwaai met mijn lokken en een ware judaslach.

'Mooi, misschien kunnen we een keer komen en dan bij haar langsgaan. We zijn dol op mode, en eerlijk gezegd zijn we de naaisters hier in Tanger een beetje beu, nietwaar, Mildred?'

De jongste knikte vaag en nam het stokje over. 'We zouden je heel graag in Tétouan komen opzoeken, Rosalinda, liefje, maar sinds de Spaanse oorlog is uitgebroken, is dat gedoe aan de grens zo vreselijk lastig...'

'Al kun jij misschien, met jouw contacten, een vrijbrief voor ons regelen; dan zouden we jullie allebei kunnen komen bezoeken. En wellicht zouden we dan ook andere nieuwe vrienden van je kunnen ontmoeten...'

De blondines wisselden elkaar ritmisch af, oprukkend naar hun doel; barkeeper Dean stond onverstoorbaar achter de bar, niet bereid ook maar een seconde van de scène te missen. Rosalinda hoorde hen intussen met een ijzige glimlach aan. Ze bleven praten, het woord van elkaar overnemend.

'Dat zou helemaal geweldig zijn: tout le monde in Tanger sterft van verlangen om je nieuwe vrienden te leren kennen, lieverd.'

'Wel, waarom zouden we het niet gewoon eerlijk toegeven, we zijn immers echte vriendinnen, niet? In wezen willen we dolgraag een van je nieuwe vrienden in het bijzonder zien. We hebben gehoord dat het een heel, heel speciaal iemand is.'

'Wellicht kun je ons een keer 's avonds inviteren voor een van de ontvangsten die hij geeft; dan kun je hem aan je oude vrienden uit Tanger voorstellen. We zouden dolgraag komen, nietwaar, Olivia?'

'Dat zou formidabel zijn. Het is zo saai om telkens dezelfde gezichten te zien, en als we die eens kunnen afwisselen met de vertegenwoordigers van het nieuwe Spaanse regime zouden we dat geweldig vinden.'

'Inderdaad, het zou zo fantastisch zijn... Bovendien heeft het bedrijf dat mijn man vertegenwoordigt enkele nieuwe producten die heel interessant kunnen zijn voor het nationale leger; misschien kan hij ze met een zetje van jou in Spaans-Marokko introduceren.'

'En die arme Arnold van me is zijn huidige functie bij de Bank of British West Africa inmiddels beu; misschien zou hij in Tétouan, in jouw kringen, iets kunnen vinden wat beter bij hem past...'

Rosalinda's glimlach vervaagde en ze deed geen enkele moeite die weer tevoorschijn te toveren. Toen ze vond dat ze genoeg gebazel had aangehoord, besloot ze de twee blondines gewoon te negeren, en ze richtte zich beurtelings tot mij en de barkeeper.

'Sira, darling, zullen we in het Roma Park gaan lunchen? Dean, please, be a love en zet onze aperitiefjes op mijn rekening.'

Hij schudde zijn hoofd. 'Rondje van het huis.'

'Voor ons ook?' vroeg Olivia impulsief. Of misschien was het Mildred.

Voor de barkeeper kon antwoorden deed Rosalinda het al. 'Nee, voor jullie niet.'

'Hoezo niet?' vroeg Mildred met een verbaasd gezicht. Of misschien was het Olivia.

'Omdat jullie bitches zijn. Hoe zeg je dat in het Spaans, Sira, darling?'

'Krengen,' antwoordde ik zonder spoor van twijfel.

'That's it. Krengen.'

We vertrokken uit de bar van El Minzah, ons bewust van de vele blikken die ons volgden: zelfs voor een kosmopolitische en tolerante gemeenschap als Tanger waren de publiekelijke avontuurtjes van een jonge, getrouwde Engelse met een oudere, machtige opstandelingenmilitair een smakelijk hapje om het uur van het aperitiefje mee op te luisteren.

24

'Ik neem aan dat mijn relatie met Juan Luis voor velen als een verrassing kwam, maar voor mij voelt het alsof wat we hebben al sinds het begin der tijden in de sterren geschreven stond.'

Onder degenen die het stel volstrekt ongehoord vonden was ikzelf, uiteraard. Ik kon me maar moeilijk voorstellen dat de sympathieke, mondaine en zo frivole vrouw tegenover me een vaste liefdesrelatie onderhield met een ingetogen hoge legerofficier, die bovendien twee keer zo oud was als zij. We zaten op het terras, aten vis en dronken witte wijn, terwijl de zeebries de blauw-wit gestreepte markiezen boven ons hoofd liet klapperen en een salpetergeur en trieste herinneringen meebracht die ik zo goed mogelijk verjoeg door me op het gesprek met Rosalinda te concentreren. Ze leek ontzettend graag over haar relatie met de hoge commissaris te willen praten, een complete en persoonlijke versie van de feiten te willen delen met iemand die buiten de roddelpraatjes stond waarvan ze wist dat ze in Tanger en Tétouan rondgingen. Maar waarom met mij, waarom met iemand die ze amper kende? Ondanks mijn maskerade van chique naaister kon onze afkomst niet sterker verschillen. En ons heden evenmin. Zij stamde uit een kosmopolitische, welgestelde en ledige wereld; ik was slechts een arbeidster, dochter van een eenvoudige alleenstaande moeder en opgegroeid in een Madrileense volksbuurt. Zij beleefde een hartstochtelijke romance met een prominente gezagsdrager van het leger dat de oorlog die mijn land verwoestte had veroorzaakt; ik werkte intussen dag en nacht om in mijn eentje het hoofd boven water te houden. Niettemin had ze besloten mij in vertrouwen te nemen. Misschien omdat ze dacht dat ze me zo de Delphos kon vergoeden. Misschien omdat ze meende dat ik, een onafhankelijke vrouw van haar eigen leeftijd, haar zou begrijpen. Of misschien gewoon omdat ze zich alleen voelde en haar hart bij iemand wilde uitstorten. Iemand die op die zomermiddag en in die Afrikaanse kuststad mijn persoontje bleek te zijn.

‘Voor hij bij dat tragische ongeluk om het leven kwam, had Sanjurjo er bij me op aangedrongen dat ik, zodra ik me in Tanger had geïnstalleerd, zijn vriend Juan Luis Beigbeder in Tétouan moest gaan bezoeken; hij kwam almaar terug op onze ontmoeting in het Adlon in Berlijn en hoe prettig Beigbeder het zou vinden me again te zien. Ik, to tell you the truth, wilde hem ook graag nog eens ontmoeten: ik vond het een fascinerende man, zo interessant, zo beschaafd, zo op en top een Spaanse heer. Dus toen ik inmiddels een paar maanden in Tanger verbleef, besloot ik dat het tijd werd om naar de hoofdstad van het Protectoraat te gaan en hem op te zoeken. Tegen die tijd waren de zaken veranderd, obviously: hij was niet langer werkzaam bij Inheemse Zaken, maar bezette de hoogste functie binnen het Hoge Commissariaat. En daar ging ik in mijn Austin 7. My God! Die dag zal ik nooit vergeten. Ik kwam in Tétouan aan en het eerste wat ik deed was naar de Engelse consul gaan, Monk-Mason, je kent hem wel, toch? Ik noem hem altijd old monkey; het is zo’n vreselijk saaie man, poor thing.’

Ik profiteerde van het feit dat ik net op dat moment het glas wijn aan mijn lippen zette en maakte een vaag gebaar. Ik kende die Monk-Mason niet; mijn cliënten hadden zijn naam wel eens laten vallen, maar ik wilde mijn onwetendheid niet tegenover Rosalinda toegeven.

‘Toen ik tegen hem zei dat ik van plan was Beigbeder een bezoekje te brengen, was de consul verrukt. Zoals je ongetwijfeld weet heeft His Majesty’s Government, onze regering, in tegenstelling tot de Duitsers en de Italianen, vrijwel geen contact met de Spaanse autoriteiten van het nationale kamp omdat ze alleen het republikeinse regime als legitiem erkent, en dus dacht Monk-Mason dat mijn bezoekje aan Juan gunstig zou kunnen zijn voor de Britse belangen. So, nog voor het middaguur ging ik met mijn eigen auto en slechts vergezeld door Joker, mijn hond, op weg naar het Hoge Commissariaat. Bij de ingang liet ik de aanbevelingsbrief zien die Sanjurjo me voor zijn dood had gegeven, en iemand leidde me door gangen vol militairen en kwispedoren – how disgusting, echt walgelijk – naar Juan Luis’ persoonlijk secretaris. Die secretaris, Jiménez Mouro, bracht me onmiddellijk naar zijn kantoor. Gezien de oorlog en zijn functie had ik verwacht de hoge commissaris in een imposant uniform en behangen met medailles en onderscheidingen aan te treffen, maar nee, no, no, integendeel: net als die avond in Berlijn droeg Juan Luis een eenvoudig donker pak, waarin hij van alles leek behalve een legerofficier van de opstandelingen. Hij was enorm verheugd over mijn bezoek: hij betuigde zich heel charmant, we praatten wat en hij nodigde me uit om samen te gaan lunchen, maar ik had net daarvoor Monk-Masons uitnodiging al geaccepteerd, zodoende spraken we af voor de volgende dag.'

De tafeltjes om ons heen liepen langzaam vol. Rosalinda groette af en toe iemand met een simpel gebaar of een lachje, zonder haar verhaal over die eerste ontmoetingen met Beigbeder te willen onderbreken. Ook ik herkende wat gezichten, mensen die ik via Ramiro had ontmoet en die ik maar liever negeerde. Daarom hielden we onze aandacht op elkaar gevestigd: zij praatte, ik luisterde, beiden aten we onze vis, dronken de koude wijn en letten niet op de wereld om ons heen.

'De volgende dag kwam ik op het Hoge Commissariaat en ik dacht een soort ceremoniële lunch in overeenstemming met de omgeving te krijgen: een grote tafel, formaliteiten, obers... Maar Juan Luis had een eenvoudige tafel voor twee laten dekken, bij een raam aan de tuinzijde. Het was een onvergetelijke lunch, en hij praatte en praatte maar, aan één stuk door, over Marokko, zijn geliefde Marokko zoals hij het noemde. Over de magie van het land, zijn geheimen, zijn fascinerende cultuur. Na de lunch besloot hij me de omgeving van Tétouan te laten zien, so beautiful. We gingen met zijn officiële wagen, stel je voor, met een heel gevolg motoren en assistenten achter ons aan, so embarrassing! Anyway, we belandden op het strand, zaten aan de waterkant terwijl de rest bij de weg wachtte, can you believe it?'

Ze lachte, en ik glimlachte. De situatie die ze beschreef was echt bijzonder: de hoogste gezaghebber van het Protectoraat en een onlangs gearriveerde buitenlandse die zijn dochter had kunnen zijn, openlijk flirtend aan zee terwijl een gemotoriseerd comité hen schaamteloos van een afstand gadesloeg.

'En toen pakte hij twee stenen, een witte en een zwarte. Hij deed zijn handen achter zijn rug en haalde ze met gebalde vuisten weer tevoorschijn. Kies, zei hij. Kies wat, vroeg ik. Kies een hand. Als daar de zwarte steen in zit, verdwijn je vandaag uit mijn leven en zie ik je nooit meer. Als het de witte is, betekent dat dat het lot wil dat je bij me blijft.'

'En het was de witte.'

'Inderdaad, het was de witte,' bevestigde ze met een stralende lach. 'Een paar dagen later stuurde hij twee auto's naar Tanger: een Chrysler Royal voor mijn spullen en voor mij de Dodge Roadster waarin we vandaag zijn gekomen, een cadeau van de Hassan Bank in Tétouan en waarvan Juan Luis heeft besloten dat hij voor mij is. Sindsdien zijn we niet meer van elkaar gescheiden geweest, behalve wanneer hij op reis moet vanwege zijn verplichtingen. Op dit moment woon ik met mijn zoontje Johnny in het huis aan de paseo de las Palmeras, een grandioze woning met een badkamer een maharadja waardig en een toilet als de troon van een koning, maar de muren brokkelen af en er is niet eens stromend water. Juan Luis verblijft gewoon in het Hoge Commissariaat, want dat vereist zijn functie; we peinzen er niet over om te gaan samenwonen, maar hij heeft besloten dat hij zijn relatie met mij ook niet hoeft te verbergen, al kan hij daardoor soms in nogal netelige situaties terechtkomen.'

'Omdat hij getrouwd is...' opperde ik.

Ze trok een onbezorgde grimas en streek een haarlok uit haar gezicht.

'Nee, nee; dat is niet zo belangrijk, zelf ben ik ook getrouwd, dat is puur en alleen our concern, volstrekt persoonlijk. Het probleem is eerder van publieke aard, officieel, zeg maar: er zijn mensen die denken dat een Engelse een minder goede invloed op hem kan hebben, en dat laten ze ons ook openlijk weten.'

'Wie denken dat?' Ze sprak zo vertrouwelijk met me dat ik als vanzelfsprekend en zonder erover na te denken vond dat ik legitiem om uitleg kon vragen als ik iets niet goed begreep.

'De leden van de nazigemeenschap in het Protectoraat. Vooral Langenheim en Bernhardt. Ze gaan ervan uit dat de hoge commissaris in alle facetten van zijn leven gloriously pro-Germaans moet zijn: honderd procent trouw aan de Duitsers, want zij zijn degenen die in jullie oorlog gemene zaak met zijn kamp maken; zij zijn degenen die hun om te beginnen van vliegtuigen en wapens hebben voorzien. In feite was Juan Luis destijds, die eerste dagen, al op de hoogte van hun reis naar Duitsland om in Bayreuth met Hitler te praten, waar hij zoals elk jaar aanwezig was bij de Festspiele. Anyway, Hitler overlegde met admiraal Canaris, Canaris adviseerde hem de gevraagde hulp te verlenen, en van daaruit gaf de Führer het bevel alles waar ze om vroegen naar Spaans-Marokko te sturen. Had hij dat niet gedaan, dan hadden de Spaanse legertroepen in Afrika de Straat nooit kunnen oversteken, dus was die Duitse hulp cruciaal. Uiteraard onderhouden beide legers sindsdien heel nauwe betrekkingen. Maar de nazi's in Tétouan geloven dat mijn nabijheid en de genegenheid die Juan Luis voor me heeft opgevat ertoe kunnen leiden dat hij meer naar de Britten zal gaan overhellen en minder trouw zal blijven aan de Duitsers.'

Ik dacht aan Félix' commentaar met betrekking tot de echtgenoot van Frau Langenheim en diens landgenoot Bernhardt, aan zijn opmerkingen over de vroege militaire assistentie die ze in Duitsland hadden bewerkstelligd, en die blijkbaar niet alleen gewoon doorging, maar op het Schiereiland ook steeds sterker voelbaar was. Ik herinnerde me ook Rosalinda's verlangen om aan de arm van haar geliefde een onberispelijke indruk te maken tijdens die eerste formele ontmoeting met de Germaanse gemeenschap, en toen meende ik te begrijpen wat ze me vertelde, maar ik bagatelliseerde het belang ervan en probeerde haar wat dat betreft gerust te stellen.

'Ik denk dat je je hier niet te veel zorgen over moet maken. Hij kan best loyaal blijven aan de Duitsers en tegelijkertijd met jou zijn. Dat zijn twee verschillende zaken: officieel en persoonlijk. Degenen die zo denken zitten vast verkeerd.'

'Nee hoor, natuurlijk zitten ze niet verkeerd.'

'Ik begrijp je niet.'

Ze liet haar blik over het bijna lege terras glijden. Ons gesprek had zo lang geduurd dat er inmiddels nog maar twee of drie tafeltjes bezet waren. De wind was gaan liggen, de markiezen bewogen praktisch niet. Verscheidene obers met wit jasje en tarboesj – het Moorse roodvilten hoofddeksel – werkten in stilte en schudden servetten en tafellakens uit. Toen liet Rosalinda haar stem dalen tot ze bijna fluisterde; een gefluister waarin ondanks het zachte geluid ontegenzeglijk vastberadenheid doorklonk.

'Ze hebben gelijk, my dear, omdat ik van plan ben alles te doen wat maar in mijn macht ligt om ervoor te zorgen dat Juan Luis vriendschappelijke relaties met mijn landgenoten aanknoopt. Ik moet er niet aan denken dat jullie oorlog ten gunste van het leger van de nationalen eindigt, en dat Duitsland de grote bondgenoot van het Spaanse volk zal worden en Groot-Brittannië daarentegen een vijandelijke mogendheid. En dat doe ik om twee redenen. De eerste, puur uit sentimenteel patriottisme: ik wil dat de natie van de man van wie ik houd bevriend is met mijn eigen land. De tweede reden, however, is veel pragmatischer en zakelijker: wij Engelsen vertrouwen de nazi's niet, het ziet er lelijk uit. Misschien is het wat gewaagd om van een nieuwe wereldoorlog te spreken, maar je weet het niet. En mocht dat gebeuren, dan heb ik liever dat jullie land aan onze kant staat.'

Ik stond op het punt haar onomwonden te zeggen dat ons arme land niet in de omstandigheden verkeerde om aan een komende oorlog deel te nemen, dat het al ellende genoeg te verduren had met de oorlog waar we in zaten. De onze leek echter ver van haar bed te zijn, ondanks het feit dat haar geliefde op een belangrijke post actief was voor een van beide kampen. Uiteindelijk besloot ik haar maar te volgen, ons gesprek gericht te houden op een toekomst die wellicht nooit zou komen en niet in te gaan op het tragische heden. Mijn dag was al voorzien van een flinke dosis ontgoocheling, ik wilde hem liever niet nog triester maken.

'En hoe denk je dat te doen?' vroeg ik slechts.

'Well, denk nou niet dat ik belangrijke persoonlijke contacten in Whitehall heb, not at all.' Ze schaterde even. Automatisch maakte ik in gedachten een aantekening om Félix te vragen wat Whitehall was, maar die onwetendheid was niet af te lezen van mijn aandachtige gezicht. Ze vervolgde. 'Maar je weet wel hoe die dingen werken: een kring bekenden die op hun beurt weer connecties hebben... Ik had gedacht te beginnen met een paar vrienden die ik hier in Tanger heb, kolonel Hal Durand, generaal Norman Beynon en zijn vrouw Mary, allen met uitstekende contacten bij het Foreign Office. Momenteel zijn ze allemaal voor een tijdje in Londen, maar ik ben van plan hen straks weer te ontmoeten, hen aan Juan Luis voor te stellen, te bewerkstelligen dat ze in gesprek raken en het goed met elkaar kunnen vinden.'

'En denk je dat hij daarmee akkoord gaat, dat hij het zomaar goedvindt dat je je in zijn officiële zaken mengt?'

'But of course, dear, natuurlijk,' beweerde ze zelfverzekerd terwijl ze met een hoofdbeweging een haarlok die over haar linkeroog viel naar achteren wierp. 'Juan Luis is een ontzettend intelligente man. Hij kent de Duitsers heel goed, hij heeft vele jaren onder hen geleefd en hij vreest dat de prijs die Spanje op den duur voor de ontvangen hulp zal moeten betalen heel hoog is. Bovendien heeft hij een hoge dunk van de Engelsen omdat we nog nooit een oorlog hebben verloren en after all is hij een militair en zijn dergelijke zaken dus heel belangrijk voor hem. En bovenal, my dear Sira, en dat is het voornaamste, aanbidt Juan

Luis me. Zoals hij in eigen persoon elke dag opnieuw herhaalt: voor zijn Rosalinda is hij bereid naar de hel zelf af te dalen.'

We stonden pas op toen de tafeltjes op het terras al gedekt waren voor het avondeten en de schaduw van de vallende avond over de muren kroop. Rosalinda stond erop het eten te betalen.

'Ik heb het eindelijk voor elkaar gekregen dat mijn echtgenoot mijn toelage overmaakt; ik trakteer.'

We wandelden rustig naar haar auto en ondernamen de terugweg naar Tétouan, met net voldoende tijd om binnen de limiet van twaalf uur te blijven die commissaris Vázquez had gesteld. Het was echter niet alleen de geografische richting die we gedurende die rit omkeerden, maar ook de lijn van onze communicatie. Terwijl Rosalinda op de heenweg en de rest van de dag het hoogste woord had gevoerd, brak op de terugweg het moment aan om de rollen om te draaien.

'Je moet wel denken dat ik ontzettend vervelend ben, ik zit de hele tijd alleen maar over mezelf en mijn eigen dingen te praten. Laten we het nu over jou hebben. Tell me now: hoe zijn jouw onderhandelingen vanochtend gegaan?'

'Slecht,' antwoordde ik eenvoudigweg.

'Slecht?'

'Slecht, ja, heel slecht.'

'I'm sorry, really. Was het belangrijk?'

Ik kon zeggen van niet. Vergeleken met haar zorgen bevatten mijn problemen geen ingrediënten die haar belangstelling zouden wekken; er waren geen hoge militairen, consuls of ministers bij betrokken, er waren geen politieke belangen of staatszaken in het spel, of voorbodes van grote Europese oorlogen, niets wat ook maar in de verste verte gerelateerd was aan de verfijnde dynamiek waarbinnen zij zich bewoog. Op het nederige terrein van mijn bekommernissen paste slechts wat persoonlijke ellende, zaken die je op de vingers van één hand kon tellen: een bedrogen liefde, een af te lossen schuld en een weinig begripvolle hotelbedrijfsleider, de dagelijks terugkerende klus om een zaak draaiende te houden, een bloedend vaderland waarnaar ik niet kon terugkeren en mijn heimwee naar een afwezige moeder. Ik kon zeggen van niet, ik kon zeggen dat mijn kleine tragedies onbelangrijk waren. Ik kon mijn kwesties verzwijgen, ze verborgen houden om ze enkel met de duisternis van mijn lege huis te delen. Dat kon ik, ja. Maar ik deed het niet.

'Eerlijk gezegd was het voor mij heel belangrijk. Ik wil mijn moeder uit Madrid halen en haar naar Marokko laten komen, maar daarvoor heb ik een behoorlijk bedrag nodig en dat heb ik niet omdat ik mijn spaargeld moet aanwenden voor een andere dringende betaling. Vanmorgen heb ik geprobeerd die betaling uit te stellen, maar dat is me niet gelukt, dus vrees ik dat de kwestie met mijn moeder voorlopig van de baan is. En het ergste is nog wel, dat wordt althans gezegd, dat het steeds moeilijker wordt om van de ene zone naar de andere te komen.'

'Is ze alleen in Madrid?' vroeg ze met een zo te zien oprecht bezorgd gezicht.

'Ja. Helemaal alleen. Ze heeft alleen mij nog.'

'En je vader?'

'Mijn vader... Wel, dat is een lang verhaal; het geval wil dat ze niet bij elkaar zijn.'

'Wat spijt me dat, Sira, lieverd. Het moet ontzettend moeilijk voor je zijn te weten dat ze zich in de rode zone bevindt, overal aan blootgesteld en tussen die mensen...'

Ik keek haar verdrietig aan. Hoe moest ik haar duidelijk maken dat ze het niet begreep, hoe moest ik de tragische realiteit van wat er in mijn land gebeurde in dat beeldschone, met golvende blonde lokken omlijste hoofdje krijgen?

'Die mensen zijn haar mensen, Rosalinda. Mijn moeder is bij haar eigen mensen, in haar eigen huis, in haar eigen buurt, tussen haar eigen buren. Zij behoort tot die wereld, tot het volk van Madrid. Dat ik haar naar Tétouan, naar mij, wil halen is niet omdat ik bang ben voor wat haar daar kan overkomen, maar omdat ze het enige is wat ik in dit leven heb, en het valt me met de dag zwaarder niets van haar te horen. De laatste berichten zijn al van een jaar geleden; ik heb geen flauw idee hoe het met haar gaat, ik weet niet of en hoe ze zich staande houdt, niet waar ze van leeft, niet hoe ze de oorlog doorstaat.'

Als een ballon die werd doorgeprikt ging in amper een seconde die hele farce van mijn fascinerende verleden de lucht in. En het vreemdste was dat het me geen zier kon schelen.

'Maar... Ze hadden me verteld dat... dat je familie...'

Ik liet haar niet uitspreken. Zij was oprecht geweest tegen mij en had me onomwonden haar verhaal verteld; nu was het moment aangebroken dat ik hetzelfde deed. Misschien zou ze de versie van mijn leven die ik haar ging vertellen niet leuk vinden; misschien was die maar heel gewoontjes vergeleken met de avonturen waar zij aan gewend was. Mogelijk zou ze besluiten dat ze voortaan geen pink gins meer met me zou drinken en dat ze me geen lift meer naar Tanger zou geven in haar Dodge cabrio, maar ik kon me niet inhouden en vertelde haar in geuren en kleuren mijn waarheid. Per slot van rekening was het de enige die ik had.

'Mijn familie, dat zijn mijn moeder en ik. We zijn allebei naaister, eenvoudige naaisters zonder ander kapitaal dan onze handen. Mijn vader heeft na mijn geboorte geen contact met ons gehouden. Hij behoort tot een andere klasse, een andere wereld; hij heeft geld, bedrijven, contacten, een echtgenote van wie hij niet houdt en twee zonen met wie hij niet overweg kan. Dat is wat hij heeft. Of wat hij had, dat weet ik niet: de laatste en enige keer dat ik hem zag was de oorlog nog niet uitgebroken, maar toen voorvoelde hij al wel dat ze hem zouden vermoorden. En mijn aanstaande, die aantrekkelijke ondernemende verloofde die in Argentinië zou zitten en daar zaken regelt en financiële kwesties afhandelt, wel, die man bestaat niet. Het is waar dat er iemand was met wie ik een relatie had, en het kan zijn dat hij nu in dat land in zaken zit, maar dat heeft niets meer met mij te maken. Het is een hufter die mijn hart heeft gebroken en alles wat ik had van me heeft gestolen; ik praat liever niet over hem. Dat is mijn leven, Rosalinda, heel anders dan het jouwe, zoals je ziet.'

Op mijn bekentenis volgde van haar kant een vurig weerwoord in het Engels waarvan ik alleen het woord Morocco oppikte.

'Ik heb er niets van begrepen,' zei ik verward.

Ze keerde terug naar het Spaans. 'Ik zei: wie kan het in godsnaam wat schelen waar je vandaan komt als je de beste naaister van heel Marokko bent. En wat je moeder betreft, goed, zoals jullie Spanjaarden zeggen: God geeft kracht naar kruis. Je zult zien dat uiteindelijk alles goed komt.'

25

Al vroeg de volgende ochtend ging ik weer naar het politiebureau om don Claudio het fiasco van mijn onderhandelingen mee te delen. Van de vier agenten zaten er slechts twee aan hun bureau: de oude en de magere.

'De baas is er nog niet,' kondigden ze in koor aan.

'Hoe laat komt hij meestal?' vroeg ik.

'Om halftien,' antwoordde de een.

'Of om halfelf,' zei de ander.

'Of morgen.'

'Of nooit.'

Ze lachten allebei kwijlend en ik voelde dat me de kracht ontbrak om dat stel stumperds nog één minuut langer te verdragen.

'Zeg hem alstublieft dat ik hem ben komen opzoeken. Dat ik in Tanger ben geweest en dat ik daar niets heb kunnen regelen.'

'Tot je dienst, schatje,' zei degene die niet Cañete was.

Ik liep naar de deur zonder gedag te zeggen. Ik stond al op het punt naar buiten te gaan toen ik de stem hoorde van degene die het wel was.

'Als je wilt maak ik nog een pasje voor je, lekker ding.'

Ik bleef niet staan. Ik balde alleen mijn vuisten en bijna onbewust diepte ik een onvervalste sneer van vroeger op en draaide mijn hoofd een paar centimeter, niet veel, net genoeg voor ze om mijn opmerking goed te kunnen horen.

'Je ken d'r beter een maken voor die stoephoer van 'n moeder van je.'

Het lot wilde dat ik de commissaris op straat tegenkwam, gelukkig ver genoeg bij het bureau vandaan om me niet mee naar binnen te vragen. Het was niet moeilijk iemand tegen te komen in Tétouan, de ruitvorm van de Spaanse stadsuitbreiding was niet groot en daar liep iedereen altijd rond. Als gewoonlijk droeg hij een licht linnen pak en hij rook naar een recente scheerbeurt, klaar om zijn werkdag te beginnen.

'U ziet er niet vrolijk uit,' zei hij zodra hij me zag. 'Ik vermoed dat de zaken in het Continental niet echt voorspoedig zijn verlopen.' Hij raadpleegde zijn horloge. 'Kom, laten we een kop koffie gaan drinken.'

Hij leidde me naar het Casino Español, een prachtig hoekgebouw met witstenen balkons en grote ramen aan de kant van de hoofdstraat. Een Arabische kelner liet de markiezen zakken door een piepende ijzeren stang te bedienen; twee of drie andere zetten in de schaduw ervan stoelen en tafeltjes op het trottoir klaar. Een nieuwe dag ving aan. In de koelte binnen was niemand, alleen een brede marmeren trap voor ons en aan weerszijden een salon. Hij verzocht me beleefd de linker binnen te gaan.

'Goedemorgen, don Claudio.'

'Goedemorgen, Abdul. Twee koffie met melk, graag,' bestelde hij terwijl hij met zijn ogen mijn instemming zocht. 'Vertel,' zei hij vervolgens.

'Het is me niet gelukt. De bedrijfsleider is nieuw, het is niet dezelfde als vorig jaar, maar hij was uitstekend op de hoogte van de kwestie. Hij sloot zich af voor elke onderhandeling. Hij zei alleen dat wat we overeengekomen waren heel genereus was en dat hij aangifte zou doen als ik de terugbetaling niet op de afgesproken datum deed.'

'Ik begrijp het. En het spijt me, echt. Maar ik vrees dat ik u niet meer kan helpen.'

'Dat geeft niet, u hebt destijds al genoeg gedaan door dat uitstel van een jaar voor me te regelen.'

'Wat gaat u nu doen?'

'Meteen betalen.'

'En dat met uw moeder?'

Ik haalde mijn schouders op. 'Niet. Ik ga door met werken en sparen, hoewel het heel goed mogelijk is dat tegen de tijd dat ik het benodigde bedrag bij elkaar heb, het al te laat is en de evacuaties zijn stopgezet. Vooralsnog zal ik, zoals ik al zei, mijn schuld vereffenen. Het geld heb ik, dat is het probleem niet. Daarom kwam ik u daarnet ook opzoeken. Ik heb weer een vrijbrief nodig om langs de grenspost te komen, en uw toestemming om mijn paspoort nog een paar dagen bij me te houden.'

'U kunt het houden, u hoeft het me niet meer terug te geven.' Hij stak een hand in de binnenzak van zijn jasje en haalde een leren portefeuille en vulpen tevoorschijn. 'En wat die vrijbrief betreft is dit voldoende,' zei hij terwijl hij er een kaartje uit nam en de dop van de pen schroefde. Hij krabbelde iets op de achterkant en ondertekende het. 'Alstublieft.'

Ik stopte het zonder te lezen in mijn tas.

'Bent u van plan La Valenciana te nemen?'

'Dat is mijn bedoeling, ja.'

'Net als gisteren?'

Ik hield zijn onderzoekende blik even vast voor ik antwoord gaf.

'Gisteren ben ik niet met La Valenciana gegaan.'

'Hoe bent u dan in Tanger gekomen?'

Ik wist dat hij het wist. En ik wist ook dat hij het uit mijn mond wilde horen. We namen allebei een slokje koffie.

'Een vriendin heeft me een lift gegeven.'

'Wie is die vriendin?'

'Rosalinda Fox. Een Engelse cliënte.'

Weer een slokje koffie.

'U weet wie ze is, toch?' zei hij toen.

'Ja, dat weet ik.'

'Wel, wees voorzichtig.'

'Waarom?'

'Daarom. Wees voorzichtig.'

'Vertel me waarom,' hield ik aan.

'Omdat er mensen zijn die het niet bevalt dat ze hier is met wie ze is.'

'Dat weet ik.'

'Wat weet u?'

'Dat sommige personen niet blij zijn met hun relatie.'

'Wie zijn die personen?'

Niemand beter dan de commissaris als het om druk uitoefenen, uitknijpen en de laatste druppel informatie eruit persen ging; we kenden elkaar inmiddels.

'Een aantal. Vraag me niet u te vertellen wat u al weet, don Claudio. Dwing me niet een cliënte ontrouw te zijn alleen maar omdat u van mij de namen wilt horen die u al kent.'

'Akkoord. Bevestig me alleen één ding.'

'Wat?'

'De achternamen van die personen, zijn die Spaans?'

'Nee.'

'Heel goed,' zei hij slechts. Hij dronk zijn koffie op en keek weer op zijn horloge. 'Ik moet gaan, ik moet weer aan het werk.'

'Ik ook.'

'Dat is zo, ik vergat even dat u een werkende vrouw bent. Weet u dat u een uitstekende reputatie hebt verworven?'

'U stelt zich van alles op de hoogte, dus zal ik het wel moeten geloven.'

Hij glimlachte voor het eerst, en die glimlach maakte hem vier jaar jonger.

'Ik weet slechts wat ik weten moet. Bovendien hoort u vast ook van alles: vrouwen onder elkaar kletsen altijd veel en u ontvangt dames in uw atelier die wellicht interessante verhalen te vertellen hebben.'

Het was inderdaad zo dat mijn cliënten praatlustig waren. Ze hadden het over hun echtgenoot, diens zaken, hun vriendenkring, over de mensen bij wie ze thuis kwamen, over wat die en die deed en dacht of zei. Maar ik zei geen ja en geen nee tegen de commissaris. Ik stond gewoon op zonder op zijn opmerking te reageren. Hij riep naar de kelner en maakte een schrijvend gebaar in de lucht. Abdul knikte: geen probleem, onze koffie werd op don Claudio's rekening gezet.

De schuld in Tanger aflossen was een bevrijding, alsof ik niet langer met een touw om mijn nek liep waar iemand elk moment een ruk aan kon geven. Zeker, die troebele kwesties in Madrid waren nog hangende, maar hier in Afrika leken die me heel ver weg. Door de achterstallige betaling aan het Continental te doen wierp ik de last van mijn verleden met Ramiro van me af en haalde ik op een andere manier adem. Rustiger, vrijer. Meer heer en meester van mijn toekomst.

De zomer schreed voort, maar mijn cliënten leken nog niet aan herfstkleding te willen denken. Jamila bleef bij me en nam de huishoudelijke zaken en kleine taken in het atelier op zich. Félix kwam me vrijwel elke avond opzoeken; van tijd tot tijd ging ik naar Candelaria in La Luneta. Alles verliep rustig en ging zijn gangetje, tot ik een onwelkome verkoudheid opliep waardoor ik de moed niet kon opbrengen naar buiten te gaan noch de energie had om te naaien. De eerste dag bracht ik liggend op de sofa door. De tweede in bed. De derde zou ik hetzelfde hebben gedaan, ware het niet dat iemand zich onverwachts meldde. Even onverwacht als altijd.

'Siñora Rosalinda zeggen siñorita Sira meteen uit bed komen.'

Ik ging haar begroeten in mijn peignoir; ik nam niet de moeite mijn eeuwige pakje aan te doen, noch om de zilveren schaar om mijn hals te hangen, en niet eens om mijn verwarde haren te fatsoeneren. Maar als mijn onverzorgde uiterlijk haar al bevreemdde liet ze dat niet merken: ze was gekomen om andere, serieuzere kwesties af te handelen.

'We gaan naar Tanger.'

'Wie?' vroeg ik, snotterend achter mijn zakdoek.

'Jij en ik.'

'Waarom?'

'Om te proberen dat met je moeder te regelen.'

Ik keek haar half ongelovig, half opgetogen aan, en ik wilde meer weten.

'Via jouw...'

Een niesbui belette me mijn zin af te maken, iets waar ik dankbaar voor was want ik wist niet goed hoe ik de hoge commissaris, aan wie zij altijd met zijn voornamen refereerde, moest noemen.

'Nee; ik houd Juan Luis er liever buiten: hij heeft duizend andere zaken aan zijn hoofd. Dit is iets van mij, dus zijn connecties blijven out, erbuiten. Maar we hebben andere mogelijkheden.'

'Welke?'

'Via onze consul in Tétouan heb ik geprobeerd te achterhalen of onze ambassade ook dergelijke acties op touw zet, maar dat bleek helaas niet het geval; hij vertelde me dat ons gezantschap in Madrid altijd heeft geweigerd vluchtelingen asiel te verlenen; bovendien zijn de diplomaten kantoren sinds de republikeinse regering naar Valencia is vertrokken nu ook daar gevestigd en staat het gebouw in de hoofdstad vrijwel leeg, met een enkele ondergeschikte om een oogje in het zeil te houden.'

'Dus?'

'Toen heb ik het bij de anglicaanse Saint Andrewskerk in Tanger geprobeerd, maar zij konden me evenmin verder helpen. Vervolgens bedacht ik dat iemand van een particuliere organisatie misschien meer zou weten, zodoende ben ik wat gaan rondvragen en heb ik a tiny bit of information te pakken gekregen. Veel is het niet, maar we zullen kijken of we geluk hebben en of ze ons wat meer kunnen bieden. De directeur van de Bank of London and South America in Tanger, Leo Martin, vertelde me dat hij op een van zijn vorige trips naar Londen op het hoofdkantoor had gehoord dat iemand die in het filiaal in Madrid werkte contact had met iemand die mensen de stad uit helpt. Meer weet ik niet. De informatie die hij me kon geven is heel vaag, heel onduidelijk, alleen wat iemand zei en wat hij vervolgens weer hoorde. Maar hij heeft me beloofd navraag te doen.'

'Wanneer?'

'Right now. Dus jij kleedt je onmiddellijk aan en dan brengen we hem een bezoekje in Tanger. Ik was daar een paar dagen geleden en hij zei dat ik vandaag moest terugkomen. Ik denk dat hij inmiddels meer te weten is gekomen.'

Al hoestend en proestend probeerde ik haar te bedanken voor haar moeite, maar ze wimpelde het af en maande me op te schieten. De tocht was in een oogwenk voorbij. Weg, dorre gebieden, pijnbomen, geiten. Vrouwen in wijde streepjesrokken op wandelmuiltjes, bepakt en bezakt onder hun brede strohoeden. Schapen, vijgencactussen, meer dorre gebieden, blootsvoetse kinderen die lachten als we voorbijkwamen en hun hand opstaken en 'Dag, vrienden, dag', zeiden. Stof, meer stof, gele velden aan de ene kant, gele velden aan de andere, paspoortcontrole, meer weg, meer vijgencactussen, meer palmen en rietvelden, en in een klein uur waren we er. We parkeerden weer op de place de France, werden weer verwelkomd door de brede lanen en magnifieke gebouwen in het moderne deel van de stad. In een daarvan wachtte ons de Bank of London and South America, een merkwaardige vermenging van financiële belangen, bijna even merkwaardig als het vreemde koppel dat Rosalinda Fox en ik vormden.

'Sira, mag ik je voorstellen aan Leo Martin. Leo, dit is mijn vriendin miss Quiroga.'

Leo Martin had heel goed Leoncio Martínez kunnen heten als hij een paar kilometer verderop was geboren. Klein en donker van postuur, en ongeschoren en stropdasloos had hij zo kunnen doorgaan voor een hardwerkende Spaanse landarbeider. Maar zijn gelaat glom vrij van enige baardgroei en op zijn buik rustte een ingetogen gestreepte stropdas. En hij was Spanjaard noch boer, maar een rasechte onderdaan van Groot-Brittannië: een Gibraltareen, in staat zich even vloeiend van het Engels als van het Andalusisch te bedienen. Hij gaf ons een behaarde hand, bood ons een stoel aan. Hij gaf de oude kraai die hij als secretaresse had opdracht ons niet te storen, en alsof we de roemrijkste cliënten van de financiële instelling waren, maakte hij zich op ons datgene wat hij had kunnen achterhalen ijverig uiteen te zetten. Ik had nog nooit een bankrekening geopend en vermoedelijk had Rosalinda evenmin ook maar een pond gespaard van de toelage die haar echtgenoot haar stuurde als de wind gunstig stond, maar de geruchten over het liefdesavontuur van mijn vriendin moesten ook die kleine man met de bijzondere taalvaardigheden ter ore zijn gekomen. En in die woelige tijden kon de directeur van een internationale bank de kans niet voorbij laten gaan de geliefde van de hoogste baas bij de buren een gunst te verlenen.

'Goed, dames, ik denk dat ik nieuws heb. Het is me gelukt, een oude kennis van me die tot kort na de opstand in ons Madrileense filiaal werkte, te pakken te krijgen; hij is nu in Londen geplaatst. Hij vertelde me dat hij persoonlijk iemand kent die in Madrid woont en bij dit soort acties betrokken is, een Brits staatsburger die bij een Spaans bedrijf werkt. Het slechte nieuws is dat hij niet weet hoe hij met hem in contact kan komen, de afgelopen maanden is hij zijn spoor bijster geraakt. Het goede nieuws is dat hij me de gegevens heeft doorgespeeld van iemand die wel op de hoogte is van zijn lotgevallen omdat die persoon tot voor kort in de hoofdstad heeft gewoond. Het gaat om een journalist die naar Engeland is teruggekeerd omdat er een probleem was, ik meen dat hij gewond is geraakt; bijzonderheden heeft hij me niet gegeven. Goed, mogelijk is hij de weg naar de oplossing: die persoon zou bereid zijn contact te leggen tussen u en de man die vluchtelingen evacueert. Maar voor hij dat doet, wil hij iets van u.'

'Wat?' vroegen Rosalinda en ik in koor.

'U persoonlijk spreken, Mrs. Fox,' antwoordde hij, zich tot de Engelse richtend. 'En hoe eerder, hoe liever. Ik hoop dat u het niet als indiscretie beschouwt, maar tja, gezien de omstandigheden vond ik het raadzaam hem op de hoogte te stellen wie de vrouw is die dergelijke informatie van hem zou willen verkrijgen.'

Rosalinda zei niets; ze keek hem alleen met opgetrokken wenkbrauwen aan en wachtte tot hij verder sprak. Hij kuchte even, niet op zijn gemak, hoogstwaarschijnlijk had hij een enthousiastere reactie op zijn bemiddeling verwacht.

'U weet hoe die journalisten zijn, nietwaar? Echte aasgieren, altijd ergens naar op zoek.'

Rosalinda nam de tijd voor ze antwoordde. 'Zij zijn niet de enigen, mijn beste Leo, zij zijn niet de enigen,' merkte ze met een bijtende ondertoon op. 'Nou ja, geef me hem maar aan de lijn, eens kijken wat hij wil.'

Ik ging verzitten, probeerde mijn nervositeit te verbergen en snoot mijn neus. Intussen gaf de gezette Britse directeur met het accent van een banderillero de telefoniste opdracht het gesprek tot stand te brengen. We wachtten een hele tijd, we kregen koffie, Rosalinda hervond haar goede humeur, Martin leefde op. Tot eindelijk het moment van het gesprek met de journalist aanbrak. Het duurde amper drie minuten en ik begreep er geen woord van want ze spraken Engels. Wat ik daarentegen wel opmerkte was de ernstige, bitse toon van mijn cliënte.

'Klaar,' zei ze na afloop slechts. We namen afscheid van de directeur, bedankten hem voor zijn goede zorgen en moesten de vorsende blik van de secretaresse met het kraaienhoofd weer ondergaan.

'Wat wilde hij?' vroeg ik brandend van nieuwsgierigheid zodra we het kantoor verlaten hadden.

'A bit of blackmail. Ik weet niet hoe je dat in het Spaans zegt. Wanneer iemand zegt dat hij iets voor je zal doen, maar alleen als jij daar iets voor terugdoet.'

'Chantage,' verklaarde ik.

'Chantage,' herhaalde ze met een erbarmelijke uitspraak. Te veel lastige klanken in een en hetzelfde woord.

'Chantage in welk opzicht?'

'Een interview in levenden lijve met Juan Luis, en enkele weken preferente toegang tot het officiële leven in Tétouan. In ruil daarvoor brengt hij ons in contact met de juiste persoon in Madrid.'

Ik slikte voor ik mijn vraag stelde. Geen sprake van dat iemand de hoogste gezagsdrager van het Spaanse Protectoraat in Marokko zo smerig afperst, over mijn lijk, vreesde ik dat ze zou zeggen. En zo'n onbekend en opportunistisch journalistje al helemaal niet, zeker niet om een simpele naaister een plezier te doen.

'En, wat heb je tegen hem gezegd?' waagde ik het ten slotte te vragen.

Gelaten haalde ze haar schouders op.

'Dat hij me een telegram moet sturen met de verwachte datum van zijn aankomst in Tanger.'

26

Marcus Logan arriveerde slepend met een been, vrijwel doof aan een oor en met een arm in een mitella. Al die gebreken zaten aan dezelfde kant van zijn lijf, de linker, de kant die het dichtst bij het kanonvuur was geweest dat hem had geveld en bijna gedood toen hij de artillerieaanvallen van het nationale kamp op Madrid voor zijn agentschap versloeg. Rosalinda regelde dat een officiële wagen hem in de haven van Tanger ophaalde en hem rechtstreeks naar Hotel Nacional in Tétouan bracht.

Op een van de rieten stoelen op de binnenpatio, omgeven door bloembakken en met arabesken versierde tegels, zat ik op hen te wachten. Over het latwerk aan de muren klommen slingerplanten en aan het plafond hingen grote Moorse lantaarns; het geroezemoes van de gesprekken om me heen en het geklater van een kleine fontein vergezelden me tijdens het wachten.

Rosalinda arriveerde toen de laatste middagzon door de glazen overkapping viel, de journalist tien minuten later. De voorgaande dagen had ik in mijn hoofd het beeld van een impulsieve en grove man gesmeed, iemand met een hard karakter en voldoende branie om eenieder die hij voor zich kreeg te intimideren, zolang hij zijn doel maar zou bereiken. Maar ik vergiste me, zoals we ons bijna altijd vergissen wanneer we ons vooraf een voorstelling maken op basis van de broze pijler van een simpele actie of een paar woorden. Ik vergiste me en besefte dat onmiddellijk zodra de chanterende journalist onder de toegangsboog van de patio door liep, met zijn stropdas losgeknoopt en in een licht linnen pak dat flink gekreukt was.

Hij herkende ons meteen; daarvoor hoefde hij alleen maar zijn blik door de ruimte te laten dwalen en vast te stellen dat wij de enige twee jongedames waren die alleen zaten: een duidelijk buitenlandse blondine en een donkere rasechte Spaanse. Zonder op te staan bereidden we ons voor op de begroeting, de strijdbijlen achter onze rug verstopt voor het geval we ons moesten verdedigen tegen die lastige gast. Maar het was niet nodig ze tevoorschijn te halen, want de Marcus Logan die op die vroege Afrikaanse avond verscheen had allerhande gevoelens bij ons kunnen opwekken, maar zeker geen angst. Hij was lang en leek ergens tussen de dertig en veertig. Zijn kastanjebruine haar zat enigszins in de war en toen hij strompelend en steunend op een bamboestok naar ons toe liep, zagen we dat de linkerkant van zijn gezicht onder de wonden en kneuzingen zat. Hoewel onder zijn verschijning de man doorschemerde die hij moest zijn geweest voordat die van links komende ontploffing bijna een eind aan zijn leven had gemaakt, was hij op dat moment weinig meer dan een gepijnigd lichaam dat, zodra hij ons had begroet met alle hoffelijkheid die zijn erbarmelijke staat hem toestond, op een stoel plofte terwijl hij een vergeefse poging deed zijn ongemakken en de vermoeidheid van de lange reis die zich in zijn geteisterde lichaam had opgehoopt te verbergen.

'Mrs. Fox and miss Quiroga, I suppose,' waren zijn eerste woorden.

'Yes, we are, indeed,' antwoordde Rosalinda in hun taal. 'Nice meeting you, Mr. Logan. And now, if you don't mind, I think we should proceed in Spanish; I'm afraid my friend won't be able to join us otherwise.'

'Uiteraard, neem me niet kwalijk,' zei hij, zich in vloeiend Spaans tot mij richtend.

Hij zag er niet uit als een gewetenloze afperser, maar gewoon als een beroepsuitoefenaar die zijn brood zo goed mogelijk probeerde te verdienen en in het voorbijgaan de kansen greep die op zijn weg kwamen. Net als Rosalinda, net als ik. Net als iedereen in die tijd. Alvorens over te gaan op de kwestie die hem naar Marokko had gevoerd en aan Rosalinda de bevestiging te vragen van hetgeen ze hem beloofd had, vond hij het nodig ons zijn geloofsbrieven te presenteren. Hij was werkzaam bij een Britse nieuwsdienst, bevoegd om de Spaanse oorlog vanuit beide kampen te verslaan, en hoewel hij in de hoofdstad was gestationeerd, was hij voortdurend onderweg. Tot het onverhoopte was gebeurd. Hij werd opgenomen in Madrid, met spoed geopereerd en zodra het mogelijk was naar Londen geëvacueerd. Daar was hij verscheidene weken in het Royal London Hospital opgenomen, moest hij de nodige pijn en behandelingen verduren, was hij bedlegerig, zonder bewegingsvrijheid, popelend om naar het actieve leven terug te keren.

Toen hem het bericht bereikte dat de Spaanse hoge commissaris in Marokko informatie behoefde die hij hem zou kunnen verstrekken, zag hij zijn kans schoon. Hij besefte dat hij niet in de fysieke conditie verkeerde om zijn constante komen en gaan op het Schiereiland weer op te pakken, maar een bezoekje aan het Protectoraat zou zijn herstel niet in de weg staan en dan zou hij zijn beroepsijver voor een deel toch kwijt kunnen. Voor ze hem toestemming gaven om op reis te gaan, had hij een waar gevecht moeten leveren met de artsen, met zijn chefs en met iedereen die aan zijn bed kwam om hem van het idee af te brengen, hetgeen, gevoegd bij zijn toestand, zijn geduld tot het uiterste op de proef had gesteld. Hij bood Rosalinda zijn verontschuldigingen aan omdat hij zo kortaf was geweest aan de telefoon, boog en strekte zijn been een paar keer met een vertrokken gezicht en kwam eindelijk tot actuelere kwesties.

'Sinds vanmorgen heb ik niets meer gegeten. Mag ik u uitnodigen voor het diner? Dan kunnen we onder het eten verder praten.'

We accepteerden zijn uitnodiging; in feite zou ik alles geaccepteerd hebben zolang ik maar met hem kon praten. Ik had in een latrine kunnen eten, of tussen de varkens in de modder wroeten; ik zou kakkerlakken hebben vermalen en bocht hebben gedronken om ze weg te spoelen; alles, zolang ik maar de informatie kreeg waar ik al zoveel dagen naar uitkeek. Vlotjes riep Logan een van de Arabische kelners die op de patio met bestellingen in de weer waren en vroeg een tafel in het restaurant van het hotel.

Momentje, alstublieft, meneer. De kelner ging op zoek naar zijn chef en nog geen zeven seconden later kwam de Spaanse maître aansnellen, glibberig en gedienstig. Onmiddellijk, nu meteen, komt u mee, dames, komt u mee, meneer, alstublieft. Geen wachttijd voor señora Fox en haar vrienden, nog geen minuut, het moest nog mooier worden!

Logan liet ons voorgaan de eetzaal in terwijl de maître een tafel in het midden aanwees, een opvallende plek opdat niemand die avond het zicht op de Engelse geliefde van Beigbeder hoefde te missen. De journalist wees de tafel beleefd af en gebaarde naar een andere, achterin, meer afgezonderd. Ze waren allemaal onberispelijk gedekt met smetteloze tafellakens, water- en wijnglazen en gevouwen servetten op porseleinen borden. Het was echter nog vroeg en er zat nauwelijks een dozijn gasten in de zaal.

We kozen ons menu en kregen een sherry geserveerd om het wachten te bekorten. Rosalinda nam in zekere zin de rol van gastvrouw op zich en bracht het gesprek op gang. De voorafgaande ontmoeting op de patio was zuiver een formaliteit geweest, maar daardoor was de spanning wel wat weggeëbd. De journalist had zich voorgesteld en ons gedetailleerd de oorzaken van zijn toestand verteld; wij van onze kant waren gerustgesteld toen we zagen dat het niet om een gevaarlijk figuur ging en we hadden wat met hem gebabbeld over het leven in Spaans-Marokko. Maar we wisten alle drie dat het geen hoffelijk samenzijn was om nieuwe vrienden te maken, over ziekten te praten of pittoreske beelden van Noord-Afrika te schetsen. Wat ons die avond had samengebracht was louter en alleen een onderhandeling waarbij twee partijen betrokken waren: twee kampen die onlangs hun eisen en voorwaarden helder hadden genoemd. Het uur was gekomen om ze op tafel te leggen en vast te stellen hoever elk kon komen.

'U moet weten dat alles wat u me onlangs telefonisch vroeg geregeld is,' was Rosalinda's voorzet zodra de ober met de bestelling was vertrokken.

'Uitstekend,' repliceerde de journalist.

'U krijgt uw interview met de hoge commissaris, privé en zo uitgebreid als u maar wenst. Bovendien zult u een tijdelijke verblijfsvergunning voor het Spaanse Protectoraat ontvangen,' ging Rosalinda verder, 'en zullen er uitnodigingen op uw naam worden verstrekt voor alle officiële plechtigheden van de komende weken; een daarvan, kan ik u alvast verklappen, zal van grote betekenis zijn.'

Vragend trok hij de wenkbrauw van de ongehavende helft van zijn gezicht op.

'We verwachten op korte termijn een bezoek van Ramón Serrano Súñer, de zwager van Franco, u weet over wie ik het heb, neem ik aan.'

'Uiteraard,' bevestigde hij.

'Hij komt naar Marokko om het eerste jaarjubileum van de opstand te vieren en zal hier drie dagen blijven. Voor zijn ontvangst worden diverse plechtigheden georganiseerd; gisteren is Dionisio Ridruejo, de directeur-generaal van Propaganda, gearriveerd. Hij is hier om samen met de secretaris van het Hoge Commissariaat de voorbereidingen te treffen. We hebben erop gerekend dat u alle officieel getinte evenementen waarbij ook burgers zijn vertegenwoordigd zult bijwonen.'

'Ik ben u zeer erkentelijk. En brengt u mijn dankbaarheid alstublieft over aan de hoge commissaris.'

'Het zal een genoegen zijn u bij ons te hebben,' antwoordde Rosalinda met de bekoorlijke uitdrukking van een perfecte gastvrouw die het kruisen van de degens voor bleef. 'U begrijpt, hoop ik, dat ook wij enkele voorwaarden hebben.'

'Natuurlijk,' antwoordde Logan na een slokje sherry.

'Alle informatie die u naar buiten wenst te brengen dient vooraf te worden gecontroleerd door de persdienst van het Hoge Commissariaat.'

'Geen probleem.'

Op dat moment kwamen de obers met de gerechten aanlopen en werd ik overweldigd door een aangename opluchting. Ondanks de elegantie waarmee beiden de onderhandeling voerden, had ik me in de loop van het gesprek tussen Rosalinda en de zojuist aangekomene toch wat ongemakkelijk gevoeld, misplaatst, alsof ik een feestje was binnengedrongen waarvoor ik niet uitgenodigd was. Ze hadden het over kwesties die me volstrekt vreemd waren, over zaken die wellicht geen grote officiële geheimen inhielden, maar die evenmin bedoeld waren voor de oren van een eenvoudige naaister. Ik herhaalde verscheidene keren tegen mezelf dat ik daar wel degelijk op mijn plaats was, dat ik erbij hoorde omdat dat diner tot stand gekomen was vanwege mijn moeders evacuatie. Toch kostte het me moeite mezelf te overtuigen.

De komst van het eten onderbrak voor het moment de uitwisseling van concessies en eisen. Tong voor de dames, kip met garnituur voor meneer, meldden ze. We becommentarieerden kort de gerechten, de versheid van de vis aan de mediterrane kust, de voortreffelijke groenten uit de vruchtbare vlakte bij de Martín. Zodra de obers zich terugtrokken, vervolgden de twee hun gesprek, exact op het punt waar ze een paar minuten eerder waren gebleven.

'Nog meer voorwaarden?' wilde de journalist weten voor hij de vork naar zijn mond bracht.

'Ja, al zou ik het niet direct een voorwaarde willen noemen. Het is iets wat zowel u als ons van pas komt.'

'Dan zal het geen probleem opleveren.'

'Dat denk ik ook,' bevestigde Rosalinda. 'Luister, Logan, u en ik bewegen zich in twee heel verschillende werelden, maar we zijn landgenoten en we weten allebei dat het nationale kamp over het algemeen sympathiseert met de Duitsers en Italianen, en niet de minste affectie kan opbrengen voor de Engelsen.'

'Dat is zo,' beaamde hij.

'Goed, daarom wil ik voorstellen dat u zich voordoet als een vriend van mij. Zonder uw identiteit als journalist te loochenen, natuurlijk, maar een journalist verwant aan mij, en bij uitbreiding aan de hoge commissaris. We denken dat u zo met iets minder wrok bejegend zult worden.'

'Door wie?'

'Door iedereen: de lokale Spaanse en Moorse autoriteiten, het buitenlandse consulaire corps, de pers... In geen van deze collectieven kan ik op fervente bewonderaars rekenen, dat moet gezegd, maar formeel tonen ze een zeker respect voor me vanwege mijn banden met de hoge commissaris. Indien we u introduceren als mijn vriend, kunnen we wellicht bewerkstelligen dat dat respect zich tevens tot u uitstrekt.'

'Wat is kolonel Beigbeders mening in dezen?'

'Hij is het er volkomen mee eens.'

'Dan behoeft het geen betoog. Het lijkt me geen slecht idee en, zoals u al opmerkte, kan het voor iedereen gunstig uitpakken. Nog een voorwaarde?'

'Van onze kant niet,' antwoordde Rosalinda terwijl ze bij wijze van toost haar glas hief.

'Prima. Alles duidelijk dus. Goed, nu is het geloof ik mijn beurt om u beiden te informeren over de kwestie waarvoor u zich tot mij gewend hebt.'

Mijn maag draaide om: het moment was aangebroken. Het eten en de wijn schenen Marcus Logan van een zekere kracht te hebben voorzien; hij zag er veel zelfvoldaner uit. Ook al had hij de onderhandeling met kille kalmte gevoerd, je merkte zijn positieve uitstraling en de duidelijke wens Rosalinda en Beigbeder niet meer last te bezorgen dan nodig was. Ik veronderstelde dat die houding wellicht met zijn beroep te maken had, maar om dat zeker te weten ontbrak het me aan criteria; hij was per slot van rekening de eerste journalist die ik ontmoette.

'In de eerste plaats moet u weten dat mijn contactpersoon al op de hoogte is en uw moeders overbrenging heeft ingepland voor de eerstvolgende evacuatie vanuit Madrid naar de kust.'

Ik moest me stevig aan de tafel vasthouden om niet op te springen en hem te omhelzen. Maar ik hield me in: de eetzaal van Hotel Nacional was inmiddels volgelopen en dankzij Rosalinda stond onze tafel die avond volop in de belangstelling. Als ik die buitenlander impulsief en euforisch om de nek gevlogen was, zouden we onmiddellijk het middelpunt van alle blikken en praatjes zijn. Dus beteugelde ik mijn enthousiasme en liet mijn vreugde slechts blijken met een glimlach en een zacht uitgesproken 'Dank u'.

'U zult me enkele gegevens moeten verstrekken; die telegrafeer ik naar mijn agentschap in Londen en dan nemen zij contact op met Christopher Lance, de man die aan het hoofd van de hulpactie staat.'

'Wie is hij?' wilde Rosalinda weten.

'Een Engelse ingenieur, veteraan uit de Grote Oorlog en al een aantal jaar woonachtig in Madrid. Tot voor de opstand werkte hij voor een Spaans bedrijf met Britse belangen, de civieltechnische onderneming Ginés Navarro e Hijos. Hun hoofdkantoor is in de paseo del Prado en ze hebben filialen in Valencia en Alicante. Hij heeft meegewerkt aan wegen en bruggen, een groot stuwmeer in Soria, een hydro-elektrische centrale in de buurt van Granada en een zeppelinstation in Sevilla. Toen de oorlog uitbrak zijn de Navarro's verdwenen, uit vrije wil of onder dwang, dat is niet bekend. De werknemers vormden een comité en namen het bedrijf onder hun hoede. Lance had toen kunnen vertrekken, maar hij deed het niet.'

'Waarom niet?' vroegen we in koor.

Schouderophalend nam de journalist een flinke slok wijn.

'Goed tegen de pijn,' zei hij bij wijze van verontschuldiging terwijl hij zijn glas hief om ons het geneeskrachtige effect te tonen. 'Eerlijk gezegd,' vervolgde hij, 'heb ik geen idee waarom Lance niet naar Engeland is teruggegaan. Het is me nooit gelukt hem de reden te ontlokken die zijn handelwijze rechtvaardigt. Voor de oorlog kozen de Engelse inwoners van Madrid, net als vrijwel alle buitenlanders, geen partij wat de Spaanse politiek betrof en bekeken ze de toestand onverschillig, enigszins ironisch zelfs. Uiteraard wisten ze van de spanning tussen de rechtse en linkse partijen, maar ze zagen het als karakteristiek voor het land, als onderdeel van de nationale folklore. Stieren, siësta, knoflook, olijfolie en broederhaat, heel pittoresk, heel Spaans allemaal. Tot de bom barstte. Toen ze doorkregen dat het serieus was, verlieten ze in allerijl Madrid. Een enkele uitzondering daargelaten, onder wie Lance, die verkoos zijn vrouw naar huis te sturen en zelf in Spanje te blijven.'

'Niet zo verstandig, lijkt me,' opperde ik.

'Waarschijnlijk is hij een beetje gek, ja,' zei hij half voor de grap. 'Maar het is een goeie kerel en hij weet wat hij doet; het is geen roekeloze avonturier, noch een van die opportunisten die tegenwoordig overal gedijen.'

'Wat doet hij precies?' wilde Rosalinda weten.

'Hij verleent hulp aan wie het nodig heeft. Hij haalt zo veel mogelijk mensen Madrid uit, brengt ze naar een haven aan de Middellandse Zee en zet ze daar op allerlei Britse schepen; dat kan evengoed een oorlogsschip zijn als een pakketboot of een citroenvrachtvaarder.'

'Rekent hij iets?' vroeg ik.

'Nee. Niets. Hij verdient er niet aan. Er zijn lui die wel degelijk hun voordeel met dergelijke kwesties doen, maar hij niet.'

Hij wilde ons net meer uitleggen, maar op dat moment kwam een jonge militair in breeches, glimmende laarzen en met zijn pet onder zijn arm naar onze tafel lopen. Met een geconcentreerd gezicht bracht hij de militaire groet en overhandigde Rosalinda een envelop. Ze haalde er een dubbelgevouwen velletje uit, las het en glimlachte.

'I'm truly very sorry, maar u zult me moeten verontschuldigen,' zei ze terwijl ze haastig haar spulletjes in haar tas stopte. Haar sigarettenkoker, handschoenen en het briefje. 'Er is iets inverwachts, sorry, onverwachts gebeurd,' voegde ze eraan toe. Ze boog haar hoofd naar me toe. 'Juan Luis is eerder teruggekomen uit Sevilla,' fluisterde ze onstuimig.

Ondanks zijn gesprongen trommelvlies moest de journalist het ook gehoord hebben.

'Praat gerust verder, ik hoor het later wel,' gaf ze ons hardop te verstaan. 'Sira, darling, ik zie je snel weer. En u, Logan, bereid u voor op morgen. Om één uur haalt een auto u hier op. U luncht in mijn huis met de hoge commissaris; daarna zal hij de hele middag beschikbaar zijn voor uw interview.'

De jonge militair en vele schaamteloze blikken vergezelden Rosalinda naar de uitgang. Zodra ze uit het zicht was, verzocht ik Logan dringend om zijn uitleg op hetzelfde punt als waar hij was gestopt weer op te pakken.

'Als het Lance niets oplevert en hij niet door politieke kwesties gedreven wordt, waarom doet hij het dan?'

Hij haalde opnieuw zijn schouders op, met een verontschuldigende uitdrukking omdat hij geen redelijke verklaring kon geven.

‘Zulke mensen zijn er gewoon, pimpernellen noemt men ze. Lance is een apart figuur: een soort kruisvaarder voor verloren zaken. Volgens hem heeft zijn gedrag niets met politiek te maken en handelt hij slechts op humanitaire gronden: waarschijnlijk zou hij hetzelfde hebben gedaan met de republikeinen als hij in het gebied van de nationalen had gezeten. Misschien komt het doordat hij de zoon is van een kanunnik van de kathedraal van Wells, wie weet. Het geval wil dat onze ambassadeur, sir Henry Chilton, en het merendeel van zijn personeel op het moment van de opstand met zomerreces in San Sebastián waren en in Madrid een ambtenaar die absoluut niet tegen de situatie opgewassen was, de leiding had. Zodoende nam Lance, als veteraan binnen de Britse gemeenschap, geheel spontaan de teugels in handen. Zich aan God noch de duivel toevertrouwend, zoals jullie Spanjaarden zeggen, stelde hij onbezonnen de ambassade open om aanvankelijk alleen Britse burgers een helpende hand toe te steken, zo’n driehonderd waren dat er volgens mijn informatie. Geen ervan was direct politiek betrokken, maar de meesten waren conservatieve sympathisanten met rechts die diplomatieke bescherming zochten zodra ze zagen welke wending de gebeurtenissen namen. Het geval wil dat de situatie de verwachtingen te boven ging: honderden anderen zochten eveneens hun toevlucht bij de ambassade. Ze voerden aan dat ze in Gibraltar of tijdens een overtocht op een Engels schip waren geboren, verwanten hadden in Groot-Brittannië, zaken hadden gedaan met de Britse Kamer van Koophandel; elke denkbare uitvlucht om zich onder de bescherming van de Union Jack, onze vlag, te scharen.’

‘Waarom juist uw ambassade?’

‘Het was niet alleen de onze, verre van. In feite was de onze een van de onwilligste om bescherming te verlenen. Alle ambassades deden min of meer hetzelfde gedurende die eerste dagen: ze namen hun eigen onderdanen op, en enkele Spanjaarden die om bescherming verlegen zaten.’

‘En daarna?’

‘Sommige gezantschappen bleven heel actief asiel verlenen en zijn nog altijd direct of indirect bij het vluchtelingenverkeer betrokken. Chili bovenal, Frankrijk, Argentinië, en Noorwegen ook. Andere daarentegen weigerden ermee door te gaan toen de eerste onzekere tijd voorbij was. Lance handelt echter niet als vertegenwoordiger van de Britse regering; hij doet alles op eigen houtje. Onze ambassade was, zoals ik al zei, een van de legaties die weigerden betrokken te blijven bij asielverlening en vluchtelingenevacuatie. Lance helpt evenmin in abstracto het nationale kamp, maar mensen die op persoonlijke titel Madrid moeten verlaten. Om ideologische redenen, om familieredenen, om wat dan ook. Het klopt dat hij zich in de ambassade vestigde en het op een of andere manier voor elkaar kreeg dat ze hem de functie van honorair attaché gaven om gedurende de eerste dagen van de oorlog Britse burgers te evacueren, maar sindsdien handelt hij voor eigen rekening en verantwoording. Als hij daar voordeel in ziet, doorgaans om indruk te maken op de milities en wachters bij de wegcontroleposten, maakt hij ostentatief gebruik van alle diplomatenspulletjes waar hij de hand op heeft kunnen leggen: een rood-blauw-witte band om de arm om zich te identificeren, vlaggetjes op de auto en een gigantische vrijbrief vol stempels en zegels van de ambassade, zes of zeven vakbonden en het ministerie van Oorlog, alles wat hij maar te pakken kan krijgen. Een bijzonder type, die Lance: sympathiek, vlotte babbel, altijd opvallend gekleed, met jasjes en dassen die pijn doen aan je ogen. Ik denk wel eens dat hij alles wat overdrijft, zodat niemand hem serieus neemt en hem dus nergens van verdenkt.'

'Hoe regelt hij het vervoer naar de kust?'

'Precies weet ik het niet, details vertelt hij niet graag. Ik geloof dat hij begonnen is met voertuigen van de ambassade en vrachtauto's van zijn werk, tot die gevorderd werden. Het schijnt dat hij nu een ambulance van het Schotse corps gebruikt die ter beschikking van de Republiek is gesteld. Verder gaat Margery Hill doorgaans met hem mee, een verpleegster uit het Anglo-Americano hospitaal, kent u dat?'

'Ik geloof het niet.'

'Het staat in de calle Juan Montalvo, vlak bij de wijk Ciudad Universitaria, bijna aan het front. Daar brachten ze me aanvankelijk naartoe toen ik gewond raakte; daarna, toen ik geopereerd moest worden, brachten ze me over naar het hospitaal dat in het Palace is opgezet.'

'Een hospitaal in Hotel Palace?' vroeg ik ongelovig.

'Inderdaad, een veldhospitaal, wist u dat niet?'

'Ik had geen idee. Toen ik uit Madrid vertrok was het Palace, samen met het Ritz, het meest luxueuze hotel.'

'Tja, nu heeft het een andere functie. Er is veel veranderd. Daar lag ik een paar dagen, tot ze me naar Londen evacueerden. Ik kende Lance al voor ik in het Anglo-Americano terechtkwam; de Britse gemeenschap in

Madrid is tegenwoordig heel klein. Hij kwam me verscheidene keren in het Palace opzoeken; een deel van zijn zelfopgelegde humanitaire taak is alle in moeilijkheden verkerende landgenoten zo veel mogelijk helpen. Daarom weet ik een beetje hoe het evacuatieproces in zijn werk gaat, maar ik ken alleen de details die hij kwijt wilde. Doorgaans komen de vluchtelingen op zijn gezag naar het hospitaal; soms houden ze hen daar een poosje en doen ze alsof het patiënten zijn tot het volgende konvooi zover is. Meestal gaan beiden mee, Lance en de verpleegster Hill, op het hele traject: als de zaken lastig worden kan zij bij de controles de functionarissen en milities blijkbaar als geen ander misleiden. Bovendien krijgt ze het voor elkaar om op de terugweg alles mee te nemen naar Madrid wat ze maar heeft kunnen lospeuteren van de schepen van de Royal Navy: medicijnen, allerhande hulpmiddelen, zeep, ingeblikt voedsel...'

'Hoe maken ze de tocht?'

In gedachten wilde ik vooruitlopen op mijn moeders evacuatie, een idee hebben waaruit haar avontuur zou bestaan.

'Ik weet dat ze 's morgens heel vroeg vertrekken. Lance kent inmiddels alle controleposten, en dat terwijl het er meer dan dertig zijn; soms doen ze wel twaalf uur over het traject. Bovendien is hij een expert geworden in de psychologie van de milities: hij stapt uit de auto, praat met ze, noemt ze kameraden, laat ze zijn indrukwekkende vrijbrief zien, biedt ze sigaretten aan, maakt grapjes en neemt afscheid met "Leve Rusland" of "Dood aan de fascisten", maakt niet uit wat, zolang hij maar verder kan. Het enige wat hij nooit doet is ze omkopen; dat principe heeft hij zichzelf opgelegd en voor zover ik weet is hij daar nooit van afgeweken. Hij is ook uitermate consciëntieus wat de wetten van de Republiek betreft, hij zal ze nooit ontduiken. En uiteraard vermijdt hij het altijd voorvallen of incidenten te veroorzaken die onze ambassade zouden kunnen schaden. Weliswaar is hij slechts op honoraire titel aan hen verbonden, maar hij voert strikt de code van de diplomatenethiek.'

Hij was nog niet uitgesproken of ik stond al klaar om de volgende vraag af te vuren: ik betoonde me een buitengewoon goede leerling van commissaris Vázquez' ondervragingstechniek.

'Naar welke havens brengt hij de vluchtelingen?'

'Valencia, Alicante, Denia, dat ligt eraan. Hij bestudeert de situatie, werkt ondertussen een plan uit en slaagt er op een of andere manier altijd in zijn vrachtje in te schepen.'

'Maar hebben die mensen papieren, vergunningen, vrijbrieven...?'

'Normaal gesproken wel voor binnen Spanje. Voor het buitenland waarschijnlijk niet. Daarom is de inscheping ook zo gecompliceerd: Lance moet de controleurs om de tuin leiden, de kaden op en ongemerkt voorbij de wachtposten zien te komen, onderhandelen met de scheepsofficieren, de vluchtelingen binnensmokkelen en verbergen voor het geval er een doorzoeking komt. Het is een bijzonder hachelijke zaak, hij kan ervoor in de gevangenis belanden. Maar tot op heden is het hem altijd gelukt.'

We waren klaar met eten. Het had Logan moeite gekost het bestek te hanteren; zijn linkerarm werkte niet voor honderd procent mee. Toch had hij de kip, twee flinke schaaltjes flan en verscheidene glazen wijn soldaat gemaakt. Daarentegen had ik, verdiept in zijn verhaal, mijn vis nauwelijks aangeraakt en geen nagerecht besteld.

'Wilt u koffie?' vroeg hij.

'Graag.'

In feite dronk ik na het avondeten nooit koffie, alleen als ik tot laat moest werken. Maar die avond had ik goede redenen om het aanbod aan te nemen: het gesprek zo lang mogelijk rekken en helder blijven om niet het kleinste detail te missen.

'Vertelt u eens over Madrid,' verzocht ik toen. Mijn stem klonk zacht, misschien omdat ik op voorhand wist dat ik het niet prettig zou vinden wat ik te horen kreeg.

Hij keek me strak aan voor hij antwoordde.

'U weet echt niets, hè?'

Ik vestigde mijn blik op het tafelkleed en schudde mijn hoofd. Ik was rustiger nu ik de bijzonderheden over mijn moeders komende evacuatie had gehoord; nerveus was ik niet meer. Ondanks zijn gehavende lichaam was Marcus Logan erin geslaagd me met zijn sterke, zelfverzekerde uitstraling gerust te stellen. Op de ontspanning volgde echter geen vreugde, maar een diepe droefheid om alles wat ik hoorde. Om mijn moeder, om Madrid, om mijn land. Opeens voelde ik me vreselijk slap en ik merkte dat de tranen me hoog zaten.

'De stad is flink beschadigd en er is een tekort aan basale levensmiddelen. Het ziet er niet goed uit, maar ieder redt zich zo goed hij kan,' vatte hij vaag samen. 'Mag ik u iets vragen?' voegde hij eraan toe.

'Wat u maar wilt,' antwoordde ik met mijn ogen nog op de tafel gericht. Mijn moeders toekomst lag in zijn handen, hoe kon ik dan weigeren?

‘Luister, ik heb de nodige stappen gezet en ik garandeer u dat ze alles in werking stellen wat uw moeder betreft, dat hebben ze me beloofd en daar kunt u gerust over zijn.’ Hij ging zachter en op vertrouwelijke toon verder: ‘Maar om dat te bereiken heb ik, laten we zeggen, een panorama moeten bedenken waarvan ik niet weet of het wel of niet met de werkelijkheid overeenstemt. Ik heb moeten zeggen dat ze een groot risico loopt en met spoed geëvacueerd moet worden. Verdere bijzonderheden hoefde ik niet te geven. Maar ik zou graag willen weten in hoeverre ik gelijk heb of ernaast zit. Uw antwoord verandert niets aan de zaak, maar persoonlijk zou ik het graag weten. Dus als u het niet vervelend vindt, vertel me dan alstublieft wat de werkelijke situatie van uw moeder is, denkt u dat ze echt gevaar loopt in Madrid?’

Een ober bracht onze koffie; we roerden tegelijk onze suiker erdoor en lieten de lepeltjes in een bedaard ritme tegen het porselein stoten. Na een paar seconden hief ik mijn hoofd op en keek hem recht aan.

‘Wilt u de waarheid horen? Goed, de waarheid is dat ik denk dat haar leven niet direct in gevaar is, maar ik ben het enige wat mijn moeder in deze wereld heeft en zij is de enige die ik heb. We hebben altijd met z’n tweetjes geleefd, vechtend voor ons bestaan: we zijn gewoon twee hardwerkende vrouwen. Er kwam echter een dag waarop ik een vergissing maakte en haar in de steek liet. En het enige wat ik wil is haar terugkrijgen. Daarnet hebt u me verteld dat uw vriend Lance niet uit politieke motieven handelt, dat hij enkel door humanitaire beweegredenen wordt gedreven. U moet zelf maar bepalen of een moeder zonder middelen met haar enige dochter herenigen wel of geen humanitaire reden is, ik weet het niet.’

Meer kon ik niet uitbrengen, ik voelde een stortvloed van tranen opwellen.

‘Ik moet gaan, morgen moet ik weer vroeg op, ik heb veel werk, dank u voor het eten, dank u voor alles...’

De woorden kwamen hortend en schor uit mijn keel terwijl ik opstond en haastig mijn tas pakte. Ik keek niet op; ik wilde niet dat hij de vochtige stroom die over mijn wangen liep zag.

‘Ik loop met u mee,’ zei hij terwijl hij ging staan, zijn pijn verbijtend.

‘Dat is niet nodig, dank u, ik woon hier vlakbij, om de hoek.’

Ik draaide me om en ging op weg naar de uitgang. Ik had pas een paar stappen gedaan toen ik zijn hand onder mijn elleboog voelde.

'Het is een geluk dat u dichtbij woont, dan hoef ik minder te lopen. Kom.'

Hij gebaarde naar de maître om de rekening op zijn kamernummer te zetten en we vertrokken. Hij sprak niet en probeerde evenmin me te kalmeren; hij zei geen woord over wat hij daarnet had gehoord. Hij bleef alleen maar zwijgend naast me lopen en wachtte tot ik uit mezelf weer rustig werd. Toen we buiten kwamen, bleef hij plotseling staan. Leunend op zijn stok keek hij naar de sterrenhemel en ademde de lucht gretig in.

'Marokko ruikt goed.'

'De bergen zijn vlakbij, de zee ook,' antwoordde ik, inmiddels wat bedaard. 'Daar komt het vast door.'

We liepen langzaam, hij vroeg hoe lang ik al in het Protectoraat woonde, hoe het leven daar was.

'We zien elkaar weer. Zodra ik nieuws heb hoort u het,' zei hij toen ik aangaf dat we bij mijn huis waren gekomen. 'En wees gerust, u kunt ervan op aan dat al het mogelijke wordt gedaan om u te helpen.'

'Dank u, echt, en vergeef me mijn reactie. Soms kost het me moeite me in te houden. Het zijn geen gemakkelijke tijden, moet u weten,' fluisterde ik enigszins beschaamd.

Hij probeerde te glimlachen, maar dat lukte maar half.

'Ik begrijp u volkomen, echt.'

Ditmaal geen tranen, het moeilijke moment was voorbij. We keken elkaar even aan, wensten elkaar goedenacht en ik liep de trappen op, terwijl ik bedacht hoe weinig die Marcus Logan overeenkwam met de gevaarlijke opportunist die Rosalinda en ik ons hadden voorgesteld.

27

Beigbeder en Rosalinda waren opgetogen over het interview van de dag erna. Later hoorde ik van haar dat alles in een ontspannen sfeer was verlopen; de twee mannen zaten op een van de terrassen van de oude villa aan de paseo de las Palmeras brandy-soda te drinken, met voor zich de vlakte van de Martín en de hellingen van de imposante Gorgues, het begin van het Rifgebergte. Eerst hadden ze met z'n drieën gegeten: het kritische oog van de Engelse moest bepalen in hoeverre haar landgenoot te vertrouwen was voor ze hem alleen liet met haar beminde Juan Luis. Bedouie, haar Arabische kok, had een lamstajine voor hen bereid die vergezeld ging van een bourgogne grand cru. Na het dessert en de koffie trok Rosalinda zich terug en installeerden de heren zich in rieten fauteuils, rookten een havanna en verdiepten hun gesprek.

Ik wist dat het bijna acht uur 's avonds was toen de journalist van het interview terugkeerde in zijn hotel, dat hij die avond niet dineerde maar alleen wat fruit op zijn kamer liet komen. Ik wist dat hij zich 's morgens meteen na het ontbijt naar het Hoge Commissariaat begaf, ik wist door welke straten hij liep en hoe laat hij terugkeerde. Van zijn hele komen en gaan op die dag, en de volgende, en de daaropvolgende ook, nam ik tot in detail kennis; ik kwam te weten wat hij at, wat hij dronk, welke kranten hij doorbladerde en wat de kleur van zijn stropdassen was. Zelf was ik de hele dag druk met mijn naaiwerk, maar ik bleef voortdurend op de hoogte dankzij het efficiënte werk van enkele discrete hulpjes. Jamila volgde hem overdag; voor een stuiver informeerde een jonge hotelpiccolo me even nauwgezet over het tijdstip waarop Logan zich 's avonds terugtrok; voor tien cent meer herinnerde hij zich ook het menu van zijn avondeten, de kleding die hij liet wassen en hoe laat hij het licht uitdeed.

Ik hield het drie dagen vol, dagen waarop ik minutieus werd ingelicht over zijn hele handel en wandel, en wachtte tot ik bericht zou krijgen over de voortgang van mijn moeders transport. Op de vierde dag, toen het zich liet aanzien dat ik niets van hem zou horen, begon ik argwaan te koesteren. En wel zoveel argwaan dat in mijn hoofd de gedachte postvatte dat Marcus Logan, nu hij zijn doel om Beigbeder te interviewen had bereikt en voor zijn werk de benodigde gegevens over het Protectoraat had verzameld, van plan was te vertrekken en vergat dat hij ook nog iets voor mij moest doen. En om te voorkomen dat mijn kwalijke veronderstelling bewaarheid werd, besloot ik dat ik dat voor moest zijn. Daarom ging ik de volgende dag, zodra het licht werd en ik de muezzin hoorde oproepen voor het eerste gebed, piekfijn verzorgd de deur uit en installeerde ik me op de patio van het Nacional. In een nieuw wijnrood pakje en met een van mijn modebladen onder de arm. Op wacht, met rechte rug en over elkaar geslagen benen. Voor het geval dat.

Ik wist dat ik idioot bezig was. Rosalinda had gezegd dat Logan een tijdelijke verblijfsvergunning voor het Protectoraat had gekregen, hij had me zijn woord gegeven en beloofd dat hij me zou helpen; de afhandeling had tijd nodig. Als ik de situatie objectief analyseerde, wist ik dat er niets te vrezen viel: mijn angsten misten elke grond en dat wachten daar was een dwaas vertoon van mijn onzekerheid. Ik wist het, ja, maar toch besloot ik te blijven zitten.

Om kwart over negen kwam hij aanlopen, toen de ochtendzon al stralend door de glazen overkapping binnenviel. Het was levendig geworden op de patio, met pas opgestane gasten en het heen en weer geloop van obers en de voortdurende drukte van jonge Marokkaanse piccolo's die koffers en andere spullen sjouwden. Hij liep nog enigszins mank en droeg zijn arm in een blauwe doek, maar de gehavende helft van zijn gezicht was aardig opgeknapt en de schone kleding, de uren slaap en zijn nog vochtige pas gekamde haar deden hem goed; hij zag er stukken beter uit dan op de dag van zijn aankomst. Ik voelde een steek van angst toen ik hem zag, maar dat verhulde ik door mijn lok naar achteren te werpen en mijn benen nogmaals elegant over elkaar te slaan. Hij zag mij ook meteen en kwam naar me toe.

'Wel, wel, ik wist niet dat de vrouwen in Afrika zulke vroege vogels waren.'

'U kent het spreekwoord vast wel: de morgenstond heeft goud in de mond.'

'En waaruit bestaat het goud dat u zoekt, als ik vragen mag?' vroeg hij terwijl hij bij me kwam zitten.

'Dat u niet uit Tétouan vertrekt zonder me te vertellen hoe de zaken ervoor staan, of dat met mijn moeder al in gang is gezet.'

'Ik heb u nog niets gezegd omdat er nog niets bekend is,' antwoordde hij. Hij maakte zijn rug los van de leuning en boog naar me toe. 'U vertrouwt me nog niet helemaal, hè?'

Zijn stem klonk vast en intiem. Samenzweerderig bijna. Ik wachtte even voor ik reageerde en probeerde naarstig een leugentje te verzinnen. Maar er schoot me niets te binnen en daarom gaf ik maar eerlijk antwoord.

'Neem me niet kwalijk, maar de laatste tijd vertrouw ik niemand meer.'

'Ik begrijp u wel, geen probleem,' zei hij met een nog moeizame glimlach. 'Het zijn geen goede tijden voor loyaliteit en vertrouwen.'

Ik haalde veelzeggend mijn schouders op.

'Hebt u al ontbeten?' vroeg hij.

'Ja, dank u,' jokte ik. Ik had niet ontbeten en had ook geen zin dat te doen. Het enige wat ik wilde was zijn bevestiging dat hij niet weg zou gaan zonder zich aan zijn woord te houden.

'Goed, dan zouden we...'

Een wervelwind gehuld in boernoes plaatste zich tussen ons in en onderbrak ons gesprek: Jamila, hijgend.

'Frau Langenheim thuis wachten. Zij naar Tanger gaan, stof kopen. Siñorita Sira haar moet vertellen hoeveel meters kopen.'

'Zeg dat ze even blijft wachten; ik kom zo bij haar. Laat haar plaatsnemen en de nieuwe modebladen inkijken die Candelaria laatst heeft meegebracht.'

Jamila snelde weer weg en ik verontschuldigde me bij Logan. 'Dat was mijn dienstmeisje; er wacht een cliënte op me, ik moet gaan.'

'In dat geval houd ik u niet langer op. En maakt u zich geen zorgen, alles is in werking gezet en vroeg of laat krijgen we de bevestiging. Maar houdt u er rekening mee dat het een kwestie van dagen, weken, of misschien zelfs meer dan een maand zal zijn; de zaak kan onmogelijk versneld worden,' zei hij terwijl hij opstond. Hij leek ook soepeler dan een paar dagen eerder; hij had duidelijk minder pijn.

'Echt, ik weet niet hoe ik u moet bedanken,' antwoordde ik. 'En nu moet ik gaan: er wacht flink wat werk op me, ik heb bijna geen minuut meer vrij. De komende tijd vinden er nogal wat societyevenementen plaats en mijn cliënten hebben nieuwe japonnen nodig.'

'En u?'

'Ik wat?' vroeg ik verward, zonder de vraag te begrijpen.

'Hebt u plannen een van die evenementen bij te wonen? De ontvangst ter ere van Serrano Súñer, bijvoorbeeld?'

'Ik?' vroeg ik met een lach terwijl ik de lok uit mijn gezicht streek. 'Nee, naar die dingen ga ik niet.'

'Waarom niet?'

Mijn eerste impuls was weer te lachen, maar ik hield me in toen ik zag dat hij serieus was, dat zijn nieuwsgierigheid oprecht was. We stonden inmiddels allebei, dicht bij elkaar. Ik zag de textuur van zijn lichte linnen jasje en de strepen van zijn stropdas; hij rook lekker, naar goede zeep, naar schone man. Ik hield mijn tijdschrift in mijn armen; hij leunde met een hand op zijn stok. Ik keek naar hem en deed mijn mond al open om iets te zeggen; ik had antwoorden in overvloed om mijn afwezigheid op dergelijke, ver van mijn bed spelende feesten te rechtvaardigen: omdat niemand me had uitgenodigd, omdat dat niet mijn wereld was, omdat ik niets met al die mensen te maken had... Maar uiteindelijk besloot ik niet te reageren; ik haalde slechts mijn schouders op en herhaalde: 'Ik moet gaan.'

'Wacht,' zei hij en hij greep me zachtjes bij mijn arm. 'Ga met me mee naar de receptie voor Serrano Súñer, wees die avond mijn partner.'

De uitnodiging klonk als een zweepslag en bracht me zo van mijn stuk dat toen ik probeerde een excuus te vinden om haar af te slaan, er niets over mijn lippen kwam.

'U zei daarnet dat u niet wist hoe u me moest bedanken. Goed, nu hebt u een manier om dat te doen: vergezel me naar dat evenement. U zou me kunnen helpen door te zeggen wie wie is in deze stad, dat zou me goed uitkomen voor mijn werk.'

'Ik... Ik ken ook bijna niemand, ik ben hier nog maar kort.'

'Bovendien zal het een interessante avond worden; wie weet vermaken we ons zelfs,' hield hij aan.

Het was waanzin, absurd gewoon. Wat had ik te zoeken op een feest ter ere van Franco's zwager, bij al die hoge legerofficieren en lokale notabelen, bij al die welgestelde mensen en vertegenwoordigers van vreemde landen? Het voorstel was volstrekt belachelijk, maar voor me stond een man op antwoord te wachten. Een man die de evacuatie van de belangrijkste persoon op aarde voor me regelde, een onbekende buitenlander die me had gevraagd hem te vertrouwen. Door mijn hoofd flitsten tegengestelde gedachten. Sommige maanden me nee te zeggen, hielden vol dat het klinkklare nonsens was. Andere daarentegen brachten me het volksgezegde in herinnering dat ik zo vaak bij monde van mijn moeder had gehoord, over goed fatsoen en dankbaar doen.

'Goed,' zei ik na iets te hebben weggeslikt. 'Ik ga met u mee.'

Jamila doemde weer heftig gebarend in de lobby op; ze wilde me tot spoed aanzetten om het wachten van de veeleisende Frau Langenheim te bekorten.

'Geweldig. Zodra ik de uitnodiging heb ontvangen, laat ik u de precieze dag en het tijdstip weten.'

Ik gaf hem een hand, liep gehaast met klikkende tred de hal door en pas bij de deur keek ik om. Marcus Logan stond daar nog, sloeg me leunend op zijn stok gade. Hij had zich nog niet verroerd van de plek waar ik hem had achtergelaten, en in het tegenlicht was zijn verre gedaante vervaagd tot een silhouet. Zijn stem klonk echter helder.

'Het doet me deugd dat u me wilt vergezellen. En wees gerust: ik heb geen haast Marokko te verlaten.'

28

De onzekerheid overviel me zodra ik een voet buiten zette. Ik besefte dat ik het voorstel van de journalist wellicht wat overhaast en zonder Rosalinda te raadplegen had aangenomen; misschien had zij andere plannen voor de hun opgedrongen gast. Die twijfel werd echter al snel weggenomen, meteen toen ze die middag onstuimig en gehaast kwam passen.

'Ik heb maar een halfuurtje,' zei ze terwijl ze haar zijden blouse met vlugge vingers losknoopte. 'Juan Luis wacht op me, we moeten nog duizend dingen regelen voor het bezoek van Serrano Súñer.'

Ik was van plan geweest de kwestie met tact en weloverwogen woorden ter sprake te brengen, maar ik besloot van de gelegenheid te profiteren en de zaak meteen aan te roeren.

'Marcus Logan heeft gevraagd of ik hem wil vergezellen naar de receptie.'

Ik zei het zonder haar aan te kijken, deed alsof ik druk doende was haar japon van de paspop te halen.

'But that's wonderful, darling!'

Ik verstond haar niet, maar uit haar toon maakte ik op dat ze aangenaam verrast was.

'Is het wel een goed idee, denk je?' wilde ik weten, onzeker nog.

'Natuurlijk! Het zal geweldig zijn jou in de buurt te hebben, sweetie. Juan Luis is dan in functie, dus hoop ik een poosje bij jullie te kunnen zijn. Wat doe je aan?'

'Ik weet het niet, daar moet ik nog over nadenken. Misschien dat ik iets van die stof daar maak,' zei ik terwijl ik naar een rol ruwe zijde wees die tegen de wand stond.

'My God, je zult er spectaculair uitzien!'

'Alleen als ik het overleef,' mompelde ik met mijn mond vol spelden.

Het was inderdaad moeilijk uit die poel van werk te komen. Na weken bijna niets te doen gehad te hebben, zat ik opeens tot over mijn oren in de hoofdbrekens en verplichtingen, en dreigde ik elk moment ten onder te gaan. Ik had zoveel opdrachten die af moesten dat ik elke dag bij het kraaien van de haan opstond en maar zelden voor drieën in bed lag. De bel ging voortdurend en in het atelier was het een onafgebroken komen en gaan van cliënten. Ik vond het echter niet erg om het zo druk te hebben; ik was er bijna dankbaar voor. Zo had ik minder gelegenheid om na te denken over wat ik verdorie te zoeken had op die receptie die over een kleine week zou plaatsvinden.

Nadat ik de hindernis Rosalinda genomen had, was de tweede die van mijn onverwachte uitnodiging hoorde uiteraard Félix.

'Tjonge zeg, gehaaide tante! Wat een mazzel! Groen van jaloezie ben ik!'

'Ik zou maar wat graag met je ruilen,' zei ik hartgrondig. 'Ik zie helemaal niets in dat feest; ik weet dat ik me er misplaatst zal voelen, in gezelschap van een man die ik amper ken en tussen vreemden, tussen militairen en politici die ervoor hebben gezorgd dat mijn stad belegerd is en dat ik nu niet naar huis terug kan.'

'Doe niet zo stom, kindje. Je zult deel uitmaken van een luisterrijke gebeurtenis die vermeld zal worden in de kronieken van dit hoekje van de Afrikaanse aardbodem. Bovendien ga je met een kerel die niet, echt helemaal niet gek is.'

'Hoe weet jij dat nou? Je kent hem niet eens.'

'Dat denk jij. Waar denk je dat ik vanmiddag met het loeder ben gaan theedrinken?'

'In het Nacional?' vroeg ik ongelovig.

'Precies. Het kostte me weliswaar drie keer zoveel als de koffiebroodjes bij La Campana, want die sloerie heeft zich volgepropt met Engels gebak, maar het was de moeite waard.'

'Je hebt hem dus gezien?'

'En gesproken. Hij heeft me zelfs een vuurtje gegeven.'

'Je bent me er wel een,' zei ik zonder mijn lach te kunnen verbergen. 'En hoe vond je hem?'

'Best appetijtelijk, als de opgelopen schade eenmaal is hersteld. Ondanks het feit dat hij kreupel is en zijn halve gezicht in puin ligt, ziet hij er geweldig uit en hij lijkt me een op en top gentleman.'

'Denk je dat hij te vertrouwen is, Félix?' wilde ik toen, enigszins ongerust, weten. Hoewel Logan me had gevraagd vertrouwen in hem te hebben, weifelde ik nog. Mijn buurman antwoordde met een schaterende lach.

'Vast niet, maar daar hoef jij je niet druk over te maken. Je nieuwe vriend is gewoon een bezoekende journalist die een spelletje speelt waar de vrouw bij betrokken op wie de hoge commissaris hartstikke smoor is. Dus kan hij zich maar beter netjes tegenover je gedragen, als hij hier niet in een slechtere toestand vandaan wil gaan dan hij gekomen is.'

Félix' perspectief liet me de zaken op een andere manier zien. Het desastreuze einde van mijn geschiedenis met Ramiro had me sceptisch en achterdochtig gemaakt, en dat met Marcus Logan was geen kwestie van persoonlijke loyaliteit maar gewoon een uitwisseling van belangen. Als u me dit geeft, geef ik u dat; zo niet, dan hebben we geen zaak. Dat waren de regels, en het was nergens voor nodig dat ik er constant geobsedeerd aan zat te denken in hoeverre hij te vertrouwen was. Hij was de eerste die een goede verstandhouding met de hoge commissaris nastreefde, dus was er geen reden om me te laten zitten.

Diezelfde avond bracht Félix me ook op de hoogte wie Serrano Súñer nu precies was. Op de radio had ik vaak over hem horen praten en zijn naam was ik veelvuldig in de krant tegengekomen, maar ik wist maar weinig van de persoon die schuilging achter die twee achternamen. Zoals zo vaak schetste Félix een uitgebreid portret.

'Zoals je vast wel weet, mijn lieve kind, is Serrano Franco's zwager, getrouwd met Zita, het jongere zusje van Carmen Polo, een nog jonge vrouw, knapper en minder stijf dan de vrouw van de Caudillo trouwens, zoals ik op een aantal foto's heb kunnen vaststellen. Men zegt dat hij echt briljant is, duizend keer intelligenter dan de Generalísimo, iets wat laatstgenoemde blijkbaar absoluut niet kan bekoren. Voor de oorlog was hij openbaar aanklager en gedeputeerde voor Zaragoza.'

'Rechts.'

'Vanzelfsprekend. De opstand overviel hem echter in Madrid. Hij werd gearresteerd vanwege zijn politieke gezindheid en gevangengezet in de Modelo-gevangenis, maar hij kreeg het voor elkaar dat hij naar een ziekenhuis werd overgebracht; blijkbaar heeft hij een maagzweer of zoiets. Men zegt dat hij daar met behulp van een arts heeft weten te ontsnappen, vermomd als vrouw, met pruik, hoed en zijn broek opgerold onder zijn jas, zie je het voor je?'

We lachten allebei bij het opgeroepen beeld.

'Vervolgens vluchtte hij Madrid uit, bereikte Alicante en van daaruit, weer vermomd maar nu als Argentijns matroos, verliet hij het Schiereiland in een torpedoboot.'

'En hij bleef weg uit Spanje?'

'Nee. In Frankrijk ging hij van boord en kwam de nationale zone over land binnen, met zijn vrouw en een hele rits kinderen; vier of vijf heeft hij er, geloof ik. Vanuit Irún slaagden ze erin Salamanca te bereiken, waar het nationale kamp aanvankelijk zijn hoofdkwartier had opgeslagen.'

'Dat was vast niet moeilijk, als familie van Franco.'

Hij glimlachte malicieus.

'Dat had je gedacht, snoezepoes. De Caudillo heeft geen vinger voor ze uitgestoken, zeggen ze. Hij had kunnen voorstellen zijn zwager uit te wisselen – heel gebruikelijk bij beide kampen – maar dat deed hij niet. En toen het ze ten slotte gelukt was in Salamanca te komen, wachtte hun naar het schijnt geen enthousiast welkom. Franco had zich met zijn gezin in het bisschoppelijk paleis geïnstalleerd en het gerucht gaat dat de hele troep Serrano Polo op een zolder met een stel gammele veldbedden werd ondergebracht, terwijl het dochtertje van Franco een gigantische slaapkamer met eigen badkamer had. Eerlijk gezegd ben ik afgezien van alle lasterpraatjes die rondgaan niet veel meer te weten gekomen over het privéleven van Serrano Súñer, het spijt me, schat. Wat ik wel weet is dat in Madrid twee broers van hem zijn vermoord die niets met politiek te maken hadden en die hem heel na stonden; blijkbaar was dat traumatisch voor hem en is hij zich daarom actief gaan bezighouden met de opbouw van wat zij het Nieuwe Spanje noemen. Het geval wil dat hij zich heeft opgewerkt tot rechterhand van de generaal. Vandaar dat ze hem de *cuñadísimo* noemen, de opperzwager, op één lijn met de Generalísimo. Ook wordt gezegd dat hij een groot deel van zijn huidige macht te danken heeft aan de invloed van de krachtige doña Carmen, die er inmiddels schoon genoeg van had dat haar losbollige andere zwager, Nicolás Franco, zoveel invloed op haar echtgenoot had. Dus toen Serrano was gearriveerd, maakte ze haar man dat fijntjes duidelijk: "Vanaf nu, Paco, meer Ramón en minder Nicolás."'

Zijn imitatie van de stem van Franco's echtgenote liet ons allebei weer in de lach schieten.

'Serrano is een heel intelligente vent, zegt men,' ging Félix verder. 'Heel schrander, op politiek, intellectueel en menselijk gebied veel beter ontwikkeld dan Franco. Bovendien is hij vreselijk ambitieus en een onvermoeibaar werker; hij is, zo zegt men, de godganse dag bezig een juridische basis te ontwerpen die zowel het nationale kamp als de hoogste macht van zijn familielid wettigt. Met andere woorden, hij is bezig een zuiver militaire structuur van een institutionele civiele orde te voorzien, begrijp je?'

'Voor als ze de oorlog winnen,' anticipeerde ik.

'Voor als ze die winnen, wie weet.'

'Wat vinden de mensen van Serrano? Vinden ze hem sympathiek?'

'Maar zozo. De sabeltrekkers, de hoge legerofficieren bedoel ik, vinden hem helemaal niks. Ze zien hem als een hinderlijke indringer; ze spreken verschillende talen, begrijpen elkaar niet. Zij zouden gelukkig zijn met een puur militaire staat, maar Serrano, die veel slimmer is dan zij allemaal bij elkaar, probeert ze te laten inzien dat dat waanzin is, dat ze dan nooit legitimiteit en internationale erkenning zouden krijgen. En Franco, die geen flauw benul van politiek heeft, vertrouwt hem wat dat betreft volledig. Dus moeten ze hem wel slikken, ook al is het met fikse tegenzin. De oude garde falangisten heeft hij evenmin kunnen overtuigen. Naar het schijnt was hij goed bevriend met José Antonio Primo de Rivera, ze hadden namelijk samen op de universiteit gezeten, maar voor de oorlog was Serrano geen actief lid van de Falange. Inmiddels wel; hij is door de knieën gegaan en roomser dan de paus, maar de oude garde, de falangisten van voor de oorlog, zien hem als een arrivist, een opportunist die zich pas onlangs bij hun overtuiging heeft aangesloten.'

'Maar wie steunt hem dan? Alleen Franco?'

'En diens heilige echtgenote Carmen, wat geen kattenpis is. Al is het afwachten hoe lang die liefde duurt.'

Ook was Félix mijn reddingsboei wat de voorbereidingen voor het evenement betrof. Sinds ik het hem had verteld en hij met een theatraal gebaar had gedaan alsof hij zijn vingers opvrat van jaloezie, ging er geen avond voorbij waarop hij niet naar mijn huis kwam om een interessant detail over het komende feest te vertellen: flarden en kruimeltjes die hij her en der had opgepikt tijdens zijn niet-aflatende onderzoek. Dan zaten we niet zoals voorheen in de salon: ik had zoveel werk liggen dat onze avondlijke onderonsjes tijdelijk naar het atelier waren verplaatst. Hij leek die kleine verhuizing niet erg te vinden: hij was dol op garen, stoffen en de geheimenissen van de naaiwereld, en hij had altijd wel een idee bij de hand voor het model waaraan ik zat te werken. Soms raak, maar meestal was zijn suggestie pure onzin.

'Dat prachtige fluweel is voor een modelletje voor de vrouw van de president van het gerechtshof, zei je? Maak een gat in het achterwerk, misschien ziet iemand haar dan eindelijk staan. Wat een verspilling, dat mens is zo lelijk als de nacht,' zei hij terwijl hij zijn vingers over de stukken stof op de paspop liet glijden.

'Niet aankomen!' waarschuwde ik zonder op te kijken, volledig geconcentreerd op mijn stiksteekjes.

'Sorry, schatje, maar het is ook zulk mooi spul...'

'Daarom juist: doe voorzichtig en maak er geen vingers op. Vooruit, Félix, vertel, wat heb je vandaag voor nieuws gehoord?'

In die dagen was het bezoek van Serrano Súñer het gesprek van de dag in Tétouan. In de winkels, kiosken en kapperszaken, in de wachtkamers van alle dokters, in de cafés en de groepjes op straat, bij de marktkramen en het uitgaan van de kerkdienst werd nergens anders over gesproken. Ik had het echter zo druk dat ik nauwelijks buiten de deur kwam. Maar daarvoor had ik mijn goede buurman.

'Niemand wil het missen, de crème de la crème komt samen om rendez-vous te houden met de cuñadísimo: de kalief en zijn grootse gevolg, de grootvizier en de *majzen*, zijn voltallige regering. Alle hotemetoten van de Spaanse overheid, legerofficieren overladen met onderscheidingen, juristen en magistraten, vertegenwoordigers van de Marokkaanse politieke partijen en de joodse gemeenschap, het volledige consulaire corps, bankdirecteuren, deftige functionarissen, machtige zakenlieden, artsen, alle Spanjaarden, Arabieren en joden van hoge komaf, en uiteraard een enkele vreemde snoeshaan zoals jij, brutaaltje, want jij komt aan de arm van je kreupele kroniekschrijver door de achterdeur binnen.'

Rosalinda had me evenwel verteld dat glitter en glamour tijdens het evenement achterwege zou blijven. Beigbeder was wel van plan de genodigde met alle egards te ontvangen, maar hij was niet vergeten dat we in oorlogstijd leefden. Daarom zou er geen ostentatief vertoon zijn, geen bal en geen andere muziek dan de band van de kalief. Ondanks de ingetogenheid zou het desalniettemin de schitterendste receptie worden die het Hoge Commissariaat in lange tijd had georganiseerd, en daarom bruiste de hoofdstad van het Protectoraat van opwinding.

Félix instrueerde me ook in enkele protocollaire zaken. Ik ben nooit te weten gekomen waar hij ze had opgestoken, want zijn sociale bagage was nihil en zijn vriendenkring bijna even beperkt als de mijne. De pijlers waarop zijn leven rustte waren zijn saaie werkzaamheden op de ambtelijke afdeling Leveringen, zijn moeder en haar misère, de sporadische nachtelijke uitstapjes naar duistere nachtclubs en zijn herinneringen aan een enkel tochtje van voor de oorlog naar Tanger; dat was alles. Hij had zelfs geen voet in Spanje gezet. Maar hij was stapelgek op de cinema en kende alle Amerikaanse films, beeld voor beeld, hij verslond buitenlandse tijdschriften, en hij was een schaamteloze waarnemer en onverbeterlijk nieuwsgierig. En sluw als een vos, dus deed hij een beroep op de ene en de andere bron en verzamelde moeiteloos het benodigde instrumentarium om mij te dresseren en me te veranderen in een elegante genodigde zonder enig spoor van een ontbrekende stamboom.

Sommige adviezen spraken voor zich en waren dus overbodig. In mijn tijd met die hufterige Ramiro had ik personen van allerhande stand en afkomst ontmoet en geobserveerd. We waren samen naar talrijke feesten geweest en hadden tientallen etablissementen en goede restaurants bezocht, zowel in Madrid als in Tanger; vandaar dat ik vele kleine gewoontes had verworven om me losjes op sociale bijeenkomsten te kunnen bewegen. Félix besloot echter mijn onderricht bij nul te beginnen.

'Praat niet met volle mond, maak geen geluiden bij het eten en veeg je mond niet af aan je mouw, stop je vork niet tot achter in je keel, drink je wijn niet in één teug op, roep geen "pst" tegen de ober met je glas omhoog om duidelijk te maken dat hij het moet bijvullen. Zeg "alstublieft" en "dank u wel" wanneer het uitkomt, maar zachtjes, niet overdreven hartelijk. En denk eraan, een simpel "aangenaam" hier en een "aangenaam" daar als je aan iemand wordt voorgesteld, en niets van "leuk u te ontmoeten" of platheden in die geest. Als ze tegen je beginnen over iets waar je niets vanaf weet of niets van snapt, tover dan een van die prachtige glimlachjes van je tevoorschijn, hou je kaken op elkaar en knik alleen zo af en toe. En als je per se moet praten, vergeet dan niet je bedriegerijtjes tot het absolute minimum te beperken, want stel dat ze je ergens op betrappen; het is één ding dat je een paar leugentjes de wereld in hebt geholpen om je te etaleren als haute couturière, maar iets heel anders om je in het hol van de leeuw te begeven en te snoeven tegenover mensen met de scherpte of het cachet om je verzinseltjes meteen door te prikken. Als iets je verbaast of heel erg bevalt, gebruik dan alleen "bijzonder", "indrukwekkend" of een dergelijk adjectief; laat nooit je enthousiasme blijken door wild te gebaren, je op je dijen te slaan of te zeggen "wat een wonder!", "krijg nou wat" of "ik sta paf". Als je iets grappig vindt, haal het dan niet in je hoofd het uit te schateren met al je verstandskiezen bloot en hou evenmin je buik vast van het lachen. Glimlach alleen maar, knipper met je ogen en verder niks. En doe je mond niet open als je niets gevraagd wordt, maak geen indiscrete opmerkingen van het soort "en wie bent u wel, beste man?" of "vertel me nou niet dat die dikke daar uw vrouw is."'

'Dat alles weet ik allang, mijn beste Félix,' zei ik tussen het lachen door. 'Ik mag dan een eenvoudig naaister zijn, maar ik kom niet uit de holen. Vertel me alsjeblieft interessantere dingen.'

'Oké, snoezepoes, zoals je wilt; ik probeerde alleen maar nuttig te zijn voor het geval je iets was ontgaan. Serieus nu, dus.'

En zo stelde Félix avond na avond het profiel op van de belangrijkste genodigden, en memoriseerde ik stuk voor stuk hun naam, functie of post, en in veel gevallen ook hun gezicht dankzij het scala aan kranten, tijdschriften, foto's en almanakken dat hij meebracht. Ik kwam te weten waar ze woonden, waar ze zich mee bezighielden, wat hun financiële middelen waren en wat hun positie in de lokale rangorde. In wezen interesseerde dat me niet echt, maar Marcus Logan rekende erop dat ik hem zou helpen de relevante personen eruit te halen, en daarvoor moest ik eerst mezelf bijspijkeren.

'Gezien de herkomst van je begeleider neem ik aan dat jullie vooral bij de buitenlanders zullen staan,' zei Félix. 'Verder veronderstel ik dat er behalve de lokale fine fleur ook de nodigen uit Tanger zullen komen; de cuñadísimo heeft die stad niet in zijn tournee opgenomen, dus, je kent het wel, als Mohammed niet naar de berg komt...'

Dat beurde me op: te midden van een groep buitenlandse ingezetenen die ik nog nooit had gezien en waarschijnlijk ook nooit meer zou zien, zou ik me veel zekerder voelen dan tussen lokale bewoners die ik dagelijks op straat tegenkwam. Félix informeerde me ook over de volgorde van het protocol, vertelde hoe de begroetingen zouden verlopen en vervolgens stap voor stap hoe alles in zijn werk zou gaan. Ik luisterde en sloeg de bijzonderheden in mijn geheugen op, terwijl ik drukker aan het naaien was dan ik ooit van mijn leven had gedaan.

Ten slotte brak de grote dag aan. In de loop van de ochtend verlieten de laatste opdrachten in Jamila's armen het atelier; tegen het middaguur was alles afgeleverd en kwam eindelijk de rust. Ik bedacht dat de andere genodigden inmiddels bijna klaar waren met hun lunch, zich opmaakten om in hun halfdonkere slaapkamer met gesloten luiken te gaan rusten, of op hun beurt wachtten in de haute-coiffuresalon van Justo en Miguel. Ik benijdde hen: met amper tijd voor een haastige hap moest ik de siësta besteden aan het maken van mijn eigen outfit. Toen ik aan de slag ging was het kwart voor drie. De receptie begon om acht uur. Marcus Logan had me een berichtje gestuurd dat hij me om halfacht kwam ophalen. Ik had nog een vracht werk voor de boeg en minder dan vijf uur de tijd.

29

Ik keek op de klok toen ik klaar was met strijken. Tien voor halfzeven. Mijn kleding was af; nu moest ik mezelf nog fatsoeneren.

Ik liet me in de badkuip zakken en dacht nergens meer aan. De zenuwen zouden straks wel komen, vlak voor het evenement; voorlopig had ik een pauze verdiend: een pauze bestaande uit warm water en schuimende zeep. Ik voelde dat mijn vermoeide lichaam ontspande, dat mijn door het vele naaien verstijfde vingers weer soepel werden en dat de spanning uit mijn nek wegtrok. Ik doezelde weg; daar in de porseleinen badkuip leek de wereld op te lossen. In geen maanden had ik zo'n weldadig moment beleefd, maar de aangename gewaarwording duurde maar kort: die werd verbroken door de badkamerdeur die zonder plichtplegingen werd opengegooid.

'Maar waar ben jij nou mee bezig, meisje?' protesteerde Candelaria heftig. 'Het is al over halfzeven en jij ligt daar maar als kikkererwten te weken; daar heb je helemaal geen tijd voor, kindje! Wanneer had je gedacht je te gaan opdoffen?'

De smokkelaarster had een spoedteam bij zich dat volgens haar onmisbaar was: haar hartsvriendin Remedios de kapster en Angelita, een buurvrouw die fantastisch was in manicure. Kort daarvoor had ik Jamila naar La Luneta gestuurd om een paar haarspelden te kopen; onderweg was ze Candelaria tegengekomen en zodoende wist de pensionhoudster dat ik me veel drukker had gemaakt om de kleding van de cliënten dan om die voor mezelf, en dat ik nauwelijks een vrije minuut had gehad om me klaar te maken.

'Opschieten, schoonheid, kom die kuip uit. Er is een hoop werk aan de winkel en we hebben nou niet bepaald zeeën van tijd.'

Ik liet het maar over me heen komen; tegen die tornado was toch niet te vechten. En uiteraard was ik zielsblij met haar hulp: over drie kwartier zou de journalist voor de deur staan en met mij kon je de vloer aanvegen, zoals de smokkelaarster zou zeggen. De bedrijvigheid begon zodra ik me in een handdoek had kunnen wikkelen.

Buurvrouw Angelita ging aan de slag met mijn handen, wreef ze met olie, verwijderde ruwe plekjes en vijlde mijn nagels. Hartsvriendin Remedios hield zich intussen met mijn haar bezig. Omdat ik de tijdnood al had voorzien, had ik het 's ochtends gewassen; wat ik nu nodig had was een passend kapsel. Candelaria kroop voor beiden in de rol van assistent, gaf pincet en schaar, krulpennen en watten aan terwijl ze aan één stuk door kletste en ons op de hoogte bracht van het laatste nieuws dat in Tétouan over Serrano Súñer rondging. Hij was twee dagen eerder gearriveerd en reed met Beigbeder overal heen en bezocht alle relevante personen in Noord-Afrika: van Alcazarquivir naar Xauan en vervolgens naar Dar Riffien, van de kalief naar de grootvizier. Rosalinda had ik al een week niet gezien, maar de nieuwtjes gingen als een lopend vuurtje rond.

'Ze zeggen dat ze gisteren in Ketama onder de pijnbomen hebben gegeten, op de grond, op een kleed. Ze zeggen dat de cuñadísimo bijna een rolberoerte kreeg toen hij zag dat iedereen met zijn handen at; die man wist niet hoe hij z'n couscous naar binnen moest krijgen zonder dat de helft onderweg op de grond viel...'

'En de hoge commissaris vond het allemaal prachtig en speelde de grootse gastheer en rookte de ene sigaar na de andere,' vulde een stem uit de deuropening aan. Die van Félix uiteraard.

'Wat doe jij hier op dit tijdstip?' vroeg ik verbaasd. De wandeling met zijn moeder was immers heilig, zeker op een dag als deze, waarop de hele stad op de been was. Hij gebaarde illustratief met zijn duim in de richting van zijn mond: doña Encarna was thuis, voortijdig beschonken onder zeil.

'Aangezien je me vanavond laat zitten voor een omhooggevallen journalist wilde ik de voorbereidingen in elk geval niet missen. Kan ik u ergens mee helpen, dames?'

'Bent u niet degene die zo fantastisch kan schilderen?' vroeg Candelaria plotseling. Beiden wisten heel goed wie de ander was, maar ze hadden elkaar nog nooit ontmoet.

'Als Murillo in eigen persoon.'

'Nou, eens kijken of het u ook lukt met de ogen van het meisje,' zei ze terwijl ze hem een make-updoos aangaf waarvan ik nooit te weten ben gekomen waar ze die vandaan had.

Félix had nog nooit iemand opgemaakt, maar daar liet hij zich niet door ontmoedigen. Integendeel, hij beschouwde de opdracht van de smokkelaarster als een cadeautje, en nadat hij de foto's in een paar nummers van *Vanity Fair* had bekeken om inspiratie op te doen, boog hij zich over mijn gezicht alsof ik een schilderdoek was.

Om kwart over zeven zat ik nog gehuld in de handdoek met mijn armen vooruitgestoken, terwijl Candelaria en haar buurvrouw hun best deden de nagellak droog te blazen. Om tien voor halfacht streek Félix met zijn duimen mijn wenkbrauwen glad. Om vijf voor half stak Remedios de laatste haarspeld in mijn kapsel, en een paar seconden daarna kwam Jamila als een dolle vanaf het balkon aanrennen, luidkeels roepend dat mijn begeleider net op de hoek van de straat was verschenen.

'En nu nog de laatste zaakjes,' kondigde mijn compagnon aan.

'Alles is perfect, Candelaria, voor nog meer hebben we geen tijd,' zei ik terwijl ik halfnaakt op weg was naar mijn kleding in de slaapkamer.

'Vergeet het maar,' waarschuwde ze achter me.

'Echt, Candelaria, ik kan niet langer wachten...' hield ik zenuwachtig vol.

'Stil nou en kijken, zeg ik,' beval ze, en ze greep me midden in de gang bij mijn arm. Toen gaf ze me een plat pakje, ingepakt in kreukelig papier.

Ik maakte het haastig open: ik wist dat het geen zin had tegen te stribbelen want ik zou toch het onderspit delven.

'Mijn God, Candelaria, niet te geloven!' riep ik uit terwijl ik een paar zijden kousen ontvouwde. 'Hoe bent u daaraan gekomen? U zei dat er al maanden geen paar meer te krijgen is!'

'Hou je mond nou eens en maak dit open,' weerde ze mijn dankbaarheid af, en ze gaf me nog een pakje.

Onder het ruwe pakpapier ontdekte ik een prachtig voorwerp in de vorm van een glanzende schelp met een goudkleurig randje.

'Het is een poeierdoos,' verklaarde ze trots, 'zodat je je neus goed kan poeieren; het zal me niet gebeuren dat jij minder bent dan die belangrijke deftige dames daarginds.'

'Hij is schitterend,' fluisterde ik terwijl ik het oppervlak streelde. Ik maakte hem open en erin zaten een schijfje compacte poeder, een spiegeltje en een wit poederdonsje. 'Heel erg bedankt, Candelaria. Dat was toch nergens voor nodig, u hebt immers al zo ontzettend veel voor me gedaan...'

Meer kon ik niet zeggen, en wel om twee redenen: omdat ik op het punt stond in tranen uit te barsten en omdat er op dat moment werd aangebeld. De bel bracht me weer bij mijn positieven; er was geen tijd voor sentimenteel gedrag.

'Jamila, ga snel opendoen,' beval ik. 'Félix, breng me het stelletje dat op mijn bed ligt. Candelaria, wilt u me even helpen met de kousen? In de haast zouden ze nog gaan ladderen. Remedios, wilt u mijn schoenen pakken? Angelita, het gordijn in de gang moet dicht. Vooruit, allemaal naar het atelier, zodat hij ons niet kan horen.'

Van de ruwe zijde had ik uiteindelijk een deux-pièces gemaakt met grote revers, wespentaille en klokkende rok. Bij gebrek aan sieraden droeg ik als enig accessoire een tabakskleurige stoffen bloem net onder een van de schouders, passend bij de schoenen met torenhoge hak die een schoenmaker in de Morenwijk voor me had gemaakt. Remedios had mijn haar losjes opgestoken in een elegante wrong die Félix' spontane visagie bevallig omlijstte. Ondanks zijn onervarenheid was het resultaat oogverblindend: mijn ogen straalden van vreugde, mijn lippen waren vol, mijn vermoeide gelaat lichtte op.

Met z'n allen kleedden ze me, trokken me mijn schoenen aan, legden de laatste hand aan mijn kapsel en lippenstift. Ik had niet eens tijd om mezelf in de spiegel te bekijken, want zodra ze klaar waren snelde ik haastig op de punten van mijn schoenen de gang door. Toen ik bij de entree kwam, hield ik in en simuleerde een serene tred terwijl ik de salon binnenging. Marcus Logan stond voor een van de balkons naar buiten te kijken. Hij draaide zich om toen hij mijn hakken op de tegels hoorde klikken.

Sinds onze laatste ontmoeting waren er negen dagen verstreken, en in die tijd moesten de resten van de euvels waar de journalist bij aankomst aan had geleden zijn vervaagd. Hij wachtte me op met zijn linkerhand in de zak van een donker pak, inmiddels zonder mitella. Zijn gezicht vertoonde vrijwel geen sporen meer van de eerst bloedige verwondingen, en zijn huid had de Marokkaanse zon geabsorbeerd, waardoor hij een gebruinde teint had gekregen die sterk contrasteerde met het smetteloze wit van zijn overhemd. Hij stond schijnbaar moeiteloos rechtop, met ferme schouders en rechte rug. Hij glimlachte toen hij me zag; die keer kostte het hem geen moeite zijn lippen naar beide zijden van zijn gezicht te plooien.

'De cuñadísimo zal niet meer naar Burgos willen terugkeren zodra hij u vanavond heeft gezien,' luidde zijn begroeting.

Ik wilde een even spitsvondig antwoord geven, maar een stem achter me leidde me af.

'Wat een snoepje, schat,' oordeelde Félix met schorre fluisterstem vanuit zijn schuilplaats bij de ingang.

Ik verborg mijn lach. 'Gaan we?' vroeg ik slechts.

Hij kreeg evenmin de kans te antwoorden, want op datzelfde moment stormde een overdonderende verschijning het vertrek binnen.

'Een momentje, don Marcos,' verzocht de smokkelaarster met haar hand omhoog alsof ze om audiëntie vroeg. 'Een kleine tip voor u samen weggaat, als u het goedvindt.'

Logan keek me onthutst aan.

'Een vriendin,' verduidelijkte ik.

'In dat geval: spreek u uit.'

Candelaria liep naar hem toe en begon te praten terwijl ze deed alsof ze niet-bestaande pluisjes van het voorpand van zijn jasje plukte.

'Pas op je tellen, pennenridder, want dit meiske heeft al heel wat sores op d'r nek gekregen. En waag het niet d'r in te palmen met uw kunsten van buitenlander met pegels en d'r vervolgens te laten stikken, want boven komt 't en als u het in de kop krijgt en d'r als een kruimeltje vertrapt, hebben mijn neef de poot en ik in een wip wat geregeld en kan u zomaar op een avond in een steegje van de morenbuurt tegen een dagge aan lopen en dan ligt de goeie kant van uw bakkes in de poeier, voor altijd in puin, begrepen, schatje?'

De journalist was niet in staat weerwoord te geven; gelukkig had hij ondanks zijn vloeiende Spaans bijna geen woord begrepen van de dreigende toespraak van mijn compagnon.

'Wat zei ze allemaal?' vroeg hij terwijl hij zich verbijsterd tot mij wendde.

'Doet er niet toe. Laten we gaan, het is al laat.'

Toen we vertrokken kon ik mijn trots maar ternauwernood verhullen. Niet vanwege mijn uiterlijk, evenmin vanwege de aantrekkelijke man naast me, noch vanwege het vermaarde evenement dat ons die avond wachtte, maar vanwege de onvoorwaardelijke genegenheid van mijn vrienden die achterbleven.

De straten waren getooid met rood-gele vlaggen; er waren guirlandes, aanplakbiljetten die de illustere genodigde welkom heetten en de persoon van zijn zwager verheerlijkten. Honderden Arabische en

Spaanse zielen waren haastig maar zonder duidelijk doel onderweg. De balkons, versierd in de kleuren van de nationalen, waren net als de dakterrassen propvol. Jongelui waren op de onmogelijkste plekken omhooggeklauterd – masten, hekken, lantaarnpalen – om een goed plekje te bemachtigen vanwaar ze dat wat komende was konden zien. Meisjes met pas gestifte lippen liepen gearmd over straat. Kinderen renden in drommen rond en zigzagden alle kanten op. Het Spaanse grut was netjes gekamd en rook naar eau de cologne; de jongetjes met stropdas, de meisjes met satijnen strikjes in hun vlechten; de Moorse kinderen droegen hun djellaba en rode tarboesj; velen waren blootsvoets, sommigen niet.

Naarmate we dichter bij de plaza de España kwamen, werd de mensenmassa dichter en klonken de stemmen harder. Het was warm en het licht was nog fel; de klanken van een muziekband die zijn instrumenten stemde werden hoorbaar. Er waren grote houten tribunes opgebouwd; de ruimte was tot de laatste millimeter bezet. Marcus Logan moest zijn uitnodiging diverse malen laten zien om zich met mij een weg te banen langs de afzettingen die de menigte buiten de zones hielden waar de autoriteiten zich zouden begeven. Onderweg zeiden we amper iets: het kabaal en de voortdurende onderbrekingen om langs obstakels te komen verhinderden elk gesprek. Af en toe moest ik me stevig aan zijn arm vastklemmen om te voorkomen dat ik hem in het gedrang kwijtraakte; andere keren moest hij zijn arm om mijn schouders slaan opdat het gretige gedruis me niet zou opslokken. Het duurde even voor we er waren, maar we bereikten onze bestemming. Mijn maag kromp ineen toen ik door het hek van de toegangspoort van het Hoge Commissariaat ging; ik zette mijn verstand maar liever op nul.

Verscheidene Arabische soldaten bewaakten de ingang, indrukwekkend in hun gala-uniform, met hoge tulbanden en wapperende capes. We liepen door de met vlaggen en vaandels verfraaide tuin. Een adjudant bracht ons naar een grote groep genodigden die onder witte luifels, speciaal voor de gelegenheid geplaatst, stond te wachten tot de ceremonie aanving. In die schaduw wachtten uniformpetten, handschoenen en parels, stropdassen, waaiers, blauwe hemden onder witte colberts met het wapen van de Falange op het voorpand geborduurd, en een flink aantal modellen die steekje voor steekje door mijn handen waren vervaardigd. Ik groette discreet enkele cliënten, deed alsof ik de steelse blikken en het gefluister die ons van verschillende kanten bereikten niet bemerkte. Wie is zij, wie is hij? las ik in sommige lipbewegingen. Ik herkende meer gezichten: vele ervan kende ik alleen van de foto's die Félix me de voorgaande dagen had laten zien; met andere daarentegen voelde ik me meer door persoonlijk contact verbonden. Commissaris Vázquez, bijvoorbeeld, die meesterlijk zijn ongeloof verborg toen hij me op dat toneel zag.

'Wel, wat een aangename verrassing,' zei hij nadat hij zich had losgemaakt van een groepje en naar ons toe gekomen was.

'Goedenavond, don Claudio.' Ik deed mijn best gewoon te klinken; of ik daarin slaagde weet ik niet. 'Het doet me deugd u te zien.'

'Werkelijk?' vroeg hij ironisch.

Ik kreeg niet de kans te antwoorden, want tot mijn stomme verbazing begroette hij vervolgens mijn metgezel.

'Goedenavond, meneer Logan. Ik zie dat u al aardig geacclimatiseerd bent.'

'De commissaris ontbood me op zijn kantoor zodra ik in Tétouan aankwam,' verduidelijkte de journalist me terwijl ze elkaar een hand gaven. 'Formaliteiten, omdat ik buitenlander ben.'

'Vooralsnog wordt hij nergens van verdacht, maar waarschuw me als u iets vreemds aan hem opmerkt,' grapte de commissaris. 'En u, Logan, pas goed op señorita Quiroga, ze heeft een zwaar jaar van onafgebroken werken achter de rug.'

We zeiden de commissaris gedag en liepen verder. De journalist oogde ontspannen en attent, en ik deed mijn best niet te laten merken dat ik me als een vis op het droge voelde. Ook hij kende bijna niemand, maar dat leek hem niet in het minst te deren; hij bewoog zich met aplomb, met een benijdenswaardig zelfvertrouwen dat waarschijnlijk inherent was aan zijn beroep. Félix' lessen opdiepend, beduidde ik hem discreet wie enkele gasten waren: die in het donker geklede heer is José Ignacio Toledano, rijk, joods en directeur van de Hassan Bank; die heel elegante dame met veren in haar kapsel en die met een sigarettenpijpje rookt is de hertogin van Guise, een adellijke Française die in Larache woont; de gezette man wiens glas wordt bijgevuld is Mariano Bertuchi, de schilder. Alles verliep volgens het vastgestelde protocol. Er arriveerden meer genodigden, daarna de burgerlijke Spaanse autoriteiten en vervolgens de legerofficieren; toen de Marokkanen in hun exotische kledij. Vanuit de koele tuin hoorden we het geschreeuw op straat, het geroep, het gejubel en applaus. Hij is er, hij is hier, werd plotseling gezegd. Maar het duurde nog even voor de gehuldigde zich liet zien: eerst wijdde hij een moment aan de menigte en liet hij zich toejuichen als een stierenvechter, of als een van die Amerikaanse artiesten door wie mijn buurman zo gefascineerd werd.

En ten slotte verscheen de langverwachte, de begeerde: de zwager van de Caudillo – leve Spanje! In een donker pak, ernstig, stijf, superslank en verschrikkelijk knap met zijn bijna witte haar naar achteren gekamd; onverzettelijke houding, zoals de hymne van de Falange luidde, met schrandere kattenogen en wat ouder lijkend dan de zevenendertig jaar die hij meedroeg.

Ik moest een van de weinige personen zijn die niet de minste lust voelden hem van dichtbij te zien of zijn hand te schudden, maar toch bleef ik zijn kant op kijken. Het was echter niet Serrano die me interesseerde, maar iemand in zijn buurt die ik nog niet in het echt had gezien: Juan Luis Beigbeder. De geliefde van mijn cliënte-vriendin bleek een lange, niet overdreven slanke man van rond de vijftig. Hij droeg een gala-uniform met een brede sjerp om zijn middel, een uniformpet en een dunne stok, een soort zweep. Hij had een smalle, prominente neus, eronder een donker snorretje, erboven een ronde bril, twee volmaakte cirkels waarachter een stel intelligente ogen schuilging die alles wat er om hem heen gebeurde waarnamen. Hij leek me een bijzondere man, enigszins pittoresk misschien. Ondanks zijn uitdossing straalde hij absoluut geen krijgshaftige distinctie uit, verre van dat zelfs, in zijn houding lag iets theatraals, dat echter niet geveinsd was: zijn gebaren waren verfijnd en overvloedig tegelijk, zijn lach open, zijn stem snel en sonoor. Hij liep van de een naar de ander, groette hartelijk en deelde omarmingen, klopjes op de rug en lang aangehouden handdrukken uit; hij glimlachte en praatte met iedereen, Moren, christenen, joden, en weer van voor af aan. Misschien kwam op zijn vrije momenten de romantische intellectueel boven die volgens Rosalinda in hem zat, maar op dat moment en tegenover dat publiek spreidde hij alleen zijn immense talent voor externe betrekkingen tentoon.

Hij leek met een onzichtbaar touw aan Serrano Súñer vast te zitten: af en toe vond hij het goed dat deze een stukje wegliep, gaf hij hem een zekere vrijheid om op eigen houtje mensen te begroeten en met hen te converseren, zich te laten vleien. Maar even later haalde hij de lijn in en trok hem weer naar zich toe, legde hem iets uit, stelde hem aan iemand voor, sloeg een arm om zijn schouders, fluisterde hem iets in het oor, lachte luidkeels en liet hem weer gaan.

Herhaaldelijk zocht ik Rosalinda, maar ik zag haar nergens. Niet aan de zijde van haar geliefde Juan Luis, niet ver van hem vandaan.

'Hebt u señora Fox ergens gezien?' vroeg ik Logan nadat hij een paar woorden in het Engels had gewisseld met iemand uit Tanger, aan wie hij me wel voorstelde maar wiens naam en functie ik onmiddellijk weer vergat.

'Nee, nog niet,' antwoordde hij simpelweg terwijl hij zijn aandacht op het groepje richtte dat zich op dat moment rond Serrano vormde. 'Weet u wie dat zijn?' vroeg hij, en hij wees ze onopvallend met zijn kin aan.

'De Duitsers.'

Daar waren de veeleisende Frau Langenheim, gehuld in de formidabele japon van violette shantoeng die ik voor haar had gemaakt; Frau Heinz, mijn eerste cliënte, als een harlekijn in zwart-wit gekleed; de echtgenote van Bernhardt met haar Argentijnse accent, die ditmaal geen nieuwe outfit droeg; en een enkele dame die ik niet kende. Allen vergezeld door hun echtgenoot, allen met een warm onthaal voor de cuñadísimo, terwijl deze zich te midden van die compacte groep Duitsers uitputte in glimlachjes. Die keer onderbrak Beigbeder het gesprek echter niet en liet hij hem langdurig zelf het toneel aanvoeren.

30

De avond viel, lichtjes ontbrandden als op een kermis. De sfeer bleef levendig zonder uitschieters, de muziek zacht en Rosalinda afwezig. De groep Duitsers was aan de eregast vastgeklonken, maar op zeker moment maakten de vrouwen zich van hen los en bleven alleen de vijf buitenlandse mannen en de Spaanse hoogwaardigheidsbekleder over. Ze spraken geanimeerd, en met hun hoofd dicht bij elkaar lieten ze iets van hand tot hand gaan, wezen met hun vinger, gaven commentaar. Ik merkte dat mijn begeleider verholen naar hen bleef kijken.

'Blijkbaar interesseren de Duitsers u.'

'Ze fascineren me,' zei hij ironisch. 'Maar ik ben aan handen en voeten gebonden.'

Ik reageerde met vragend opgetrokken wenkbrauwen, begreep niet wat hij bedoelde. Hij lichtte het niet toe, maar verlegde de loop van ons gesprek naar een terrein dat er ogenschijnlijk niets mee te maken had.

'Zou het erg brutaal van me zijn als ik u een gunst vraag?'

Hij liet het nonchalant vallen, alsof hij me even daarvoor had gevraagd of ik zin had in een sigaret of een glas vruchtenbowl.

'Hangt ervan af,' antwoordde ik, eveneens met een achteloosheid die ik niet voelde. Al verliep de avond redelijk ontspannen, ik voelde me niet op mijn gemak en was niet in staat te genieten van dat ongewone feest. Ik maakte me bovendien zorgen over Rosalinda's afwezigheid; het was heel vreemd dat ze zich niet had laten zien. Het enige wat er nu aan ontbrak, was dat de journalist me nog een lastige gunst vroeg; ik had al genoeg gedaan door met hem mee te gaan naar dat evenement.

'Het is heel simpel,' legde hij uit. 'Ik ben benieuwd wat de Duitsers aan Serrano laten zien, waar ze allemaal zo aandachtig naar kijken.'

'Persoonlijk of beroepshalve benieuwd?'

'Beide. Maar ik kan hen niet benaderen: u weet dat wij Engelsen niet goed bij hen liggen.'

'Suggereert u nu dat ik erheen moet om te gaan kijken?' vroeg ik ongelovig.

'Onopvallend, als het even kan.'

'Dat meent u toch niet serieus, hè?'

'Honderd procent. Daaruit bestaat mijn werk: informatie vergaren en de middelen zoeken om die te verkrijgen.'

'En nu u die informatie niet zelf kunt bemachtigen, wilt u dat ik het middel ben.'

'Maar ik wil geen misbruik van u maken, laat dat vooropstaan. Het is gewoon een voorstel, u bent absoluut niet verplicht het aan te nemen. Denk er alleen even over.'

Ik keek hem zwijgend aan. Hij leek oprecht en betrouwbaar, maar vermoedelijk was hij dat niet. Alles was per slot van rekening een kwestie van belangen.

'Goed, ik doe het.'

Hij wilde iets zeggen, een voortijdig bedankje misschien. Ik gaf hem de kans niet. 'Maar daar wil ik iets voor terug,' voegde ik eraan toe.

'Wat?' vroeg hij bevreemd. Hij had niet verwacht dat mijn actie een prijs zou hebben.

'Achterhaal voor me waar señora Fox is.'

'Hoe?'

'Dat weet u beter dan ik; daarvoor bent u journalist.'

Ik wachtte zijn antwoord niet af, ik draaide me onmiddellijk om en liep weg, terwijl ik me afvroeg hoe ik in godsnaam de groep Duitsers kon naderen zonder al te vrijpostig te lijken.

De oplossing diende zich aan in de vorm van de poederdoos die Candelaria me een paar minuten voor we vertrokken cadeau had gedaan. Ik haalde hem uit mijn tas en opende hem. Al lopend deed ik net of ik mijn gezicht bekeek terwijl ik op weg was naar de toiletten. Alleen keek ik zo geconcentreerd in het spiegeltje dat ik enigszins van mijn koers afweek en ik, in plaats van via de vrije ruimte te lopen – o wat een pech – tegen de rug van de Duitse consul botste.

Die botsing had het plotseling stilvallen van het gesprek dat ze voerden en de val van de poederdoos tot gevolg.

'Het spijt me, echt, wat vind ik dat vervelend, ik lette gewoon niet goed op...' zei ik met een stem doortrokken van gehuichelde ontzetting.

Vier van de aanwezigen bukten zich onmiddellijk om mijn poederdoos op te rapen, maar een ervan was sneller dan de rest. De slankste van hen, degene met het naar achteren gekamde, bijna witte haar. De enige Spanjaard. De man met de kattenogen.

'Het spiegeltje is gebroken, vrees ik,' kondigde hij aan toen hij overeind kwam. 'Kijk maar.'

Ik keek. Maar voor ik mijn blik op het gebarsten spiegeltje richtte, probeerde ik snel te zien wat hij, behalve de poederdoos, nog meer tussen zijn opvallend slanke vingers hield.

'Inderdaad, zo te zien is het stuk,' prevelde ik terwijl ik mijn wijsvinger behoedzaam over het gesplinterde oppervlak liet glijden dat hij nog in zijn hand had. Mijn pas gelakte nagel werd talrijke malen weerkaatst.

We stonden met onze schouders en ons hoofd dicht bij elkaar, beiden over het kleine voorwerp gebogen. Ik ontwaarde zijn blanke gelaat op een paar centimeter afstand, zijn verfijnde trekken en zijn grijzende slapen, zijn wat donkerdere wenkbrauwen, het dunne snorretje.

'Pas op dat u zich niet snijdt,' zei hij zacht.

Ik treuzelde nog even, stelde vast dat het poederblokje intact was, dat het donsje op zijn plek zat. En terloops wierp ik nog een blik op datgene wat hij vasthield, dat wat een paar minuten ervoor van hand tot hand was gegaan. Foto's. Het was een stapeltje foto's. Ik kon alleen de bovenste zien: mensen die ik niet herkende, een compact groepje anonieme gezichten en lichamen.

'Ja, ik kan hem beter dichtdoen,' zei ik ten slotte.

'Alstublieft.'

Ik voegde de twee helften met een sonore klik samen.

'Jammer, het is een heel mooie poederdoos. Bijna even mooi als de eigenares,' voegde hij eraan toe.

Ik nam het complimentje met een kokette uitdrukking en mijn meest verblindende glimlach in ontvangst.

'Het geeft niet, echt niet.'

'Het was me een genoegen, señorita,' zei hij terwijl hij me een hand gaf. Ik voelde hem nauwelijks.

'Het genoegen is aan mij, señor Serrano,' antwoordde ik met mijn ogen knipperend. 'Nogmaals mijn excuses voor de onderbreking. Goedenavond, heren,' zei ik met een blik op de rest van de groep. Ze droegen allemaal een hakenkruis op hun revers.

'Goedenavond,' herhaalden de Duitsers in koor.

Ik hervatte mijn weg en legde alle bevalligheid die ik kon opbrengen in mijn tred. Zodra ik vermoedde dat ze me niet meer konden zien, griste ik een glas wijn van het dienblad van een ober, sloeg het achterover en wierp het glas vervolgens in de rozenstruiken.

Ik vervloekte Marcus Logan omdat hij me tot dat stomme avontuur had aangezet, ik vervloekte mezelf omdat ik het had laten gebeuren. Ik was veel dichter bij Serrano Súñer geweest dan wie ook van de andere genodigden: zijn gezicht had het mijne bijna geraakt, onze vingers hadden elkaar beroerd, zijn stem had zo dicht bij mijn oor geklonken dat het aan intimiteit grensde. Ik had me als een frivool wicht gedragen, blij dat ze even de aandacht van het vermaarde heerschap kreeg, terwijl ik in werkelijkheid helemaal niet in hem geïnteresseerd was. En dat allemaal voor niets, om slechts vast te stellen dat wat de groep blijkbaar met zoveel belangstelling had bekeken een handvol foto's was waarop ik helemaal niemand had herkend.

Geërgerd liep ik door de tuin tot ik bij de deur van het hoofdgebouw van het Hoge Commissariaat kwam. Ik moest een toilet vinden, plassen, mijn handen wassen, even een paar minuten afstand van alles nemen en tot rust komen voor ik me met de journalist herenigde. Ik volgde de aanwijzingen van iemand op: ik liep de entree door die opgeluisterd was met metopen en schilderijen van officieren in uniform, ging naar rechts en kwam in een brede gang. Derde deur links, was me verteld. Voor ik die bereikte, werd ik al door stemmen gewaarschuwd over de situatie van mijn bestemming. Even later kon ik met eigen ogen vaststellen wat er aan de hand was: plassen op de vloer; zo te zien kwam het gutsende water ergens daarbinnen vandaan, vermoedelijk uit een gesprongen reservoir. Twee dames protesteerden boos dat hun schoenen geruïneerd waren en drie soldaten kropen over de vloer, waren druk met lappen en handdoeken in de weer, probeerden water op te dweilen dat maar bleef stromen en inmiddels de tegels in de gang had bereikt. Bij dat tafereel bleef ik staan. Er rukten versterkingen aan met armenvol doeken, ik meende zelfs lakens te zien. De dames liepen klagend en mopperend weg, toen bood iemand aan me naar een ander toilet te brengen.

Ik volgde een soldaat de gang door, in tegengestelde richting als op de heenweg. We doorkruisten de entree weer en namen een andere gang, die schaars verlicht was. We sloegen diverse keren af, eerst naar links, vervolgens rechts en toen weer links. Zo ongeveer.

'Zal ik op mevrouw wachten?' vroeg hij toen we er waren.

'Dat hoeft niet. Ik vind de weg terug wel, dank u.'

Daar was ik niet zo zeker van, maar het idee dat er voor het toilet een wachtpost stond vond ik vreselijk, dus toen ik mijn escorte had weggestuurd lenigde ik mijn noden, liep mijn kleding na, fatsoeneerde mijn kapsel en wilde weer gaan. Maar de moed ontbrak me; ik kon de kracht niet opbrengen opnieuw met de werkelijkheid geconfronteerd te worden. Dus besloot ik me nog een paar minuten respijt, een moment alleen te gunnen. Ik opende het raam en de Afrikaanse avond stroomde geurend naar jasmijn binnen. Ik ging op de vensterbank zitten en keek naar de donkere palmen; vanuit de verte bereikte me het geroezemoes van de gesprekken in de voortuin. Ik zat daar zonder iets te doen, genietend van de rust, en mijn bekommernissen ebden langzaam weg. Maar na een poosje hoorde ik ergens in een hoekje van mijn geest een oproep: klop, klop, tijd om terug te gaan. Ik zuchtte, ging staan en sloot het raam. Ik moest terug naar de wereld. Me onder de mensen mengen met wie ik zo weinig gemeen had, naar de buitenlander toe die me had meegesleept naar dat absurde feest en die me zo'n buitensporige gunst had gevraagd. Ik wierp nog een laatste blik in de spiegel, deed het licht uit en vertrok.

Ik liep door de donkere gang, ging een hoek om, en nog een, menend de weg te weten. Plots stond ik voor een dubbele deur die ik volgens mij niet eerder was tegengekomen. Ik maakte hem open en daarachter bevond zich een donker en leeg vertrek. Ik had me vast vergist, dus besloot ik mijn weg bij te sturen. Weer een gang, nu linksaf, dacht ik me te herinneren. Maar ik verdwaalde opnieuw en kwam in een soberder deel terecht, zonder de glanzende houten friezen en generaals in olieverf aan de wand; waarschijnlijk was ik op weg naar de dienstvertrekken. Rustig, zei ik zonder veel overtuiging tegen mezelf. De nacht dat ik in de medina ronddwaalde met de pistolen verborgen onder mijn boernoes doemde plots in mijn geest op. Ik drukte de herinnering weg, vestigde mijn aandacht op het hier en nu, en veranderde nogmaals van richting. En opeens was ik weer bij mijn vertrekpunt, bij het toilet. Vals alarm dus, ik was niet verdwaald. Uit mijn geheugen diepte ik de met de soldaat afgelegde weg op en oriënteerde me. Alles duidelijk, probleem opgelost, dacht ik terwijl ik me naar de uitgang begaf. Ik herkende inderdaad dingen. Een vitrine met oude wapens, ingelijste foto's, opgehangen vlaggen. Die had ik even daarvoor ook gezien, alles kwam me inmiddels bekend voor. Zelfs de stemmen die achter de hoek klonken die ik wilde omslaan: dezelfde die ik in de tuin had gehoord tijdens die belachelijke scène met de poederdoos.

'Hier is het comfortabeler, mijn beste Serrano; hier kunnen we rustig praten. Dit is de kamer waar kolonel Beigbeder ons doorgaans ontvangt,' zei iemand met een sterk Duits accent.

'Prima,' reageerde zijn gesprekspartner slechts.

Ik versteende, hield mijn adem in. Serrano Súñer en minstens één Duitser waren luttele meters bij me vandaan en kwamen dichterbij door een stuk gang dat haaks stond op de gang waarin ik liep. Zodra zij of ik de hoek omsloegen, zouden we oog in oog staan. Mijn benen trilden al bij de gedachte. In wezen had ik niets te verbergen, er was geen reden waarom ik een ontmoeting zou moeten vrezen. Behalve dat me de moed ontbrak weer een schijnvertoning te moeten opvoeren, weer voor een aanstellerig wicht te moeten doorgaan en pathetisch uitleg te geven over gesprongen reservoirs en plassen water om zo mijn eenzame omzwervingen midden in de nacht door de gangen van het Hoge Commissariaat te rechtvaardigen. Ik ging in minder dan een seconde de mogelijkheden na. Tijd om terug te lopen was er niet en ik moest tegen elke prijs voorkomen dat ik oog in oog met hen kwam te staan, dus kon ik voor- noch achteruit. De enige oplossing was zijwaarts, in de vorm van een gesloten deur aan een kant van de gang. Zonder er verder over na te denken opende ik de deur en glipte naar binnen.

Het vertrek was donker, maar door de ramen kwam enig avondlicht binnen. Ik leunde met mijn rug tegen de deur, wachtend tot Serrano en zijn gezelschap langs waren gelopen zodat ik mijn weg kon vervolgen. De tuin met kermisverlichting, het geroezemoes van de gesprekken en de onverstoorbare kracht van Marcus Logan kwamen me plotseling voor als het paradijs zelf, maar ik vreesde dat het moment om daar te komen nog niet was aangebroken. Ik haalde krachtig adem, alsof ik met elke teug een stukje spanning uit mijn lijf wilde verwijderen. Ik bekeek mijn toevluchtsoord en in de schaduwen bespeurde ik stoelen, fauteuils en een vitrineboekenkast tegen de wand. Er waren meer meubels, maar daar kon ik niet bij stilstaan want een andere kwestie vereiste mijn aandacht. Vlak bij me, aan de andere kant van de deur.

'We zijn er,' kondigde de Duitse stem aan tegelijk met het geluid van een bewegende deurklink.

Ik haastte me met grote stappen weg en bereikte een zijkant van de salon, net op het moment dat de deur openging.

'Waar zit de lichtschakelaar?' hoorde ik zeggen terwijl ik me achter een sofa liet vallen. Op hetzelfde moment dat het licht aanging, raakte mijn lichaam de vloer.

'Goed, we zijn er. Neem plaats, alstublieft.'

Ik lag op mijn buik, met de linkerkant van mijn gezicht op de koude tegelvloer, met ingehouden adem en wijd opengesperde ogen van angst. Zonder te durven ademen, te slikken of zelfs maar te knipperen. Als een marmeren standbeeld, als een geëxecuteerde zonder genadeschot.

De Duitser leek als gastheer op te treden en wendde zich tot zijn enige gesprekspartner; dat wist ik omdat ik maar twee stemmen hoorde, en omdat ik vanonder de sofa, vanuit mijn onverwachte schuilplaats en tussen de poten van de meubelstukken door, slechts twee paar benen bespeurde.

'Weet de hoge commissaris dat we hier zijn?' vroeg Serrano.

'Hij is druk met de gasten; we praten later wel met hem, mocht u dat wensen,' antwoordde de Duitser vaag.

Ik hoorde dat ze plaatsnamen; hun lichamen maakten het zich gemakkelijk, de veren kraakten. De Spanjaard koos een stoel; ik zag de onderkant van zijn donkere pantalon met scherpe vouw, zijn zwarte sokken rond de dunne enkels die in een paar glimmend gepoetste schoenen verdwenen. De Duitser installeerde zich tegenover hem, rechts van de sofa waarachter ik me had verstopt. Zijn benen waren dikker en zijn schoeisel minder verfijnd. Als ik mijn arm had uitgestoken, zou ik hem bijna hebben kunnen kietelen.

Hoe lang ze precies praatten wist ik niet, maar lang genoeg om een vreselijke pijn in mijn nek te voelen opkomen, om enorme zin te krijgen mezelf te krabben en om maar met moeite mijn drang om te gaan schreeuwen, te huilen en weg te rennen te kunnen bedwingen. Ik hoorde aanstekers knippen en de kamer vulde zich met sigarettenrook. Vanaf de vloer zag ik Serrano's benen zich talrijke keren kruisen en weer rechten; de Duitser daarentegen verroerde zich amper. Ik probeerde mijn angst te beheersen, een minder ongemakkelijke houding te vinden en bad tot de hemel dat geen van mijn lichaamsdelen een onverhoedse beweging zou vereisen.

Mijn gezichtsveld was miniem en mijn bewegingsruimte nihil. Ik had alleen toegang tot datgene wat in de lucht zweefde en mijn oren binnendrong, tot datgene waarover ze praatten. Dus concentreerde ik me op hun gesprek; aangezien ik met die poederdoosbotsing geen interessante informatie had kunnen bemachtigen, dacht ik dat de journalist hier wellicht belangstelling voor had. In elk geval hield het me bezig en voorkwam ik daarmee dat ik dusdanig overstuur raakte dat ik mijn werkelijkheidszin zou verliezen.

Ik hoorde ze praten over installaties en transmissies, over schepen en luchtschepen, over hoeveelheden goud, Duitse marken, peseta's, bankrekeningen. Kredieten en termijnen, leveringen, vervolgleveringen; namen van bedrijven, havens en loyale personen. Ik kwam te weten dat de Duitser Johannes Bernhardt was, dat Serrano met Franco schermde om meer druk uit te oefenen of om onder bepaalde eisen uit te komen. En hoewel ik niet alle gegevens kende om de situatie volledig te begrijpen, had ik het gevoel dat beide mannen evenveel belang hadden bij het welslagen van datgene wat ze bespraken.

En ze slaagden. Ten slotte bereikten ze een akkoord; vervolgens kwamen ze overeind en bekrachtigden de overeenkomst met een ferme handdruk, die ik wel kon horen maar niet zien. Wat ik daarentegen wel zag was dat hun benen zich in de richting van de deur bewogen, dat de Duitser, opnieuw in de rol van gastheer, de genodigde liet voorgaan. Voor ze vertrokken stelde Bernhardt nog een vraag.

'Bespreekt u dit met kolonel Beigbeder, of hebt u liever dat ik het doe?'

Serrano antwoordde niet meteen; eerst hoorde ik hem nog een sigaret opsteken. De zoveelste.

'Denkt u dat dat noodzakelijk is?' vroeg hij na de eerste rook te hebben uitgeblazen.

'De installaties zullen in het Spaanse Protectoraat worden opgetrokken. Ik neem aan dat hij er iets over zal moeten weten.'

'Laat het maar aan mij over. De Caudillo zal hem rechtstreeks op de hoogte brengen. En wat de bepalingen van het akkoord betreft, zeg daar niets over. Het moet tussen ons blijven,' voegde hij eraan toe toen het licht uitging.

Ik liet een paar minuten voorbijgaan tot ik inschatte dat ze het gebouw inmiddels hadden verlaten. Toen kwam ik behoedzaam overeind. Van hun aanwezigheid in de salon restten enkel nog een dikke rookwalm en een vermoedelijk overvolle asbak. Opgelucht was ik echter nog niet. Ik trok mijn rok en jasje recht en liep op mijn tenen naar de deur. Ik stak mijn hand langzaam naar de deurklink uit, alsof ik bang was dat het contact een schok zou veroorzaken, bevreesd om de gang in te gaan. Ik kwam echter niet zover dat ik de klink aanraakte: toen mijn vingers hem bijna beroerden, merkte ik dat iemand aan de andere kant hetzelfde deed. Werktuiglijk deinsde ik terug en drukte me stevig tegen de wand, alsof ik erin wilde verdwijnen. De deur werd opengegooid, sloeg me bijna in het gezicht en vrijwel meteen ging het licht aan. Wie er binnenkwam kon ik niet zien, maar ik hoorde een stem zachtjes schelden.

'Eens kijken waar die klootzak zijn verrekte sigarettenkoker heeft gelaten.'

Zonder hem te zien voelde ik aan dat het een gewone soldaat was die met tegenzin een bevel uitvoerde: een door Serrano of Bernhardt – aan wiens adres de jongen de kwalijke kwalificatie richtte wist ik niet – vergeten voorwerp zoeken. Even later was het weer stil en donker, maar ik had niet de moed me in de gang te wagen. Voor de tweede keer in mijn leven was mijn redding uit het raam springen.

Ik ging terug naar de tuin en tot mijn verbazing trof ik Marcus Logan geanimeerd in gesprek met Beigbeder aan. Ik wilde op mijn schreden terugkeren, maar het was al te laat: hij had me gezien en riep me bij hen. Mijn nervositeit verbergend liep ik naar ze toe; na het tafereel van daarnet was een persoonlijke ontmoeting met de hoge commissaris wel het laatste waar ik op zat te wachten.

'U bent dus de beeldschone vriendin van mijn Rosalinda die kleding maakt,' begroette hij me glimlachend.

In zijn ene hand had hij een sigaar, zijn vrije arm sloeg hij ongedwongen om mijn schouders.

'Het verheugt me enorm dat ik u eindelijk eens ontmoet, lieve vriendin. Helaas voelt onze Rosalinda zich niet goed en kan ze niet bij ons zijn.'

'Wat heeft ze?'

Met de hand waarin hij de havanna hield maakte hij een draaiende beweging ter hoogte van zijn maag. 'Darmproblemen. Die spelen op in nerveuze tijden, en de afgelopen dagen zijn we zo druk geweest met onze gast dat mijn arme meisje nauwelijks een minuut rust heeft gehad.'

Hij gebaarde dat Marcus en ik wat dichterbij moesten komen en zei toen zachtjes op vertrouwelijke toon: 'Godzijdank vertrekt de zwager morgen; ik geloof niet dat ik hem nog een dag langer zou verdragen.'

Hij rondde zijn vertrouwelijkheid af met een luide lach en wij deden hem geforceerd lachend na.

'Goed, lieve mensen, ik moet gaan,' zei hij met een blik op zijn horloge. 'Ik vind uw gezelschap geweldig, maar de plicht roept: nu volgen de hymnen, de toespraken en de hele santenkraam, ongetwijfeld het saaiste onderdeel. Kom Rosalinda een dezer dagen eens opzoeken als u kunt, Sira, ze zal uw komst bijzonder op prijs stellen. En u ook, Logan, het gezelschap van een landgenoot zal haar goeddoen. En wie weet kunnen we een keer met z'n vieren dineren als alles in rustiger vaarwater gekomen is. God save the King!' voegde hij er met zijn hand theatraal in de lucht bij wijze van afscheid aan toe. En meteen daarop draaide hij zich zonder nog een woord te zeggen om en liep weg.

We zwegen een poosje, keken hem na, niet in staat een adjectief te bedenken om de bijzondere man die ons net verlaten had te typeren.

'Ik ben u al bijna een uur aan het zoeken, waar hebt u gezeten?' vroeg de journalist ten slotte met zijn ogen nog op de rug van de hoge commissaris gericht.

'Ik was uw probleem aan het oplossen, dat vroeg u me toch?'

'Wil dat zeggen dat u hebt kunnen zien wat de groep aan elkaar doorgaf?'

'Niets bijzonders. Familiekiekjes.'

'Dat is pech hebben.'

We spraken zonder elkaar aan te kijken, allebei nog met onze blik op Beigbeder gericht.

'Maar ik ben wel andere dingen te weten gekomen die u wellicht interesseren,' kondigde ik aan.

'Zoals?'

'Overeenkomsten. Uitwisselingen. Zaken.'

'Met betrekking tot wat?'

'Antennes,' verduidelijkte ik. 'Grote antennes. Drie. Honderd meter hoog, consolesysteem, merk Electro-Sonner. De Duitsers willen ze installeren om het verkeer in de Straat, door de lucht en over zee, te onderscheppen en om de aanwezigheid van de Engelsen in Gibraltar te kunnen neutraliseren. Ze onderhandelen over de montage bij de ruïnes van Tamuda, een paar kilometer hiervandaan. In ruil voor Franco's expliciete autorisatie zal het leger van de nationalen een substantieel krediet van de Duitse regering krijgen. De gehele afhandeling loopt via de firma HISMA, waarvan Johannes Bernhardt de belangrijkste partner is, degene met wie Serrano de overeenkomst heeft gesloten. Beigbeder willen ze erbuiten houden, ze willen de zaak voor hem verzwijgen.'

'My goodness,' prevelde hij in zijn eigen taal. 'Hoe bent u hierachter gekomen?'

We keken elkaar nog steeds niet aan, volgden allebei ogenschijnlijk belangstellend met onze blik de hoge commissaris, die al groetend naar een versierd podium liep waar iemand een microfoon opstelde.

'Omdat ik toevallig in dezelfde kamer was als waar het akkoord gesloten werd.'

'Hebben ze in uw tegenwoordigheid een akkoord gesloten?' vroeg hij ongelovig.

'Nee, rustig maar, ze hebben me niet gezien. Het is een lang verhaal, ik vertel het u een andere keer wel.'

'Goed. Maar vertel me nog één ding: hebben ze data genoemd?'

De microfoon piepte akelig schel. Test, test, klonk een stem.

'De onderdelen staan klaar in de haven van Hamburg. Zodra de Caudillo zijn handtekening heeft gezet, verschepen ze die naar Ceuta en wordt begonnen met de opbouw.'

In de verte zagen we de kolonel energiek de verhoging op gaan en Serrano met een weids gebaar wenken om zich bij hem te voegen. Hij glimlachte nog altijd, groette argeloos. Toen stelde ik Logan een paar vragen.

'Gelooft u dat Beigbeder moet weten dat ze hem erbuiten willen houden? Denkt u dat ik het tegen Rosalinda moet zeggen?'

Hij dacht even na voor hij antwoord gaf, zijn blik nog op de twee mannen gevestigd die nu samen een uitbundig applaus van de aanwezigen kregen.

'Ik neem aan van wel, dat hij het moet weten, bedoel ik. Maar ik denk dat hij het beter niet via u of señora Fox kan horen, u zou zich kunnen compromitteren. Laat het maar aan mij over. Ik zoek uit hoe de informatie het best aan hem doorgespeeld kan worden. Zeg maar niets tegen uw vriendin, ik vind wel een manier.'

Er gingen een paar seconden in stilte voorbij, alsof hij nog nadacht over wat hij daarnet te horen had gekregen.

'Weet u, Sira?' zei hij, zich uiteindelijk tot me wendend. 'Ik heb geen idee hoe het u gelukt is, maar u hebt grandioze informatie bemachtigd, veel interessanter dan ik had verwacht op een receptie als deze te verkrijgen. Ik weet niet hoe ik u moet bedanken...'

'Heel eenvoudig,' onderbrak ik hem.

'Hoe dan?'

Op datzelfde moment zette het orkest van de kalief met verve het *Cara al sol* in, en tientallen armen gingen onmiddellijk omhoog, alsof iemand aan hun touwtjes trok. Ik ging op mijn tenen staan en plaatste mijn lippen bij zijn oor.

'Haal me hier weg.'

Geen woord, alleen zijn uitgestoken hand. Ik greep hem stevig vast en we glipten naar de achterkant van de tuin. Zodra we vermoedden dat niemand ons nog kon zien, renden we weg, de donkere nacht tegemoet.

31

De wereld ving de volgende ochtend aan in een ander tempo. Voor het eerst in weken stond ik niet vroeg op, dronk ik niet haastig een kop koffie en installeerde ik me evenmin meteen in het atelier omringd door spoedklusjes en haastwerk. Heel anders dan de waanzinnige activiteit van de voorgaande dagen, begon ik de dag met het lange bad dat de avond ervoor was onderbroken. En daarna wandelde ik naar Rosalinda's huis.

Uit Beigbeders woorden had ik opgemaakt dat haar ziek-zijn niet ernstig was, van voorbijgaande aard, niet meer dan een ongelegen komend ongemak. Daarom verwachtte ik dat ik mijn vriendin net als anders zou aantreffen, popelend om alle bijzonderheden te horen over het evenement dat ze had gemist en benieuwd naar mijn commentaar op de kleding die de dames hadden gedragen, wie de elegantste was, wie de minst elegante.

Een dienstmeisje bracht me naar haar kamer. Ze lag nog in bed, omgeven door kussens, gesloten luiken en een zware geur van tabak, medicijnen en gebrek aan frisse lucht. Het huis was groot en mooi: Moorse architectuur, Engelse meubels en een exotische chaos waarin langspeelplaten zonder hoes, enveloppen met het strookje AIRMAIL, zijden foulards en porseleinen Staffordshire-kopjes met koud geworden thee op tapijten en sofa's vreedzaam samengingen.

Maar die ochtend straalde Rosalinda allesbehalve glamour uit.

'Hoe is het?' Ik probeerde mijn stem niet al te bezorgd te laten klinken. Niettemin had ik daar, afgaand op haar uiterlijk, alle reden toe: als een zoutzak hing ze bleek, met wallen en vieze haren in een bed dat niet was opgemaakt en waarvan het beddengoed half op de vloer gegleden was.

'Beroerd,' antwoordde ze met een pesthumeur. 'Ik voel me belabberd, maar kom hier bij me zitten,' beval ze met een tikje op het bed. 'Het is niet besmettelijk.'

'Juan Luis vertelde gisteravond dat je darmproblemen hebt,' zei ik terwijl ik gehoorzaam ging zitten. Eerst moest ik verscheidene verfrommelde zakdoekjes, een asbak vol halfopgerookte sigaretten, de resten van een pak biscuitjes en een flinke laag kruimels weghalen.

'That's right, maar dat is het ergste niet. Juan Luis weet nog niet alles. Ik vertel het hem vanmiddag, ik wilde hem er de laatste dag van Serrano's bezoek niet mee lastigvallen.'

'Wat is het ergste dan?'

'Dit,' zei ze woedend, en ze greep met klauwende vingers iets wat een telegram leek. 'Dit is wat me ziek heeft gemaakt, niet de voorbereidingen op het bezoek. Dit is het allerergste.'

Ik keek haar onthutst aan en ze vatte de inhoud voor me samen.

'Ik ontving het gisteren. Peter komt over zes weken.'

'Wie is Peter?' Ik kon me niet herinneren dat ik die naam eerder had gehoord.

Ze keek me aan alsof ik een belachelijke vraag had gesteld.

'Wie dacht je, Sira? Mijn God, Peter is mijn man.'

Peter Fox had een overtocht naar Tanger geregeld, aan boord van een schip van P&O, en hij was van plan een lange periode bij vrouw en kind door te brengen, nadat hij zich bijna vijf jaar niet om hen bekommerd had. Hij woonde nog in Calcutta, maar had besloten een tijdje naar het Westen te gaan, misschien om de mogelijkheden af te tasten om voorgoed te vertrekken uit het imperiale India, waar de onafhankelijkheidsbewegingen van de inheemse bevolking almaar sterker werden, zoals Rosalinda me vertelde. En hoe kon hij de perspectieven van een potentiële verhuizing nu beter afwegen dan door een hereniging met zijn gezin in de nieuwe wereld van zijn vrouw?

'En hij komt hier wonen, in jouw huis?' vroeg ik ongelovig.

Ze stak een sigaret op en terwijl ze de rook diep inademde knikte ze heftig.

'Of course he will. Hij is mijn man en heeft er alle recht toe.'

'Maar ik dacht dat jullie gescheiden waren...'

'Feitelijk wel. Wettelijk niet.'

'Heb je nooit overwogen te gaan scheiden?'

Ze nam weer een diepe haal van haar sigaret. 'Miljoenen keren. Maar hij weigert.'

Toen deed ze me de aspecten van die wanrelatie uit de doeken en leerde ik een andere, een kwetsbare en broze Rosalinda kennen. Iemand die minder etherisch was en meer in de buurt kwam van de bewoners van de mensenwereld met al hun verwikkelingen.

'Ik trouwde op mijn zestiende; hij was toen vierendertig. Ik had vijf jaar aaneengesloten op een internaat in Engeland gezeten; ik was uit India vertrokken toen ik nog een meisje was en keerde terug als een jongedame op bijna huwbare leeftijd, vast van plan niet één van de vele feesten in het koloniale Calcutta over te slaan. Op het eerste daarvan werd ik voorgesteld aan Peter, hij was een vriend van mijn vader. Ik vond hem de aantrekkelijkste man die ik ooit had gezien; obviously waren dat er maar heel weinig, om niet te zeggen nul. Hij was grappig, bereid tot de meest ondenkbare avonturen en in staat elke bijeenkomst op te fleuren. En tegelijkertijd volwassen, levenslustig, telg van een aristocratische Engelse familie die zich drie generaties terug al in India gevestigd had. Ik werd waanzinnig verliefd, dat dacht ik althans. Vijf maanden later waren we getrouwd. We gingen in een magnifiek huis wonen met stallen, tennisbanen en veertien kamers voor de bedienden; we hadden zelfs vier inheemse jongetjes die altijd in uniform liepen als ballenrapers voor het geval we op een dag zin hadden in een tennispartijtje, kun je het je voorstellen? Ons leven bruiste van activiteit: ik vond het heerlijk om te dansen, paard te rijden, en ik was even handig met het geweer als met de golfstokken. We dompelden ons onder in een carrousel van feesten en bijeenkomsten. Bovendien werd Johnny geboren. We bouwden een idyllische wereld op binnen een andere, even luisterrijke wereld, maar het duurde niet lang voor ik de broosheid van dat alles ontdekte.'

Ze onderbrak haar monoloog en staarde in het niets, peinzend. Vervolgens drukte ze haar sigaret uit in de asbak en ging verder.

'Een paar maanden na de bevalling kreeg ik last van mijn maag. Ik werd onderzocht en aanvankelijk zeiden ze dat ik me geen zorgen hoefde te maken, dat mijn ongemak onder de normale gezondheidsproblemen viel die wij niet-inheemsen kunnen krijgen in die tropische klimaten waar we volstrekt niet aan gewend zijn. Maar ik voelde me almaar slechter. De pijn werd erger en ik had elke dag koorts. Ze besloten me te opereren, maar ze vonden niets abnormaals. Toch werd ik niet beter. Vier maanden later, toen ze zagen dat het steeds slechter met me ging, werd ik aan een uitgebreid onderzoek onderworpen en uiteindelijk konden ze mijn ziekte benoemen: rundertuberculose in een van zijn agressiefste vormen, opgelopen door de melk van een geïnfecteerde koe die we na Johnny's geboorte hadden gekocht zodat er altijd verse melk was voor mijn herstel. Het beest was al eerder ziek geworden en doodgegaan, maar de veearts had niets abnormaals aangetroffen toen hij het dier onderzocht, zoals de artsen aanvankelijk ook niets bij mij konden vinden, want runder-tbc is vreselijk moeilijk te diagnosticeren. Maar er vormen zich tuberkels, een soort knobbels of bulten in de darmen waardoor die samengeperst worden.'

'En?'

'En je wordt een chronisch zieke.'

'En?'

'En elke morgen dat je je ogen opendoet, dank je de hemel dat je nog een dag mag leven.'

Ik probeerde mijn ontsteltenis achter een nieuwe vraag te verbergen.

'Hoe reageerde je man?'

'Oh, wonderfully!' antwoordde ze sarcastisch. 'De artsen adviseerden me terug te keren naar Engeland; ze dachten, zonder veel hoop, dat ze in een Engels ziekenhuis misschien iets voor me konden doen. En Peter was het er roerend mee eens.'

'Hij dacht aan je welzijn, vermoedelijk...'

Een bittere schaterlach belette me mijn zin af te maken.

'Peter, darling, heeft nooit een ander welzijn dan dat van hemzelf op het oog. Mij ver weg sturen was de beste oplossing, maar niet zozeer voor mijn gezondheid als wel voor zijn eigen welzijn. Hij moest me niet meer, Sira. Ik was niet leuk meer, ik was niet langer de prachtige trofee waarmee hij in clubs, op feesten en jachtpartijen kon pronken; de jonge, mooie en leuke echtgenote was een gebrekkige last geworden waarvan hij zich zo snel mogelijk moest ontdoen. Dus zodra ik weer enigszins op mijn benen kon staan, kocht hij een passagebiljet naar Engeland voor Johnny en mij. Hij verwaardigde zich niet eens om met ons mee te gaan. Met het smoesje dat zijn echtgenote de beste medische behandeling verdiende, zette hij een ernstig zieke vrouw van nog geen twintig en een jongetje dat amper kon lopen aan boord. Alsof we twee pakketjes waren, meer niet. Bye-bye, tot nooit, schatjes.'

Een paar dikke tranen rolden over haar wangen, ze veegde ze met de rug van haar hand weg.

'Hij zette ons aan de kant, Sira. Hij verstootte me. Hij zond me naar Engeland, louter en alleen om zich van me te bevrijden.'

Er viel een droevige stilte tussen ons, tot ze zich vermande en verderging.

'Onderweg kreeg Johnny hoge koorts en stuipen; hij bleek een hevige malaria-aanval te hebben; hij moest twee maanden worden opgenomen voor hij ervan hersteld was. Mijn familie zorgde intussen voor mij; mijn ouders hadden ook lang in India gewoond, maar waren het jaar ervoor teruggekeerd. Aanvankelijk had ik een paar relatief rustige maanden; de verandering van klimaat leek me goed te doen. Maar daarna werd het erger, zozeer zelfs dat medisch onderzoek uitwees dat mijn darmen vrijwel volledig geblokkeerd waren. Chirurgisch ingrijpen wezen ze van de hand en men besloot dat er alleen met absolute rust misschien een kleine verbetering zou optreden. Dan zouden de organismen die waren binnengedrongen, zo veronderstelden ze, niet oprukken naar de rest van mijn lichaam. Weet je waaruit die eerste rustperiode bestond?'

Ik wist het niet en kon het evenmin bedenken.

'Zes maanden vastgebonden op een plank, met leren banden die me van mijn schouders tot mijn dijen lamlegden. Zes hele maanden, dag en nacht.'

'En hielp het?'

'Just a bit. Heel weinig. Toen besloten mijn artsen me naar Leysin, in Zwitserland, te sturen, naar een sanatorium voor tbc-patiënten. Zoals Hans Castorp in *De toverberg* van Thomas Mann.'

Ik vermoedde dat ze aan een boek refereerde, dus voor ze me kon vragen of ik het gelezen had, was ik haar voor.

'En Peter intussen?'

'Hij betaalde de ziekenhuisrekeningen en stuurde maandelijks dertig pond voor ons onderhoud. Verder niets. Echt helemaal niets. Geen brief, geen telegram, geen berichtje via kennissen, en uiteraard helemaal geen plannen om ons te komen opzoeken. Niets, Sira, niets. Van hem persoonlijk heb ik nooit meer iets vernomen. Tot gisteren.'

'Wat heb je in die tijd met Johnny gedaan? Voor hem was het vast heel moeilijk.'

'Hij was de hele tijd bij me in het sanatorium. Mijn ouders drongen erop aan dat ik hem bij hen liet, maar dat wilde ik niet. Ik nam een Duits kindermeisje aan, dat hem bezighield en met hem naar buiten ging, maar hij at en sliep elke dag in mijn kamer. Wellicht een wat trieste ervaring voor zo'n klein kind, maar voor niets ter wereld mochten ze hem bij me weghalen. In zekere zin had hij zijn vader al verloren; het zou te wreed zijn om hem ook nog van zijn moeder te beroven.'

'En hielp de behandeling?'

Een korte lach deed haar gezicht even oplichten.

'Ze adviseerden me een opname van acht jaar, maar ik hield het slechts acht maanden vol. Toen ben ik op eigen verantwoordelijkheid vertrokken. Ze zeiden dat het heel onverstandig was, dat het mijn dood zou worden; ik moest een eindeloze stapel papieren tekenen waarmee ik het sanatorium van elke aansprakelijkheid ontsloeg. Mijn moeder bood aan me in Parijs op te halen en samen naar huis te reizen. En toen, op die terugreis, nam ik twee besluiten. Het eerste was om nooit meer over mijn ziekte te praten. In feite heb ik de laatste jaren alleen Juan Luis en nu jou erover verteld. Ik besloot dat de tbc mijn lichaam dan wel kon verwoesten maar niet mijn geest, zodoende koos ik ervoor de gedachte dat ik een zieke was uit te bannen.'

'En het tweede?'

'Een nieuw leven beginnen alsof ik zo gezond was als een vis. Een leven buiten Engeland, weg van mijn familie en vrienden en bekenden, die me automatisch met Peter en mijn toestand van chronisch zieke associeerden. Een ander leven met als uitgangspunt alleen mijn zoontje en ikzelf.'

'En toen besloot je naar Portugal te gaan...'

'De artsen raadden me aan me ergens te vestigen waar een zacht klimaat heerste: Zuid-Frankrijk, Spanje, Portugal, Noord-Marokko wellicht; een beetje tussen de excessieve tropische warmte van India en het miserabele Engelse klimaat in. Ze stelden een dieet voor me op, adviseerden me veel vis en weinig vlees te eten, zo veel mogelijk in de zon te liggen, fysieke inspanningen en emotionele schommelingen te vermijden. Iemand vertelde me over de Britse gemeenschap in Estoril en ik bedacht dat die plek in principe even goed was als elke andere. En daar ging ik heen.'

Alles paste nu veel beter in het beeld dat ik had geschetst om Rosalinda te kunnen begrijpen. De stukjes begonnen in elkaar te vallen, het waren geen op zichzelf staande, niet te rijmen flarden meer. Alles begon betekenis te krijgen. Ik wenste met heel mijn hart dat het goed voor haar zou verlopen; nu ik wist dat haar leven beslist niet over rozen was gegaan, vond ik dat ze een gelukkig lot nog meer verdiende.

32

De dag erna ging ik met Marcus Logan mee naar Rosalinda. Net als op de avond van Serrano's receptie haalde hij me thuis op en wandelden we weer samen door de straten. Er was echter iets tussen ons veranderd. Onze overhaaste vlucht uit het Hoge Commissariaat, dat impulsieve rennen door de tuin en het kalmere wandelen door de donkere nachtelijke stad, had in zekere zin mijn terughoudendheid tegenover hem weggenomen. Misschien was hij te vertrouwen, misschien niet; wellicht zou ik het nooit weten. Maar in wezen liet het me koud. Ik wist dat hij zijn best deed voor mijn moeders evacuatie; ik wist ook dat hij attent en vriendelijk tegen me was, dat hij zich prettig voelde in Tétouan. En dat was meer dan voldoende: ik hoefde verder niets over hem te weten of in welke richting dan ook te denken, want de dag van zijn vertrek zou niet lang op zich laten wachten.

We troffen haar nog in bed maar wel wat opgekikkerd aan. Ze had haar kamer laten schoonmaken en een bad genomen, de luiken waren geopend en het licht uit de tuin stroomde binnen. Op de derde dag verhuisde ze van het bed naar de bank. Op de vierde verruilde ze haar zijden nachtpon voor een gebloemde jurk, ging naar de kapper en nam de teugels van haar leven weer in handen.

Hoewel haar gezondheid nog te wensen overliet, besloot ze om eindeloos te genieten van de tijd die ze nog had voor haar echtgenoot zou arriveren, alsof het haar laatste weken waren. Ze nam opnieuw de rol van geweldige gastvrouw op zich en schiep het ideale klimaat opdat Beigbeder zich in een ontspannen en discrete sfeer aan zijn externe betrekkingen kon wijden, met een blind vertrouwen in het juiste optreden van zijn geliefde. Ik kwam echter nooit te weten hoe het werd opgevat dat de jonge Engelse geliefde die bijeenkomsten organiseerde en dat de hoge commissaris van het pro-Duitse kamp zich daar zo thuis bij voelde. Maar Rosalinda hield zich aan haar voornemen om een toenadering tussen Beigbeder en de Britten te bewerkstelligen, en vele van de minder formele ontvangsten waren met dat doel geregeld.

In de loop van die maand inviteerde ze bij verschillende gelegenheden haar bevriende landgenoten uit Tanger, leden van het corps diplomatique, militair attachés buiten de Italiaans-Duitse invloedssfeer en vertegenwoordigers van machtige, vermogende internationale instellingen. Ze organiseerde ook een feest voor de Gibraltareense gezagdragers en de officieren van een Brits oorlogsschip dat bij de Rots lag, zoals ze Gibraltar noemde. En tussen al die gasten bewogen zich Juan Luis Beigbeder en Rosalinda, met een cocktail in de ene en een sigaret in de andere hand, op hun gemak, ontspannen, gastvrij en hartelijk. Alsof er niets aan de hand was; alsof er in Spanje geen broedermoord gaande was en Europa de motoren niet alvast liet warmdraaien voor wat zijn ergste nachtmerrie zou worden.

Ik was diverse malen in Beigbeders buurt en opnieuw was ik getuige van zijn bijzondere aanwezigheid. Hij droeg vaak Moorse kledij, soms muiltjes, soms een djellaba. Hij was sympathiek, ongeremd en enigszins excentriek, maar bovenal aanbad hij Rosalinda en dat verkondigde hij ook zonder enige schroom tegen eenieder die het maar wilde horen. Marcus Logan en ik zagen elkaar intussen regelmatig; we vonden elkaar steeds sympathieker en voelden almaar meer voor de ander, iets wat ik zo veel mogelijk afremde. Anders zou het niet lang hebben geduurd voor die ontluikende vriendschap in een diepere, hartstochtelijker relatie was overgegaan. Maar ik vocht ervoor dat dat niet zou gebeuren en ik hield met ijzeren wilskracht vast aan het idee dat het niet meer mocht worden tussen ons. De wonden die Ramiro me had toegebracht waren nog niet helemaal geheeld; ik wist dat ook Marcus binnenkort zou vertrekken en ik wilde niet nogmaals dat verdriet doormaken. Al met al waren we veelvuldige verschijningen op de soirees in de villa aan de paseo de las Palmeras. Soms sloot zich een uitgelaten Félix bij ons aan, opgetogen dat hij deel mocht uitmaken van die verre wereld waar hij zo door gefascineerd werd. Af en toe verlieten we Tétouan in een zwerm: Beigbeder nodigde ons uit voor de officiële inwijding van het dagblad *España*, een krant die op zijn initiatief was opgericht om wereldkundig te maken wat de mensen van zijn kamp te vertellen hadden. Andere keren maakten we gevieren – Marcus, Félix, Rosalinda en ik – een tochtje in de Dodge van mijn vriendin, puur voor het *plaisir*:

we gingen naar Saccone & Speed om Ierse rundvleesproducten, bacon en gin in te slaan; we gingen dansen in Villa Harris, een Amerikaanse film kijken in Capitol en we bestelden de meest aparte hoofdtooisels bij het hoedenatelier Mariquita la Sombrerera.

En we wandelden door de witte medina van Tétouan, aten couscous, harira en *chebakia*; we beklommen de Dersa en de Gorgues, en we gingen naar het strand Río Martín en naar de parador van Ketama, tussen de dennenbomen en nog zonder sneeuw. Tot de tijd opraakte en het ongewenste zich aandiende. Toen pas stelden we vast dat de werkelijkheid de donkerste vooruitzichten kan overtreffen. Dat liet Rosalinda me althans weten, amper een week na aankomst van haar echtgenoot.

'Het is nog veel erger dan ik me had voorgesteld,' zei ze terwijl ze op een stoel plofte meteen toen ze mijn atelier binnenkwam.

Ditmaal leek ze echter niet door woede verblind. Ze was niet laaiend, zoals toen ze het bericht had ontvangen. Ditmaal straalde ze enkel droefenis, vermoeidheid en teleurstelling uit; een diepe, immense teleurstelling. Vanwege Peter, vanwege de situatie waarin ze verkeerden, vanwege zichzelf. Na een jaar of vijf alleen over de wereld te hebben gezworven, meende ze op alles voorbereid te zijn, dacht ze dat de levenservaring die ze had opgebouwd haar had gesterkt om elke tegenslag het hoofd te bieden. Maar Peter bleek nog veel moeilijker dan was voorzien. Hij eiste zijn dominante rol als vader en echtgenoot op, alsof ze niet al die jaren gescheiden hadden geleefd; alsof er niets in Rosalinda's leven was gebeurd nadat ze met hem was getrouwd toen ze nog bijna een meisje was. Hij verweet haar de slappe wijze waarop ze Johnny opvoedde: het ergerde hem dat hij niet naar een goede school ging, dat hij zonder kindermeisje met de buurtkinderen buiten speelde, dat hij geen sport beoefende en alleen maar even vaardig als alle kleine Moren in Tétouan stenen kon gooien. Hij klaagde ook dat er geen leuke radioprogramma's werden uitgezonden, dat er geen club was waar hij landgenoten kon ontmoeten, dat niemand om hem heen Engels sprak en dat het bijna onmogelijk was om in die afgelegen stad aan Britse dagbladen te komen.

Maar niet alles ergerde de veeleisende Peter. Zijn volle tevredenheid gold de gin Tanqueray en de Johnny Walker Black Label die in die tijd in Tanger nog tegen belachelijke prijzen te krijgen waren. Hij maakte minstens een fles whisky per dag soldaat, gecombineerd met een paar gincocktails voor elke maaltijd. Zijn tolerantiegrens wat alcohol betrof was verbazend, bijna vergelijkbaar met de wrede wijze waarop hij het huispersoneel behandelde. Hij sprak bars in het Engels tegen hen, zonder zich er druk om te maken dat ze er geen woord van verstonden, en toen hij uiteindelijk inzag dat ze hem niet begrepen, schreeuwde hij ze in het Hindoestaans toe, de taal van zijn bedienden in Calcutta, alsof de positie een meester te dienen een universele taal kende. Tot zijn grote verbazing kwamen ze een voor een niet meer opdagen. Iedereen, van de vrienden van zijn vrouw tot de eenvoudigste bediende, wist binnen een paar dagen tot welk slag mensen Peter Fox behoorde. Egoïstisch, irrationeel, grillig, dronken, arrogant en despotisch: het was onmogelijk minder goede eigenschappen in een en dezelfde persoon te vinden.

Vanzelfsprekend bracht Beigbeder niet langer het grootste deel van zijn tijd in Rosalinda's woning door, maar ze zagen elkaar wel dagelijks op andere plaatsen: op het Hoge Commissariaat, tijdens uitstapjes in de omgeving. Tot verwondering van velen – onder wie ikzelf – behandelde Beigbeder de echtgenoot van zijn geliefde met veel egards. Hij organiseerde een dagje vissen in de monding van de rivier de Smir voor hem, en een jachtpartij op everzwijnen in Jemis de Anyera. Hij regelde zijn vervoer naar Gibraltar, zodat Fox Engels bier kon drinken en met zijn landgenoten over polo en cricket kon praten. Kortom, zoals zijn functie vereiste met betrekking tot bijzondere buitenlandse gasten, deed hij al het mogelijke om hem als zodanig te behandelen. Hun persoonlijkheid had echter niet sterker kunnen verschillen; het was merkwaardig om vast te stellen hoe tegengesteld de twee mannen waren die zo'n belangrijke rol in het leven van deze vrouw speelden. Misschien kwam het daarom nooit tot een botsing.

'Peter ziet Juan Luis als een achtergebleven trotse Spanjaard, als een ouderwetse Spaanse ridder die van een schilderij uit de Gouden Eeuw is gevallen,' legde Rosalinda me een keer uit. 'En Juan Luis vindt Peter een snob, een onbegrijpelijke, over het paard getilde snob. Ze zijn als twee parallelle lijnen: ze raken nooit in conflict omdat ze nergens samenkomen. Met als grote verschil dat Peter als mens voor mij nog niet tot Juan Luis' hielen reikt.'

'Heeft niemand je man iets over jullie tweeën verteld?'

'Over onze relatie?' vroeg ze terwijl ze een sigaret opstak en een lok uit haar oog streek. 'Ik neem aan van wel, een of andere addertong heeft ongetwijfeld iets venijnigs in zijn oor gespuwd, maar dat is hem om het even.'

'Dat begrijp ik niet.'

Ze haalde haar schouders op. 'Ik ook niet, maar zolang hij geen huis hoeft te betalen en zolang er bedienden, alcohol in overvloed, warme maaltijden en bloederige sporten tot zijn beschikking staan, zal de rest hem worst wezen. Het zou anders zijn als we nog in Calcutta woonden; daar zou hij zijn best doen om de vormen een klein beetje in acht te nemen. Maar hier kent niemand hem; dit is niet zijn wereld, dus laat alles wat ze over mij zeggen hem koud.'

'Ik begrijp het nog steeds niet.'

'Het enige wat zeker is, darling, is dat ik volstrekt onbelangrijk voor hem ben,' zei ze met een mengeling van sarcasme en droefenis. 'Alles, werkelijk alles betekent meer voor hem dan ik: een ochtendje vissen, een fles gin of een spelletje kaart. Ik ben nooit belangrijk voor hem geweest; het zou vreemd zijn als dat nu opeens wel het geval was.'

En terwijl Rosalinda in die hel tegen een monster vocht, nam mijn leven opnieuw een wending. Het was dinsdag, het waaide. Marcus Logan verscheen nog voor het middaguur bij mijn huis.

Onze vriendschap was hecht geworden, maar we waren alleen goede vrienden, meer niet. We beseften allebei dat hij onverhoopt zou moeten vertrekken, dat hij slechts tijdelijk in mijn wereld verbleef. Ook al deed ik mijn best me van ze te ontdoen, de littekens die Ramiro had nagelaten vormden nog slordige naden: ik was er niet aan toe nogmaals verscheurd te worden door een afwezigheid. We voelden ons tot elkaar aangetrokken, Marcus en ik, zeker, heel sterk zelfs, en het ontbrak ons niet aan de gelegenheid om het tot meer te laten uitgroeien. Er waren betrokkenheid, aanrakingen en blikken, verhulde opmerkingen, waardering en verlangen. Er was toenadering, er was tederheid. Maar ik dwong mezelf mijn gevoelens in toom te houden; ik weigerde verder te gaan, en hij accepteerde het. Het kostte me ontzaglijk veel moeite, twijfels, onzekerheid en doorwaakte nachten om me te beheersen. En liever dan te moeten leven met verlatingspijn koesterde ik de herinneringen aan de heerlijke momenten die we samen hadden beleefd in die onstuimige intense dagen. Avonden vol gelach en drankjes, kifpijpen en luidruchtige spelletjes continental. Tochtjes naar Tanger, uitjes en gesprekken; momenten die nooit meer terugkwamen en die ik in mijn geheugen bewaarde als herinneringen aan het einde van een etappe en het begin van nieuwe wegen.

Met het onverhoopte aanbellen van Marcus bij mijn woning in de calle Sidi Mandri diende zich die ochtend het einde van een periode en het begin van een nieuwe aan. De ene deur ging dicht en een andere ging open. En ik stond daar, niet in staat vast te houden wat ten einde liep en verlangend om dat wat komende was te omarmen.

'Je moeder is onderweg. Gisteravond is ze in Alicante aan boord gegaan van een Brits koopvaardijschip dat op weg is naar Oran. Over drie dagen komt ze in Gibraltar aan. Rosalinda zorgt ervoor dat ze de Straat zonder problemen kan oversteken, ze zal je zelf wel vertellen hoe het verder verloopt.'

Uit het diepst van mijn hart wilde ik 'Dank je' zeggen, maar de zes letters van die twee woorden stuitten onderweg op een stortvloed van tranen, en mijn gehuil bedolf ze en voerde ze met zich mee. Daarom was ik alleen maar in staat me aan hem vast te klampen en de revers van zijn jasje te doorweken.

'Voor mij is eveneens het moment aangebroken om weer op weg te gaan,' voegde hij er even later aan toe.

Ik keek hem snotterend aan. Hij haalde een witte zakdoek tevoorschijn en gaf hem me.

'Mijn agentschap eist mijn aanwezigheid. Mijn taak in Marokko zit erop, ik moet terug.'

'Naar Madrid?'

Hij haalde zijn schouders op. 'Vooralsnog naar Londen. En daarna waar ze me maar heen sturen.'

Ik omhelsde hem weer, ik huilde weer. En toen ik de warboel van emoties ten slotte kon bedwingen en die stormachtige chaos van gevoelens, waarin mijn grootste vreugde zich vermengde met een intens verdriet, enigszins onder controle kreeg, baande mijn stem zich gebroken een weg naar buiten.

'Ga niet weg, Marcus.'

'Ik wilde dat ik dat zelf in de hand had, maar ik kan niet blijven, Sira, ik ben ergens anders nodig.'

Ik keek weer naar zijn gezicht, dat me inmiddels zo dierbaar was. De littekens waren nog vaag zichtbaar, maar van de toegetakelde man die op een zomeravond in het Nacional arriveerde was weinig meer te bekennen. Die dag verwelkomde ik nerveus en vol vrees een onbekende; nu wachtte me de pijnlijke taak afscheid te nemen van iemand die me heel na stond, misschien wel meer dan ik mezelf durfde te bekennen.

Ik snotterde weer. 'Mocht je je verloofde een japon of mantelpakje cadeau willen doen, dan weet je waar je me kunt vinden.'

'Mocht ik een verloofde willen, dan kom ik jou halen,' antwoordde hij terwijl hij zijn hand naar mijn gezicht bracht. Hij probeerde mijn tranen met zijn vingers te drogen. Ik beefde onder zijn strelingen en wenste vurig dat die dag nooit had hoeven komen.

'Leugenaar,' fluisterde ik.

'Schoonheid.'

Zijn vingers kropen over mijn gezicht naar mijn haar en woelden erdoorheen op weg naar mijn nek. Onze gezichten naderden elkaar, langzaam, alsof ze bang waren datgene wat al zo lang in de lucht zweefde te bekronen.

Het plotselinge geluid van een sleutel dreef ons uiteen. Jamila kwam hijgend met een dringende boodschap in haar onbesuisde Spaans binnen.

'Siñora Fox zeggen siñorita Sira snel naar Las Palmeras gaan.'

De machinerie was in werking gesteld, het einde was nabij. Marcus pakte zijn hoed en ik kon het niet nalaten hem nogmaals te omhelzen. Er waren geen woorden, er viel niets meer te zeggen. Even later restte van zijn sterke, zo dierbare aanwezigheid enkel nog de vleug van een lichte kus op mijn haar, het beeld van zijn rug en het pijnlijke geluid van de deur die achter hem dichtging.

DEEL DRIE

33

Na Marcus' vertrek en mijn moeders ontscheping werd mijn leven als een kous binnenstebuiten gekeerd. Broodmager arriveerde ze op een bewolkte namiddag, met lege handen en een zwaar op de proef gestelde ziel, zonder andere bagage dan haar oude tas, de jurk die ze aanhad en een vals paspoort dat met een veiligheidsspeld aan haar bh-bandje was vastgemaakt. Haar lijf leek twintig jaar meer mee te torsen; haar magerte accentueerde haar oogkassen en sleutelbeenderen, en de eerste verdwaalde zilveren haren die ik me herinnerde waren inmiddels volledig grijze lokken geworden. Ze stapte mijn huis binnen als een kind dat midden in de nacht uit zijn slaap is gerukt: gedesoriënteerd, verdwaasd, wezenloos. Alsof ze niet begreep dat haar dochter daar woonde, en zij vanaf dat moment eveneens.

In gedachten had ik me die zo vurig gewenste ontmoeting voorgesteld als een moment van tomeloze vreugde. Zo was het niet. Als ik een woord zou moeten kiezen om het beeld te beschrijven was het droefenis. Praten deed ze nauwelijks en enig enthousiasme tonen evenmin. Ze omhelsde me slechts stevig en bleef voortdurend bij me, alsof ze bang was dat ik onverhoeds zou wegglippen. Geen lach, geen traan en maar heel weinig woorden, dat was alles. Ze proefde amper van de gerechten die Candelaria, Jamila en ik samen hadden klaargemaakt: kip, aangemaakte tomaten, ansjovisjes, Moors brood; allerhande lekkernijen waarvan we dachten dat die in Madrid al tijden niet meer te krijgen waren. Ze zei niets over het atelier, noch over haar kamer waarin ik een groot eiken bed met een eigenhandig gemaakte cretonnen sprei had neergezet. Ze vroeg niet hoe het was afgelopen met Ramiro, noch toonde ze enige nieuwsgierigheid naar de reden waarom ik me in Tétouan gevestigd had. En uiteraard zei ze geen woord over de ellendige reis die haar naar Afrika had gevoerd, en maakte ze ook geen gewag van de verschrikkingen die ze achter zich had gelaten.

Het duurde lang voor ze geacclimatiseerd was; ik had nooit gedacht mijn moeder zo te zien. De vastberaden Dolores die altijd de touwtjes in handen had en op het juiste moment met het juiste oordeel kwam, had plaatsgemaakt voor een stille teruggetrokken vrouw die ik nauwelijks herkende. Ik wijdde me met hart en ziel aan haar, ik werkte praktisch niet meer; er waren geen belangrijke plechtigheden in aantocht en mijn cliënten konden wachten. Dag na dag bracht ik haar ontbijt op bed: broodjes, churros, geroosterd brood met olie en suiker, alles wat haar maar enigszins zou laten aankomen. Ik hielp haar baden en knipte haar haren, ik maakte nieuwe kleding voor haar. Het was niet eenvoudig haar mee naar buiten te krijgen, maar stilaan werd onze ochtendwandeling een verplichte bezigheid. Gearmd liepen we door de calle Generalísimo, kwamen bij het plein met de kerk; soms, als we er op de goede tijd waren, ging ik met haar mee naar de mis. Ik liet haar allerlei plekjes zien, ik dwong haar samen met me stof uit te zoeken, naar copla's op de radio te luisteren en te beslissen wat we zouden eten. Tot ze heel langzaam, stukje bij beetje, zichzelf weer werd.

Ik heb haar nooit gevraagd wat er gedurende die eeuwig lijkende overgangsperiode in haar omging; ik nam aan dat ze het me vanzelf wel zou vertellen, maar dat gebeurde niet en ik drong evenmin aan. Ik was ook niet nieuwsgierig: ik vermoedde dat haar gedrag onbewust een manier was om de onzekerheid die voortkomt uit opluchting vermengd met verdriet en pijn het hoofd te bieden. Daarom liet ik haar gewoon wennen zonder druk uit te oefenen, bleef ik in haar buurt, klaar om haar te steunen wanneer ze het nodig had, en met een zakdoek bij de hand om de tranen die ze nooit zou vergieten te drogen.

Ik merkte dat ze herstelde toen ze zelf kleine beslissingen nam: ik denk dat ik vandaag naar de mis van tien uur ga, wat vind je ervan als ik met Jamila naar de markt ga en ingrediënten voor een rijstgerecht koop. Gaandeweg schrok ze niet meer wanneer ze het harde geluid hoorde van een voorwerp dat viel of de motoren van een vliegtuig dat boven de stad vloog; mis en markt werden al snel routine en wat later kwamen er meer activiteiten bij. De belangrijkste van allemaal was wel dat ze het naaien oppakte. Ondanks al mijn inspanningen was het me tot dan toe niet gelukt haar voor het naaiwerk te interesseren, alsof het niet ruim dertig jaar haar middel van bestaan was geweest. Ik liet haar de buitenlandse modebladen zien die ik inmiddels zelf in Tanger ging kopen, ik vertelde haar over mijn cliënten en hun grillen, ik probeerde haar aan te moedigen met anekdotes over modellen die we ooit samen hadden gemaakt. Niets. Ik bereikte niets, alsof ik in een onbegrijpelijke taal tegen haar praatte. Tot ze op een morgen haar hoofd om de deur van het atelier stak en vroeg: 'Kan ik je helpen?' Toen wist ik dat mijn moeder weer leefde.

Een maand of drie, vier na haar aankomst keerde de kalmte weder. Nu ze meehielp, verliepen de dagen minder hectisch. De zaak liep goed en we konden Candelaria elke maand haar deel geven, terwijl er voor ons genoeg overbleef om ruim van te leven; het was niet langer noodzakelijk aan één stuk door te werken. We konden weer goed met elkaar overweg, hoewel geen van tweeën nog was wie ze was geweest en we allebei wisten dat we een heel andere vrouw tegenover ons hadden. De sterke Dolores was kwetsbaar geworden; de kleine Sira was inmiddels een onafhankelijke vrouw. Maar we accepteerden elkaar, waardeerden elkaar, en met de rollen duidelijk afgebakend zouden er nooit meer spanningen tussen ons ontstaan.

Het jachtige bestaan van mijn eerste periode in Tétouan leek heel ver weg, alsof het eeuwen geleden in mijn leven had plaatsgevonden. Achter me liet ik mijn onzekerheden en avonturen, het uitgaan tot in de vroege uurtjes en het leven zonder verklaringen te hoeven geven; dat alles liet ik achter me, om plaats te maken voor rust. En soms ook voor een monotone werkelijkheid. Maar de herinnering aan het verleden leefde in me. Hoewel het hevige verdriet om Marcus' afwezigheid langzaam afnam, was hij in gedachten altijd bij me, als een onzichtbare metgezel wiens contouren alleen ik waarnam. Wat betreurde ik het dat ik niet verder had durven gaan in onze relatie, wat vervloekte ik mezelf omdat ik zo strikt was gebleven, wat miste ik hem! Toch was ik diep in mijn hart blij dat ik me niet door mijn gevoelens had laten meeslepen; dan zou de pijn van het gemis vermoedelijk nog vele malen erger zijn geweest.

Met Félix ging het contact niet verloren, maar de komst van mijn moeder ging gepaard met het einde van zijn avondlijke bezoekjes, en daarmee ook met het heen en weer geloop van deur naar deur, de zonderlinge lessen algemene ontwikkeling en zijn overweldigende, dierbare gezelschap.

Mijn relatie met Rosalinda veranderde ook: haar echtgenoot bleef veel langer dan verwacht en slurpte als een bloedzuiger haar tijd en gezondheid op. Gelukkig zag Peter Fox na bijna zeven maanden het licht en besloot hij terug te keren naar India. Niemand is ooit te weten gekomen hoe dat lichtstraaltje dwars door de alcoholnevelen heeft kunnen doordringen, maar feit is dat hij op een ochtend zelf het besluit nam, toen zijn vrouw inmiddels op instorten stond. Maar behalve een grenzeloze opluchting bracht zijn vertrek verder weinig positieve zaken met zich mee. Uiteraard was hij niet de mening toegedaan dat het het verstandigste was om een echtscheidingsprocedure in gang te zetten en een eind aan die farce van hun huwelijk te maken. Integendeel, de verwachting was dat hij zijn zaken in Calcutta zou liquideren en dan terug zou komen om zich definitief bij vrouw en kind te voegen, om bij hen van een vervroegd pensioen in het vredige en goedkope Spaanse Protectoraat te genieten. En om te voorkomen dat ze voortijdig aan het goede leven wenden, besloot hij hun toelage, na jaren zonder aanpassing, die keer evenmin te verhogen en ze nog geen pond extra te geven.

'Kom je te kort, dan doe je maar een beroep op je vriend Beigbeder,' luidden zijn afscheidswoorden.

Tot ieders geluk keerde hij nooit terug naar Marokko. Rosalinda had echter bijna een halfjaar nodig voor ze hersteld was van zijn slopende, uiterst onaangename verblijf bij haar. De maanden na Peters vertrek bleef ze in bed, verliet het huis hoogstens drie of vier keer. De hoge commissaris verplaatste zijn werkplek zo ongeveer naar haar slaapkamer, en daar brachten ze samen lange uren door, zij lezend tussen de kussens en hij met zijn paperassen aan een tafeltje bij het raam.

De medische noodzaak het bed te houden damde haar sociale leven niet helemaal in, maar liet het wel sterk teruglopen. Zodra de eerste tekenen van herstel zich aandienden, stelde ze evenwel alles in het werk om de deur weer open te zetten voor haar vrienden en gaf ze feestjes zonder zelf tussen de lakens vandaan te komen. Ik was op bijna alle aanwezig, mijn vriendschap met Rosalinda was onwankelbaar. Maar niets was ooit nog hetzelfde.

34

Op 1 april 1939 werd het einde van de burgeroorlog afgekondigd; vanaf dat moment waren er geen kampen, geldsoorten of uniformen meer die het land verdeelden. Dat was althans wat ze ons vertelden. Mijn moeder en ik hoorden het nieuws met verwarde gevoelens aan, niet in staat te voorzien wat die vrede met zich mee zou brengen.

'Wat gaat er nu in Madrid gebeuren, mam? Wat gaan wij doen?'

We spraken bijna fluisterend, onrustig, keken vanaf het balkon naar de uitgelaten hordes mensen die de straat op stroomden. Het geschreeuw, de explosie van euforie en de emotionele ontlading kwamen dichtbij.

'Dat zou ik ook graag willen weten,' was haar sombere antwoord.

De berichten gingen opgewonden rond. Ze zeiden dat de veerdienst over de Straat hersteld zou worden, dat de treinen werden klaargemaakt om weer naar Madrid te rijden. De weg naar ons verleden kwam vrij, en voor ons was er geen dwingende reden meer om in Afrika te blijven.

'Wil jij terug?' vroeg ze ten slotte.

'Ik weet het niet.'

Ik wist het inderdaad niet. Van Madrid bewaarde ik een hutkoffer vol nostalgie: beelden uit mijn kindertijd en jeugd, smaken, geuren, straatnamen en herinneringen aan gedaanten. Maar diep vanbinnen wist ik niet of dat genoeg gewicht in de schaal legde om een terugkeer te forceren en datgene te ontmantelen wat ik met zoveel moeite in Tétouan had opgebouwd, de witte stad waar mijn moeder, mijn nieuwe vrienden en het atelier waarmee we ons brood verdienden zich bevonden.

'Misschien kunnen we vooralsnog beter hier blijven,' opperde ik.

Ze antwoordde niet, knikte alleen maar, verliet het balkon en ging weer aan het werk, zich verschuilend tussen de draden om niet te hoeven nadenken over de reikwijdte van dat besluit.

Een nieuwe staat werd geboren: een Nieuw Spanje, ordelievend, zeiden ze. Voor sommigen kwamen de vrede en de overwinning; voor anderen opende zich de donkerste van alle putten. De meeste buitenlandse regeringen schaarden zich achter de zege van de nationalen en erkenden het regime onmiddellijk. De oorlogsconstructies werden ontbonden en de machtsinstituties namen afscheid van Burgos en maakten zich op voor de terugkeer naar de hoofdstad. Een nieuwe regering werd opgetuigd. Men ving aan met de wederopbouw van alles wat verwoest was; de zuiveringsprocessen werden versneld in gang gezet en de kompanen van de overwinning stonden in de rij om hun stukje van de taart te ontvangen. De regering uit de oorlogstijd bleef nog enige maanden in het zadel en rondde decreten, maatregelen en verordeningen af; de portefeuillewisseling zou nog tot ver in de zomer op zich laten wachten. Maar ik hoorde er al in juli over, meteen toen het bericht Marokko bereikte, nog voor het gerucht over de muren van het Hoge Commissariaat kroop en zich door de straten van Tétouan verspreidde, veel eerder zelfs dan dat de naam en foto in de kranten verschenen en heel Spanje zich afvroeg wie toch dat donkere heerschap met snorretje en ronde bril was; voor dat alles gebeurde wist ik al wie door de Caudillo was aangewezen om aan zijn rechterhand plaats te nemen tijdens de zittingen van zijn eerste ministerraad in vredestijd: don Juan Luis Beigbeder y Atienza, in de hoedanigheid van de nieuwe minister van Buitenlandse Zaken, het enige militaire kabinetslid met een rang lager dan generaal.

Rosalinda ontving het onverwachte bericht met gemengde gevoelens: voldoening om wat die functie voor hem betekende, verdriet bij de gedachte Marokko definitief te moeten verlaten. Verwarde gevoelens in hectische tijden, die de hoge commissaris pendelend tussen het Schiereiland en het Protectoraat doorbracht, terwijl hij daar zaken opende, hier zaken afwikkelde, een punt zette achter het tijdelijke karakter van de toestand voortvloeiend uit drie oorlogsjaren, en de basis legde voor de nieuwe buitenlandse betrekkingen van het vaderland.

Op 10 augustus was de officiële aankondiging en op de 11de werd het nieuwe kabinet, dat de historische doelen onder de zegevierende signatuur van generaal Franco moest volbrengen, in de pers uitgemeten. Ik heb nog een paar vergeelde, bijna verbrokkelende krantenpagina's uit de *Abc* van die tijd met de foto's en het biografische profiel van de ministers. Midden op de eerste, in een cirkelvormig portret, staat een zelfingenomen Franco, als een zon in het universum. Links en rechts van hem, op de bevoorrechte plaatsen in beide bovenhoeken, staan Beigbeder en Serrano Súñer: Buitenlandse en Binnenlandse Zaken, de beste portefeuilles. Op pagina twee worden alle bijzonderheden van hun personalia uiteengezet en de eigenschappen van de zojuist benoemden in de hoogdravende retoriek van die tijd geprezen. Beigbeder werd omschreven als een illustere afrikanist en grondig kenner van de islam; men roemde zijn beheersing van het Arabisch, zijn gedegen opleiding, zijn lange verblijf in islamitische plaatsen en zijn magnifieke werk als militair attaché in Berlijn. 'De oorlog heeft de naam van kolonel Beigbeder aan het grote publiek onthuld,' schreef *Abc*. 'Hij stelde orde op zaken in het Protectoraat, en in naam van Franco en altijd overeenkomstig de wensen van de Caudillo bewerkstelligde hij de glansrijke medewerking van Marokko, die zo belangrijk is geweest.' En als beloning, voilà, het belangrijkste ministerie voor meneer. Van Serrano Súñer prees men zijn bedachtzaamheid en energie, zijn enorme werklust en zijn deugdelijke aanzien. Voor hem, vanwege zijn vele verdiensten, het ministerie van Binnenlandse Zaken: de verantwoordelijke persoon voor alle binnenlandse bestuurszaken van het vaderland in het nieuwe tijdperk.

De begunstiger van de verrassende intrede van de onbekende Beigbeder in die regering was, zoals we later vernamen, Serrano in eigen persoon. Tijdens zijn bezoek aan Marokko was hij onder de indruk geraakt van Beigbeders houding ten aanzien van de moslimbevolking: zijn oprechte warme toenadering, zijn beheersing van de taal, zijn enthousiasme voor hun cultuur, zijn doeltreffende rekruteringscampagnes en, paradoxaal genoeg, zijn sympathie voor de onafhankelijkheidszin van de bevolking. Een hardwerkend en geestdriftig man, die Beigbeder, veeltalig, bekwaam in de omgang met buitenlanders en trouw aan de zaak; hij zal ons zeker geen problemen opleveren, moet de zwager hebben gedacht. Toen ik het nieuws hoorde, schoot me in een flits de avond van de receptie te binnen, en het einde van het gesprek dat ik verstopt achter de sofa had gehoord. Ik had Marcus nooit gevraagd of datgene wat ik daar had afgeluisterd aan de hoge commissaris was doorgegeven, maar ter wille van Rosalinda en de man van wie ze zoveel hield, hoopte ik van ganser harte dat het vertrouwen dat Serrano toen in hem had met de tijd vaster was geworden.

De dag nadat zijn naam in inkt en via geluidsgolven bekend was gemaakt, vertrok Beigbeder naar Burgos en daarmee eindigde voorgoed zijn formele band met zijn geliefde Marokko. Heel Tétouan kwam afscheid van hem nemen: moslims, christenen en joden zonder aanzien des persoons. Namens de Marokkaanse politieke partijen hield Sidi Abdeljalak Torres een gevoelvolle toespraak en overhandigde hij de nieuwe minister een in zilver gevatte oorkonde waarin zijn benoeming tot uitverkoren broeder van de moslims was vastgelegd. Zichtbaar ontroerd antwoordde hij met een warm dankwoord. Rosalinda vergoot enkele tranen, maar die droogden meteen zodra het tweemotorige vliegtuig zich losmaakte van het vliegveld Sania Ramel, bij wijze van afscheid laag over Tétouan scheerde en toen in de verte verdween om de Straat over te steken. Ze betreurde Juan Luis' vertrek diep, maar haar ongeduld om zich bij hem te voegen vereiste dat ze snel in actie kwam.

In de daaropvolgende dagen aanvaardde Beigbeder in Burgos de ministeriële portefeuille uit handen van zijn voorganger. Hij werd ingelijfd bij de nieuwe regering en kreeg een stortvloed van protocollaire visites te verwerken. Intussen reisde Rosalinda naar Madrid en ging op zoek naar een woning om die als basis voor hun nieuwe levensfase in te richten. En zo liep de maand augustus van het jaar van de overwinning ten einde; terwijl hij de felicitaties in ontvangst nam van ambassadeurs, aartsbisschoppen, militair attachés, burgemeesters en generaals, onderhandelde zij over een huurcontract, ontmantelde het prachtige huis in Tétouan en regelde het transport van haar talrijke spulletjes, vijf Moorse bedienden, een dozijn legkippen en alle zakken rijst, suiker, thee en koffie waar ze in Tanger de hand op had kunnen leggen.

De uitgekozen residentie lag in de calle Casado del Alisal, tussen het Retiropark en het Pradomuseum, op een steenworp van de Jerónimoskerk. Het betrof een grote woning die de geliefde van de verrassende nieuwe minister zonder meer waardig was, een pand dat eenieder ter beschikking stond die er minstens duizend peseta per maand voor wilde neertellen, een bedrag dat Rosalinda belachelijk vond en waarvoor het overgrote deel van het hongerige Madrid in die eerste naoorlogse tijden zich drie vingers van een hand had laten afhakken.

Ze waren van plan hun leven samen op dezelfde wijze te organiseren als in Tétouan. Elk zou een eigen woning hebben – hij in een haveloos pand dat bij het ministerie hoorde en zij in haar nieuwe herenhuis –, maar ze zouden zo veel mogelijk bij elkaar zijn. Voordat ze definitief vertrok, organiseerde Rosalinda haar laatste feestje in het vrijwel lege huis in Tétouan, waar de stemmen hol klonken: aanwezig waren weinig Spanjaarden, veel Europeanen en een flink aantal vooraanstaande Arabieren die afscheid kwamen nemen van de ogenschijnlijk zo fragiele vrouw die het leven van ons allen als een wervelwind was binnengekomen. Ondanks de ongewisse tijden die ze tegemoet ging en de berichten over wat er in Europa gaande was, wilde mijn vriendin niet verdrietig scheiden van het Marokko waar ze zo gelukkig was geweest. Ze liet ons dan ook tussen de toosten door beloven dat we haar in Madrid zouden komen opzoeken zodra ze daar geïnstalleerd was, en ze verzekerde ons dat ze zelf ook regelmatig naar Tétouan zou komen.

Die avond was ik de laatste die vertrok; ik wilde niet weggaan zonder de kans te hebben gehad alleen afscheid te nemen van de vrouw die in die fase van mijn leven in Afrika zoveel voor me had betekend.

'Voor ik ga, wil ik je wat geven,' zei ik. Ik had een kistje van Moors zilver omgevormd tot naaidoos. 'Zodat je aan me denkt wanneer je een knoop moet aanzetten en je mij niet in de buurt hebt.'

Ze maakte het geestdriftig open; ze vond het heerlijk cadeautjes te krijgen, al waren ze nog zo onbeduidend. Piepkleine klosjes garen in verschillende kleuren, een minuscuul speldenkussentje en naaldenkokertje, een schaartje dat bijna speelgoed leek en een kleine sortering knopen van paarlemoer, been en glas trof ze erin aan.

'Ik had je liever bij me gehad zodat jij dergelijke probleempjes voor me kon blijven oplossen, maar ik vind het geweldig,' zei ze, me omhelzend. 'Net als met de geest uit de wonderlamp van Aladdin kom jij tevoorschijn telkens wanneer ik de doos opendoe.'

We lachten: we kozen voor een vrolijk afscheid dat ons verdriet verhulde; onze vriendschap verdiende geen bitter einde. En positief ingesteld, zichzelf dwingend te blijven glimlachen, vloog ze de dag erna met haar zoontje naar de hoofdstad, terwijl haar huispersoneel en haar bezittingen schuddend en rammelend onder het olijfgroene dekzeil van een militair voertuig het Zuid-Spaanse platteland doorkruisten. Haar optimisme duurde echter niet lang. De dag na haar vertrek, op 3 september 1939, na de Duitse weigering om zich uit het binnengevallen Polen terug te trekken, verklaarde Groot-Brittannië Duitsland de oorlog en deed Rosalinda's vaderland zijn intrede in een strijd die zou uitmonden in de Tweede Wereldoorlog, het bloedigste conflict uit de geschiedenis.

De Spaanse regering streek ten slotte neer in Madrid, en datzelfde deden de diplomatieke legaties nadat ze hun instellingen, die tot dan toe waren bedekt met een smerig patina in de kleur van oorlog en verlating, een wasbeurt hadden gegeven. Terwijl Beigbeder vertrouwd raakte met de duistere afdelingen op het hoofdkwartier van zijn ministerie – het oude paleis Santa Cruz – liet Rosalinda geen seconde verloren gaan en wijdde zich met een parallel enthousiasme aan de dubbele taak om haar nieuwe woning in te richten en om in het zwembad van de kosmopolitische Madrileense chic te duiken: een onvermoed bolwerk van overvloed en raffinement, een eiland ter grootte van een nagel midden in de donkere oceaan waarin de verwoeste stad na haar val was veranderd.

Misschien had een vrouw met een ander karakter bedachtzaam gewacht tot haar invloedrijke liefdespartner banden aanknoopte met de machtigen met wie hij zich ontegenzeglijk zou moeten omringen. Maar Rosalinda was niet uit dat hout gesneden, en al aanbad ze haar Juan Luis nog zozeer, ze was absoluut niet van plan een onderdanige geliefde te worden die hem onvoorwaardelijk in het kielzog van zijn functie volgde. Reeds voor haar twintigste buitelde ze alleen door de wereld, en hoewel de contacten van haar minnaar duizend deuren voor haar hadden kunnen openen, besloot ze ook in die situatie zelf haar boontjes te doppen. Daarvoor maakte ze gebruik van de benaderingsstrategieën waar ze inmiddels zeer bedreven in was: allereerst nam ze contact op met oude bekenden uit andere tijden en streken, en via hen en via hun vrienden en via de vrienden van die vrienden, maakte ze kennis met nieuwe gezichten, nieuwe kopstukken en titels met buitenlandse namen, of als het Spanjaarden betrof namen in lange verbindingen. Het duurde niet lang voor de eerste uitnodigingen bij haar in de bus vielen: ontvangsten en dansavonden, lunches, cocktails en jachtpartijen. Nog voor Beigbeder zover was dat hij zijn hoofd om de berg papieren en verantwoordelijkheden kon steken die zich binnen de muren van zijn naargeestige kantoor opstapelden, had Rosalinda haar entree al gemaakt in het sociale netwerk dat haar zou bezighouden op de nieuwe bestemming waar haar bedrijvige leventje haar had gebracht.

Niet alles ging echter van een leien dakje die eerste maanden in Madrid. Ironisch genoeg lukte het haar niet, ondanks haar grandioze contactuele vaardigheden, om warme banden aan te knopen met haar eigen landgenoten. Sir Maurice Peterson, de ambassadeur van het Verenigd

Koninkrijk, was de eerste die geen goed woord voor haar overhad. Op zijn verzoek breidde zijn wraking zich al spoedig uit tot praktisch het gehele Britse diplomatencorps in de hoofdstad. In Rosalinda konden of wilden ze geen potentiële bron zien van informatie uit de eerste hand, afkomstig van een lid van de Spaanse regering, en zelfs geen landgenote om protocollair uit te nodigen voor hun plechtigheden en festiviteiten. Ze zagen haar slechts als een hinderlijke aanwezigheid die pronkte met de schandelijke eer haar leven te delen met een minister van dat nieuwe pro-Duitse regime waarvoor de regering van His Majesty geen greintje sympathie kon opbrengen.

Beigbeders weg ging in die dagen evenmin over rozen. Het feit dat hij de oorlogstijd in de periferie van de politieke machinerie had doorgebracht, had tot gevolg dat hij bij talrijke gelegenheden als minister werd gekleineerd ten opzichte van andere dignitarissen met meer gewicht in hun gestalte en meer macht op de achtergrond. Onder wie bijvoorbeeld Serrano Súñer: de inmiddels machtige Serrano, die door iedereen werd gewantrouwd en voor wie in feite maar heel weinigen sympathie konden opbrengen. 'Spanje telt drie zaken die mijn geduld op de proef stellen: subsidies, de Falange en de zwager van zijne excellentie,' luidde een ironische uitspraak onder de Madrilenen. 'Door de straten gaat de Heer der Hoge Macht: was het eerst de Nazareeër, nu is ons de heer Súñer gebracht,' werd spottend in Sevilla gezongen, vertelden ze.

Diezelfde Serrano die in Marokko zo'n aangename indruk van de hoge commissaris had gekregen, veranderde nu in zijn venijnigste plaag naarmate de banden tussen Spanje en Duitsland hechter werden en Hitlers expansiedrift zich angstwekkend snel door Europa verspreidde. Het duurde niet lang voor de cuñadísimo het vuurtje aanwakkerde: zodra Groot-Brittannië Duitsland de oorlog verklaarde, wist Serrano dat zijn voorstel aan Franco om Beigbeder als minister van Buitenlandse Zaken te benoemen een radicale vergissing was geweest. Dat ministerie, meende hij, had van meet af aan voor hemzelf moeten zijn, en niet voor die wildvreemde uit Afrika, want al waren Beigbeders interculturele capaciteiten nog zo groot en de talen waarin hij zich vloeiend uitdrukte nog talrijk, voor die functie was hij niet de juiste man, aldus Serrano. Hij was niet voldoende betrokken bij de Duitse zaak; hij was vóór Spanjes neutraliteit in de Europese oorlog en volstrekt niet bereid zich blindelings te onderwerpen aan de druk en de eisen die Binnenlandse Zaken hem oplegde. En bovendien had hij een Engelse minnares, die jonge aantrekkelijke blondine die hij zelf in Tétouan had ontmoet. Kortom, hij was niet bruikbaar. Daarom begon de eigenaar van het bevoorrechtste hoofd en het grootste ego binnen de regering amper een maand na de benoeming van de nieuwe ministerraad als een vraatzuchtige octopus zijn tentakels onhoudbaar uit te strekken naar andermans terrein, en trok hij naar believen datgene naar zich toe wat onder de competentie van Buitenlandse Zaken viel, zonder enig overleg te plegen met de desbetreffende minister en zonder ook maar enige gelegenheid voorbij te laten gaan om hem voor de voeten te werpen dat zijn liefdesavontuurtjes Spanje duur konden komen te staan waar het de betrekkingen met bevriende landen betrof.

In die wirwar van uiteenlopende meningen leek niemand goed te weten waar de voormalige hoge commissaris werkelijk stond. Overtuigd door Serrano's kuiperij zagen de Spanjaarden en Duitsers hem als pro-Brits, aangezien hij maar lauwtjes reageerde op de nazi's en zijn liefde op een frivole en manipulerende Engelse projecteerde. Voor de hem bruuskerende Britten was hij pro-Duits, aangezien hij deel uitmaakte van een regering die het Derde Rijk enthousiast steunde. Rosalinda, altijd zo idealistisch, beschouwde hem als een potentiële aanjager van politieke verandering: een tovenaar die de richting van zijn regering kon veranderen als hij daar zijn best voor deed. En zelf zag hij zich, met een bewonderenswaardig gevoel voor humor gezien de treurige omstandigheden, als een simpele kruidenier en dat probeerde hij haar te laten inzien.

'Hoeveel macht zou ik volgens jou binnen deze regering hebben om een toenadering tot jouw land tot stand te brengen? Weinig, mijn liefste, heel weinig. Ik ben gewoon een mannetje in een kabinet waarvan vrijwel iedereen pro-Duits en voor een Spaanse aansluiting aan Duitse zijde in de oorlog is. We zijn ze geld en gunsten schuldig; onze buitenlandse politiek was al voor het einde van onze eigen oorlog vastgesteld, al voordat ze me voor deze functie kozen. Geloof je soms dat ik onze acties een andere richting in kan leiden? Nee, mijn liefste Rosalinda, dat kan ik absoluut niet. Mijn werk als minister van dit Nieuwe Spanje is niet dat van een strateeg of van een diplomatiek onderhandelaar; ik ben slechts een verkoper van kruidenierswaren, of een koopman op de Zoco del Pan, op de broodsoek. Mijn werk bestaat grotendeels uit het verkrijgen van leningen, pingelen over handelsakkoorden, aan het buitenland olijfolie, sinaasappels en druiven aanbieden in ruil voor graan en olie, en dan nog, om in dat alles te slagen moet ik dagelijks de strijd aanbinden binnen het kabinet zelf, ruziemaken met de falangisten opdat ze me in de marge van hun autarkische waanzin laten opereren. Misschien lukt het me voldoende te bemachtigen zodat het volk deze winter niet van kou en honger omkomt, maar ik kan niets, echt helemaal niets uitrichten om de houding van de regering ten aanzien van deze oorlog te veranderen.'

Zo verstreken die maanden voor Beigbeder, die omkwam in de verantwoordelijkheden, moest opboksen tegen mensen van binnen en van buiten, en opzijgeschoven werd waar het om de werkelijke machtsintriges ging: met de dag eenzamer tussen de zijnen. Om niet in de diepe put van het grote onbehagen te duikelen, zocht hij in die dagen nostalgisch zijn toevlucht tot zijn herinneringen aan het Marokko dat hij achter zich gelaten had. Hij miste die wereld zo erg dat hij op het bureau in zijn kantoor op het ministerie altijd een koran had openliggen, waaruit hij soms luid Arabische verzen declameerde, tot verbijstering van degene die in de buurt was. Zijn verlangen naar die wereld was zo sterk dat zijn officiële woning in het Palacio Viana vol hing met Marokkaanse kleding, en zodra hij 's avonds thuiskwam verwisselde hij zijn saaie grijze pak voor een fluwelen djellaba; zijn verlangen was zo sterk dat hij zelfs op Moorse wijze, met drie vingers, rechtstreeks uit de schalen at en tegen iedereen die het maar wilde horen onophoudelijk herhaalde dat de Marokkanen en Spanjaarden broeders waren. En soms, wanneer hij eindelijk alleen was na een lange dag waarop hij duizend-en-een kwesties het hoofd had moeten bieden, meende hij in het geknars van de bomvolle trams die door de smerige straten reden de klanken te horen van schalmeien, van dulcianen en van tamboerijnen. En op de meest grijze ochtenden dacht hij zelfs in de stinkende dampen die uit de riolen opstegen de geur van oranjebloesem, jasmijn en munt te ruiken, en dan zag hij zichzelf weer tussen de witgekalkte muren van de medina in Tétouan wandelen, in het licht dat door de schaduw van de slingerplanten gefilterd werd, omgeven door het geluid van water dat uit de fonteinen opborrelde en het in de wind wiegende riet.

Aan die nostalgie klemde hij zich vast, als een drenkeling midden in de storm aan een stuk hout, maar nabij, als de schaduw van een zeis, was altijd Serrano's bijtende tong om hem uit de droom te helpen.

'Mijn God, Beigbeder, houd in 's hemelsnaam eens op met die onzin dat wij Spanjaarden allemaal Moren zijn. Zie ik er soms uit als een Moor? Ziet de Caudillo eruit als een Moor? Nou heb je die kolder vaak genoeg herhaald, verdorie, het zit me tot hier, de godganse dag almaar hetzelfde liedje!'

Het waren moeilijke dagen, ja. Voor allebei. Ondanks Rosalinda's koppige pogingen om bij ambassadeur Peterson in de gunst te komen, hadden haar inspanningen al die maanden geen succes. De enige geste die ze haar landgenoten tegen het einde van het jaar van de overwinning had kunnen aftroggelen, was een uitnodiging op de ambassade om daar samen met haar zoontje en andere moeders kerstliedjes bij de piano te zingen. Een omslag moest wachten tot mei 1940, toen Churchill werd benoemd tot premier en deze besloot zijn diplomatiek gezant in Spanje met onmiddellijke ingang te vervangen. En vanaf dat moment veranderde de situatie. Radicaal. Voor allen.

35

Sir Samuel Hoare kwam eind mei 1940 aan in Madrid en hij voerde de pompeuze titel van bijzonder ambassadeur op een speciale missie. Hij had nooit voet op Spaanse bodem gezet, sprak geen woord van onze taal, toonde niet de minste sympathie voor Franco en diens regime, maar Churchill had alle vertrouwen in hem en drong er bij hem op aan de functie te aanvaarden. Spanje nam een sleutelpositie in wat het verloop van de Europese oorlog betrof, en hij wilde daar een sterke man hebben om hun vaandel hoog te houden. Voor de Britse belangen was het fundamenteel dat de Spaanse regering neutraal bleef en Gibraltar vrijwaarde van invasies, en dat de Atlantische havens niet in Duitse handen zouden vallen. Om een minieme medewerking te bewerkstelligen hadden ze het hongerende Spanje onder druk gezet via de buitenlandse handel, de levering van olie beperkt, en op het land met de strop om zijn nek de strategie van de stok met de wortel toegepast. Maar nu de Duitse troepen oprukten in Europa was dat niet meer toereikend: ze moesten actiever en effectiever te werk gaan in Madrid. En met dat doel op zijn agenda landde die kleine, ietwat versleten man met het kleurloze uiterlijk in de hoofdstad: sir Sam voor zijn naaste medewerkers, don Samuel voor de luttele vrienden die hij in Spanje zou maken.

Hoare aanvaardde de functie niet bepaald enthousiast: de bestemming beviel hem niet, het Spaanse karakter was hem vreemd, hij had zelfs geen kennissen onder dat verwoeste stoffige volk. Hij wist dat hem geen warm welkom wachtte en dat de Franco-regering openlijk anti-Brits was: om hem dat van meet af aan duidelijk te maken, organiseerden de falangisten op de ochtend van zijn aankomst een luidruchtige demonstratie die hem, 'Gibraltar Spaans!' scanderend, voor de poort van zijn ambassade opwachtte.

Nadat hij zijn geloofsbrieven aan de Generalísimo had gepresenteerd, begon voor hem de martelende lijdensweg waarin zijn leven zou veranderen gedurende de vier jaar dat zijn missie duurde. Hij betreurde het honderden malen dat hij de betrekking had aanvaard: hij voelde zich ontzettend onbehaaglijk in die vijandige omgeving, zo onbehaaglijk als hij zich niet eerder op een van zijn vele bestemmingen had gevoeld. De sfeer was verstikkend, de hitte ondraaglijk. De falangistische acties voor zijn ambassade waren dagelijkse kost: ze gooiden stenen door de ruiten, rukten vlaggetjes en vaandels van de officiële auto's en scholden het Britse personeel uit, zonder dat de Spaanse ordehandhavers ook maar met hun ogen knipperden. De pers zette een agressieve campagne in en wees Groot-Brittannië aan als de grote schuldige van de honger die het Spaanse volk leed. Zijn aanwezigheid wekte slechts sympathie bij een beperkt aantal conservatieve monarchisten, amper een handvol nostalgische aanhangers van koningin Victoria Eugénie, die maar weinig armslag in de regering hadden en vastgeklonken zaten aan een verleden dat geen terugkeer kende.

Hij voelde zich alleen, tastend in de duisternis. Madrid was hem te veel, hij vond de sfeer vreselijk benauwend. Het langzame functioneren van het overheidsapparaat beklemde hem, perplex sloeg hij de straten vol agenten en tot de tanden gewapende falangisten gade, en hij zag dat de Duitsers brutaal en dreigend hun gang konden gaan. Al zijn moed bijeenrapend ging hij aan het werk om de verplichtingen van zijn functie na te komen en amper geïnstalleerd, begon hij aan de relatie met de Spaanse regering te werken, in het bijzonder met de drie belangrijkste leden ervan: generaal Franco en de ministers Serrano Súñer en Beigbeder. Die drie ontmoette hij, die drie polste hij en van die drie kreeg hij totaal verschillende antwoorden.

De Generalísimo verleende hem audiëntie in zijn paleis El Pardo, op een zonovergoten zomerdag. Desalniettemin ontving Franco hem met gesloten gordijnen en de lampen aan, gezeten aan een bureau waarop zich aanmatigend een stel grote gesigneerde foto's van Hitler en Mussolini verhief. Tijdens die gemankeerde ontmoeting, waarbij ze om beurten via een tolk en zonder de minste kans op een dialoog spraken, was Hoare geschokt door het verbluffende zelfvertrouwen van het staatshoofd, door de zelfgenoegzaamheid waarmee hij zichzelf als door de voorzienigheid uitverkoren zag om zijn vaderland te redden en een nieuwe wereld te scheppen.

Waar het met Franco al slecht verliep, werd het met Serrano Súñer nog een graadje erger: alles ging slechter. De macht van de cuñadísimo was op haar absolute hoogtepunt, het hele land lag in zijn handen: de Falange, de pers, de politie; en hij had ongelimiteerd toegang tot de Caudillo, voor wie hij, zo vermoedden velen, een zekere minachting voelde vanwege diens beperktere intellectuele capaciteiten. Terwijl Franco zich in El Pardo terugtrok en zich amper liet zien, leek Serrano alomtegenwoordig: hij bemoeide zich met alles en iedereen, heel anders dan de discrete man die midden in de oorlog het Protectoraat had bezocht, dezelfde man die mijn poederdoos had opgeraapt en wiens enkels ik lange tijd vanonder een sofa had gadegeslagen. Alsof hij met het regime was herboren, zo was een nieuwe Serrano Súñer verrezen: ongeduldig, arrogant, bliksemsnel met woorden en daden, met altijd alerte kattenogen, het gesteven uniform van de Falange en als een filmacteur zijn vrijwel witte haar naar achteren gekamd. Altijd gespannen, geraffineerd laatdunkend tegen elke vertegenwoordiger van wat hij de 'plutodemocratie' noemde. Niet tijdens die eerste ontmoeting, noch tijdens de vele die zouden volgen, konden Hoare en Serrano elkaar op enig gebied dat aan empathie grensde vinden.

De enige van de drie hoogwaardigheidsbekleders met wie de ambassadeur wel overweg kon was Beigbeder. Vanaf zijn eerste bezoek aan het paleis Santa Cruz verliep de communicatie vloeiend. De minister luisterde, handelde, deed zijn best zaken te verbeteren en warrige kwesties op te lossen. Tegenover Hoare verklaarde hij zich een uitgesproken voorstander van non-interventie in de oorlog, erkende hij onomwonden de grote noden van het hongerende Spaanse volk, en om die te lenigen spande hij zich tot het uiterste in om regelingen te treffen en overeenkomsten te sluiten. Zeker, aanvankelijk vond de ambassadeur hem een nogal pittoresk personage, excentriek zelfs wellicht, en met zijn gevoelige aard, zijn culturele bagage, manieren en ironie volstrekt niet passend in het wrede Madrid van de geheven arm en bevelen en overheersing. Volgens Hoare voelde Beigbeder zich overduidelijk ongemakkelijk onder de agressie van de Duitsers, de branie van de falangisten, de despotische houding van zijn eigen regering en de misère van alledag in de hoofdstad. Misschien daarom, vanwege zijn abnormaliteit in die wereld van gekken, vond Hoare Beigbeder een sympathieke kerel, een balsem waarmee hij de wonden kon insmeren van de zweepslagen die hem waren toegediend door collega's uit de gelederen van die bijzondere minister met zijn voorliefde voor Afrika.

Zeker, er waren meningsverschillen, tegengestelde visies en omstreden diplomatieke handelwijzen; bezwaren, klachten en tientallen crises die ze samen probeerden op te lossen. Zoals toen de Spaanse troepen in juni Tanger binnenvielen en met één pennenstreek het statuut van internationale stad werd beëindigd. Zoals toen men de Duitsers toestemming wilde verlenen om met hun troepen door de straten van San Sebastián te paraderen. Zoals bij zoveel andere gespannen situaties in die chaotische, stormachtige dagen. Niettemin werd de relatie tussen Beigbeder en Hoare met de dag aangenamer en inniger, en vormde die voor de ambassadeur zijn enige toevluchtsoord in dat woelige gebied waar de problemen als onkruid opschoten.

Naarmate hij langer in het land was, werd Hoare zich meer en meer bewust van de lange arm die de Duitsers in het Spaanse leven hadden, van hun wijdverbreide vertakkingen op vrijwel elk gebied van het openbare leven. Ondernemers, directeuren, handelsagenten, filmproducenten: personen die zich aan uiteenlopende activiteiten wijdden en goede contacten bij overheid en machthebbers hadden, werkten als agent voor de nazi's. Al spoedig maakte hij ook kennis met het ijzeren gezag dat ze op de communicatiemiddelen uitoefenden. Het persbureau van de Duitse ambassade besloot dagelijks en met volledige instemming van Serrano Súñer welke informatie over het Derde Rijk, hoe en in welke bewoordingen in Spanje gepubliceerd werd, terwijl ze in de hele Spaanse pers net zoveel nazipropaganda lieten opnemen als ze maar wilden, het brutaalst en agressiefst in het dagblad *Arriba*, het orgaan van de Falange, dat in die tijden van tekorten beslag legde op het grootste deel van het schaarse papier dat beschikbaar was voor kranten. De anti-Britse campagnes waren venijnig en constant, vergeven van leugens, beledigingen en perverse manipulaties. Churchill was het doelwit van de kwaadaardigste karikaturen en het Britse rijk van voortdurende beschimping. Het kleinste ongelukje in een fabriek of met een posttrein ergens in een Spaanse provincie werd onmiddellijk toegeschreven aan sabotage door die verraderlijke Engelsen. De klachten van de ambassadeur over dergelijke wandaden gingen onherroepelijk het ene oor in en het andere weer uit.

Terwijl sir Samuel Hoare zich zo goed en zo kwaad als het ging naar zijn nieuwe standplaats schikte, werd het antagonisme tussen de ministeries van Binnenlandse Zaken en Buitenlandse Zaken steeds duidelijker.

Vanuit zijn almachtige positie organiseerde Serrano op zijn manier een strategische campagne: hij verspreidde vileine geruchten over Beigbeder en voedde het idee dat enkel en alleen hijzelf de situatie kon rechtzetten. En naarmate de ster van de voormalige hoge commissaris als een baksteen viel, zetten Franco en Serrano, Serrano en Franco, beiden totaal onbekend met de internationale politiek, beiden zonder ook maar een sprankje van de wereld te hebben gezien, zich samen in El Pardo aan de chocolademelk met soldaatjes en schetsten hand in hand op het tafelkleed van hun vieruurtje een nieuwe wereldorde, zo verbijsterend vermetel als enkel uit onwetendheid en hoogmoed voort kan komen.

Tot Beigbeder ontplofte. Ze wilden hem eruit gooien en hij wist het. Ze wilden zich van hem ontdoen, hem een schop onder zijn kont geven en op straat zetten; hij was niet meer belangrijk voor hun glorieuze kruistocht. Ze hadden hem weggerukt uit zijn geliefde Marokko en hem een zeer begeerlijke functie toegewezen, om hem vervolgens aan handen en voeten te binden en een prop in zijn mond te stoppen. Zijn mening hadden ze nooit op prijs gesteld; waarschijnlijk hadden ze die ook nooit gevraagd. Hij kon nooit initiatieven ontplooien of oordelen geven; hij was slechts goed om zijn naam aan een ministeriële portefeuille te verlenen en om als een gedienstige functionaris schuchter en zwijgend te handelen. Hoewel de situatie hem van geen kant beviel, respecteerde hij de hiërarchie, werkte hij onvermoeibaar aan hetgeen van hem verlangd werd en verdroeg hij vastberaden de systematisch slechte behandeling waaraan Serrano hem maandenlang onderwierp. Eerst waren het de schoppen, de duwen, het ga aan de kant zodat ik erbij kan. Die duwen veranderden al spoedig in vernederende klappen in zijn nek. En die klappen in trappen in zijn nieren, en die trappen werden ten slotte dolksteken in zijn hals. En toen Beigbeder voelde dat de volgende stap het stampen op zijn hoofd zou zijn, ja, toen ontplofte hij.

Hij was moe, had genoeg van de onbeschoftheden en arrogantie van de cuñadísimo, van Franco's obscurantisme en beslissingen; hij had er genoeg van tegen de stroom in te zwemmen en zich ver van alles te voelen, hij had er genoeg van het bevel te voeren over een schip dat al sinds de afvaart een verkeerde koers volgde. Daarom besloot hij de stoute schoenen aan te trekken. Het moment was aangebroken dat de discrete vriendschap die hij met Hoare onderhield aan het licht kwam en publiekelijk werd, dat die buiten de besloten privévertrekken, kantoren en kamers trad, waar hun ontmoetingen tot dan toe hadden plaatsgevonden. En onder dat vaandel ging hij de straat op, naakt, zonder enige bescherming. In de openlucht, onder de genadeloos brandende zomerzon. Ze gingen vrijwel dagelijks samen lunchen aan de opvallendste tafels in de bekendste restaurants. En daarna, als twee Arabieren die door de nauwe straten van de Morenwijk in Tétouan liepen, pakte Beigbeder de ambassadeur bij de arm en noemde hem 'broeder Samuel' terwijl ze ostentatief kalmpjes over de trottoirs van Madrid wandelden. Een uitdagende Beigbeder, provocerend, bijna donquichotachtig. De ene dag, en de volgende, en de daaropvolgende, intiem in gesprek met de gezant van de vijand en hooghartig zijn minachting voor de Duitsers en germanofielen tentoonspreidend. En zo wandelden ze langs het hoofdkwartier van de Movimiento in de calle Alcalá, langs het hoofdkantoor van het dagblad *Arriba* en langs de Duitse ambassade in de Castellana, langs de entree van het Palace en het Ritz, ware nesten van Duitsers. Zodat iedereen duidelijk kon zien hoe goed de minister van Franco en de ambassadeur van de vijand met elkaar overweg konden. Intussen beende Serrano, op het randje van een zenuwinzinking en zich opvretend van ellende, met grote stappen door zijn kantoor terwijl hij zich de haren uit het hoofd trok en zich schreeuwend afvroeg wat die krankzinnige Beigbeder met dat idiote gedrag wilde bereiken.

Hoewel hij dankzij Rosalinda's inspanningen een zekere sympathie voor Groot-Brittannië had gekregen, was de minister niet zo onvoorzichtig om zich zomaar, zonder andere dan puur romantische redenen, in de armen van een ander land te werpen zoals hij dat elke avond in die van zijn geliefde deed. Dankzij haar had hij een zekere sympathie voor die natie opgevat, zeker. Maar dat hij zich vol op Hoare stortte, dat hij voor hem al zijn schepen verbrandde, had ook andere redenen. Misschien omdat hij een utopist was en meende dat de zaken in het Nieuwe Spanje niet verliepen zoals ze volgens hem moesten verlopen. Misschien omdat het de enige manier was waarop hij openlijk zijn verzet kon tonen tegen een deelname aan de oorlog aan de zijde van de asmogendheden. Wellicht was het een reactie op degene die hem zo extreem had vernederd, iemand met wie hij verondersteld werd schouder aan schouder te werken aan de wederopbouw van het geruïneerde vaderland, dat ze zelf zo ijverig hadden helpen afbreken. En mogelijk zocht hij bovenal toenadering tot Hoare omdat hij zich alleen voelde, vreselijk alleen in een ontgoochelende, vijandige omgeving.

Dit alles wist ik niet omdat ik het zelf had meegemaakt, maar omdat Rosalinda me in de loop van al die maanden op de hoogte hield met een reeks uitgebreide brieven, waar ik in Tétouan reikhalzend naar uitkeek. Ondanks haar drukke sociale leven dwong haar ziekte haar lange uren het bed te houden, uren die ze besteedde aan de briefwisseling met haar vrienden. En zo ontwikkelden we een gewoonte die ons door tijd en ruimte heen met een onzichtbare draad verbond. Eind augustus 1940 schreef ze me dat de Madrileense kranten het inmiddels hadden over het ophanden zijnde vertrek uit de regering van de minister van Buitenlandse Zaken. Maar voor het zover was moesten we nog enige weken wachten, zes of zeven. En in die tijd gebeurden er dingen die de loop van mijn leven weer eens voorgoed veranderden.

36

Een van de activiteiten die ik sinds mijn moeders komst naar Tétouan had opgepakt was lezen. Zij had de gewoonte vroeg naar bed te gaan, Félix stak de gang niet meer over, en mijn avonden duurden lang. Tot hij voor de zoveelste keer met de oplossing kwam aandragen. Die droeg twee vrouwennamen en arriveerde in twee banden: *Fortunata en Jacinta*. Vanaf dat moment besteedde ik al mijn vrije uurtjes aan het lezen van alle dikke romans die in mijn buurmans huis te vinden waren. Na een paar maanden had ik ze allemaal uit en begon ik aan de stellingen van de Bibliotheek van het Protectoraat. Toen de zomer van 1940 ten einde liep, had ik de twintig of dertig romans van de kleine lokale bibliotheek gehad en vroeg ik me af waarmee ik me voortaan kon gaan bezighouden. En toen bereikte onverwacht een nieuwe tekst mijn deur. Niet in de vorm van een roman, maar als een blauw telegram. En niet om van de inhoud te genieten, maar om de aanwijzingen erin op te volgen: PERSOONLIJKE UITNODIGING. BESLOTEN FEEST IN TANGER. VRIENDEN MADRID WACHTEN. 1 SEPTEMBER. ZEVEN UUR. DEAN'S BAR.

Ik voelde me wee worden, maar kon desondanks een schaterlach niet bedwingen. Ik wist van wie het bericht kwam, ondertekening was niet nodig. Tientallen beelden welden en masse uit mijn geheugen op: muziek, gelach, cocktails, anderstalige woorden, kleine avonturen, uitstapjes met de kap van de auto naar beneden, levenslust. Ik vergeleek die vervlogen dagen met het bedaarde heden waarin de weken monotoon voorbijgleden met naaiwerk en pasbeurten, radioseries en de avondlijke wandelingetjes met mijn moeder. De enige gematigde emotie die ik in die tijd beleefde bestond uit af en toe een film waar Félix me mee naartoe sleepte, en de tegenspoed en liefdesgeschiedenissen van de personages uit de boeken die ik 's avonds verslond om de verveling te verdrijven. De wetenschap dat Rosalinda in Tanger op me wachtte bezorgde me een vreugdevolle schok. Ook al zou het maar kort zijn, ik vond het geweldig.

Op de afgesproken dag en tijd trof ik echter geen enkel feest aan in de bar van El Minzah, maar vier of vijf kleine groepjes onbekenden verspreid in het lokaal en een paar eenzame drinkers aan de bar. Dean stond er niet achter. Te vroeg nog wellicht voor de pianist; er hing een uitgebluste sfeer, heel anders dan op de avonden van vroeger. Ik ging aan een onopvallend tafeltje zitten en weerde de ober af die naar me toe kwam. Tien over zeven, kwart over zeven, tien voor halfacht. En het feest begon maar niet. Om halfacht ging ik naar de bar en vroeg naar Dean. Hij werkte daar niet meer, vertelden ze me. Hij heeft een eigen zaak geopend, Dean's Bar. Waar? In de rue Amerique du Sud. Ik vloog. In een oogwenk was ik er; de twee etablissementen lagen amper een paar honderd meter bij elkaar vandaan. Dean, mager en somber als altijd, zag me meteen vanachter de bar zodra mijn silhouet zich in de deuropening aftekende. Zijn bar was levendiger dan die in het hotel; er waren niet heel veel klanten, maar de gesprekken waren luider, ontspannener, en er klonk gelach. De uitbater begroette me niet: hij wees slechts met een korte inktzwarte blik op een gordijn achterin. Daar liep ik naartoe. Groen fluweel, zwaar. Ik schoof het opzij en ging naar binnen.

'Je komt wel laat op mijn feestje.'

Noch de smerige muren, noch het fletse licht van de armetierige gloeilamp, en zelfs niet de opgestapelde kisten drank en zakken koffie ontnamen mijn vriendin ook maar een sprankje van haar glamour. Misschien had zij, misschien Dean, of wellicht hadden ze samen die namiddag voordat de bar openging de kleine opslagplaats veranderd in een exclusief kamertje voor een besloten bijeenkomst. Zo besloten dat er slechts twee stoelen stonden met ertussenin een vat waarover een wit tafelkleed was gedrapeerd. Daarop een tweetal glazen, een cocktailshaker, een pakje Turkse sigaretten en een asbak. Op een stapel dozen in een hoek stond wankel een draagbare platenspeler waaruit de stem van Billie Holiday klonk die 'Summertime' zong.

We hadden elkaar een heel jaar niet gezien, het jaar dat voorbijgegaan was sinds haar vertrek naar Madrid. Ze was nog steeds mager, met die doorschijnende huid en de blonde lok die telkens voor haar oog dreigde te vallen. Maar ze had niet dezelfde uitstraling als in die onbezorgde tijd van voorheen, zelfs niet die van haar moeilijkste periode toen ze met haar man moest samenwonen, of die van haar daaropvolgende herstel. Ik kon niet precies aangeven waarin het verschil school, maar alles aan haar was wat onbestemder. Ze leek ouder, volwassener. Vermoeid misschien. Door haar brieven wist ik van de moeilijkheden die Beigbeder en zij in de hoofdstad hadden ondervonden. Daarentegen had ze me niet verteld dat ze naar Marokko zou komen.

We omhelsden elkaar, lachten als schoolmeisjes, prezen uitbundig elkaars outfit en lachten weer. Ik had haar vreselijk gemist. Zeker, ik had mijn moeder. En Félix. En Candelaria. En mijn atelier en mijn nieuwe liefhebberij, het lezen. Maar ik had ontzettend naar haar aanwezigheid verlangd: die bezoekjes bij nacht en ontij, haar manier om de dingen te bezien vanuit een ander gezichtspunt dan de rest van de wereld. Haar geestige opmerkingen, haar opgewonden gebabbel. Ik wilde alles weten en bedolf haar onder een spervuur van vragen: hoe was het in Madrid, hoe ging het met Johnny, wat deed Beigbeder nu, wat bracht haar naar Marokko. Ze gaf vaag anekdotische antwoorden en vermeed het over moeilijkheden te praten. Tot ik haar niet langer met mijn nieuwsgierigheid bestookte en toen, terwijl ze de glazen vulde, zei ze eindelijk waar het om ging.

'Ik ben hier om je werk aan te bieden.'

Ik lachte. 'Ik heb al werk.'

'Ik ga je wat anders voorstellen.'

Ik lachte weer en nam een slok. Pink gin, zoals we zo vaak samen hadden gedronken.

'Wat dan?' vroeg ik toen ik het glas van mijn lippen haalde.

'Hetzelfde als nu, maar dan in Madrid.'

Ik merkte dat ze serieus was en mijn lach verdween. Mijn toon veranderde ook.

'Het bevalt me prima in Tétouan. Alles gaat goed, steeds beter zelfs. Mijn moeder heeft het hier ook naar haar zin. Ons atelier loopt geweldig; in feite denken we eraan een leerling in dienst te nemen om ons te helpen. Teruggaan naar Madrid is niet aan de orde.'

'Ik doel ook niet op je moeder, Sira, alleen op jou. En je hoeft het atelier in Tétouan niet te sluiten; het gaat om iets tijdelijks. Dat hoop ik althans. Als alles voorbij is, kun je weer terug.'

'Als wat voorbij is?'

'De oorlog.'

'De oorlog is al meer dan een jaar afgelopen.'

'Jullie oorlog wel. Maar nu is er een andere.'

Ze stond op, verwisselde de plaat en zette het geluid harder. Meer jazz, ditmaal instrumentaal. Ze wilde niet dat ons gesprek aan de andere kant van het gordijn te horen was.

'Het is een verschrikkelijke oorlog. Mijn land zit erin en het jouwe kan elk moment gaan meedoen. Juan Luis heeft alles op alles gezet om Spanje erbuiten te houden, maar zoals het ernaar uitziet zal dat heel moeilijk worden. Daarom willen we op alle mogelijke manieren helpen om de druk van Duitsland op Spanje te verminderen. Als dat lukt, zou jullie natie buiten het conflict blijven en zouden wij meer kans hebben om te winnen.'

Ik begreep nog niet hoe mijn werk daarin paste, maar ik onderbrak haar niet.

'Juan Luis en ik,' vervolgde ze, 'zijn bezig enkele vrienden van ons warm te maken, zodat ze ons naar beste kunnen zullen helpen. Het is hem niet gelukt vanuit het ministerie druk op de regering uit te oefenen, maar van buitenaf kunnen er ook dingen worden gedaan.'

'Wat voor dingen?' vroeg ik met een dun stemmetje. Ik had geen idee wat ze zich in haar hoofd had gehaald. Ze moest mijn gezichtsuitdrukking wel grappig vinden want eindelijk lachte ze.

'Don't panic, darling. We hebben het niet over bommen bij de Duitse ambassade plaatsen of grootscheepse militaire operaties saboteren. Ik doel op onopvallend verzetswerk. Observatie. Infiltratie. Vergaring van gegevens door kleine bressen here and there. Juan Luis en ik staan hier niet alleen in. We zijn geen idealisten die argeloze vrienden bij een fantasierijk complot willen betrekken.'

Ze vulde de glazen weer en zette het geluid van de grammofoon nog wat harder. We staken allebei nog een sigaret op. Ze ging weer zitten en boorde haar lichte ogen in de mijne. Ze had grijzige wallen die ik niet eerder bij haar had gezien.

'We zijn in Madrid een netwerk aan het opzetten van clandestiene medewerkers die worden toegevoegd aan de Britse geheime dienst. Agenten zonder banden met de politieke, de diplomatieke en de militaire wereld. Onbekende mensen die onder het mom van een gewoon leventje dingen horen en die vervolgens doorgeven aan de SOE.'

'Wat is de SOE?' prevelde ik.

'Special Operations Executive. Een nieuwe organisatie binnen de geheime dienst, onlangs in het leven geroepen door Churchill, bedoeld voor oorlogskwesties en losstaand van de gebruikelijke acties. Ze ronselen mensen in heel Europa. Laten we zeggen dat het om een weinig orthodoxe spionagedienst gaat. Weinig conventioneel.'

'Ik volg je niet.' Mijn stem klonk nog steeds aarzelend.

Ik begreep er echt niets van. Geheime dienst. Clandestiene agenten. Acties. Spionage. Infiltratie. Daar had ik niet eerder over horen praten.

'Wel, denk nou niet dat ik aan al die terminologie gewend ben. Voor mij is ook bijna alles nieuw en ik heb in korte tijd heel veel moeten leren. Zoals ik je al schreef, heeft Juan Luis de laatste tijd de banden met onze ambassadeur Hoare aangehaald. En nu zijn dagen op het ministerie geteld zijn, hebben ze besloten samen te werken. Maar Hoare stuurt de operaties van de geheime dienst in Madrid niet rechtstreeks aan. Je zou kunnen zeggen dat hij toezicht houdt, dat hij de eindverantwoordelijkheid heeft. Maar hij coördineert ze niet persoonlijk.'

'Wie doet dat dan?'

Ik hoopte dat ze 'ikzelf' zou zeggen en dan zou onthullen dat alles maar een grap was. En dat we dan allebei in lachen zouden uitbarsten en eindelijk konden gaan eten en dansen in Villa Harris, zoals we zo vaak hadden gedaan. Maar dat deed ze niet.

'Alan Hillgarth, de marineattaché van onze ambassade; hij is degene die alles regelt. Het is een heel bijzondere figuur, marinier uit een familie met een lange traditie in de Armada, getrouwd met een dame uit de hoge aristocratische kringen die ook bij zijn activiteiten betrokken is. Hij kwam tegelijk met Hoare naar Madrid om onder de dekmantel van zijn officiële functie de activiteiten van de SOE en de SIS, de Secret Intelligence Service, te coördineren.'

SOE. Special Operations Executive. SIS. Secret Intelligence Service. Alles klonk me even vreemd in de oren. Ik vroeg of ze het wilde uitleggen.

'De SIS is de Secret Intelligence Service, ook wel bekend als MI6, Directorate of Military Intelligence, Section 6, de zesde afdeling van de inlichtingendienst, die zich bezighoudt met operaties in het buitenland. Spionageactiviteiten op niet-Brits grondgebied, om het wat duidelijker te stellen. De dienst is al voor de Grote Oorlog opgericht en de agenten, die doorgaans onder een diplomatieke of militaire dekmantel opereren, zijn meestal betrokken bij onopvallende operaties via gevestigde machtsstructuren, via invloedrijke personen of autoriteiten in de landen waar ze actief zijn. De SOE daarentegen is nieuw. Riskanter omdat die niet alleen met beroeps werkt, maar daardoor wel veel flexibeler. Het is een nooddienst, in het leven geroepen vanwege de nieuwe oorlogstijd, om het maar zo te zeggen. Ze staan open voor samenwerking met iedereen die maar van belang kan zijn. De organisatie is net opgericht en Hillgarth, de verantwoordelijke man in Spanje, moet agenten rekruteren. Dringend. En daarvoor polsen ze hun vertrouwensmensen, vragen of zij hen in contact willen brengen met anderen, die op hun beurt rechtstreeks kunnen helpen. Je kunt stellen dat Juan Luis en ik een soort bemiddelaar zijn. Hoare is nog niet zo lang in Madrid, hij kent bijna niemand. Hillgarth was gedurende de burgeroorlog viceconsul op Mallorca, maar ook hij is nieuw in Madrid en hij heeft het terrein waarop hij zich nu begeeft nog niet in de hand. Ze hebben Juan Luis en mij niet om directe betrokkenheid gevraagd: Juan Luis is een openlijk Engels gezinde minister en ik ben Brits onderdaan; ze weten dat we bekende figuren zijn en dat we altijd als verdacht zouden worden beschouwd. Maar ze hebben wel een beroep op ons gedaan om hun contacten te bezorgen. En wij dachten aan een paar vrienden. Onder wie aan jou. Daarom ben ik je komen opzoeken.'

Ik vroeg niet wat ze precies van me verlangde. Ze zou het me toch wel vertellen, of ik dat nou wel of niet deed, en de paniek zou gelijk zijn, dus besloot ik de glazen weer te vullen. Maar de shaker bleek inmiddels leeg. Ik stond op en bekeek de opgestapelde kisten. Eigenlijk was alles te sterk om puur te drinken. Ik haalde er een fles uit met iets wat me whisky leek, draaide de dop eraf en nam een flinke teug rechtstreeks uit de fles. Vervolgens gaf ik hem door aan Rosalinda. Zij deed hetzelfde en gaf hem me terug. Ze ging verder. Intussen dronk ik.

'We hadden bedacht dat je in Madrid een atelier kunt openen en voor de echtgenotes van de nazikopstukken kunt gaan naaien.'

Ik verslikte me en de slok whisky die al naar beneden gleed kwam weer omhoog en vond in duizend spetters een weg naar buiten. Ik veegde mijn gezicht met de rug van mijn hand af. Toen ik eindelijk iets kon uitbrengen, waren het slechts drie woorden: 'Jullie zijn knettergek.'

Ze sloeg er geen acht op en ging onverstoorbaar verder. 'Voorheen gingen ze allemaal naar Parijs, maar sinds het Duitse leger in mei Frankrijk is binnengevallen, hebben de meeste modehuizen hun deuren gesloten; bijna niemand wil in het bezette Parijs werken. Maison Vionnet,

Maison Chanel in de rue Chambon, de winkel van Schiaparelli aan de place Vendôme; bijna alle groten zijn vertrokken.'

Rosalinda's opsomming van de Parijse haute couture veroorzaakte plots – waarschijnlijk geholpen door mijn nervositeit, de cocktails en de whisky – een schorre lach bij me. 'En jij wilt dat ik in Madrid al die ontwerpers ga vervangen?'

Ze lachte niet met me mee en sprak ernstig verder. 'Je zou het op jouw manier en op kleine schaal kunnen proberen. Dit is hét moment, want veel alternatieven zijn er niet. Parijs is out of the question en Berlijn is te ver. Of ze laten hun kleding in Madrid maken, of ze hebben niets nieuws voor het seizoen dat zo gaat beginnen, en dat zou een ramp voor hen betekenen, want hun huidige bestaan draait om een intensief sociaal leven. Ik heb wat informatie ingewonnen: meerdere ateliers in Madrid zijn weer actief en bereiden de herfstcollectie voor. Het gerucht ging dat Balenciaga zijn atelier dit jaar zou heropenen, maar uiteindelijk heeft hij het niet gedaan. Hier heb ik de namen van degenen die dat wel gaan doen,' zei ze terwijl ze een opgevouwen blaadje uit de zak van haar jasje haalde. 'Flora Villarreal; Brígida in de Carrera de San Jerónimo, nummer 37; Natalio in de Lagasca, nummer 18; Madame Raguette in de Bárbara de Braganza, nummer 2; Pedro Rodríguez in de Alcalá, nummer 62; Cottret in de Fernando VI, nummer 8.'

Sommige namen kwamen me bekend voor, andere niet. Doña Manuela had erbij moeten zitten, maar Rosalinda noemde haar niet; waarschijnlijk had ze haar atelier niet opnieuw geopend. Toen ze de lijst had voorgelezen scheurde ze het blaadje in piepkleine stukjes en wierp ze in de asbak, die inmiddels uitpuilde met peuken.

'Ondanks hun inspanningen om nieuwe collecties te presenteren en de mooiste ontwerpen aan te bieden, kampen ze allemaal met hetzelfde probleem, hebben ze allemaal dezelfde beperking. Dus zal het voor geen van hen makkelijk worden om succes te hebben.'

'Welke beperking?'

'Stofschaarste; een absolute schaarste. Noch in Frankrijk, noch in Spanje worden stoffen geproduceerd voor dit type couture; de fabrieken die niet gesloten zijn maken textiel voor de basisbehoeften van de bevolking of voor oorlogsmateriaal. Van katoen worden uniformen gemaakt, van garen verband; alle weefsels hebben een doel dat boven de mode staat. Dat probleem zou jij kunnen omzeilen door vanuit Tanger stoffen mee te nemen. Hier is nog handel, hier zijn geen importproblemen zoals op het Schiereiland, hier arriveren Amerikaanse en Argentijnse producten, hier is nog een flinke voorraad aan Franse stoffen en Engelse wol, aan Indiase en Chinese zijde van de voorgaande jaren; je kunt van alles meenemen. En mocht je meer nodig hebben, dan vinden we wel een manier om het bij je te krijgen. Als je met materiaal en ideeën naar Madrid komt en ik dat via mijn contacten laat rondgaan, kun je dé ontwerpster van het seizoen worden. Concurrentie zul je niet hebben, Sira, je zult de enige zijn die hun kan bieden wat ze zoeken: pracht en praal, luxe, absolute frivoliteit, alsof de wereld een balzaal is en niet het bloedige strijdtoneel waarin ze hem hebben veranderd. En de Duitsen zullen stuk voor stuk als aasgieren naar je toe komen.'

'Maar ze zouden mij met jou associëren,' wierp ik tegen, bereid als ik was me aan elk strohalmpje vast te klampen om me niet door dat idiote plan onder tafel te laten praten.

'Helemaal niet. Waarom zouden ze? De Duitsen in Madrid zijn vrijwel allemaal kortgeleden aangekomen en ze hebben geen contact met hun landgenotes in Marokko; niemand hoeft te weten dat jij en ik elkaar kennen. Al zou je ervaring met naaien voor hun landgenotes in Tétouan natuurlijk een grote hulp voor je zijn: je kent hun smaak, je weet hoe je ze moet behandelen en hoe je je tegenover hen moet gedragen.'

Terwijl zij praatte sloot ik mijn ogen en schudde mijn hoofd. Even ging mijn geest terug naar mijn eerste maanden in Tétouan, naar de avond waarop Candelaria me de pistolen liet zien en me voorstelde ze te verkopen om het atelier te kunnen opzetten. Het paniekgevoel was hetzelfde en het toneel vergelijkbaar: twee vrouwen verscholen in een benauwd hok, de een zette een gevaarlijk maar doordacht plan uiteen en de ander weigerde doodsbang om mee te doen. Er waren echter ook verschillen. Grote verschillen. Rosalinda's plan behoorde tot een andere dimensie.

Haar stem haalde me weg uit het verleden, weg uit het miserabele slaapkamertje in het pension in La Luneta, en bracht me terug in de realiteit van het kleine magazijn achter de bar van Dean's Bar.

'Wij zullen voor je reputatie zorgen, we hebben manieren om dat te doen. Ik heb goede banden met de desbetreffende kringen in Madrid, we regelen dat ze over je zullen praten en dat je bekendheid krijgt, zonder dat je met mij in verband gebracht wordt. De SOE draagt alle aanvangskosten: ze betaalt de huur van de ruimte, de inrichting van het atelier en de eerste investering in stoffen en materialen. Juan Luis neemt de douaneformaliteiten voor zijn rekening en verstrekt je alle benodigde vergunningen om de goederen van Tanger naar Spanje over te brengen; het moet een flinke lading zijn, want zodra hij niet meer bij het ministerie werkt zal het veel lastiger worden. De hele opbrengst is voor jou. Je hoeft alleen maar hetzelfde te doen als nu in Marokko, maar dan met meer aandacht voor wat de Duitse cliënten zeggen, en ook de Spaanse die bij de machthebbers horen en banden hebben met de nazi's, want ook zij zouden heel interessante bronnen kunnen zijn als je erin slaagt ze binnen te halen. De Duitsen zijn volstrekt inactief en hebben geld te over; jouw atelier zou een ontmoetingsplaats voor ze kunnen worden. Je komt te weten naar welke plekken hun echtgenoten gaan, met wie ze samenkomen, wat hun plannen zijn en wie ze vanuit Duitsland komt bezoeken.'

'Ik spreek amper Duits.'

'Voldoende om ze zich op hun gemak te laten voelen. Enough.'

'Ik weet niet meer dan de getallen, begroetingen, kleuren, de dagen van de week en een paar losse zinnetjes,' wierp ik tegen.

'Dat geeft niet, daar hebben we al over nagedacht. We hebben iemand die je zou kunnen helpen. Jij hoeft alleen maar de gegevens te verzamelen en er vervolgens voor te zorgen dat ze op de plaats van bestemming komen.'

'Hoe?'

Ze haalde haar schouders op. 'Als je besluit het te doen, moet Hillgarth je dat maar vertellen. Ik weet niet hoe die dingen in zijn werk gaan; ik neem aan dat ze specifiek voor jou iets zullen uitwerken.'

Ik schudde mijn hoofd weer, nadrukkelijker nu. 'Ik kan het niet, Rosalinda.'

Ze stak nog een sigaret op en inhaleerde diep. 'Waarom niet?' vroeg ze, de rook uitblazend.

'Daarom niet,' antwoordde ik beslist. Ik had duizend redenen om niet met die waanzin mee te doen, maar ik perste ze allemaal samen in een categorische weigering. Nee. Ik deed het niet. Een stellig nee. Ik nam nog een slok whisky uit de fles; het smaakte afschuwelijk.

'Waarom niet, darling? Ben je bang?' Ze sprak nu zacht en zelfverzekerd. De plaat was afgelopen; alleen het krassende geluid van de naald op het vinyl en stemmen en gelach aan de andere kant van het gordijn waren te horen. 'We zijn allemaal bang, doodsbang,' fluisterde ze. 'Maar dat is geen reden. We moeten meedoen, Sira. We moeten helpen. Jij, ik, iedereen, elk naar eigen kunnen. We moeten ons steentje bijdragen, zodat deze waanzin stopt.'

'Bovendien kan ik niet terug naar Madrid vanwege die kwestie daar. Je weet wel waar ik het over heb.'

De kwestie van de aangiften uit mijn tijd met Ramiro was nog niet opgelost. Toen de oorlog was afgelopen, had ik het er meerdere malen met commissaris Vázquez over gehad. Hij had geprobeerd erachter te komen hoe de situatie in Madrid was, maar hij was niets wijzer geworden. Alles staat nog op zijn kop, laat de tijd zijn werk doen, wacht tot de boel gekalmeerd is, zei hij tegen me. En ik, toch niet van plan om terug te gaan, wachtte. Rosalinda wist ervan, ik had het haar zelf verteld.

'Daar hebben we ook aan gedacht. Daaraan, en aan je veiligheid, dat je beschermd moet zijn bij eventualiteiten. Als er problemen rijzen, kan onze ambassade geen verantwoordelijkheid voor je nemen, en zoals het er nu uitziet is het riskant voor een Spaans onderdaan. Maar Juan Luis heeft een idee.'

Ik wilde vragen welk, maar mijn stem liet me in de steek. Het was ook niet nodig; ze vertelde het meteen.

'Hij kan een Marokkaans paspoort voor je regelen.'

'Een vals paspoort,' constateerde ik.

'Nee, sweetie, een echt. Hij heeft heel goede vrienden in Marokko. Binnen een paar uur kun je een Marokkaans staatsburgeres zijn. Met een andere naam, obviously.'

Ik stond op en merkte dat ik mijn evenwicht maar moeilijk kon bewaren. In mijn hoofd, tussen de plassen gin en whisky, spetterden opgewonden al die mij zo vreemde woorden rond. Geheime dienst, agenten, voorzieningen. Valse naam, Marokkaans paspoort. Ik zocht steun bij de muur en probeerde mijn kalmte te herwinnen.

'Nee, Rosalinda. Dring niet aan, alsjeblieft. Ik kan het niet.'

'Je hoeft niet nu meteen te beslissen. Denk erover.'

'Er valt niets na te denken. Hoe laat is het?'

Ze keek op haar horloge, ik probeerde hetzelfde te doen bij het mijne, maar de cijfers leken voor mijn ogen te dansen.

'Kwart voor tien.'

'Ik moet terug naar Tétouan.'

'Ik had geregeld dat je om tien uur met een auto werd opgehaald, maar ik denk dat je niet in een toestand bent om waar dan ook heen te gaan. Blijf hier in Tanger overnachten. Ik regel een kamer in El Minzah en ook dat je moeder wordt ingelicht.'

Een bed om in te slapen en dat hele sinistere gesprek vergeten kwam me voor als een zeer verleidelijk aanbod. Een groot bed met witte lakens in een mooie kamer waarin ik de volgende dag wakker zou worden om te ontdekken dat de ontmoeting met Rosalinda een nachtmerrie was geweest. Een bizarre nachtmerrie, verschenen uit het niets. Een sprankje helderheid doemde ineens in mijn geest op.

'Mijn moeder kan niet worden gebeld. Zoals je weet, hebben we geen telefoon.'

'Ik laat iemand Félix Aranda bellen en hij kan het haar doorgeven. Ik zorg er ook voor dat je morgenochtend wordt opgehaald en naar Tétouan gebracht.'

'En waar slaap jij?'

'Bij Engelse vrienden in de rue de Hollande. Ik wil niet dat iemand weet dat ik in Tanger ben. Ze hebben me van hun huis linea recta hierheen gereden, ik heb geen stap op straat gezet.'

Ze viel even stil en ging toen nog zachter pratend verder. Zachter en vaster.

'Het ziet er slecht uit voor Juan Luis en mij, Sira. Ze houden ons constant in de gaten.'

'Wie?' vroeg ik schor.

Een triest, scheef glimlachje. 'Iedereen. Politie. Gestapo. Falange.'

Mijn angst kwam naar buiten in de vorm van een nauwelijks hoorbare, stroperig uitgesproken vraag: 'En mij, gaan ze mij ook in de gaten houden?'

'Ik weet het niet, darling, ik weet het niet.'

Ze glimlachte weer, ditmaal voluit. Ze kon echter niet voorkomen dat haar mondhoeken een zweem van ongerustheid verrieden.

37

Iemand klopte op de deur en kwam zonder op antwoord te wachten binnen. Met mijn ogen nog half dicht onderscheidde ik in de schemer een kamermeisje in uniform met een dienblad in haar handen. Ze zette het ergens buiten mijn blikveld neer en schoof de gordijnen open. Het vertrek werd opeens overspoeld met licht en ik trok een kussen over mijn hoofd. Hoewel het de geluiden dempte, bereikten kleine aanwijzingen mijn oren waardoor ik de bezigheden van het binnengekomen meisje kon volgen. Het witstenen kopje dat tegen het schoteltje stootte, de borrelende hete koffie die de kan verliet, het schrapen van een mes dat geroosterd brood beboterde. Toen ze alles gereed had, kwam ze naar het bed toe.

'Goedemorgen, señorita. Uw ontbijt staat klaar. U moet opstaan, over een uur wordt u opgehaald.'

Ik gromde wat. Ik wilde 'Dank je wel' zeggen, 'ik heb je gehoord, laat me met rust'. Het meisje willigde mijn wens om nog even te slapen niet in en deed of ze niets doorhad.

'Ze hebben me opgedragen niet weg te gaan voordat u bent opgestaan.'

Ze sprak Spaans met een Spaans accent. Tanger was volgelopen met republikeinen toen de oorlog voorbij was, en waarschijnlijk kwam zij uit een van die gezinnen. Ik gromde weer iets en draaide me om.

'Alstublieft, señorita, sta op. Uw koffie en toast worden koud.'

'Wie heeft je gestuurd?' wilde ik weten, zonder mijn hoofd onder het kussen vandaan te halen. Mijn stem klonk alsof hij uit een grot kwam, misschien door de veren en de stof die me van de buitenwereld scheidden, misschien door de rampzalige avond ervoor. Meteen toen ik de woorden had uitgesproken, besefte ik de stompzinnigheid van mijn vraag. Hoe kon dat meisje nu weten wie haar naar me toe had gestuurd. Bij mij bestond daar geen spoor van twijfel over.

'Die opdracht hebben ze me in de keuken gegeven, señorita. Ik ben het kamermeisje van deze verdieping.'

'Nou, je mag gaan.'

'Niet voordat u bent opgestaan.'

Ze was koppig, dat jonge meisje, met de volharding van een gehoorzaam kind. Ik haalde mijn hoofd onder het kussen vandaan en streek mijn haar uit mijn gezicht. Toen ik de lakens opsloeg, zag ik dat ik een abrikooskleurig nachthemd aanhad dat niet van mij was. Het meisje stond te wachten met een bijpassende peignoir; ik besloot niet naar de herkomst te vragen, ze zou het vast niet weten. Ik vermoedde dat Rosalinda op een of andere manier beide kledingstukken naar de kamer had laten brengen. Slofjes waren er echter niet, dus liep ik blootsvoets naar de kleine ronde tafel waarop het ontbijt wachtte. Mijn maag ging tekeer.

'Gebruikt u melk, señorita?' vroeg ze toen ik ging zitten.

Ik knikte; met woorden ging het niet want ik had mijn mond vol toast. Ik had honger als een paard; toen besefte ik dat ik de vorige avond niets gegeten had.

'Als u het goedvindt, laat ik het bad vollopen.'

Al kauwend knikte ik weer, en even later hoorde ik het water krachtig uit de kranen borrelen. Het meisje kwam de kamer weer in.

'Je kunt gaan, dank je wel. Zeg maar tegen de betreffende persoon dat ik ben opgestaan.'

'Ze vertelden me ook dat ik uw kleding moest meenemen om die te strijken terwijl u aan het ontbijten bent.'

Ik nam nog een hap van de toast en knikte weer woordeloos. Dus pakte ze mijn kleding, die rommelig op een kleine fauteuil lag.

'Nog iets van uw dienst, señorita?'

Met mijn mond nog vol zette ik een vinger tegen mijn slaap, alsof ik ongewild een schot nabootste. Ze keek me geschrokken aan en ik besefte dat het nog maar een kind was.

'Iets tegen hoofdpijn,' verduidelijkte ik toen ik had kunnen slikken.

Ze gebaarde nadrukkelijk dat ze het had begrepen en maakte zich toen zonder nog iets te zeggen uit de voeten, zo snel mogelijk de kamer uit van de gekkin die ik in haar ogen moest zijn.

Ik maakte de toast, een jus d'orange, een paar croissants en een koffiebroodje soldaat. Daarna schonk ik mezelf nog een kop koffie in en toen ik het melkkannetje pakte, beroerde ik met de rug van mijn hand de envelop die tegen een vaasje met enkele witte rozen stond. Er ging een schok door me heen, maar ik pakte hem niet. Er stond niets op, niet één enkele letter, maar ik wist dat hij voor mij was, en ook van wie hij afkomstig was. Ik dronk de koffie op en ging de stomende badkamer in. Ik draaide de kranen dicht en probeerde mezelf in de spiegel te bekijken. Hij was zo beslagen dat ik hem eerst met een handdoek moest droogmaken. Miserabel, was het enige woord dat in me opkwam toen ik naar mijn spiegelbeeld keek. Ik kleedde me uit en liet me in het water zakken.

Toen ik eruit kwam was de ontbijtboel verdwenen en stonden de balkondeuren wijd open. De palmen in de tuin, de zee en de intens blauwe lucht boven de Straat leken de kamer te willen binnenkomen, maar ik had er geen aandacht voor, ik had haast. Op het voeteneind van het bed lagen mijn gestreken kleren: de japon, de onderjurk en mijn zijden kousen, klaar om mijn lichaam te omhullen. En op het nachtkastje, op een zilveren dienblaadje, een karaf water en een koker Optalidón. Ik slikte twee tabletten in één keer, bedacht me en nam er nog een. Vervolgens ging ik terug naar de badkamer en maakte mijn vochtige haar vast in een laag knotje. Ik maakte me summier op, ik had alleen mijn poederdoos en een lippenstift bij me. Daarna kleedde ik me aan. Klaar, mompelde ik tegen mezelf. Ik corrigeerde het onmiddellijk. Bijna klaar. Eén klein dingetje nog. Dat wat op de ronde tafel waaraan ik had ontbeten op me wachtte: de crèmekleurige envelop, ogenschijnlijk zonder geadresseerde. Ik zuchtte, pakte hem voorzichtig tussen twee vingers en stopte hem zonder er nog een blik op te werpen in mijn tas.

Ik vertrok. Het enige wat achterbleef was de nachtpon van iemand anders en de afdruk van mijn lichaam tussen de lakens. De angst wilde daar niet blijven, die ging met me mee.

'De rekening van mademoiselle is reeds voldaan, buiten staat een auto voor u klaar,' deelde de chef van de receptie me discreet mee. Noch het voertuig, noch de chauffeur kwam me bekend voor, maar ik vroeg niet van wie de eerste was en evenmin voor wie de tweede werkte. Ik installeerde me simpelweg op de achterbank en liet me zonder een woord te zeggen door de twee naar huis brengen.

Mijn moeder vroeg me niet hoe het feest was geweest of waar ik die nacht had geslapen. Ik nam aan dat degene die haar de boodschap had doorgegeven het met zoveel overtuiging had gedaan dat er geen ruimte voor enige bezorgdheid was overgebleven. Als ze al zag dat ik er slecht uitzag, dan liet ze dat niet merken; ze brandde in elk geval niet van nieuwsgierigheid. Ze keek gewoon op van het kledingstuk waar ze mee bezig was en zei me gedag. Niet hartelijk, niet geërgerd. Neutraal.

'Het zijdeband is op,' deelde ze mee. 'De vrouw van Aramaca wil de pasbeurt van donderdag verzetten naar vrijdag, en Frau Langenheim zou het model van de shantoengjapon enigszins veranderd willen zien.'

Terwijl ze met het naaiwerk doorging en me de laatste nieuwtjes vertelde, zette ik een stoel voor haar neer en ging zitten, zo dichtbij dat onze knieën elkaar bijna raakten. Toen begon ze over de levering van enkele lappen satijn die we de week ervoor hadden besteld. Ik liet haar niet uitpraten.

'Ze willen dat ik terugga naar Madrid en voor de Engelsen ga werken; dat ik ze informatie over de Duitsers doorspeel. Ze willen dat ik hun echtgenotes ga bespioneren, mam.'

Haar rechterhand met de naald en draad versteende in de lucht, tussen twee steekjes in. Ze maakte haar zin niet af, haar mond bleef openstaan. Roerloos keek ze over het brilletje heen dat ze sinds kort bij het naaien gebruikte en staarde me onthutst aan.

Ik praatte niet meteen verder. Eerst haalde ik een paar keer adem, krachtig, met lange teugen, alsof ik niet genoeg lucht kreeg.

'Spanje zit vol nazi's, zeggen ze,' vervolgde ik. 'De Engelsen hebben mensen nodig die hen informeren over het doen en laten van de Duitsers: met wie ze samenkomen, waar, wanneer, hoe. Ze willen een atelier voor me openen en dan moet ik voor de Duitse echtgenotes gaan naaien, zodat ik vervolgens kan doorgeven wat ik heb gezien en gehoord.'

'En wat heb je geantwoord?'

Haar stem was net als de mijne nauwelijks meer dan een gefluister.

'Nee. Dat ik het niet kan, dat ik het niet wil. Dat ik het hier met jou naar mijn zin heb. Dat ik niet terug wil naar Madrid. Maar ze hebben gevraagd of ik erover wil nadenken.'

De stilte breidde zich over de hele ruimte uit, gleed over de stoffen en paspoppen, de klosjes garen, daalde neer op de naaiplanken.

'En dat zou helpen voorkomen dat Spanje opnieuw in een oorlog verwikkeld raakt?' vroeg ze ten slotte.

Ik haalde mijn schouders op. 'Alles kan in principe helpen, of dat denken ze tenminste,' zei ik zonder veel overtuiging. 'Ze zijn een netwerk van clandestiene informanten aan het opzetten. De Engelsen willen dat wij, Spanje, buiten de toestand in Europa blijven, dat we ons niet aansluiten bij de Duitsers en ons niet in het conflict mengen; dat is beter voor iedereen, zeggen ze.'

Ze boog haar hoofd en vestigde haar aandacht op de stof waarmee ze aan het werk was. Ze bleef een tijdje stil, peinsde, dacht rustig na terwijl ze het weefsel met haar duim streelde. Uiteindelijk keek ze op en zette langzaam haar bril af.

'Wil je mijn advies, meisje?' vroeg ze.

Ik knikte gretig. Ja, natuurlijk wilde ik haar advies: ik zocht haar bevestiging dat mijn weigering verstandig was, ik wilde uit haar mond horen dat het echt een waanzinnig plan was. Ik wilde dat mijn normale moeder terugkeerde, dat ze zou zeggen wie ik in godsnaam dacht dat ik was om geheim agentje te willen spelen. Ik wilde de vastberaden Dolores uit mijn kindertijd terug, de verstandige, analytische moeder, degene die altijd wist wat goed en wat slecht was. De vrouw die me had grootgebracht en me het rechte pad had aangeduid waarvan ik op een kwade dag was afgeweken. Maar de wereld was veranderd, en niet alleen voor mij: ook de pijlers van mijn moeder waren inmiddels andere.

'Ga met ze mee, meisje. Help ze, werk mee. Ons arme Spanje kan niet nog een oorlog aan, daar heeft het geen kracht meer voor.'

'Maar mam...'

Ze liet me niet uitspreken.

'Jij weet niet wat het is om in een oorlog te leven, Sira. Jij bent niet dag in dag uit wakker geworden met het geluid van mitrailleurs en knallende mortieren. Jij hebt niet maand na maand bonen met wormen gegeten, jij hebt geen winter zonder brood, zonder kolen, zonder ruiten in de ramen meegemaakt. Jij hebt niet samengeleefd met gebroken gezinnen en uitgehongerde kinderen. Jij hebt niet in de ogen vol haat, vol angst, of beide tegelijk gekeken. Heel Spanje is verwoest, niemand heeft de kracht dezelfde nachtmerrie nogmaals door te maken. Het enige wat ons land nu kan doen is zijn doden betreuren en met het weinige dat er nog is verder gaan.'

'Maar...' begon ik weer.

Ze onderbrak me opnieuw. Zonder stemverheffing, maar scherp.

'Als ik jou was, zou ik de Engelsen helpen, zou ik doen wat ze me vroegen. Natuurlijk zijn ze op eigen voordeel uit, laat dat duidelijk zijn; ze doen dit voor hun vaderland en niet voor het onze. Maar God zij geloofd als hun voordeel ons allemaal ten goede komt. Ik neem aan dat het verzoek van je vriendin Rosalinda is gekomen.'

'We hebben gisteren uren zitten praten; vanmorgen lag er een brief van haar, maar ik heb hem nog niet gelezen. Ik neem aan dat het instructies zijn.'

'Je hoort overal dat Beigbeders dagen als minister zijn geteld. Blijkbaar wordt hij juist daardoor, omdat hij een vriend van de Engelsen is, op straat gezet. Ik stel me zo voor dat hij hier ook iets mee te maken heeft.'

'Het idee komt van beiden,' bevestigde ik.

'Nou, diezelfde ijver had hij ook wel aan den dag mogen leggen om ons van de andere oorlog te bevrijden, die waar zij ons zelf in geholpen hebben, maar gedane zaken nemen geen keer, nu moeten we vooruitkijken. Je moet zelf weten wat je doet, meisje. Je hebt mijn advies gevraagd en dat heb ik je gegeven, met heel veel pijn in mijn hart, maar in het besef dat dat het beste is. Voor mij zal het evengoed moeilijk worden als je weggaat; ik zal weer alleen zijn en wat jou betreft weer in het ongewisse moeten leven. Maar ik geloof echt dat je naar Madrid moet gaan. Ik blijf hier en ga door met het atelier. Ik vind wel iemand die me kan helpen, daar hoef je je geen zorgen over te maken. En als alles voorbij is, zien we wel verder.'

Ik kon niet antwoorden. Mijn uitvluchten waren uitgeput. Ik besloot weg te gaan. Naar buiten. Uitwaaien. Ik moest nadenken.

38

Halverwege september ging ik tegen het middaguur Hotel Palace binnen met de zelfverzekerde tred van iemand die al haar halve leven de lobby's van de beste hotels op onze aardbol betreedt. Ik droeg een bloedrood mantelpakje van koele wol en mijn pas geknipte haar viel tot op mijn schouders. Daarop een geraffineerde vilten hoed met veren uit het atelier van madame Boissenet in Tanger: een waar pièce de résistance, zoals de elegante dames in bezet Frankrijk die hoeden volgens haar noemden. Krokodillenleren schoenen met een torenhoge hak, gekocht in de beste schoenwinkel aan de boulevard Pasteur, completeerden mijn outfit. In mijn handen een bijpassende tas en parelgrijze kalfsleren handschoenen. Twee of drie hoofden draaiden zich om toen ik langsliep. Ik vertrok geen spier.

Achter me liep een piccolo met mijn beautycase, twee Goyard-koffers en een aantal hoedendozen. Mijn overige bagage, mijn werkbenodigdheden en de lading stoffen zouden de volgende dag over land arriveren nadat ze probleemloos de Straat waren overgegaan: hoe konden er ook problemen rijzen als alle douanepapieren volgestempeld waren met de officieelste zegels van de hele wereld, met de complimenten van het ministerie van Buitenlandse Zaken. Zelf was ik per vliegtuig gekomen, de eerste keer dat ik had gevlogen. Van het vliegveld Sania Ramel naar Tablada in Sevilla, van Tablada naar Barajas. Ik verliet Tétouan met mijn Spaanse legitimatie op naam van Sira Quiroga, maar iemand had gesjoemeld met de passagierslijst, zodat ik er niet als zodanig op stond. Tijdens de vlucht knipte ik mijn oude paspoort met het naaischaartje uit mijn noodgarnituur aan duizend snippers, die ik in een dichtgeknoopte zakdoek bewaarde. Het was toch maar een document van de Republiek en in het Nieuwe Spanje zou ik er weinig aan hebben. Ik landde in Madrid met een gloednieuw Marokkaans paspoort. Naast de foto een adres in Tanger en mijn net verworven identiteit: Arish Agoriuq. Vreemd? Niet echt. Het waren gewoon mijn voor- en achternaam achterstevoren. En met de 'h' die mijn buurman Félix eraan toegevoegd had in de beginperiode van mijn atelier op dezelfde plaats. Het was zeker geen Arabische naam, maar hij klonk buitenlands en zou geen achterdocht wekken in Madrid, waar niemand ook maar een flauw idee had hoe de mensen daar heetten, ginds op Moorse gronden, ginds op Afrikaanse gronden, zoals in de paso doble werd bezongen.

De dagen voor mijn vertrek volgde ik nauwgezet alle instructies op die Rosalinda's lange brief bevatte. Voor mijn nieuwe identiteit nam ik contact op met de genoemde personen. Ik koos de beste stoffen in de gesuggereerde winkels en gaf opdracht ze samen met de bijbehorende rekening naar een lokaal adres te sturen, waarvan ik nooit geweten heb van wie dat was. Ik ging terug naar Dean's Bar en bestelde een bloody mary. Als mijn besluit negatief was geweest, had ik de voorkeur moeten geven aan een simpele citroenlimonade. De barkeeper serveerde het drankje met een uitgestreken gezicht. Ogenschijnlijk lusteloos maakte hij intussen triviale opmerkingen: dat er een luifel was gesneuveld in de storm van de vorige nacht, dat een schip onder Amerikaanse vlag genaamd de Jason die vrijdag om tien uur 's morgens zou aanleggen met een lading Engelse goederen. Dat onschuldige commentaar voorzag me van de informatie die ik nodig had. Die vrijdag op het genoemde tijdstip ging ik naar de Amerikaanse Legatie in Tanger, een prachtig Moors pand midden in de medina. Ik meldde de wachtdoende soldaat bij de entree dat ik voor de heer Jason kwam. De man nam een zware huistelefoon op en kondigde in het Engels aan dat het bezoek was gearriveerd. Hij kreeg orders en hing op. Vervolgens nodigde hij me uit verder te komen naar een Arabische patio omgeven door witgekalkte arcaden. Daar wachtte een functionaris me op. Vrijwel woordeloos en lichtvoetig leidde hij me door een labyrint van gangen, trappen en galerijen naar een wit terras op de hoogste verdieping van het gebouw.

'Mr. Jason,' zei hij eenvoudigweg, en hij duidde op een mannelijke gestalte achter op het dakterras. Op hetzelfde moment verdween mijn begeleider uit het zicht en draafde hij de trappen weer af.

Hij had heel zware wenkbrauwen en zijn naam was niet Jason maar Hillgarth. Alan Hillgarth, marineattaché van de Britse ambassade in Madrid en coördinator van de activiteiten van de geheime dienst in Spanje. Breed gezicht, hoog voorhoofd en donker haar, met een kaarsrechte scheiding en met brillantine naar achteren gekamd. Hij kwam naar me toe in een pak van grijs alpaca waarvan de kwaliteit al van verre zichtbaar was. Hij liep zelfverzekerd, een zwartleren attachékoffertje in zijn linkerhand. Hij stelde zich voor, schudde mijn hand en nodigde me uit een moment van het panoramische uitzicht te genieten. Indrukwekkend, zeker. De haven, de baai, de hele Straat en aan het eind een strook land.

'Spanje,' deelde hij mee terwijl hij op de horizon duidde. 'Zo dichtbij en zo ver weg. Zullen we gaan zitten?'

Hij wees naar een smeedijzeren bankje en we namen plaats. Uit de zak van zijn jasje haalde hij een metalen koker met sigaretten van het merk Craven A. Ik nam er een en we rookten terwijl we de zee gadesloegen. Er waren nauwelijks geluiden te horen, alleen een paar Arabisch sprekende stemmen die vanuit de nabije steegjes opstegen, en af en toe de schelle kreten van meeuwen die over het strand vlogen.

'Praktisch alles in Madrid is gereed voor uw komst,' zei hij ten slotte.

Zijn Spaans was uitstekend. Ik reageerde niet. Ik had ook niets te zeggen; ik wilde alleen maar zijn instructies horen.

'We hebben een appartement gehuurd in de calle Núñez de Balboa, weet u waar dat is?'

'Ja. Ik heb daar in de buurt gewerkt.'

'Señora Fox zorgt voor de meubilering en de rest. Via tussenpersonen, uiteraard.'

'Ik begrijp het.'

'Ik weet dat ze u al op de hoogte heeft gebracht, maar ik denk dat het goed is dat ik het even herhaal. Kolonel Beigbeder en señora Fox bevinden zich momenteel in een uiterst netelige situatie. We verwachten allemaal het aftreden van de kolonel als minister; het ziet ernaar uit dat dat niet lang meer zal duren en het zal een betreurenswaardig verlies voor onze regering zijn. Op dit moment is de heer Serrano Súñer, de minister van Binnenlandse Zaken, op weg naar Berlijn; daar zal hij eerst een onderhoud hebben met Ribbentrop, de ambtgenoot van Beigbeder, en vervolgens met Hitler. Het feit dat de Spaanse minister van Buitenlandse Zaken niet aan die missie deelneemt en in Madrid is achtergebleven zegt voldoende over zijn huidige status. Zowel de kolonel als señora Fox werkt met ons samen en verschaft ons zeer interessante contacten. Dat alles uiteraard in het geheim. Beiden worden nauwgezet gevolgd door agenten van korpsen die niet direct tot onze vrienden behoren, om het eufemistisch te zeggen.'

'De Gestapo en de Falange,' preciseerde ik, me Rosalinda's woorden herinnerend.

'Ik hoor dat u goed geïnformeerd bent. Die zijn het inderdaad. We willen niet dat hetzelfde met u gebeurt, al garandeer ik niet dat we het kunnen voorkomen. Maar het is niet nodig op voorhand al te schrikken. In Madrid houdt iedereen iedereen in de gaten, iedereen wordt wel ergens van verdacht en niemand vertrouwt nog iemand, maar gelukkig voor ons is geduld ver te zoeken: iedereen lijkt heel veel haast te hebben, dus als ze niet binnen een paar dagen iets interessants hebben gevonden, vergeten ze hun doelwit en gaan over op het volgende. Merkt u echter dat u gevolgd wordt, laat het ons dan onmiddellijk weten en dan zullen wij uitzoeken wie het is. En, heel belangrijk: raak niet in paniek. Doe gewoon, probeer ze niet af te schudden of nerveus te worden, begrijpt u me?'

'Ik geloof van wel,' antwoordde ik zonder veel overtuiging.

'Señora Fox,' ging hij van onderwerp veranderend verder, 'trekt aan bepaalde touwtjes om uw komst voor te bereiden; ik meen dat ze zich al verzekerd heeft van een handvol potentiële cliënten. Daarom, en gezien het feit dat het herfstseizoen voor de deur staat, zou het opportuun zijn als u zich zo snel mogelijk in Madrid kunt vestigen. Wanneer denkt u dat te kunnen?'

'Wanneer u maar wilt.'

'Die instelling stel ik bijzonder op prijs. We zijn zo vrij geweest een vliegticket te regelen voor aanstaande dinsdag, komt dat u uit?'

Verholen legde ik mijn handen op mijn knieën; ik vreesde dat ze zouden gaan trillen.

'Ik zal klaarstaan.'

'Geweldig. Ik heb begrepen dat señora Fox u het doel van uw missie in grote lijnen al verteld heeft.'

'Min of meer.'

'Mooi, dan zal ik het u nu wat gedetailleerder uiteenzetten. Wat we in principe van u willen is dat u ons periodiek verslag uitbrengt over bepaalde Duitse dames, en ook over enkele Spaansen, van wie we verwachten dat ze spoedig tot uw cliëntèle zullen behoren. Zoals uw vriendin señora Fox u al verteld heeft, is de schaarste aan stoffen een groot probleem voor de Spaanse naaisters, en we weten uit de eerste hand dat een aantal dames in Madrid naarstig op zoek is naar iemand die zowel voor hen kan naaien als hun kan voorzien van stoffen. En daar gaat u een rol spelen. Als onze prognose juist is, zal uw medewerking heel belangrijk voor ons worden, gezien het feit dat onze contacten met de Duitse machthebbers in Madrid nihil en met de Spaanse praktisch nul zijn, met uitzondering van kolonel Beigbeder, en dat duurt niet lang meer, vrees ik. De informatie die we via u willen bemachtigen richt zich voornamelijk op gegevens over het doen en laten van leden van de Duitse gemeenschap in Madrid, en ook van enkele Spanjaarden met wie ze banden hebben. Het is voor ons absoluut onmogelijk hen stuk voor stuk individueel te volgen; daarom hadden we bedacht dat we wellicht via hun echtgenotes en vriendinnen een idee kunnen krijgen van hun contacten, relaties en activiteiten. Tot zover duidelijk?'

'Jazeker.'

'Onze voornaamste interesse gaat uit naar de sociale agenda van de Duitse gemeenschap: welke evenementen organiseren ze, met welke Spanjaarden en met welke Duitse landgenoten gaan ze om, waar komen ze bij elkaar en hoe vaak. Een groot deel van hun strategische activiteit vindt doorgaans plaats op besloten societyevenementen en niet op de werkvloer, op kantoor zeg maar, en we willen betrouwbare mensen infiltreren. Op die bijeenkomsten worden de nazi's meestal vergezeld door hun vrouw of vriendin en zij, daar gaan we van uit, moeten passend gekleed gaan. Daarom denken we dat u van tevoren informatie zult krijgen over de gelegenheden waarbij de dames uw creaties gaan dragen. Klopt dat, denkt u?'

'Ja. Het is heel gebruikelijk dat de cliënten daarover praten. Probleem is alleen dat mijn Duits zeer beperkt is.'

'Daar hebben we rekening mee gehouden. We hebben voorzien in enige assistentie. Zoals u zult weten is kolonel Beigbeder verscheidene jaren militair attaché in Berlijn geweest. Destijds werkte een Spaans echtpaar met twee dochters als kok op de ambassade, en blijkbaar kon de kolonel goed met hen overweg, heeft hij ze een paar keer bij problemen geholpen en voor de opleiding van de meisjes gezorgd. Kortom, ze gingen vriendschappelijk met elkaar om, tot het contact werd verbroken toen hij naar Marokko ging. Goed, toen deze familie, die al een paar jaar terug was in Spanje, hoorde dat de voormalige attaché tot minister was benoemd, namen ze weer contact met hem op en deden opnieuw een beroep op hem. De moeder is voor de oorlog uitbrak gestorven en de vader lijdt aan chronische astma en komt het huis bijna niet uit; politiek gezien is hij niet gemarkeerd, iets wat ons goed uitkomt. De vader heeft Beigbeder om werk voor zijn dochters gevraagd en wij gaan dat aanbieden, als u het ermee eens bent. Het gaat om twee meisjes, van zeventien en negentien, die vloeiend Duits spreken. Ik ken ze niet persoonlijk, maar señora Fox heeft beiden een paar dagen geleden gesproken en ze is heel tevreden. Ze heeft me gevraagd tegen u te zeggen dat u met hen in huis Jamila niet zo erg zult missen. Wie Jamila is weet ik niet, maar ik neem aan dat u haar boodschap begrijpt.'

Voor het eerst sinds ons gesprek glimlachte ik. 'Goed, als señora Fox ze acceptabel vindt, vind ik dat ook. Kunnen ze naaien?'

'Ik geloof van niet, maar ze kunnen u in huis helpen en misschien kunt u ze de beginselen van het naaiwerk bijbrengen. Houd er wel rekening mee dat deze meisjes niet mogen weten waar u zich heimelijk mee bezighoudt, dus moet u er iets op verzinnen om ze u te laten helpen als u zelf iets niet begrijpt, maar u mag hun het doel van uw belangstelling voor wat ze vertalen nooit of te nimmer kenbaar maken. Nog een sigaret?'

Hij haalde het pakje Craven A weer tevoorschijn en ik nam er nog een.

'Dat lukt me wel, maakt u zich geen zorgen,' zei ik nadat ik de rook traag had uitgeblazen.

'Dan gaan we verder. Zoals ik al zei willen we bovenal op de hoogte blijven van het sociale leven van de nazi's in Madrid. Maar we zouden bovendien hun bewegingen naar en contacten met Duitsland willen weten: of ze naar hun land reizen en met welk doel ze dat doen, of ze bezoek ontvangen, wie die bezoekers zijn, welke ontvangst ze voorbereiden... Kortom, alles wat maar interessant voor ons kan zijn.'

'En wat moet ik met die informatie doen, zodra ik die heb bemachtigd?'

'We hebben lang nagedacht over de manier waarop u ons die gegevens kunt doorspelen en we menen voorlopig een passende wijze gevonden te hebben. Misschien is het niet de definitieve vorm, maar we denken dat het de moeite van het proberen waard is. De SOE gebruikt meerdere coderingssystemen met een uiteenlopend veiligheidsniveau. Vroeg of laat weten de Duitsers die echter allemaal te kraken. Het is heel gebruikelijk codes gebaseerd op literaire werken te gebruiken, met name gedichten. Yeats, Milton, Byron, Tennyson. Welnu, we gaan iets anders proberen. Iets veel simpelers en tevens geschikter voor uw omstandigheden. Weet u wat morse is?'

'Dat van telegrammen?'

'Precies. Het is een code voor letters en cijfers middels lange en korte signalen, doorgaans auditieve signalen. Maar die auditieve signalen kennen ook een eenvoudige grafische voorstelling door middel van een simpel systeem van punten en korte horizontale streepjes. Kijk.'

Uit zijn koffertje haalde hij een middelgrote envelop en daaruit een soort kartonnen sjabloon. De letters van het alfabet en de cijfers van nul tot en met negen waren over twee kolommen verdeeld. Ernaast stond de corresponderende combinatie van puntjes en streepjes.

'Stelt u zich voor dat u een woord wilt doorgeven, Tanger, bijvoorbeeld. Doe het eens hardop.'

Ik raadpleegde de tabel en sprak de gecodeerde naam uit. 'Streepje. Punt streepje. Streepje punt. Streepje streepje punt. Punt. Punt streepje punt.'

'Perfect. Visualiseer het nu. Nee, beter nog, zet het op papier. Alstublieft, gebruik dit maar,' zei hij terwijl hij een zilveren vulpotlood uit zijn binnenzak haalde. 'Hier, op deze envelop.'

Ik schreef de zes letters op volgens de tabel: – .– –. ––. . .–.

'Heel goed. Kijk nu eens aandachtig. Doet het u ergens aan denken? Komt het u bekend voor?'

Ik bekeek het resultaat en glimlachte. Natuurlijk. Natuurlijk kwam het me bekend voor. Hoe kon iets wat ik mijn hele leven al deed me nou niet bekend voorkomen.

'Het zijn net steekjes,' antwoordde ik zacht.

'Precies,' beaamde hij. 'Daar wilde ik heen. Luister, het is onze bedoeling dat u alle informatie die u aan ons doorgeeft volgens dit systeem codeert. Vanzelfsprekend dient u de boodschap te comprimeren tot een minimum aan woorden, anders zou elke reeks oneindig lang worden. En ik wil dat u het zo doet voorkomen dat het resultaat net een patroon, een schets of iets in die geest is: alles wat maar met een naaister in verband gebracht kan worden zonder achterdocht te wekken. Het hoeft geen echt werk te zijn, maar moet het wel lijken, begrijpt u wat ik bedoel?'

'Ik geloof van wel.'

'Mooi, laten we de proef op de som nemen.'

Uit het koffertje haalde hij een map met blanco vellen papier; hij pakte er een, sloot de map en legde het vel op het leren oppervlak.

'Stel dat de boodschap is: "Diner ten huize van de barones van Petrino op 5 februari om acht uur. Gravin Ciano en haar echtgenoot zullen aanwezig zijn." Straks leg ik u wel uit wie dat zijn. Het eerste wat u moet doen is alle overbodige woorden schrappen: lidwoorden, voorzetsels en dergelijke. Op die manier wordt het bericht behoorlijk ingekort. Kijk: "Diner huize barones Petrino 5 februari 8 uur. Aanwezig gravin Ciano en echtgenoot." Van vierentwintig woorden zijn we naar dertien gegaan, een flinke besparing. En nu we de overtollige woorden eruit hebben gehaald, keren we de volgorde om. In plaats van de codering zoals gebruikelijk van links naar rechts te noteren, doen we dat van rechts naar links. En u begint altijd in de rechteronderhoek van het papier waarop u werkt, in stijgende lijn. Denk aan een klok die tien voor halfvijf aangeeft en stel u dan voor dat de wijzer achteruitloopt, volgt u me?'

'Ja, laat me het eens proberen.'

Hij gaf me de map, ik legde hem op mijn bovenbenen. Ik pakte het potlood en schetste een ogenschijnlijk vormeloze figuur die het merendeel van het papier besloeg. Rond aan de ene kant, recht aan de uiteinden. Onmogelijk thuis te brengen voor een ongeoefend oog.

'Wat is dat?'

'Wacht,' zei ik zonder op te kijken.

Ik maakte de schets af, drukte het potlood aan de binnenkant van de rechteronderhoek ervan en evenwijdig aan de contouren noteerde ik de letters in morsetekens, waarbij ik de punten door korte streepjes verving. Lang streepje, kort streepje, weer een lang streepje, nu twee korte streepjes. Toen ik klaar was, was de omtrek van de figuur aan de binnenzijde geborduurd met iets wat een onschuldige steek leek.

'Klaar?' vroeg hij.

'Nog niet.' Uit het naai-etuitje dat altijd in mijn tas zat haalde ik een schaartje en knipte daarmee de vorm uit, waarbij ik een rand van ongeveer een centimeter in acht nam.

'U zei toch dat u iets wilt dat bij een naaister past?' zei ik terwijl ik hem de uitgeknipte vorm overhandigde. 'Nou, hier hebt u het: het patroon van een pofmouw. Met het bericht erin.'

De rechte lijn van zijn opeengeklemde lippen plooide zich langzaam tot een bijna onmerkbaar glimlachje. 'Fantastisch,' mompelde hij.

'Als ik een bericht voor u heb, kan ik patronen van diverse delen maken. Mouwen, voorpanden, kragen, tailledelen, manchetten, zijpanden, afhankelijk van de lengte. Ik kan net zoveel patroondelen maken als berichten die ik moet doorgeven.'

'Fantastisch, fantastisch,' herhaalde hij op dezelfde toon met het uitgeknipte stuk papier in zijn hand.

'En nu moet u me vertellen hoe ik het u doe toekomen.'

Met een lichtelijk verbaasd gezicht bekeek hij mijn werk nog even. Ten slotte borg hij het op in zijn koffertje.

'Goed, laten we verdergaan. Het is onze bedoeling, zolang er geen tegenorder komt, dat u ons twee keer per week informatie doet toekomen. In principe op woensdag om vier uur 's middags en op zaterdagochtend. De levering dient op twee verschillende plaatsen te geschieden. En er zal in geen geval contact zijn tussen u en degene die het afhaalt.'

'Dat bent u niet?'

'Nee, als het enigszins kan niet. En zeker nooit op de plek waar de aflevering op woendag plaatsvindt. Daar zou ik ook een zware dobber aan hebben: het gaat namelijk om schoonheidssalon Rosa Zavala, naast het Palace. Op dit moment in Madrid de beste in zijn soort, althans het instituut met de beste reputatie onder de buitenlandse dames en de voornaamste Spaansen. U dient er vaste klant te worden en er regelmatig een bezoek te brengen. In feite is het heel wenselijk dat u vaste routines opbouwt zodat al uw bewegingen voorspelbaar zijn en gewoon lijken. Meteen rechts als u de salon binnenkomt, is een ruimte waar de cliënten hun tas, hoed en mantel deponeren. Een van de wanden is volledig ingericht met kleine eenpersoonskasten waarin de dames hun bezittingen kunnen achterlaten. U neemt altijd de laatste kast, in de hoek, naast de achterwand. Bij de entree zit doorgaans een niet al te snugger meisje: het is haar werk de cliënten te helpen met hun spulletjes, maar velen doen het zelf en wijzen haar hulp van de hand, dus valt het niet op als u dat ook doet; geef haar daarna een flinke fooi en ze zal tevreden zijn. Wanneer u de kastdeur opendoet om uw spullen erin te leggen, schermt deze uw lichaam bijna helemaal af zodat men uw bewegingen wel vermoedt, maar niemand echt kan zien wat u daarachter wel of niet doet. Op dat moment moet u datgene wat u voor ons hebt tevoorschijn halen, opgerold tot een koker. Dat kost u maar een paar seconden. U dient de koker op het bovenste schap neer te leggen. Duw hem goed naar achteren zodat hij van buitenaf niet zichtbaar is.'

'Wie haalt hem op?'

'Iemand van ons, betrouwbaar, maakt u zich geen zorgen. Iemand die diezelfde middag, heel kort nadat u bent weggegaan, naar de salon zal komen om haar haar te laten doen, zoals u even daarvoor ook hebt gedaan, en ze zal dezelfde kast nemen.'

'Wat als hij bezet is?'

'Dat gebeurt bijna nooit omdat het de achterste is. Maar mocht dat wel het geval zijn, dan neemt u die ernaast. En als die ook al bezet is, die daarvoor. En zo verder. Is alles duidelijk? Herhaal het alstublieft even voor me.'

'Kapsalon woensdag om vier uur. Ik neem de achterste kast, open de deur en terwijl ik mijn spullen erin leg, haal ik de koker met de patronen die ik u moet geven uit mijn tas of waar ik hem ook heb opgeborgen.'

'Doe er een lintje of elastiekje om. Sorry voor de onderbreking, ga door.'

'Ik leg de koker op de bovenste plank en geef hem een zetje tot hij de achterwand raakt. Vervolgens sluit ik de kast en laat ik mijn haar doen.'

'Heel goed. Dan gaan we nu naar de zaterdagse aflevering. Het is de bedoeling dat die plaatsvindt in het Pradomuseum. We hebben iemand van ons in de garderobe. Het handigst is als u met zo'n map die kunstenaars gebruiken naar het museum komt. Weet u welke ik bedoel?'

Ik herinnerde me de map die Félix voor zijn schilderles op de school van Bertuchi gebruikte. 'Jazeker, ik zorg ervoor dat ik er een krijg.'

'Prima. Neem die mee en stop er wat tekenbenodigdheden in: een schrift, potloden, nou ja, het gebruikelijke, u kunt het overal kopen. Verder moet u datgene wat u voor me hebt erin stoppen, nu in een open envelop van A4-formaat. Bevestig er met een speld een stukje gekleurde stof aan om hem herkenbaar te maken. Elke zaterdagmorgen om tien uur gaat u naar het museum; dat is heel gebruikelijk onder de buitenlanders die in de stad wonen. U arriveert met uw map met daarin uw materiaal en wat spullen die u identificeren, voor het geval er een controle plaatsvindt: eerdere tekeningen, schetsen van kleding, kortom, allerhande dingen die met uw gewone werk te maken hebben.'

'Goed. Wat doe ik met de map als ik bij het museum ben?'

'U geeft hem af bij de garderobe. Altijd samen met nog iets, een mantel, een regenjas, een kleine aankoop; het is de bedoeling dat u altijd meer afgeeft dan alleen de map zodat die niet meteen opvalt. Begeef u vervolgens naar een van de zalen, loop daar rustig rond, geniet van de schilderijen. Na een halfuur gaat u terug naar de garderobe en vraagt uw map. Ga ermee naar een zaal en blijf daar minstens nog een halfuur zitten tekenen. Kijk naar de kleding op de schilderijen, doe alsof u inspiratie opdoet voor uw nieuwe creaties; kortom, doe wat u het meest overtuigend lijkt, maar verzeker u er wel van dat de envelop eruit gehaald is. Is dat niet het geval, dan moet u op zondag teruggaan en de handelingen herhalen, al denk ik niet dat dat nodig zal zijn: de kapsalon is nieuw voor ons, maar het Prado hebben we al eerder gebruikt en altijd naar tevredenheid.'

'Hier weet ik evenmin wie de patronen meeneemt?'

'Altijd iemand van ons. Ons contact in de garderobe hevelt de envelop van uw map over naar een eigendom dat onze schakel diezelfde ochtend in bewaring heeft gegeven, dat is heel eenvoudig te doen. Hebt u trek?'

Ik keek op mijn horloge. Het was over enen. Ik wist niet of ik wel of geen honger had: ik was zo geconcentreerd geweest om elke lettergreep van de instructies op te nemen dat ik nauwelijks in de gaten had hoeveel tijd er verstreek. Ik keek weer naar de zee; de kleur leek veranderd. Al het andere was exact gelijk: het licht op de witte muren, de meeuwen, de Arabische stemmen op straat. Hillgarth wachtte mijn antwoord niet af.

'Vast wel. Komt u mee, alstublieft.'

39

We aten met z'n tweeën in een bijgebouw van de Amerikaanse Legatie, waar we kwamen door opnieuw een route vol gangen en trappen af te leggen. Onderweg legde hij me uit dat de vestiging het resultaat was van meerdere toevoegingen aan een oud hoofdgebouw; dat verklaarde het gebrek aan eenheid. Het vertrek waar we kwamen was niet echt een eetvertrek; het betrof een schaars gemeubileerd zaaltje met talrijke schilderijen van oude veldslagen in goudkleurige lijsten. De ramen, die ondanks de prachtige dag potdicht zaten, keken uit op een patio. In het midden van de ruimte was een gerecht van kalfsvlees voor twee personen klaargezet. Een ober met een militair kapsel serveerde ons het kort gebakken vlees met gepofte aardappel en salade. Op een bijzettafel zette hij twee bordjes gesneden fruit en een koffieservies neer. Zodra hij de wijn en het water had ingeschonken, vertrok hij en sloot de deur geruisloos achter zich. Daarna hervatten we ons gesprek.

'Wanneer u in Madrid aankomt logeert u een week in het Palace. We hebben een reservering op uw naam gemaakt, op uw nieuwe naam, bedoel ik. Eenmaal daar gaat u voortdurend in en uit, laat u uzelf zien. Bezoek winkels, ga naar uw nieuwe woning om er alvast aan te wennen. Maak wandelingen, ga naar de bioscoop, kortom, ga overal heen waar u zin in hebt. Met enkele restricties.'

'Welke?'

'Ten eerste: blijf binnen de grenzen van het voorname Madrid. Verlaat de chique zone niet en zoek geen contact met mensen die daar niet bij horen.'

'U zegt nu dat ik niet naar mijn voormalige wijk moet gaan en dat ik geen contact mag opnemen met oude vrienden en bekenden, klopt dat?'

'Correct. Niemand mag u met uw verleden in verband brengen. U bent nieuw in de hoofdstad, u kent niemand en niemand kent u. Mocht u toevallig iemand tegenkomen die u herkent, ontken dat dan in alle toonaarden. Wees aanmatigend als dat nodig is, zet alles in om te voorkomen dat men te weten komt dat u niet bent wie u pretendeert te zijn.'

'Daar zorg ik voor, wees gerust. En de tweede restrictie?'

'Geen enkel contact met personen met een Britse nationaliteit.'

'Bedoelt u daarmee dat ik Rosalinda Fox niet mag zien?' vroeg ik, zonder mijn teleurstelling te kunnen verbergen. Hoewel ik wist dat we onze vriendschap niet in het openbaar konden laten blijken, was ik ervan uitgegaan dat ik in besloten sfeer wel op haar steun kon rekenen, een beroep kon doen op haar ervaring en intuïtie als ik in de knel zat.

Hillgarth depte zijn mond met het servet terwijl hij het glas water naar zijn lippen bracht.

'Ik vrees dat dat het geval is, het spijt me. Haar noch andere Engelsen, met uitzondering van mezelf, en dan nog alleen als het strikt noodzakelijk is. Señora Fox is op de hoogte; mocht u elkaar toevallig ergens tegenkomen, dan weet ze dat ze u niet mag benaderen. En mijd ook de Amerikaanse onderdanen. Het zijn onze vrienden, u ziet wel hoe goed ze ons behandelen,' zei hij terwijl hij zijn armen spreidde als wilde hij het hele vertrek omvatten, 'maar helaas zijn ze niet zulke goede vrienden van Spanje en de asmogendheden, dus probeer ook uit hun buurt te blijven.'

'Goed,' stemde ik in. De restrictie Rosalinda niet regelmatig te mogen zien beviel me niet, maar ik wist dat ik me er in principe aan moest houden.

'En over openbare plaatsen gesproken: ik zou u er enkele willen aanbevelen waar u zich zeker moet laten zien,' ging hij verder.

'Vertel.'

'Uw hotel, het Palace. Het is er vergeven van de Duitsers, dus bedenk iets en blijf daar regelmatig heen gaan als u er niet meer logeert. Lunchen in de grillroom die erg in zwang is, daar iets drinken of afspreken met een cliënte. In het Nieuwe Spanje wordt het niet op prijs gesteld dat dames alleen uitgaan, roken, drinken of opvallend gekleed gaan. Maar bedenk dat u geen Spaanse meer bent, maar een buitenlandse uit een enigszins exotisch land die net in de hoofdstad is aangekomen, dus gedraag u volgens dat patroon. Ga ook dikwijls naar het Ritz, een ander nazinest. En, heel belangrijk, Embassy, de theesalon aan de paseo de la Castellana, kent u die?'

'Uiteraard,' antwoordde ik. Ik vertelde hem maar niet over de vele malen dat ik in mijn jeugd met mijn neus tegen de etalage gedrukt watertandend naar de uitgestalde lekkernijen had staan kijken. Slagroomtaarten versierd met aardbeien, amandelgebak met chocolade en crème, roombotergebakjes. Destijds had ik er niet van kunnen dromen dat het ooit binnen het bereik van mijn hand of mijn portemonnee zou liggen om daar naar binnen te gaan. Ironie van het leven: jaren nadien verzochten ze me dat etablissement zo vaak mogelijk te bezoeken.

'De eigenares, Margaret Taylor, is Iers en een goede vriendin. Embassy is op dit moment strategisch gezien zo ongeveer de interessantste plek van Madrid, want daar, in een ruimte van amper zeventig vierkante meter, komen ogenschijnlijk zonder wrijving zowel de leden van de asmogendheden als de geallieerden samen. Gescheiden, natuurlijk, elk bij zijn eigen groep. Maar het is niet ongewoon dat baron von Stohrer, de Duitse ambassadeur, er tegelijk is met de generale staf van het Britse diplomatencorps terwijl die hun thee met citroen drinken, of dat ikzelf schouder aan schouder aan de bar sta met mijn Duitse ambtgenoot. De Duitse ambassade is er praktisch tegenover en de onze ligt ook heel dichtbij, op de hoek van de Fernando el Santo en de Monte Esquinza. Behalve voor buitenlanders is Embassy ook de ontmoetingsplaats voor de Spaanse dames van adel: in Spanje vind je bijna nergens meer adellijke titels bij elkaar dan in Embassy op het uur van het aperitiefje. Deze aristocraten zijn merendeels monarchistisch en anglofiel, met andere woorden, over het algemeen staan ze aan onze kant en daardoor zijn ze als informatiebron van weinig waarde voor ons. Maar het zou goed zijn als u enkelen van hen als cliënt kunt krijgen, omdat ze tot de klasse dames behoren voor wie de Duitsen bewondering en respect hebben. De echtgenotes van de nieuwe Spaanse machthebbers zijn doorgaans van een heel andere soort: ze hebben geen flair, zijn veel zediger, kleden zich niet in haute couture, amuseren zich veel minder en brengen in de regel geen bezoekje aan Embassy om daar een champagnecocktail te drinken alvorens ze gaan lunchen, begrijpt u wat ik bedoel?'

'Ik krijg er wel een idee van.'

'Als we de pech hebben dat u met een serieus probleem te kampen krijgt, of u me dringend iets moet doorgeven, dan is Embassy de plaats waar u contact met me kunt opnemen, elke dag van de week om één uur 's middags. Je zou kunnen zeggen dat het de plek is waar ik heimelijk een aantal van onze agenten ontmoet: het etablissement is zo open en bloot dat het nauwelijks argwaan wekt. Voor ons contact gebruiken we een heel simpele code: als u me moet spreken, komt u binnen met uw tas aan uw linkerarm; als alles in orde is en u alleen een aperitiefje komt nemen, draagt u hem aan uw rechterarm. Onthoud: links, probleem; rechts, normaal. En als de situatie heel urgent is, laat dan uw tas bij binnenkomst nonchalant vallen, alsof u niet goed oplette.'

'Waar doelt u op met een heel urgente situatie?' vroeg ik. Ik voelde dat achter die zin, die ik niet helemaal begreep, iets zeer onwenselijks school.

'Directe bedreigingen. Zware druk. Fysieke agressie. Huisvredebreuk.'

'Wat zou u in dat geval voor me doen?' zei ik nadat ik de brok had weggeslikt die zich in mijn keel had gevormd.

'Dat hangt ervan af. We zouden de situatie analyseren en op grond van het risico handelen. In extreme gevallen blazen we de operatie af, brengen we u op een veilige plek onder en evacueren we u zo snel mogelijk. In minder ernstige situaties zouden we diverse manieren bestuderen om u te beschermen. U kunt er in elk geval zeker van zijn dat u altijd op ons kunt rekenen, dat we u nooit in de steek laten.'

'Mijn dank daarvoor.'

'Niet nodig, dat is ons werk,' antwoordde hij, geconcentreerd het laatste stuk vlees doorsnijdend. 'We rekenen erop dat alles goed verloopt; ons plan is heel veilig en het materiaal dat u ons gaat doorspelen houdt geen hoog risico in. Vooralsnog. Een nagerecht?'

Ditmaal wachtte hij evenmin mijn antwoord af; hij stond eenvoudigweg op, pakte onze borden, liep ermee naar de bijzettafel en kwam terug met de bordjes fruit. Ik sloeg zijn snelle precieze bewegingen gade, die eigen waren aan iemand voor wie efficiëntie vooropstond; aan iemand die niet gewend was een seconde van zijn tijd te verdoen of zich bezig te houden met futiliteiten en vaagheden. Hij ging weer zitten, prikte een stukje ananas aan zijn vork en vervolgde zijn aanwijzingen alsof er geen onderbreking was geweest.

'Mochten wij contact met u willen opnemen, dan gebruiken we twee kanalen. Het eerste is bloemisterij Bourguignon in de calle Almagro. De eigenaar, een Nederlander, is ook een goede vriend van ons. We zullen u bloemen sturen. Witte, misschien gele, lichtgekleurde in elk geval. Rode laten we over aan uw bewonderaars.'

'Zeer attent,' merkte ik ironisch op.

'Kijk het boeket goed na,' ging hij verder zonder zich aangesproken te voelen. 'Het bevat een bericht. Als het onschuldig is, zal het gewoon op een kaartje geschreven zijn. Lees het altijd meerdere malen, probeer te ontdekken of de ogenschijnlijk banale woorden een dubbele betekenis kunnen hebben. Indien het gecompliceerder ligt, gebruiken we dezelfde codering als u: omgekeerde morse op een lint dat de bloemen bijeenhoudt. Maak de strik los en lees de boodschap op dezelfde wijze als u ze schrijft, dat wil zeggen, van rechts naar links.'

'Begrepen. En het tweede kanaal?'

'Weer Embassy, nu echter niet het theehuis maar de bonbons. Mocht u onverwacht een doosje ontvangen, weet dan dat het van ons komt. We zorgen ervoor dat het betreffende bericht, eveneens in code, erin zit wanneer het de winkel verlaat. Bekijk het kartonnen doosje en het pakpapier nauwkeurig.'

'Wat een galanterie,' zei ik met een zweem van spot. Hij leek het niet te waarderen, of liet dat in elk geval niet blijken.

'Daar gaat het ook om: onschuldige mechanismen gebruiken voor de uitwisseling van vertrouwelijke informatie. Koffie?'

Ik had het fruit nog niet op, maar antwoordde instemmend. Hij vulde de kopjes nadat hij de bovenkant van een metalen kan had losgedraaid. Wonder boven wonder kwam er een hete vloeistof uit. Ik had geen flauw idee door welk snufje de koffie, die minstens al een uur eerder gezet was, heet ingeschonken kon worden.

'De thermoskan, een geweldige uitvinding,' deelde hij mee, als had hij mijn nieuwsgierigheid opgemerkt. Daarna haalde hij verscheidene dunne bristolmappen uit zijn koffertje en legde ze op een stapel voor zich. 'Zo meteen zal ik de belangrijkste personen introduceren van wie we meer willen weten. Mettertijd zal onze belangstelling voor deze dames kunnen groeien of afnemen. Verdwijnen zelfs, al betwijfel ik dat. Waarschijnlijk zullen we ook nieuwe namen toevoegen, u vragen of u een van hen intensiever wilt observeren, of achter bepaalde gegevens wilt zien te komen; kortom, al naar gelang het verloop van de zaken laten we u dat weten. Maar vooralsnog zijn dit de personen wier agenda we onverwijld willen kennen.'

Hij opende de eerste map en haalde er enkele getypte vellen uit. In de bovenhoek was met een metalen klemmetje een foto vastgemaakt.

'Barones van Petrino, Roemeense afkomst. Meisjesnaam: Elena Borkowska. Gehuwd met Hans Lazar, chef Pers en Propaganda van de

Duitse ambassade. Voor ons staat haar man boven aan de lijst als informatiedoelwit: het gaat om een invloedrijk persoon met heel veel macht. Hij is ontzettend gewiekst en heeft een uitstekende relatie met de Spanjaarden van het regime, vooral met de machtigste falangisten. Verder beschikt hij over excellente kwaliteiten voor publieke relaties; hij organiseert fantastische feesten in zijn paleisje aan de Castellana en hij heeft tientallen journalisten en zakenlieden omgekocht door ze te onthalen op etenswaren en likeuren die hij rechtstreeks uit Duitsland haalt. Voor het behoeftige Spanje van nu houdt hij er een schandalige levensstijl op na; hij is een levensgenieter en fervent liefhebber van antiquiteiten, het is meer dan waarschijnlijk dat hij de meest waardevolle stukken bemachtigt op grond van andermans honger. Ironisch genoeg is hij blijkbaar joods en van Turkse herkomst, iets waarover hij zwijgt als het graf. Zijn echtgenote is volledig in zijn onstuimige sociale leven opgenomen en ze is even praalzuchtig als hij bij hun constante verschijningen in het openbaar, vandaar dat we er niet aan twijfelen dat zij tot uw eerste cliënten zal behoren. We denken dat ze een van de dames is die u het meeste werk zullen bezorgen, zowel wat betreft kleding maken als ons informeren over hun doen en laten.'

Hij gunde me geen tijd om de foto te bekijken, want hij sloot de map meteen weer en schoof hem over het tafelkleed naar me toe. Ik wilde hem openen, maar hij hield me tegen.

'Bewaar dat maar voor later. U kunt al deze mappen vandaag meenemen. Leer de gegevens uit uw hoofd en vernietig de papieren en foto's zodra u ze gememoriseerd hebt. Verbrand alles. Het is een absolute vereiste dat deze dossiers niet in Madrid terechtkomen en dat niemand anders dan u van de inhoud kennisneemt, duidelijk?'

Voordat ik bevestigend kon antwoorden had hij de volgende al opengeslagen en ging verder.

'Gloria von Fürstenberg. Ondanks haar naam van Mexicaanse herkomst, wees heel voorzichtig met wat u in haar bijzijn zegt want ze verstaat alles. Ze is een spectaculaire schoonheid, heel elegant, weduwe van een Duitse aristocraat. Ze heeft twee kleine kinderen en haar financiële toestand is nogal rampzalig, met als gevolg dat ze continu op zoek is naar een nieuwe rijke echtgenoot of, als die niet voorhanden is, naar een willekeurige welgestelde naïeveling die haar kan onderhouden zodat ze haar grootse levensstijl kan handhaven. Daarom is ze altijd bij de machtigen in de buurt te vinden; men schrijft haar diverse minnaars toe, onder wie de ambassadeur van Egypte en de miljonair Juan March. Haar sociale activiteit is niet te stuiten, altijd aan de zijde van de nazigemeenschap. Zij zal u ook genoeg werk bezorgen, daar hoeft u niet aan te twijfelen, al kan ze wat laat zijn met het betalen van de rekeningen.'

Hij borg de papieren weer op en gaf ze aan me. Ik legde de map zonder hem te openen op de andere. Hij nam de derde.

'Elsa Bruckmann, geboren prinses van Cantacuceno. Miljonaire, fervent bewonderaarster van Hitler, al is ze veel ouder dan hij. Men zegt dat zij hem heeft geïntroduceerd in de pompeuze Berlijnse society. Ze heeft een waar fortuin aan de nazizaak gedoneerd. De laatste tijd is ze woonachtig in Madrid en verblijft ze in de ambassadeurswoning, de reden daarvan is ons niet bekend. Ze lijkt het echter enorm naar haar zin te hebben en laat geen societyevenement aan zich voorbijgaan. Ze staat bekend als enigszins excentriek en nogal loslippig; ze kan een open boek blijken om relevante informatie te bemachtigen. Nog koffie?'

'Graag, maar laat mij die inschenken. Gaat u verder, ik luister.'

'Goed, dank u. De laatste Duitse: gravin Mechthild Podewils, lang, knap, rond de dertig, gescheiden, innig bevriend met Arnold, een van de belangrijkste spionnen die in Madrid actief zijn, en met een hoge functionaris van de SS met de achternaam Wolf, die zij meestal liefkozend Wölfchen noemt. Ze onderhoudt uitstekende contacten met zowel Duitsers als Spanjaarden; laatstgenoemden behoren op hun beurt tot de aristocratie en de regeringskringen, onder wie Miguel Primo de Rivera y Sáenz de Heredia, de broer van José Antonio, de oprichter van de Falange. Ze is op en top een nazi-agente, al heeft ze dat zelf misschien niet door. Zoals ze almaar verkondigt, begrijpt ze geen snars van politiek of spionage, maar ze betalen haar vijftienduizend peseta per maand om alles wat ze hoort door te geven, en dat is een waar fortuin in het huidige Spanje.'

'Daar twijfel ik niet aan.'

'Dan gaan we nu over tot de Spaanse dames. Piedad Iturbe von Scholtz, Piedita voor haar vrienden. Markiezin van Belvís de las Navas en echtgenote van prins Max zu Hohenlohe-Langenburg, een rijke Oostenrijkse grootgrondbezitter, wettig lid van de Europese koningshuizen, hoewel hij zijn halve leven al in Spanje woont. In principe steunt hij de Germaanse zaak vanwege zijn vaderland, maar hij onderhoudt ook volop contacten met ons en met de Amerikanen omdat we zakelijk gezien interessant voor hem zijn. Beiden zijn kosmopoliet en kunnen zich blijkbaar absoluut niet in de waanzin van de Führer vinden. Ze vormen werkelijk een heel charmant en in Spanje graag gezien paar, maar we kunnen ook stellen dat ze tussen water en wind in zitten. We willen ze in de gaten houden om te weten of ze meer naar de Duitse kant dan naar de onze overhellen, begrijpt u?' vroeg hij terwijl hij de desbetreffende map dichtsloeg.

'Ik begrijp het.'

'En als laatste van de zeer gewenste personen Sonsoles de Icaza, markiezin van Llanzol. Ze is de enige bij wie onze interesse niet haar echtgenoot betreft, een militair en aristocraat die dertig jaar ouder is dan zij, maar haar minnaar: Ramón Serrano Súñer, minister van Binnenlandse Zaken en secretaris-generaal van de Movimiento. De minister van de As, noemen we hem.'

'De zwager van Franco?' vroeg ik verbaasd.

'In eigen persoon. Ze hebben nogal ongegeneerd een relatie, vooral van haar kant schaamteloos, want zij loopt open en bloot en zonder enige terughoudendheid te koop met haar romance met de op een na machtigste man van Spanje. Het is een even stijlvolle als hooghartige vrouw met een heel sterk karakter, dus pas op. Maar alle informatie die u via haar kunt bemachtigen over de handel en wandel en contacten van Súñer die niet publiekelijk bekend zijn, zou voor ons van onschatbare waarde zijn.'

Ik verhulde mijn verbazing toen ik dit alles aanhoorde. Ik wist dat Serrano een galante heer was, dat had hij me zelf laten zien toen hij de poederdoos opraapte die ik voor zijn neus had laten vallen, maar hij leek me toen ook een discrete, gereserveerde man; het kostte me moeite hem te zien als de hoofdpersoon van een scandaleuze buitenechtelijke relatie met een oogverblindende dame van hoge komaf.

'Ons rest nog een laatste map met gegevens over verscheidene personen,' ging Hillgarth verder. 'Volgens ons is het minder waarschijnlijk dat de echtgenotes van de hier genoemden meteen naar een chic atelier zullen snellen zodra dat geopend wordt, maar het kan geen kwaad hun naam in uw geheugen op te slaan voor het geval dat. En leer bovenal de namen van hun echtgenoten uit uw hoofd, want zij zijn ons ware doelwit. Hoogstwaarschijnlijk komen ze ook ter sprake in de gesprekken van uw cliënten, wees dus alert. Ik begin, ik lees ze snel voor, straks kunt u dit alles zelf wat rustiger doornemen. Paul Winzer, in Madrid de belangrijkste man van de Gestapo. Ontzettend gevaarlijk; hij wordt zelfs door veel van zijn landgenoten gevreesd en gehaat. In Spanje is hij de handlanger van Himmler, het hoofd van de Duitse geheime dienst. Nog geen veertig, maar door de wol geverfd. Afwezige blik, rond brilletje. Hij heeft tientallen agenten over heel Madrid verspreid zitten, dus wees op uw hoede. Volgende: Walter Junghanns, een van onze grootste nachtmerries. Hij is de belangrijkste saboteur van ladingen Spaans fruit met als bestemming Groot-Brittannië: hij legt bommen die al verscheidene werknemers het leven hebben gekost. Volgende: Karl Ernst von Merck, vooraanstaand lid van de Gestapo met veel invloed in de nazipartij. Volgende: Johannes Franz Bernhardt, zakenman...'

'Die ken ik.'

'Pardon?'

'Ik ken hem van Tétouan.'

'U kent hem... hoe goed?' vroeg hij langzaam.

'Niet goed. Eigenlijk helemaal niet. Ik heb nooit met hem gesproken, maar we waren allebei op een receptie toen Beigbeder hoge commissaris was.'

'Kent hij u? Zou hij u in een openbare ruimte herkennen?'

'Dat betwijfel ik. We hebben nooit een woord gewisseld en ik geloof niet dat hij zich dergelijke ontmoetingen herinnert.'

'Hoe weet u dat?'

'Gewoon. Wij vrouwen hebben heel goed door wanneer een man geïnteresseerd naar ons kijkt of wanneer hij ons als een meubelstuk ziet.'

Hij was een tijdje stil en dacht daar blijkbaar over na.

'Vrouwenpsychologie, neem ik aan,' zei hij toen sceptisch.

'Ongetwijfeld.'

'En zijn echtgenote?'

'Ik heb ooit een pakje voor haar gemaakt. U hebt gelijk, ze zou nooit in de groep van bijzonder verfijnde dames passen. Ze is niet het type dat het erg vindt kleding van het vorige seizoen te dragen.'

'Denkt u dat ze zich u zal herinneren, dat ze u zal herkennen als u elkaar ergens tegenkomt?'

'Ik weet het niet. Ik denk van niet, maar dat kan ik u niet garanderen. En al zou dat wel zo zijn, dan lijkt het me nog niet problematisch. Mijn leven in Tétouan is niet in tegenspraak met wat ik van nu af aan ga doen.'

'Geloof dat maar niet. Daar was u een vriendin van señora Fox, en bij uitbreiding verwant aan kolonel Beigbeder. In Madrid mag niemand dat weten.'

'Maar tijdens de openbare plechtigheden was ik bijna nooit bij hen en ik zou niet weten hoe Bernhardt en zijn vrouw op de hoogte moeten zijn van onze privéontmoetingen. Maakt u zich geen zorgen, ik denk niet dat er problemen zullen rijzen.'

'Dat hoop ik. In elk geval staat Bernhardt aan de zijlijn wat kwesties van de inlichtingendienst betreft: hij zit in zaken. Hij is een stroman van de naziregering in een uiterst complex web van Duitse maatschappijen die in Spanje opereren: transportbedrijven, banken, verzekeringsmaatschappijen...'

'Heeft hij iets te maken met de firma HISMA?'

'HISMA, Hispano-Marroquí de Transportes, die werd te klein voor hen toen ze de sprong naar het Schiereiland maakten. Ze werken nu onder de vlag van een groter bedrijf, SOFINDUS. Maar vertel, waar kent u HISMA van?'

'Ik hoorde er tijdens de oorlog over praten in Tétouan,' antwoordde ik vaag. Het was niet het moment om over de transactie van Bernhardt met Serrano Súñer te praten; dat lag al ver achter ons.

'Bernhardt,' vervolgde hij, 'heeft een heel peloton tipgevers omgekocht, maar hij is altijd op jacht naar zakelijk interessante informatie. Laten we er maar op vertrouwen dat u elkaar nooit zult ontmoeten; in feite woont hij niet eens in Madrid, maar aan de oostkust. Men beweert dat Serrano Súñer daar in eigen persoon een huis voor hem heeft gekocht, als dank voor verleende diensten; of dat waar is weten we niet. Goed, nog één heel belangrijk punt wat hem betreft.'

'Zegt u het maar.'

'Wolfraam.'

'Hoe zegt u?'

'Wolfraam,' herhaalde hij. 'Een uiterst belangrijk mineraal voor de vervaardiging van componenten voor de oorlogsartillerie, onder meer pantserstaal en projectielen. We denken dat Bernhardt onderhandelingen met de Spaanse regering voert om mijnconcessies in Galicië en Extremadura te krijgen, en dat hij kleine vindplaatsen wil bemachtigen door ze rechtstreeks van de eigenaar te kopen. Ik betwijfel of ze daar in uw atelier over zullen praten, maar mocht u hier iets over horen, laat het me dan onverwijld weten. Onthoud: wol-fraam. Soms wordt het ook wel tungsteen genoemd. Hier staat het, in het deel over Bernhardt,' zei hij terwijl hij met zijn vinger op het papier tikte.

'Ik zal erop letten.'

We staken nog een sigaret op.

'Goed, dan gaan we nu over tot de af te raden zaken. Bent u moe?'

'In het geheel niet. Gaat u verder, alstublieft.'

'Wat de cliënten betreft is er een kleine groep die u absoluut dient te mijden: de ambtenaressen van de nazidiensten. Ze zijn gemakkelijk te herkennen: ze zijn zeer opzichtig en arrogant, doorgaans zwaar opgemaakt en geparfumeerd, en pronkerig gekleed. In feite gaat het om vrouwen van lage komaf met een geringe scholing, maar in het huidige Spanje is hun loon astronomisch en ze geven het snoevend uit. De vrouwen van de nazikopstukken kijken op hen neer en zelf durven ze, ondanks hun ogenschijnlijke verwaandheid, amper te kuchen in het bijzijn van hun superieuren. Als ze bij uw atelier opduiken, wijs hun dan zonder meer de deur: ze zijn niet goed voor u, ze zouden de gewenste cliënten afschrikken.'

'Dat zal ik doen, maakt u zich geen zorgen.'

'Wat openbare ruimten betreft ontraden we u etablissementen als Chicote, Riscal, Casablanca of Pasapoga. Daar wemelt het van de nieuwe rijken, smokkelaars, omhooggevallen arrivisten van het regime en mensen uit de showbizz, in uw situatie verkeerd gezelschap. Beperk u zo veel mogelijk tot de hotels die ik al eerder heb genoemd, Embassy en andere veilige plekken, zoals de Club Puerta de Hierro of de sociëteit Casino. En mocht u uitnodigingen ontvangen voor etentjes of feesten met Duitsers in besloten sfeer, neem die dan onmiddellijk aan.'

'Dat zal ik doen,' antwoordde ik. Ik vertelde hem maar niet dat ik het sterk betwijfelde of iemand me ooit zou vragen naar al die genoemde plaatsen te komen.

Hij keek op zijn horloge en ik deed hetzelfde. Het licht in de kamer was schaars geworden, de naderende avond was voelbaar. Geen enkel geluid om ons heen, slechts de sterke geur van gebrek aan ventilatie. Het was over zevenen, we zaten al vanaf 's morgens tien uur bij elkaar. Hillgarth had al die tijd informatie gespuid als een kraan die maar niet werd dichtgedraaid, en ik had die via al mijn poriën opgenomen, mijn oren, neus en mond gereedgehouden om zelfs het kleinste detail te absorberen; ik had op de gegevens gekauwd, ze doorgeslikt en me ingespannen om de woorden die hij spuide tot in de laatste millimeter van mijn lijf te laten doordringen. De koffie was al een hele tijd op en de asbak puilde uit met peuken.

'We gaan er een eind aan maken,' kondigde hij aan. 'Ik heb alleen nog enkele adviezen. Het eerste is er een van señora Fox. Ze vroeg me tegen u te zeggen dat u zowel in uw verschijning als met uw creaties gedurfd en gewaagd moet proberen te zijn, of juist in pure eenvoud op en top elegant. Ze adviseert u in elk geval het conventionele links te laten liggen en ook zeker niet ergens in het midden te gaan zitten, anders loopt u volgens haar het risico dat uw atelier overspoeld wordt door deftige dames van het regime die zedige mantelpakjes voor de zondag bestellen om daarin gehuld met man en kinderen naar de mis te gaan.'

Ik glimlachte. Rosalinda, de vos, slim en geestig, zelfs in haar berichten vanuit de afwezigheid.

'Gezien van wie dat advies komt, zal ik het blindelings opvolgen,' verzekerde ik.

'En nu tot slot onze suggesties. Ten eerste: lees de kranten, stel u op de hoogte van de politieke situatie, zowel van de Spaanse als van de buitenlandse, maar houd wel in uw achterhoofd dat alles wat u leest verdraaid is ten voordele van de Duitse zaak. Ten tweede: verlies nooit uw kalmte. Stap in uw rol en overtuig uzelf ervan dat u bent wie u bent en niemand anders. Gedraag u zelfverzekerd en zonder vrees. We kunnen u geen diplomatieke onschendbaarheid bieden, maar ik garandeer u dat u te allen tijde, wat er ook gebeurt, beschermd zult worden. Onze derde en laatste wenk: wees uiterst voorzichtig wat uw privéleven aangaat. Een alleenstaande mooie buitenlandse zal zeer aantrekkelijk blijken voor allerhande veroveraars en opportunisten. U kunt zich niet voorstellen hoeveel vertrouwelijke informatie op onverantwoordelijke wijze door nonchalante agenten is onthuld op momenten van hartstocht. Wees op uw hoede en vertel niemand, echt niemand, ook maar iets van wat u hier hebt gehoord.'

'Dat zal ik niet doen, daar kunt u zeker van zijn.'

'Uitstekend. We vertrouwen op u en we gaan ervan uit dat uw missie bevredigende resultaten zal opleveren.'

Toen begon hij zijn papieren te verzamelen en ze in zijn koffertje te ordenen. Het moment dat ik de hele dag al met vrees tegemoet had gezien was aangebroken: hij maakte aanstalten te vertrekken en ik moest me inhouden hem niet te smeken bij me te blijven, verder te praten en me meer instructies te geven, niet tegen hem te zeggen dat hij me niet zo snel alleen moest laten zwemmen. Maar hij keek niet meer naar me, daarom merkte hij mijn reactie waarschijnlijk niet op. Hij bewoog zich in hetzelfde ritme als waarmee hij in de voorgaande uren een voor een zijn zinnen had geuit: snel, direct, methodisch, meteen tot de kern van de zaak doordringend zonder een seconde aan futiliteiten te verdoen. Terwijl hij zijn laatste spulletjes wegborg, gaf hij me nog enkele raadgevingen.

'Vergeet niet wat ik u heb gezegd over de dossiers: bestudeer ze en vernietig ze daarna onmiddellijk. Iemand brengt u nu naar een zijuitgang; daar vlakbij wacht een auto die u naar huis brengt. Hier hebt u uw vliegticket en een bedrag voor de eerste uitgaven.'

Hij overhandigde me twee enveloppen. De eerste, een dunne, bevatte mijn geloofsbrief om het luchtruim naar Madrid te mogen doorkruisen. De tweede, een dikke, was gevuld met een flinke stapel bankbiljetten. Hij sprak verder terwijl hij behendig de sluitingen van zijn attachékoffertje dichtklikte.

'Dit bedrag zal uw aanvangskosten dekken. Uw verblijf in het Palace en de huur van uw nieuwe atelier komen voor onze rekening; dat alles is al afgehandeld, evenals het loon van de meisjes die voor u gaan werken. De opbrengst van uw werkzaamheden zal geheel voor u zijn. Mocht u echter meer liquide middelen nodig hebben, laat het ons dan onverwijld weten. De kraan voor deze operaties staat altijd open; problemen van financiële aard zijn er in het geheel niet.'

Ik was inmiddels ook klaar. De mappen hield ik beschermend tegen mijn borst gedrukt, alsof ze het kind waren dat ik jaren eerder was verloren in plaats van een stapel gegevens over ongewenste elementen. Mijn hart bleef op zijn plek, gehoorzamend aan de innerlijke bevelen die ik het had gegeven om niet naar mijn keel te vliegen en me te verstikken. Ten slotte stonden we op van de tafel waarop slechts de onschuldige resten waren achtergebleven van wat een langdurig natafelen leek: lege kopjes, een volle asbak en twee weggeschoven stoelen. Alsof daar gewoon een aangenaam samenzijn had plaatsgevonden van twee vrienden die elkaar ontspannen en al rokend hadden bijgepraat over hun respectieve leven. Met dit verschil dat kapitein Hillgarth en ik geen vrienden waren. En dat geen van beiden zich ook maar in het minst interesseerde voor het verleden van de ander, zelfs niet voor het heden. Ons hield uitsluitend de toekomst bezig.

'Eén kleinigheid nog,' merkte hij op.

We stonden op het punt te vertrekken, hij had zijn hand al op de deurklink. Hij trok hem terug en keek me vanonder zijn zware wenkbrauwen strak aan. Ondanks onze lange sessie zag hij er nog net zo uit als vroeg in de morgen: zijn stropdas onberispelijk gestrikt, de manchetten van zijn overhemd staken smetteloos uit de mouwen van zijn jasje, geen haartje zat verkeerd. Zijn uitdrukking bleef onverstoorbaar, niet bijzonder gespannen noch bijzonder ontspannen. Het perfecte beeld van iemand die zich zeer beheerst in alle situaties kon gedragen. Hij liet zijn stem dalen tot een hees gefluister.

'U kent mij niet en ik ken u niet. We hebben elkaar nooit gezien. En wat uw plaatsing bij de Britse geheime dienst betreft, bent u voor ons vanaf heden niet langer de Spaanse staatsburger Sira Quiroga noch de Marokkaanse Arish Agoriuq. U zult slechts een speciaal agent van de SOE zijn met de codenaam Sidi en met Spanje als operatiebasis. De minst conventionele van onze recente aanwinsten, maar, inmiddels zonder twijfel, een van ons.'

Hij stak zijn hand uit. Krachtig, kil, ferm. De krachtigste, de kilste, de fermste hand die ik ooit had geschud.

'Succes, agent. We houden contact.'

40

Niemand, afgezien van mijn moeder, wist de werkelijke reden van mijn plotselinge vertrek. Niet mijn cliënten, zelfs Félix en Candelaria niet: ik misleidde iedereen onder het voorwendsel dat ik naar Madrid ging om onze oude woning leeg te halen en enkele kwesties af te handelen. Later zou mijn moeder wel kleine leugentjes verzinnen die mijn lange afwezigheid rechtvaardigden: zakelijke perspectieven, een tegenvaller, misschien een nieuwe verloofde. We waren niet bang dat iemand een complot zou vermoeden of dingen met elkaar in verband bracht: hoewel de transport- en communicatiekanalen weer volop werkten, was het contact tussen de hoofdstad van Spanje en Noord-Afrika nog zeer beperkt.

Wat ik echter wel wilde was afscheid nemen van mijn vrienden en hun zonder woorden vragen of ze me succes wilden wensen. Daartoe organiseerden we een etentje op mijn laatste zondag in Tétouan. Candelaria kwam, op haar manier deftig gekleed en met een hoge 'leve Spanje-knot' die stijf stond van de lak, een snoer valse parels en gehuld in de japon die we een paar weken eerder voor haar hadden gemaakt. Félix stak samen met zijn moeder de gang over; hij had zich onmogelijk van haar kunnen ontdoen. Ook Jamila was erbij: ik zou haar missen, als een jonger zusje. We proostten met wijn en spuitwater, en we namen afscheid met klinkende zoenen en welgemeende wensen voor een goede reis. Pas toen ze vertrokken en ik de deur achter hen sloot drong het tot me door hoezeer ik hen zou missen.

Bij commissaris Vázquez paste ik dezelfde strategie toe, maar ik wist meteen dat mijn leugen geen kans van slagen had. Hoe had ik hem ook om de tuin kunnen leiden; hij was immers bekend met die niet-afgeronde kwesties aldaar en met de paniek die me had overvallen om ze het hoofd te moeten bieden. Hij was de enige die vermoedde dat achter mijn onschuldige verplaatsing iets gecompliceerders school, iets waarover ik niet kon praten. Niet met hem, niet met wie dan ook. Misschien drong hij daarom niet aan. In feite zei hij bijna niets: hij beperkte zich er als altijd toe om me met zijn felle ogen aan te kijken en gaf me de raad voorzichtig te zijn. Daarna liep hij met me mee naar de uitgang om als paraplu te fungeren voor het obscene gekwijl van zijn ondergeschikten. In de deuropening van het bureau namen we afscheid. Tot wanneer? Geen van beiden wist het. Misschien tot snel. Misschien tot nooit.

Behalve de stoffen en verdere naaibenodigdheden kocht ik een flink aantal tijdschriften en Marokkaans ambachtswerk, met het idee mijn Madrileense atelier een exotisch tintje te geven dat paste bij mijn nieuwe naam en mijn veronderstelde verleden van prestigieuze naaister uit Tanger. Dienbladen van geciseleerd koper, lampen met glas in duizend kleuren, zilveren theepotten, enkele stukken keramiek en drie grote berberkleden. Een stukje Afrika midden op de kaart van het uitgeputte Spanje.

Toen ik voor het eerst het grote appartement in de Núñez de Balboa betrad was alles gereed, verwachtte het me. De muren satijnwit geschilderd, de eikenhouten vloer glanzend geboend. De indeling en inrichting waren een replica in het groot van mijn woning in de Sidi Mandri. Het eerste deel bestond uit drie opeenvolgende, met elkaar verbonden salons, wat afmetingen betrof een verdrievoudiging van mijn voormalige ontvangstsalon. De plafonds oneindig veel hoger, de balkons veel voornamer. Ik opende de deur van een ervan, maar toen ik buiten stond begroetten me niet de Dersa, noch het Gorguesbergmassief, noch een briesje met de vleug van oranjebloesem en jasmijn, noch de witgekalkte muren van de buren, noch de stem van de muezzin die vanuit de minaret opriep tot het gebed. Halsoverkop sloot ik de deur en sneed de melancholie de pas af. Ik liep verder. Opgestapeld in het achterste van de drie hoofdvertrekken bevonden zich de rollen stof die ik uit Tanger had laten komen, prachtige dupion zijde, guipure-kant, mousseline en chiffon in alle denkbare tinten, herinnerend aan het zand op het strand tot allerhande nuances rood, vuurrood, rozerood en koraalrood, en alle mogelijke schakeringen blauw tussen die van de hemel op een zomerochtend en die van de onstuimige zee op een stormachtige avond. De twee paskamers leken tweemaal zo groot door het effect van de imposante driedelige spiegels in met bladgoud versierde lijsten. Het atelier besloeg net als in Tétouan het middendeel, alleen was het veel ruimer. Een grote kniptafel, strijkplanken, naakte paspoppen, garen en andere naaibenodigdheden, het gebruikelijke. Achterin was mijn woonruimte: immens, buitensporig, tien keer zo groot als ik nodig had. Ik herkende Rosalinda's hand in de hele indeling. Alleen zij wist hoe ik werkte, hoe ik mijn huis, mijn spullen, mijn leven had georganiseerd.

In de stilte van mijn nieuwe verblijfplaats klopte opnieuw dezelfde vraag op de deur van mijn geweten die de voorgaande weken almaar door mijn hoofd had gedreund: waarom, waarom, waarom? Waarom had ik ermee ingestemd, waarom stortte ik me in dat onzekere en ver van mijn bed staande avontuur, waarom? Een antwoord had ik niet. Geen afdoend antwoord althans. Misschien deed ik het uit loyaliteit aan Rosalinda. Misschien dacht ik dat ik het mijn moeder en mijn land verschuldigd was. Misschien deed ik het voor niemand, of alleen voor mezelf. In elk geval had ik gezegd: 'Goed dan, vooruit', bij mijn volle bewustzijn en met de belofte aan mezelf die opdracht vastberaden en zonder twijfels, zonder voorbehoud en zonder aarzeling uit te voeren. En hier was ik, verkende ik de habitat van de niet-bestaande Arish Agoriuq, gehuld in haar persoonlijkheid liep ik met ferme pas de trappen af, stijlvol gekleed en klaar om de meest bedrieglijke naaister van heel Madrid te worden. Angst? Jazeker, met alle angst van de wereld in mijn buik. Maar in het gareel. Getemd. Onder controle.

Via de portier van het pand bereikte me de eerste boodschap. De meisjes in mijn dienst zouden zich de volgende morgen aandienen. Ze arriveerden samen, Dora en Martina, ze scheelden twee jaar. Ze waren eender en verschillend tegelijk, vulden elkaar aan. Dora had een mooiere bouw, Martina won in gelaatstrekken. Dora leek slimmer, Martina zachter. Beiden bevielen me. Waar ik daarentegen niet blij mee was, was hun miserabele kleding, hun uitgehongerde gezicht en de schuwheid die ze uitstraalden. Die drie zaken konden gelukkig al spoedig worden verholpen. Ik nam hun maten en had binnen de kortste keren enkele elegante uniformen voor elk meisje klaar: de eersten voor wie ik het arsenaal aan stoffen uit Tanger gebruikte. Met een stel bankbiljetten uit de envelop van Hillgarth stuurde ik ze naar de markt La Paz om een voorraad levensmiddelen in te slaan.

'Wat moeten we halen, señorita?' vroegen ze met ogen als schoteltjes.

'Wat jullie maar kunnen vinden. Ik heb gehoord dat er vrijwel niets te krijgen is. Dus wat jullie maar tegenkomen, jullie zeiden toch dat je kon koken? Vooruit dan, eropaf.'

Het duurde een tijd voor hun schroom verdween, maar stilaan werd die minder. Waar waren ze bang voor, wat had ervoor gezorgd dat ze zo in zichzelf gekeerd waren? Alles. Werken voor de buitenlandse uit Afrika die ik verondersteld werd te zijn, het imposante gebouw waarin mijn nieuwe domicilie lag, de angst dat ze hun weg niet konden vinden in een mondain naaiatelier. Geleidelijk wenden ze echter aan hun nieuwe leven, aan het huis en de dagelijkse bezigheden, aan mij. Dora, de oudste, bleek aanleg voor naaien te hebben en ze begon me al snel te helpen. Martina had daarentegen meer weg van Jamila en van mijzelf in mijn jeugdjaren: zij hield van de straat, de boodschappen, van het voortdurende komen en gaan. Samen deden ze de huishouding; ze waren efficiënt en discreet, goede meisjes, zoals men destijds zei. Soms hadden ze het over Beigbeder; ik liet nooit merken dat ik hem kende. Don Juan, noemden ze hem. Ze spraken vol genegenheid over hem: ze associeerden hem met Berlijn, met een verleden tijd waaraan ze nog vage herinneringen en de taal bewaarden.

Alles verliep volgens Hillgarths verwachtingen. Zo ongeveer. De eerste cliënten dienden zich aan; sommige hadden we verwacht, andere niet. Gloria von Fürstenberg opende het seizoen, beeldschoon, majestueus, haar donkere haren vastgemaakt in dikke vlechten die in haar nek een zwarte kroon vormden, als een Azteekse godin. Haar ogen vonkten toen ze mijn stoffen zag. Ze bekeek ze, bevoelde en taxeerde ze, vroeg naar prijzen, wees sommige meteen van de hand en hield andere keurend voor haar lichaam. Geroutineerd koos ze de stoffen die haar het best stonden uit de niet al te dure categorie. Ook bladerde ze met een geoefend oog de tijdschriften door en stopte even bij de modellen die het best bij haar lichaam en stijl pasten. De Mexicaanse met de Duitse achternaam wist heel goed wat ze wilde en vroeg me niet eenmaal om advies, dus nam ikzelf ook niet de moeite haar dat te geven. Uiteindelijk koos ze een tuniek van chocoladebruine organza en een avondmantel van ottoman. De eerste keer kwam ze alleen en spraken we Spaans. Voor de eerste pasbeurt bracht ze een vriendin mee, Anka von Fries, die me opdracht gaf voor een lange japon van crêpe georgette en een cape van robijnrood fluweel, afgezet met struisvogelveren. Zodra ik ze Duits met elkaar hoorde praten, sommeerde ik Dora te komen. Goed gekleed, goed gevoed en goed gekapt vertoonde het meisje geen spoor meer van het bange musje dat zich een paar weken eerder samen met haar zus had aangediend: ze was veranderd in een bevallige zwijgzame assistente die in gedachten aantekeningen maakte van alles wat haar oren opvingen en om de paar minuten wegglipte om de bijzonderheden in een schrift te noteren.

'Ik houd graag een uitgebreid register van al mijn cliënten bij,' had ik tegen haar gezegd. 'Ik wil graag begrijpen wat ze zeggen zodat ik weet waar ze heen gaan, met wie ze omgaan en welke plannen ze hebben. Op die manier kan ik wellicht nieuwe cliënten aantrekken. Wat ze in het Spaans zeggen houd ik zelf bij, maar het Duits komt voor jouw rekening.'

Als dat op de voet volgen van de cliëntèle Dora al bevreemdde, dan liet ze dat niet merken. Waarschijnlijk dacht ze dat het heel redelijk was, gebruikelijk in de bedrijfstak die geheel nieuw voor haar was. Maar dat was het niet, absoluut niet. Letter voor letter de namen, functies, plaatsen en data optekenen die uit de mond van de cliënten vloeiden, was geen normale taak, maar wij deden het elke dag, toegewijd en methodisch als ijverige leerlingen. Later, 's avonds, nam ik mijn eigen en Dora's aantekeningen door, filterde de gegevens eruit waarvan ik dacht dat ze interessant konden zijn, vatte ze samen in korte zinnen en codeerde ze omgekeerd in morse, waarbij ik de lange en korte streepjes verwerkte in de rechte en gebogen lijnen van patronen die nooit onderdeel van een volledig model zouden worden. Met behulp van een simpele lucifer veranderden de blaadjes met aantekeningen elke nacht in as. De volgende ochtend viel er geen letter van het geschrevene meer te bekennen, maar was er wel een handvol berichten verborgen in de omtrek van een revers, een tailledeel of een pas.

Als cliënte kreeg ik ook de barones van Petrino, de echtgenote van de machtige persgelastigde Lazar: heel wat minder spectaculair dan de Mexicaanse, maar met een veel ruimer budget. Ze koos de duurste stoffen en beknibbelde nergens op. Ze bracht meer cliënten aan, twee Duitsen, en ook een Hongaarse. Op vele ochtenden vormden mijn salons een sociaal ontmoetingspunt voor hen, met als achtergrond een mengelmoes van talen. Ik leerde Martina thee op Moorse wijze te zetten, met munt die we in aardewerken potten op de keukenvensterbank kweekten. Ik liet haar zien hoe ze de theepotten moest hanteren, hoe ze het kokendhete vocht gracieus in kleine glaasjes met zilverfiligrein moest schenken; ik leerde haar ook haar ogen met kohl op te maken en maakte een roomwitte satijnen kaftan voor haar om het meisje een exotisch tintje te verlenen. Een kopie van mijn Jamila in een ander land, zodat ze toch altijd bij me was.

Alles verliep goed, verbazend goed. Ik vond zelfverzekerd mijn weg in mijn nieuwe leven, stapte met ferme tred de beste zaken binnen. Tegenover mijn cliënten gedroeg ik me zelfbewust en doortastend, beschermd door het harnas van mijn onechte exotisme. Ik gebruikte brutaalweg Franse en Arabische woordjes: waarschijnlijk heb ik in die laatste taal veel onzin gezegd, aangezien ik meestal gewoon iets herhaalde wat ik in Tétouan en Tanger op straat had opgepikt maar waarvan ik de betekenis en het juiste gebruik niet kende. Ik lette er goed op dat me in dat even overdonderende als onechte polyglottische taaltje geen vlaag van mijn gebroken Engels ontglipte dat ik van Rosalinda had geleerd. Mijn positie als net gearriveerde buitenlandse was een nuttige bescherming om mijn zwakke punten te verhullen en glibberige terreinen te ontwijken. Niemand leek echter enig belang aan mijn herkomst te hechten: wat hun interesseerde waren mijn stoffen en wat ik daarvan voor hen kon vervaardigen. De cliënten zaten in het atelier te babbelen; blijkbaar voelden ze zich daar op hun gemak. Ze praatten onderling en met mij over wat ze hadden gedaan, over wat ze gingen doen, over hun gezamenlijke vrienden, hun echtgenoten en hun minnaars. Intussen werkten Dora en ik onafgebroken door: openlijk met de stoffen, de patronen en het maten opnemen, verhuld aan de heimelijke aantekeningen. Ik wist niet of al die gegevens die ik dagelijks noteerde van enige waarde voor Hillgarth en zijn mensen waren, maar ik deed mijn best uiterst nauwgezet te zijn. Elke woensdagmiddag voordat ik mijn haar liet doen, deponeerde ik de koker met patronen in de aangeduide kast. Op zaterdag bezocht ik het Prado, opgetogen over die ontdekking, zozeer dat ik soms bijna vergat dat ik daar niet alleen was om in vervoering te raken over de schilderijen, maar ook iets belangrijks te doen had. Het overhevelen van de enveloppen met gecodeerde patronen leverde evenmin problemen op: alles verliep zo soepel dat mijn zenuwen geen kans kregen op te spelen. Mijn map werd altijd door dezelfde persoon in ontvangst genomen: een magere kale medewerker die mijn berichten vermoedelijk verder doorspeelde, al gaf hij nooit blijk van enige medeplichtigheid.

Af en toe ging ik uit, niet vaak. Een paar keer ging ik op het tijdstip van het aperitiefje naar Embassy. Meteen al de eerste keer ontwaarde ik vanaf een afstandje kapitein Hillgarth, die met een groepje landgenoten whisky met ijs zat te drinken. Hij merkte mijn aanwezigheid ook onmiddellijk op, uiteraard. Maar alleen ik wist dat: geen spier in zijn lichaam vertrok toen ik binnenkwam. Ik hield mijn tas stevig in mijn rechterhand en we deden of we elkaar niet zagen. Ik groette enkele cliënten, die publiekelijk mijn atelier prezen tegenover andere dames; ik dronk een cocktail met hen, incasseerde waarderende blikken van een aantal mannen, en vanuit de toren van mijn zogenaamde kosmopolitisme sloeg ik tersluiks de mensen om me heen gade. Klasse, frivoliteit en geld, in pure vorm, verspreid over de bar en de tafels van een klein en volstrekt niet uitbundig gedecoreerd hoeklokaal. Er waren heren in pakken van de beste wol, alpaca en tweed, militairen met het hakenkruis om hun arm, en andere in buitenlandse uniformen die ik niet herkende, allen met overvloedig strepen en sterren op de mouw. Er waren heel chique dames in tweedelige pakjes met drie snoeren parels zo groot als hazelnoten om hun hals, onberispelijk gestifte lippen en goddelijke kapjes, tulband- en andere hoedjes op hun perfect gecoiffeerde hoofd. Er waren gesprekken in allerlei talen, discreet gelach en het geluid van glas tegen glas. En in de lucht dreven subtiele vleugjes parfum van Patou en Guerlain, een uiterst mondaine geest en de rook van talloze lichte sigaretten. In die ambiance van zuivere verfijning zonder schelle klanken leken de pas beëindigde burgeroorlog en de brute strijd die Europa teisterde anekdoten uit een ander melkwegstelsel.

Op een hoek van de bar zag ik iemand staan, fier rechtop en gesoigneerd, die voorkomend de cliënten begroette terwijl ze tegelijkertijd onafgebroken de bewegingen van de obers in de gaten hield, iemand van wie ik veronderstelde dat ze de eigenares van het etablissement was: Margaret Taylor. Hillgarth had niet vermeld wat de mate van hun samenwerking was, maar voor mij leed het geen twijfel dat die verderging dan een simpele uitwisseling van gunsten tussen de eigenares van een plek ter verstrooiing en een van haar vaste cliënten. Ik observeerde haar toen ze een naziofficier in zwart uniform, mouwband met hakenkruis en laarzen die glommen als een spiegel de rekening overhandigde. De buitenlandse met haar sobere maar tevens gedistingeerde uitstraling die al een eindje in de veertig was, maakte ontegenzeglijk eveneens deel uit van de clandestiene molen die de Britse marineattaché in Spanje in beweging had gezet. Ik kon niet zien of kapitein Hillgarth en zij op enig moment blikken uitwisselden of elkaar een stille boodschap doorgaven. Ik keek nogmaals verholen naar hen voor ik vertrok. Zij praatte zacht met een jonge ober in een wit jasje; ze leek hem instructies te geven. Hij zat nog aan zijn tafel en luisterde belangstellend naar wat een van zijn vrienden vertelde. De hele groep leek even aandachtig als hij de woorden te volgen van een jongeman met een informelere uitstraling dan de rest. Vanaf mijn plek zag ik de man theatraal gebaren; wellicht imiteerde hij iemand. Ten slotte barstten allen in een luid geschater uit, en ik hoorde de marineattaché hartelijk lachen. Misschien speelde mijn verbeelding me parten, maar ik meende dat hij zijn blik op me richtte en tegen me knipoogde.

De herfst viel over Madrid en het aantal cliënten nam toe. Ik had nog geen bloemen of bonbons gekregen, niet van Hillgarth, noch van iemand anders. Daar had ik ook geen behoefte aan. En geen tijd voor. Want als het me in die dagen ergens aan ging ontbreken, dan was het wel aan dat laatste: tijd. De populariteit van mijn atelier verspreidde zich razendsnel; het nieuws over mijn spectaculaire stoffen ging als een lopend vuurtje rond. Het aantal opdrachten groeide met de dag en ik begon handen te kort te komen; ik zag me gedwongen bestellingen vooruit te schuiven en pasbeurten uit te stellen. Ik werkte hard, heel hard, harder dan ik ooit had gedaan. Ik ging heel laat naar bed, stond heel vroeg op, nam amper tijd om te rusten; er waren dagen dat ik de centimeter om mijn nek pas afdeed op het moment dat ik in bed stapte. Mijn geldkistje vulde zich met een constante stroom bankbiljetten, maar het interesseerde me zo weinig dat ik niet eens de moeite nam ze te tellen. Hoe anders was alles vergeleken bij mijn oude atelier. Af en toe doemden met een zweem van nostalgie herinneringen aan die eerste tijd in Tétouan voor mijn geestesoog op. De avonden waarop ik de biljetten een voor een telde en hertelde in mijn kamer in de Sidi Mandri, terwijl ik verlangend uitrekende hoe lang het nog zou duren voor ik mijn schuld kon aflossen. Candelaria die terugkwam van de joodse wisselkantoren met een rolletje Britse ponden tussen haar borsten verstopt. Onze bijna kinderlijke vreugde wanneer we het bedrag verdeelden: de helft voor jou en de helft voor mij, en dat het maar mag blijven binnenstromen, schatje, zei de smokkelaarster maand op maand. Dat leek een eeuwigheid geleden, en toch waren er maar vier jaren verstreken. Vier jaren als vier eeuwen. Waar was de Sira gebleven wier haar door een Moors meisje met de naaischaar werd afgeknipt in de keuken van een pension in La Luneta, waar waren de poses gebleven die ik zo vaak had geoefend voor de gebarsten spiegel van mijn huisbazin? Ze waren verloren gegaan in de plooien van de tijd. Nu werd mijn haar in de beste salon van Madrid gedaan en die zwierige bewegingen hoorden inmiddels meer bij me dan mijn eigen tanden.

Ik werkte veel en verdiende meer geld dan ik ooit had kunnen dromen op eigen kracht binnen te halen. Ik rekende hoge prijzen en er kwam een constante stroom binnen van biljetten van honderd peseta met het gezicht van Christoffel Columbus, van vijfhonderd met het gelaat van don Juan van Oostenrijk. Ik verdiende veel, inderdaad, maar er kwam een moment dat ik het niet langer kon bolwerken, en aldus liet ik dat Hillgarth weten via het patroon van een schouderpas. Het regende die zaterdagochtend toen ik naar het Pradomuseum ging. Terwijl ik verrukt de schilderijen van Velázquez en Zurbarán bekeek, had de kleurloze man van de garderobe mijn map aangenomen met daarin een envelop met elf berichten, die als altijd onverwijld bij de marineattaché zouden terechtkomen. Tien ervan bevatten de gebruikelijke informatie, ingekort op de afgesproken manier. 'Diner op 14 huize Walter Bastian calle Serrano, aanwezig echtpaar Lazar. Echtpaar Bodemueller naar San Sebastián volgende week. Mevrouw Lazar negatief over Arthur Dietrich, assistent van echtgenoot. Gloria von Fürstenberg en Anka von Fries bezoeken Duitse consul Sevilla eind oktober. Meerdere jongemannen gearriveerd uit Berlijn vorige week, verblijf Ritz, Friedrich Knappe ontvangt en traint ze. Man Frau Hahn niet blij met Kütschmann. Himmler naar Spanje 21 oktober, regering en Duitsers bereiden groots welkom voor. Clara Stauffer verzamelt spullen voor Duitse soldaten thuis calle Galileo. Diner Club Puerta Hierro datum onbekend aanwezig graaf gravin Argillo. Häberlein geeft lunch buitenhuis Toledo, Serrano Súñer en markiezin Llanzol uitgenodigd.' Het laatste bericht was anders, bevatte een persoonlijker boodschap: 'Te veel werk. Geen tijd voor alles. Minder cliënten of hulp zoeken. Instructie graag.'

De volgende ochtend ontving ik een prachtig boeket witte gladiolen. Een knaap in grijs uniform met een pet waarop de naam van de bloemisterij, Bourguignon, geborduurd was, overhandigde ze me. Allereerst las ik het kaartje: 'Altijd bereid je wensen te vervullen.' En een krabbel als ondertekening. Ik moest lachen: ik had nooit gedacht dat die kille

Hillgarth zo'n mierzoete zin zou kunnen bedenken. Ik bracht het boeket naar de keuken en maakte het lint dat de bloemen bijeenhield los; nadat ik Martina had gevraagd ze in het water te zetten, sloot ik me op in mijn kamer. De boodschap steeg onmiddellijk op vanuit een onregelmatige lijn van korte en lange streepjes: 'Contracteer volledig betrouwbaar persoon zonder rood verleden en politieke betrokkenheid.'

Opdracht ontvangen. En daarmee de onzekerheid.

41

Toen ze de deur opendeed zei ik niets; ik keek alleen maar naar haar terwijl ik de neiging haar te omhelzen onderdrukte. Ze bekeek me verward, liet haar blik over me heen glijden. Vervolgens zocht ze mijn ogen, maar misschien kon ze die niet goed zien door de voile van mijn hoed.

'Wat kan ik voor u doen, señora?' zei ze ten slotte.

Ze was dunner geworden. En het verstrijken van de jaren was haar aan te zien. Klein als altijd, maar magerder en ouder. Ik glimlachte. Ze herkende me nog steeds niet.

'Ik moet u de groeten overbrengen van mijn moeder, doña Manuela. Ze is in Marokko en naait weer.'

Ze keek me bevreemd, niet-begrijpend aan. Als altijd zag ze er netjes uit, maar haar haren hadden al een paar maanden geen verf gezien en de donkere japon die ze droeg vertoonde de glimmende plekken van enkele winters.

'Ik ben Sira, doña Manuela. Sirita, de dochter van uw gezel Dolores.'

Ze monsterde me weer van top tot teen. Toen bukte ik me om op gelijke hoogte met haar te zijn en sloeg mijn voile omhoog, zodat ze mijn gezicht beter kon zien.

'Ik ben het, doña Manuela, Sira. Kent u me niet meer?' zei ik zacht.

'Lieve hemel nog aan toe! Sira, meisje van me, wat geweldig!' bracht ze ten slotte uit.

Ze omhelsde me en begon te huilen. Ik deed mijn best niet met haar mee te doen.

'Kom binnen, meisje, kom binnen, blijf niet in de deuropening staan,' zei ze, toen ze haar emotie eindelijk bedwongen had. 'Maar wat zie je er chic uit, kindje, ik had je nooit herkend. Kom binnen, naar de salon, en vertel me wat je hier in Madrid doet, hoe het met je gaat, hoe het met je moeder is.'

Ze voerde me mee naar het mooiste vertrek in huis en het heimwee stak opnieuw de kop op. Al die keren dat ik die kamer met Driekoningen als klein meisje aan de hand van mijn moeder was binnengegaan, al die spanning van het raden welk cadeautje er bij doña Manuela thuis op me wachtte! In mijn herinnering was haar woning in de calle Santa Engracia een groot en weelderig appartement; niet zo groot als dat in de Zurbano, waar haar atelier gevestigd was, maar bij lange na niet zo eenvoudig als het onze in de calle de la Redondilla. Tijdens dat bezoek besefte ik echter dat die jeugdherinneringen me een vertekend beeld van de werkelijkheid hadden gegeven. De woning waarin doña Manuela haar hele lange vrijgezelle leven al huisde, was groot noch weelderig. Het was niet meer dan een middelmatig en slecht ingedeeld huis: koud, donker, vol sombere meubels en met ouderwetse fluwelen overgordijnen die amper een lichtstraal binnenlieten; een alledaags appartement met vochtplekken, waar de schilderijen verbleekte prenten waren en overal droefgeestige gehaakte kleedjes lagen.

'Ga toch zitten, meisje. Wil je wat drinken? Zal ik een kop koffie maken? Eigenlijk is het geen koffie maar gerooste cichorei, je weet immers wel hoe moeilijk het tegenwoordig is om aan etenswaren te komen, maar met een beetje melk verdoezel je de smaak, al wordt die ook met de dag wateriger, maar wat doe je eraan. Suiker kan ik je niet aanbieden, die van mijn bonboekje heb ik aan een buurvrouw gegeven, voor haar kinderen; op mijn leeftijd maal je daar niet om...'

Ik onderbrak haar en greep haar hand.

'Ik hoef niets, doña Manuela, doet u geen moeite. Ik ben gekomen om u iets te vragen.'

'Brand maar los.'

'Naait u nog steeds?'

'Nee, meisje, niet meer. Dat heb ik niet meer gedaan sinds we het atelier in 1935 moesten sluiten. Een paar kleine dingetjes voor vriendinnen en louter uit plichtsbesef, verder niet. Als ik het me goed herinner was jouw bruidsjapon het laatste grote werk dat ik heb gedaan, en moet je zien hoe dat afliep...'

Wat die herinnering opriep wilde ik liever vermijden, dus liet ik haar niet uitspreken.

'Zou u bij mij willen komen naaien?'

Ze viel een paar seconden stil, uit het lood geslagen.

'Weer werken, zeg je? Weer datgene doen wat we vroeger deden?'

Ik knikte glimlachend, probeerde wat sprankjes optimisme in haar verdoofde toestand op te wekken. Maar ze gaf niet meteen antwoord; eerst gaf ze ons gesprek een andere wending.

'En je moeder dan? Waarom kom je het mij vragen en ga je niet met haar naaien?'

'Ik vertelde u al dat ze nog in Marokko is. Daar is ze in de oorlog naartoe gegaan, ik weet niet of u dat wist.'

'Dat wist ik, ja, dat wist ik...' zei ze heel zacht, alsof ze bang was dat de muren oren hadden en haar geheim zouden doorvertellen. 'Op een middag stond ze hier ineens voor de deur, onverwachts, net als jij vandaag. Ze zei dat iemand voor haar geregeld had dat ze naar Afrika kon, dat jij daar was en dat je het op een of andere manier voor elkaar had gekregen dat ze haar uit Madrid konden weghalen. Ze wist niet wat ze moest doen, ze was bang. Ze kwam me om raad vragen, om te horen wat ik ervan vond.'

Mijn onberispelijke make-up verhulde elk spoor van de verwarring die haar woorden bij me teweegbrachten: het was nooit bij me opgekomen dat mijn moeder had kunnen twijfelen of ze wel of niet zou komen.

'Ik zei tegen haar dat ze moest gaan, dat ze zo snel mogelijk moest vertrekken,' ging ze verder. 'Madrid was een hel. We hebben allemaal vreselijk geleden, meisje, allemaal. De mensen van links, die dag en nacht vochten om te voorkomen dat de nationalen binnenkwamen. De mensen van rechts, die juist het tegenovergestelde wilden en zich verborgen om niet ontdekt te worden en in de *checas* te eindigen. En de mensen die, net als je moeder en ik, noch bij het ene, noch bij het andere kamp hoorden en alleen maar hoopten dat die verschrikking snel voorbij zou zijn zodat we in vrede verder konden leven. En dat allemaal zonder een regering aan het hoofd, zonder iemand die een beetje orde in de chaos schiep. Dus zei ik tegen haar dat ze moest gaan, dat ze moest zien weg te komen uit die vreselijke toestand en dat ze de kans niet mocht laten lopen jou terug te krijgen.'

Ondanks mijn verbijstering besloot ik niets te vragen over die ontmoeting in een inmiddels ver verleden. Ik was met een plan voor de onmiddellijke toekomst naar mijn voormalige leermeesteres gekomen, dus besloot ik me daarop te richten.

'U hebt er goed aan gedaan haar aan te moedigen, doña Manuela, u kunt zich niet voorstellen hoe dankbaar ik u ben,' zei ik. 'Het gaat fantastisch met haar; ze is vrolijk en ze werkt weer. In 1936 heb ik in Tétouan een atelier geopend, een paar maanden nadat de oorlog hier was uitgebroken. Daarginds was het tamelijk rustig; en hoewel de Spaansen hun hoofd niet naar feesten en nieuwe kleding hadden staan, waren er genoeg buitenlandse dames die zich maar weinig van de oorlog aantrokken. En zij werden mijn cliënten. Toen mijn moeder kwam, zetten we ons samen aan het naaiwerk. Op een gegeven moment heb ik besloten terug te gaan naar Madrid om hier een atelier te beginnen.'

'Je bent helemaal alleen teruggekomen?'

'Ik ben al heel lang alleen, doña Manuela. Als u aan Ramiro denkt, nou, dat heeft niet lang geduurd.'

'Dus Dolores is daar zonder jou gebleven?' vroeg ze verbaasd. 'Maar ze is juist vertrokken om bij jou te zijn...'

'Marokko bevalt haar goed: het klimaat, de sfeer, het kalme leven daar... We hebben heel goede cliënten en ze heeft daar vriendinnen gemaakt. Zij wilde graag blijven, maar ik miste Madrid,' loog ik. 'Dus besloten we dat ik alleen zou gaan om hier een zaak te openen, en als beide ateliers eenmaal liepen, zouden we wel verder zien.'

Ze keek me een paar eeuwigdurende seconden strak aan. Haar oogleden hingen, haar gelaat was doorgroefd. Ze moest een eind in de zestig zijn, misschien al bijna zeventig. Haar kromme rug en de eeltknobbels op haar vingers gaven blijk van haar jarenlange gezwoeg met naald en draad. Eerst als eenvoudig naaistertje, vervolgens als gezel. Later als eigenares van een atelier, en ten slotte als kapitein zonder schip, buiten dienst. Maar ze was niet versleten, welnee. Haar levendige ogen, klein en donker als zwarte olijfjes, verrieden de scherpzinnigheid van iemand die ze goed op een rijtje heeft.

'Je vertelt me niet alles, hè, meisje?' zei ze uiteindelijk.

Bijdehante tante, dacht ik bewonderend. Ik was vergeten hoe pienter ze was.

'Klopt, doña Manuela, ik vertel u niet alles,' gaf ik toe. 'Ik vertel u niet alles omdat ik dat niet kan. Maar ik kan u wel een deel vertellen. Goed dan, in Tétouan heb ik belangrijke mensen leren kennen, personen die vandaag de dag nog heel invloedrijk zijn. Zij hebben me aangemoedigd weer naar Madrid te komen, een atelier te openen en voor bepaalde cliënten uit de hoge klasse te gaan naaien. Niet voor de vrouwen die bij het regime horen, maar vooral voor buitenlandse dames en aristocratische monarchistische Spaansen, zij die vinden dat Franco zich de plaats van de koning aanmatigt.'

'Waarom?'

'Waarom wat?'

'Waarom willen jouw vrienden dat je voor die dames naait?'

'Dat kan ik u niet vertellen. Maar ik heb uw hulp nodig. Uit Marokko heb ik schitterende stoffen meegebracht en hier is een enorme schaarste aan weefsels. Het nieuws is razendsnel rondgegaan en ik heb bekendheid gekregen, maar inmiddels heb ik meer cliënten dan was voorzien en ik kan ze niet allemaal in mijn eentje bedienen.'

'Waarom, Sira?' herhaalde ze langzaam. 'Waarom naai je voor die dames, wat willen jij en jouw vrienden van hen?'

Ik klemde mijn lippen op elkaar, vastbesloten geen woord los te laten. Dat kon ik niet. Dat mocht ik niet. Maar een vreemde kracht in mijn binnenste leek mijn stem naar buiten te duwen. Alsof doña Manuela opnieuw de leiding had en ik gewoon een leerlingetje was, zoals in de tijd dat ze alle recht had om verklaringen van me te eisen omdat ik een hele ochtend van het werk was weggebleven toen ik een dertigtal paarlemoeren knopen moest gaan kopen op de plaza de Pontejas. Mijn binnenste en het verleden spraken, niet ik.

'Ik naai voor ze om informatie te bemachtigen over wat de Duitsers in Spanje doen. Daarna geef ik die informatie door aan de Engelsen.'

Ik beet op mijn onderlip meteen toen ik het laatste woord had uitgesproken, me bewust van mijn onvoorzichtigheid. Ik betreurde het dat ik mijn belofte aan Hillgarth had verbroken om niemand mijn taak te onthullen, maar het was gezegd en er was geen weg terug. Ik dacht er even aan om de situatie te verduidelijken, eraan toe te voegen dat het beter was voor Spanje neutraal te blijven, dat we niet in de omstandigheden verkeerden om nog een oorlog aan te gaan, dat soort dingen, kortom, al die zaken waar ze bij mij zo op gehamerd hadden. Maar het was niet nodig want voor ik iets kon zeggen, bespeurde ik een vreemde schittering in doña Manuela's ogen. Een schittering in haar ogen en de zweem van een glimlach rond een van haar mondhoeken.

'Voor de landgenoten van doña Victoria Eugenia, kindje, alles wat maar nodig is! Zeg maar wanneer ik moet beginnen.'

We zaten de hele middag te praten. We regelden hoe we het werk onderling zouden verdelen en de volgende ochtend om negen uur was ze er. Ze vond het prima een ondergeschikte rol in het atelier te vervullen. Het was bijna een opluchting voor haar dat ze de cliënten niet onder ogen hoefde te komen. We waren perfect op elkaar ingespeeld, net als mijn moeder en zij jarenlang waren geweest, maar dan in omgekeerde rangorde. Ze aanvaardde haar nieuwe functie met grootse bescheidenheid; ze voegde zich naar mijn leven en mijn tempo, ze kon goed opschieten met Dora en Martina, ze bracht haar ervaring in, en een energie die veel vrouwen met dertig jaar minder op hun conto graag zouden hebben gehad. Probleemloos schikte ze zich ernaar dat ik degene was die de scepter zwaaide, paste ze zich aan mijn onconventionele lijn en ideeën aan, en nam duizend-en-een taakjes op zich die simpele jonge naaistertjes zo vaak in opdracht van haar hadden uitgevoerd. Na de moeilijke inactieve jaren was het een zegen voor haar weer te mogen werken, en als een bed klaprozen na de aprilregens ontkiemde ze en bloeide na die uitgebluste dagen weer op.

Met doña Manuela in de achterhoede kwam het werk in rustiger vaarwater. We maakten allebei lange dagen, zeker, maar eindelijk kon ik wat minder gehaast leven en genieten van een paar vrije momenten. Ik mengde me vaker in het sociale leven: mijn cliënten spoorden me aan mee te gaan naar vele evenementen, ze popelden om met me te pronken als dé grote ontdekking van het seizoen. Ik accepteerde de uitnodiging voor een concert van Duitse militaire orkesten in het Retiro, een cocktail in de Turkse ambassade, een diner in de Oostenrijkse, en een paar lunches in trendy gelegenheden. Er begonnen vliegen om me heen te zoemen: bezoekende vrijgezellen, dikbuikige getrouwde heren met voldoende middelen om er drie liefjes op na te houden, en pittoreske diplomaten uit de meest exotische uithoeken van de wereld. Ik wimpelde ze allemaal na drie drankjes en een dans af; een man in mijn leven was wel het laatste waar ik op dat moment behoefte aan had.

Maar niet alles was rozengeur en maneschijn, verre van dat zelfs. Doña Manuela verlichtte weliswaar mijn dagelijkse werkzaamheden, maar haar komst bracht geen definitieve rust. Kort nadat de zware last om in mijn eentje al het werk te moeten doen van me af was gevallen, verscheen er een nieuwe donkere wolk aan de horizon. Het simpele feit dat ik minder gehaast over straat ging, voor een etalage kon blijven staan en in een kalmer tempo op pad ging, zorgde ervoor dat ik iets opmerkte wat me tot dan toe was ontgaan: iets waarvoor Hillgarth me tijdens ons lange gesprek in Tanger al gewaarschuwd had. Ik merkte zowaar dat ik werd gevolgd. Misschien was dat al tijden het geval en had ik het door mijn voortdurende gejaagdheid niet in de gaten gehad. Of misschien was het nieuw, viel het toevallig samen met doña Manuela's indiensttreding bij Chez Arish. Feit was dat zich een schim in mijn leven geïnstalleerd leek te hebben. Geen permanente schim, niet eens een dagelijkse, niet eens een volledige; misschien duurde het daarom een tijdje voor ik me ervan bewust was. Aanvankelijk dacht ik dat die waarnemingen het product van mijn verbeelding waren. Het was herfst, Madrid krioelde van mannen in regenjas met opgezette kraag en hoed. In wezen was dat een volstrekt normaal beeld in die naoorlogse tijden; honderden vrijwel identieke replica's vulden dagelijks de straten, de kantoren en de cafés. De gedaante die met afgewend gezicht bleef staan als ik de Castellana overstak, hoefde zeker niet dezelfde te zijn als degene die een paar dagen later deed alsof hij stopte om een blinde bedelaar een aalmoes te geven toen ik voor een winkel stilhield om een paar schoenen te bekijken. Er was evenmin een gegronde reden om te veronderstellen dat de regenjas dezelfde was die me 's zaterdags tot de ingang van het Prado volgde. Of dat hij bij de rug hoorde die zich heimelijk achter een pilaar in het restaurant van het Ritz verstopte, nadat hij had vastgesteld met wie ik ging lunchen toen ik daar had afgesproken met mijn cliënte Agatha Ratinborg, een vermeende Europese prinses van hoogst twijfelachtige oorsprong. Het was volstrekt onmogelijk objectief vast te stellen of al die door de straten en dagen zwervende regenjassen in een enkel individu samenkwamen, dat was zo, maar toch zei een voorgevoel me dat de eigenaar van al die jassen een en dezelfde man was.

De koker met patronen die ik voor die week klaarmaakte om in de kapsalon achter te laten, bevatte zeven gewone berichten van gemiddelde lengte en een persoonlijke boodschap met slechts drie woorden: 'Ik word gevolgd.' Ik had ze pas laat klaar, het was een lange dag geweest met veel pasbeurten en naaiwerk. Doña Manuela en de meisjes waren pas over achten weggegaan; na hun vertrek schreef ik een paar rekeningen die de volgende ochtend moesten klaarliggen, nam ik een bad en at daarna gehuld in mijn lange kamerjas van donkerrood fluweel aan het keukenaanrecht een paar appels met een glas melk erbij als lichte avondmaaltijd. Ik was zo moe dat ik amper honger had; zodra ik uitgegeten was, ging ik zitten om de berichten te coderen, en toen ik daarmee klaar was en de aantekeningen van die dag nauwgezet had verbrand, deed ik de lampen uit om naar bed te gaan. Halverwege de gang bleef ik abrupt staan. Eerst meende ik een klop te horen, toen werden het er twee, drie, vier. En vervolgens stilte. Daarna begon het weer. De herkomst was duidelijk: er stond iemand voor de deur. Hij gebruikte zijn knokkels in plaats van de bel. Korte klopjes, elkaar telkens sneller opvolgend tot ze een onafgebroken geroffel vormden. Ik stond daar roerloos, verlamd van angst, durfde niet verder en niet terug te lopen.

Maar het geklop hield aan, en door die volharding kwam ik in beweging: wie daar ook mocht staan, hij was niet van plan weg te gaan zonder me gesproken te hebben. Ik knoopte de ceintuur van mijn kamerjas stevig vast en ging langzaam op weg naar de entree. Ik slikte, liep naar de deur. Heel behoedzaam, geruisloos en doodsbang schoof ik het klepje van de deurspion opzij.

'Kom binnen, mijn God, kom erin, snel!' was het enige wat ik kon fluisteren toen ik opendeed.

Hij kwam haastig binnen, zenuwachtig. Van streek.

'Het is zover, het is gebeurd. Alles is voorbij, ik lig eruit.'

Hij keek me niet eens aan, sprak afwezig, als tegen zichzelf, tegen de lucht of de leegte. Ik leidde hem snel naar de salon, duwde hem er bijna heen, bang dat iemand in het gebouw hem had gezien. Alles was donker, maar voor ik een lamp aandeed probeerde ik hem te laten plaatsnemen en hem te kalmeren. Hij weigerde. Hij ijsbeerde door het vertrek, verwilderd en almaar hetzelfde herhalend: 'Het is zover, het is gebeurd, alles is voorbij, het is afgelopen met me.'

Ik knipte een lampje in een hoek aan en zonder het te vragen schonk ik een flinke bel cognac voor hem in.

'Hier,' zei ik, terwijl ik hem het glas in zijn rechterhand duwde. 'Opdrinken,' gelastte ik. Hij gehoorzaamde bevend. 'En nu gaat u zitten, kalmeert u en vertelt u me wat er is gebeurd.'

Ik had geen flauw idee wat hem na middernacht naar mijn huis gedreven had, en hoewel ik erop vertrouwde dat hij voorzichtig was geweest, kon zijn opgewonden toestand erop duiden dat het hem allemaal niets meer kon schelen. Ik had hem al ruim anderhalf jaar niet gezien, sinds de dag van zijn officiële afscheidsfeestje in Tétouan. Ik vroeg niets, wilde geen druk uitoefenen. Het ging duidelijk niet om een beleefdheidsbezoekje, en ik besloot dat ik beter kon wachten tot hij enigszins bedaard was; misschien zou hij dan uit zichzelf vertellen wat hij van me wilde. Hij ging zitten met het glas in zijn hand, nam nog een slok. Hij was in burgerkleding, donker pak, wit overhemd en gestreepte stropdas; zonder de zilverkleurige pet, de strepen en de sjerp waarmee ik hem zo vaak op officiële ceremonies had gezien, en waarvan hij zich meteen ontdeed zodra de plechtigheid waarvoor hij die brede band moest dragen achter de rug was. Hij leek rustiger te worden en stak een sigaret op. Al rokend staarde hij in het niets, in rook en gedachten gehuld. Ik zei intussen geen woord; ik ging gewoon op een stoel vlak bij hem zitten, sloeg mijn benen over elkaar en wachtte. Toen hij de sigaret op had, kwam hij overeind om hem in de asbak uit te drukken. En vanuit die positie keek hij eindelijk op en begon te praten.

'Ik ben op non-actief gesteld. Morgen is het openbaar. Het bericht is al naar het Officiële Staatsbulletin en naar de pers gestuurd; over een uur of zeven, acht weet iedereen het. Weet u met hoeveel woorden ze me uitluiden? Achttien. Ik heb ze geteld. Kijk maar.'

Hij haalde een papiertje uit zijn zak en liet het me zien. Er stonden maar een paar regels op en hij citeerde ze uit zijn hoofd: '"Don Juan Beigbeder Atienza neemt ontslag als minister van Buitenlandse Zaken, ik ben hem erkentelijk voor de bewezen diensten." Achttien als we het "don" voor mijn naam weglaten, dat waarschijnlijk wordt geschrapt; zo niet, dan zijn het er negentien. Vervolgens de naam van de Caudillo. En hij betuigt me zijn dank voor de bewezen diensten, het lef!'

Hij sloeg de cognac achterover en ik vulde het glas opnieuw.

'Ik wist dat ik al maanden op het slappe koord danste, maar ik had niet verwacht dat de klap zo plotseling zou komen. En evenmin zo denigrerend.'

Hij stak weer een sigaret op en praatte verder tussen de rookwolken door.

'Gistermiddag was ik bij Franco in El Pardo; we hadden een lang onderhoud in een ontspannen sfeer, hij leverde geen moment kritiek en speculeerde evenmin op mijn mogelijke vervanging, en dat terwijl de zaken de laatste tijd, sinds ik me openlijk met ambassadeur Hoare vertoon, behoorlijk onder druk stonden. In feite kwam ik tevreden bij dat gesprek vandaan en ik dacht dat hij zou nadenken over mijn ideeën, dat hij misschien eindelijk had besloten een beetje waarde aan mijn mening te hechten. Hoe had ik kunnen weten dat hij, zodra ik de deur uit was, zijn mes zou gaan slijpen om het me de volgende dag in de rug te steken. Ik had audiëntie gevraagd om enkele kwesties met hem te bespreken voor zijn ophanden zijnde ontmoeting met Hitler in Hendaya, terwijl hij wist wat een vernedering het voor mij was dat hij zich niet door mij liet vergezellen. Maar toch wilde ik met hem praten, hem belangrijke informatie doorgeven die ik had gekregen van admiraal Wilhelm Canaris, het hoofd van de Abwehr, de Duitse militaire inlichtingendienst. Weet u wie ik bedoel?'

'Die naam heb ik wel eens gehoord, ja.'

'Al kan de minder prettige functie die hij heeft anders doen vermoeden, Canaris is een vriendelijke, charismatische man en ik heb een uitstekende relatie met hem. We behoren allebei tot de aparte klasse van militairen die enigszins sentimenteel zijn en niet weglopen met uniformen, onderscheidingen en kazernes. Theoretisch staat hij onder bevel van Hitler, maar hij onderwerpt zich geenszins aan diens bedoelingen en gaat min of meer zijn eigen gang. Zelfs dusdanig dat wordt gezegd dat hem het zwaard van Damocles boven het hoofd hangt, zoals het ook maandenlang boven het mijne heeft gehangen.'

Hij stond op, deed een paar stappen en liep naar een van de balkons. De gordijnen waren open.

'Niet daarheen,' waarschuwde ik scherp. 'Ze kunnen u vanaf de straat zien.'

Toen beende hij een paar keer van de ene kant van de salon naar de andere en praatte intussen verder.

'Ik noem hem mijn vriend Guillermo, Wilhelm in het Spaans; hij spreekt onze taal uitstekend, hij heeft een tijd in Chili gewoond. Een paar dagen geleden aten we samen in Casa Botín, hij houdt namelijk van speenvarken. Ik merkte dat hij verder dan ooit bij Hitler vandaan stond, zo ver zelfs dat het me niet zou verbazen als hij met de Engelsen tegen de Führer samenzweert. We hadden het over de absolute wenselijkheid dat Spanje niet aan de kant van de asmogendheden de oorlog in zou gaan, en daartoe werkten we tijdens dat etentje samen een lijst met punten uit die Franco van Hitler moest eisen in ruil voor de Spaanse inmenging in de strijd. Ik ken onze strategische behoeften uitermate goed en Canaris is op de hoogte van de Duitse ontoereikendheden, dus stelden we samen een reeks eisen op die Spanje als onontbeerlijke voorwaarden voor zijn aansluiting zou moeten bedingen, en waar Duitsland nooit, nog niet voor de helft, aan tegemoet zou kunnen komen. Het voorstel bevatte een heel scala aan onmogelijke eisen, van territoriale bezittingen in Frans-Marokko en Oran tot exorbitante hoeveelheden graan en wapens, en de bezetting van Gibraltar door uitsluitend Spaanse soldaten; allemaal volstrekt onhaalbare zaken, dat kan ik u verzekeren. Canaris gaf me ook te kennen dat het niet raadzaam was haast te maken met de opbouw van alles wat tijdens de oorlog in Spanje verwoest is, dat het beter was de spoorwegen vernield, de bruggen opgeblazen en de wegen in puin te laten, zodat de Duitsers zich bewust zouden zijn van de erbarmelijke toestand in het land en van de grote moeilijkheden die de Duitse troepen zouden ondervinden als ze erdoorheen wilden trekken.'

Hij ging weer zitten en nam nog een slok cognac. De alcohol ontspande hem gelukkig een beetje. Ik van mijn kant was nog helemaal beduusd, begreep niet waarom Beigbeder me op dat tijdstip en in die staat was komen opzoeken en me zaken vertelde die zo ver van me af stonden als zijn ontmoetingen met Franco en zijn contacten met Duitse militairen.

'Met al die informatie arriveerde ik in El Pardo en berichtte ik de Caudillo er gedetailleerd over,' ging hij verder. 'Hij luisterde heel aandachtig, behield het document en bedankte me voor de afhandeling. Hij was heel hartelijk tegen me en refereerde zelfs aan persoonlijke zaken van vroeger tijden, toen we allebei in Afrika zaten. De Generalísimo en ik kennen elkaar al jaren, moet u weten. In feite ben ik, sorry, wás ik, afgezien van zijn onuitsprekelijke zwager, het enige kabinetslid dat hem tutoyeert. Franquito aan het hoofd van de Movimiento, de Nationale Glorieuze Beweging, wie had dat ooit gedacht. We waren geen dikke vrienden, om eerlijk te zijn; in feite heeft hij volgens mij nooit enige waardering voor me kunnen opbrengen: hij begreep niets van mijn geringe militaire vuur en mijn voorliefde voor stedelijke, administratieve en als het enigszins mogelijk was buitenlandse standplaatsen. Hij trok mij ook niet, tja, wat zal ik zeggen, hij was altijd zo serieus, zo strikt en saai, zo competitief en geobsedeerd door opklimmen en door de militaire rangorde. Een echte etterbak, dat kan ik u wel zeggen. We zaten samen in Tétouan; hij was al commandant, ik nog kapitein. Zal ik u een anekdote vertellen? Tegen het vallen van de avond gingen wij officieren meestal een paar glazen thee drinken in een cafeetje op de plaza de España, kunt u zich die cafeetjes nog herinneren?'

'Heel goed zelfs,' beaamde ik. Hoe zou ik de smeedijzeren stoeltjes onder de palmen, de geur van hapjes en muntthee, de kalme gang van de voorbijgangers in djellaba's en Europese kleding rondom de centrale koepel met zijn pannendaken en witgekalkte Moorse bogen uit mijn geheugen kunnen wissen.

Voor het eerst glimlachte hij even, weemoedig. Hij stak weer een sigaret op en leunde achterover, tegen de rug van de bank. We zaten in het schemerdonker te praten, met als enige verlichting het lampje in de hoek. Ik was nog in kamerjas; ik had me niet willen omkleden, want ik wilde hem geen seconde alleen laten voor hij weer rustig was geworden.

'Op een dag kwam hij niet meer. We begonnen te gissen naar de reden van zijn afwezigheid. We kwamen tot de conclusie dat hij op vrijersvoeten was gegaan en we besloten het na te trekken; nou ja, u kent het wel, flauwekul van jonge officieren wanneer ze tijd te over en niets bijzonders te doen hebben. We lootten en ik was degene die hem moest bespioneren. De volgende dag loste ik het mysterie op. Toen hij de kazerne verliet, volgde ik hem naar de medina en zag ik hem een huis binnengaan, zo'n typisch Arabische woning. Eerst dacht ik, al kon ik het bijna niet geloven, dat hij een affaire met een moslimmeisje had. Ik ging het huis met een smoesje binnen, ik weet niet eens meer wat ik zei. En wat denkt u dat ik aantrof? Onze man die Arabische les kreeg; daar was hij mee bezig. Want onze grote generaal en Afrikadeskundige, de vermaarde en onoverwonnen leider van Spanje, de redder van het vaderland, spreekt ondanks zijn inspanningen geen Arabisch. Hij begrijpt het Marokkaanse volk niet en ze interesseren hem ook geen bal. Mij wel. Ik vind ze wel belangrijk, heel belangrijk. Ik begrijp ze, want het zijn mijn broeders. Of het nu in het klassiek Arabisch is, in het Tarifit, de taal van de Berberstammen, of welk dialect dan ook. En dat zat de jongste commandant van Spanje, de trots van de Afrikaanse troepen, verschrikkelijk dwars. En het feit dat juist ik degene was die ontdekte dat hij zijn tekortkoming probeerde op te heffen, ergerde hem nog meer. Nou ja, jeugdige dwaasheden.'

Hij zei een paar zinnen in het Arabisch die ik niet verstond, als om me zijn beheersing van de taal te demonstreren. Alsof ik dat nog niet wist. Hij nam weer een paar slokken en ik vulde zijn glas voor de derde maal.

'Weet u wat Franco zei toen Serrano me voordroeg als minister? "Je gaat me toch niet vertellen dat ik Juanito Beigbeder op Buitenlandse Zaken moet zetten? Die kerel is hartstikke gestoord!" Waarom hij me zo in diskrediet bracht en me voor gek verklaarde, weet ik niet; wellicht omdat hij zelf zo'n kouwe kikker is en van iedereen die wat passioneler is dan hij, denkt dat hij volstrekt krankzinnig is. Ik gestoord, hoe bestaat het!'

Hij dronk weer. Hij praatte vrijwel zonder naar me te kijken, braakte zijn verbittering in een gestage monoloog uit. Hij praatte en dronk, praatte en rookte. Met woede en zonder adempauze, terwijl ik zwijgend luisterde, nog steeds niet in staat te begrijpen waarom hij me dat allemaal vertelde. Voordien waren we amper alleen geweest, hadden we nooit meer dan een paar zinnen gewisseld als Rosalinda er niet bij was; vrijwel alles wat ik over hem wist had ik van haar gehoord. Maar op dat zo bijzondere moment in zijn leven en in zijn carrière, op het uur dat een drastisch einde van een tijdperk aankondigde, had hij om mij onbekende redenen besloten me tot zijn vertrouwelinge te maken.

'Franco en Serrano beweren dat ik in de war ben, dat ik ten prooi gevallen ben aan de kwalijke invloed van een vrouw. De kolder die iemand tegenwoordig verdorie moet aanhoren. En dan zou de cuñadísimo mij een lesje in moraliteit willen leren, hij zeker, die thuis een vrouw met zes of zeven kindertjes heeft zitten terwijl hij zelf met een markiezin in bed ligt en haar vervolgens ook nog in zijn cabrio meeneemt naar het stierenvechten! En het toppunt is wel dat ze overspel als misdrijf willen opnemen in het wetboek van strafrecht, wat een schertsvertoning! Natuurlijk houd ik van vrouwen, waarom zou ik niet van ze houden? Mijn echtgenote en ik gaan al jaren onze eigen weg, we leiden geen huwelijksleven en ik hoef niemand een verklaring af te leggen over met wie ik naar bed ga en met wie ik opsta, kom op, zeg! Ik heb mijn avontuurtjes gehad, zoveel als mogelijk was, om eerlijk te zijn. En wat dan nog? Ben ik een vreemde eend in het leger en in de regering? Nee. Ik ben als iedereen, maar zij moesten me zo nodig het etiketje opplakken van een frivole levensgenieter die behekst is door het gif van een Engelse. Wat een idioten! Ze wilden mijn hoofd om hun loyaliteit aan de Duitsers te tonen, zoals Herodes dat van Johannes de Doper wilde. En nu hebben ze het, dat ze er maar gelukkig mee mogen zijn. Maar daarvoor hoefden ze me niet de grond in te trappen.'

'Wat hebben ze gedaan?' vroeg ik toen.

'Allerhande lasterpraat over me verspreid. Ze hebben een misselijke, inktzwarte legende over me geconstrueerd; ik zou een perverse rokkenjager zijn die zijn vaderland voor een goeie wip – excuseer – heeft verkocht. Ze hebben het gerucht verspreid dat Rosalinda me bij de pik heeft – nogmaals excuus – en dat ze me gedwongen heeft mijn land te verraden, dat Hoare me heeft omgekocht, dat ik geld van de joden uit Tétouan krijg om een anti-Duits standpunt in te nemen. Ze hebben me vierentwintig uur per dag laten volgen, en ik ben zelfs gaan vrezen voor mijn persoonlijke veiligheid, en dat is beslist geen fantasie. En dat allemaal omdat ik als minister getracht heb met gezond verstand te handelen en mijn ideeën daaromtrent kenbaar heb gemaakt: ik heb tegen ze gezegd dat we onze betrekkingen met de Engelsen en de Amerikanen niet kunnen verbreken omdat we van hen afhankelijk zijn voor het graan en de olie die ons arme volk nodig heeft om niet van honger om te komen; ik heb volgehouden dat we moeten voorkomen dat Duitsland zich met onze binnenlandse zaken bemoeit, dat we ons tegen zijn interventieplannen moeten verzetten, dat we ons niet hun oorlog in moeten laten trekken, zeker niet aan hun kant, zelfs niet in ruil voor het koloniale imperium waarvan ze menen dat ze het als tegenprestatie voor Spanje kunnen bemachtigen. En denkt u dat ze zich ook maar iets van mijn mening aantrokken? Helemaal niets; ze hebben niet alleen geen enkele notie van me genomen, maar me bovendien zelfs beschuldigd van krankzinnigheid, omdat ik vind dat we ons niet hoeven te schikken naar een leger dat zegevierend door Europa trekt. Kent u een van de laatste briljante vondsten van die sublieme Serrano, weet u welke leus hij de laatste tijd voortdurend herhaalt? "Oorlog, met of zonder brood." Wat vindt u daarvan? En dan zou ik de krankzinnige zijn, wat een gelul. Mijn verzet heeft me mijn functie gekost; wie weet gaat het me ook mijn leven kosten. Ik sta alleen, Sira, helemaal alleen. Mijn post als minister, mijn militaire loopbaan en mijn persoonlijke relaties: alles, werkelijk alles is door het slijk gesleurd. En nu sturen ze me met huisarrest naar Ronda; voor hetzelfde geld slepen ze me voor de krijgsraad en zetten ze me op een ochtend tegen de muur.'

Hij zette zijn bril af en wreef in zijn ogen. Hij zag er vermoeid uit. Uitgeput. Ouder.

'Ik ben van streek, ik ben helemaal stuk,' zei hij zacht. Vervolgens haalde hij diep adem. 'Ik zou er heel wat voor overhebben als ik een stap terug kon doen, als ik mijn geliefde Marokko nooit verlaten had.

Ik zou er heel wat voor overhebben als deze hele nachtmerrie nooit had plaatsgevonden. Alleen bij Rosalinda zou ik troost kunnen vinden, maar zij is weg. Daarom ben ik naar u gekomen, om te vragen of u me wilt helpen mijn berichten bij haar te krijgen.'

'Waar is ze nu?'

Die vraag stelde ik mezelf al weken, zonder te weten bij wie ik het antwoord moest zoeken.

'In Lissabon. Ze moest in allerijl vertrekken.'

'Waarom?' vroeg ik verontrust.

'We wisten dat de Gestapo haar op de hielen zat, ze moest Spanje uit.'

'En kon u als minister niets doen?'

'Ik, bij de Gestapo? Ik niet en niemand niet, lieve schat. Mijn relatie met de Duitse vertegenwoordigers, met hen allemaal, was de laatste tijd erg gespannen; een aantal leden van onze eigen regering heeft naar de ambassadeur en diens mensen laten uitlekken dat ik tegen onze mogelijke deelname aan de oorlog ben, en ook tegen de buitensporige Spaans-Duitse vriendschap. Hoewel het waarschijnlijk niets had uitgemaakt als ik wel op goede voet met hen gestaan had, want de Gestapo werkt op eigen houtje, buiten de officiële instituties om. Via een informant waren we erachter gekomen dat Rosalinda op hun lijst voorkwam. Ze pakte 's avonds haar koffers en vloog naar Portugal; de rest hebben we later nagestuurd. Ben Wyatt, de Amerikaanse marineattaché, ging als enige met ons mee naar het vliegveld, hij is een fantastische vriend. Verder weet niemand waar ze is. Niemand zou het althans moeten weten. Nu wil ik het echter met u delen. Neemt u me niet kwalijk dat ik op dit tijdstip en in deze toestand ben komen binnenvallen, maar morgen brengen ze me over naar Ronda en ik heb geen idee hoe lang ik geen contact met haar zal kunnen opnemen.'

'Wat wilt u dat ik doe?' vroeg ik. Eindelijk begreep ik het doel van dat vreemde bezoek.

'Dat u regelt dat deze brieven via de diplomatieke post van de Britse ambassade in Lissabon komen. Zorg ervoor dat Alan Hillgarth ze krijgt, ik weet dat u met hem in contact staat,' zei hij terwijl hij drie dikke enveloppen uit de binnenzak van jasje haalde. 'Ik heb ze de afgelopen weken geschreven, maar ik werd zo streng in de gaten gehouden dat ik ze via geen enkel kanaal heb durven verzenden; zoals u zult begrijpen vertrouw ik zelfs mijn eigen schaduw niet meer. Vandaag, nu het ontslag formeel is, lijken ze een adempauze te hebben ingelast en is de bewaking stopgezet. Daarom heb ik hier kunnen komen zonder te zijn gevolgd.'

'Weet u dat zeker?'

'Heel zeker, maakt u zich geen zorgen,' bevestigde hij om mijn angst weg te nemen. 'Ik heb een taxi genomen, want ik wilde geen gebruik maken van een officiële wagen. Het hele traject zat er geen enkel voertuig achter ons, dat heb ik gecontroleerd. En me te voet volgen was onmogelijk geweest. Ik ben in de taxi blijven zitten tot de conciërge met de vuilnis naar buiten kwam; toen pas ben ik het gebouw binnengegaan. Niemand heeft me gezien, daar kunt u gerust op zijn.'

'Hoe wist u waar ik woonde?'

'Hoe had ik dat nu niet kunnen weten. Rosalinda heeft deze woning uitgezocht en me alles verteld over de vorderingen van het opknappen en inrichten. Ze vond het geweldig dat u kwam en dat u met haar vaderland ging samenwerken.' Hij glimlachte weer met zijn lippen op elkaar, slechts een van zijn mondhoeken vertrok een beetje. 'Ik heb heel veel van haar gehouden, weet u, Sira? Ontzettend veel. Ik heb geen idee of ik haar ooit nog terugzie, maar mocht dat niet het geval zijn, vertel haar dan dat ik mijn leven ervoor zou hebben gegeven als zij op deze trieste avond bij me had kunnen zijn. Vindt u het erg als ik nog een glaasje neem?'

'Kom zeg, dat hoeft u toch niet te vragen!'

Ik was de tel kwijtgeraakt. Hoeveel had hij er op? Vijf of zes waarschijnlijk. De melancholie verdween met de volgende slok. Hij was nu meer ontspannen en leek niet van plan te vertrekken.

'Rosalinda heeft het naar haar zin in Lissabon, ze vindt haar weg wel. U weet hoe ze is, altijd in staat zich met een indrukwekkend gemak aan alles aan te passen.'

Rosalinda Fox, niemand zo goed als mijn vriendin om zichzelf opnieuw uit te vinden en vanaf nul te beginnen, zo vaak als maar nodig was. Wat een apart stel vormden Beigbeder en zij. Ze waren zo verschillend maar vulden elkaar tevens zo goed aan.

'Zoek haar eens op in Lissabon, ze zal het heerlijk vinden een paar dagen met u door te brengen. Haar adres staat op de brieven die ik u heb gegeven; neem dat over voor u ze afgeeft.'

'Ik zal het proberen, dat beloof ik u. Gaat u ook naar Portugal? Wat wilt u gaan doen als dit alles achter de rug is?'

'Als het arrest is opgeheven? Ik zou het niet weten. Het kan jaren duren, het zou zelfs kunnen dat ik het er niet levend afbreng. De situatie is heel ongewis, ik weet niet eens wat ze me ten laste gaan leggen. Rebellie, spionage, landverraad: allemaal onzin. Maar als de *baraka*, de levensadem en het geluk, zich aan mijn kant schaart en alles snel voorbij is, dan vertrek ik denk ik inderdaad naar het buitenland. God weet dat ik geen liberaal ben, maar ik walg van het megalomane totalitarisme waarmee Franco uit de overwinning is opgerezen, van dat monster dat hij heeft voortgebracht en dat velen van ons hebben helpen voeden. U kunt zich niet voorstellen hoezeer ik het betreur dat ik tijdens de oorlog vanuit Marokko heb meegeholpen om zijn ster te laten rijzen. Dit regime bevalt me niet, het bevalt me van geen kant. En ik geloof dat Spanje me evenmin bevalt; in elk geval niet dit monster van "Spanje is één, groot en vrij" dat ze ons proberen te verkopen. Ik heb meer tijd buiten dan binnen dit land doorgebracht; ik voel me hier een vreemdeling, er zijn veel dingen waar ik niets mee heb.'

'U kunt altijd nog terugkeren naar Marokko...' opperde ik. 'Met Rosalinda.'

'Nee,' antwoordde hij beslist. 'Marokko is verleden tijd. Daar is geen plek meer voor me; na mijn tijd als hoge commissaris zou ik geen lagere functie meer kunnen bekleden. Ik vrees, met pijn in mijn hart, dat Afrika een afgesloten hoofdstuk in mijn leven is. Beroepsmatig gezien, bedoel ik, want mijn hart zal altijd daar liggen, zo lang ik leef. *Inshallah*. Het zij zo.'

'Dus?'

'Alles hangt van mijn militaire positie af: mijn toekomst ligt in handen van de Caudillo, met dank aan God de generalísimo van alle legers, alsof God verdomme iets te maken heeft gehad met dat slinkse gedoe. Hij kan het arrest binnen een maand opheffen, maar me evengoed publiekelijk tot de strop veroordelen. Wie had dat twintig jaar geleden gedacht: mijn leven volledig in handen van Franquito.'

Hij nam opnieuw zijn bril af en wreef in zijn ogen, schonk zijn glas weer vol en stak nog een sigaret op.

'U bent heel moe,' zei ik. 'Waarom gaat u niet even slapen?'

Hij keek me aan met de uitdrukking van een kind dat de weg kwijt is. Maar dan wel een verdwaasd kind dat meer dan vijftig levensjaren, de hoogste functie bij de koloniale Spaanse overheid en een post als minister achter de rug had, een minister die luidruchtig ten val was gebracht. Hij antwoordde onthutsend eerlijk.

'Ik wil niet weg, want ik moet er niet aan denken weer alleen te zijn in die lugubere kast die tot op heden mijn officiële woning is geweest.'

'U kunt hier slapen, als u wilt,' bood ik aan. Ik wist dat het gewaagd van me was hem onderdak voor de nacht aan te bieden, maar ik vermoedde ook dat hij in de toestand waarin hij verkeerde allerlei stommiteiten zou kunnen begaan als ik de deur voor hem sloot en hem in zijn eentje door de straten van Madrid liet dolen.

'Ik vrees dat ik geen oog dichtdoe,' bekende hij met een droevig glimlachje, 'maar ik zou het zeer waarderen als ik hier wat mag uitrusten; ik zal u niet lastigvallen, dat beloof ik u. Het zal zijn als een wijkplaats midden in de storm: u hebt er geen idee van hoe bitter de eenzaamheid van een verstotene is.'

'Doe alsof u thuis bent. Ik pak een deken voor u, voor het geval u toch even wilt gaan liggen. Doe uw jasje uit en uw stropdas af, maak het u gemakkelijk.'

Hij volgde mijn aanwijzingen op terwijl ik de deken ging halen. Toen ik terugkwam, was hij in hemdsmouwen en vulde hij zijn glas nogmaals met cognac.

'De laatste,' zei ik streng en ik nam de fles mee.

Ik zette een schone asbak op tafel en hing de deken over de rugleuning van de sofa. Toen ging ik naast hem zitten en pakte hem zachtjes bij zijn arm.

'Alles gaat voorbij, Juan Luis, geef het de tijd. Vroeg of laat gaat alles uiteindelijk voorbij.'

Ik vlijde mijn hoofd tegen zijn schouder en hij legde zijn hand op de mijne.

'Moge God u verhoren, Sira, laten we het hopen,' mompelde hij.

Ik liet hem alleen met zijn kwelgeesten en ging naar bed. Toen ik door de gang naar mijn slaapkamer liep, hoorde ik hem voor zichzelf in het Arabisch praten, wat hij zei kon ik niet verstaan. Het duurde lang voor ik sliep. Waarschijnlijk was het al na vieren toen ik in een vreemde, onrustige slaap viel. Ik werd wakker van de voordeur die gesloten werd. Ik keek op de wekker. Tien over halfacht. Ik heb hem nooit meer gezien.

42

Mijn bange gevoelens dat ik werd gevolgd verschoven naar een tweede plan, alsof ze plots al hun kracht hadden verloren. Voor ik Hillgarth zou lastigvallen met veronderstellingen die wellicht niet gegrond waren, moest ik als eerste onmiddellijk contact met hem opnemen om hem mijn informatie en de brieven door te spelen. Beigbeders situatie was vele malen belangrijker dan mijn angsten: voor hemzelf, voor mijn vriendin en voor iedereen. Daarom verscheurde ik het patroon met mijn vermoedens over het mogelijke gevolgd worden in duizend stukjes en verving het door een ander: 'Beigbeder gisteravond bij mij thuis. Minister af, extreem nerveus. Met huisarrest naar Ronda. Vreest voor zijn leven. Brieven ontvangen voor Sra Fox Lissabon. Zenden met diplomatieke post ambassade. Met spoed instructies.'

Ik overwoog op het middaguur naar Embassy te gaan en Hillgarths aandacht te trekken. Hoewel hij het ongetwijfeld 's ochtends vroeg al had gehoord, wist ik dat hij heel geïnteresseerd zou zijn in de bijzonderheden die de kolonel me had verteld. Bovendien had ik het gevoel dat ik me zo snel mogelijk van de brieven voor Rosalinda moest ontdoen; gezien de omstandigheden waarin de afzender verkeerde, was ik ervan overtuigd dat die velletjes de grenzen van een gewone liefdescorrespondentie ver te buiten gingen en dat ze een heel arsenaal aan giftige politieke kritiek zouden bevatten die onder geen beding bij mij moest worden aangetroffen. Maar het was woensdag, en zoals elke woensdag was mijn afspraak bij de schoonheidssalon al gepland, dus besloot ik het gewone kanaal te gebruiken in plaats van alarm te slaan met een noodoptreden waarmee ik maar een paar uur zou winnen. Ik dwong mezelf die ochtend normaal te werken; ik ontving twee cliënten, at lusteloos wat en om kwart voor vier verliet ik het huis en ging op weg naar de kapper, met de koker patronen stevig in een zijden doek gerold in mijn tas. Er hing regen in de lucht, maar ik nam geen taxi; ik had behoefte aan frisse lucht om de nevelen die mijn geest plaagden te laten optrekken. Al lopend dacht ik na over de details van Beigbeders verwarrende bezoek van de avond ervoor en probeerde ik het plan te voorzien dat Hillgarth en zijn mensen zouden bedenken om de brieven bij hen te krijgen. Verzonken in dat gepeins viel het me niet op dat iemand me volgde; misschien ging ik zo in mijn eigen bekommernissen op dat ik het in elk geval niet merkte als iemand dat deed.

De berichten kwamen in de kast terecht zonder dat het meisje met de krullen dat over de garderobe ging ook maar het minste blijk van medeplichtigheid toonde toen haar blik de mijne kruiste. Of ze was een formidabele medewerkster, of ze had werkelijk geen flauw idee van wat er zich voor haar ogen afspeelde. De kapsters namen me vaardig als altijd onder handen, en terwijl mijn haar, dat inmiddels over mijn schouders hing, werd gewatergolfd deed ik alsof ik verdiept was in het nieuwste nummer van een tijdschrift. Dat vrouwenblad vol schoonheidsmiddeltjes, suikerzoete verhaaltjes die bol stonden van zedenpreken, en een complete reportage over gotische kathedralen interesseerde me maar weinig, maar ik las het van a tot z en keek geen moment op om zodoende het contact met de dames in mijn buurt te vermijden, wier gesprekken me volstrekt niet interesseerden. Tenzij ik een van mijn cliënten trof – iets wat relatief vaak gebeurde – had ik geen enkele behoefte met wie dan ook een gesprek aan te knopen.

Ik verliet de kapsalon zonder patronen, met een perfect kapsel en vanbinnen nog onrustig. De namiddag was somber; desalniettemin besloot ik een stukje te gaan wandelen in plaats van rechtstreeks naar huis te gaan: ik bleef liever uit de buurt van Beigbeders brieven tot Hillgarth me had laten weten wat ik ermee moest doen. Zonder een vast doel liep ik de calle de Alcalá in naar de Gran Vía; aanvankelijk was het een rustige en veilige wandeling, maar naarmate ik verder kwam, nam de mensenmassa op de trottoirs toe en vermengden zich keurig geklede personen met schoenpoetsers, peukenrapers en verminkte bedelaars die hopend op een aalmoes hun gebreken onbeschroomd tentoonspreidden. Toen besefte ik dat ik de door Hillgarth afgebakende zone overschreed: ik ging een tamelijk gevaarlijk gebied binnen waar ik iemand kon tegenkomen die me van vroeger kende. Waarschijnlijk zouden ze nooit vermoeden dat de vrouw in die elegante grijswollen jas het naaistertje had verdrongen dat ik jaren eerder was geweest, maar voor de zekerheid besloot ik een bioscoop in te gaan om de rest van de namiddag te doden en me tevens niet meer bloot te stellen dan nodig was.

Het Palacio de la Música heette de cinema, en *Rebecca* de film. De voorstelling was al begonnen, maar dat maakte me niet uit: de intrige interesseerde me niet, ik zocht alleen wat beslotenheid tot de noodzakelijke uren verstreken waren en iemand instructies over hoe ik moest handelen bij mijn huis had afgeleverd. De ouvreur bracht me naar een van de achterste rijen aan de zijkant terwijl Laurence Olivier en Joan Fontaine plankgas in een cabrio over een bochtige weg reden. Toen mijn ogen wat aan het donker gewend raakten, zag ik dat de grote stalles bijna helemaal vol zat; omdat mijn rij en dat deel van de zaal echter wat verder van het doek lagen, zaten daar her en der verspreid maar een paar personen. Links van mij enkele stelletjes, rechts niemand. Maar kort daarna, niet meer dan een paar minuten nadat ik was binnengekomen, merkte ik dat er iemand op het hoekje van mijn rij plaatsnam, zo'n tien, hooguit twaalf stoelen bij me vandaan. Een man. Alleen. Een man alleen, wiens gezicht ik in het schemerdonker niet kon onderscheiden. Een gewone man die me nooit zou zijn opgevallen, ware het niet dat hij een lichte regenjas met opgezette kraag droeg, identiek aan die van de gedaante die me al ruim een week volgde. Een man in regenjas met opgezette kraag die te oordelen naar de richting van zijn blik meer in mij dan in de film geïnteresseerd was.

Het koude zweet brak me uit. Opeens wist ik dat mijn vermoedens niet ongegrond maar juist waren geweest: dat sujet was daar voor mij. Waarschijnlijk had hij me vanaf de kapsalon gevolgd, misschien zelfs al vanaf mijn huis; hij had me honderden meters op de voet gevolgd; hij had me gadegeslagen toen ik het kaartje aan het loket kocht, toen ik door de foyer liep, de zaal betrad en bij mijn plaats kwam. Maar me observeren zonder dat ik hem zag was niet meer voldoende voor hem; nu had hij me vastgezet en was hij een paar meter bij me vandaan gaan zitten, sneed me de weg naar de uitgang af. En ik, onvoorzichtig en verpletterd door het nieuws over Beigbeders aftreden, had op het laatste moment besloten Hillgarth geen deelgenoot te maken van mijn vermoedens, ook al waren die de laatste dagen steeds sterker geworden. Mijn eerste impuls was ontsnappen, maar ik besefte meteen dat ik vastzat. Rechts kon ik de gang niet bereiken zonder dat hij me moest laten passeren; als ik dat via de linkerkant wilde doen, zou ik een handvol kijkers moeten lastigvallen, die geërgerd door de onderbreking zouden protesteren en moesten opstaan of hun benen intrekken zodat ik erlangs kon, hetgeen de onbekende ruimschoots de tijd zou geven om zijn plaats te verlaten en me te volgen. Toen herinnerde ik me Hillgarths adviezen tijdens ons etentje in de Amerikaanse Legatie: bij vermoeden gevolgd te worden geen paniek, maar zelfverzekerdheid, normaal gedrag.

De brutaliteit van de vreemdeling in regenjas kondigde echter niet veel goeds aan: wat tot dan toe een heimelijk en subtiel volgen was geweest, leek plots te zijn overgegaan in een ostentatieve bekendmaking van zijn bedoelingen. Ik ben hier zodat u me ziet, leek hij zonder woorden te zeggen. Zodat u beseft dat ik u in de gaten houd en dat ik weet waar u naartoe gaat; zodat u zich ervan bewust bent dat ik heel eenvoudig uw leven kan binnendringen: kijk maar, vandaag heb ik besloten u tot in de bioscoop te volgen en de uitgang voor u te blokkeren; morgen kan ik met u doen waar ik zin in heb.

Ik deed alsof ik geen aandacht aan hem besteedde en dwong mezelf me op de film te concentreren, maar het lukte me niet. De scènes trokken zonder betekenis en samenhang aan mijn ogen voorbij: een naargeestig statig landhuis, een kwaadaardig uitziende huishoudster, een hoofdpersoon die zich altijd verkeerd gedroeg en de geest van een fascinerende vrouw die in de lucht zweefde. De hele zaal leek aan het doek gekluisterd, maar mijn zorgen richtten zich op een meer nabije kwestie. Terwijl de minuten verstreken en de beelden in zwart, wit en grijs elkaar opvolgden, liet ik verscheidene keren mijn haar voor de rechterkant van mijn gezicht vallen en probeerde ik vanachter dat gordijntje de onbekende tersluiks te bestuderen. Ik kon zijn gelaatstrekken niet onderscheiden: de afstand en de duisternis verhinderden het. Maar tussen ons ontspon zich een soort stille, gespannen verbondenheid, alsof de gedeelde desinteresse voor de film ons samenbracht. Geen van tweeën hielden we onze adem in toen de naamloze hoofdpersoon het porseleinen beeldje brak, en evenmin voelden we paniek opkomen toen de huishoudster haar probeerde over te halen zich in de leegte te storten, ons hart stond zelfs niet stil toen we te weten kwamen dat Max de Winter in eigen persoon wellicht de moordenaar van zijn verdorven echtgenote was.

Het woord EINDE verscheen na de brand op Manderley en de lichten in de zaal gingen aan. Mijn eerste reactie was mijn gezicht verbergen:

om een of andere absurde reden voelde ik me zonder die duisternis kwetsbaarder voor de ogen van mijn achtervolger. Ik boog mijn hoofd, liet mijn haar weer voor mijn gezicht vallen en deed of ik druk doende was iets in mijn tas te zoeken. Toen ik mijn hoofd ten slotte een klein beetje ophief en naar rechts keek, was de man verdwenen. Ik bleef in de stalles zitten tot het doek wit geworden was, mijn keel zat dicht van angst. Alle lichten gingen aan, de laatste kijkers verlieten de zaal, de ouvreurs kwamen binnen om afval en vergeten voorwerpen tussen de stoelen vandaan te halen. Toen pas, nog doodsbang, verzamelde ik de moed om op te staan.

In de grote foyer was het druk en rumoerig: buiten stortregende het, en het vertrekkende publiek stond hutjemutje met degenen die voor de volgende voorstelling waren gekomen. Ik maakte me klein achter een pilaar in een hoek, voelde me anoniem tussen die mensenmassa, de stemmen en de dichte rook van ontelbare sigaretten, voor het moment veilig. Maar dat broze gevoel van veiligheid duurde amper een paar minuten, de tijd die de menigte nodig had om zich te verspreiden. De nieuwkomers gingen de zaal binnen om op te gaan in de avonturen van de De Winters en hun geesten; de rest – de behoedzaamsten beschut door paraplu's en hoeden, de onvoorzichtigsten met hun jas of een uitgevouwen krant boven hun hoofd, en de dappersten simpelweg onverschrokken – verliet stilaan de luisterrijke wereld van de film en ging naar buiten om de werkelijkheid van alledag het hoofd te bieden, een werkelijkheid die zich die avond presenteerde als een dicht gordijn van water dat onbarmhartig uit de hemel viel.

Een taxi vinden was bij voorbaat een verloren zaak, dus sprak ik mezelf moed in en ging ik, net als velen voor mij, de regen trotserend op weg naar huis, weggedoken in mijn jas en met een zijden hoofddoek om mijn kapsel te beschermen. Ik liep snel, wilde zo vlug mogelijk thuis zijn om zowel voor de stortbui als voor de vele vermoedens die me onderweg bestookten te vluchten. Ik keek voortdurend achterom; nu eens meende ik dat ik gevolgd werd, dan weer dacht ik dat het niet zo was. Elke gedaante in regenjas deed me mijn pas versnellen, ook al kwam het silhouet niet overeen met dat van de man voor wie ik bang was. Iemand liep me haastig voorbij en toen hij per ongeluk mijn arm aanraakte, vluchtte ik naar de etalage van een gesloten drogisterij; een bedelaar trok aan mijn mouw, vroeg om een aalmoes en ontving als gift een geschrokken gilletje. Ik probeerde met een paar keurige koppels op te lopen, maar zodra die mijn obsessieve nabijheid bemerkten, liepen ze bij me vandaan. Mijn kousen kwamen onder de modderspetters van de plassen te zitten, de hak van mijn linkerschoen bleef steken in een putrooster. Angstig stak ik gehaast de straten over, zonder goed op het verkeer te letten. De koplampen van een auto verblindden me op een kruispunt; even later toeterde een driewielig motorvoertuig naar me en werd ik bijna overreden door een tram; een paar meter verderop kon ik nog net wegspringen voor een donkere auto die me in die regen waarschijnlijk niet had opgemerkt. Of misschien wel.

Doornat en buiten adem kwam ik in mijn straat; een paar meter bij mijn portiek vandaan verdrongen de conciërge, de nachtwaker, een handvol buren en een stuk of vijf, zes nieuwsgierigen elkaar om de schade op te nemen die het water in de vollopende kelders van het gebouw had aangericht. Ik nam de trappen met twee treden tegelijk zonder dat iemand me zag, knoopte intussen mijn hoofddoek los en zocht mijn sleutels, opgelucht dat ik er was en mijn achtervolger niet was tegengekomen, verlangend naar een heet bad om de kou en de paniek uit mijn botten te verdrijven. Maar die opluchting was van korte duur. Even kort als de tijd die ik nodig had om bij de voordeur te komen, naar binnen te gaan en te beseffen wat er was gebeurd.

Dat er een lamp in de salon brandde terwijl het daar donker had moeten zijn was ongewoon, maar daar kon een verklaring voor zijn: hoewel doña Manuela en de meisjes doorgaans alles uitdeden voor ze vertrokken, waren ze dat die avond misschien vergeten. Het was niet het licht dat ik zo misplaatst vond, maar iets wat ik in de hal aantrof. Een regenjas. Een lichte. Van een man. Opgehangen aan de kapstok en onheilspellend onverstoorbaar druipend.

43

De eigenaar ervan zat in de salon op me te wachten. Een tijdlang, als tot het einde der wereld, kwam er geen woord uit mijn mond. Het onverwachte bezoek sprak evenmin meteen. We staarden slechts naar elkaar, door een duizelingwekkende werveling van herinneringen en gewaarwordingen heen.

'Vond je de film leuk?' vroeg hij ten slotte.

Ik antwoordde niet. Voor me zat de man die me al dagen volgde. Dezelfde man die vijf jaar eerder in een soortgelijke regenjas mijn leven uit gelopen was; dezelfde rug die zich in de nevel met een schrijfmachine verwijderde toen hij wist dat ik hem zou verlaten omdat ik verliefd was geworden op iemand die hij niet was. Ignacio Montes, mijn eerste verloofde, was opnieuw mijn leven binnengewandeld.

'We zijn er wel op vooruitgegaan, hè, Sirita?' voegde hij eraan toe terwijl hij opstond en naar me toe kwam.

'Wat doe je hier, Ignacio?' kon ik eindelijk fluisterend uitbrengen.

Ik had mijn jas nog aan; het water drupte op mijn voeten en op de vloer vormden zich kleine plasjes, maar ik verroerde me niet.

'Ik kom je opzoeken,' was zijn reactie. 'Droog je af en trek wat anders aan; we moeten praten.'

Hij glimlachte, en met die glimlach gaf hij aan dat hij helemaal geen zin had om te glimlachen. Toen besefte ik dat ik maar een paar meter bij de deur vandaan stond waardoor ik net was binnengekomen; misschien kon ik een vluchtpoging wagen, de trap af rennen, het portaal bereiken, naar buiten gaan, het op een hollen zetten. Ik verwierp het idee meteen: ik voelde dat het niet goed was op die manier te handelen zonder te weten wat ik het hoofd moest bieden, dus ging ik voor hem staan en zei: 'Wat wil je, Ignacio? Hoe ben je binnengekomen, wat kom je doen, waarom volg je me?'

'Rustig, Sira, rustig. Stel me je vragen een voor een, niet zo opgewonden. Maar eerst wil ik, als je het niet vervelend vindt, dat we het ons gemakkelijk maken. Ik ben nogal moe, weet je. Je hebt me vannacht lang beziggehouden. Wil je een drankje voor me inschenken?'

'Vroeger dronk je geen alcohol,' zei ik terwijl ik probeerde kalm te blijven.

Een lach zo koud als de bladen van mijn schaar sneed dwars door de salon.

'Wat een goed geheugen heb je. Met al die interessante geschiedenissen die je de afgelopen jaren moet hebben meegemaakt lijkt het bijna onmogelijk dat je je dergelijke futiliteiten nog kunt herinneren.'

Het leek onmogelijk, ja, maar ik herinnerde me het nog. Dat, en nog veel meer. De lange namiddagen waarop we zonder vast doel wandelden, het dansen onder de lampjes van de volksfeesten. Zijn optimisme en tederheid destijds. Mezelf toen ik nog een onbeduidend naaistertje was met geen andere levenshorizon dan trouwen met de man wiens aanwezigheid me nu vrees en onzekerheid inboezemde.

'Wat wil je drinken?' vroeg ik ten slotte. Ik probeerde sereen te klinken, geen ongerustheid te laten blijken.

'Whisky. Cognac. Maakt niet uit, wat je je andere gasten ook aanbiedt.'

Ik schonk het laatste restje voor hem in van de fles die Beigbeder de vorige nacht soldaat had gemaakt; er zat nog maar een paar vingers in. Toen ik me weer naar hem omdraaide zag ik dat hij een alledaags grijs pak aanhad: de stof en snit waren wat beter dan van de pakken die hij in onze tijd samen droeg, maar beduidend minder van kwaliteit dan de pakken van de mannen die me de laatste tijd omringden. Ik zette het glas op het tafeltje naast hem neer, en toen pas zag ik dat daar een doos bonbons van Embassy stond, verpakt in zilverkleurig papier en versierd met een opvallende roze strik.

'Een bewonderaar heeft je een attentie gestuurd,' zei hij terwijl hij met zijn vingertoppen over het doosje streek.

Ik gaf geen antwoord. Dat ging ook niet, mijn adem was gestokt. Ik wist dat ergens in de verpakking van dat onverwachte presentje een gecodeerd bericht van Hillgarth verborgen was, een bericht dat met uitzondering van mezelf voor iedereen onopgemerkt moest blijven.

Ik ging een stuk bij hem vandaan zitten, op het puntje van de sofa, gespannen en nog doorweekt. Ik negeerde de bonbons en nam Ignacio zwijgend op terwijl ik het natte haar uit mijn gezicht streek. Hij was nog even mager als vroeger, maar zijn gezicht was veranderd. Bij zijn slapen verschenen de eerste grijze haren, hoewel hij de dertig amper gepasseerd was. Hij had wallen, lijnen rond zijn mondhoeken en hij zag er afgemat uit, alsof hij een vermoeiend leven leidde.

'Nou, Sira, wat is dat lang geleden.'

'Vijf jaar,' preciseerde ik scherp. 'En vertel me nu alsjeblieft waarvoor je gekomen bent.'

'Voor verscheidene zaken,' zei hij. 'Maar trek eerst iets droogs aan. En als je terugkomt, neem dan je papieren mee. Het leek me wat grof er bij de uitgang van de bioscoop om te vragen, gezien je huidige omstandigheden.'

'En waarom zou ik jou mijn papieren moeten laten zien?'

'Omdat je, naar ik heb gehoord, nu een Marokkaans staatsburger bent.'

'En wat kan jou dat schelen? Je hebt het recht niet je met mijn leven te bemoeien.'

'Wie zegt dat?'

'Jij en ik delen niets meer. Ik ben nu iemand anders, Ignacio, ik heb niets meer te maken met jou, noch met wie dan ook uit de tijd dat we bij elkaar waren. De afgelopen jaren is er veel in mijn leven gebeurd; ik ben niet meer wie ik was.'

'Niemand van ons is nog wie hij was, Sira. Na een oorlog als de onze is niemand meer wie hij vroeger was.'

De stilte tussen ons rekte zich. Als uitzinnige meeuwen schoten er duizend beelden, duizend gevoelens, die ongecontroleerd op elkaar botsten door mijn hoofd. Voor me zat de man die de vader van mijn kinderen had kunnen zijn, een goede man die me alleen maar had aanbeden en die ik een mes in zijn ziel had gestoken. Voor me zat ook iemand die mijn ergste nachtmerrie kon worden, iemand die misschien al vijf jaar lang op wraak zon en tot alles bereid was om me voor mijn verraad te laten boeten. Me aangeven, bijvoorbeeld, me ervan beschuldigen dat ik niet degene was voor wie ik me uitgaf, mijn schulden uit het verleden aan het licht brengen.

'Waar was jij tijdens de oorlog?' vroeg ik bijna bang.

'In Salamanca. Ik ging er een paar dagen naartoe om mijn moeder op te zoeken en daar overviel de opstand me. Ik sloot me aan bij de nationalen, ik had geen keus. En jij?'

'In Tétouan,' zei ik onnadenkend. Misschien had ik niet zo expliciet moeten zijn, maar ik kon het niet terugnemen. Vreemd genoeg leek hij ingenomen met mijn antwoord. Een flauw glimlachje tekende zich op zijn gezicht af.

'Natuurlijk,' zei hij zacht. 'Natuurlijk, nu begrijp ik alles.'

'Wat begrijp je?'

'Iets wat ik over je moest weten.'

'Jij hoeft niets over me te weten, Ignacio. Het enige wat je moet is mij vergeten en me met rust laten.'

'Dat kan ik niet,' zei hij stellig.

Ik vroeg niet waarom niet. Ik was bang dat hij verklaringen zou eisen, dat hij me zou verwijten dat ik hem had laten zitten en dat hij me het verdriet dat ik hem had aangedaan voor de voeten zou gooien. Of erger nog: ik was bang dat hij zou zeggen dat hij nog altijd van me hield en dat hij me zou smeken bij hem terug te komen.

'Je moet gaan, Ignacio, je moet me uit je hoofd zetten.'

'Dat kan ik niet, schat,' herhaalde hij, nu verbitterd, met een spottende ondertoon. 'Ik zou niets liever willen dan de vrouw die me kapot heeft gemaakt voorgoed vergeten, maar ik kan het niet. Ik werk voor het veiligheidsorgaan van het ministerie van Binnenlandse Zaken. Het is mijn taak buitenlanders die onze grens passeren in de gaten te houden en te volgen, in het bijzonder degenen die zich met permanente bedoelingen in Madrid vestigen. En daar hoor jij bij. Hoog op de lijst zelfs.'

Ik wist niet of ik moest lachen of huilen.

'Wat wil je van me?' vroeg ik toen ik weer iets kon uitbrengen.

'Papieren,' eiste hij. 'Paspoort en douanepapieren van alles in deze woning wat uit het buitenland afkomstig is. Maar kleed je eerst om.'

Hij sprak kil en zelfverzekerd. Professioneel, totaal anders dan de zachtaardige, bijna kinderlijke Ignacio zoals ik me hem herinnerde.

'Mag ik je legitimatie zien?' vroeg ik zacht. Ik voelde dat hij niet loog, maar ik wilde tijd winnen om het onmiskenbare te verwerken.

Uit de binnenzak van zijn jasje haalde hij een portefeuille. Hij opende hem met dezelfde hand als waarmee hij hem vasthield, met de vaardigheid van iemand die gewend is zich telkens weer te legitimeren. Inderdaad, daar stonden zijn foto en zijn naam, naast de functie en het orgaan die hij zojuist genoemd had.

'Een moment,' prevelde ik.

Ik ging naar mijn kamer; ik haalde snel een witte blouse en een blauwe rok van hun hangertje, deed vervolgens de lade met lingerie open om er een schoon stelletje uit te halen. En toen beroerden mijn vingers Beigbeders brieven, verborgen onder de keurig opgevouwen setjes. Ik aarzelde even, wist niet wat ik ermee moest doen: zou ik ze daar laten liggen of snel een ander, veiliger plekje zoeken? Schielijk liet ik mijn ogen de kamer rondgaan: boven op de kast misschien, onder de matras misschien. Tussen de dekens wellicht. Of achter de kaptafelspiegel. Of in een schoenendoos.

'Schiet eens op,' hoorde ik Ignacio roepen.

Ik schoof de brieven tot aan de achterwand, bedekte ze met een stuk of wat kledingstukken en sloot met een doffe klap de lade. De ene plek was even goed of slecht als de andere; ik kon het lot maar beter niet tarten.

Ik droogde me af, kleedde me om, pakte mijn paspoort van het nachtkastje en ging terug naar de salon.

'Arish Agoriuq,' las hij langzaam toen ik het hem had overhandigd. 'Geboren in Tanger en woonachtig in Tanger. Ze is op dezelfde dag geboren als jij, hoe toevallig.'

Ik zei niets. Opeens kreeg ik sterke braakneigingen, ik kon ze nauwelijks onderdrukken.

'Vanwaar die verandering van nationaliteit, als ik vragen mag?'

Mijn geest smeedde in een mum van tijd een leugen. Dat ik in een dergelijke situatie zou belanden had ik nooit voorzien, Hillgarth evenmin.

'Mijn paspoort was gestolen en ik kon geen papieren in Madrid aanvragen omdat we midden in de oorlog zaten. Een vriend heeft toen geregeld dat ik de Marokkaanse nationaliteit kreeg en op die manier zonder problemen kon reizen. Het is geen vals paspoort, trek het maar na.'

'Dat heb ik al gedaan. En de naam?'

'Ze zeiden dat ik die beter kon veranderen, hem wat meer Arabisch moest laten klinken.'

'Arish Agoriuq? Is dat Arabisch?'

'Tarifit,' loog ik. 'De taal van de Berberstammen uit het Rifgebergte,' voegde ik eraan toe terwijl ik terugdacht aan Beigbeders taalvaardigheden.

Hij zweeg een poosje, keek me strak aan. Hoewel mijn maag nog opspeelde, dwong ik mezelf rustig te blijven en niet naar het toilet te rennen.

'Vertel, met welk doel verblijf je in Madrid?' sommeerde hij ten slotte.

'Werken. Naaien, net als vroeger,' antwoordde ik. 'Dit hier is een naaiatelier.'

'Laat zien.'

Ik ging hem voor naar de achterste salon en liet hem zonder een woord te zeggen de rollen stof, de modebladen en de tijdschriften zien. Daarna leidde ik hem door de gang en opende de deur van alle vertrekken. De smetteloze paskamers. De badkamer voor cliënten. Het werkatelier met geknipte stofdelen, patronen en paspoppen met kleding waaraan werd gewerkt. De strijkkamer waar diverse kledingstukken wachtten. Tot slot de opslagruimte. We liepen samen, naast elkaar, zoals we lang voordien ook zo vaak trajecten in ons leven hadden afgelegd. Ik herinnerde me dat hij destijds bijna een kop groter was dan ik; nu leek dat minder te zijn. Maar het was niet mijn geheugen dat me parten speelde: toen ik nog een leerlingnaaistertje was en hij een baan als ambtenaar aspireerde, droeg ik nog geen hakken; nu, vijf jaar nadien, kwam ik dankzij mijn hakken tot halverwege zijn hoofd.

'Wat is er verder naar achteren?' vroeg hij.

'Mijn slaapkamer, een paar badkamers en vier kamers, waarvan twee voor gasten en twee leeg. Verder een eetkamer, keuken en bijkeuken,' dreunde ik op.

'Ik wil ze zien.'

'Waarom?'

'Ik hoef je geen verklaring te geven.'

'Goed,' mompelde ik.

Met een knoop in mijn maag liet ik hem een voor een de vertrekken zien, een onverschilligheid voorwendend die mijlenver afstond van mijn werkelijke gevoelens, terwijl ik probeerde het beven van mijn hand waarmee ik de deurklinken en lichtknopjes bediende te verhullen. Beigbeders brieven aan Rosalinda lagen in de kast van mijn slaapkamer, onder mijn lingerie; ik stond al op mijn benen te trillen bij de gedachte dat hij die lade zou openen en ze zou vinden. Toen we mijn kamer binnengingen, klopte het hart me in de keel terwijl hij er op zijn gemak rondliep. Hij bladerde zogenaamd geïnteresseerd in de roman die op mijn nachtkastje lag en legde hem weer terug; vervolgens streek hij met zijn vingers over het voeteneind van het bed, pakte een haarborstel van de kaptafel en keek even op het balkon. Ik wenste vurig dat het bezoek daarmee voorbij was, maar dat was niet zo. Wat ik het meest vreesde kwam nog. Hij deed een van de kastdeuren open, die waar mijn jassen hingen. Hij voelde even aan de mouw van een overjas en aan de ceintuur van een andere, sloot de deur weer. Hij opende de deur ernaast en ik hield mijn adem in. Een rij laden. Hij opende de bovenste: hoofddoekjes. Hij tilde de punt van een ervan op, van nog een, vervolgens nog een, en nog een; daarna sloot hij hem weer. De tweede lade – ik slikte – kousen. Hij sloot hem. Toen zijn vingers de derde lade beroerden voelde ik de grond onder me wegzakken. Daar, onder mijn zijden stelletjes, lagen de geschreven documenten waarin gedetailleerd en in de eerste persoon gewag werd gemaakt van de omstandigheden rond het geruchtmakende ministeriële ontslag dat in Spanje op ieders lippen lag.

'Ik denk dat je te ver gaat, Ignacio,' bracht ik moeizaam uit.

Zijn vingers bleven nog even op de knop liggen, alsof hij nadacht over wat hij zou doen. Ik werd warm, koud, benauwd, had dorst. Ik voelde dat dit het einde was. Toen zag ik dat zijn lippen vaneengingen om iets te zeggen. 'Laten we verdergaan,' was het enige wat hij zei. Hij sloot de kastdeur weer terwijl ik een zucht van opluchting en een enorme drang om te gaan huilen onderdrukte. Ik vermande me en nam de verplichte rol van gids weer op me. Hij zag het bad waarin ik baadde en de tafel waaraan ik at, de kast waarin ik de levensmiddelen bewaarde, de gootsteen waar de meisjes de was deden. Misschien ging hij niet verder uit respect voor mij, wellicht louter uit schroom, of omdat zijn werkvoorschriften grenzen aangaven waarvan hij het niet waagde ze te overschrijden, ik heb het nooit geweten. We keerden zwijgend terug naar de salon, terwijl ik de hemel dankte dat de doorzoeking niet grondiger had plaatsgevonden.

Hij ging weer op hetzelfde plekje zitten en ik nam tegenover hem plaats.

'Alles in orde?'

'Nee,' bitste hij. 'Niets is in orde, helemaal niets.'

Ik sloot mijn ogen, kneep ze stijf dicht en deed ze weer open.

‘Wat is niet zoals het hoort?’

‘Niets is zoals het hoort, niets is zoals het moet zijn.’

Opeens meende ik een lichtpuntje te zien.

‘Wat dacht je te vinden, Ignacio? Wat wilde je vinden en heb je niet aangetroffen?’

Hij antwoordde niet.

‘Je dacht dat dit een dekmantel was, hè?’

Weer gaf hij geen antwoord, maar hij leidde het gesprek naar zijn terrein, nam de teugels weer in handen.

‘Ik weet dondersgoed wie dit decor heeft opgezet.’

‘Dit decor? Van wat?’ vroeg ik.

‘Deze farce, dit atelier.’

‘Dit is absoluut geen farce. Hier wordt hard gewerkt. Ik maak meer dan tien uur per dag, zeven dagen per week.’

‘Dat betwijfel ik.’ Zijn toon was bijtend.

Ik stond op, liep naar de fauteuil waarin hij zat. Ik ging op een armleuning zitten en pakte zijn rechterhand. Hij verzette zich niet, keek me evenmin aan. Ik streek met zijn vingers over mijn handpalmen, over mijn eigen vingers, langzaam, zodat hij elke millimeter van mijn huid met de zijne voelde. Ik wilde hem alleen maar de sporen van mijn werk tonen, de eeltplekken en de verhardingen die scharen, naalden en vingerhoedjes in de loop der jaren hadden nagelaten. Ik voelde hem onder mijn aanraking verstrakken.

‘Dit zijn de handen van een werkende vrouw, Ignacio. Ik geloof dat ik weet wat ik volgens jou ben en waarmee ik me bezighoud, maar het zal je duidelijk zijn dat dit niet de handen van iemands maîtresse zijn. Ik vind het heel erg dat ik je pijn heb gedaan, je weet niet half hoe erg. Ik heb me niet correct tegenover je gedragen, maar gedane zaken nemen geen keer en je bereikt er niets mee je nu met mijn leven te bemoeien en niet-bestaande spoken te zoeken.’

Ik stopte de beweging met onze vingers, maar bleef zijn hand tussen de mijne houden. Hij was ijskoud. Beetje bij beetje werd hij warm.

‘Wil je weten hoe het me is vergaan nadat ik ben vertrokken?’ vroeg ik zacht.

Hij knikte. Hij keek me nog steeds niet aan.

‘We gingen naar Tanger. Ik raakte zwanger en Ramiro verliet me. Ik verloor de baby. Opeens was ik alleen, in een vreemd land, ziek, zonder geld, overladen met schulden die Ramiro op mijn naam had gemaakt, en zo arm als een kerkrat. Ik kreeg de politie op mijn dak, stond duizend angsten uit, was betrokken bij illegale zaakjes. En daarna opende ik met behulp van een vriendin een atelier en sloeg weer aan het naaien. Ik werkte dag en nacht, maar maakte ook vrienden, een heel ander slag mensen. Ik paste me aan hen aan en ging een nieuwe wereld binnen, al bleef ik altijd werken. Ik ontmoette ook een man op wie ik verliefd had kunnen worden en met wie ik misschien weer gelukkig had kunnen zijn, een buitenlandse journalist, maar ik wist dat hij vroeg of laat zou moeten vertrekken en ik weigerde weer een relatie aan te gaan, uit angst opnieuw te zullen lijden, uit angst dezelfde gruwelijke, verscheurende pijn te moeten doormaken als toen Ramiro me in de steek liet. Nu ben ik terug in Madrid, alleen, en ik werk nog steeds, je hebt het hier gezien. En wat dat van jou en mij betreft, boontje kwam om zijn loontje, laat daar geen twijfel over bestaan. Ik weet niet of het je al dan niet voldoening geeft, maar je kunt er zeker van zijn dat ik zwaar heb moeten boeten voor het verdriet dat ik je heb aangedaan. Als Gods gerechtigheid bestaat, is mijn geweten gerust, in de wetenschap dat de balans meer dan in evenwicht is na wat ik jou heb aangedaan en wat vervolgens mij is aangedaan.'

Ik wist niet of mijn woorden hem raakten, geruststelden of juist meer verwarden. We zwegen een poosje, zijn hand tussen de mijne, onze lichamen dicht bij elkaar, ons allebei bewust van de nabijheid van de ander. Na een tijdje maakte ik me van hem los en ging terug naar mijn plek.

'Wat heb je met minister Beigbeder te maken?' wilde hij toen weten. Hij sprak zonder scherpte. Niet scherp maar ook niet krachteloos, ergens tussen de intimiteit van daarnet en de onmetelijke afstandelijkheid van daarvoor in. Ik merkte dat hij zijn best deed zijn professionele houding te herwinnen. En ik merkte dat dat hem helaas gemakkelijk afging.

'Juan Luis Beigbeder is een vriend uit mijn tijd in Tétouan.'

'Wat voor vriend?'

'Hij is niet mijn minnaar, mocht je dat soms denken.'

'Hij heeft de nacht met je doorgebracht.'

'Die heeft hij in mijn huis doorgebracht, niet met mij. En hoewel ik jou geen rekenschap over mijn privéleven hoef af te leggen, wil ik je toch één ding duidelijk maken: Beigbeder en ik hebben geen liefdesrelatie. We zijn vannacht niet met elkaar naar bed geweest. Vannacht niet en nooit niet. Ik laat me door geen enkele minister onderhouden.'

'Waarom dan?'

'Waarom wat, waarom we niet met elkaar slapen of waarom ik me niet door een minister laat onderhouden?'

'Waarom hij hierheen kwam en tot bijna acht uur 's morgens is gebleven.'

'Omdat hij net te horen had gekregen dat hij was afgezet en hij niet alleen wilde zijn.'

Hij stond op en liep naar een van de balkons. Met zijn handen in zijn broekzakken naar buiten kijkend begon hij weer te praten.

'Beigbeder is een onderkruipsel. Een verrader, omgekocht door de Britten, een idioot die is ingepakt door een Engelse snol.'

Ik lachte lusteloos, stond op, ging vlak achter hem staan.

'Je weet er niets van, Ignacio. Je volgt gewoon de bevelen op van iemand daarginds op het ministerie van Binnenlandse Zaken en je hebt ongetwijfeld opdracht gekregen alle buitenlanders die in Madrid komen de stuipen op het lijf te jagen, maar wie kolonel Beigbeder is en waarom hij zich heeft gedragen zoals hij heeft gedaan, daar heb je geen flauw benul van.'

'Ik weet wat ik moet weten.'

'Zoals?'

'Dat hij een samenzweerder is, zijn vaderland ontrouw. En een incompetente minister. Dat is wat iedereen zegt, te beginnen bij de pers.'

'Alsof je die kunt geloven...' merkte ik ironisch op.

'Wie zou je anders moeten geloven? Je nieuwe buitenlandse vriendjes soms?'

'Misschien. Ze weten veel meer dan jullie.'

Hij draaide zich om en stond in een paar stappen vlak voor mijn neus.

'Wat weten ze?'

Ik begreep dat ik beter niets kon zeggen en liet hem doorgaan.

'Weten ze soms dat ik je vannacht nog kan laten deporteren? Weten ze dat ik je kan laten oppakken, ervoor kan zorgen dat ze je exotische paspoort door de plee trekken en je geblindeerd het land uit voeren zonder dat er een haan naar kraait? Je vriendje Beigbeder is minister af, je bent je beschermheer kwijt.'

Hij stond zo dicht bij me dat ik haarscherp kon zien hoeveel zijn baard sinds de scheerbeurt van die ochtend was gegroeid. Ik zag zijn adamsappel tijdens het praten op en neer dansen, ik nam elke millimeter waar van de bewegingen van zijn lippen die me zo vaak hadden gekust en die nu harde dreigementen uitten.

Ik speelde hoog spel, zette alles op één kaart. Een kaart die even vals was als ikzelf.

'Beigbeder mag er dan niet meer zijn, maar ik heb andere troeven waar jij geen idee van hebt. De cliënten voor wie ik naai hebben machtige echtgenoten en minnaars, met de meesten van hen ben ik heel goed bevriend. Ik hoef maar te kikken en ik krijg meteen diplomatiek asiel in een half dozijn ambassades, te beginnen bij de Duitse, waar ze die minister van je trouwens stevig bij zijn kloten hebben. Met een simpel telefoontje is mijn hachje gered. Maar wie dat mogelijk niet lukt, als je tenminste doorgaat met je neus in zaken te steken die je niets aangaan, ben jij!'

Ik had nog nooit zo onbeschaamd tegen iemand gelogen; wellicht kwam het door de enorme omvang van mijn leugen dat ik die hooghartige toon tegen mijn gesprekspartner aansloeg. Ik wist niet of hij me geloofde. Misschien wel. Het verhaal was even ongeloofwaardig als mijn levensloop, maar daar was ik, zijn voormalige verloofde, veranderd in een Marokkaans staatsburger, het sprekende bewijs dat het meest onwaarschijnlijke zomaar opeens pure werkelijkheid kan worden.

'Dat valt nog te bezien,' snauwde hij binnensmonds.

Hij liet me daar staan en ging weer zitten.

'Ik vind de man in wie je bent veranderd maar niets, Ignacio,' fluisterde ik achter hem.

Hij liet een verbitterde lach horen.

'En wie ben jij om over mij te oordelen? Denk je soms dat je boven me staat omdat je de oorlog in Afrika hebt doorgebracht en als deftig dametje teruggekomen bent? Denk je dat je een beter mens bent dan ik omdat je afgedwaalde ministers binnenhaalt en je laat vleien met bonbons terwijl voor het volk zelfs het donkere brood en de linzen op de bon zijn?'

'Ik oordeel over je omdat ik je belangrijk vind en je het beste toewens,' verklaarde ik. Mijn stem was bijna onhoorbaar.

Opnieuw een lach. Nog verbitterder dan de voorgaande. Oprechter ook.

'Jij vindt alleen jezelf belangrijk, Sira. Ik, me, mij, mijn. Ik heb gewerkt, ik heb geleden, ik heb voor mijn schuld geboet; ikke, ikke, ikke. Verder interesseert niemand je, helemaal niemand. Heb je na de oorlog soms de moeite genomen erachter te komen wat er van je vrienden en bekenden is geworden? Ben je wel eens teruggegaan naar je oude buurt, in een van die elegante pakjes van je, om naar hen te vragen, om te zien of je iemand een helpende hand kunt toesteken? Weet je wat er in de loop der jaren met je buren en je vriendinnen is gebeurd?'

Zijn vragen dreunden als mokerslagen op mijn geweten, voelden als een handvol zout die verraderlijk in mijn geopende ogen terechtkwam. Ik had geen antwoorden: ik wist niets omdat ik verkozen had niets te weten. Ik hield me aan mijn orders, was gedisciplineerd geweest. Mij was gezegd dat ik me niet buiten een bepaalde kring mocht begeven, en ik had het niet gedaan. Ik deed mijn best het andere, het werkelijke, het echte Madrid niet te zien. Ik bewoog me binnen de grenzen van een idyllische stad en dwong mezelf niet naar haar andere kant te kijken: die van de in puin liggende straten, de gehavende gebouwen, de ramen zonder ruiten en de lege fonteinen. Ik liet mijn blik niet rusten op hele gezinnen die op zoek naar aardappelschillen in de vuilnis wroetten, keek niet naar de in rouw gehulde vrouwen die met een zuigeling aan hun opgedroogde borsten over de trottoirs zwierven; ik vestigde mijn ogen zelfs niet op de zwerm vuile, blootsvoets gaande kinderen die om hen heen krioelden en die met gezichtjes vol opgedroogd snot en korstige kaalgeschoren hoofdjes de voorbijgangers aan hun mouw trokken en om een aalmoes smeekten: heb mededogen, meneer, een aalmoes, alstublieft, mevrouw, hebt u een aalmoes voor me, God zal het u lonen. Ik was een verfijnde, gehoorzame agent in dienst van de Britse inlichtingendienst. Uiterst gehoorzaam. Walgelijk gehoorzaam. Ik volgde de gegeven instructies naar de letter op: ik ging niet naar mijn oude buurt en zette evenmin voet op het plaveisel van het verleden. Ik vermeed de vraag wat er met mijn buren, bekenden en jeugdvriendinnen was gebeurd. Ik ging niet naar mijn oude plein, liep niet door de smalle straat en klom niet de trap op. Ik belde niet aan bij mijn oude buren, ik wilde niet weten hoe het met hen ging, hoe het hun familie in de oorlog was vergaan, en ook niet daarna. Ik probeerde niet te weten te komen hoevelen van hen gestorven waren, hoevelen gevangengezet, hoe degenen die nog leefden het rooiden. Ik wilde niet horen met welke rotzooi ze hun pannen vulden, noch dat hun kinderen aan tbc en ondervoeding leden, en zonder schoenen door het leven gingen. Ik trok me niets aan van hun ellendige leven vol luizen en winterkou. Ik behoorde inmiddels tot een andere wereld: die van internationale samenzweringen, grote hotels, luxe kapsalons en cocktails op het uur van het aperitiefje. Ik had niets meer te maken met dat miserabele muisgrijze universum dat doortrokken was van de stank van urine en gekookte bieten. Dat dacht ik althans.

'Je weet niets over hen, hè?' ging Ignacio langzaam verder. 'Luister dan maar goed, want ik ga het je vertellen. Je buurman Norberto sneuvelde bij Brunete, zijn oudste zoon werd meteen toen de nationale troepen in Madrid arriveerden gefusilleerd, al beweert men dat hijzelf ook actief was geweest bij repressiekwesties van het andere kamp. De middelste hakt stenen in Cuelgamuros en de jongste in de strafgevangenis El Dueso; hij sloot zich aan bij de communisten dus waarschijnlijk komt hij er nog lang niet uit, als ze hem voor die tijd al niet executeren. Hun moeder, señora Engracia, de vrouw die voor je zorgde toen je klein was en je moeder moest werken, en die je als een dochter beschouwde, is alleen achtergebleven; ze is halfblind en zwerft als een krankzinnige over straat, met een stok wroetend in alles wat ze onderweg tegenkomt. In jouw vroegere buurt zijn geen duiven en katten meer, die zijn allemaal opgegeten. Wil je weten wat er is geworden van je vriendinnetjes met wie je op de plaza de la Paja speelde? Dat kan ik je ook vertellen: Andreíta werd uiteengereten door een granaat toen ze op een middag op weg was naar het atelier waar ze werkte en de calle Fuencarral overstak...'

'Ik wil verder niets weten, Ignacio, ik heb inmiddels wel een indruk,' zei ik terwijl ik mijn ontreddering probeerde te verbergen. Hij leek me niet te horen en ging gewoon door met verschrikkingen opnoemen.

'Sole, die van de melkboer, werd opgezadeld met een tweeling, door een militielid dat verdween zonder ze zelfs maar zijn naam te geven; aangezien zij niet voor de kinderen kon zorgen, want ze had werkelijk niets om ze te geven, kwamen ze in het vondelingenhuis terecht en ze heeft nooit meer iets over ze gehoord. Ze zeggen dat ze zichzelf nu aanbiedt aan de sjouwers op de Cebada en voor een peseta elke dienst verricht, daar ter plekke, tegen de stenen muur; ze beweren dat ze daar zonder slipje heen gaat en haar rok optilt zodra de vrachtwagens in de vroege ochtend arriveren.'

De tranen rolden over mijn wangen. 'Hou op, Ignacio, in godsnaam, hou op,' fluisterde ik. Hij negeerde het.

'Agustina en Nati, de dochters van de poelier, sloten zich aan bij een seculier comité van verpleegsters en werkten de hele oorlog in het San Carlosziekenhuis. Toen alles voorbij was, werden ze thuis opgehaald, in een busje gezet, en sindsdien zitten ze in de vrouwengevangenis Ventas; ze werden in las Salezas berecht en veroordeeld tot dertig jaar en één dag. Trini, de bakkersvrouw...'

'Stop nou, Ignacio, hou op...' smeekte ik.

Eindelijk zwichtte hij.

'Ik kan je nog veel meer geschiedenissen vertellen, ik ken ze vrijwel allemaal. Dagelijks komen er mensen naar me toe die ons van vroeger kennen. Allemaal met hetzelfde liedje: ik heb u een keer gesproken, don Ignacio, toen u nog verloofd was met Sirita, de dochter van señora Dolores, de naaister die in de calle de la Redondilla woonde...'

'Waarom komen ze naar jou?' kon ik tussen mijn snikken door uitbrengen.

'Allemaal voor hetzelfde: om te vragen of ik ze wil helpen een familielid uit de gevangenis te krijgen, om te zien of ik via een van mijn connecties iemand van de doodstraf kan redden, of ik ergens een baantje voor ze kan regelen, maakt niet uit hoe minderwaardig... Je hebt er geen flauw benul van hoe het er dagelijks in het gebouw van de Veiligheidsdienst aan toegaat; de hele dag door verzamelen zich hordes doodsbange mensen in de wachtkamers, in de gangen en op de trappen, wachtend op hun beurt, bereid om werkelijk alles te verdragen om slechts een kruimeltje van datgene waarvoor ze gekomen zijn te bemachtigen: dat iemand naar ze luistert, dat iemand ze te woord staat, dat iemand ze een aanwijzing geeft over een vermiste dierbare, dat iemand ze vertelt aan wie ze hun smeekbede moeten richten om de invrijheidstelling van een familielid te bewerkstelligen... Er komen vooral vrouwen, heel veel vrouwen. Ze hebben niets om van te leven, ze zijn alleen achtergebleven met hun kinderen en weten echt niet hoe ze die moeten grootbrengen.'

'En jij, kun je iets voor ze doen?' vroeg ik terwijl ik probeerde mijn verslagenheid te boven te komen.

'Weinig. Bijna niets. De militaire tribunalen gaan over oorlogsdelicten. Hun wanhoop drijft ze naar me toe, zoals ze elke bekende die voor de overheid werkt aanklampen.'

'Maar jij bent van het regime...'

'Ik ben maar een simpele ambtenaar zonder enige macht, een onbeduidend steentje in de hiërarchie,' onderbrak hij me. 'Ik kan alleen maar naar hun ellende luisteren, ze vertellen tot wie ze zich moeten wenden, als ik dat al weet, en ze een paar stuivers geven als ik zie dat ze radeloos zijn, meer niet. Ik ben zelfs geen lid van de Falange; ik voerde de oorlog daar waar ik toevallig was en het lot wilde dat ik uiteindelijk bij de overwinnaars hoorde. Daarom kwam ik weer bij het ministerie en doe ik nu het werk dat me wordt opgedragen. Maar ik hoor bij niemand; ik heb te veel verschrikkingen gezien en ik heb voor alles en iedereen mijn respect verloren. Daarom volg ik nu simpelweg bevelen op, want daarmee verdien ik mijn brood. Dus houd ik mijn mond, buig ik mijn hoofd en werk me uit de naad om mijn gezin draaiende te houden, dat is alles.'

'Ik wist niet dat je een gezin had,' zei ik terwijl ik mijn ogen depte met een zakdoek die hij me had aangereikt.

'In Salamanca ben ik getrouwd, en toen de oorlog was afgelopen zijn we naar Madrid gegaan. Ik heb een vrouw, twee kleine kinderen en een thuis waar aan het einde van de dag, hoe zwaar en weerzinwekkend die ook is geweest, in elk geval iemand op me wacht. Ons huis lijkt van geen kant op deze woning, maar er is altijd een brandende kachel en in de gang klinkt kindergelach. Mijn zoontjes heten Ignacio en Miguel, mijn vrouw Amalia. Ik heb nooit zoveel van haar gehouden als van jou, wanneer ze over straat loopt bewegen haar billen niet zo bevallig als de jouwe, en ik begeer haar nog niet voor een kwart met het verlangen dat ik daarnet naar jou voelde, toen je mijn hand tussen de jouwe hield. Maar ze gaat de moeilijkheden altijd opgewekt te lijf, staat zingend in de keuken te kokkerellen met het weinige wat er te krijgen is, en ze houdt me midden in de nacht in haar armen wanneer de nachtmerries me bestoken en ik schreeuw en huil omdat ik droom dat ik weer aan het front ben en denk dat ze me gaan doden.'

'Het spijt me, Ignacio,' bracht ik met een dun stemmetje uit. Door mijn tranen kon ik nauwelijks praten.

'Ik mag dan een conformist en een armzalig mens zijn, een slaafse dienaar van een revanchistische staat,' voegde hij eraan toe terwijl hij me vastberaden aankeek, 'maar wie ben jij om tegen mij te zeggen dat de man die ik geworden ben je niet bevalt. Wie ben jij om me een lesje in moraliteit te leren? Sira. Want ik mag dan slecht zijn, maar jij bent nog veel slechter. Ik heb tenminste nog een greintje mededogen in mijn ziel, en jij volgens mij zelfs dat niet meer. Jij bent gewoon een egoïst die in een kast van een huis woont waar de eenzaamheid van de muren druipt, een ontheemde die haar afkomst verloochent en aan niemand anders kan denken dan aan zichzelf.'

Ik wilde schreeuwen dat hij zijn mond moest houden, dat hij me met rust moest laten en voorgoed uit mijn leven moest verdwijnen, maar voor ik het eerste woord zelfs maar kon uitspreken, veranderde mijn binnenste in een stroom van onhoudbare snikken, alsof daarbinnen iets was opengescheurd. Ik huilde en huilde. Met mijn handen voor mijn gezicht, ontroostbaar, eindeloos. Toen ik eindelijk kon stoppen en terugkeerde in de werkelijkheid was het al na middernacht en was Ignacio er niet meer. Geruisloos was hij vertrokken, met dezelfde fijngevoeligheid waarmee hij me altijd behandeld had. De angst en de ongerustheid die zijn aanwezigheid had gewekt, voelde ik echter nog op mijn huid. Ik wist niet wat de consequenties van dat bezoek zouden zijn, ik wist niet wat er na deze avond met Arish Agoriuq zou gebeuren. Misschien kreeg de Ignacio van enkele jaren terug medelijden met de vrouw van wie hij zoveel gehouden had en besloot hij haar rustig haar weg te laten vervolgen. Of misschien opteerde hij er als perfecte ambtenaar van het Nieuwe Spanje voor om zijn verdenkingen rond mijn nieuwe identiteit aan zijn superieuren te melden; misschien zou ik – zoals hij had gedreigd – worden gearresteerd. Of gedeporteerd. Of vermist.

Op tafel stond een doos bonbons, veel minder onschuldig dan op het eerste gezicht leek. Ik maakte hem met de ene hand open terwijl ik met de andere mijn laatste tranen wegveegde. Twee dozijn melkchocolaatjes was wat ik erin aantrof. Vervolgens onderzocht ik de verpakking en vond op het lichtroze lint dat om het doosje gestrikt was een dun en bijna onzichtbaar stippellijntje. Ik ontcijferde het in minder dan drie minuten: 'Spoedbijeenkomst. Afspraak dokter Rico. Caracas 25. Ochtend elf uur. Uiterste voorzichtigheid.'

Naast de bonbons stond het glas cognac dat ik een paar uur eerder had ingeschonken. Onaangeroerd. Zoals Ignacio zelf had gezegd, was niemand van ons nog wie hij vroeger was. Maar al was het leven van ons allemaal binnenstebuiten gekeerd, hij dronk nog steeds geen alcohol.

DEEL VIER

44

Honderden goed gevoede en nog beter geklede mensen luidden in de koninklijke zaal van het casino in Madrid op de klanken van een Cubaans orkest het jaar 1941 in. Onder hen, als een van de velen, was ik.

Aanvankelijk was het mijn bedoeling die avond alleen door te brengen, misschien doña Manuela en de meisjes uit te nodigen voor een kapoen en een fles cider, maar door het koppige aandringen van twee cliënten van me, de gezusters Álvarez-Vicuña, zag ik me genoodzaakt mijn plannen te veranderen. Zonder al te veel enthousiasme maakte ik me met de grootste zorg voor de avond klaar; bij de kapper was mijn haar al in een lage wrong opgestoken en ik maakte mijn ogen op met Marokkaanse kohl om mijn blik dat speciale aspect te geven van het zogenaamd uitheemse wezen waarvoor men mij hield. Ik had een zilverkleurige tuniek ontworpen met wijde mouwen en een brede ceintuur om mijn silhouet goed te laten uitkomen: een kledingstuk dat het midden hield tussen een exotische Moorse kaftan en een elegante Europese avondjapon. De vrijgezelle broer van de dames kwam me thuis afhalen, een zekere Ernesto, van wie ik geen moment meer te zien kreeg dan het gladde gezicht en de glibberige beminnelijkheid waarmee hij me onthaalde. Toen we aankwamen, ging ik vastberaden de grote marmeren trap op, en eenmaal in de zaal veinsde ik de pracht en praal van de ruimte en de vele ogen die me onverholen opnamen niet te bemerken. Ik besteedde geen aandacht aan de gigantische kroonluchters van kristal uit La Granja die aan het plafond hingen, noch aan het sierpleisterwerk waarmee de muren bedekt waren en dat de fantastische schilderijen omlijstte. Zelfverzekerdheid, zelfvertrouwen, dat is wat mijn verschijning uitstraalde. Alsof die weelderige sfeer mijn natuurlijke omgeving was. Alsof ik een vis was en die opulentie het water.

Maar zo was het niet. Hoewel ik tussen de prachtige stoffen leefde waarin de dames om me heen die avond gehuld gingen, was mijn leven de afgelopen maanden niet bepaald verlopen in het ritme van een kabbelend stroompje, maar als een reeks dagen en nachten waarop mijn twee bezigheden als bloedzuigers een telkens schaarser wordende tijd opslokten.

De bijeenkomst met Hillgarth twee maanden eerder, onmiddellijk na mijn ontmoetingen met Beigbeder en Ignacio, had wat mijn handelwijze betrof een voor en een na gemarkeerd. Over de eerste informeerde ik hem gedetailleerd; over de tweede repte ik met geen woord. Misschien had ik dat wel moeten doen, maar iets hield me tegen: schaamte, onzekerheid, angst wellicht. Ik was me ervan bewust dat Ignacio's aanwezigheid het gevolg was van mijn eigen onvoorzichtigheid: ik had de marineattaché onmiddellijk op de hoogte moeten stellen toen ik vermoedde dat ik gevolgd werd; misschien had ik daarmee voorkomen dat een vertegenwoordiger van het ministerie van Binnenlandse Zaken zo makkelijk mijn huis was binnengedrongen en in de salon op me had zitten wachten. Het weerzien was echter te persoonlijk, te emotioneel en te pijnlijk geweest om het in het kille kader van de geheime dienst te vermelden. Door het te verzwijgen lapte ik de overeengekomen gedragsprotocollen aan mijn laars en sloeg ik de meest elementaire regels van mijn opdracht in de wind, maar ik nam het risico. Bovendien was het niet de eerste keer dat ik iets voor Hillgarth verzweeg: ik had hem evenmin verteld dat doña Manuela deel uitmaakte van een verleden waarnaar hij me persoonlijk had verboden terug te keren. Gelukkig had noch de inlijving van mijn vroegere leermeesteres, noch Ignacio's bezoek onmiddellijke gevolgen gehad: niemand had met een deportatiebevel voor de deur van het atelier gestaan, niemand had me opgeroepen voor een verhoor in een sinister kantoortje, en de schimmen in regenjas hadden uiteindelijk hun achtervolging gestaakt. Of dat definitief zo was of slechts een tijdelijke verbetering moest ik nog afwachten.

Tijdens de spoedbijeenkomst waartoe Hillgarth me na Beigbeders aftreden had opgeroepen, toonde hij zich ogenschijnlijk even neutraal als op de dag dat ik hem had leren kennen, maar door de gretigheid waarmee hij zelfs de kleinste bijzonderheden van mijn relaas over Beigbeders bezoek in zich opnam, vermoedde ik dat zijn ambassade na het nieuws van de afzetting danig in rep en roer was.

Probleemloos vond ik het adres waar onze afspraak was: de eerste verdieping van een groot karakteristiek pand dat er onverdacht uitzag. Ik hoefde maar een paar seconden te wachten voor de deur op mijn aanbellen openging en een oudere verpleegster me verzocht binnen te komen.

'Dokter Rico verwacht me,' deelde ik mee, de instructies op het lint van de doos bonbons volgend.

'Volgt u mij, alstublieft.'

Precies zoals ik had verwacht trof ik geen arts aan in het ruime vertrek waar ze me naartoe bracht, maar een Engelsman met zware wenkbrauwen die een heel ander officie uitoefende. Hoewel ik hem in Embassy diverse malen in zijn blauwe marine-uniform had gezien, was hij die dag in burger: een licht overhemd, gestippelde stropdas en een elegant grijsflanel kostuum. Niet alleen zijn kleding, maar zijn hele aanwezigheid was misplaatst in die spreekkamer, ingericht met allerhande zaken eigen aan een beroep dat niet het zijne was: een metalen kamerscherm met katoenen gordijntjes, vitrinekasten met potjes en instrumenten, een onderzoekstafel tegen de zijwand, titels en diploma's aan de muur. Hij schudde me energiek de hand en we verdeden geen tijd aan onnodige begroetingen of formaliteiten.

Zodra we hadden plaatsgenomen begon ik te praten. Seconde voor seconde haalde ik me de nacht met Beigbeder voor de geest en ik deed mijn best geen enkel detail over te slaan. Ik somde alles op wat ik uit zijn mond had gehoord, beschreef nauwkeurig zijn toestand, beantwoordde tientallen vragen en overhandigde hem de onaangeroerde brieven voor Rosalinda. Mijn relaas duurde meer dan een uur, terwijl hij star en met een onbewogen gezicht naar me zat te luisteren en de ene sigaret na de andere opstak tot hij systematisch een hele lading Craven A had opgerookt.

'Het is nog onbekend wat deze ministeriële verandering voor ons zal betekenen, maar de situatie is verre van rooskleurig,' verklaarde hij ten slotte toen hij de laatste sigaret uitdrukte. 'We hebben Londen op de hoogte gebracht, maar tot nu toe hebben we nog geen antwoord ontvangen; vooralsnog nemen we een afwachtende houding aan. Daarom verzoek ik u buitengewoon voorzichtig te zijn en geen enkele fout te maken. Beigbeder bij u thuis ontvangen was zeer gewaagd; ik begrijp dat u hem de toegang niet kon weigeren en u hebt er goed aan gedaan hem te kalmeren en aldus te voorkomen dat de toestand in iets ergers zou uitmonden, maar het risico voor u was zeer groot. Neem vanaf nu alstublieft de maximale behoedzaamheid in acht en probeer in het vervolg niet bij dergelijke situaties betrokken te raken. En let op verdachte figuren om u heen, vooral in de buurt van uw woning: sluit de mogelijkheid niet uit dat u in de gaten wordt gehouden.'

'Ik zal erop letten, daar kunt u gerust op zijn.' Ik dacht dat hij misschien iets vermoedde over Ignacio en zijn schaduwpraktijken; ik vroeg het liever niet.

'Vanaf nu gaat alles nog troebeler worden, dat is het enige wat we op dit moment weten,' voegde hij eraan toe terwijl hij me weer een hand gaf, ditmaal ten afscheid. 'Nu ze zich hebben ontdaan van de hinderlijke minister, zal de Duitse druk op Spaans grondgebied verder toenemen; wees daarom waakzaam en wees voorbereid op onverwachte gebeurtenissen.'

De daaropvolgende maanden handelde ik als zodanig: ik bracht de risico's tot het minimum terug, ik liet me zo min mogelijk in het openbaar zien en concentreerde me volledig op mijn werk. We naaiden maar door, veel, steeds meer. De relatieve rust die ik had gekregen met doña Manuela's komst naar het atelier duurde amper een paar weken: de groeiende cliëntèle en het naderende kerstseizoen noodzaakten me mezelf weer voor honderd procent op het naaiwerk te storten. Tussen de pasbeurten door putte ik me ook nog uit voor mijn andere belangrijke activiteit: de clandestiene, de parallelle. En zo nam ik even makkelijk de taille van een cocktailjapon in als dat ik informatie vergaarde over de genodigden voor de receptie op de Duitse ambassade ter ere van de komst van Himmler, het hoofd van de Gestapo, en nam ik evengoed de maten van een barones voor een nauwsluitend mantelpakje als dat ik me op de hoogte stelde van het enthousiasme waarmee de Germaanse gemeenschap wachtte op de naderende verplaatsing naar Madrid van het Berlijnse restaurant van Otto Horcher, de favoriete eetgelegenheid van de nazikopstukken in hun eigen hoofdstad. Over dat alles en vele andere zaken lichtte ik Hillgarth efficiënt in: ik ontleedde het materiaal minutieus, koos de nauwkeurigste woorden, verborg de berichten in zogenaamde stiklijnen en leverde ze punctueel af. In navolging van zijn waarschuwing was ik permanent op mijn hoede, hield ik alles wat om me heen gebeurde in het oog. Daardoor merkte ik op dat sommige dingen veranderden, kleinigheden die wellicht het gevolg waren van de nieuwe omstandigheden of misschien gewoon op toeval berustten, een speling van het lot. In het Prado miste ik op een zaterdag de zwijgzame kale man aan wie ik altijd de map met gecodeerde patronen gaf; ik zag hem nooit meer. Een paar weken later werd het meisje van de schoonheidssalon vervangen door een andere vrouw, ouder, dikker en even gesloten. Op straat en bij etablissementen nam ik ook meer bewaking waar, en ik leerde zien wie die op zich namen: grote Duitse kleerkasten, zwijgend en dreigend in jassen die bijna tot hun voeten reikten; magere Spanjaarden die nerveus stonden te roken voor een portiek, naast een zaak, achter een reclamebord. Al was ik in beginsel niet het onderwerp van hun missies, toch probeerde ik ze te ontwijken door van richting te veranderen of aan de overkant te gaan lopen zodra ik ze in het oog kreeg. Soms vluchtte ik een winkel in, of bleef ik bij een kastanjeverkoopster of voor een etalage staan om niet langs hen heen te hoeven lopen of ze frontaal tegen te komen. Andere keren kon ik ze echter onmogelijk ontwijken omdat ik onverwachts op hen stuitte en er geen ontsnappen mogelijk was. Dan sprak ik mezelf moed in, formuleerde zwijgend een 'Daar gaan we dan', versnelde ferm mijn pas en keek recht vooruit. Zelfverzekerd, afstandelijk, arrogant bijna, alsof datgene wat ik stevig in mijn hand hield gewoon een impulsieve aankoop of een tasje met make-up was, en geen lading gecodeerde gegevens over de privéagenda van de gewichtigste figuren van het Derde Rijk in Spanje.

Ik hield me ook op de hoogte van het politieke gebeuren om me heen. Zoals ik vroeger in Tétouan met Jamila had gedaan, zo stuurde ik nu Martina elke ochtend op pad om de kranten te gaan halen: *Abc*, *Arriba*, *El Alcázar*. Tijdens het ontbijt verslond ik, tussen de slokjes koffie met melk door, de artikelen over wat er in Spanje en Europa gebeurde. Zo kwam ik te weten dat Serrano Súñer de nieuwe minister van Buitenlandse Zaken was geworden en volgde ik woord voor woord de berichten over zijn reis met Franco naar Hendaye, waar ze een ontmoeting met Hitler hadden. Ik las ook over het trilaterale pact tussen Duitsland, Italië en Japan, over de invasie in Griekenland en over de duizenden gebeurtenissen die op het tapijt van die roerige tijden over elkaar heen buitelden.

Ik las, naaide en informeerde. Ik informeerde, naaide en las: zo zag mijn leven er van dag tot dag uit in de laatste maanden van het jaar dat bijna was afgelopen. Misschien nam ik daarom de uitnodiging aan om het einde ervan in het casino te vieren – een beetje vermaak zou me goeddoen en de spanning voor even wegnemen.

Zodra ze ons de zaal zagen binnenkomen, liepen Marita en Teté Álvarez-Vicuña naar hun broer en mij toe. We prezen elkaars japonnen en kapsels, babbelden wat over koetjes en kalfjes, en zoals gewoonlijk liet ik een paar Arabische woordjes en af en toe een zogenaamd Franse uitdrukking vallen. Intussen nam ik de zaal tersluiks op en zag verscheidene bekende gezichten, veel uniformen en her en der hakenkruizen. Ik vroeg me af hoeveel van de personen die daar ontspannen rondliepen net als ik tipgever en geheim informant zouden zijn. Meerdere, vermoedde ik, en ik besloot niemand te vertrouwen en mijn oren en ogen goed open te houden; misschien vernam ik iets wat van belang kon zijn voor Hillgarth en zijn mensen. Terwijl ik daarover peinsde en tegelijkertijd deed alsof ik het gesprek aandachtig volgde, maakte mijn gastvrouw Marita zich van ons los en verdween een moment. Toen ze kort daarop aan de arm van iemand terugkwam, wist ik dat de avond een nieuwe wending had genomen.

45

'Arish, lieverd, mag ik je voorstellen aan mijn toekomstige schoonvader, Gonzalo Alvarado. Hij zou graag even met je praten over zijn reisjes naar Tanger en de vrienden die hij daar heeft, je kent er vast een aantal van.'

Daar stond inderdaad Gonzalo Alvarado, mijn vader. In rokkostuum en met een halfleeg geslepen glas whisky in zijn hand. In de eerste seconde dat onze blikken elkaar kruisten, wist ik dat hij heel goed wist wie ik was. In de tweede begreep ik dat het idee mij voor dat feest uit te nodigen van hem afkomstig was. Toen hij mijn hand nam en die naar zijn lippen bracht om me hoffelijk met een handkus te begroeten, had echter niemand in die zaal kunnen bevroeden dat de vijf vingers die hij vasthield aan zijn eigen dochter toebehoorden. We hadden elkaar in totaal slechts een paar uur gezien, maar, zo wordt beweerd, de trek van het bloed is zo sterk dat zulke dingen soms gebeuren. Bij nader inzien waren het waarschijnlijk eerder zijn scherpzinnigheid en goede geheugen dan zijn vaderlijk instinct.

Hij was slanker en grijzer, maar zag er nog altijd heel goed uit. Het orkest zette 'Aquellos ojos verdes' in, hij vroeg me ten dans.

'Je kunt je niet voorstellen hoeveel deugd het me doet je weer te zien,' zei hij. Hij klonk naar mijn idee oprecht.

'Mij eveneens,' loog ik. In feite wist ik niet of het me deugd deed of niet; ik was nog te zeer van slag door het onverwachte weerzien om mijn gevoelens goed te kunnen beoordelen.

'Je hebt nu dus een andere voornaam, een andere achternaam, en je gaat door voor Marokkaanse. Ik neem aan dat je me niet gaat vertellen waar al die veranderingen aan te wijten zijn.'

'Klopt, dat doe ik niet. Bovendien geloof ik niet dat het u veel kan schelen, dat is mijn zaak.'

'Zeg alsjeblieft jij.'

'Zoals je wilt. Zou je ook graag willen dat ik je papa noem?' vroeg ik met enige spot.

'Nee, dank je. Gonzalo is genoeg.'

'Goed dan. Hoe is het met je, Gonzalo? Ik dacht dat je in de oorlog was vermoord.'

'Ik heb het overleefd, zoals je ziet. Het is een lang verhaal, te sinister voor een oudejaarsavond. Hoe gaat het met je moeder?'

'Goed. Ze woont nu in Marokko, we hebben een atelier in Tétouan.'

'Dan hebben jullie uiteindelijk toch naar me geluisterd. Zijn jullie op tijd uit Spanje vertrokken?'

'Min of meer. Dat van ons is ook een lang verhaal.'

'Misschien wil je het me een andere keer vertellen. Laten we wat afspreken, ik trakteer je op een etentje,' stelde hij voor.

'Ik denk niet dat ik kan. Ik ga niet veel uit, ik heb heel veel werk. Vandaag ben ik alleen maar gekomen omdat twee cliënten van me daar zo op aandrongen. Naïef genoeg dacht ik aanvankelijk dat het om een onbaatzuchtige vasthoudendheid ging. Maar nu zie ik dat er meer achter die vriendelijke en onschuldige uitnodiging aan het adres van de modieuze naaister school. Want het was jouw idee, toch?'

Hij zei geen ja en geen nee, maar de bevestiging deinde in de lucht, zweefde op de klanken van de bolero.

'Marita, de verloofde van mijn zoon, is een goed meisje, lief en enthousiast zoals er maar weinigen zijn, hoewel ze niet al te pienter is. Niettemin waardeer ik haar enorm: ze is de enige die het voor elkaar gekregen heeft om Carlos, die losbollige broer van je, aan de leiband te laten lopen, en over een paar maanden staat ze met hem voor het altaar.'

We keken allebei naar mijn cliënte. Ze stond op dat moment te smoezen met haar zus Teté terwijl hun ogen ons geen moment loslieten, beiden gekleed in creaties van Chez Arish. Met een gemaakte glimlach op mijn lippen deed ik mezelf de vaste belofte nooit meer een cliënte te vertrouwen die met haar sirenenzang eenzame zielen lokte op zulke trieste avonden als die van een jaar dat ten einde loopt.

Gonzalo, mijn vader, sprak verder.

'Afgelopen herfst heb ik je drie keer gezien. Je stapte een keer uit een taxi en ging Embassy binnen; nog geen vijftig meter daarvandaan liet ik net mijn hond uit, maar je zag niets.'

'Klopt, ik zag vast niets. Ik ben meestal heel gehaast.'

'Ik meende toen dat jij het was, maar ik zag je maar even en dacht dat het gezichtsbedrog was geweest. De tweede keer was op een zaterdag in het Prado; bij tijd en wijle mag ik daar graag heen gaan. Ik volgde je op een afstandje toen je verscheidene zalen bekeek, ik wist nog niet zeker of je inderdaad degene was die ik dacht dat je was. Vervolgens begaf je je naar de garderobe om een map op te halen en toen ging je voor een portret van Isabel van Portugal, dat van Titiaan, zitten tekenen. Ik nam ergens in dezelfde zaal plaats en bleef je daar zitten gadeslaan tot je je spullen inpakte. Ik vertrok in de overtuiging dat ik me niet had vergist. Jij was het, maar met een andere uitstraling: rijper, krachtiger en eleganter, maar zonder enige twijfel dezelfde dochter die ik als een angstig muisje had leren kennen net voor de oorlog uitbrak.'

Ik wilde de melancholie geen kans geven, dus greep ik meteen in. 'En de derde keer?'

'Dat was nog maar een paar weken geleden. Je liep in de Vélazquez, ik zat met Marita in de auto; ik bracht haar naar huis na een lunch bij vrienden thuis. Carlos had andere dingen te doen. We zagen je tegelijk en tot mijn grote verrassing wees ze naar je en vertelde me dat je haar nieuwe naaister was, dat je uit Marokko kwam en Arish huppeldepup heette.'

'Agoriuq. Mijn eigen achternaam, maar dan achterstevoren. Quiroga, Agoriuq.'

'Klinkt goed. Zullen we een drankje nemen, señorita Agoriuq?' vroeg hij met een ironisch glimlachje.

We baanden ons een weg, namen twee glazen champagne van een zilveren dienblad dat een ober ons voorhield en begaven ons naar een zijkant van de zaal, terwijl het orkest een rumba inzette en de dansvloer zich weer met paartjes vulde.

'Ik kan me voorstellen dat je liever niet hebt dat ik Marita je echte naam en mijn relatie tot jou onthul,' zei hij toen we ons eenmaal aan het gewoel hadden ontworsteld. 'Zoals ik al zei, het is een goed meisje, maar ze is ook gek op roddelen en discretie is niet haar sterkste punt.'

'Ik zou het op prijs stellen als je niemand iets vertelde. Maar mijn nieuwe naam is officieel en mijn Marokkaanse paspoort echt. '

'Er is ongetwijfeld een goede reden voor die verandering, denk ik zo.'

'Uiteraard. Daarmee win ik aan exotisme tegenover mijn cliëntèle en voorkom ik en passant dat de politie achter me aan komt vanwege de aangifte die je zoon tegen me heeft gedaan.'

'Heeft Carlos aangifte tegen je gedaan?' De hand met het glas dat op weg was naar zijn lippen bevroor, zijn verbazing leek volkomen echt.

'Niet Carlos; je andere zoon, Enrique. Net voor de oorlog uitbrak. Hij beschuldigde me van diefstal van het geld en de juwelen die je me destijds hebt gegeven.'

Hij glimlachte met gesloten lippen, bitter.

'Enrique is drie dagen na het begin van de opstand vermoord. Een week daarvoor hadden we een vreselijke ruzie. Hij was erg gepolitiseerd, voelde dat er iets groots ophanden was en drong erop aan dat we al ons contante geld, onze juwelen en waardevolle voorwerpen naar het buitenland brachten. Ik moest hem vertellen dat ik je jouw deel van de erfenis al had gegeven; ik had natuurlijk ook kunnen zwijgen, maar dat wilde ik niet. Daarom vertelde ik hem de geschiedenis met Dolores en ik lichtte hem ook in over jou.'

'En dat nam hij slecht op,' was ik hem voor.

'Hij was des duivels en wierp me de vreselijkste dingen voor de voeten. Daarna liet hij Servanda komen, de oude dienstmeid, je herinnert je haar vast nog wel. Hij ondervroeg haar over jullie. Ze vertelde dat jij was weggerend met een groot pak in je handen, en toen moet hij die belachelijke diefstal hebben verzonnen. Na die ruzie vertrok hij en sloeg de deur zo hard achter zich dicht dat alle muren van het gebouw trilden. De eerstvolgende keer dat ik hem zag was elf dagen later, in het magazijn van het Estadio Metropolitano, met een kogel in zijn hoofd.'

'Dat spijt me.'

Hij haalde berustend zijn schouders op. In zijn ogen lag een grenzeloos verdriet.

'Hij was dwaas en onbesuisd, maar hij was mijn zoon. Op het laatst was onze relatie onaangenaam en turbulent; hij zat bij de Falange, iets wat me van geen kant beviel. Maar achteraf bezien was die Falange bijna een zegen. Zij gingen tenminste uit van romantische idealen en van weliswaar utopische, maar toch tamelijk redelijke principes. Ze vormden een club verwende dromers, voor het merendeel nietsnutten, maar gelukkig hadden ze niets van die opportunisten van tegenwoordig, van degenen die met geheven arm en gezwollen halsader het *Cara al sol* brullen en de afwezige aanroepen alsof hij een heilige is, terwijl ze voor de oorlog nog nooit van José Antonio hadden gehoord. Een bende arrogante, groteske klootzakken, dat zijn ze...'

Plots was hij terug in de werkelijkheid van de schitterende kristallen kroonluchters, het geluid van de maracas en trompetten, en de op de klanken van 'El manisero' ritmisch bewegende lichamen. Hij was terug in de werkelijkheid en bij mij, raakte mijn arm aan, streelde me zachtjes.

'Neem me niet kwalijk, soms wind ik me te veel op. Ik verveel je, dit is niet het moment om over dergelijke zaken te praten. Wil je dansen?'

'Nee, dank je. Ik praat liever met je.'

Een ober kwam naar ons toe, we zetten de lege glazen op het dienblad en pakten twee volle.

'We waren gebleven bij de aangifte die Enrique tegen je had gedaan...' zei hij toen.

Ik liet hem niet uitspreken; ik wilde eerst iets anders weten, iets wat de hele tijd al door mijn hoofd spookte.

'Voor ik verderga, moet je me iets vertellen. Waar is je vrouw?'

'Ik ben weduwnaar geworden. Voor de oorlog, in het voorjaar van 1936, kort na het bezoek van jou en je moeder, was María Luisa met haar zusters in Zuid-Frankrijk. Een van hen had een Hispano-Suiza en een chauffeur die buitensporig van het nachtleven genoot. Op een ochtend haalde hij hen op om ze naar de mis te brengen; waarschijnlijk had hij de hele nacht geen oog dichtgedaan en door een stomme onoplettendheid raakte de auto van de weg. Twee zussen waren dood, María Luisa en Concepción. De chauffeur raakte een been kwijt en de derde zus, Soledad, bleef ongedeerd. Ironie van het leven, zij was de oudste van de drie.'

'Ach, dat spijt me echt.'

'Soms denk ik dat het voor haar het beste was. Ze was snel gechoqueerd, was ontzettend schichtig, raakte door het kleinste huishoudelijke incident al vreselijk uit haar doen. Ik denk dat ze de oorlog nooit had aangekund, niet in Spanje en niet daarbuiten. En uiteraard had ze de dood van Enrique nooit kunnen verwerken. Dus heeft de goddelijke voorzienigheid haar wellicht een gunst bewezen door haar voordien weg te nemen. En vertel nu verder: we waren bij die aangifte. Weet je inmiddels meer, heb je enig idee hoe de zaak er nu voor staat?'

'Nee. In september, voor ik naar Madrid vertrok, heeft de commissaris van de politie in Tétouan nog geprobeerd navraag te doen.'

'Om je in staat van beschuldiging te stellen?'

'Nee, om me te helpen. Commissaris Vázquez is niet echt een vriend van me, maar hij heeft me altijd goed behandeld. Je hebt een dochter die behoorlijk in de nesten heeft gezeten, moet je weten.'

Uit mijn toon maakte hij op dat ik serieus was.

'Wil je het me vertellen? Ik zou je graag helpen.'

'Dat is op dit moment niet nodig, alles is min of meer in orde, maar dank je voor het aanbod. Misschien heb je gelijk en zouden we eens moeten afspreken om in alle rust te praten. Die problemen gaan jou voor een deel ook aan.'

'Licht een tipje van de sluier op.'

'Ik heb de juwelen van je moeder niet meer.'

Hij leek niet geschokt.

'Moest je ze verkopen?'

'Ze zijn gestolen.'

'En het geld?'

'Ook.'

'Alles?'

'Tot de laatste cent.'

'Waar?'

'In een hotel in Tanger.'

'Wie?'

'Een hufter.'

'Kende je hem?'

'Ja. En als je het niet erg vindt praten we nu over iets anders. Een andere keer, als het wat rustiger is, vertel ik je de bijzonderheden wel.'

Het was bijna middernacht en door de zaal bewogen zich telkens meer frakken, gala-uniformen, avondjaponnen en met juwelen behangen decolletés. De Spanjaarden overheersten, maar er was ook een flink aantal buitenlanders. Duitsers, Engelsen, Amerikanen, Italianen, Japanners: een potpourri van landen in oorlog, ondergedompeld in een kluwen van respectabele, vermogende Spaanse ingezetenen, allen voor een paar uur ver verwijderd van het ruw verscheurde Europa en de ellende van een verwoest volk dat op het punt stond 'tot nooit' te zeggen tegen een van de vreselijkste jaren uit zijn geschiedenis. Overal klonk uitbundig gelach en de paartjes gleden maar voort op het aanstekelijke ritme van de conga's en guaracha's die het negerorkest aan één stuk door fervent ten gehore bracht. De lakeien in livrei die bij onze aankomst de trap hadden geflankeerd, begonnen kleine mandjes druiven uit te delen en moedigden de genodigden aan naar het terras te gaan om ze daar op de slagen van de naburige klok op de Puerta del Sol op te eten. Mijn vader bood me zijn arm en ik accepteerde hem: hoewel we afzonderlijk waren gekomen, hadden we op een of andere manier stilzwijgend afgesproken het nieuwe jaar samen in te luiden. Op het terras voegden we ons bij enkele vrienden van hem, zijn zoon en mijn konkelfoezende cliënten. Hij stelde me voor aan Carlos, mijn halfbroer, die heel veel op hem leek en absoluut niet op mij. Hoe had mijn broer ooit kunnen bevroeden dat de vrouw die hij voor zich had het parvenuachtige naaistertje van zijn eigen bloed was dat door zijn broer was aangegeven omdat ze de jongens een flink deel van hun erfenis afhandig had gemaakt?

Niemand leek de intense kou op het terras te deren: het aantal gasten was verveelvoudigd en de obers kwamen handen te kort toen ze zich tussen hen door bewogen en met grote witte servetten omwikkelde flessen champagne leegschonken. De geanimeerde gesprekken, het gelach en het getinkel van de glazen leken in de lucht te blijven hangen en de pikdonkere winterhemel te raken. Vanaf de straat steeg intussen als een rauw gebulder het stemgeluid van de massa onfortuinlijke mensen op: zij die door hun duistere lot bestemd waren om laag bij de grond, op de straatstenen, te blijven en een liter goedkope wijn of een fles messcherpe brandewijn te delen.

De klokslagen begonnen te klinken, eerst de inleidende, vervolgens de definitieve. Geconcentreerd begon ik de druiven te eten: *dong*, een, *dong*, twee, *dong*, drie, *dong*, vier. Op de vijfde voelde ik dat Gonzalo zijn arm om me heen sloeg en me tegen zich aan trok; op de zesde vulden mijn ogen zich met tranen. Op de zevende, achtste en negende slikte ik de druiven blindelings door, vechtend tegen mijn tranen. Op de tiende lukte me dat, op de elfde had ik mezelf weer in de hand en toen de laatste klonk, draaide ik me om en omhelsde mijn vader voor de tweede keer in mijn leven.

46

Halverwege januari ontmoette ik hem weer om uitgebreid verslag te doen over de diefstal van zijn erfenis. Ik nam aan dat hij de geschiedenis geloofde; als dat niet het geval was, wist hij dat goed te verbergen. We lunchten bij Lhardy en hij stelde voor dat we elkaar zouden blijven zien. Ik weigerde zonder daar een goede reden voor te hebben; misschien dacht ik dat het te laat was om alles wat we nooit samen hadden meegemaakt in te halen. Hij bleef aandringen en leek niet bereid mijn weigering zonder meer te accepteren. En het lukte hem, deels: de muur van mijn verzet brokkelde stukje bij beetje af. We aten weer een keer samen, gingen naar het theater en naar een concert in het Real; op een zondagmorgen gingen we zelfs in het Retiro wandelen zoals hij dertig jaar eerder met mijn moeder had gedaan. Tijd had hij in overvloed, werken deed hij inmiddels niet meer; toen de burgeroorlog voorbij was kreeg hij zijn ijzergieterij terug, maar hij besloot de fabriek niet te heropenen. Hij verkocht de grond en ging van de opbrengst rentenieren. Waarom wilde hij niet verder, waarom blies hij zijn bedrijf na de strijd geen nieuw leven in? Uit pure ontgoocheling, denk ik. De bijzonderheden van zijn beproevingen gedurende die jaren heeft hij me nooit verteld, maar uit de opmerkingen die hem af en toe ontvielen als we met elkaar zaten te praten, kon ik die ongeveer reconstrueren. Toch leek hij geen verbitterd mens; hij was te verstandig om toe te staan dat wrok de regie over zijn leven zou voeren. Hoewel hij tot het kamp van de overwinnaars behoorde, was hij ook ontzettend kritisch op het nieuwe regime. En hij was ironisch, en een geweldig causeur, en tussen ons ontspon zich een bijzondere relatie, waarmee we niet zozeer zijn lange afwezigheid in de jaren van mijn kindertijd en jeugd wilden compenseren, maar vanaf nul een vriendschap tussen volwassenen opbouwden. In zijn kringen werd over ons geroddeld, speculeerden ze over de aard van onze relatie, en hem kwamen vele extravagante gissingen ter ore waarvan hij me vrolijk deelgenoot maakte, maar die hij tegenover niemand ophelderde.

De ontmoetingen met mijn vader openden me de ogen voor een onbekende kant van de werkelijkheid. Dankzij hem wist ik, al repten de kranten daar nooit over, dat het land in een permanente regeringscrisis verkeerde, dat de geruchten over afzettingen en aftredens, ministeriële opvolgingen, rivaliteit en samenzweringen zich vermenigvuldigden als de broden en vissen. De val van Beigbeder veertien maanden nadat hij in Burgos was ingezworen, was ongetwijfeld de opzienbarendste, maar in geen geval de enige.

Terwijl Spanje langzaam met de wederopbouw aanving, leefden de families die hadden bijgedragen aan de overwinning verre van in harmonie met elkaar, maar zaten elkaar als in een klucht in de haren. Het leger tegen de Falange, de Falange moordzuchtig tegen de monarchisten, de monarchisten weer des duivels omdat Franco de boot afhield wat de restauratie betrof, en de Caudillo maar in El Pardo, afgezonderd en onbestemd, met vaste hand vonnissen ondertekenend zonder voor iemand een voorkeur uit te spreken; Serrano Súñer op zijn plek boven allen, allen op hun beurt weer tegen Serrano; sommigen intrigeerden ten gunste van de asmogendheden, anderen weer voor de geallieerden, en iedereen gokte blindelings, zonder te weten welk kamp uiteindelijk, zoals Candelaria zou zeggen, zijn schaapjes in de stal zou krijgen.

De Duitsers en de Britten bleven in die tijd volop touwtrekken, zowel op de wereldkaart als in de straten van de Spaanse hoofdstad. Helaas voor de zijde waaraan het lot me had geplaatst, schenen de Duitsers over een veel krachtiger en effectiever propaganda-apparaat te beschikken. Zoals Hillgarth me in Tanger al had verteld, werden de Duitse inspanningen vanuit hun eigen ambassade geregeld, met meer dan genereuze financiële middelen en een formidabel team dat geleid werd door de beruchte Lazar, die bovendien op de steun van het regime kon rekenen. Uit de eerste hand wist ik dat de sociale activiteiten die de persgelastigde ontwikkelde onbegrensd waren: de Duitse en enkele Spaanse cliënten maakten in mijn atelier voortdurend gewag van zijn diners en feesten, en in de salons van zijn woning paradeerde elke avond wel een van mijn creaties.

Steeds vaker ook verschenen in de pers campagnes die tot doel hadden het Duitse prestige aan de man te brengen. Daartoe gebruikten ze opvallende en effectieve advertenties waarin met evenveel enthousiasme reclame werd gemaakt voor benzinemotoren als voor textielverf. De propaganda was constant en verenigde ideeën en producten, overtuigde de lezer ervan dat de Germaanse ideologie een vooruitgang boekte die onbereikbaar was voor de rest van wereld. De ogenschijnlijk technische sluier die over de advertenties hing, verhulde geenszins de boodschap: Duitsland was klaar om over de aardbol te heersen en dat wilde het zijn goede vrienden in Spanje laten weten. En opdat er geen twijfel zou bestaan, illustreerden ze hun campagne met visueel indrukwekkende beelden, grote letters en pittoreske kaarten van Europa waarop Duitsland en het Iberisch schiereiland met dikke pijlen werden verbonden terwijl Groot-Brittannië daarentegen door de aarde verzwolgen leek.

In apotheken, cafés en barbierszaken werden gratis satirische tijdschriften en puzzelboekjes uitgedeeld, cadeautje van de Duitsers; de grappen en anekdotes werden afgewisseld met stukken over hun glorierijke militaire operaties, en de oplossing van alle raadsels en rebussen was altijd politiek getint en viel uiteraard ten gunste van de nazi's uit. Iets dergelijks gebeurde ook met informatieve folders, avonturenverhalen voor kinderen en jongeren, en zelfs met de parochieblaadjes van honderden kerken. Men beweerde ook dat de straten overliepen van Spaanse informanten die door de Duitsers waren geronseld om mondeling bij de tramhaltes en in de rijen voor de winkels en bioscopen propaganda te verspreiden. De deviezen waren soms tamelijk geloofwaardig, maar vaker volstrekt onzinnig. Her en der gingen valse geruchten, die altijd negatief waren voor de Britten en hun bondgenoten. Dat ze de olijfolie van de Spanjaarden stalen en die in auto's van het corps diplomatique naar Gibraltar vervoerden. Dat het meel dat het Amerikaanse Rode Kruis had gedoneerd zo slecht was dat het Spaanse volk er ziek van werd. Dat er geen vis op de markt te krijgen was omdat onze vissersboten werden tegengehouden door schepen van de Britse marine. Dat de kwaliteit van het brood zo slecht was omdat de onderdanen van His Majesty de Argentijnse graanschepen tot zinken brachten. Dat de Amerikanen samen met de Russen de laatste hand legden aan de dreigende invasie van het Schiereiland.

De Britten lieten zich intussen niet onbetuigd. Hun reactie was in de eerste plaats het onheil dat het Spaanse volk getroffen had met alle mogelijke middelen aan het regime toeschrijven en daar slaan waar het 't meeste pijn deed: de voedselschaarste. Die hongersnood zorgde ervoor dat mensen ziek werden doordat ze de troep uit het vuilnis opaten, dat hele gezinnen wanhopig achter vrachtwagens van de sociale bijstand aan renden en de moeders het God mag weten hoe voor elkaar kregen dingen te bereiden als een gefrituurde hap zonder olie, tortilla's zonder eieren, zoetigheden zonder suiker, en een aparte worst zonder spoor van varkensvlees maar die verdacht veel naar stokvis smaakte. Om de sympathie van de Spanjaarden voor de geallieerde zaak te winnen, scherpten ook de Engelsen hun vernuft. Het persbureau van de ambassade gaf in Madrid een blad uit dat ze zelf ter plekke vervaardigden en dat de functionarissen in eigen persoon en met de jonge Tom Burns, hun persattaché, aan kop op de trottoirs in de buurt van hun legatie uitdeelden. Kort daarvoor was het Brits Instituut gaan functioneren onder leiding van een zekere Walter Starkie, een katholieke Ier die door sommigen don Gitano werd genoemd. De opening geschiedde, zo vertelde men, zonder andere toestemming van de Spaanse autoriteiten dan het oprechte, maar inmiddels wel verzwakte woord van Beigbeder tijdens zijn laatste stuiptrekkingen als minister. Ogenschijnlijk was het een cultureel centrum waar Engelse les werd gegeven, en er werd een aantal conferenties, bijeenkomsten en diverse evenementen georganiseerd die eerder maatschappelijk dan zuiver intellectueel van aard waren. Het ging blijkbaar om een verholen Britse propagandamachine die veel verfijnder te werk ging dan bij de Germaanse campagne het geval was.

En zo ging de winter voorbij, moeizaam en gespannen, zwaar voor bijna iedereen, voor de landen, voor de mensen. En bijna zonder dat ik het merkte, kwam de lente over ons. En daarmee een nieuwe uitnodiging van mijn vader. De hippodroom La Zarzuela opende zijn deuren, had ik zin met hem mee te gaan?

Toen ik nog een jong leerlingnaaistertje bij doña Manuela was hoorden we onze cliënten constant praten over de hippodroom, waar ze veelvuldig heen gingen. Waarschijnlijk waren maar weinig dames in de harddraverij zelf geïnteresseerd, maar net als de paarden wedijverden zij ook. Zo niet in snelheid, dan wel in elegantie. De oude hippodroom bevond zich destijds aan het einde van de paseo de la Castellana en het was dé sociale ontmoetingsplaats voor de hoge burgerij, de aristocratie en zelfs de koninklijke familie, met Alfons XIII regelmatig in de koningsloge. Kort voor de oorlog was met de bouw van een moderner complex aangevangen; door de strijd kwam het project voor de nieuwe paardenrenbaan echter stil te liggen. Na twee vredesjaren opende deze, pas half af, in de omgeving van El Pardo zijn deuren.

De opening voerde al weken de krantenkoppen aan en lag bij velen op de lippen. Mijn vader haalde me op met zijn auto; hij reed graag zelf. Onderweg vertelde hij me over de bouw van de hippodroom met zijn originele welvende overkapping, en hij had het ook over de duizenden Madrilenen die dolenthousiast waren omdat de voormalige rennen werden hervat. Ik op mijn beurt beschreef mijn herinneringen aan de Club Hípica in Tétouan en het indrukwekkende beeld van de kalief die vrijdags te paard de plaza de España overstak om van zijn paleis naar de moskee te gaan. En we hadden elkaar zo ontzettend veel te vertellen dat hem geen tijd overbleef om tegen me te zeggen dat hij die middag ook met anderen had afgesproken. Pas toen we op onze tribune aankwamen besefte ik dat ik door naar dat ogenschijnlijk onschuldige evenement te gaan uit eigen beweging het hol van de leeuw was binnengestapt.

47

De menigte was overweldigend: massa's mensen opeengehoopt voor de loketten, rijen van tientallen meters om de wedformulieren te regelen, de tribunes en het gebied vlak bij de baan stampvol met een popelend luidruchtig publiek. De bevoorrechten in de gereserveerde loges zweefden daarentegen in een andere dimensie: zonder drukte en geschreeuw, gezeten op echte stoelen in plaats van op de betonnen treden en verzorgd door obers in smetteloze jasjes die hen naarstig bedienden.

Zodra we bij onze loge aankwamen, voelde ik vanbinnen iets wat op de knip van een ijzeren tang leek. In een oogwenk besefte ik de omvang van de absurditeit waarvoor ik me gesteld zag: daar bevond zich slechts een heel klein groepje Spanjaarden, maar wel in gezelschap van een flink aantal Engelsen, mannen en vrouwen die met een glas in hun hand en gewapend met kijkers al rokend, drinkend en in hun eigen taal babbelend wachtten op de rennende paarden. En om geen twijfel te laten bestaan over hun kamp en herkomst, werden ze beschut door een grote Britse vlag die horizontaal boven de balustrade bevestigd was.

Ik kon wel door de grond zakken, maar het ergste moest nog komen: mijn ontsteltenis had de bodem nog niet bereikt. Daarvoor hoefde ik slechts een paar stappen naar binnen te doen en naar links te kijken. In de nog vrijwel lege loge ernaast wiegden drie verticale vaandels zachtjes in de wind: tegen de rode achtergrond van elk ervan tekende zich een witte cirkel met in het midden een zwart hakenkruis af. De loge van de Duitsers, gescheiden van de onze door een hekje van amper een meter hoog, wachtte op de komst van haar bezoekers. Vooralsnog waren daar alleen een paar soldaten die de toegang bewaakten en een stel obers die de foeragering organiseerden, maar gezien de tijd en de haast waarmee ze hun voorbereidingen troffen, twijfelde ik er niet aan dat de verwachte genodigden niet lang meer op zich zouden laten wachten.

Nog voor ik voldoende van de schok bekomen was om te kunnen reageren en te bedenken hoe ik zo snel mogelijk uit die nachtmerrie kon verdwijnen, vond Gonzalo het nodig me zachtjes te vertellen wie al die onderdanen van His Majesty The King waren.

'Ik was vergeten tegen je te zeggen dat we een paar oude vrienden zouden treffen die ik al een hele tijd niet heb gezien. Het zijn Engelse ingenieurs, van de Río Tinto-mijnen; ze zijn met een paar van hun landgenoten uit Gibraltar meegekomen en ik denk dat er ook mensen van de ambassade zullen komen. Iedereen is ontzettend enthousiast over de heropening van de wedrennen; je weet wel dat ze grote liefhebbers van de paardensport zijn.'

Dat wist ik niet en het interesseerde me evenmin; op dat moment had ik andere noden dan de hobby's van die lieden. Bijvoorbeeld ze mijden als de pest. Hillgarths woorden op de Amerikaanse Legatie in Tanger klonken me nog duidelijk in de oren: geen enkel contact met personen met een Britse nationaliteit. En al helemaal niet – onnodig dat erbij te zeggen – voor de neus van de Duitsers.

Zodra mijn vaders vrienden onze aankomst bemerkten, kwamen ze op ons af en begroetten ze old boy Gonzalo en zijn jonge onverhoopte metgezellin hartelijk. Ik zei een paar woorden terug, probeerde mijn zenuwen achter een even flauw als onecht glimlachje te verbergen, terwijl ik tegelijkertijd heimelijk inschatte hoeveel risico ik liep. En zo schudde ik handen behorend bij geanimeerde gezichten, bestreek met mijn ogen de omgeving op zoek naar een kiertje om in het niets te verdwijnen zonder mijn vader in zijn hemd te zetten. Maar dat was niet eenvoudig. Helemaal niet zelfs. Links was de tribune van de Duitsers met hun ostentatieve banieren; die aan de rechterkant werd bezet door een handvol lieden met prominente buiken en dikke gouden ringen, en die sigaren zo groot als torpedo's rookten en in gezelschap verkeerden van vrouwen met geblondeerde haren en lippen zo rood als pioenen, voor wie ik in mijn atelier nooit ook maar een zakdoekje zou maken. Ik wendde mijn blik meteen van hen af: de smokkelaars en hun opzichtige liefjes interesseerden me geen zier.

Links en rechts geblokkeerd, voor me een balustrade boven de leegte, ik kon alleen ontsnappen op dezelfde manier als we gekomen waren, al wist ik dat dat een uiterst hachelijke onderneming zou zijn. Er was slechts één toegang om bij die loges te komen, dat had ik zelf kunnen vaststellen toen we aankwamen: een soort stenen gang die amper drie meter breed was. Als ik besloot door die gang terug te lopen, was het risico levensgroot aanwezig dat ik de groep arriverende Duitsers tegen het lijf liep. En met hen zou ik ongetwijfeld ook op datgene stuiten wat ik het meest vreesde: Duitse cliënten wier onvoorzichtige lippen doorgaans malse brokjes informatie lieten vallen die ik met mijn meest valse glimlach opraapte en vervolgens aan de geheime dienst van hun vijand doorgaf; dames die ik zou moeten begroeten en die zich ongetwijfeld achterdochtig zouden afvragen wat hun Marokkaanse couturière daar deed, wegvluchtend uit een loge afgeladen met Engelsen alsof de duivel haar op de hielen zat.

Niet wetend wat ik moest doen, liet ik Gonzalo bij zijn vrienden staan en ging op het minst opvallende plekje op de tribune zitten, met opgetrokken schouders, de revers van mijn jasje opgeslagen en met gebogen hoofd, in een – optimistische – poging op een uiterst zichtbare plek waarvan ik maar al te goed wist dat het onmogelijk was je daar te verstoppen onopgemerkt te blijven.

'Voel je je wel goed? Je bent lijkbleek,' zei mijn vader terwijl hij me een glas vruchtenbowl aanreikte.

'Ik ben een beetje duizelig, het gaat zo wel over,' loog ik.

Als in het kleurenspectrum een donkerder kleur dan zwart bestond, had mijn gemoed vast die tint aangenomen toen de drukte en opwinding in de Duitse loge toenam. Tersluiks zag ik dat er meer soldaten binnenkwamen; na hen arriveerde een robuuste superieur die bevelen uitdeelde, hier en daar kritiek leverde en minachtende blikken op de loge van de Engelsen wierp. Ze werden gevolgd door verscheidene officieren met glimmende laarzen, zilverkleurige petten en het onvermijdelijke hakenkruis om de arm. Ze keurden ons geen blik waardig; ze stonden daar gewoon, arrogant en afstandelijk, en maakten met hun opgeblazen houding hun duidelijke verachting voor de aanwezigen op het aangrenzende deel van de tribune kenbaar. Daarna kwamen een paar figuren in burgerkleding binnen; huiverend zag ik dat sommige van die gezichten me bekend voorkwamen. Vermoedelijk kwamen allen, militairen en burgers, van een ander evenement en maakten ze daarom vrijwel gelijktijdig hun opwachting, in al gevormde groepjes en net op tijd voor de eerste wedstrijd. Vooralsnog waren het alleen mannen, maar ik moest me wel sterk vergissen als hun vrouwen ze niet op de voet zouden volgen.

Evenredig aan mijn angst werd de sfeer met de minuut levendiger: de groep Britten had zich gevoed, de kijkers gingen van hand tot hand en de gesprekken gingen met hetzelfde gemak over de turf, de paddock en de jockeys als over de invasie van Joegoslavië, de barbaarse bombardementen op Londen en Churchills laatste toespraak op de radio. En op dat moment zag ik hem. Ik zag hem en hij zag mij. Opeens kreeg ik geen lucht meer. Kapitein Alan Hillgarth had zojuist de loge betreden met aan zijn arm een elegante blonde vrouw, zijn echtgenote waarschijnlijk. Hij liet zijn ogen nog geen tiende van een seconde op me rusten en vervolgens, met een nauwelijks waarneembare glimp van verbijstering en ontsteltenis die alleen ik opmerkte, wierp hij een vluchtige blik op de Duitse loge, waar een gestage stroom mensen binnendruppelde.

Ik ontweek hem en stond op om hem niet te hoeven aankijken; ik was ervan overtuigd dat dit het einde was, dat er geen menselijke manier meer was om uit die rattenval te ontsnappen. Een pathetischer afloop van mijn korte carrière als medewerkster van de Britse inlichtingendienst had ik niet kunnen bedenken; ik stond op het punt publiekelijk ontmaskerd te worden, in bijzijn van mijn cliënten, mijn superieur en mijn eigen vader. Ik klemde me vast aan de balustrade tot mijn knokkels wit werden en ik wenste uit alle macht dat deze dag nooit was aangebroken, dat ik nooit uit Marokko was vertrokken, nooit dat belachelijke voorstel had geaccepteerd dat me tot een roekeloze en stuntelende samenzweerster had gemaakt.

Het schot voor de eerste wedren klonk, de paarden begonnen hun jagende galop en de enthousiaste kreten van het publiek scheurden door de lucht. Mijn blik was zogenaamd op de baan geconcentreerd, maar mijn gedachten draafden ver voorbij de paardenhoeven. Ik vermoedde dat de Duitse dames hun loge inmiddels moesten binnenkomen en ik voelde Hillgarths onrust terwijl hij probeerde een manier te bedenken om het naderende onheil dat ons boven het hoofd hing af te wenden. En toen, als in een flits, deed de oplossing zich aan me voor in de vorm van een paar brancards van het Rode Kruis die slordig tegen een muur stonden, in afwachting van een ongelukje. Als ik niet op eigen benen die venijnige loge kon verlaten, zou iemand me daar moeten wegdragen.

Als rechtvaardiging zou de emotie van het moment, of de vele maanden opgestapelde vermoeidheid kunnen dienen, of misschien de zenuwen of de spanning. Niets van dat al was echter de ware oorzaak. Het enige wat me tot die wanhopige daad dreef was mijn eigen overlevingsinstinct. Ik koos de geschikte plek: de rechterkant van de tribune, het verst verwijderd van de Duitsers. En ik wachtte het juiste moment af: een paar seconden nadat de eerste wedren voorbij was, toen het tumult overal losbarstte en enthousiaste kreten zich vermengden met luidkeelse uitingen van teleurstelling. Exact op dat moment liet ik me vallen. Met een weloverwogen beweging wendde ik mijn hoofd af en zorgde ervoor dat mijn haar mijn gezicht bedekte toen ik op de grond lag, voor het geval een nieuwsgierige blik uit de aangrenzende loge erin slaagde tussen de benen die me onmiddellijk omringden door te kijken. Ik bleef roerloos liggen, met een verslapt lichaam en gesloten ogen; mijn oren daarentegen waren gespitst en namen een voor een alle stemmen op die in mijn buurt klonken. Flauwgevallen, lucht, Gonzalo, snel, polsslag, water, meer lucht, snel, snel, daar komt de eerstehulp al, en woorden in het Engels die ik niet verstond. De brancardiers waren er binnen een paar minuten. Ze verplaatsten me van de grond naar het canvas en legden een deken tot aan mijn kin over me heen. Een, twee, drie, omhoog; ik voelde dat ik werd opgetild.

'Ik ga met u mee,' hoorde ik Hillgarth zeggen. 'Mocht het nodig blijken, dan kunnen we de ambassadearts laten komen.'

'Mijn dank, Alan,' antwoordde mijn vader. 'Maar ik geloof niet dat het ernstig is, gewoon een flauwte. We gaan naar de ziekenboeg, daarna zien we verder.'

De brancardiers snelden door de toegangstunnel terwijl ik tussen hen in zweefde; achter ons volgden met gezwinde pas mijn vader, Alan Hillgarth en een paar Engelsen die ik niet kon thuisbrengen, collega's of luitenants van de marineattaché. Hoewel ik ervoor had gezorgd dat mijn gezicht weer schuilging onder mijn haar, deels althans, herkende ik toen ik eenmaal op de brancard lag de ferme hand van Hillgarth die de deken tot over mijn voorhoofd trok alvorens we de loge verlieten. Ik zag niets meer, maar hoorde alles wat daarna gebeurde des te scherper.

De eerste meters door de gang kwamen we niemand tegen, maar toen we halfweg waren veranderde dat. En daarmee werden mijn donkerste voorgevoelens bewaarheid. Eerst hoorde ik voetstappen en mannenstemmen die ongeduldig in het Duits spraken. *Schnell, schnell, die haben bereits begonnen*. Ze liepen in tegengestelde richting als wij, renden bijna. Uit de ferme stappen maakte ik op dat het militairen waren; door de zelfverzekerde, stellige toon van hun woorden nam ik aan dat het om officieren ging. Ik kon me voorstellen dat de aanblik van de vijandelijke marineattaché die een brancard met daarop een toegedekt lichaam escorteerde hen in zekere zin alarmeerde, maar ze bleven niet staan; ze wisselden enkel een barse groet en vervolgden energiek hun weg naar de loge die grensde aan de plek die wij net hadden verlaten. Het geklik van hakken en de bijbehorende vrouwenstemmen bereikten mijn oren amper een paar seconden later. Ik hoorde hen eveneens met ferme pas naderen, pertinent en doelbewust. Geremd door zoveel vertoon van vastberadenheid gingen de brancardiers opzij en gaven de dames vrij baan; ze liepen rakelings langs ons heen. Ik hield mijn adem in en voelde mijn hart bonzen; daarna hoorde ik dat ze zich verwijderden. Een concrete stem herkende ik niet en ik kon evenmin precies bepalen met hoeveel ze waren, maar ik schatte dat het er zeker een half dozijn moesten zijn. Zes Duitse dames, zeven wellicht, meer nog misschien; mogelijk verscheidene cliënten van me, dames die de duurste stoffen uitkozen en me zowel in bankbiljetten als met kersverse nieuwtjes betaalden.

Een paar minuten later, toen de geluiden en stemmen waren weggestorven en ik meende dat we eindelijk op veilig terrein waren gekomen, deed ik alsof ik weer bijkwam. Ik sprak wat geruststellende woorden. We arriveerden bij de ziekenboeg; Hillgarth en mijn vader stuurden de Engelse begeleiders en de brancardiers weg: de eerste twee werden weggezonden door de marineattaché met een paar korte bevelen in zijn taal; de twee anderen door Gonzalo met een genereuze fooi en een pakje sigaretten.

'Ik zorg verder wel voor haar, Alan, dank u,' zei mijn vader toen we ten slotte met z'n drieën waren. Hij voelde mijn pols en stelde vast dat het tamelijk goed met me ging. 'Ik geloof niet dat we een arts nodig hebben. Ik zal proberen de auto zo dicht mogelijk voor te rijden, dan breng ik haar naar huis.'

Ik merkte dat Hillgarth even aarzelde.

'Goed,' zei hij toen. 'Ik blijf bij haar tot u terug bent.'

Ik verroerde me niet totdat ik meende dat mijn vader ver genoeg weg was om zich niet te verbazen over mijn reactie. Toen pas vatte ik voldoende moed, ging staan en keek Hillgarth aan.

'U voelt zich goed, hè?' vroeg hij terwijl hij me streng opnam.

Ik had nee kunnen zeggen, ik had kunnen antwoorden dat ik me nog zwakjes en verward voelde, ik had kunnen veinzen dat ik nog niet helemaal van de zogenaamde flauwte was hersteld. Maar ik wist dat hij me niet zou geloven. Met recht.

'Prima,' antwoordde ik.

'Weet hij iets?' vroeg hij toen, doelend op mijn vader en diens kennis van mijn samenwerking met de Engelsen.

'Helemaal niets.'

'Hou dat zo. En laat uw gezicht niet zien als u vertrekt,' beval hij. 'Ga op de achterbank liggen en blijf voortdurend uit het zicht. Verzeker u ervan dat niemand u heeft gevolgd wanneer u bij uw huis bent aangekomen.'

'Doe ik. Nog iets?'

'Kom morgen bij me. Zelfde plaats, zelfde tijd.'

48

'Een magistraal optreden, gisteren in de hippodroom,' luidde zijn begroeting. Ondanks het vermeende compliment vertoonde zijn gezicht geen spoor van tevredenheid. Hij wachtte weer op me in de spreekkamer van dokter Rico, op dezelfde plek waar we maanden eerder hadden afgesproken om over mijn ontmoeting met Beigbeder na diens ontslag te praten.

'Ik zag geen andere mogelijkheid, het spijt me echt,' zei ik terwijl ik ging zitten. 'Ik had er geen idee van dat we in de loge van de Engelsen naar de rennen gingen kijken. En evenmin dat de Duitsers precies die ernaast zouden hebben.'

'Ik begrijp het. En u hebt goed gehandeld, koelbloedig en snel. Maar u hebt een zeer groot risico gelopen en u had bijna een volstrekt onnodige crisis ontketend. We kunnen het ons niet permitteren in zulke roekeloze acties verwikkeld te raken, zeker niet nu de situatie zo gecompliceerd is.'

'Doelt u op de situatie in het algemeen, of de mijne in het bijzonder?' vroeg ik onwillekeurig op arrogante toon.

'Beide,' verklaarde hij vernietigend. 'Luister, het is niet onze bedoeling om ons met uw privéleven te bemoeien, maar op grond van het gebeurde geloof ik dat we u op iets attent moeten maken.'

'Gonzalo Alvarado,' was ik hem voor.

Hij antwoordde niet meteen, nam eerst de tijd om een sigaret op te steken.

'Gonzalo Alvarado, inderdaad,' bevestigde hij nadat hij de rook van zijn eerste trek had uitgeblazen. 'Dat van gisteren stond niet op zichzelf; we weten dat u relatief vaak samen in het openbaar wordt gezien.'

'Laat ik vooropstellen, voor het geval het u interesseert, dat ik geen relatie met hem heb. En zoals ik u gisteren al zei, is hij evenmin op de hoogte van mijn activiteiten.'

'De aard van uw relatie is een volstrekt persoonlijke kwestie en niet onze zaak,' stelde hij.

'Dus?'

'Ik verzoek u het niet als een ongevoelige inbreuk op uw persoonlijke leven te zien, maar u moet begrijpen dat de situatie momenteel uiterst gespannen is en dat we geen andere keus hebben, dat we u wel moeten waarschuwen.' Hij stond op en beende met zijn handen in zijn zakken en zijn blik op de vloertegels gericht door de kamer terwijl hij verder sprak. 'Vorige week zijn we te weten gekomen dat er een groep Spaanse informanten actief is die met de Duitsers samenwerkt om een kaartsysteem aan te leggen van lokale Duitsgezinden en geallieerdengezinden. Daarin worden de gegevens opgenomen van alle Spanjaarden die voor het ene of voor het andere kamp van betekenis zijn, evenals hun mate van betrokkenheid daarin.'

'En u veronderstelt dat ook ik in dat systeem ben opgenomen...'

'Dat veronderstellen we niet, we zijn er absoluut zeker van.' Hij keek me recht in de ogen. 'We hebben daar mensen laten infiltreren en zij hebben ons verteld dat u op de lijst van germanofielen staat. Vooralsnog zonder smet, zoals te voorzien was: u hebt een uitgebreide cliëntèle die gerelateerd is aan de nazikopstukken, u ontvangt hen in uw atelier, maakt mooie kleding voor hen, en in ruil daarvoor betalen ze u niet alleen maar vertrouwen ze u ook, zozeer zelfs dat ze bij u vrij over zaken praten waar ze hun mond niet over zouden moeten opendoen, zaken die u vervolgens nauwgezet aan ons doorgeeft.'

'En Alvarado, wat heeft hij hiermee te maken?'

'Hij figureert ook in het kaartsysteem. Maar dan aan de andere zijde, op de lijst van burgers verwant aan de Britten. En ons is ter ore gekomen dat er een Duits bevel is uitgegaan voor maximale surveillance van personen uit bepaalde sectoren die met ons in contact staan: bankiers, zakenlieden, zelfstandigen... Bekwame en invloedrijke burgers die genegen zijn onze zaak te steunen.'

'U zult ongetwijfeld weten dat hij niet meer actief is, dat hij zijn bedrijf na de oorlog niet opnieuw heeft opgestart,' verklaarde ik.

'Dat is niet van belang. Hij heeft uitstekende connecties en verschijnt veelvuldig in het openbaar met leden van de ambassade en van de Britse gemeenschap in Madrid. Af en toe ook met mij, zoals u gisteren hebt kunnen vaststellen. Hij is goed bekend met de industriële situatie in Spanje en adviseert ons derhalve geheel belangeloos in bepaalde kwesties. Maar in tegenstelling tot u is hij geen geheim agent, enkel een goede vriend van het Engelse volk die zijn sympathie voor onze natie niet onder stoelen of banken steekt. Daarom kan het argwaan wekken dat u regelmatig aan zijn zijde te vinden bent, zeker nu uw namen in tegengestelde bestanden figureren. In feite gaan er al geruchten dienaangaande.'

'Dienaangaande wat?' vroeg ik enigszins aanmatigend.

'Dienaangaande wat een persoon die zo dicht bij de echtgenotes van Duitse kopstukken staat in godsnaam in het openbaar te zoeken heeft bij een trouwe collaborateur met de Britten!' antwoordde hij terwijl hij met zijn vuist op de tafel sloeg. Daarna matigde hij zijn toon, hij had onmiddellijk spijt van zijn reactie. 'Neem me niet kwalijk, alstublieft. We zijn de laatste tijd allemaal erg gespannen en bovendien beseffen we dat u niet van de situatie op de hoogte was en dat u het gelopen risico niet had kunnen voorzien. Maar geloof me als ik u zeg dat de Duitsers flink druk uitoefenen en een bijzonder krachtige actie op touw zetten tegen de Britse propaganda in Spanje. Dit land is cruciaal voor Europa en het kan elk moment in oorlog treden. In feite blijft het regime de asmogendheden ongegeneerd steunen: die mogen naar believen gebruikmaken van alle Spaanse havens, ze krijgen vergunningen om waar ze maar willen mijnen te exploiteren, en er worden zelfs republikeinse gevangenen ingezet voor het werk aan militaire constructies die een mogelijke Duitse aanval op Gibraltar vergemakkelijken.'

Hij drukte zijn sigaret uit en zweeg even, geconcentreerd op de handeling. Daarna sprak hij verder.

'We zitten duidelijk in een ongunstige situatie en het laatste wat we willen is die verergeren,' zei hij langzaam. 'De Gestapo is al maanden bezig met een reeks bedreigingen die inmiddels hun vruchten afwerpen: uw vriendin señora Fox, bijvoorbeeld, heeft Spanje daardoor moeten verlaten. En helaas zijn er meerdere gevallen. Om dicht bij huis te blijven, de voormalige arts van onze ambassade, die bovendien een goede vriend van me is. En het perspectief is nog slechter. Directer en agressiever. Gevaarlijker.'

Ik reageerde niet, ik observeerde hem alleen maar, wachtte tot hij klaar was met zijn uitleg.

'Ik weet niet of u beseft in welk een netelige positie u zich bevindt en welke risico's u loopt,' voegde hij eraan toe terwijl hij zachter ging praten. 'Arish Agoriuq is een goede bekende van de Duitse dames in Madrid geworden, maar als men een afwijkend gedrag bespeurt, zoals gisteren bijna het geval was, kunt u in hoogst onaangename omstandigheden terechtkomen. En daar zitten we niet op te wachten. U niet, en wij niet.'

Ik stond op en liep naar een raam, maar ik durfde er niet recht voor te gaan staan. Met mijn rug naar Hillgarth toegekeerd staarde ik door de ruit in de verte. De bladerrijke takken van de bomen reikten tot de eerste verdieping. Ik probeerde te bedenken wat de draagwijdte was van datgene wat ik daarnet te horen had gekregen. Ondanks het duistere panorama waarvoor ik me gesteld zag, was ik niet bang.

'Ik geloof dat ik beter kan stoppen met mijn werk voor u,' zei ik ten slotte zonder naar hem te kijken. 'Dan zouden we veel problemen vermijden en geruster leven. U, ik, wij allemaal.'

'Geen sprake van,' protesteerde hij scherp achter me. 'Alles wat ik u daarnet heb gezegd is enkel uit voorzorg, een waarschuwing voor de toekomst. We twijfelen er niet aan dat u zich kunt aanpassen als dat nodig is. En we willen u onder geen beding kwijt, al helemaal niet nu we u op een andere plek nodig hebben.'

'Pardon?'

'We hebben een nieuwe opdracht voor u. Vanuit Londen is ons rechtstreeks om medewerking gevraagd. Hoewel we in eerste instantie andere opties hebben overwogen, gezien hetgeen dit weekend is voorgevallen, hebben we desalniettemin besloten u de opdracht toe te wijzen. Denkt u dat uw assistente het een paar weken alleen in uw atelier afkan?'

'Nou... ik weet het niet... misschien...' stamelde ik.

'Vast wel. Laat uw cliënten weten dat u een paar dagen weggaat.'

'En wat moet ik zeggen als ze vragen waar ik heen ga?'

'Liegen is niet nodig, vertel ze gewoon de waarheid: dat u wat zaken moet regelen in Lissabon.'

49

De Lusitania Express zette me af op het station Santa Apolónia op een ochtend halverwege mei. Ik had twee enorme koffers bij me met mijn mooiste kleding, een handvol nauwkeurige instructies en een onzichtbare lading zelfbewustheid; dat moest volgens mij voldoende zijn om de heikele onderneming tot een goed einde te brengen.

Ik had flink getwijfeld voor ik mezelf ervan had overtuigd dat ik de opdracht moest aannemen. Ik dacht na, wikte en woog de mogelijkheden en alternatieven. Ik wist dat ik het besluit zelf moest nemen; alleen ik was in staat te kiezen tussen doorgaan met dat troebele bestaan of alles aan de kant zetten en terugkeren naar het normale leven.

Het tweede was waarschijnlijk het verstandigst. Ik was het beu om iedereen te bedriegen, nooit openhartig tegen iemand te kunnen zijn, om hinderlijke bevelen te moeten opvolgen en continu op mijn hoede te zijn. Ik werd dertig, was een gewetenloze bedriegster geworden, en mijn levensgeschiedenis was een opeenhoping van geheimzinnigheden, gaten en leugens. Ondanks de zogenaamde verfijning waarin mijn bestaan gehuld was, bleef aan het einde van de dag – zoals Ignacio me een paar maanden daarvoor zo fijnzinnig had laten weten – slechts een eenzame ziel over die een huis vol schimmen bewoonde. Toen ik bij Hillgarth vandaan kwam, had ik een nare smaak in mijn mond bij de gedachte aan hem en zijn mensen. Ze hadden me bij een sinister avontuur van anderen betrokken dat blijkbaar positief voor mijn land moest uitvallen, maar in de loop der maanden leek er niets te worden opgelost en de vrees dat Spanje aan de oorlog zou meedoen bleef voortdurend in de lucht hangen. En toch respecteerde ik hun voorwaarden en week ik niet van de regels af: ze hadden me gedwongen egoïstisch en gevoelloos te worden, me naar een onwerkelijk Madrid te voegen en mijn mensen en verleden te loochenen. Ze hadden me angst en ontzetting leren kennen, nachten zonder een oog dicht te doen, eindeloze benauwde uren. En nu eisten ze ook nog dat ik afstand van mijn vader nam, de enige die een lichtpuntje voor me betekende in die duister verstrijkende dagen.

Ik kon nog nee zeggen, passen en schreeuwen: tot hier en niet verder. Naar de hel met de Britse geheime dienst en zijn stomme eisen. Naar de hel met de afluisterpraktijken in de paskamers, met het belachelijke leven van die nazivrouwen en de gecodeerde berichten op patronen. Het maakte me niet uit wie van wie zou winnen in die ver van me af staande oorlog; of de Duitsers nu Groot-Brittannië zouden binnenvallen en de kinderen daar rauw opvraten, of dat de Engelsen Berlijn zouden platbombarderen en de stad zo vlak als een strijkplank maakten, ze zochten het maar uit. Dat was niet mijn wereld: naar de hel met hen allen, voorgoed.

Alles de rug toekeren en terug naar het normale leven; ja, dat was zonder meer de beste optie. Het probleem was alleen dat ik niet meer wist waar ik het kon vinden. Bevond het normale leven zich in de calle de la Redondilla uit mijn jeugd, bij de meiden met wie ik was opgegroeid en die nu vochten om het hoofd boven water te houden nadat ze de oorlog hadden verloren? Had Ignacio Montes het met zich meegenomen op de dag dat hij wegliep van mijn plein, zeulend met een schrijfmachine en een gebroken hart? Of had Ramiro Arribas het me ontstolen toen hij me alleen, zwanger en geruïneerd achterliet tussen de muren van het Continental? Zou het normale leven zich in het Tétouan van mijn eerste maanden aldaar bevinden, bij de trieste gasten van Candelaria's pension, of was het weggeglipt met het ellendige gesjoemel waardoor we er beiden bovenop gekomen waren? Was het achtergebleven in het huis in de Sidi Mandri, hangend aan de draden van het atelier dat ik met zoveel moeite had opgezet? Had Félix Aranda het zich misschien toegeëigend op een van die regenachtige avonden, of had Rosalinda Fox het meegenomen toen ze de opslagruimte van Dean's Bar verliet om als een onopvallende schaduw in de straten van Tanger op te gaan? Zou het normale leven bij mijn moeder zijn, bij het stille werk tijdens de Afrikaanse middagen? Had een afgezette en gearresteerde minister het beëindigd, of had een journalist die ik uit pure lafheid niet had durven liefhebben het misschien met zich meegevoerd? Waar was het, wanneer was ik het kwijtgeraakt, wat was ermee gebeurd? Ik zocht het overal: in mijn zakken, in de kasten en de laden, tussen de plooien en de naden. Die nacht viel ik in slaap zonder het antwoord te hebben gevonden.

De volgende dag werd ik in een ander licht wakker en zodra ik mijn ogen opendeed, zag ik het: dichtbij, bij mezelf, aan mijn huid gekleefd. Het normale leven was niet te vinden in de dagen die voorbij waren, het bevond zich in datgene wat het lot ons elke ochtend presenteerde. In Marokko, in Spanje of in Portugal, aan het hoofd van een naaiatelier of in dienst van de Britse inlichtingendienst: op de plek waarheen ik wilde koersen, waar ik de stutten van mijn leven wilde vastnagelen, daar zou het zijn, mijn normale leven. In de schaduw onder de palmen op een plein dat geurde naar munt, in de schittering van door kroonluchters verlichte zalen of in roerige oorlogswateren. Het normale leven was niets anders dan wat mijn wil, mijn plichtsbesef en mijn woord wilden dat het zou zijn, en daarom was het altijd bij mezelf te vinden. Het ergens anders zoeken of uit het verleden willen terughalen was je reinste onzin.

Die dag ging ik op het middaguur naar Embassy, met duidelijke ideeën en een heldere geest. Ik stelde vast dat Hillgarth met zijn ellebogen op de bar leunend zijn aperitiefje stond te drinken en met twee geüniformeerde militairen in gesprek was. Toen liet ik brutaalweg wuft mijn tas vallen. Vier uur later ontving ik de eerste orders met betrekking tot de nieuwe missie: de volgende ochtend werd ik verwacht voor een gezichtsbehandeling in de kap- en schoonheidssalon waar ik wekelijks kwam. Vijf dagen daarna arriveerde ik in Lissabon.

Ik stapte het perron op in een vrolijk gedessineerde luchtige japon, witte voorjaarshandschoenen en een enorme breedgerande hoed: een wolk van glamour tussen het kolenzwart van de locomotieven en de grauwe haast van de reizigers. Een niet-gemarkeerde auto stond klaar om me naar mijn bestemming te brengen: Estoril.

We reden door een winderig en licht Lissabon, zonder rantsoenering en stroomuitval, met bloemen, azulejo's en stalletjes met verse groente en fruit. Zonder open plekken vol puin en haveloze bedelaars, zonder tekenen van granaatinslagen, zonder geheven armen en achteloos op muren geschilderde jukken en pijlen. We reden door voorname chique wijken met brede stenen trottoirs en statige gebouwen waarover standbeelden van koningen en zeevaarders de wacht hielden; we kwamen ook door volkswijken met kronkelende straatjes gevuld met rumoer, geraniums en de geur van sardientjes. Ik werd overrompeld door de imposante Taag, de loeiende sirenes in de haven en de piepende trams. Lissabon fascineerde me, een stad waar oorlog noch vrede heerste: opgewonden, bruisend, kloppend.

We lieten Alcântara, Belém en zijn monumenten achter ons. Het water beukte harder naarmate we verder over de Estrada Marginal reden. Rechts trokken oude villa's aan ons voorbij die werden afgeschermd door smeedijzeren hekwerken waartussen volop bloeiende klimplanten slingerden. Alles leek anders en bijzonder, maar dat was het wellicht in een ander opzicht dan de schijn deed vermoeden. Ik was ervoor gewaarschuwd: het schilderachtige Lissabon dat ik daarnet door een autoruit had gadegeslagen en het Estoril waar we zo zouden arriveren waren vergeven van spionnen. Het kleinste gerucht had zijn prijs en iedereen met twee oren was een potentiële informant, van het hoogste ambassadepersoneel tot de obers, winkeliers, dienstmeisjes en taxichauffeurs. 'Wees uiterst voorzichtig,' luidde het bevel opnieuw.

Er was een kamer voor me gereserveerd in Hotel do Parque, een magnifiek onderkomen met een merendeels internationale cliëntèle, en waar doorgaans meer Duitsers dan Engelsen verbleven. Dichtbij, heel dichtbij, in Hotel Palacio, was het net andersom. En later, tijdens de avonden in het casino, kwamen ze allemaal onder hetzelfde dak bijeen: voor het spel en het toeval bestonden in dat theoretisch gesproken neutrale land geen oorlogen. De auto stond nog niet stil of een knaap in uniform snelde toe om het portier voor me te openen terwijl een andere zich over mijn bagage ontfermde. Ik ging de lobby binnen alsof ik op een tapijt van zelfvertrouwen en zorgeloosheid liep en zette intussen de donkere bril af waarachter ik me had verscholen nadat ik uit de trein was gestapt. Bestudeerd hooghartig nam ik de grootse ontvangstruimte op. Noch het glanzende marmer, de tapijten en de fluwelen stoffering, noch de zuilen die tot het kathedraalhoge plafond reikten maakten enige indruk op me. Evenmin bleef mijn blik op de elegante gasten rusten die afzonderlijk of in groepjes de krant zaten te lezen, keuvelden, een cocktail dronken of gewoon wat zaten te zitten. Ik had mijn reactie op al die glamour inmiddels meer dan onder controle: ik schonk geen aandacht aan hen en begaf me gedecideerd naar de receptie om mijn komst te laten registreren.

Ik lunchte alleen in het restaurant van het hotel; daarna lag ik enkele uren op mijn kamer naar het plafond te staren. Om kwart voor zes haalde de telefoon me uit mijn overpeinzingen. Ik liet hem drie keer overgaan, slikte, nam de hoorn op en beantwoordde de oproep. En toen begon alles te rollen.

50

De instructies had ik enkele dagen daarvoor in Madrid via een heel ongebruikelijk kanaal gekregen. Voor het eerst was het niet Hillgarth die ze me overbracht, maar iemand onder zijn bevel. De medewerkster van de kapsalon waar ik elke week heen ging leidde me gedienstig naar een van de kabinetten achterin waar de schoonheidsbehandelingen werden gegeven. Van de drie verstelbare stoelen die daartoe dienstdeden, werd de rechter, die bijna geheel in horizontale positie stond, bezet door een cliënte wier gezicht ik niet kon onderscheiden. Een handdoek was als een tulband om haar haren gerold, een andere van decolleté tot knieën om haar lichaam gewikkeld. Op haar gelaat was dik een wit masker opgebracht dat enkel haar ogen en lippen vrijhield. Die gesloten waren.

Ik kleedde me uit achter een kamerscherm en nam plaats in de stoel ernaast, in een identieke uitdossing. Nadat ze de rugleuning met een pedaal naar achteren had gekanteld en hetzelfde masker bij mij had opgebracht, ging de medewerkster stilletjes weg en sloot de deur achter zich. Toen pas hoorde ik de stem naast me.

'Het doet ons deugd dat u de opdracht aanneemt. We geloven in u, we denken dat u goed werk zult verrichten.'

Ze zei het zonder van houding te veranderen, op zachte toon en met een sterk Engels accent. Net als Hillgarth sprak ze in de eerste persoon meervoud. Ze stelde zich niet voor.

'Ik zal het proberen,' reageerde ik terwijl ik vanuit mijn ooghoeken naar haar keek.

Ik hoorde de klik van een aansteker en een bekende geur drong mijn neus binnen.

'Londen heeft ons rechtstreeks om bijstand verzocht,' ging ze verder. 'Het vermoeden is gerezen dat een Portugese vermeende medewerker dubbelspel speelt. Hij is geen agent van ons, maar hij onderhoudt wel uitstekende contacten met ons diplomatencorps in Lissabon en is bij meerdere transacties met Britse ondernemingen betrokken. Er zijn echter aanwijzingen dat hij vergelijkbare betrekkingen aangaat met de Duitsers.'

'Wat voor betrekkingen?'

'Commerciële. Uiterst belangrijke zaken, waarschijnlijk niet alleen bedoeld om de Duitsers ten goede te komen, maar wellicht ook om ons te boycotten. Hoe precies is nog niet geheel duidelijk. Voedsel, mineralen, wapens wellicht: kardinale producten voor de oorlog. Zoals ik al zei speelt alles nu nog op het terrein van vermoedens.'

'En wat zou ik moeten doen?'

'We hebben een buitenlandse nodig op wie geen enkele verdenking rust dat ze aan de Britten gelieerd zou kunnen zijn. Iemand die van een min of meer neutraal terrein komt, die absoluut niets met ons land te maken heeft en die zich bezighoudt met iets wat volstrekt buiten de zaken staat waar zij bij betrokken is, maar die tegelijkertijd naar Lissabon kan gaan om daar een concreet product in te slaan. En u past perfect in het profiel.'

'Ik word dus verondersteld in Lissabon stoffen of iets dergelijks te gaan kopen?' was ik haar voor terwijl ik opnieuw naar haar keek, een blik die niet beantwoord werd.

'Juist. Stoffen en goederen die met uw werk verband houden,' bevestigde ze zonder zich maar een millimeter te verroeren. Ze lag in dezelfde positie als waarin ik haar had aangetroffen, met gesloten ogen en bijna volledig horizontaal. 'U gaat erheen als naaister om stoffen te kopen die u in het verwoeste Spanje nog niet kunt krijgen.'

'Ik zou ze uit Tanger kunnen laten komen...' onderbrak ik haar.

'Ook,' antwoordde ze na de rook van een nieuwe haal te hebben uitgeblazen. 'Maar dat wil niet zeggen dat u van andere mogelijkheden moet afzien. De zijde uit Macao, bijvoorbeeld, een Portugese kolonie in Azië. Een van de branches waarin onze verdachte succesvol zakendoet, is de textielimport en -export. Normaal gesproken levert hij grote partijen, werkt hij alleen met grossiers en niet met particuliere kopers, maar het is ons gelukt dat hij u persoonlijk van dienst zal zijn.'

'Hoe?'

'Dankzij een reeks verhulde connecties in diverse sectoren, heel gebruikelijk in de branche waarin we ons bewegen, maar dit is niet het moment om in details te treden. Op die manier zal er in Lissabon niet alleen geen enkele verdenking van affiniteit met de Britten op u rusten, maar wordt u bovendien geruggesteund door mensen die een rechtstreekse lijn met de Duitsers hebben.'

Dat hele vage netwerk ontging me, dus besloot ik zo weinig mogelijk te vragen en te wachten tot de onbekende vrouw doorging met informatie en aanwijzingen geven.

'De verdachte persoon heet Manuel da Silva. Hij is een gewiekst zakenman met uitstekende connecties en naar het zich laat aanzien is hij van plan zijn fortuin met deze oorlog te vermenigvuldigen, ook al moet hij daarvoor de mensen verraden die tot nu toe zijn vrienden waren. Hij zal zich met u in verbinding stellen en u voorzien van de beste stoffen die op dit moment in Portugal te krijgen zijn.'

'Spreekt hij Spaans?'

'Vloeiend. En Engels. En wellicht ook Duits. Hij spreekt alle talen die hij voor zijn zaken nodig heeft.'

'En wat word ik verondersteld te doen?'

'Zijn leven binnendringen. Betoverend zijn, zijn genegenheid winnen, ervoor zorgen dat hij u mee uit vraagt, en bovenal, probeer het voor elkaar te krijgen dat hij u uitnodigt als hij met Duitsers afspreekt. Als dat laatste u lukt, moet u scherp opletten en alle relevante gegevens die zich aan uw ogen en oren voordoen opvangen. Probeer een zo compleet mogelijk verslag te maken: namen, zaken, bedrijven en producten die genoemd worden, plannen, acties en alle verdere gegevens die volgens u van belang zijn.'

'Vertelt u me nu dat ik naar Lissabon word gestuurd om een verdacht persoon te verleiden?' vroeg ik ongelovig terwijl ik overeind kwam.

'Zet alle middelen in waarvan u denkt dat ze nuttig zijn,' was haar antwoord, waarmee ze me liet weten dat mijn veronderstelling juist was. 'Naar het schijnt is Da Silva een verstokt vrijgezel die zich graag met mooie vrouwen inlaat zonder een vaste relatie aan te gaan. Hij vindt het heerlijk zich met attractieve elegante dames te laten zien, en als ze uit het buitenland komen, des te beter. Maar volgens onze informatie is hij wat de vrouwelijke sekse betreft een ware Portugese heer van de oude stempel, dus maakt u zich geen zorgen, hij zal de grenzen die u aangeeft niet overschrijden.'

Ik wist niet of ik kwaad moest worden of het uitschateren. Ze stuurden me op pad om een verleider te verleiden, dat zou mijn gepassioneerde Portugese missie worden. Maar voor het eerst tijdens ons gesprek leek mijn onbekende buurvrouw mijn gedachten te lezen.

'Vat u het alstublieft niet op als een frivole opdracht die elke mooie vrouw in ruil voor een paar bankbiljetten zou kunnen uitvoeren. Het gaat om een delicate operatie, en u bent degene die het gaat doen omdat we vertrouwen hebben in uw capaciteiten. Zeker, uw uiterlijk, uw vermeende herkomst en het feit dat u een ongebonden vrouw bent, kunnen een hulp zijn, maar uw verantwoordelijkheid gaat veel verder dan een simpele flirt. U dient Da Silva's vertrouwen te winnen en u zult daartoe elke stap behoedzaam moeten overwegen, u zult al uw handelingen moeten inschatten en ze nauwlettend bijsturen. U zult zelf het belang van situaties moeten bepalen, de maat aangeven, de risico's afwegen en besluiten hoe u al naargelang de situatie op de juiste manier moet handelen. We hebben grote waardering voor uw ervaring met het systematisch vergaren van gegevens en voor uw improvisatievermogen bij onvoorziene omstandigheden; u bent niet zomaar voor deze missie gekozen, maar omdat u hebt aangetoond dat u zich efficiënt uit lastige situaties weet te redden. En wat het persoonlijke vlak betreft bepaalt u zelf de grens, zoals ik net al zei. Maar rek de spanning alstublieft zo lang mogelijk, tot u de benodigde informatie te pakken hebt. In wezen verschilt het niet veel van uw werk in Madrid.'

'Alleen hoef ik hier met niemand te flirten of binnen te dringen op andermans bijeenkomsten,' verklaarde ik.

'Dat is zo, schat. Maar het is slechts voor een paar dagen en met een man die naar het schijnt niet onaantrekkelijk is.' De toon waarop ze dat zei verbaasde me: ze probeerde niet de scherpe kantjes eraf te halen, maar stelde gewoon kil een objectief feit vast, voor haar althans. 'En nog iets, niet onbelangrijk,' voegde ze eraan toe. 'U handelt zonder enige dekking, want Londen wil niet dat er in Lissabon ook maar het minste vermoeden rijst met betrekking tot uw opdracht. Vergeet niet dat we geen zekerheid hebben over de kwestie van Da Silva en de Duitsers, en dat zijn veronderstelde verraad aan de Engelsen nog bewezen moet worden. Zoals ik al zei, zijn het op dit moment zuiver speculaties en we willen niet dat hij argwaan gaat koesteren tegen onze landgenoten die in Portugal gestationeerd zijn. Daarom weet geen enkele Engelse agent ter plekke wie u bent en in welke relatie u tot ons staat; het zal een korte, snelle en schone missie zijn waarvan wij na afloop rechtstreeks vanuit Madrid verslag aan Londen zullen doen. Werkt u zich er binnen, verzamel de benodigde gegevens en kom naar huis. Daarna zien we hoe het verdergaat. Meer niet.'

Het kostte me moeite antwoord te geven, het masker op mijn huid was hard geworden. Uiteindelijk lukte het me, mijn lippen bewogen amper.

'En niet minder.'

Op dat moment ging de deur open. De medewerkster kwam weer binnen en ging geconcentreerd aan het werk met het gezicht van de Engelse. Ze was meer dan twintig minuten bezig, en in die tijd wisselden we geen woord. Toen ze klaar was, verliet het meisje het kabinet weer en maakte mijn onbekende instructrice aanstalten zich achter het kamerscherm aan te kleden.

'We weten dat u een goede vriendin in Lissabon hebt, maar we denken dat het niet verstandig is haar te ontmoeten,' zei ze vanaf een afstandje. 'Señora Fox zal tijdig op de hoogte worden gebracht zodat ze doet alsof ze u niet kent, mocht u elkaar toevallig ergens tegenkomen. We verzoeken u hetzelfde te doen.'

'Goed,' mompelde ik met verstrakte lippen. Dat bevel beviel me van geen kant, ik zou het heerlijk hebben gevonden Rosalinda weer te ontmoeten. Maar ik begreep het bezwaar en zou ernaar handelen, niets aan te doen.

'Morgen ontvangt u de bijzonderheden over uw reis en wellicht enige aanvullende informatie. Voor uw missie hebben we rekening gehouden met een tijdsbestek van maximaal twee weken. Mocht u om dwingende redenen langer moeten blijven, stuur dan een telegram naar bloemisterij Bourguignon en vraag ze een boeket bij een niet-bestaande vriendin af te leveren voor haar verjaardag. Verzin de naam en het adres; de bloemen zullen de zaak nooit verlaten, maar als ze een bestelling uit Lissabon krijgen laten ze ons dat weten. Dan nemen we op een of andere manier contact met u op, wees daarop bedacht.'

De deur ging weer open, het meisje kwam binnen met een stapel handdoeken. Ditmaal zou ik het voorwerp van haar werk zijn. Ik liet haar ogenschijnlijk lijdzaam begaan terwijl ik probeerde een glimp op te vangen van de vrouw die zich net had aangekleed en op het punt stond vanachter het kamerscherm tevoorschijn te komen. Ze treuzelde niet, maar toen ze verscheen zorgde ze ervoor dat ik haar gezicht niet kon zien. Ik zag wel dat ze blond golvend haar had en gekleed ging in een mantelpakje met een tweed jasje, een typisch Engelse uitmonstering. Ze strekte haar arm uit om een leren tas te pakken die op een laag bankje tegen de wand stond, een tas die me vagelijk bekend voorkwam: daar had ik onlangs iemand mee gezien en het was niet het soort accessoire dat in Spaanse winkels te koop was. Daarna stak ze haar hand uit en pakte een roodkleurig doosje sigaretten dat achteloos op een krukje was gelegd. En toen wist ik het: die Craven A rokende dame die op dat moment tot ziens mompelde en het kabinet verliet, was de echtgenote van kapitein Alan Hillgarth. Dezelfde vrouw die ik een paar dagen eerder voor het eerst had gezien aan de arm van haar man toen deze, de ijzeren chef van de Britse geheime dienst in Spanje, op het moment dat hij mij in de hippodroom zag, de schrik van zijn loopbaan kreeg.

51

Manuel da Silva wachtte op me in de bar van het hotel. Het was druk aan de toog: groepjes, stelletjes, mannen alleen. Zodra ik de dubbele toegangsdeur door was, wist ik wie hij was. En hij wie ik was.

Lang en knap, gebruind, met zilvergrijs kleurende slapen en in een smoking met een licht jasje. Verzorgde handen, donkere blik, elegante bewegingen. Hij zag er inderdaad uit als een veroveraar. Maar er was meer aan hem, iets wat ik meteen opmerkte toen we elkaar hadden begroet en hij me liet voorgaan naar het galerijterras boven de tuin. Iets waardoor ik onmiddellijk op mijn hoede was. Intelligentie. Scherpzinnigheid. Vastberadenheid. Mensenkennis. Om die man om de tuin te leiden zou veel meer nodig zijn dan een paar betoverende glimlachjes en een arsenaal aan grimassen en wimperslagen.

'Het spijt me echt dat ik niet met u kan dineren, geloof me, maar zoals ik aan de telefoon al zei heb ik een afspraak die weken geleden al gemaakt is,' zei hij terwijl hij galant de rugleuning van mijn fauteuil vasthield.

'Maakt u zich daar geen zorgen over,' antwoordde ik terwijl ik quasiloom plaatsnam. De zoom van mijn saffraankleurige satijnen japon met zijdegaas raakte bijna de grond; met een bestudeerd gebaar wierp ik mijn haar naar achteren, over mijn blote schouders, en sloeg ik mijn benen bevallig over elkaar waarbij ik geraffineerd mijn enkel, het begin van mijn voet en de neus van mijn schoen liet zien. Ik merkte dat Da Silva zijn ogen geen seconde van me afhield. 'Bovendien,' voegde ik eraan toe, 'ben ik wat moe van de reis; het zal me goeddoen vroeg naar bed te gaan.'

Een ober zette een champagnekoeler naast en twee glazen op de tafel neer. Het terras lag boven een weelderige tuin vol bomen en planten; de avond viel, maar de laatste zonnefonkelingen waren nog zichtbaar. Een zacht briesje liet weten dat de zee dichtbij was. Het geurde naar bloemen, naar Frans parfum, naar zout en groen. Binnen klonk pianospel en vanaf de tafeltjes om ons heen rezen ontspannen gesprekken in meerdere talen op. Het schrale, stoffige Madrid dat ik minder dan vierentwintig uur eerder had achtergelaten leek me opeens een duistere nachtmerrie uit andere tijden.

'Ik moet u iets bekennen,' zei mijn gastheer zodra de glazen gevuld waren.

'Zegt u het maar,' antwoordde ik, het mijne naar mijn lippen brengend.

'U bent de eerste Marokkaanse die ik ontmoet. Momenteel is dit gebied vergeven van buitenlanders van vele nationaliteiten, maar allen komen uit Europa.'

'Bent u nooit in Marokko geweest?'

'Nee. En dat spijt me, vooral als alle Marokkaanse vrouwen zijn als u.'

'Het is een fascinerend land met geweldige mensen, maar ik vrees dat u daar niet veel vrouwen als ik zult tegenkomen. Ik ben een atypische Marokkaanse, omdat mijn moeder een Spaanse is. Ik ben geen moslim en mijn moedertaal is Spaans in plaats van Arabisch. Maar ik ben dol op Marokko; bovendien woont mijn familie daar en heb ik er mijn huis en mijn vrienden. Ook al verblijf ik op dit moment in Madrid.'

Ik nam weer een slokje, voldaan omdat ik niet meer dan nodig was had hoeven liegen. Schaamteloze verzinsels waren een constante in mijn leven geworden, maar ik voelde me zekerder wanneer ik er niet al te veel een beroep op hoefde te doen.

'Overigens spreekt u uitstekend Spaans,' verklaarde ik.

'Ik heb veel met Spanjaarden samengewerkt; in feite had mijn vader jarenlang een Madrileense compagnon. Voor de oorlog, de Spaanse oorlog bedoel ik, kwam ik regelmatig in Madrid, voor zakelijke kwesties; de laatste tijd richt ik me meer op andere zaken en ga ik minder naar Spanje.'

'Waarschijnlijk is het nu geen goed moment.'

'Dat ligt eraan,' zei hij met een zweem van ironie. 'U schijnt het daar wel voor de wind te gaan.'

Ik glimlachte weer en vroeg me af wat ze hem in godsnaam over mij verteld hadden.

'Ik merk dat u goed geïnformeerd bent.'

'Dat probeer ik althans.'

'Klopt, ik moet toegeven dat mijn nerinkje niet slecht loopt. In feite ben ik daarom ook hier, zoals u weet.'

'Klaar om de beste stoffen voor het nieuwe seizoen mee te nemen naar Spanje.'

'Dat is inderdaad mijn bedoeling. Ze hebben me verteld dat u schitterende Chinese zijde hebt.'

'Wilt u de waarheid weten?' vroeg hij met een zogenaamd samenzweerderig knipoogje.

'Graag,' zei ik zacht, zijn spel meespelend.

'De waarheid is dat ik dat niet weet,' verklaarde hij schaterend. 'Ik heb geen flauw idee wat voor zijde we precies uit Macao importeren; daar houd ik me niet rechtstreeks mee bezig. De textielbranche...'

Een slanke jongeman met een dun snorretje – zijn secretaris wellicht – kwam discreet naar ons toe, verontschuldigde zich in het Portugees en fluisterde hem enkele woorden in zijn linkeroor die ik niet kon verstaan. Ik deed alsof ik vol aandacht voor de invallende avond en de tuin was. De witte bollen van de lantaarns waren net aangegaan, geanimeerde gesprekken en pianoakkoorden zweefden in de lucht. Mijn geest verpoosde zich echter absoluut niet bij dat paradijs, maar volgde aandachtig wat er tussen de twee mannen voorviel. Ik voelde dat die onverwachte onderbreking van tevoren was afgesproken: als mijn verschijning hem niet zou bekoren, dan had Da Silva een excuus om onder het mom van een onverwacht gerezen probleem onmiddellijk te verdwijnen. Als hij daarentegen besloot dat het de moeite waard was zijn tijd aan me te besteden, dan zou hij de net verschenen man bedanken en hem zonder omwegen wegsturen.

Gelukkig koos hij voor het tweede.

'Zoals ik zei,' vervolgde hij toen de assistent verdwenen was, 'houd ik me niet direct bezig met het textiel dat we importeren; daarmee bedoel ik dat ik wel op de hoogte ben van de gegevens en de cijfers, maar niet van de esthetische kwesties waaraan u juist belang zult hechten, neem ik aan.'

'Misschien kan een van uw medewerkers me helpen,' opperde ik.

'Zeker, mijn personeel is heel efficiënt. Maar ik zou het graag zelf op me nemen.'

'Ik wil u geen...' onderbrak ik hem.

Hij liet me niet uitspreken. 'Het is me een genoegen u van dienst te kunnen zijn,' zei hij terwijl hij de ober gebaarde de glazen opnieuw te vullen. 'Hoe lang denkt u bij ons te blijven?'

'Twee weken. Behalve met stoffen inkopen wil ik ook van deze reis profiteren om enkele andere leveranciers te bezoeken, en misschien ook ateliers en winkels. Schoenenzaken, hoedenzaken, lingeriewinkels, fourniturenwinkels... In Spanje is, zoals u zult weten, op dit moment bijna niets fatsoenlijks te krijgen.'

'Ik zal u aan de benodigde contacten helpen, maakt u zich daarover geen zorgen. Eens kijken, morgenochtend vertrek ik voor een korte trip, het zal hooguit voor twee dagen zijn. Lijkt het u wat om voor donderdagochtend af te spreken?'

'Natuurlijk, maar nogmaals, ik wil u absoluut geen last bezorgen...'

Hij maakte zijn rug los van de leuning, boog naar voren en keek me strak aan. 'U zou me nooit last bezorgen.'

Dat kun je net denken, dacht ik in een flits. Maar mijn lippen plooiden zich slechts in nog een glimlach.

We babbelden nog een tijdje over koetjes en kalfjes, tien minuten, vijftien misschien. Toen ik inschatte dat het moment was aangebroken om een eind aan onze ontmoeting te maken, veinsde ik een geeuw en mompelde meteen geschrokken een excuus.

'Neem me niet kwalijk. De nacht in de trein was doodvermoeiend.'

'Dan laat ik u uitrusten,' zei hij, en hij stond op.

'Bovendien hebt u een diner.'

'Ach ja, dat diner, dat is waar ook.' Hij nam niet de moeite op zijn horloge te kijken. 'Ik neem aan dat ze al op me wachten,' voegde hij er met tegenzin aan toe. Ik vermoedde dat hij loog. Of misschien niet.

We wandelden naar de lobby terwijl hij de hele tijd mensen begroette en met een verbluffend gemak van taal wisselde. Hier een handdruk, daar een schouderklop, een hartelijke kus op de wang van een broos oud dametje dat eruitzag als een mummie, en een schalks knipoogje naar twee opzichtige dames die van top tot teen behangen waren met juwelen.

'Estoril is vergeven van oude kaketoes die ooit rijk waren maar nu niet meer,' fluisterde hij in mijn oor. 'Ze klemmen zich echter met hand en tand aan het verleden vast en leven liever op brood en sardientjes dan het beetje dat ze van hun vergane glorie rest te verpatsen. Ze zijn overladen met parels en briljanten, gaan midden in de zomer gehuld in nerts en hermelijn, maar hun tasje zit vol spinnenwebben en er is in geen maanden een escudo in of uit gegaan.'

De pure elegantie van mijn japon viel beslist niet uit de toon in die omgeving en hij zorgde er wel voor dat iedereen om ons heen dat opmerkte. Hij stelde me aan niemand voor en vertelde me evenmin wie wie was; hij liep slechts naast me, in mijn tempo, alsof hij me escorteerde, de hele tijd opmerkzaam en met me pronkend.

Terwijl we ons naar de uitgang begaven, maakte ik snel de balans op van ons samenzijn. Manuel da Silva was gekomen om me te begroeten, me te inviteren voor een glaasje champagne en bovenal om me te taxeren: om met eigen ogen vast te stellen in hoeverre het de moeite waard was die order waar ze hem vanuit Madrid om hadden verzocht persoonlijk af te handelen. Iemand had hem via via de gunst gevraagd me met egards te behandelen, maar dat kon op twee manieren worden gedaan. De ene was delegeren, me door een competente werknemer laten onthalen waardoor hij de last van zichzelf kon afwentelen. De andere was zichzelf erbij betrekken. Zijn tijd was goud waard en zijn verplichtingen waren ongetwijfeld legio. Het feit dat hij had aangeboden zich persoonlijk met mijn onbeduidende order bezig te houden, betekende dat ik op de goede weg was.

'Ik neem contact met u op zodra het me mogelijk is.'

Ten afscheid stak hij zijn hand uit.

'Duizendmaal dank, meneer Da Silva,' antwoordde ik en ik bood hem de mijne. Niet één, maar beide.

'Manuel, alstublieft,' verzocht hij. Ik merkte dat hij ze wat langer dan nodig vasthield.

'Dan moet u mij Arish noemen.'

'Goedenacht, Arish. Het was me een genoegen u te leren kennen. Rust uit en geniet van ons land tot we elkaar weerzien.'

Ik stapte de lift in en hield zijn blik vast tot de goudkleurige deuren begonnen te sluiten en het zicht op de lobby verengde. Manuel da Silva bleef voor de liftdeuren staan tot zijn gedaante – eerst zijn schouders, daarna zijn oren en hals en ten slotte zijn neus – eveneens verdween.

Toen ik me buiten zijn blikveld wist en we omhooggingen, slaakte ik zo'n diepe zucht dat de liftjongen op het punt stond te vragen of ik me wel goed voelde. De eerste stap van mijn missie was gezet: met glans geslaagd.

52

Ik ging vroeg ontbijten. Sinaasappelsap, kwetterende vogels, witbrood met boter, de frisse schaduw van een luifel, luchtige cakejes en zalige koffie. Ik rekte mijn verblijf in de tuin zo lang mogelijk: vergeleken met de hectiek waarmee ik in Madrid de dag begon was het als de hemel zelf. Toen ik naar mijn kamer terugkeerde, trof ik op de schrijftafel een exotisch bloemstuk aan. Automatisch maakte ik snel het decoratieve lint los en zocht naar een gecodeerde boodschap. Ik vond echter geen punten en streepjes die instructies bevatten, maar daarentegen wel een geschreven kaartje.

Beste Arish,
Mijn chauffeur João staat tot uw beschikking
om uw verblijf hier te veraangenamen.
Tot donderdag,
Manuel da Silva

Hij had een elegant en krachtig handschrift, en ondanks de goede indruk die ik de avond ervoor naar alle waarschijnlijkheid op hem had gemaakt, was zijn boodschap absoluut niet vleierig, niet eens attent. Beleefd, maar sober en ferm. Beter zo. Voorlopig.

João bleek een grijze man in een grijs uniform, met een machtige snor en de zestig al een heel eind gepasseerd. Hij stond voor de deur van het hotel op me te wachten, kletsend met veel jongere collega's terwijl hij dwangmatig rokend op een opdracht wachtte. Meneer Da Silva had hem gestuurd om de mejuffrouw overal heen te brengen waar ze maar naartoe wilde, kondigde hij aan terwijl hij me onverholen monsterde. Ik ging ervan uit dat hij niet voor het eerst een dergelijke taak had toebedeeld gekregen.

'Naar de winkels in Lissabon, alstublieft.' In feite was ik niet zozeer in die straten en winkels geïnteresseerd, maar wilde ik de tijd doden tot Manuel da Silva zich weer aandiende.

Ik had onmiddellijk door dat João verre van de klassieke discrete chauffeur was die zich enkel op zijn opdracht concentreerde. De zwarte Bentley was nog niet opgetrokken of hij maakte al een opmerking over het weer; een paar minuten later klaagde hij over de staat van de weg; kort daarop meende ik te begrijpen dat hij foeterde over de prijzen. Ik kon op twee totaal verschillende manieren op die duidelijke praatlust reageren: de rol aannemen van een afstandelijke dame die werknemers als inferieure wezens beschouwde en ze zelfs geen blik waardig keurde, of die van een elegante sympathieke buitenlandse die, ook al bewaarde ze een zekere afstand, haar charme zelfs naar het personeel toe tentoonspreidde. Die eerste persoonlijkheid aannemen zou prettiger zijn, dan kon ik de dag ongestoord in mijn eigen wereld doorbrengen, zonder tussenkomst van die oude kletsmajoor, maar zodra hij na een paar kilometer vertelde dat hij al drieënvijftig jaar voor de Da Silva's werkte, wist ik dat ik dat niet moest doen. De rol van hooghartige dame was zonder meer uiterst comfortabel geweest, maar de andere optie zou veel nuttiger zijn. Het kwam me goed uit dat João bleef kletsen, hoe vermoeiend het ook zou zijn: als hij op de hoogte was van Da Silva's verleden, wist hij wellicht ook het een en ander over zijn heden.

We reden over de Estrada Marginal met rechts van ons de bulderende zee, en toen de dokken van Lissabon in zicht kwamen, had ik inmiddels een aardig idee van de ondernemersgeschiedenis van de clan. Manuel da Silva was zoon van Manuel da Silva en kleinzoon van Manuel da Silva: drie mannen van drie generaties wier fortuin met een eenvoudige havenkroeg was begonnen. Van de wijn vanachter de tapkast serveren ging de grootvader over op het in grote partijen verkopen van vaten; de zaak werd toen verplaatst naar een haveloos pakhuis dat inmiddels niet meer in gebruik was en dat João me aanwees toen we erlangs kwamen. De zoon nam het stokje over en breidde het bedrijf uit: behalve in wijn grossierde hij ook in andere waren, en al snel kwam de koloniale handel om de hoek kijken. Toen de teugels in handen van de derde schakel van het geslacht kwamen, ging het het bedrijf al voor de wind, maar de definitieve consolidatie kwam met de laatste Manuel, degene die ik net had leren kennen. Katoen uit Kaapverdië, hout uit Mozambique, Chinese zijde uit Macao. Sinds kort hield hij zich ook bezig met exploitaties op nationaal niveau; hij reisde af en toe naar de binnenlanden, al wist João me niet te vertellen waarvoor.

De oude João was min of meer met pensioen; een neef was hem een paar jaar eerder opgevolgd als persoonlijke chauffeur van de derde Da Silva. Maar hij was nog inzetbaar voor de kleinere klusjes die de baas hem af en toe opdroeg: korte tochtjes, boodschappen, minder belangrijke opdrachten. Zoals op een ochtend in mei een ledige naaister door Lissabon rijden.

In een winkel in de Chiado kocht ik verscheidene paren handschoenen, in Madrid zo moeilijk te krijgen. In een andere een dozijn zijden kousen, de onbereikbare droom van Spaanse vrouwen in die zware naoorlogse tijden. Een stukje verderop een voorjaarshoed, geparfumeerde zeep en twee paar sandalen; vervolgens Amerikaanse cosmetica: mascara, lippenstift en zalig ruikende nachtcrèmes. Wat een paradijs vergeleken met de schraalte in mijn arme Spanje: alles was te krijgen, kleurrijk en gevarieerd, onmiddellijk binnen handbereik door alleen maar je portemonnee uit je tas te halen. João bracht me gedienstig van de ene naar de andere plek, laadde mijn aankopen in, opende en sloot het achterportier een miljoen keer voor me zodat ik comfortabel kon in- en uitstappen, beval me een charmant restaurant voor de lunch aan en liet me straten, pleinen en monumenten zien. En tussen de bedrijven door vergastte hij me op datgene wat ik het liefste wilde: constant druppelende feitjes over Da Silva en zijn familie. Sommige waren niet echt belangrijk: dat de grootmoeder de ware motor achter de eerste zaak was geweest, dat de moeder jong gestorven was, dat de oudste zuster met een oogarts was getrouwd en de jongste ingetreden in een klooster van barrevoets gaande nonnen. Andere daarentegen waren prikkelend. De oude familiechauffeur liet ze argeloos soepel vallen; ik hoefde slechts hier en daar wat druk uit te oefenen tijdens een reeks onschuldige opmerkingen: don Manuel had veel vrienden, Portugese en buitenlandse, Engelse, uiteraard, ja, en een paar Duitse ook de laatste tijd; en ja, hij kreeg veel bezoek, in feite wilde hij dat alles altijd in paraatheid was voor het geval hij besloot met gasten te komen lunchen of dineren, soms in zijn Lissabonse woning in Lapa, andere keren in zijn buitenhuis Quinta da Fonte.

In de loop van de dag had ik ook de gelegenheid de menselijke fauna die de stad bevolkte te bekijken: Lissabonners in alle soorten en maten, mannen in donker kostuum en elegante dames, nieuwe rijken die onlangs van het platteland naar de stad waren gekomen om gouden horloges te kopen en zich kunsttanden te laten aanmeten, als raven in rouw gehulde vrouwen, Duitsers met een intimiderend voorkomen, gevluchte joden met gebogen hoofd of rijen vormend om een ticket naar hun redding te bemachtigen, en buitenlanders met vele tongvallen die gevlucht waren voor de oorlog en zijn verwoestende effecten. Onder hen bevond zich, zo nam ik aan, Rosalinda. In een opwelling vroeg ik João door de prachtige brede avenida da Liberdade te rijden met haar voetgangersplaveisel van zwarte en witte stenen en aan weerszijden bomen die bijna zo hoog als de gebouwen waren. Daar woonde ze, op nummer 114; dat was het adres dat op de enveloppen stond die Beigbeder me had gebracht op de avond die waarschijnlijk de bitterste van zijn leven was. Ik keek uit naar het nummer en vond het boven de grote houten deur aan een imposante gevel met azulejo's. Hoe kon het ook anders, dacht ik enigszins melancholiek.

Na de lunch gingen we verder, maar tegen vijf uur had ik het gehad. De dag was warm en slopend geweest, en door João's onophoudelijke geklets barstte mijn hoofd bijna uit elkaar.

'Nog één stop, hier is het al,' stelde hij voor toen ik zei dat het tijd werd om terug te gaan. Hij zette de auto stil voor een café met een modernistische entree in de rua Garrett. A Brasileira.

'Niemand kan Lissabon verlaten zonder een goede kop koffie te hebben gedronken,' voegde hij eraan toe.

'Maar, João, het is al ontzettend laat,' protesteerde ik op klagerige toon.

'Vijf minuutjes, meer niet. Ga naar binnen, bestel een *bico* en u zult er geen spijt van hebben.'

Met tegenzin stemde ik toe: ik wilde de onverwachte informant die best nog eens nuttig kon blijken niet voor het hoofd stoten. Ondanks de overdadige versieringen en het grote aantal bezoekers was het een frisse, aangename ruimte. Rechts de bar, links de tafeltjes; recht tegenover een klok, een plafond met goudkleurig lijstwerk en wanden met grote schilderijen. Ze serveerden me een porseleinen kopje en voorzichtig nam ik een slokje. Zwarte koffie, sterk, voortreffelijk. João had gelijk: een echte opkikker. Terwijl ik wachtte tot hij wat afgekoeld was, spoelde ik de dag in mijn hoofd terug. Ik overdacht de bijzonderheden over Da Silva, woog ze en classificeerde ze. Toen in het kopje alleen nog wat koffiedik zat, legde ik er een bankbiljet naast en stond op.

De schok kwam zo onverwacht, zo plotseling en zo krachtig dat ik gewoon niet kon reageren. Drie mannen kwamen al pratend binnen, net op het moment dat ik wilde vertrekken: drie hoeden, drie stropdassen, drie buitenlandse gezichten die Engels spraken. Twee van hen onbekenden, de derde niet. Meer dan drie telden ook de jaren die verstreken waren sinds ons afscheid. In de loop daarvan was Marcus Logan vrijwel niets veranderd.

Ik zag hem voordat hij mij zag; toen hij mijn aanwezigheid bemerkte, had ik mijn blik inmiddels doodsbenauwd op de deur gericht.

'Sira...' mompelde hij.

Zo was ik al heel lang niet meer genoemd. Mijn maag kromp samen en bijna braakte ik de koffie weer uit op de marmeren vloer. Voor me, op slechts enkele meters afstand, met de laatste letter van mijn naam nog op zijn lippen en de verbazing op zijn gezicht gegrift, stond de man met wie ik angst en vreugde had gedeeld; de man met wie ik had gelachen, gepraat, gewandeld, gedanst en gehuild, de man die me mijn moeder had teruggeven en op wie ik uit alle macht niet verliefd had willen worden, ook al werden we gedurende die intense weken door iets verbonden wat veel sterker was dan een gewone vriendschap. Het verleden viel opeens als een doek tussen ons in: Tétouan, Rosalinda, Beigbeder, Hotel Nacional, mijn oude atelier, de verhitte dagen en eindeloze nachten; dat wat had kunnen zijn maar niet was geweest in een tijd die nooit terugkwam. Ik wilde hem om de nek vliegen en zeggen: ja, Marcus, ik ben het. Ik wilde hem weer vragen: haal me hier weg, ik wilde weer hand in hand met hem wegrennen zoals we ooit ook hadden gedaan tussen de schaduwen in een Afrikaanse tuin; terugkeren naar Marokko, vergeten dat er zoiets bestond als de geheime dienst, negeren dat ik een troebele klus moest afhandelen en dat een grauw en triest Madrid op mijn terugkeer wachtte. Maar ik deed niets van dat al, want mijn tegenwoordigheid van geest waarschuwde me met een alarmkreet die sterker was dan mijn wil: ik moest doen alsof ik hem niet kende. En ik gehoorzaamde.

Ik reageerde niet op mijn naam, keurde hem geen blik waardig. Alsof ik doof en blind was, alsof die man nooit iets voor me had betekend, alsof ik niet zijn revers had natgehuild toen ik hem smeekte niet bij me weg te gaan. Alsof de diepe genegenheid tussen ons uit mijn herinnering was vervlogen. Ik negeerde hem gewoon, vestigde mijn blik op de uitgang en begaf me daar met kille vastberadenheid heen.

João wachtte op me met het achterportier geopend. Gelukkig volgde hij aandachtig een opstootje op het trottoir aan de overkant, een straatruzie waarbij een hond, een fiets en verscheidene heftig discussiërende voetgangers betrokken waren. Hij merkte pas dat ik er was toen ik hem dat liet weten.

'Laten we snel gaan, João, ik ben doodmoe,' mompelde ik terwijl ik instapte.

Hij sloot het portier zodra ik in de auto zat, installeerde zich meteen achter het stuur, trok op en vroeg hoe ik zijn aanbeveling had gevonden. Ik antwoordde niet: ik had al mijn energie nodig om recht vooruit te kijken en mijn hoofd niet om te draaien. En het lukte me bijna. Maar toen de Bentley over de straatstenen gleed, won de onbezonnenheid het van mijn verzet en beval me te doen wat ik niet moest doen: me omdraaien om naar hem te kijken.

Marcus was naar buiten gelopen en sloeg roerloos, kaarsrecht, met zijn handen in zijn broekzakken, zijn hoed nog op en met een geconcentreerde uitdrukking mijn vertrek gade. Misschien vroeg hij zich af wat hij daarnet had gezien: de vrouw die hij ooit had kunnen liefhebben, of slechts haar geest.

53

Toen we bij het hotel aankwamen, zei ik tegen de chauffeur dat hij de volgende dag niet hoefde te komen; hoewel Lissabon een middelgrote stad was, kon ik het niet riskeren Marcus Logan nogmaals tegen te komen. Ik wendde vermoeidheid en een opkomende migraine voor: het bericht dat ik bij het hotel bleef zou Da Silva spoedig bereiken en ik wilde niet dat hij zou denken dat ik zijn voorkomendheid zonder een overtuigende reden afwees. Ik lag een hele tijd in bad en zat een groot deel van de nacht op het balkon afwezig naar de lichtjes op zee te staren. Al die uren kon ik Marcus geen minuut uit mijn hoofd zetten en dacht ik aan hem, aan alles wat hij voor me had betekend in onze tijd samen, en aan de consequenties die het voor me zou kunnen hebben als zich op een ongelegen moment opnieuw een ontmoeting voordeed. Het werd al licht toen ik naar bed ging. Mijn maag was leeg, mijn keel uitgedroogd en mijn gemoed bezwaard.

De tuin en het ontbijt waren gelijk aan de ochtend ervoor, maar al probeerde ik me even natuurlijk te gedragen, ik kon er niet op dezelfde manier van genieten. Ik dwong mezelf stevig te ontbijten ook al had ik geen honger; ik treuzelde zo lang mogelijk, bladerde door verscheidene kranten in talen die ik niet begreep, en stond pas op toen er nog slechts een handvol gasten zat. Het was nog geen elf uur: ik had een hele dag voor me en niets anders om hem mee te vullen dan mijn eigen gedachten.

Ik keerde terug naar mijn kamer, die al schoongemaakt bleek. Ik ging op bed liggen en sloot mijn ogen. Tien minuten. Twintig. Dertig. De veertig haalde ik niet; ik kon het niet verdragen nog een seconde langer over hetzelfde te piekeren. Ik kleedde me om, trok een dunne rok aan, een witte katoenen blouse en platte sandalen. Mijn haar stopte ik onder een kleurig hoofddoekje. Ik verschool me achter een grote zonnebril, verliet de kamer en meed intussen alle spiegels: ik wilde niet met die zwaarmoedige uitdrukking op mijn gezicht geconfronteerd worden.

Er was bijna niemand op het strand. De brede vlakke golven volgden elkaar monotoon op. In de nabije omgeving iets wat een kasteel leek en een klip met imposante villa's, voor me een oceaan die bijna even groot was als mijn onbehagen. Ik ging er op het zand naar zitten kijken, en met mijn blik op het rollende schuim gericht verloor ik elke notie van tijd en liet me meevoeren. Elke golf bracht een herinnering mee, een afdruk uit het verleden: het jonge meisje dat ik ooit was, mijn prestaties en mijn angsten, de vrienden die ik had achtergelaten ergens op een plekje in de tijd; taferelen van andere gebieden, andere stemmen. Maar de zee bracht me die ochtend bovenal de gewaarwordingen die in de plooien van mijn geheugen verloren waren gegaan: de streling van een geliefde hand, de zekerheid van een bevriende arm, de vreugde van het gedeelde en de hunkering naar het gewenste.

Het was bijna drie uur 's middags toen ik het zand van mijn rok klopte. Tijd om terug te gaan, een tijdstip dat even goed was als elk ander. Of even slecht misschien. Ik stak de weg naar het hotel over, er reden nauwelijks auto's. Een ervan verdween in de verte, een andere kwam langzaam dichterbij. Die laatste kwam me bekend voor, vagelijk bekend. Uit nieuwsgierigheid ging ik langzamer lopen en liet hem voorbijrijden. Toen wist ik om welke auto het ging en wie hem bestuurde: de Bentley van Da Silva met João achter het stuur. Hoe toevallig, wat een onverwachtse ontmoeting. Of niet, bedacht ik opeens huiverend. Waarschijnlijk waren er een hoop redenen te bedenken waarom de chauffeur zo bedaard door de straten van Estoril reed, maar mijn instinct zei me dat hij mij zocht. Word wakker, meisje, word wakker! zouden Candelaria en mijn moeder tegen me hebben gezegd. Omdat zij er niet waren, zei ik het zelf maar. Ik moest wakker worden, inderdaad, ik had mijn waakzaamheid laten verslappen. De ontmoeting met Marcus had een heftige indruk op me gemaakt en een miljoen herinneringen en gevoelens bovengehaald, maar dit was niet het moment om me door nostalgie te laten overweldigen. Ik had een opdracht, een verplichting, een rol die ik moest spelen, een beeld dat ik moest projecteren en een taak waaraan ik me moest wijden. Met naar de zee gaan zitten staren bereikte ik niets, verdeed ik alleen mijn tijd en dompelde me onder in melancholie. Het moment was aangebroken om terug te keren naar de werkelijkheid.

Ik versnelde mijn pas en deed mijn best vlot en energiek te lijken. João was weliswaar verdwenen, maar ook andere ogen zouden me in opdracht van Da Silva kunnen observeren. Hij kon me gewoon nergens van verdenken, maar misschien had hij er als machtige, leidende figuur behoefte aan precies te weten wat de Marokkaanse bezoekster allemaal deed in plaats van te genieten van zijn auto. En dat moest ik hem laten zien.

Via een zijtrap ging ik naar mijn kamer, knapte me op en verscheen weer. Waar een halfuur eerder de luchtige rok en de katoenen blouse hadden gezeten, omhulde me nu een chic en nauwsluitend mandarijnkleurig mantelpakje, en in plaats van de platte sandalen droeg ik nu een paar hooggehakte slangenleren pumps. De bril was verdwenen en ik had me opgemaakt met de make-up die ik de vorige dag had gekocht. Mijn haar, inmiddels zonder hoofddoekje, viel losjes over mijn schouders. Zwierig nam ik de centrale trap en wandelde in rustig tempo over de galerij van de bovenverdieping die uitkeek op de ruime lobby. Ik ging nog een etage naar beneden, naar de begane grond, zonder te vergeten tegen eenieder die ik tegenkwam te glimlachen. Met een elegant hoofdknikje groette ik de dames, ongeacht hun leeftijd, hun taal en of ze me nu wel of niet teruggroetten. Bij de heren – weinig Portugezen, veel buitenlanders – knipperde ik wat sneller met mijn ogen; met een bijzonder afgeleefde man flirtte ik zelfs even koket. Ik vroeg een van de receptionisten een telegram naar doña Manuela te sturen en gaf mijn eigen adres op: PORTUGAL GEWELDIG, FANTASTISCHE AANKOPEN. VANDAAG HOOFDPIJN EN RUST. MORGEN BEZOEK AAN ATTENTE LEVERANCIER. HARTELIJKE GROET, ARISH AGORIUQ. Daarna koos ik een van de fauteuils uit die in groepjes van vier over de royale lobby verspreid stonden, een goed zichtbaar plekje waar veel mensen voorbijliepen. Toen sloeg ik mijn benen over elkaar, bestelde twee aspirientjes en een kop thee, en bracht de verdere middag door met mezelf laten zien.

Het verhullen van mijn verveling hield ik bijna drie uur vol, tot mijn maag begon te knorren. Einde van de voorstelling: ik had het verdiend terug te gaan naar mijn kamer en bij de roomservice iets te eten te bestellen. Ik wilde net opstaan toen een piccolo naar me toe kwam met een zilveren dienblaadje. Met daarop een envelop. En daarin een kaartje.

Beste Arish,
Ik hoop dat de zee uw ongemak heeft verdreven. João staat morgenochtend om tien uur klaar om u naar mijn kantoor te brengen.
Goedenacht,
Manuel da Silva

Het nieuws had inderdaad vleugels. Ik was geneigd zoekend naar de chauffeur, of wellicht Da Silva zelf, om me heen te kijken, maar ik kon me bedwingen. Hoewel een van de twee waarschijnlijk in de buurt was, wendde ik een kille desinteresse voor en deed opnieuw alsof ik verdiept was in een van de Amerikaanse tijdschriften waarmee ik me die namiddag bij tijd en wijle had vermaakt. Na een halfuur, toen de lobby inmiddels half leeg was en de meeste gasten zich hadden verspreid over de bar, het terras en de eetzaal, keerde ik terug naar mijn kamer, klaar om elke gedachte aan Marcus uit te bannen en me te concentreren op de zware dag die me wachtte zodra de nacht voorbij was.

54

João gooide zijn sigaret op de grond, verkondigde zijn *bom dia*, trapte hem uit met zijn schoenzool en hield het portier voor me open. Hij monsterde me weer van top tot teen. Ditmaal hoefde hij zijn baas echter niets over me te vertellen, want die zou me in eigen persoon over een halfuurtje zien.

Het kantoor van Da Silva was in de centrale rua do Ouro, de straat van het goud, die de wijk Rossio verbond met de praça do Cómercio in de Baixa. Het gebouw was voornaam maar niet overdreven, al ademde de hele omgeving een intense geur van geld, transacties en lucratieve zaken uit. Financiële instellingen, kantoren, mannen in pak, gehaaste werknemers en voortsnellende piccolo's bevestigden het panorama aan de buitenkant.

Toen ik uit de Bentley stapte, werd ik verwelkomd door dezelfde slanke man die ons gesprek had onderbroken op de avond dat Da Silva zich had aangediend om me te leren kennen. Beleefd en discreet gaf hij me ditmaal een hand en stelde zich sober voor als Joaquim Gamboa; meteen daarop leidde hij me gedienstig naar de lift. Aanvankelijk dacht ik dat het kantoor van het bedrijf zich op een van de verdiepingen bevond, maar ik kwam er al snel achter dat de onderneming het hele gebouw bezette. Gamboa bracht me rechtstreeks naar de eerste verdieping.

'Meneer Manuel zal u zo ontvangen,' kondigde hij aan voor hij verdween.

Het secretariaat waarin ik plaatsnam, had met glanzend hout betimmerde wanden die onlangs in de was gezet leken te zijn. Zes leren fauteuils vormden de wachtruimte; wat verder naar binnen, dichter bij de dubbele deur die toegang gaf tot Da Silva's werkkamer, stonden twee bureaus: het ene bezet, het andere leeg. Aan de eerste zat een secretaresse van bijna een halve eeuw oud te werken die, gezien de formele groet waarmee ze me ontving en de nauwgezetheid waarmee ze iets aantekende in een dik schrift, een efficiënte en discrete werkneemster moest zijn, de droom van elke chef. Haar veel jongere collega liet zich amper een paar minuten later zien; dat gebeurde toen ze een van de deuren van Da Silva's werkkamer opende en een kleurloos uitziende man naar buiten begeleidde. Een klant, een zakenrelatie waarschijnlijk.

'Meneer Da Silva verwacht u, mejuffrouw,' zei ze met een stuurse uitdrukking. Ik deed alsof ik niet veel aandacht aan haar schonk, maar een snelle blik was voldoende om haar de maat te nemen. Van mijn leeftijd, een jaartje meer of minder. Bril voor bijzienden, lichte haren en huid, keurig verzorgd, hoewel haar kleding van matige kwaliteit was. Langer kon ik haar ook niet opnemen want op dat moment kwam Manuel da Silva zijn kamer uit om me te begroeten.

'Het is me een genoegen u hier te zien, Arish,' zei hij in zijn vloeiende Spaans. Ter compensatie reikte ik hem mijn hand, met bestudeerde traagheid om hem de tijd te geven me goed te bekijken en te besluiten of ik zijn attenties nog altijd waard was. Uit zijn reactie maakte ik op dat dat het geval was. Ik had dan ook mijn uiterste best gedaan: voor die zakelijke ontmoeting had ik een tweedelig zilvergrijs mantelpakje gereserveerd bestaande uit een kokerrok, een getailleerd jasje met op de revers een witte bloem die de sobere kleur ophaalde. Het resultaat werd gewaardeerd met een verholen goedkeurende blik en een hoffelijke glimlach.

'Kom verder, alstublieft. Vanmorgen is alles wat ik u wil laten zien reeds gebracht.'

In een hoek van zijn ruime kantoor, onder een grote wereldkaart, lagen vele rollen stof. Zijde. Natuurzijde, glad en glanzend, magnifieke zijde, geverfd in luisterrijke kleuren. Alleen al door ze aan te raken, zag ik de prachtig vallende kleding voor me die ik ervan zou kunnen maken.

'Beantwoorden ze aan uw verwachting?'

Achter me klonk Manuel da Silva's stem. Een paar seconden lang, een paar minuten wellicht, was ik hem en zijn wereld vergeten. Het genot die schitterende stoffen te zien, hun zachtheid te betasten en me de modellen voor te stellen had me tijdelijk uit de werkelijkheid gehaald. Gelukkig hoefde ik geen enkele moeite te doen om de waren die hij me ter beschikking stelde te prijzen.

'Die overtreffen ze. Ze zijn gewoonweg subliem.'

'Ik raad u aan zo veel mogelijk meters te kopen, want ik vrees dat ze zeer vlug van de hand zullen gaan.'

'Is er zoveel vraag naar?'

'Daar gaan we van uit. Hoewel ze niet voor de mode gebruikt zullen worden.'

'Waarvoor dan?' vroeg ik verbaasd.

'Voor andere, in deze tijd dringender behoeften: de oorlog.'

'De oorlog?' herhaalde ik, ongeloof voorwendend. Ik wist dat dat in sommige landen het geval was, dat had Hillgarth me in Tanger verteld.

'Zijde wordt gebruikt voor het vervaardigen van parachutes, om kruit te beschermen en zelfs voor fietsbanden.'

Ik huichelde een lachje. 'Wat een vreselijke verspilling! Van de zijde die nodig is voor een parachute kunnen zeker tien avondjaponnen worden gemaakt.'

'Inderdaad, maar het zijn moeilijke tijden. En de oorlogvoerende landen zullen er binnenkort een goede prijs voor betalen.'

'En u, Manuel, aan wie gaat u deze schoonheden verkopen, aan de Duitsers of aan de Engelsen?' vroeg ik plagerig, alsof ik het niet serieus nam. Mijn brutaliteit verbaasde mezelf, maar hij speelde het spel mee.

'Van oudsher onderhouden wij Portugezen handelsbetrekkingen met de Engelsen, al kun je het in deze roerige tijden nooit weten...' Hij rondde zijn verontrustende zin af met een schaterlach, maar voor ik de tijd had gekregen om zijn antwoord te interpreteren, bracht hij het gesprek op praktischer en nabijer zaken. 'Hier hebt u een map met gedetailleerde informatie over de stoffen: referentie, kwaliteit, prijs, kortom, het gebruikelijke,' zei hij terwijl hij naar zijn bureau liep. 'Neem die mee naar uw hotel, neem uw tijd en wanneer u besloten hebt welke u wilt hebben, vult u het bestelformulier in en dan zorg ik ervoor dat alles rechtstreeks naar Madrid wordt verzonden; in minder dan een week zal het daar zijn. U kunt de goederen bij ontvangst betalen, dat is wel in orde. En vergeet niet twintig procent korting van het totaalbedrag af te trekken, met de complimenten van het huis.'

'Maar...'

'En hier,' vervolgde hij zonder me te laten uitspreken, 'hebt u een map met gegevens over lokale leveranciers van goederen en waren die interessant voor u kunnen zijn. Garenspinners, passementwerkers, knopenmakers, leerlooiers... Ik ben zo vrij geweest bij allen een afspraak voor u te maken en hier is het programma, in dit vak, kijk maar: vanmiddag wordt u verwacht bij de gebroeders Soares, ze hebben het beste garen van heel Portugal; morgen, vrijdagochtend, zien ze uw komst tegemoet in Casa Barbosa, waar knopen van Afrikaans ivoor worden vervaardigd. Zaterdagochtend hebt u een afspraak met bonthandelaar Almeida, en dan tot maandag even niets. Maar wees voorbereid, want de week begint weer met vele afspraken.'

Ik bestudeerde het papier met vakverdeling en verhulde mijn bewondering voor de voortreffelijke afhandeling.

'Ik zie dat u me niet alleen zondag, maar ook morgen in de namiddag vrijaf hebt gegeven,' zei ik zonder mijn ogen van het papier op te slaan.

'Ik vrees dat u zich vergist.'

'Volgens mij niet. In uw planning is dat deel leeg, kijk maar.'

'Het is leeg, dat klopt, maar omdat ik mijn secretaresse heb verzocht het vrij te laten, want ik heb iets in gedachten om dat dagdeel mee in te vullen. Zou u morgen met me willen dineren?'

Ik nam de andere map aan, die hij nog in zijn hand had, en gaf geen antwoord. Eerst bekeek ik de inhoud: verscheidene pagina's met namen, gegevens en getallen die ik zogenaamd belangstellend bestudeerde, hoewel ik in wezen alleen mijn blik erover liet glijden zonder daadwerkelijk iets in me op te nemen.

'Goed, ik neem uw uitnodiging aan,' antwoordde ik nadat ik hem een paar lange seconden had laten wachten. 'Maar alleen als u me iets belooft.'

'Altijd, zolang het binnen mijn mogelijkheden ligt.'

'Goed dan, dit is mijn voorwaarde: ik zal met u dineren als u me verzekert dat geen enkele soldaat met deze schitterende stoffen aan zijn rug gebonden het luchtruim in springt.'

Hij lachte hartelijk en ik stelde nogmaals vast dat hij een mooie lach had. Mannelijk, krachtig en charmant tegelijk. Ik herinnerde me de woorden van Hillgarths echtgenote. Manuel da Silva was inderdaad een aantrekkelijke man. In een flits doemde Marcus Logan voor mijn geestesoog op.

'Ik zal mijn best doen, dat beloof ik u, maar zoals u weet, zaken zijn zaken…' verklaarde hij schouderophalend met een ironisch trekje om zijn lippen.

Een onverwacht belletje belette hem zijn zin af te maken. Het geluid kwam vanaf zijn bureau, uit een grijs apparaat waarin een groen lichtje knipperde.

'Momentje, alstublieft.' Hij had zijn ernst onmiddellijk herwonnen. Hij drukte op een knopje en de stem van de jonge secretaresse kwam vervormd uit het apparaat.

'Herr Weiss is hier. Hij zegt dat het dringend is.'

'Breng hem naar de vergaderkamer,' antwoordde hij bits. Zijn houding was op slag veranderd: de kille ondernemer had de innemende man verdrongen. Of misschien was het andersom. Ik kende hem nog niet goed genoeg om te weten wie van de twee de echte Manuel da Silva was.

Hij wendde zich weer tot mij en probeerde zijn beminnelijkheid te hervinden, maar dat lukte hem niet helemaal.

'Neem me niet kwalijk, maar soms stapelt het werk zich op.'

'Alstublieft, u moet mij vergeven omdat ik uw tijd in beslag neem...'

Hij liet me niet uitspreken: hoewel hij het probeerde te verbergen, straalde hij een zeker ongeduld uit. Hij gaf me een hand.

'Ik kom u morgen om acht uur halen, goed?'

'Perfect.'

Het afscheid verliep snel, het was niet het moment voor koketterieën. Ironie en frivoliteiten bleven achterwege, die zouden we op een ander moment wel hervatten. Hij liep met me mee naar de deur; zodra ik het secretariaat binnenstapte keek ik zoekend rond naar die Herr Weiss, maar ik zag alleen de twee secretaresses: de een was driftig aan het typen en de ander stopte brieven in de bijbehorende envelop. Ik merkte amper dat ze me met wisselende vriendelijkheid gedag zeiden; ik had andere, dringender zaken aan mijn hoofd.

55

Uit Madrid had ik een schetsboek meegebracht waarin ik alles wilde noteren waarvan ik dacht dat het interessant kon zijn, en die avond zette ik datgene wat ik tot dan toe had gezien en gehoord op papier. Ik verzamelde de gegevens zo ordelijk mogelijk en comprimeerde ze vervolgens tot de kern: 'Da Silva schertsend over mogelijk zakendoen met Duitsers, feitelijkheid onbekend. Voorziet grote vraag zijde voor militaire doeleinden. Veranderlijk karakter al naar gelang omstandigheden. Relatie bevestigd met Herr Weiss. Duitser verschijnt onaangekondigd en eist onmiddellijk onderhoud. Da Silva gespannen, vermijdt dat Herr Weiss wordt gezien.'

Vervolgens maakte ik een paar schetsen die nooit geconcretiseerd zouden worden en ik omzoomde ze met potlood met een zogenaamde stiklijn. Ik deed mijn best het verschil tussen de lange en korte streepjes zo miniem mogelijk te houden zodat alleen ikzelf het zou opmerken; dat ging me prima af, inmiddels was ik daar een expert in. Ik verdeelde de informatie over de schetsen en toen ik klaar was verbrandde ik de aantekeningen in de badkamer, gooide de asresten in het toilet en spoelde ze door. Het schetsboek legde ik in de kast, niet speciaal verborgen, niet opvallend zichtbaar. Als iemand in mijn spullen snuffelde, zou het nooit bij hem opkomen dat ik het had willen verstoppen.

De tijd vloog voorbij nu ik eindelijk bezigheden had. Ik reed weer diverse malen over de Estrada Marginal tussen Estoril en Lissabon met João achter het stuur; ik koos tientallen klosjes van de beste garens en schitterende knopen in vele vormen en maten, en ik werd overal behandeld als een heel speciale klant. Dankzij Da Silva's aanbevelingen waren het een en al attenties, betalingsfaciliteiten, kortingen en beleefdheden. En bijna zonder dat ik er erg in had brak het tijdstip voor ons diner aan.

Onze ontmoeting was gelijk aan de vorige: lange blikken, verwarrende glimlachjes en onverholen geflirt. Hoewel ik het repertoire beheerste en een volleerd actrice was geworden, effende Manuel da Silva's optreden de weg voor me. Hij gaf me opnieuw het gevoel dat ik de enige vrouw ter wereld was voor wie hij aandacht had, en ik veinsde weer dat het dagelijkse kost voor me was dat een rijke, aantrekkelijke man mij tot het onderwerp van zijn genegenheid had uitverkoren. Maar dat was niet zo, en daarom moest ik dubbel op mijn hoede zijn. Onder geen beding mocht ik me door mijn gevoelens laten meeslepen: het was werk, pure plicht. Ik had me makkelijk kunnen ontspannen, kunnen genieten van de man en het moment, maar ik wist dat ik mijn hoofd koel en de emoties op afstand moest houden.

'Ik heb een tafel gereserveerd in Wonderbar, de club van het casino: ze hebben een fantastisch orkest en de speelzaal is binnen handbereik.'

We wandelden onder de palmen; het was nog niet helemaal donker en de lantaarns schitterden als zilveren bolletjes tegen de violette hemel. Da Silva liet zich van zijn beste kant zien: innemend en charmant, zonder een spoor van de spanning die de aanwezigheid van de Duitser in zijn kantoor bij hem teweeggebracht had.

Ook in het casino leek iedereen hem te kennen: van de obers en parkeerchauffeurs tot de achtenswaardigste gasten. Net als de eerste avond deelde hij weer groeten uit: joviale klopjes op de schouder, kletsende handen en een korte omarming voor de heren; handkussen, glimlachjes en overdreven complimentjes voor de dames. Aan sommigen stelde hij me voor, en in gedachten noteerde ik hun namen om ze later te kunnen overbrengen op de contouren van mijn schetsen.

De sfeer in Wonderbar was vergelijkbaar met die in Hotel do Parque: voor negentig procent kosmopolitisch. Het enige verschil, merkte ik enigszins onrustig, was dat de Duitsers niet in de meerderheid waren; je hoorde ook overal Engels. Ik probeerde die zorgen van me af te zetten en me op mijn rol te concentreren. Hoofd helder, ogen en oren wijd open, dat was het enige waarmee ik me moest bezighouden. En al mijn charmes inzetten, uiteraard.

De maître leidde ons naar een gereserveerd tafeltje op de beste plek van de zaal: strategisch gekozen om te zien en gezien te worden. Het orkest speelde 'In the Mood' en talrijke paartjes vulden de dansvloer terwijl andere zaten te dineren; er klonken gesprekken, begroetingen en gelach; alles ademde distinctie en glamour uit. Manuel wees de kaart af en bestelde zelfverzekerd voor ons beiden. En daarna, alsof hij de hele dag op dat moment had gewacht, ging hij op zijn gemak zitten om me al zijn aandacht te geven.

'Goed, Arish, vertel, hoe hebben mijn vrienden u behandeld?'

Ik deed hem in geuren en kleuren mijn belevenissen uit de doeken. Ik overdreef situaties, vertelde op humoristische toon bijzonderheden, ik imiteerde stemmen in het Portugees, ik liet hem schaterend lachen en ik scoorde weer wat punten in mijn voordeel.

'En nu u, hoe is uw week geëindigd?' vroeg ik toen. Eindelijk was het mijn beurt om te luisteren en te absorberen. En als het een beetje meezat, hem misschien ook wat informatie te ontfutselen.

'Dat vertel ik alleen als je me tutoyeert.'

'Afgesproken, Manuel. Vertel, hoe is het je vergaan nadat we gistermorgen afscheid hadden genomen?'

Hij kon het niet meteen vertellen; iemand onderbrak ons. Meer begroetingen, meer hartelijkheden. Als dit niet echt was, dan leek het er toch verdacht veel op.

'Baron von Kempel, een bijzondere man,' lichtte hij toe toen de op leeftijd zijnde aristocraat met lange grijze lokken onvast bij onze tafel was weggelopen. 'Goed, we waren gebleven bij hoe het mij de afgelopen dagen is vergaan, en om het in twee woorden samen te vatten: ontzettend saai.'

Uiteraard wist ik dat hij loog, maar ik sloeg een medelijdende toon aan.

'In elk geval kun je die verveling in een aangenaam kantoor uitzitten en heb je twee competente secretaresses om je te helpen.'

'Ik mag niet klagen, daar heb je gelijk in. Het zou veel zwaarder zijn om als sjouwer in de haven te moeten werken, of als ik niemand had die me een handje hielp.'

'Zijn ze al lang bij je?'

'De secretaresses bedoel je? Elisa Somoza, de oudste van de twee, al meer dan dertig jaar; ze kwam bij het bedrijf in de tijd van mijn vader, nog voor mij. Beatriz Oliveira, de jongste, heb ik drie jaar geleden aangenomen toen ik zag dat het bedrijf groter werd en Elisa het in haar eentje niet meer aankon. Vriendelijkheid is niet haar sterkste punt, maar ze werkt ordelijk, neemt haar verantwoordelijkheid en ze is goed in talen. Volgens mij staat aardig zijn voor de baas niet hoog op de lijst bij de nieuwe klasse werkende vrouwen,' zei hij terwijl hij toostend zijn glas hief.

Ik vond het geen leuke grap, maar door een slokje witte wijn te nemen verhulde ik dat. Toen kwam er een koppel naar onze tafel: een oogverblindende rijpe dame in een lange japon van paarse shantoengzijde, vergezeld door een man die amper tot haar schouders reikte. We onderbraken ons gesprek nogmaals; ze gingen over op het Frans, hij stelde me voor en ik groette hen met een sierlijk gebaar en een kort *enchantée*.

'De Mannheims, Hongaren,' verduidelijkte hij toen ze weg waren.

'Zijn het allemaal joden?' vroeg ik.

'Rijke joden die wachten tot de oorlog voorbij is, of tot ze een visum voor Amerika krijgen. Zullen we dansen?'

Da Silva bleek een geweldig danser. Rumba, habanera, jazz, paso doble: niets ging hem slecht af. Ik liet me leiden: het was een lange dag geweest en de twee glazen douro die ik bij de kreeft had gedronken moesten me naar het hoofd gestegen zijn. De paartjes op de dansvloer werden vele malen gereflecteerd en vermenigvuldigd in de spiegels op de pilaren en aan de wanden. Het was warm; ik sloot mijn ogen even, twee, drie, misschien vier seconden. Tegen de tijd dat ik ze opendeed, had mijn grootste vrees een menselijke gedaante aangenomen.

In smetteloze smoking en met naar achteren gekamde haren, zijn benen lichtjes uit elkaar, zijn handen weer in zijn broekzakken en een pas aangestoken sigaret tussen zijn lippen: daar stond Marcus Logan, te kijken hoe we dansten.

Weg, ik moest weg bij hem, was het eerste wat in me opkwam.

'Zullen we gaan zitten? Ik ben een beetje moe.'

Ik zorgde ervoor dat we de dansvloer aan de kant tegenover Marcus verlieten, maar dat hielp me niets, want met steelse blikken stelde ik vast dat hij in dezelfde richting liep. Wij ontweken dansende paartjes en hij tafeltjes met dinerende mensen, maar we begaven ons parallel naar dezelfde plek. Mijn benen trilden, de warmte van de meiavond werd opeens ondraaglijk. Toen hij nog maar een paar meter bij ons vandaan was, bleef hij staan om iemand te begroeten en ik dacht dat hij wellicht daarnaartoe op weg was geweest, maar hij zei gedag en kwam dichterbij, vastbesloten en gedecideerd. We kwamen tegelijk bij onze tafel aan, Manuel en ik via de rechterkant, hij via de linker. Toen dacht ik dat het einde was gekomen.

'Logan, ouwe vos, waar heb je gezeten? Ik heb je al in geen tijden gezien!' riep Da Silva uit toen hij hem in het oog kreeg. Tot mijn stomme verbazing klopten ze elkaar hartelijk op de rug.

'Ik heb je heel vaak gebeld, maar ik tref je nooit,' zei Marcus.

'Mag ik je voorstellen aan Arish Agoriuq, een Marokkaanse vriendin die een paar dagen geleden uit Madrid is overgekomen.'

Ik stak mijn hand uit en probeerde die niet te laten trillen; ik durfde hem niet aan te kijken. Hij drukte mijn hand stevig, alsof hij wilde zeggen: ik ben het, hier ben ik, reageer.

'Aangenaam.' Mijn stem klonk schor, hees, bijna gebroken.

'Ga zitten, drink een glaasje met ons,' bood Manuel aan.

'Nee, dank je. Ik ben hier met vrienden, ik kwam je alleen even gedag zeggen en je eraan herinneren dat we moeten afspreken.'

'Binnenkort, dat beloof ik.'

'Vergeet het niet, we moeten een paar dingen bespreken.' En toen richtte hij zich tot mij. 'Aangenaam kennis met u te maken, mejuffrouw...' zei hij, naar me toe buigend. Nu moest ik hem wel aankijken. Zijn gezicht vertoonde geen spoor meer van de verwondingen waarmee ik hem had leren kennen, maar het had nog wel dezelfde uitdrukking, dezelfde scherpe gelaatstrekken en samenzweerderige ogen, die me nu woordeloos vroegen: wat doe je hier in godsnaam met die kerel.

'Agoriuq,' lukte het me te zeggen alsof ik een steen uitbraakte.

'Mejuffrouw Agoriuq, dat was het, neem me niet kwalijk. Het was me een genoegen u te leren kennen. Hopelijk ontmoeten we elkaar nog eens.'

We keken hem allebei na toen hij wegliep.

'Mooi figuur, die Marcus Logan.'

Ik nam een flinke slok water. Ik moest mijn keel spoelen; die voelde aan als schuurpapier.

'Engelsman?' vroeg ik.

'Engelsman, ja. We hebben zakengedaan.'

Ik dronk weer wat om mijn verwarring te verwerken. Hij was dus niet meer werkzaam als journalist. Manuels woorden haalden me uit mijn gedachten.

'Het is hier nogal warm. Zullen we ons geluk gaan beproeven aan de roulettetafel?'

Ik deed opnieuw alsof de luister van de zaal heel gewoon voor me was. Schitterende kroonluchters hingen aan goudkleurige kettingen boven de tafels, waaromheen honderden spelers zich verdrongen die in net zoveel talen spraken als er ooit naties op de kaart van het oude

Europa waren geweest. Het tapijt dempte het geluid van de menselijke bewegingen en versterkte de geluiden eigen aan dat paradijs van het toeval: het geklak van botsende fiches, het gezoem van de roulettes, het geratel van de ivoren balletjes tijdens hun onbesuisde dans, en de kreten van de croupiers die het spel sloten met 'Rien ne va plus!' Er zaten velen aan de groene tafels die hun geld inzetten, en nog velen meer stonden eromheen en sloegen het spel aandachtig gade. In andere tijden aristocratische stamgasten van de casino's in Baden Baden, Montecarlo en Deauville, waar ze zonder schelle klanken verloren en wonnen, legde Da Silva me uit. Verarmde burgers, ellendige nieuwe rijken, respectabele personen die waren veranderd in schoften en ware schoften vermomd als heren. Er waren feestelijk geklede lieden, triomfantelijk en zelfverzekerd, de mannen met gesteven boord en plastron, de vrouwen hooghartig pronkend met de schittering uit hun juwelenkistje. Er waren ook afgetakelde figuren, angstig of heimelijk op zoek naar een bekende om hem wat geld af te troggelen, wellicht verslaafd aan de droom van een glorierijke avond die meer dan onwaarschijnlijk was; personen die bereid waren het laatste familiejuweel of het ontbijt van de volgende dag aan de baccarattafel te verspelen. De eersten werden louter gedreven door de emotie van het spel, het vermaak, de roes of de hebzucht; de tweeden simpelweg door pure wanhoop.

We liepen een tijdje rond en keken bij diverse tafels; het uitwisselen van groeten en hartelijke woorden ging door. Ik zei amper iets, ik wilde daar alleen maar vandaan, me opsluiten in mijn kamer en de wereld vergeten; ik wilde alleen maar dat die ellendige dag voorbij was.

'Je lijkt weinig zin te hebben om vandaag miljonair te worden.'

Ik glimlachte flauwtjes. 'Ik ben doodmoe.' Ik deed mijn best het zachtmoedig te laten klinken; ik wilde niet dat hij mijn innerlijke onrust bemerkte.

'Zal ik je naar je hotel brengen?'

'Graag.'

'Geef me een minuutje.' Meteen daarop liep hij een paar passen bij me vandaan om zijn arm om een bekende heen te slaan die hij net had opgemerkt.

Ik stond daar roerloos, afwezig, zelfs zonder me te amuseren over de fascinerende drukte in de zaal. Toen zag ik dat Marcus bijna als een schim naar me toe kwam. Hij liep achter me langs, behoedzaam, raakte me bijna. Verholen, vrijwel zonder te blijven staan, greep hij mijn rechterhand, vouwde vaardig mijn vingers open en stopte er iets in. En ik liet hem begaan. Daarna, zonder een woord te zeggen, verdween hij. Terwijl ik mijn blik zogenaamd geconcentreerd op een van de tafels gericht hield, betastte ik gespannen datgene wat hij me had gegeven: een stukje papier, meerdere malen dubbelgevouwen. Ik verstopte het onder de brede ceintuur van mijn japon, net toen Manuel zich losmaakte van zijn kennissen en weer naar me toe kwam.

'Zullen we gaan?'

'Ik moet nog even naar het toilet.'

'Goed, ik wacht hier op je.'

Onderweg probeerde ik een glimp van hem op te vangen, maar hij was nergens meer te bekennen. De toiletruimte was verlaten, op een oude zwarte vrouw met een slaperig gezicht bij de deur na. Ik haalde het papiertje tevoorschijn en vouwde het met vlugge vingers open.

'Wat is er geworden van de S. die ik in T. achterliet?'

Waar was mijn oude ik uit onze Afrikaanse tijd gebleven, vroeg Marcus me. Ik deed mijn tas open om een zakdoekje en een antwoord te zoeken terwijl mijn ogen zich vulden met tranen. Het eerste vond ik, het tweede niet.

56

Op maandag hervatte ik mijn activiteiten om spullen voor het atelier te kopen. Er was een afspraak voor me gemaakt bij een hoedenmaker in de rua da Prata, op een steenworp van Da Silva's kantoor: het perfecte excuus om even binnen te lopen en gedag te zeggen. En terloops te kijken wie zich op zijn territorium bevond.

Ik trof alleen de jonge onsympathieke secretaresse, Beatriz Oliveira, herinnerde ik me dat ze heette.

'Meneer Da Silva is op reis. Voor zaken,' zei ze zonder verdere toevoeging.

Net als bij mijn vorige bezoek leek ze niet van plan vriendelijk tegen me te doen; ik dacht echter dat het een unieke kans was om even alleen met haar te zijn en die wilde ik niet laten lopen. Gezien haar stuurse houding en haar geringe praatlust zou het heel lastig worden om haar zelfs maar een kruimeltje waardevolle informatie te ontlokken, maar omdat ik toch niets beters te doen had, besloot ik het te proberen.

'Ach, wat jammer. Ik had hem iets willen vragen over de stoffen die hij me laatst liet zien. Liggen ze nog in zijn kantoor?' vroeg ik. Mijn hart bonsde bij de mogelijkheid daar zonder Manuel te kunnen rondkijken, maar ze maakte meteen een eind aan mijn verraderlijke droom nog voor deze vorm had kunnen aannemen.

'Nee. Die zijn al terug naar het magazijn.'

Ik dacht razendsnel na. Eerste poging mislukt; welnu, de volgende.

'Vindt u het vervelend als ik even ga zitten? Ik sta al de hele morgen kapjes, tulbanden en andere hoofddeksels te bekijken; ik heb wel behoefte aan een korte rustpauze.'

Ik gaf haar geen kans te antwoorden: voor ze haar mond kon opendoen, liet ik me al in een van de leren fauteuils vallen en wendde een extreme vermoeidheid voor. De stilte duurde voort terwijl ze een document van verscheidene pagina's doornam waarin ze van tijd tot tijd met potlood een tekentje zette of een aantekening maakte.

‘Sigaret?’ vroeg ik na twee of drie minuten. Hoewel ik geen echte roker was, had ik altijd een sigarettenkoker in mijn tas. Dat kon altijd van pas komen, zoals nu, bijvoorbeeld.

‘Nee, dank u,’ zei ze zonder naar me te kijken. Ze werkte gestaag door terwijl ik er zelf wel een opstak. Ik liet haar nog een paar minuten met rust.

‘U hebt de leveranciers uitgezocht, de afspraken gemaakt en de map met al die gegevens voor me samengesteld, toch?’

Eindelijk keek ze even op. ‘Klopt, dat heb ik gedaan.’

‘Fantastisch werk, u kunt zich niet voorstellen hoeveel ik eraan heb.’

Ze prevelde een bedankje en concentreerde zich weer op haar werk.

‘Meneer Da Silva heeft natuurlijk veel connecties,’ vervolgde ik. ‘Het moet geweldig zijn om met zoveel verschillende bedrijven zaken te doen. En bovenal met zoveel buitenlanders. In Spanje is het panorama veel troostelozer.’

‘Dat verbaast me niets,’ mompelde ze.

‘Pardon?’

‘Ik zei dat het me niets verbaast dat alles daar zo troosteloos is, gezien de figuur die aan het hoofd van uw land staat,’ bromde ze binnensmonds met haar aandacht zogenaamd bij haar werk.

Er liep een aangename rilling over mijn rug: die toegewijde secretaresse was in politiek geïnteresseerd. Mooi, dan moest ik het via die weg proberen.

‘Uiteraard,’ ging ik erop in terwijl ik mijn sigaret langzaam uitdrukte. ‘Wat kun je ook verwachten van iemand die wil dat wij vrouwen thuis blijven zitten om het eten klaar te maken en kinderen te baren?’

‘En die de gevangenissen maar volstopt en weigert enig mededogen voor de overwonnenen te tonen,’ voegde ze er scherp aan toe.

‘Daar lijkt het inderdaad op, ja.’ Het gesprek ging een onverwachte kant op; ik moest heel voorzichtig te werk gaan wilde ik haar vertrouwen winnen en haar aan mijn kant krijgen. ‘Kent u Spanje, Beatriz?’

Het verbaasde haar dat ik haar naam wist, merkte ik. Eindelijk legde ze het potlood neer en keek me aan.

‘Ik ben er nooit geweest, maar ik weet wat daar gebeurt. Ik heb vrienden die me dat vertellen. Al weet u vast niet waar ik het over heb; u behoort tot een andere wereld.’

Ik stond op, liep naar haar bureau en ging brutaal op de rand zitten. Ik bekeek haar van dichtbij om te zien wat er schuilging onder dat mantelpakje van goedkope stof, dat vermoedelijk jaren eerder voor een paar escudo door een buurvrouw was gemaakt. Achter de brillenglazen trof ik een stel intelligente ogen, en onder de verwoede ijver waarmee ze haar werk deed, bespeurde ik een strijdlustige geest die me vagelijk bekend voorkwam. Zo verschillend waren Beatriz Oliveira en ik niet. Twee hardwerkende meisjes van eenzelfde komaf: eenvoudig en gehard. Twee levenspaden die bijna vanaf dezelfde plaats waren vertrokken en op een gegeven moment uiteen waren geweken. De tijd had van haar een nauwgezette werkneemster gemaakt, van mij een schijnwezen. Desalniettemin waren onze overeenkomsten waarschijnlijk veel wezenlijker dan onze verschillen. Ik logeerde in een luxe hotel en zij woonde vrijwel zeker in een lekkend huis in een volkswijk, maar we wisten allebei wat het was om te moeten vechten en het duistere lot dat ons het hele leven op de hielen zat op afstand te houden.

'Ik ken heel veel mensen, Beatriz, heel verschillende mensen,' zei ik zacht. 'Op dit moment ga ik met de machtigen om omdat mijn werk dat vereist en omdat ik door bepaalde omstandigheden aan hun kant ben geplaatst, maar ik weet wat het is 's winters kou te lijden, dag na dag bonen te eten en voor dag en dauw voor een hongerloontje de straat op te moeten. En mocht het u interesseren, mij bevalt het Spanje dat ze nu aan het construeren zijn evenmin. Accepteert u nu wel een sigaret van me?'

Zonder te antwoorden strekte ze haar hand uit en nam er een. Ik gaf haar vuur, stak er zelf ook nog een op.

'Hoe staat het er in Portugal voor?' vroeg ik toen.

'Slecht,' antwoordde ze na de rook te hebben uitgeblazen. 'De Estado Novo van Salazar mag dan minder repressief zijn dan het Spanje van Franco, maar het autoritisme en gebrek aan vrijheid zijn hier niet veel anders.'

'Portugal lijkt in elk geval neutraal te blijven in de Europese oorlog,' zei ik om het gesprek naar mijn terrein te leiden. 'In Spanje ligt dat niet zo duidelijk.'

'Salazar heeft overeenkomsten met zowel de Engelsen als de Duitsers, een vreemd evenwicht. De Britten zijn altijd bevriend geweest met het Portugese volk; daarom is het verwonderlijk dat hij zo genereus is tegenover de Duitsers, en hun exportvergunningen en andere privileges verleent.'

'Wel, zo vreemd is dat dezer dagen niet, toch? Het zijn delicate kwesties in troebele tijden. Eerlijk gezegd weet ik niet veel van internationale politiek, maar ik kan me indenken dat alles om belangen draait.' Ik probeerde mijn toon luchtig te houden, alsof het me nauwelijks zorgen baarde. Het moment was aangebroken om de grens van het algemene naar het persoonlijke over te steken; ik kon maar beter voorzichtig zijn. 'Hetzelfde gebeurt in de zakenwereld, neem ik aan,' voegde ik eraan toe. 'Toen ik laatst bij meneer Da Silva was, kondigde uzelf het bezoek van een Duitser aan.'

'Klopt, dat is een ander verhaal.' Haar gezicht stond afwerend en veel verder leek ze niet te willen gaan.

'Toen meneer Da Silva me laatst mee uit eten nam in het casino van Estoril, verbaasde het me hoeveel mensen hij kende. Hij groette evengoed Engelsen en Amerikanen als Duitsers, en een flink aantal Europeanen uit andere landen. Ik heb nog nooit iemand ontmoet die zo moeiteloos met iedereen goed kan opschieten.'

Een vertrokken uitdrukking gaf opnieuw haar ergernis weer. Maar toch zei ze niets en ik moest wel doorgaan om ons gesprek niet te laten stranden.

'Ik had medelijden met de joden; zij moesten hun huis en hun zaken achterlaten toen ze voor de oorlog op de vlucht sloegen.'

'U had medelijden met de joden in het casino van Estoril?' vroeg ze met een cynische lach. 'Ik absoluut niet, ze leven alsof ze eeuwig op een luxe vakantie zijn. Weet u met wie ik medelijden heb? Met die arme drommels die met een schamel kartonnen koffertje zijn aangekomen en de hele dag bij de consulaten en rederijen in de rij staan om een visum of een passage naar Amerika te bemachtigen, die ze wellicht nooit zullen krijgen; ik heb medelijden met de gezinnen die hutjemutje in smerige pensions slapen en naar de gaarkeukens moeten, met de arme meisjes die zich op straat voor een paar stuivers aanbieden en met de oudjes die de tijd doden in cafés terwijl ze voor zich een vies kopje hebben staan dat al uren leeg is, net zo lang tot een ober ze eruit gooit: dat zijn de mensen met wie ik medelijden heb. Met die lui die avond aan avond een stukje van hun fortuin in het casino verspelen heb ik absoluut geen medelijden.'

Wat ze me vertelde was aangrijpend, maar ik mocht me niet laten afleiden: we waren op de goede weg, zo moest ik het houden. Ook al kreeg mijn geweten ervan langs.

'U hebt gelijk; voor die arme drommels is het vele malen erger. Bovendien moet het extra pijnlijk voor hen zijn om hier zoveel Duitsers te zien die zich gedragen alsof de hele wereld van hen is.'

'Dat denk ik ook, ja...'

'En het zal hun bovenal zwaar vallen dat de regering van het land waar ze naartoe gekomen zijn zo welwillend tegenover het Derde Rijk is.'

'Dat neem ik aan, ja...'

'En dat er Portugese ondernemers zijn die hun zaken uitbreiden door smeuïge contracten met de nazi's...'

Die laatste zin sprak ik zwaar en somber uit, terwijl ik naar haar toe boog en zachter was gaan praten. We hielden elkaars blik vast; geen van beiden was in staat weg te kijken.

'Wie bent u?' vroeg ze uiteindelijk bijna onhoorbaar. Ze was achteruitgedeinsd, had haar lichaam losgemaakt van het bureau en drukte het tegen de rugleuning van haar stoel alsof ze zich van me wilde distantiëren. Haar onzekere stem klonk angstig, maar haar ogen lieten de mijne geen seconde los.

'Gewoon een naaister,' fluisterde ik. 'Een eenvoudige werkende vrouw net als u, en iemand die het evenmin bevalt wat er om ons heen gebeurt.'

Ik zag dat haar hals verstrakte toen ze slikte, en ik stelde twee vragen. Langzaam. Heel langzaam.

'Wat doet Da Silva met de Duitsers, Beatriz? Waar is hij mee bezig?'

Ze slikte weer en haar keel bewoog alsof ze een olifant moest wegwerken.

'Ik weet niets,' lukte het haar uit te brengen.

Vanuit de deuropening klonk een boze stem: 'Help me herinneren dat ik nooit meer naar die eettent in de rua São Julião ga. Het duurde meer dan een uur voor we het eten kregen, en dat met al het werk dat af moet voordat meneer Manuel terug is! O! Neem me niet kwalijk, mejuffrouw Agoriuq, ik wist niet dat u hier was...'

'Ik ging net weg,' zei ik schijnbaar onbevangen terwijl ik mijn tas pakte. 'Ik kwam meneer Da Silva een verrassingsbezoekje brengen, maar mejuffrouw Oliveira vertelde net dat hij op reis is. Ik kom een ander keertje wel terug.'

'U vergeet uw sigaretten,' hoorde ik achter me zeggen.

Beatriz Oliveira klonk mat. Toen ze haar arm uitstak om me de koker te overhandigen, greep ik haar hand en drukte die stevig. 'Denk erover.'

Ik meed de lift en liep de trap af terwijl ik de scène mentaal reconstrueerde. Misschien was het overmoedig van me geweest om me zo snel bloot te geven, maar uit de houding van de secretaresse maakte ik op dat ze iets wist: iets wat ze me niet zozeer uit loyaliteit aan haar baas niet vertelde, als wel omdat ze in dubio was over mij. De kaders van Da Silva en zijn secretaresse pasten niet bij elkaar, en ik wist zeker dat ze hem nooit iets zou vertellen over de inhoud van mijn vreemde bezoekje. Hij mocht dan van twee walletjes eten, maar intussen was er niet alleen een zogenaamde Marokkaanse binnengedrongen om in zijn zaken rond te snuffelen, er had zich bovendien een subversieve linkse dame op zijn werkvloer geïnstalleerd. Ik moest het voor elkaar zien te krijgen nogmaals met haar alleen te zijn. Hoe, waar en wanneer wist ik echter niet.

57

De dinsdag begon met regen en ik herhaalde de routine van de voorgaande dagen: ik nam de rol van inkoopster op me en liet João me naar mijn bestemming rijden, ditmaal een textielfabriek in de buitenwijken. Drie uur later wachtte de chauffeur me voor de deur weer op.

'Naar de Baixa, alstublieft, João.'

'Als u naar meneer Manuel wilt, hij is nog niet terug.'

Perfect, dacht ik. Het was ook niet mijn bedoeling Da Silva te zien, maar een manier te vinden om Beatriz te benaderen.

'Dat geeft niet; de secretaresses volstaan. Ik wil alleen iets vragen over mijn bestelling.'

Ik ging ervan uit dat de oudere assistente weer was gaan eten en dat haar gematigder collega ijverig aan het werk was, maar alsof iemand uit alle macht mijn plannen wilde dwarsbomen, trof ik precies het tegenovergestelde aan. De veterane zat op haar plek met een bril op het puntje van haar neus documenten te vergelijken. Van de jongere vrouw geen spoor.

'*Boa tarde*, mevrouw Somoza. Ach, ik zie dat ze u vandaag alleen hebben gelaten.'

'Meneer Manuel is nog op reis en mejuffrouw Oliveira is niet gekomen. Kan ik u ergens mee helpen, mejuffrouw Agoriuq?'

In mijn mond proefde ik teleurstelling met een ondertoon van verontrusting, maar ik slikte het zo goed mogelijk weg.

'Niets ernstigs, hoop ik?' vroeg ik, zonder haar vraag te beantwoorden.

'Nee hoor, niets bijzonders. Vanmorgen kwam haar broer me vertellen dat ze niet zo lekker was en wat koorts had, maar morgen is ze er vast weer.'

Ik aarzelde even. Snel, Sira, denk na, doe iets, vraag waar ze woont, probeer haar te lokaliseren, beval ik mezelf.

'Misschien kunt u me haar adres geven, dan kan ik haar een bloemetje sturen. Het was bijzonder vriendelijk van haar om al die afspraken met leveranciers voor me te maken.'

Ondanks haar gebruikelijke tact kon de secretaresse een minzame glimlach niet onderdrukken.

'Maakt u zich daar niet druk om, mejuffrouw. Ik geloof echt niet dat dat nodig is. Hier zijn we niet gewend bloemen te krijgen als we een keer een dagje niet komen werken. Het zal gewoon een verkoudheidje of iets dergelijks zijn. Kan ik u ergens mee helpen...?'

'Ik ben mijn handschoenen kwijt,' improviseerde ik. 'Ik dacht dat ik ze gisteren misschien hier had laten liggen.'

'Ik heb vanmorgen niets gezien, maar wellicht hebben de vroege schoonmaaksters ze gevonden. Ik zal het hun vragen, daar kunt u van op aan.'

Beatriz Oliveira's afwezigheid bracht me in dezelfde stemming als waarin de Lissabonse middag verkeerde toen ik weer in de rua da Ouro stond: bewolkt, winderig en onrustig. Bovendien was ook mijn eetlust verdwenen, dus nam ik alleen een kop thee met een cakeje en vervolgde mijn bezigheden. Voor die middag had de efficiënte secretaresse een ontmoeting geregeld met importeurs van exotische producten uit Brazilië; met gevoel voor zaken had ze bedacht dat de veren van bepaalde tropische vogels wellicht van pas konden komen bij mijn creaties. En ze had het juist. Hopelijk was ze even inventief wat haar hulp bij mijn andere kwesties betrof.

Het weer werd er met het verstrijken van de uren niet beter op, mijn humeur evenmin. Op de terugweg naar Estoril maakte ik de balans op van mijn vorderingen sinds mijn aankomst, en alles bij elkaar opgeteld kwam ik uit op een desastreus totaal. João's aanvankelijk veelbelovende opmerkingen bleken op den duur van weinig waarde. Ze dienden slechts als achtergrondschets en werden telkens weer herhaald in de vermoeiende woordenvloed van een verveelde oude man, die in feite aan de zijlijn van het werkelijke leven van zijn baas stond. Over een privéontmoeting met Duitsers waar Hillgarths vrouw aan had gerefereerd, had ik geen woord gehoord. En de enige persoon die ik als een mogelijke informant beschouwde, glipte me als water door de vingers doordat ze een ziekte veinsde. Als ik daar de pijnlijke ontmoeting met Marcus bij optelde, was mijn reis op alle fronten een fiasco. Behalve voor mijn cliënten, natuurlijk, die bij mijn terugkeer een arsenaal aan wonderen zouden aantreffen waar je in het behoeftige Spanje van de bonboekjes niet eens van durfde dromen. Met dat zo sombere vooruitzicht gebruikte ik een lichte avondmaaltijd in het restaurant van het hotel, en ik besloot vroeg naar bed te gaan.

Zoals elke avond had het dienstdoende kamermeisje mijn kamer met zorg klaargemaakt voor de nacht: de gordijnen gesloten, het bedlampje, dat een zwak licht verspreidde, aan, de sprei opgevouwen en het beddengoed minutieus teruggeslagen. Misschien waren die pas gestreken lakens van Zwitsers batist het enige positieve van de dag, ze zouden me helpen de drempel van het bewustzijn over te gaan en me in elk geval voor een paar uur mijn frustraties laten vergeten. Einde van de dag. Opbrengst: nihil.

Ik wilde net het bed in stappen toen ik een koude luchtstroom voelde. Op blote voeten liep ik naar het balkon, schoof het gordijn opzij en zag dat de deur openstond. Nalatigheid van het kamermeisje, dacht ik terwijl ik hem dichtdeed. Ik ging op het bed zitten en deed het licht uit: ik had geen zin om ook maar een regel te lezen. Toen, terwijl ik mijn benen tussen de lakens strekte, raakte mijn linkervoet verstrikt in iets vreemds en luchtigs. Ik smoorde een gil, tastte naar de lichtschakelaar, maar veegde ongewild de lamp op de vloer; stuntelend raapte ik hem weer op en probeerde hem met de kap nog scheef aan te knippen; toen dat me eindelijk gelukt was, trok ik het beddengoed weg. Wat was verdorie dat verfrommelde hoopje zwarte stof dat ik met mijn voet had gevoeld? Ik durfde het niet aan te raken voor ik het nauwkeurig met mijn ogen onderzocht had. Het leek een sluier: een zwarte sluier, een missluier. Met twee vingers tilde ik hem op: het hoopje stof viel open en er gleed iets uit wat op een bidprentje leek. Ik pakte het behoedzaam bij een hoekje vast, alsof ik bang was dat het uit elkaar zou vallen als ik het wat steviger deed. Ik hield het bij de lamp en zag de afbeelding van een kerkgevel. En een Maagd. En twee gedrukte regels: 'Igreja de São Domingos. Novena em louvor a Nossa Senhora do Fátima.' Op de achterkant was met potlood in een onbekend handschrift geschreven: 'Woensdag, zes uur namiddag. Linkerkant, tiende rij geteld van achteren.' Geen ondertekening, dat hoefde ook niet.

De hele volgende dag meed ik het kantoor van Da Silva, hoewel mijn afspraken allemaal in het centrum waren.

'Haal me vandaag maar wat later op, João. Om halfacht bij station Rossio. Ik ga eerst nog naar een kerk, vandaag is de sterfdag van mijn vader.'

De chauffeur stemde in en sloeg zijn ogen met een diep meelevende uitdrukking neer; ik voelde een steek van wroeging omdat ik Gonzalo Alvarado zo luchthartig had geëlimineerd. Maar er was geen tijd voor gewetensnood, bedacht ik terwijl ik mijn hoofd met de zwarte sluier bedekte: het was kwart voor zes en de novene zou zo beginnen. De São Domingoskerk bevond zich aan het Rossioplein, midden in het centrum. Toen ik voor de grote lichte gevel van kalk en stenen stond, fladderde voor de deur de herinnering aan mijn moeder rond. De laatste keren dat ik een dienst had bijgewoond was samen met haar in Tétouan, in de kleine kerk aan ons plein. Daarmee vergeleken was de São Domingos spectaculair met haar enorme grijze stenen pilaren die zich tot het sepiakleurige plafond verhieven. En met mensen, heel veel mensen, een handvol mannen en een vracht vrouwen, allen trouwe parochianen die waren toegestroomd om de Maagd te eren met het gebed van de heilige rozenkrans.

Met gevouwen handen, gebogen hoofd en trage passen liep ik over het zijpad aan de linkerkant en deed alsof ik in stille overpeinzing verzonken was terwijl ik in feite de rijen aftelde. Toen ik bij de tiende kwam, ontwaarde ik vanachter de sluier die mijn ogen bedekte een rouwende gedaante op de kop van de rij. Zwarte rok en sjaal, en grove wollen kousen: de kleding van veel eenvoudige vrouwen in Lissabon. Ze droeg geen sluier, maar had een grote omslagdoek onder haar kin vastgeknoopt die zo ver over haar voorhoofd viel dat haar gezicht niet zichtbaar was. Naast haar was een stoel vrij, maar ik aarzelde, wist niet goed wat ik moest doen. Tot ik een blanke, verzorgde hand tussen de rok vandaan zag komen. Een hand die op de lege plaats naast de eigenares ervan bleef liggen. Kom hier zitten, leek ze me te gebieden. Ik gehoorzaamde meteen.

We bleven zwijgen terwijl de gelovigen de vrije plaatsen bezetten, de misdienaren het altaar gereedmaakten en op de achtergrond een snorrende zee van zacht geprevel te horen was. Hoewel ik haar een paar keer tersluiks bekeek, kon ik door die doek de trekken van de vrouw in het zwart onmogelijk onderscheiden. Dat hoefde ook niet: ik twijfelde er niet aan dat zij het was. Ik besloot het ijs fluisterend te breken.

'Dank dat u me hebt laten komen, Beatriz. Wees alstublieft niet bang: niemand in Lissabon zal ooit iets over dit gesprek te weten komen.'

Het duurde nog even voor ze begon te praten. Toen ze dat deed, hield ze haar blik op haar schoot gevestigd en was haar stem bijna onhoorbaar.

'U werkt voor de Engelsen, hè?'

Ik boog lichtjes mijn hoofd ter bevestiging.

'Ik weet niet of dit u ergens bij zal helpen, het is maar heel weinig. Ik weet alleen dat Da Silva met Duitsers onderhandelt over iets wat met mijnen in Beira te maken heeft, een streek in het binnenland. In dat gebied heeft hij nooit eerder zakengedaan. Alles is heel recent, pas sinds een paar maanden. Nu gaat hij daar vrijwel elke week naartoe.'

'Waar gaat het om?'

'Om iets wat ze "wolvenslijm" noemen. De Duitsers eisen exclusiviteit: ze willen dat hij radicaal met de Britten breekt. Bovendien moet hij regelen dat de eigenaren van de belendende mijnen zich bij hem aansluiten en dat ze evenmin nog aan de Engelsen verkopen.'

Ergens in de verte kwam de priester door een zijdeur binnen en hij liep naar het altaar. De hele kerk ging staan, wij ook.

'Wie zijn die Duitsers?' fluisterde ik vanachter mijn sluier.

'Alleen Weiss is drie keer op kantoor geweest. Hij spreekt nooit telefonisch met hen, hij denkt dat hij wordt afgeluisterd. Ik weet dat hij buiten kantoor ook een zekere Wolters heeft ontmoet. Voor deze week verwachten ze iemand uit Spanje. Morgen, donderdag, komen ze allemaal in zijn buitenhuis dineren: don Manuel, de Duitsers en de Portugezen uit Beira, de eigenaren van de belendende mijnen. Daar willen ze een akkoord bereiken: hij is al weken bezig die laatsten over te halen om alleen nog aan de Duitsers te leveren. Ze komen allemaal met echtgenote, en hij wil goede sier bij die dames maken; dat weet ik omdat ik zelf de bloemen en bonbons heb moeten bestellen om hen op te onthalen.'

De priester gaf een teken en de hele kerk ging weer zitten, onder het geluid van ruisende kleding, gezucht en krakend oud hout.

'Hij heeft ons gezegd,' ging ze weer met gebogen hoofd verder, 'dat we telefoongesprekken van bepaalde Engelsen niet meer met hem moeten doorverbinden, personen met wie hij eerst een goede relatie had. En vanmorgen was hij met twee mannen in het magazijn, in de kelder, twee ex-gevangenen die hij soms als lijfwacht gebruikt; hij is wel eens verwikkeld in een troebel zaakje. Ik heb alleen het laatste deel van het gesprek kunnen horen. Hij beval ze die Engelsen in de gaten te houden en ze te neutraliseren, mocht dat nodig zijn.'

'Wat bedoelde hij met neutraliseren?'

'Uit de weg ruimen, neem ik aan.'

'Hoe?'

'Dat laat zich raden.'

De gelovigen gingen opnieuw staan; wij volgden hun voorbeeld weer. Ze zetten gloedvol een lied in en ik voelde mijn slapen kloppen.

'Weet u de namen van die Engelsen?'

'Ik heb ze voor u opgeschreven.'

Ze gaf me onopvallend een opgevouwen papiertje, dat ik stevig in mijn hand klemde.

'Verder weet ik niets, dat zweer ik u.'

'Stuur iemand als u meer te weten komt,' zei ik, denkend aan de openstaande balkondeur.

'Dat zal ik doen. En noem mijn naam alstublieft niet. En kom niet meer op kantoor.'

Ik kon het haar niet beloven, want als een zwarte raaf zette ze de vlucht in en verdween. Ik bleef nog een hele tijd zitten, in de beschutting van de stenen pilaren, het vals klinkende gezang en het geprevel van de litanieën. Toen ik me ten slotte enigszins had hersteld van hetgeen ik te horen had gekregen, vouwde ik het papiertje open en stelde vast dat mijn vrees gegrond was. Beatriz Oliveira had me een lijst met vijf namen gegeven. Nummer vier was Marcus Logan.

58

Zoals elke avond op dat tijdstip was de hotellobby levendig en afgeladen. Afgeladen met buitenlanders, dames met parels en heren in linnen pakken en in uniform; met stemmen, de geur van uitgelezen tabak en bezige piccolo's. Afgeladen ook, vermoedelijk, met ongewenste figuren. En een van hen wachtte op me. Hoewel ik veinsde aangenaam verrast te zijn, gingen mijn haren rechtovereind staan toen ik hem zag. Ogenschijnlijk was het dezelfde Manuel da Silva als van de voorgaande dagen: zelfverzekerd in zijn perfecte pak en met de eerste grijze haren als voorbode van zijn rijpheid, voorkomend en glimlachend. Het leek dezelfde man, ja, maar zijn aanblik alleen al wekte zoveel afkeer bij me op dat ik mezelf moest dwingen niet rechtsomkeert te maken en weg te rennen. Naar buiten, naar het strand, naar het einde van de wereld. Zolang het maar ver bij hem vandaan was. Voorheen waren het alleen vermoedens, was er nog ruimte voor de hoop dat onder die aantrekkelijke verschijning een fatsoenlijk mens schuilging. Nu wist ik dat dit niet zo was, dat de ergste voorgevoelens helaas bewaarheid waren geworden. De vermoedens van de Hillgarths waren bevestigd in een kerkbankje; integriteit en loyaliteit gingen niet goed samen met het zakenleven in oorlogstijden, en Da Silva had zichzelf verkocht aan de Duitsers. En alsof dat nog niet genoeg was, had hij bovendien een sinistere kanttekening aan de overeenkomst toegevoegd: als zijn voormalige vrienden lastig werden, moesten ze uit de weg worden geruimd. De gedachte dat Marcus daar ook bij hoorde, bezorgde me steken in mijn buik.

Mijn lichaam vroeg me voor hem weg te vluchten, maar dat kon ik niet – niet alleen omdat een kar vol koffers en valiezen tijdelijk de grote draaideur van het hotel blokkeerde, maar ook vanwege veel overtuigender redenen. Ik had daarnet gehoord dat Da Silva over vierentwintig uur zijn Duitse connecties warm zou onthalen. Dat was ongetwijfeld de bijeenkomst waar Hillgarths vrouw op had gedoeld en waar waarschijnlijk gedetailleerd de informatie aan bod zou komen die de Engelsen zo graag wilden hebben. Mijn volgende doel was met alle mogelijke middelen te bewerkstelligen dat hij mij ook uitnodigde, maar de tijd werkte in mijn nadeel. Ik kon niet anders dan naar voren vluchten.

'Mijn oprechte deelneming, lieve Arish.'

Even wist ik niet waar hij het over had. Hij interpreteerde mijn zwijgen vast als een emotionele reactie.

'Dank je,' prevelde ik zodra het kwartje viel. 'Mijn vader was niet christelijk, maar ik vind het fijn zijn herinnering met een paar minuten van religieuze overpeinzing te eren.'

'Heb je zin wat te gaan drinken? Misschien is dit niet het beste moment, maar ze vertelden me dat je een paar keer bent langs geweest op kantoor en ik kwam je een bezoekje terug brengen. Neem me mijn herhaaldelijke afwezigheid alsjeblieft niet kwalijk; de laatste tijd ben ik meer weg dan me lief is.'

'Graag, een drankje zou me goeddoen, denk ik, het is een lange dag geweest. Klopt, ja, ik was op je kantoor, maar alleen om je even gedag te zeggen; voor de rest gaat alles perfect.' Al mijn moed bijeenrapend rondde ik mijn laatste zin met een glimlach af.

We begaven ons naar het terras van onze eerste avond en alles was weer hetzelfde. Of bijna. De setting was dezelfde: in de wind wiegende palmen, op de achtergrond de oceaan, de zilveren maan en de perfect gekoelde champagne. Niettemin dissoneerde er iets in dat tafereel. Iets wat niet van mij, noch van het decor uitging. Ik sloeg Manuel gade terwijl hij opnieuw de gasten om ons heen groette, en toen voelde ik dat hij de valse noot in die harmonie was. Hij gedroeg zich niet natuurlijk. Hij deed zijn best innemend te lijken en ontplooide als altijd een compleet register van vriendelijke zinnen en hartelijke uitdrukkingen, maar zodra degene aan wie ze gericht waren zich omdraaide, kreeg zijn gezicht een gespannen, verbeten trek, die automatisch verdween wanneer hij zich weer tot mij wendde.

'Dus je hebt meer stoffen gekocht...'

'En ook garens, accessoires, versieringen en een miljoen fournituren.'

'Je cliënten zullen verrukt zijn.'

'Vooral de Duitse dames.'

De teerling was geworpen. Ik moest hem laten reageren; het zou mijn laatste kans zijn om bij hem thuis uitgenodigd te worden. Lukte het me niet, einde missie. Vragend trok hij een wenkbrauw op.

'De Duitse cliënten zijn het veeleisendst; zij hechten de meeste waarde aan kwaliteit,' legde ik uit. 'Voor de Spaansen gaat het erom hoe het kledingstuk er uiteindelijk uitziet, maar de Duitsen willen dat elk detail perfect is; ze zijn wat dat betreft ontzettend gevoelig. Gelukkig heb ik me uitstekend aan hen kunnen aanpassen en gaan we probleemloos met elkaar om. Sterker nog, ik denk zelfs dat ik een bijzondere gave heb om hen tevreden te houden,' besloot ik met een schalks knipoogje.

Ik bracht het glas naar mijn lippen en moest me inhouden om het niet in één teug leeg te drinken. Vooruit, Manuel, kom op, dacht ik. Reageer, nodig me uit, ik kan nuttig zijn, ik kan de echtgenotes van je gasten bezighouden terwijl jullie onderhandelen over het wolvenslijm en bedenken hoe jullie je van de Engelsen kunnen ontdoen.

'Er zijn ook veel Duitsers in Madrid, of niet?' vroeg hij toen.

Dat was geen onschuldige vraag over het sociale milieu in het buurland; hij wilde weten wie mijn kennissen waren en hoe mijn relatie met hen was. Ik kwam in de buurt. Ik wist wat ik moest zeggen en met welke woorden: sleutelnamen, zwaargewichten, en een zekere onverschilligheid voorwenden.

'Heel veel,' antwoordde ik nuchter. Ik ging verzitten, liet mijn hand nonchalant vallen, sloeg mijn benen weer over elkaar, nam nog een slokje. 'Toevallig verklaarde barones Stohrer, de echtgenote van de ambassadeur, toen ze laatst mijn atelier bezocht, dat Madrid een ideale gemeenschap voor Duitsers is geworden. En sommigen van hen geven ons enorm veel werk; Elsa Bruckmann, bijvoorbeeld, van wie gezegd wordt dat ze een persoonlijke vriendin van Hitler is, komt zeker twee à drie keer per week. En tijdens het laatste feest ten huize van Hans Lazar, de chef Pers en Propaganda...'

Ik vertelde een paar luchtige anekdotes en liet nog wat namen vallen. Achteloos, alsof ik ze niet zo belangrijk vond. En naarmate ik schijnbaar onbekommerd verder babbelde, hing Da Silva almaar geconcentreerder aan mijn lippen, alsof de wereld om hem heen tot stilstand was gekomen. Hij reageerde nauwelijks op groeten die hem van de ene of van de andere zijde bereikten, hij pakte zijn glas niet en de sigaret tussen zijn vingers brandde op, waarbij de gevormde askegel net een zijderups leek. Tot ik besloot de teugels te laten vieren.

'Neem me niet kwalijk, Manuel, dit alles moet vreselijk saai voor je zijn: feesten, kleding en oppervlakkig gedoe van ledige vrouwen. Vertel jij eens, hoe was je reis?'

We vervolgden ons gesprek nog een halfuur, waarin noch hij, noch ik de Duitsers opnieuw aanhaalde. Hun aroma leek echter in de lucht te zweven.

'Volgens mij is het tijd voor het diner,' zei hij met een blik op zijn horloge. 'Heb je zin...?'

'Ik ben doodmoe. Vind je het erg om voor morgenavond af te spreken?'

'Morgen kan ik niet.' Ik merkte dat hij even aarzelde en ik hield mijn adem in. 'Ik heb al een afspraak.'

Goed, goed. Nog een klein duwtje.

'Wat jammer, het zou onze laatste avond zijn!' Mijn teleurstelling leek oprecht, bijna evenzeer als mijn verlangen om hem datgene te horen zeggen waar ik al zoveel dagen op wachtte. 'Vrijdag keer ik terug naar Madrid, volgende week krijg ik het ontzettend druk. De barones van Petrino, de echtgenote van Lazar, geeft donderdag een receptie en toevallig heb ik een half dozijn Duitse cliënten die willen dat...'

'Misschien vind je het leuk erbij te zijn.'

Ik dacht dat mijn hart stilstond.

'Het is maar een bescheiden feestje, met een paar vrienden. Duitsers en Portugezen. Bij mij thuis.'

59

'Hoeveel om me naar Lissabon te brengen?'

De man keek om zich heen om zich ervan te vergewissen dat niemand ons gadesloeg. Daarna deed hij zijn pet af en krabde verwoed op zijn hoofd.

'Tien escudo,' zei hij met een peuk aan zijn lippen bungelend.

Ik gaf hem een biljet van twintig.

'Laten we gaan.'

Ik had vergeefs geprobeerd te slapen; in mijn hoofd flitsten mijn gevoelens en gewaarwordingen dwars door elkaar heen en knalden tegen de wanden van mijn hersenpan. Voldaanheid omdat de missie eindelijk de goede kant op ging, beklemming om wat me te wachten stond, onbehagen over de treurige zekerheid van het ontdekte. En bovenal, de angstwekkende wetenschap dat Marcus Logan op de sinistere lijst stond, het sterke vermoeden dat hijzelf waarschijnlijk van niets wist, en de frustratie dat ik het hem op geen enkele wijze kon laten weten. Ik had geen idee waar ik hem moest zoeken, ik was hem op twee even uiteenlopende als uiteenliggende plaatsen tegengekomen. Wellicht was het kantoor van Da Silva de enige plek waar ze me iets over hem konden vertellen, maar ik mocht Beatriz Oliveira niet nogmaals benaderen, al helemaal niet nu haar baas terug was.

Eén uur 's nachts, halftwee, kwart voor twee. Nu eens had ik het koud, dan weer warm. Twee uur, tien over twee. Ik stond een paar keer op, deed de balkondeur open en weer dicht, dronk een glas water, knipte het licht aan, deed het weer uit. Tien over halfdrie, drie uur, kwart over drie. En opeens meende ik de oplossing te hebben gevonden. Of althans iets wat in die richting kwam.

Ik trok de donkerste kleding aan die in de kast hing: een zwart mohairen mantelpakje, een loodgrijze overjas en een hoed waarvan ik de rand over mijn wenkbrauwen trok. De kamersleutel en een handvol bankbiljetten waren de laatste spullen die ik pakte. Meer had ik niet nodig, afgezien van geluk.

Op mijn tenen sloop ik de diensttrap af; alles was rustig en nagenoeg donker. Ik liep zonder een duidelijk idee te hebben waar ik heen ging, liet me gewoon door mijn instinct leiden. De keukens, de voorraadkamers, de wasruimte, de stookruimte. Via een achterdeur van de kelder kwam ik buiten. Niet de beste keuze, trouwens: ik besefte dat het de uitgang voor het afval was. Nou ja, het was in elk geval afval van de rijken.

Het was pikdonker, een paar honderd meter verderop glinsterden de lichtjes van het casino, en af en toe waren wat laatste nachtbrakers te horen: een afscheid, een gesmoorde lach, de motor van een auto. En daarna stilte. Ik ging op een stoeprand zitten wachten met mijn kraag opgezet en mijn handen in mijn zakken, beschut door een stapel kisten spuitwater. Ik kwam uit een arbeidersbuurt en wist dat het niet lang zou duren voor de bedrijvigheid begon; velen moesten midden in de nacht opstaan om het leven te veraangenamen van hen die zich de luxe konden permitteren tot diep in de morgen te slapen. Voor vieren gingen de eerste lampen op de benedenverdieping van het hotel aan, kort daarop verscheen een tweetal werknemers. Ze bleven in de deur staan om een sigaret op te steken, schermden het vlammetje met de holte van hun hand af en liepen vervolgens rustig weg. Het eerste voertuig was een soort bestelbus; zonder dichtbij te komen zette hij ruim een dozijn jonge vrouwen af en vertrok weer. Ze liepen slaperig naar binnen; de nieuwe ploeg kamermeisjes, veronderstelde ik. De tweede motor was die van een driewielig motorrijtuig. Een magere, slecht geschoren figuur stapte uit en begon in het achterdeel te rommelen. Even later zag ik hem de keuken binnengaan met een grote rieten mand waarvan de inhoud niet veel woog, maar die ik vanwege de duisternis en de afstand niet kon onderscheiden. Toen hij klaar was liep hij terug naar het kleine voertuig, en op dat moment benaderde ik hem.

Ik deed een poging het stro op de zitting met een zakdoek weg te vegen, maar dat lukte niet. Het rook er naar kippen en overal lagen veren, kapotte eierschalen en uitwerpselen. De eieren bij het ontbijt werden piekfijn verzorgd, in gebakken of geklutste vorm aan de gasten geserveerd op porseleinen borden met een gouden randje. Het vehikel dat ze vanaf de legkippen tot aan de keuken van het hotel transporteerde was heel wat minder elegant. Ik probeerde niet aan de zachte leren zitplaatsen van João's Bentley te denken toen we al schuddend op het ritme van het ratelende voertuig onderweg waren. Ik zat rechts naast de eierenbezorger, allebei in de verdrukking op de smalle voorstoel van nog geen halve meter breed. Ondanks het fysieke contact zeiden we de hele weg niets, afgezien van de paar woorden waarmee ik het adres noemde waar hij me heen moest brengen.

'Hier is het,' kondigde hij aan.

Ik herkende de gevel.

'Nog vijftig escudo als u me over twee uur weer ophaalt.'

Hij had geen woorden nodig om het te bevestigen; een tikje tegen de klep van zijn pet was voldoende.

Het portaal was gesloten; gezeten op een stenen bankje wachtte ik op de nachtwaker. Met mijn hoed diep over mijn ogen getrokken en de kraag van mijn jas nog opgezet doodde ik het ongewisse door een voor een de strootjes en veren van mijn kleding te plukken. Gelukkig hoefde ik niet al te lang te wachten; nog geen kwartier later verscheen de persoon die ik verwachtte met een grote ring vol sleutels. Hij slikte het verhaaltje over een vergeten tas dat ik over mijn woorden struikelend vertelde en hij liet me binnen. Ik zocht de naam op de postbussen, snelde twee trappen op en bonsde met een bronzen klopper die groter was dan mijn hand op de deur.

Al snel ontwaakte het huis. Eerst hoorde ik gestommel van iemand die op pantoffels naar de deur slofte. Het klepje voor het spionnetje ging opzij en aan de andere kant verscheen een slaperig, verontrust donker oog. Vervolgens hoorde ik energieker en haastiger voetstappen. En stemmen, zacht en gejaagd. Nog gedempt door de robuuste houten deur herkende ik er een van. Degene die ik zocht. Dit werd beaamd toen een ander oog, levendig en blauw, voor het kijkgaatje verscheen.

'Rosalinda, ik ben het, Sira. Doe open, alsjeblieft.'

Een knarsende grendel. Nog een.

Het weerzien was onverwacht, vol ingehouden vreugde en opgewonden gefluister.

'What a marvellous surprise! Maar wat doe je hier midden in de noite, my dear? Ze hadden me laten weten dat je naar Lissabon kwam, maar dat ik je niet mocht zien. Hoe staan de zaken ervoor in Madrid, hoe gaat het...?'

Mijn blijdschap was ook immens, maar gedreven door mijn vrees had ik mijn gezond verstand snel weer terug.

'Ssssst...' siste ik in een poging haar in te tomen. Ze schonk er geen aandacht aan en vervolgde haar enthousiaste begroeting. Zelfs midden in de nacht uit bed getrommeld straalde ze haar gebruikelijke glamour uit. Haar frêle gestalte en doorschijnende huid, gehuld in een ivoorkleurige zijden kamerjas die tot haar voeten reikte, haar golvende kapsel, iets korter misschien, haar mond vol onstuimige zinnen, die net als vroeger een mengelmoes van Engels, Spaans en Portugees vormden.

Nu ze voor me stond, werd het deksel van miljoenen verdrongen vragen opgelicht. Hoe was het haar vergaan in de maanden na haar ijlingse vertrek uit Spanje, met welke vernuftigheden had ze het kunnen bolwerken, hoe had ze de val van Beigbeder opgenomen? Haar huis ademde luxe en welvaren uit, maar ik wist dat ze een dergelijke woning met haar precaire financiële middelen nooit zelf zou kunnen bekostigen. Ik vroeg maar liever niets. Hoe hard de klappen en hoe duister de omstandigheden ook waren geweest, Rosalinda Fox straalde dezelfde positieve levenslust uit als altijd, dat typische optimisme van haar waarmee ze in staat was barrières te slechten, hindernissen te omzeilen of een dode tot leven te wekken, als dat haar wens was.

Gearmd liepen we door de lange gang, fluisterend in het donker. We kwamen bij haar kamer; ze sloot de deur en de herinnering aan Tétouan overviel me als een vlaag Afrikaanse lucht. Het berbertapijt, een Moorse lamp, de schilderijen. Ik herkende een aquarel van Bertuchi: de witgekalkte muren van de Morenwijk, sinaasappels verkopende Riffijnsen, een beladen ezel, boernoesen en djellaba's, en op de achtergrond, zich aftekenend tegen de Marokkaanse hemel, de minaret van een moskee. Ik wendde mijn blik af; het was niet het moment voor nostalgie.

'Ik moet Marcus Logan vinden.'

'Dat is ook toevallig! Een paar dagen geleden kwam hij me opzoeken, hij wilde juist informatie over jou.'

'Wat heb je hem verteld?' vroeg ik verontrust.

'Alleen maar de waarheid,' antwoordde ze, en ze hield haar rechterhand omhoog alsof ze het wilde zweren. 'Dat de laatste keer dat ik je had gezien vorig jaar in Tanger was.'

'Weet je waar je hem kunt bereiken?'

'Nee. We hebben afgesproken dat hij nog eens langs zou komen in El Galgo, verder niet.'

'Wat is El Galgo?'

'Mijn club,' zei ze met een knipoog terwijl ze op het bed ging zitten. 'Een fantastische tent die ik samen met een vriend heb geopend. We lopen hartstikke binnen,' voegde ze er lachend aan toe. 'Maar daar vertel ik je een ander keertje wel over, we moeten het nu over urgenter kwesties hebben. Ik heb geen idee waar ik Marcus kan vinden, darling. Ik weet niet waar hij woont en zijn telefoonnummer heb ik evenmin. Vooruit, kom naast me zitten en vertel me het hele verhaal. Eens kijken of we wat kunnen bedenken.'

Wat heerlijk was het weer bij Rosalinda te zijn! Extravagant en onvoorspelbaar, maar ook efficiënt, snel en doortastend, zelfs midden in de nacht. Toen ze haar aanvankelijke verbazing te boven was en toen haar duidelijk werd dat mijn bezoekje een concrete reden had, verdeed ze geen tijd aan onzinnige vragen, hoefde ze niets te weten over mijn leven in Madrid, noch over mijn bezigheden in opdracht van de geheime dienst, in wiens armen ze me zelf geworpen had. Ze begreep meteen dat er dringend iets moest worden opgelost en ze stond klaar om me te helpen.

Ik vatte Da Silva's geschiedenis en wat Marcus daarmee te maken had samen. Het enige zachte licht kwam van een lamp met een geplisseerd zijden kapje. We leunden allebei comfortabel achterover op haar grote bed. Hoewel ik wist dat ik Hillgarths uitdrukkelijke orders om onder geen beding contact met Rosalinda op te nemen in de wind sloeg, maakte ik haar onbekommerd deelgenoot van de haken en ogen aan mijn missie: ik vertrouwde haar blindelings en ze was de enige op wie ik een beroep kon doen. Bovendien hadden ze er in feite zelf voor gezorgd dat ik naar haar toe gegaan was: ze hadden me zo onbeschermd en zo zonder enig houvast naar Portugal gestuurd dat ik geen andere mogelijkheid had.

'Ik zie Marcus maar heel af en toe; soms komt hij in de club, een enkele keer waren we tegelijk in het restaurant van Hotel Aviz en een paar avonden kwamen we elkaar, net als jij, in het casino van Estoril tegen. Hij is altijd innemend, maar ontwijkend wat zijn bezigheden aangaat; hij heeft me nooit verteld wat hij nu doet, maar dat het niets met journalistiek te maken heeft, is me wel duidelijk. Als we elkaar tegenkomen maken we altijd een praatje en nemen hartelijk afscheid, beloven we dat we elkaar vaker zullen opzoeken, maar dat doen we nooit. Ik heb geen idee waar hij bij betrokken is, darling. Ik weet niet of zijn zaken zuivere koffie zijn, of dat ze nog gefilterd moeten worden. Ik weet niet eens of hij wel permanent in Lissabon verblijft, of dat hij op en neer gaat naar Londen of een andere plaats. Maar als je me een paar dagen de tijd geeft, zal ik het proberen te achterhalen.'

'Die tijd is er niet. Da Silva heeft al bevolen dat hij uit de weg geruimd moet worden om vrij baan te maken voor de Duitsers. Ik moet hem zo snel mogelijk waarschuwen.'

'Wees voorzichtig, Sira. Misschien is Marcus ook verwikkeld in duistere zaakjes, kwesties waar jij niets over weet. Ze hebben je niet verteld wat voor zaken hij met Da Silva deed, en er is veel tijd verstreken sinds we samen met hem in Marokko waren; wat hij daarna is gaan doen, weten we niet. En eerlijk gezegd wisten we destijds ook niet veel...'

'Maar hij heeft ervoor gezorgd dat mijn moeder kon komen...'

'Hij was gewoon een bemiddelaar, en bovendien deed hij het niet voor niets. Het was geen belangeloze gunst, vergeet dat niet.'

'Hij was journalist, dat wisten we wel...'

'Dat dachten we, maar feit is dat het beroemde interview met Juan Luis, de zogenaamde reden van zijn komst naar Tétouan, nooit is gepubliceerd.'

'Misschien...'

'En de reportage over Spaans-Marokko die hem al die weken daar hield evenmin.'

Er waren duizend redenen te bedenken om dat alles te rechtvaardigen, maar daar kon ik mijn tijd niet aan verdoen. Afrika behoorde tot het verleden, Portugal tot het heden. En de urgentie lag in het hier en nu.

'Je moet me helpen hem te vinden,' hield ik vol, de achterdocht wegvagend. 'Da Silva heeft zijn mensen paraat, we moeten Marcus in elk geval waarschuwen, en dan zal hij zelf wel weten wat hij moet doen.'

'Uiteraard zal ik mijn best doen om hem te vinden, my dear, wees maar gerust. Maar ik wil je wel vragen voorzichtig te zijn, en je moet er rekening mee houden dat we allemaal behoorlijk zijn veranderd, dat geen van ons nog is wie hij vroeger was. In het Tétouan van een paar jaar geleden was jij een jonge naaister en ik de gelukkige geliefde van een machtig man; en moet je ons nu zien, kijk waar we zijn en op wat voor manier we elkaar moeten ontmoeten. Marcus en zijn omstandigheden zijn hoogstwaarschijnlijk ook veranderd, dat is de wet van het leven, en in deze tijden al helemaal. Destijds wisten we al niet veel over hem, en nu nog veel minder.'

'Nu zit hij in zaken; dat heeft Da Silva me zelf verteld.'

Ze reageerde met een ironisch lachje op mijn uitleg. 'Doe niet zo naïef, Sira. In deze dagen is het woord "zaken" een grote zwarte paraplu waar van alles onder valt.'

'Zeg je nou dat ik hem niet moet helpen?' vroeg ik, terwijl ik mijn best deed niet ontdaan te klinken.

'Nee. Ik raad je alleen aan op je hoede te zijn en niet te veel risico's te nemen, want je weet niet wie de man is die je probeert te beschermen, noch waar hij bij betrokken is. Vreemd zoals het in het leven loopt, toch?' ging ze met een scheef lachje verder terwijl ze de eeuwige blonde lok uit haar gezicht streek. 'In Tétouan was hij stapelgek op je, maar wilde jij je niet helemaal geven, ook al voelden jullie je heel sterk tot elkaar aangetrokken. En nu, na al die tijd, ben je bereid voor hem het risico te lopen dat je ontmaskerd wordt, wil je je missie op het spel zetten, en wie weet wat nog meer, en dat alles in een land waarin je alleen staat en vrijwel niemand kent. Ik snap nog altijd niet waarom je zo huiverig was om serieus iets met Marcus te beginnen, maar hij moet je wel diep geraakt hebben als je nu zoveel voor hem wilt riskeren.'

'Dat heb ik je al honderd keer verteld. Ik wilde geen nieuwe relatie omdat die geschiedenis met Ramiro nog zo vers was, omdat de wonden nog niet geheeld waren.'

'Maar er was al aardig wat tijd overheen gegaan...'

'Niet genoeg. Ik werd panisch bij de gedachte weer te moeten lijden, Rosalinda, ik was zo bang... Dat met Ramiro was zo pijnlijk, zo schrijnend, zo vreselijk heftig... Ik wist dat Marcus vroeg of laat ook zou vertrekken, en dat wilde ik niet nogmaals doormaken.'

'Maar hij zou je nooit op die manier hebben laten zitten. Op een gegeven moment was hij teruggekomen, misschien had je met hem mee kunnen gaan...'

'Nee. Tétouan was niet zijn plek en wel de mijne, met mijn moeder die elk moment kon arriveren, twee aangiftes op mijn nek en Spanje in oorlog. Ik was nog verward, gebutst en van streek door mijn vorige geschiedenis; ik hunkerde naar mijn moeder en was druk doende in een vreemd land een schijnpersoonlijkheid op te bouwen om op die manier cliënten te trekken. Ik trok een muur op om te voorkomen dat ik smoorverliefd op Marcus werd, dat is zo. En toch lukte het hem daardoorheen te komen. Hij glipte door de kieren en wist me te bereiken. Sindsdien heb ik van niemand meer gehouden, heb ik me zelfs nooit tot een man aangetrokken gevoeld. Dankzij de herinnering aan hem ben ik sterk geworden en kan ik de eenzaamheid aan, en geloof me maar, Rosalinda, eenzaam voel ik me, en hoe. En toen ik dacht dat ik hem nooit meer zou zien, plaatste het leven hem op een heel ongelukkig moment weer op mijn weg. Ik ben niet van plan hem terug te winnen, of een brug naar het verleden te slaan om datgene wat verloren ging weer op te pakken. Ik weet dat dat onmogelijk is in deze wereld vol gekken waarin we leven. Maar als ik hem kan helpen, als ik kan voorkomen dat ze hem zomaar ergens afmaken, dan moet ik dat proberen.'

Ze moest hebben gemerkt dat mijn stem trilde, want ze greep mijn hand en drukte die stevig.

'Goed, laten we ons op het nu concentreren,' zei ze ferm. 'Zodra het dag wordt, zet ik mijn contacten aan het werk. Als hij nog in Lissabon is, dan vind ik hem.'

'Ik kan hem niet ontmoeten en ik wil ook niet dat jij met hem praat. Gebruik een tussenpersoon, iemand die hem de informatie doorspeelt zonder dat hij erachter komt dat die van jou komt. Het enige wat hij hoeft te weten is dat Da Silva niet alleen niets meer van hem moet hebben, maar dat die kerel bovendien opdracht heeft gegeven hem uit de weg te ruimen als hij lastig wordt. Ik zal Hillgarth de andere namen doorgeven zodra ik weer in Madrid ben. Of nee,' corrigeerde ik mezelf, 'het is beter dat Marcus alle namen krijgt. Schrijf ze op, ik ken ze uit mijn hoofd. Hij moet die laten rondgaan, hij weet vast wie het zijn.'

Opeens voelde ik een gigantische vermoeidheid, bijna even gigantisch als de angst die ik meedroeg sinds Beatriz Oliveira me in de São Domingoskerk die sinistere lijst had gegeven. Het was een afschuwelijke dag geweest: de novene en wat daarmee samenhing, vervolgens de ontmoeting met Da Silva en de uitputtende inspanning om het voor elkaar te krijgen dat hij me uitnodigde; het urenlang wakker liggen, het wachten in het donker naast het afval van het hotel, de martelende tocht naar Lissabon tegen het lichaam van die stinkende eierboer aan geperst. Ik keek op mijn horloge. Over een halfuur zou hij me met zijn vehikel komen ophalen. Mijn ogen dichtdoen en me in Rosalinda's rommelige bed opkrullen kwam me voor als de verrukkelijkste van alle verleidingen, maar het was niet het moment om aan slapen te denken. Eerst moest ik weten hoe het mijn vriendin was vergaan, ook al was het maar beknopt: wie weet was dit de laatste keer dat we elkaar zagen.

'En nou jij, vertel, snel; ik wil niet weggaan zonder meer over je te weten. Hoe is het je vergaan nadat je uit Spanje bent vertrokken?'

'De eerste tijd was heel zwaar, alleen, zonder geld en die vreselijke onzekerheid over Juan Luis' situatie in Madrid. Maar ik kon niet gaan zitten treuren om wat ik was kwijtgeraakt: ik moest de kost verdienen. Soms was het wel vermakelijk, ik heb situaties meegemaakt die zo in de beste komedie kunnen worden opgenomen: er waren een paar afgeleefde miljonairs die me een huwelijksaanzoek deden en ik overdonderde zelfs een hoge nazipief, die stellig volhield dat hij zou deserteren als ik bereid was met hem naar Rio de Janeiro te vluchten. Soms was het amusant, andere keren niet, om eerlijk te zijn. Ik kwam voormalige bewonderaars tegen die deden alsof ze me niet kenden en oude vrienden die me de rug toekeerden; mensen die ik ooit geholpen had en die plots aan geheugenverlies leden, en leugenaars die huichelden dat ze het slecht hadden om te voorkomen dat ik ze om een lening zou vragen. Maar dat was allemaal niet zo erg; het allermoeilijkste vond ik dat alle contact met Juan Luis verbroken moest worden. Als eerste gaven we de telefoontjes op nadat hij had ontdekt dat ze ons afluisterden, vervolgens de post. En toen kwamen de aftreding en het arrest. De laatste post sinds lange tijd waren de brieven die hij aan jou gaf en die jij aan Hillgarth overhandigde. En daarna, het einde.'

'Hoe is het nu met hem?'

Ze zuchtte diep voor ze antwoord gaf en streek de lok weer uit haar gezicht.

'Redelijk goed. Ze brachten hem naar Ronda en dat was bijna een opluchting, want aanvankelijk dacht hij dat ze zich radicaal van hem zouden ontdoen, hem van landverraad zouden beschuldigen. Maar uiteindelijk brachten ze hem niet voor de krijgsraad, meer uit eigenbelang dan uit mededogen: het zou een heel negatieve impact op het Spaanse volk en de internationale opinie hebben om op die manier een minister te liquideren die net een jaar eerder was benoemd.'

'Is hij nog in Ronda?'

'Ja, maar inmiddels heeft hij alleen nog huisarrest. Hij woont in een hotel en schijnt een zekere bewegingsvrijheid te hebben. Hij is weer geestdriftig met enkele projecten bezig, je weet hoe onrustig hij is; hij moet altijd actief zijn, bij iets interessants betrokken zijn, dingen uitdenken en voorbereiden. Ik hoop dat hij snel naar Lissabon kan komen, en dan, we'll see. We zien wel,' besloot ze met een weemoedige glimlach.

Ik durfde niet te vragen wat die nieuwe projecten inhielden, nu hij eenmaal in het ravijn van de onzaligen was gegooid. De ex-minister en vriend van de Engelsen stelde maar heel weinig voor in het Nieuwe Spanje dat zo tegen de asmogendheden aanschurkte: er zou heel wat moeten veranderen voordat de machthebbers weer op zijn deur zouden kloppen.

Ik keek weer op mijn horloge, ik had nog tien minuten.

'Vertel nog wat over jezelf. Hoe heb je het klaargespeeld?'

'Ik leerde Dimitri kennen, een Wit-Rus die na de bolsjewistische revolutie naar Parijs was gevlucht. We raakten bevriend en ik haalde hem over mij tot compagnon te maken van een club die hij van plan was te openen. Hij bracht het geld in, ik de aankleding en de contacten. El Galgo was vanaf het begin een groot succes, dus besloot ik kort nadat de zaak was gaan draaien een woning te zoeken, zodat ik eindelijk weg kon uit het kamertje bij mijn Poolse vrienden die me onderdak hadden gegeven. En toen vond ik dit appartement, als je een woning met vierentwintig kamers tenminste een appartement kunt noemen.'

'Vierentwintig kamers, toe maar!'

'Dat valt wel mee, ik deed het met een doel, obviously. Lissabon is vergeven van ontheemden met schaarse middelen die zich geen lang verblijf in een duur hotel kunnen veroorloven.'

'Vertel me nou niet dat je hier een pension hebt opgezet!'

'Wel iets dergelijks. Met elegante gasten, mensen uit de hogere kringen wier verfijning niet heeft kunnen voorkomen dat ze aan de rand van de afgrond staan. Ik deel mijn huis met hen en zij hun vermogen met mij, al naar gelang hun mogelijkheden. Er geldt geen bedrag: de een heeft twee maanden een kamer gehad zonder me ook maar een escudo te betalen, de ander schenkt me voor een verblijf van een week een armband met briljanten of een broche van Lalique. Niemand krijgt een rekening; iedereen draagt bij wat hij kan. Het zijn zware tijden, darling, je moet zien te overleven.'

Je moest zien te overleven, inderdaad. En mijn directe lijfsbehoud hield in dat ik weer in het naar kippen stinkend vehikel moest stappen en voor het ochtend werd terug moest zijn in mijn kamer in Hotel do Parque. Ik had het heerlijk gevonden tot het einde der dagen met Rosalinda te blijven kletsen, samen in haar bed te liggen zonder andere zorgen dan op een belletje te moeten drukken voor ons ontbijt. Maar het tijdstip was aangebroken om terug te gaan, om terug te keren naar de realiteit, hoe donker die zich ook aandiende. Ze liep met me mee naar de deur; voor ze die opendeed, omhelsde ze me met haar broze lijf en fluisterde me een goede raad toe.

'Ik ken Manuel da Silva amper, maar iedereen in Lissabon is op de hoogte van zijn reputatie: een groot zakenman, verleider en charmeur, maar tevens ijzingwekkend hard, meedogenloos tegenover zijn tegenstanders en in staat voor een goed handeltje zijn ziel te verkopen. Wees heel voorzichtig, Sira, want je speelt met vuur bij een heel gevaarlijke man.'

60

'Schone handdoeken,' kondigde een stem aan de andere kant van de badkamerdeur aan.

'Leg ze maar op het bed, alstublieft,' riep ik.

Ik had niet om handdoeken gevraagd en het was vreemd dat ze die op dit tijdstip kwamen verwisselen, maar ik veronderstelde dat het gewoon een miscommunicatie tussen de kamermeisjes was.

Voor de spiegel deed ik mascara op. Daarmee was mijn make-up af; ik hoefde me alleen nog aan te kleden en dan nog had ik bijna een uur over voordat João me kwam ophalen. Ik was in badjas. Ik was al vroeg begonnen met me klaarmaken om wat te doen te hebben en me niet langer allerlei funeste eindes van mijn korte carrière voor te stellen, maar desondanks bleven me zeeën van tijd over. Twijfelend over wat ik zou doen verliet de ik badkamer en knoopte intussen de ceintuur dicht. Zou ik nog een tijdje wachten met me aankleden? Of misschien niet, misschien moest ik alvast mijn kousen aandoen. Of wellicht niet, wellicht was het beter... En toen zag ik hem, en alle kousen ter wereld hielden op te bestaan.

'Wat doe jij hier, Marcus?' stamelde ik ongelovig. Iemand had hem binnengelaten toen de handdoeken werden gebracht. Of misschien niet; ik liet mijn blik snel door de kamer gaan en zag nergens handdoeken liggen.

Hij gaf geen antwoord. Hij groette me niet en verontschuldigde zich evenmin voor het feit dat hij zo brutaal mijn kamer was binnengedrongen.

'Breek met Manuel da Silva, Sira. Blijf uit zijn buurt, ik ben alleen maar gekomen om je dat te zeggen.'

Hij sprak op stellige toon. Daar stond hij, met zijn linkerarm steunend op de rugleuning van een fauteuil in een hoek. In een grijs pak en een wit overhemd, niet gespannen, niet ontspannen; hij stond daar gewoon. Alsof hij een verplichting had en die vastberaden nakwam.

Ik was niet in staat te reageren, de woorden wilden niet komen.

'Ik weet niet wat voor relatie je met hem hebt,' vervolgde hij, 'maar je kunt er nog uit stappen. Ga hiervandaan, ga terug naar Marokko...'

'Tegenwoordig woon ik in Madrid,' lukte het me eindelijk te zeggen. Ik stond op het kleed, roerloos, blootsvoets, niet wetend wat ik moest doen. Ik herinnerde me Rosalinda's woorden van diezelfde nacht: ik moest op mijn hoede zijn voor Marcus, ik wist niet in welke wereld hij zich bewoog, noch bij welke zaken hij betrokken was. Ik huiverde. Ik wist het nu niet en ik zou het misschien nooit te weten komen ook. Ik wachtte tot hij verderging om te kunnen bepalen in hoeverre ik vrijuit kon spreken en in hoeverre ik voorzichtig moest zijn; tot welk punt ik de Sira die hij kende kon laten zien en tot waar ik de afstandelijke rol van Arish Agoriuq moest spelen.

Hij maakte zich los van de fauteuil en deed een paar passen naar voren. Zijn gezicht was nog hetzelfde, zijn ogen ook. Zijn lenige lichaam, zijn haargrens, zijn huidskleur, zijn kaaklijn. Zijn schouders, zijn armen waaraan ik me zo vaak had vastgeklemd, zijn handen die mijn vingers vasthielden, zijn stem. Alles was plotseling zo nabij, zo vertrouwd. En tegelijk zo ver weg.

'Vertrek dan zo snel mogelijk, ontmoet hem niet meer,' drong hij aan. 'Dat heerschap verdient jou niet. Ik heb geen idee waarom je je naam hebt veranderd, wat je naar Lissabon heeft gevoerd, of waarom je hem hebt benaderd. Ik weet evenmin of jullie relatie spontaan is ontstaan, of dat iemand je in deze geschiedenis heeft geduwd, maar ik kan je verzekeren...'

'Er is niets serieus tussen ons. Ik ben naar Portugal gekomen om in te kopen voor mijn atelier. Iemand die ik in Madrid ken, heeft me met hem in contact gebracht en we hebben elkaar een paar keer ontmoet. Hij is gewoon een vriend.'

'Nee, Sira, vergis je niet,' kapte hij me scherp af. 'Manuel da Silva heeft geen vrienden. Hij heeft veroveringen, hij heeft kennissen en stroop-likkers, en hij heeft zelfzuchtige zakelijke contacten, dat is alles. En de laatste tijd zijn het bepaald geen aan te bevelen contacten. Hij is met smerige zaakjes bezig; elke dag die voorbijgaat wordt er meer bekend, en jij moet je ver van dat alles houden. Het is geen man voor jou.'

'Dan zal hij dat voor jou ook niet zijn. Maar jullie leken zo goed bevriend, laatst in het casino...'

'Wij zijn puur zakelijk in elkaar geïnteresseerd. Of beter gezegd, waren. Volgens de laatste berichten wil hij niets meer met me te maken hebben. Niet met mij, noch met enig andere Engelsman.'

Ik haalde opgelucht adem; dat betekende dat Rosalinda hem gevonden had en dat iemand hem mijn boodschap had doorgegeven. We stonden allebei nog, tegenover elkaar, maar bijna zonder het te beseffen hadden we de afstand verkleind. Hij een pas naar voren, ik een. Hij weer een, ik weer een. Toen we begonnen te praten stonden we allebei aan een andere kant van de kamer, als twee argwanende strijders, op hun hoede, beiden bevreesd voor de reactie van de tegenstander. Maar met het verstrijken van de minuten waren we elkaar genaderd, onbewust wellicht, tot we in het midden van de kamer stonden, tussen het voeteneind van het bed en de schrijftafel in. Binnen elkaars bereik zodra we nog een beweging maakten.

'Ik kan voor mezelf zorgen, wees gerust. In het briefje dat je me in het casino gaf vroeg je wat er met de Sira uit Tétouan is gebeurd. Nou, je ziet het, ze is sterker geworden. En minder goedgelovig, en meer ontgoocheld. Nu vraag ik jou hetzelfde, Marcus Logan: wat is er gebeurd met de journalist die zo gehavend naar Afrika kwam om de hoge commissaris een lang interview af te nemen dat nooit is...'

Ik kon de zin niet afmaken, ik werd onderbroken door geklop op de deur. Iemand klopte aan. Gedecideerd, op het verkeerde moment. Instinctief klemde ik me aan zijn arm vast.

'Vraag wie het is,' siste hij.

'Gamboa, de assistent van meneer Da Silva. Ik kom u namens hem iets brengen,' deelde de stem vanuit de gang mee.

Met drie grote geruisloze stappen verdween Marcus de badkamer in. Ik liep langzaam naar de deur, greep de klink en haalde een paar keer diep adem. Daarna deed ik zogenaamd ongedwongen open en zag ik Gamboa staan met een licht, ostentatief in lagen zijdepapier gehuld pak in zijn handen. Ik stak mijn handen uit om datgene waarvan ik nog niet wist wat het was aan te nemen, maar hij gaf het me niet.

'Ik kan het beter zelf op een vlakke ondergrond neerleggen, ze zijn heel teer. Orchideeën,' legde hij uit.

Ik aarzelde even. Hoewel Marcus zich in de badkamer had verstopt, was het overmoedig om de man binnen te laten, maar aan de andere kant zou het net zijn of ik iets te verbergen had als ik dat niet deed. En het laatste wat ik op dat moment wilde was argwaan wekken.

'Kom verder,' gaf ik uiteindelijk toe. 'Leg ze maar op de schrijftafel, alstublieft.'

En toen besefte ik het. En wenste ik dat de grond zich onder mijn voeten zou openen en me zou verzwelgen. In één klap opgenomen, weggezogen, voor eeuwig verdwenen. Zodat ik de consequenties van wat ik daarnet had gezien niet zou hoeven dragen. Op de smalle schrijftafel, tussen de telefoon en een goudkleurige lamp in, lag iets ongepasts. Iets vreselijk ongepasts wat niemand daar mocht zien. En al helemaal geen naaste werknemer van Da Silva.

Ik corrigeerde mezelf meteen toen ik het zag.

'Of nee, legt u het daar maar neer, op het bankje bij het voeteneind van het bed.'

Hij gehoorzaamde zonder enig commentaar, maar ik wist dat hij het ook had gezien. Hoe kon het ook anders? Wat daar op het glanzende houten schrijftafelblad lag, was iets wat zo volstrekt niet bij mij paste en wat zo volstrekt misplaatst was in de kamer van een vrouw dat het wel de aandacht moest trekken: de hoed van Marcus.

Hij kwam tevoorschijn zodra hij de deur hoorde dichtgaan.

'Ga weg, Marcus. Alsjeblieft, je moet hier weg,' drong ik aan, en ik probeerde in te schatten hoeveel tijd Gamboa nodig had om naar zijn baas te snellen en hem te vertellen wat hij had gezien. Als Marcus al doorhad wat voor ramp zijn hoed kon ontketenen, dan liet hij dat niet merken. 'Maak je over mij geen zorgen; morgenavond keer ik terug naar Madrid. Vandaag is de laatste keer, vanaf...'

'Vertrek je morgen echt?' vroeg hij, me bij mijn schouders grijpend. Ondanks mijn bezorgdheid en angst kriebelde er een gewaarwording van iets wat ik al heel lang niet had gevoeld over mijn rug.

'Morgenavond, met de Lusitania Express.'

'En je gaat niet meer naar Portugal?'

'Nee. Voorlopig niet althans.'

'En naar Marokko?'

'Ook niet. Ik blijf in Madrid, daar heb ik nu mijn atelier en mijn leven.'

We bleven even stil. Waarschijnlijk dachten we allebei hetzelfde: wat een pech dat onze wegen zich in dergelijke turbulente tijden opnieuw hadden gekruist, wat triest om zo tegen elkaar te moeten liegen.

'Pas goed op jezelf.'

Ik knikte woordeloos. Toen bracht hij zijn hand naar mijn gezicht en streelde langzaam mijn wang.

'Zonde dat we niet dichter bij elkaar zijn gekomen in Tétouan, toch?'

Ik ging op mijn tenen staan en drukte mijn lippen tegen zijn gezicht om hem een afscheidszoen te geven. Toen ik hem rook en hij mij, toen mijn huid zijn huid beroerde en mijn adem in zijn oor verdween, fluisterde ik het antwoord.

'Doodzonde.'

Hij vertrok geruisloos en ik bleef achter, in gezelschap van de mooiste orchideeën die ik ooit zou zien, vechtend tegen het verlangen achter hem aan te rennen en hem te omhelzen, terwijl ik tegelijkertijd probeerde de gevolgen van die blunder in te schatten.

61

Toen we dichterbij kwamen stelde ik vast dat er verscheidene auto's op rij aan de zijkant geparkeerd waren. Grote, glanzende, donkere, imposante auto's.

Het buitenhuis van Da Silva bevond zich op het platteland, niet ver van Estoril, maar wel op zo'n afstand dat ik nooit op eigen gelegenheid terug kon gaan. Ik lette op de borden: Guincho, Malveira, Colares, Sintra. Maar dan nog had ik geen flauw idee waar we waren.

João remde zacht en de banden knarsten op het grind. Ik wachtte tot hij het portier voor me opende. Traag stak ik eerst mijn ene voet naar buiten, daarna de andere. Toen zag ik de hand die naar me werd uitgestoken.

'Welkom op Quinta da Fonte, Arish.'

Ik kwam langzaam de auto uit. Het goudkleurige lamé omsloot mijn lichaam en liet mijn contouren goed uitkomen; in mijn haar droeg ik een van de drie orchideeën die hij me door Gamboa had laten brengen. Snel keek ik zoekend rond naar de assistent, maar hij was nergens te bekennen.

De nacht geurde naar sinaasappels en frisse cipressen, de lantaarns aan de gevel verspreidden een zacht licht dat over de stenen van het grote huis leek te glijden. Toen ik aan zijn arm de treden van het portaal op ging, stelde ik vast dat boven de toegangsdeur een monumentaal wapenschild hing.

'Het wapen van de familie Da Silva, neem ik aan.'

Ik wist natuurlijk maar al te goed dat de grootvader-kastelein nooit had kunnen dromen van een adellijk wapen, maar ik dacht dat hij de ironie niet zou opmerken.

De genodigden wachtten in een omvangrijke salon vol plompe meubels, en met een grote gedoofde open haard aan een van de zijden. De bloemstukjes die her en der in het vertrek stonden, konden de kille sfeer niet wegnemen. Aan een warme uitstraling droeg de ongemakkelijke stilte tussen de aanwezigen evenmin bij. Ik telde ze snel. Twee, vier, zes acht, tien. Tien personen, vijf paren. En Da Silva. En ikzelf. Twaalf in totaal. Alsof hij mijn gedachten had gelezen, deelde Da Silva mee: 'Er ontbreekt nog iemand, een Duitse gast die elk moment kan arriveren. Kom, Arish, ik zal je even voorstellen.'

De verhouding was op dat moment bijna in evenwicht: drie Portugese en twee Duitse koppels, plus degene op wie ze wachtten. Tot zover de symmetrie; tot zover slechts, want al het andere was buitengewoon verschillend. De Duitse mannen waren donker gekleed: ingetogen, discreet, overeenkomstig de plek en de gebeurtenis. Hun echtgenotes droegen, zonder een oogverblindende elegantie te tonen, stijlvolle japonnen en straalden klasse uit. De Portugezen waren echter andere koek. Stuk voor stuk, zowel de mannen als de vrouwen. Hoewel de mannen pakken van mooie stof droegen, werd de kwaliteit ervan verstoord door de geringe distinctie van de figuren die erin gepropt waren: boerenlijven met korte benen, een dikke nek en eeltige kolenschoppen met gebroken nagels. De drie hadden ostentatief een paar fonkelnieuwe vulpennen in de borstzak van hun jasje gestoken, en als ze lachten glinsterde een stel gouden tanden je tegemoet. De vrouwen, eveneens grof van postuur, konden hun evenwicht amper bewaren op de glimmende hooggehakte schoenen waarin ze hun opgezette voeten met moeite hadden kunnen wringen; een van hen droeg een akelig slecht zittend kapje; over de schouder van een ander hing een enorme bontstola die om de haverklap op de grond gleed. Nummer drie veegde haar mond af met de rug van haar hand telkens wanneer ze een canapeetje had gegeten.

Voor ik aankwam, had ik abusievelijk gedacht dat Manuel me voor zijn feestje had uitgenodigd om tegenover zijn gasten met me te pronken: een decoratief exotisch object, een versterking van zijn verschijning als machtige macho, en iemand die hem misschien van pas kon komen door de aanwezige dames aangenaam te onderhouden met gesprekken over mode en anekdotes over Duitse kopstukken in Spanje en soortgelijke trivialiteiten. Maar meteen toen ik de sfeer proefde, wist ik dat ik me had vergist. Hoewel hij me had verwelkomd als een gast, had Da Silva me daar niet ter figuratie naartoe laten komen, maar om samen met hem de rol van ceremoniemeester op me te nemen, zodat ik hem vaardig kon helpen bij het hoeden van die bijzondere fauna. Ik zou de rol van scharnier tussen de Duitse en de Portugese vrouwen moeten vervullen, een brug moeten zijn zonder welke de dames van beide groepjes de hele avond niet meer hadden kunnen uitwisselen dan wat blikken over en weer. Hij had belangrijke kwesties af te handelen, en het laatste waar hij op zat te wachten was een stel verveelde en chagrijnige vrouwen in zijn buurt die hunkerden naar het moment dat hun echtgenoten hen daar zouden weghalen. Daarom wilde hij me daar hebben, om hem een handje te helpen. De dag ervoor had ik hem de handschoen toegeworpen en hij had hem opgevangen: we zouden er allebei iets bij winnen.

Goed, Manuel, ik zal je geven wat je wilt, dacht ik. En ik verwacht dat jij straks hetzelfde voor mij doet. En om ervoor te zorgen dat alles zou verlopen zoals hij gepland had, maakte ik een compact bolletje van mijn angsten, slikte het door en zette het betoverendste gezicht van mijn onwaarachtige personage op. Met haar als vaandel ontvouwde ik eindeloos mijn zogenaamde charme en strooide ik kwistig met sympathie, waarbij ik die evenwichtig over beide nationaliteiten verdeelde. Ik prees het hoedje en de stola van de vrouwen uit Beira, ik maakte een paar grapjes waar iedereen om lachte, ik liet mijn achterwerk beroeren door een Portugees en ik roemde de voortreffelijkheden van het Duitse volk. Schaamteloos.

Tot er een donkere wolk door de deur binnenkwam.

‘Excuseer, vrienden,’ kondigde Da Silva aan. ‘Mag ik u Johannes Bernhardt voorstellen.’

Hij was ouder, dikker en kaler, maar het was zonder enige twijfel dezelfde Bernhardt als uit Tétouan. De man die zeer regelmatig door de calle Generalísimo wandelde met aan zijn arm een dame die hem die avond niet vergezelde. De man die met Serrano Súñer had onderhandeld over het plaatsten van Duitse antenne-installaties op Marokkaans grondgebied en die met hem had afgesproken Beigbeder erbuiten te laten. De man die nooit te weten was gekomen dat ik, verstopt achter een sofa en op de grond liggend, hen had gehoord.

‘Excuseer mijn vertraging. De auto ging stuk en we moesten een lange stop in Elvas maken.’

Ik probeerde mijn ontsteltenis te verhullen achter het glas dat een ober me aanbood, terwijl ik gejaagd bij mezelf overlegde: wanneer waren we voor het laatst ergens tegelijk aanwezig geweest, hoe vaak was ik hem op straat tegengekomen, hoe lang had ik hem die avond op het Hoge Commissariaat gezien? Toen Hillgarth me meedeelde dat Bernhardt zich op het Schiereiland gevestigd had en een grote corporatie leidde die de economische belangen van de nazi's in Spanje behartigde, had ik tegen hem gezegd dat hij me hoogstwaarschijnlijk niet zou herkennen mocht ik hem ooit tegenkomen. Nu was ik daar echter niet meer zo zeker van.

Het voorstelrondje begon. Ik ging met mijn rug naar hen toe zitten terwijl de mannen aan de praat waren, en ik deed alsof ik druk doende was de dames charmant te onderhouden. Het nieuwe gespreksonderwerp was de orchidee in mijn haar, en terwijl ik mijn benen over elkaar sloeg en mijn hoofd naar alle kanten draaide zodat iedereen de bloem kon bewonderen, concentreerde ik me om flarden informatie op te vangen. Ik sloeg de namen nogmaals op, dan zou ik ze me later beter herinneren: Weiss en Wolters waren de Duitsers die Bernhardt, net uit Spanje gekomen, nog niet kende. Almeida, Rodrigues en Ribeiro de Portugezen. Portugezen uit Beira, mannen uit de bergen. Mijneigenaren; nee, correcter gezegd, kleine eigenaren van onvruchtbare stukken grond waar de goddelijke voorzienigheid een mijn had gesitueerd. Een mijn met wat? Dat wist ik nog niet: op dat moment wist ik nog steeds niet wat dat vervloekte wolvenslijm was waarover Beatriz Oliveira het in de kerk had gehad. En toen hoorde ik eindelijk het langverwachte woord: wolfraam.

Uit mijn geheugen diepte ik ijlings de gegevens op die Hillgarth me in Tanger had verstrekt: het ging om een delfstof die fundamenteel was voor de fabricage van oorlogsprojectielen. En vastgehaakt aan die herinnering kwam er nog een boven: Bernhardt was betrokken bij de grootschalige aankoop ervan. Alleen had Hillgarth gesproken over zijn belangstelling voor ertslagen in Galicië en Extremadura; hij had toen nog niet kunnen voorzien dat de Duitser zijn tentakels tot over de grens zou uitstrekken, Portugal zou binnengaan en onderhandelingen zou beginnen met een verraderlijke ondernemer die besloten had de levering aan de Engelsen stop te zetten om hun vijand te behagen. Ik voelde mijn benen trillen en zocht steun bij een slok champagne. Manuel da Silva had zich niet op de in- en verkoop van zijde, hout of een ander onschuldig koloniaal product gestort, maar op iets wat vele malen gevaarlijker en sinisterder was: zijn nieuwe handel was toegespitst op een metaal dat de Duitsers zouden gebruiken om hun bewapening te versterken en dat hun vermogen om door te gaan met doden zou verveelvoudigen.

De vrouwelijke gasten haalden me uit mijn gedachten en eisten mijn aandacht op. Ze wilden weten waar die schitterende bloem vandaan kwam die ik achter mijn linkeroor gestoken had, bevestigd zien dat ze echt was, weten hoe ze gekweekt werden: duizend-en-een vragen die me volstrekt niet interesseerden, maar waar ik wel antwoord op moest geven. Het was een tropische bloem; ja, helemaal echt, uiteraard; nee, ik had geen idee of Beira een goede plek was om orchideeën te kweken.

'Dames, mag ik u voorstellen aan onze net aangekomen gast,' onderbrak Manuel ons.

Ik hield mijn adem in toen het mijn beurt was. Als laatste.

'En dit is mijn goede vriendin mejuffrouw Arish Agoriuq.'

Hij keek me aan zonder met zijn ogen te knipperen. Een seconde. Twee. Drie.

'Kennen we elkaar?'

Glimlachen, Sira, glimlachen, eiste ik van mezelf.

'Ik geloof het niet,' antwoordde ik terwijl ik flegmatiek mijn rechterhand uitstak.

'Tenzij u elkaar ergens in Madrid hebt ontmoet,' opperde Manuel. Gelukkig leek hij Bernhardt niet zo goed te kennen dat hij wist dat de Duitser een tijdje in Marokko had gewoond.

'In Embassy misschien?' suggereerde ik.

'Nee, ik kom de laatste tijd maar zelden in Madrid. Ik ben veel op reis en mijn vrouw is gek op de zee, dus hebben we ons in Denia gevestigd, vlak bij Valencia. Nee, uw gezicht komt me bekend voor van een andere plek, maar...'

De butler redde me. Dames, heren, het diner kan worden geserveerd.

Bij afwezigheid van een echtgenote als gastvrouw liet Da Silva het protocol voor wat het was en plaatste mij aan het ene hoofd van de tafel. Aan het andere zat hijzelf. Ik probeerde mijn verontrusting te verhullen door de genodigden volop aandacht te geven, maar mijn beklemming was zo groot dat ik amper een hap naar binnen kreeg. Aan de schok die Gamboa's bezoek aan mijn kamer had veroorzaakt, waren de onverwachte komst van Bernhardt en het bewijs van de smerige zaken waaraan Da Silva zijn handen vuilmaakte toegevoegd. En alsof dat nog niet genoeg was, werd er bovendien van me geëist dat ik me elegant betoonde en de rol van vrouw des huizes op me nam.

De soep arriveerde in een zilveren terrine, de wijn in kristallen decanteerflessen en de fruits de mer op enorme boordevolle schalen. Ik haalde allerlei toeren uit om voor iedereen beminnelijk te zijn. Ik beduidde de

Portugese dames onopvallend welk bestek ze op welk moment moesten gebruiken en ik wisselde zinnen met de Duitse: ja, natuurlijk kende ik barones Stohrer, ja, en Gloria von Fürstenberg ook; uiteraard wist ik dat Horcher op het punt stond zijn deuren in Madrid te openen. Het diner verliep zonder incidenten en Bernhardt schonk gelukkig geen aandacht meer aan me.

'Goed, dames, als u het niet vervelend vindt trekken wij heren ons nu terug om te praten,' kondigde Manuel na het dessert aan.

Ik hield me in, kneep het tafellaken tussen mijn vingers fijn. Dat kon niet, dat mocht hij me niet aandoen. Ik had mijn deel inmiddels volbracht; nu was het mijn beurt om te ontvangen. Ik had het iedereen naar de zin gemaakt, ik had me als een voorbeeldige gastvrouw gedragen zonder het daadwerkelijk te zijn en ik verdiende een compensatie. En nu ze zich gingen bezighouden met datgene wat me het meest interesseerde, kon ik ze niet laten ontsnappen. Gelukkig waren de gerechten in niet-geringe mate weggespoeld met wijn en leken de gemoederen zich te hebben ontspannen. Vooral die van de Portugezen.

'Nee, zeg, kom nou toch, Da Silva, in godsnaam!' riep een van hen met een klinkende klap op diens rug. 'Doe toch niet zo ouderwets, beste man! In de moderne wereld van het kapitaal gaan mannen en vrouwen overal samen naartoe!'

Manuel aarzelde even; het was zonneklaar dat hij het gesprek in besloten sfeer wilde voeren, maar de mannen uit Beira gaven hem de kans niet: luidruchtig verhieven ze zich van tafel en begaven zich vrolijk weer naar de salon. Een van hen sloeg een arm om Da Silva's schouders, een ander bood me de zijne aan. Ze leken uitgelaten nu ze hun aanvankelijke schroom vanwege de ontvangst in het grote huis van een rijk man te boven waren. Die avond zouden ze een overeenkomst sluiten waardoor ze in één klap de deur voor de misère konden dichtsmijten: voor die van henzelf, van hun kinderen en de kinderen van hun kinderen; er was geen enkele reden om dat achter de rug van hun eigen vrouw te doen.

Er werden koffie, likeur, tabak en bonbons geserveerd; ik herinnerde me dat Beatriz daarvoor gezorgd had. Ook voor de bloemstukjes, stijlvol en niet opzichtig. Ik nam aan dat ze ook de orchideeën had uitgekozen die 's avonds bij me waren bezorgd, en ik huiverde weer toen ik terugdacht aan Marcus' onverwachte bezoekje. Een dubbele huivering. Van genegenheid en dankbaarheid tegenover hem omdat hij zo bezorgd om me was; van angst bij de gedachte aan het incident met de hoed voor de ogen van Da Silva's assistent. Gamboa liet zich nog altijd niet zien; met een beetje geluk deed hij zich in huiselijke kring te goed aan een stoofgerecht, luisterde hij naar het geklaag van zijn vrouw over de vleesprijzen en vergat hij dat hij in de kamer van de buitenlandse die door zijn baas het hof werd gemaakt de aanwezigheid van een man had opgemerkt.

Hoewel hij ons niet in afzonderlijke vertrekken had kunnen krijgen, lukte het Manuel wel dat we in twee andere delen plaatsnamen. De mannen aan de ene kant van de ruime salon, in leren fauteuils bij de gedoofde open haard. De vrouwen bij een groot raam dat uitkeek op de tuin.

Zij begonnen te praten en wij prezen intussen de kwaliteit van de chocolade. De Duitsers openden het gesprek en zetten hun kwesties op ingetogen toon uiteen, terwijl ik mijn oren spitste en in gedachten alles noteerde wat ik vanaf die afstand opving. Putten, concessies, vergunningen, tonnen. De Portugezen voerden belemmeringen en bezwaren aan, gingen harder en sneller praten. Mogelijk wilden de Duitsers hen helemaal uitmelken, maar de mannen uit Beira, ruwe bergbewoners die gewoon waren zelfs hun eigen vader niet te vertrouwen, lieten zich niet zomaar de kaas van het brood eten. De gemoederen raakten verhit, een geluk voor mij. De stemmen waren nu duidelijk hoorbaar, werden soms fel. En mijn geest registreerde onophoudelijk als een automaat wat ze zeiden. Hoewel ik geen volledig beeld had van hetgeen waarover daar werd onderhandeld, kon ik wel degelijk een grote hoeveelheid losse gegevens in me opnemen. Mijngangen, bergen en vrachtwagens, boringen en lorries. Vrije wolfraam en gecontroleerde wolfraam. Kwaliteitswolfraam, zonder kwarts of pyriet. Exportbelasting. Zeshonderdduizend escudo per ton, drieduizend ton per jaar. Promessen, goudbaren en rekeningen in Zürich. En bovendien wat smeuïge stukken, volledige porties informatie. Bijvoorbeeld dat Da Silva wekenlang behendig aan bepaalde touwtjes had getrokken om de belangrijkste ertslaageigenaren te verenigen opdat ze exclusief met de Duitsers zouden zakendoen. Bijvoorbeeld dat, als alles volgens plan verliep, in minder dan twee weken plots en masse alle verkoop aan de Engelsen stopgezet zou worden.

De sommen geld waarover gesproken werd maakten me duidelijk waarom de wolframisten en hun echtgenotes eruitzagen als nieuwe rijken. Dat alles veranderde eenvoudige boeren in welvarende eigenaren die zelf niet hoefden te werken: de vulpennen, de gouden tanden en bontstola's waren slechts een onbeduidend blijk van de miljoenen escudo's die hun te wachten stonden als ze de Duitsers toestemming gaven hun gronden zonder enig beletsel te perforeren.

De avond vorderde en naarmate de werkelijke reikwijdte van die transactie zich in mijn geest aftekende, nam ook mijn angst toe. Wat ik hoorde was zo vertrouwelijk, zo gigantisch en zo compromitterend dat ik maar liever niet aan de consequenties dacht die het voor me zou hebben als Manuel da Silva te weten kwam wie ik was en voor wie ik werkte. Het gesprek tussen de mannen duurde al bijna twee uur, maar naargelang dat verhitter raakte, zakte de stemming van het damesfeestje in. Zodra ik merkte dat de onderhandelingen op een bepaald punt vastliepen en er niets nieuws werd aangedragen, richtte ik me op de echtgenotes, maar de Portugese vrouwen waren al een tijdje afgehaakt, hielden zich doof voor mijn inspanningen om ze te onderhouden en zaten inmiddels slaperig te knikkebollen. In hun harde dagelijkse plattelandsbestaan gingen ze vermoedelijk met zonsondergang naar bed en stonden bij het krieken van de dag weer op om de dieren te voederen en met het werk op het land en in de keuken te beginnen. Die lange, met wijn, bonbons en weelde overvoerde avond was vele malen meer dan ze aankonden. Dus concentreerde ik me op de Duitse dames, maar zij leken evenmin nog bijzonder communicatief; nadat de gemeenplaatsen de revue waren gepasseerd, ontbrak het ons aan affiniteit en taalvaardigheid om het gesprek geanimeerd te houden.

Ik kwam zonder gehoor en zonder middelen te zitten; mijn rol als assistent en gastvrouw doofde uit; ik moest een manier bedenken om het gesprek niet helemaal te laten doodbloeden, en tegelijkertijd moest ik gespitst informatie blijven opnemen. En toen barstte achter in de salon, aan de kant van de mannen, een luid collectief geschater los. Daarna volgden kletsende handen, omarmingen en gelukwensen. De overeenkomst was gesloten.

62

'Rijtuig Luxe Klas, compartiment acht.'

'Weet je het zeker?'

Ik liet het plaatsbewijs zien.

'Prima. Ik loop met je mee.'

'Dat hoeft echt niet.'

Hij luisterde niet.

Bij de koffers waarmee ik in Lissabon was gearriveerd, waren verscheidene hoedendozen en twee grote reistassen met allerhande hebbedingen gekomen; alles was die middag vanuit het hotel al vooruitgestuurd. De overige aankopen voor het atelier zouden in de loop van de volgende dagen rechtstreeks door de leveranciers naar Madrid worden verzonden. Als handbagage had ik slechts een klein koffertje bij me waarin mijn spullen voor de nacht zaten. En nog iets: het schetsboek vol informatie.

Toen we de auto uit stapten stond Manuel erop het koffertje te dragen.

'Het weegt bijna niets, dat is niet nodig,' zei ik om het niet te hoeven afgeven.

Ik had de strijd al verloren voor hij begonnen was en ik besefte dat ik niet kon aandringen. Als het elegantste paar van de avond kwamen we de stationshal binnen; ik gehuld in al mijn glamour en hij, zonder het te weten, met het bewijs van zijn verraad in zijn hand. Het station Santa Apolónia, met zijn aanblik van een gigantisch statig herenhuis, verwelkomde de binnendruppelende reizigers voor de nachttrein naar Madrid. Paartjes, gezinnen, vrienden, mannen alleen. Sommigen leken kil en onbewogen te vertrekken, als iemand die weggaat van iets dat geen sporen bij hem heeft achtergelaten; anderen daarentegen strooiden kwistig met tranen, omhelzingen, zuchten en beloften voor de toekomst die ze wellicht nooit zouden nakomen. Ik paste in geen van beide categorieën; niet in die van de onverschilligen, niet in die van de sentimentelen. Mijn klasse was van een ander soort: die van hen die vluchten, die van hen die zich verlangend uit de voeten maken, het stof van hun zolen schudden en voorgoed willen vergeten wat ze achter zich hebben gelaten.

Het grootste deel van de dag had ik in mijn kamer mijn terugreis voorbereid. Zogenaamd. Ik haalde mijn kleding van de hangers, leegde de laden en stopte alles in de koffers, inderdaad. Maar daar was ik niet lang mee bezig; de rest van de tijd die ik daar binnen had doorgebracht besteedde ik aan iets veel belangrijkers: het overzetten van alles wat ik in Da Silva's buitenhuis had opgevangen in duizenden met potlood getekende stiksteekjes. Het karwei kostte me eindeloze uren. Ik was er midden in de nacht al mee begonnen, zodra ik terug was in het hotel en toen alles wat ik had gehoord had me nog vers in het geheugen lag; een groot deel van de vele tientallen details dreigde in de vergetelheid te verdwijnen als ik ze niet onmiddellijk zou noteren. Ik sliep amper drie of vier uur; zodra ik wakker werd ging ik weer aan de slag. In de loop van de ochtend en de eerste uren van de middag leegde ik mijn hoofd in het schetsboek, gegeven na gegeven, streepje na streepje, tot ze een arsenaal aan korte maar nauwgezette berichten vormden. Het resultaat bestond uit ruim veertig vermeende patronen die wemelden van namen, cijfers, data, plaatsen en operaties, allemaal bijeengebracht op de bladzijden van mijn onschuldige schetsboek. Patronen van mouwen, boorden en rugpanden, van ceinturen, taillepassen en voorpanden, contouren en fragmenten van kledingstukken die ik nooit zou maken, en waarvan de omtrek de duistere aspecten verborg van een macabere handelstransactie bedoeld om de vernietigende opmars van de Duitse troepen te vergemakkelijken.

Tegen het einde van de ochtend ging de telefoon. Ik schrok van het geluid, zozeer dat mijn hand uitschoot en ik later het streepje dat ik op dat moment zette moest uitgummen.

'Arish? Goedemorgen, met Manuel. Ik hoop dat ik je niet wakker heb gemaakt.'

Ik was klaarwakker: gedoucht, bezig en alert; ik was al uren aan het werk, maar ik liet mijn stem slaperig klinken. Onder geen beding mocht ik laten merken dat datgene wat ik de vorige avond had gezien en gehoord een onstuitbare stroom van bedrijvigheid in me had losgemaakt.

'Dat geeft niet, het is vast al heel laat...' loog ik.

'Bijna twaalf uur. Ik bel even om je te bedanken dat je gisteravond bent gekomen en dat je de echtgenotes van mijn vrienden zo aangenaam hebt beziggehouden.'

'Niets te danken. Het was een heel genoeglijke avond, ook voor mij.'

'Echt? Heb je je niet verveeld? Het spijt me nu dat ik niet wat meer aandacht aan je heb besteed.'

Voorzichtig, Sira, pas op. Hij is je aan het aftasten, dacht ik. Gamboa, Marcus, de vergeten hoed, Bernhardt, het wolfraam, Beira, dat alles stapelde zich kil als een bevroren ruit in mijn hoofd op terwijl ik nog altijd een zorgeloze, slaperige stem veinsde.

'Maak je daar geen zorgen over, Manuel, echt niet. De gesprekken met de echtgenotes van je vrienden waren heel onderhoudend.'

'Goed dan, wat zijn je plannen voor je laatste dag in Portugal?'

'Helemaal niets. Uitgebreid in bad liggen en mijn koffers inpakken. Ik was niet van plan vandaag ergens heen te gaan.'

Ik hoopte dat dat antwoord hem voldoening gaf. Als Gamboa hem had ingelicht en hij ervan uitging dat ik achter zijn rug een andere man ontmoette, zou mijn aanhoudende verblijf tussen de muren van het hotel zijn achterdocht misschien wegnemen. Uiteraard zou mijn woord niet toereikend voor hem zijn: hij zou iemand mijn kamer in de gaten laten houden en misschien ook mijn telefoongesprekken laten controleren, maar met uitzondering van hemzelf was ik niet van plan met nog iemand te praten. Ik zou een braaf meisje zijn: ik zou het hotel niet verlaten, de telefoon niet gebruiken en geen enkel bezoek ontvangen. Ik zou me alleen en landerig in het restaurant, bij de receptie en in de salons laten zien, en op het moment dat ik vertrok, zou ik dat voor de ogen van alle gasten en bedienden doen, enkel vergezeld van mijn bagage. Of dat dacht ik althans, tot hij me een ander voorstel deed.

'Je hebt je rust wel verdiend, natuurlijk, maar ik wil je niet laten vertrekken zonder afscheid van je te nemen. Ik breng je naar het station. Hoe laat vertrekt je trein?'

'Om tien uur,' antwoordde ik. Ik had helemaal geen zin hem weer te zien.

'Dan ben ik om negen uur bij het hotel, goed? Ik zou graag eerder zijn gekomen, maar ik ben de hele dag druk...'

'Dat geeft niet, Manuel, zelf ben ik ook de nodige tijd bezig om alles te regelen. Aan het einde van de middag laat ik mijn bagage alvast naar het station brengen, daarna wacht ik op je.'

'Om negen uur dus.'

'Om negen uur sta ik klaar.'

In plaats van João's Bentley trof ik een schitterende Aston Martin-sportwagen. Ik voelde een knoop van angst in mijn maag toen ik vaststelde dat de oude chauffeur in geen velden of wegen te bekennen was; het idee dat we alleen zouden zijn maakte me onrustig en afwerend. Bij hem was dat zo te zien niet het geval.

Ik merkte geen enkele verandering op in zijn houding ten aanzien van mij, noch gaf hij blijk van enige achterdocht: hij was als altijd attent, innemend en verleidelijk, alsof zijn hele wereld om de rollen prachtige zijde uit Macao draaide die hij me op zijn kantoor had laten zien en niets te maken had met de obscene duisternis van de wolfraammijnen. Voor de laatste keer reden we de Estrada Magistral af en doorkruisten snel de straten van Lissabon terwijl de voorbijgangers hun hoofd naar ons omdraaiden. Twintig minuten voor vertrek kwamen we op het perron; hij stond erop ook in te stappen en me naar mijn compartiment te vergezellen. We liepen door het zijgangetje, ik voorop, hij vlak achter me, met in zijn hand nog altijd mijn koffertje waarin de bewijzen van zijn vuige verraad zich mengden met onschuldige toiletspullen, cosmetica en lingerie.

'Nummer acht, we zijn er, geloof ik,' meldde ik.

De geopende deur toonde een chic en smetteloos compartiment. Met hout beklede wanden, opengeschoven gordijntjes, de stoel op zijn plaats en het bed nog niet opgemaakt voor de nacht.

'Goed, mijn lieve Arish, het moment om afscheid te nemen is aangebroken,' zei hij, en hij zette mijn koffertje op de vloer. 'Het was me een waar genoegen je te hebben leren kennen, het zal me moeite kosten eraan te wennen dat je niet meer in mijn buurt bent.'

Zijn genegenheid leek oprecht; misschien waren mijn vermoedens wat Gamboa's beschuldiging betrof uiteindelijk ongegrond. Misschien had ik me veel te ongerust gemaakt. Misschien had hij er nooit aan gedacht iets tegen zijn baas te zeggen en was diens waardering voor mij nog volledig intact.

'Het is een onvergetelijk verblijf geweest, Manuel,' zei ik, en ik stak mijn beide handen naar hem uit. 'Mijn bezoek had niet bevredigender kunnen verlopen. Mijn cliënten zullen opgetogen zijn. En jij hebt alles zo makkelijk en prettig voor me gemaakt dat ik niet weet hoe ik je daarvoor kan bedanken.'

Hij pakte mijn handen en hield ze in de zijne. In ruil daarvoor kreeg hij de oogverblindendste van al mijn glimlachen, een glimlach waarachter het immense verlangen schuilging dat het doek van die farce eindelijk zou vallen. Over enkele minuten zou de stationschef op zijn fluitje blazen en het vlaggetje naar beneden zwaaien, en dan zou de Lusitania Express over de rails gaan rollen, zich verwijderen van de Atlantische Oceaan en koers zetten naar het centrum van het Schiereiland. Voorgoed zouden Manuel da Silva en zijn macabere zaken, het bruisende Lissabon en dat hele universum van vreemdelingen achterblijven.

De laatste passagiers stapten haastig in de trein; om de paar seconden moesten we ons tegen de wand van het rijtuig drukken om iemand te laten passeren.

'Je kunt beter gaan, Manuel.'

'Dat denk ik ook, ik zal maar eens opstappen.'

Het moment was aangebroken om die pantomime van het afscheid te beëindigen, om het compartiment binnen te gaan en ongehinderd alleen te zijn. Hij hoefde alleen maar te verdwijnen, voor de rest was alles in orde. En toen voelde ik geheel onverwacht zijn linkerhand in mijn nek, zijn rechterarm om mijn schouders, de warme en onbekende smaak van zijn mond op de mijne en een huivering die van top tot teen door mijn lichaam trok. Het was een intense kus, een lange en krachtige kus die me daar verward, ontwapend, niet in staat om te reageren liet staan.

'Goede reis, Arish.'

Ik kon niet antwoorden, daar gaf hij me de tijd niet voor. Voordat ik mijn stem teruggevonden had, was hij al verdwenen.

63

Ik liet me op de stoel vallen en de gebeurtenissen van de voorgaande dagen trokken als op een groot bioscoopdoek aan mijn geestesoog voorbij. Ik dacht terug aan de intriges en decors, vroeg me af hoeveel van de personages uit die vreemde film mijn levenspad nog eens zouden kruisen en welke ik nooit meer zou zien. Ik resumeerde het einde van elke plot: gelukkig slechts in een paar gevallen, onvoltooid in de meeste. En toen de filmband bijna afgelopen was, vulde de laatste scène het hele doek: de kus van Manuel da Silva. Ik proefde zijn smaak nog, maar ik was niet in staat er het juiste woord bij te bedenken. Spontaan, hartstochtelijk, cynisch, sensueel. Misschien allemaal. Misschien geen een.

Ik ging overeind zitten en keek uit het raam, inmiddels gewiegd door de lichte cadans van de trein. De laatste lichtjes van Lissabon snelden voorbij, telkens vager en ijler, telkens verstrooider en diffuser, tot het landschap in duisternis werd gehuld. Ik stond op, ik moest er even uit. Tijd voor het diner.

Het restauratierijtuig was al bijna vol. Vol mensen, etensgeuren, geluid van couverts en gesprekken. Het duurde maar een paar minuten om een plekje te vinden; ik koos het menu en bestelde wijn om mijn vrijheid te vieren. Terwijl ze mijn tafeltje dekten, doodde ik de tijd door vooruit te lopen op mijn aankomst in Madrid en me Hillgarths reactie voor te stellen wanneer hij het resultaat van mijn missie zou vernemen. Waarschijnlijk had hij nooit bevroed dat die zo productief zou blijken.

De wijn en het eten arriveerden prompt, maar toen ze het brachten wist ik al dat het geen genoeglijke maaltijd zou worden. Het lot had twee lompe figuren in mijn buurt geplaatst, die me vanaf het moment dat ik was gaan zitten aldoor brutaal bekeken. Twee ruwe kerels die uit de toon vielen in die beschaafde omgeving. Op hun tafel stonden verscheidene flessen wijn en een veelheid van gerechten, die ze verslonden alsof de wereld diezelfde avond zou vergaan. Ik kon amper genieten van de *bacalhau à Brás*. Het linnen tafellaken, het geslepen glas en de ceremoniële handelingen van de obers verschoven alras naar een tweede plan. Mijn prioriteit werd het eten zo snel mogelijk naar binnen werken om terug te kunnen gaan naar mijn compartiment en me zodoende van dat vervelende gezelschap bevrijden.

Ik trof het met de gordijntjes gesloten en het bed opgemaakt aan, gereed voor de nacht. In de trein zou het gaandeweg kalm en stil worden; bijna zonder het te merken zouden we Portugal verlaten en de grens overgaan. Toen pas besefte ik hoeveel slaaptekort ik had opgebouwd. De voorgaande nacht had ik bijna niet geslapen omdat ik de berichten moest coderen, en de nacht dáárvoor was ik bij Rosalinda. Mijn arme lichaam snakte naar een adempauze, dus besloot ik meteen naar bed te gaan.

Ik opende mijn koffertje maar kreeg geen tijd er iets uit te halen, want een klop op de deur hield me tegen.

'Kaartjes,' klonk het. Ik deed behoedzaam open en stelde vast dat het de conducteur was. Maar ik besefte dat hij, vermoedelijk zonder het zelf te weten, niet alleen in de gang was. Achter de consciëntieuze spoorbeambte, amper een paar meter bij hem vandaan, onderscheidde ik twee, op het ritme van de treinbewegingen schommelende schimmen. Twee ondubbelzinnige schimmen: die van de mannen die me tijdens het diner hadden gehinderd.

Zodra de conducteur zijn formaliteiten had afgewikkeld, vergrendelde ik de deur met het stellige voornemen hem niet meer te openen voor we in Madrid waren. Het laatste waar ik na die onaangename ervaring in Lissabon op zat te wachten, was een tweetal onbeschofte passagiers dat geen ander vermaak kon verzinnen dan mij de hele nacht lastigvallen. Ik was eindelijk zover dat ik me kon klaarmaken om te gaan slapen; ik was doodmoe, fysiek en geestelijk, en ik moest alles even vergeten, al was het maar voor een paar uur.

Dus begon ik de benodigde spullen uit mijn toilettas te halen: tandenborstel, zeep, nachtcrème. Even later merkte ik dat de trein vaart minderde; we naderden een station, het eerste van de reis. Ik schoof het gordijntje opzij. ENTRONCAMENTO, las ik.

Amper een paar tellen later klopte weer iemand met zijn knokkels op mijn deur. Hard, nadrukkelijk. Dat was niet het klopje van de conducteur. Ik bleef roerloos staan, met mijn rug tegen de deur, niet van plan te reageren. Ik vermoedde dat het de mannen uit het restauratierijtuig waren en ik peinsde er niet over open te doen.

Maar er werd weer geklopt. Nog harder. En toen hoorde ik aan de andere kant mijn naam. En ik herkende de stem.

Ik schoof de grendel weg.

'Je moet meteen de trein uit. Da Silva heeft hier twee mannetjes. Ze hebben het op jou gemunt.'

'De hoed?'

'De hoed.'

64

Paniek en de lust het uit te schateren verstrengelden zich. Om het bitter en sinister uit te schateren. Hoe vreemd zijn gewaarwordingen, hoe bedrieglijk. Een simpele kus van Manuel da Silva had mijn opvatting over zijn duistere moraal aan het wankelen gebracht, en nog geen uur later ontdekte ik dat hij bevolen had me uit de weg te ruimen en mijn lichaam 's nachts uit het raam van een trein te gooien. De judaskus.

'Je hoeft niets te pakken, alleen je papieren,' waarschuwde Marcus. 'In Madrid krijg je alles wel terug.'

'Er is iets wat ik niet kan achterlaten.'

'Je kunt niets meenemen, Sira. Daar is geen tijd voor, de trein kan elk moment weer vertrekken; als we niet opschieten moeten we er rijdend uit springen.'

'Een seconde maar...' Ik pakte mijn koffertje en leegde het met twee handen tegelijk. Mijn zijden nachtpon, een pantoffel, de haarborstel, een flesje eau-de-cologne: alles kwam chaotisch op het bed en op de vloer te liggen, alsof een gek of een tornado had huisgehouden. Tot ik onderin vond wat ik zocht: het schetsboek met de zogenaamde patronen, de nauwgezette constatering in stiklijntjes van Manuel da Silva's verraad aan de Britten. Ik drukte het stevig tegen mijn borst.

'We kunnen gaan,' zei ik terwijl ik met mijn andere hand mijn tas greep. Die kon ik evenmin achterlaten, mijn paspoort zat erin.

We liepen gehaast de gang in op het moment dat het fluitje klonk; toen we bij de deur kwamen, had de locomotief al geantwoord en zette de trein zich in beweging. Marcus sprong als eerste terwijl ik mijn schetsboek, mijn tas en mijn schoenen naar het perron gooide; met die schoenen aan hoefde ik het niet te proberen, ik zou mijn enkels breken. Vervolgens stak hij me een hand toe, ik greep hem vast en sprong.

Het furieuze gebulder van de stationschef was bijna meteen te horen; we zagen hem maaiend met zijn armen naar ons toe komen rennen. Gealarmeerd door zijn geschreeuw kwamen twee spoorbeambten naar buiten; de trein, ongehinderd door wat er gebeurde, meerderde intussen snelheid.

'Vooruit, Sira, kom mee, we moeten hier weg,' spoorde Marcus me aan.

Hij raapte een schoen op en gaf me die, daarna de andere. Ik hield ze in mijn hand, maar trok ze niet aan; mijn hoofd was bij iets anders. De drie beambten verdrongen zich intussen om ons heen en elk voegde zijn eigen visie op het incident aan de reprimande toe, terwijl de stationschef ons tierend en gebarend een veeg uit de pan gaf vanwege ons onverantwoordelijke gedrag. Een paar zwervers kwamen nieuwsgierig dichterbij; even later voegden de kantinehoudster en een jonge ober zich bij de groep en vroegen wat er aan de hand was.

En toen, midden in die chaos van sommaties, verhitte gemoederen en elkaar overschreeuwende stemmen, hoorden we het snerpende gepiep van een remmende trein.

Het hele perron viel opeens stil, als toegedekt door een deken van rust, terwijl de wielen met een aanhoudend scherp geluid op de rails knarsten.

Marcus was de eerste die weer iets zei: 'Ze hebben aan de noodrem getrokken.' Zijn stem klonk dieper, dwingender. 'Ze hebben gemerkt dat we eruit gesprongen zijn. Vooruit, Sira, we moeten hiervandaan, nu meteen.'

Als vanzelf kwam de hele groep weer op gang. Het getier, de bevelen, het doelloze geloop en de woedende gebaren begonnen weer.

'We kunnen niet gaan,' reageerde ik terwijl ik rond mijn as draaide en speurend de grond afzocht. 'Ik zie mijn schetsboek nergens.'

'Vergeet dat verdomde schetsboek in godsnaam!' schreeuwde hij woest. 'Ze gaan je uit de weg ruimen, Sira, ze hebben orders je te vermoorden!'

Ik voelde dat hij mijn arm greep en eraan trok, bereid om me daar desnoods weg te sleuren.

'Je begrijpt het niet, Marcus, ik móét het vinden, we kunnen het niet achterlaten,' hield ik vol terwijl ik bleef zoeken. Tot ik iets zag. 'Daar is het! Daar!' riep ik, en ik probeerde me los te trekken terwijl ik naar iets in de duisternis wees. 'Daar, op het spoor!'

Het gepiep van de remmen ebde weg en de trein, met achter de ramen vele nieuwsgierige gezichten, stond eindelijk stil. De stemmen en het geroep van de passagiers voegden zich bij het onafgebroken gefoeter van de spoorbeambten. En toen zagen we ze: twee uit een rijtuig gesprongen gedaanten die naar ons toe renden.

Ik schatte afstand en tijd. Ik zou nog naar beneden kunnen en het schetsboek pakken, maar weer op het perron klimmen zou veel lastiger worden: het was behoorlijk hoog en waarschijnlijk waren mijn benen niet lang genoeg. Maar ik moest het in elk geval proberen; ik moest die patronen hoe dan ook terugkrijgen, zonder alles wat ik daarin had getranscribeerd kon ik niet naar Madrid terug. Toen voelde ik dat Marcus me vanachter vastgreep. Hij trok me bijna door de lucht weg van de rand en sprong zelf op het spoor.

Exact vanaf het moment dat ik het schetsboek aanpakte, was het rennen geblazen, rennen als een gek. Dwars over het perron rennen, weergalmend over de tegels van de lege hal rennen, over de donkere esplanade voor het station rennen. Tot we bij de auto waren. Hand in hand door de nacht scheurend, zoals in een tijd die achter ons lag.

'Wat heb je verdorie in dat schrift staan dat je daarvoor ons leven op het spel zet?' vroeg hij terwijl hij weer op adem probeerde te komen en krachtig optrok.

Hijgend ging ik op mijn knieën op de stoel zitten om door de achterruit te kijken. Tussen het stof door dat de achterbanden opwierpen, zag ik de twee mannen uit de trein met volle snelheid op ons af komen stormen. Aanvankelijk scheidden ons slechts luttele meters, maar de afstand werd stilaan groter. En ik zag dat ze het opgaven. Eerst de een, die steeds langzamer bewoog tot hij verbijsterd met gespreide benen en zijn handen op zijn hoofd bleef staan, alsof hij niet kon geloven wat er was gebeurd. De ander hield het net wat langer vol, maar hij verloor zijn vaart ook al snel. Het laatste wat ik zag was dat hij vooroverboog en met beide handen tegen zijn buik gedrukt alles wat hij kort daarvoor zo gulzig naar binnen had gewerkt weer uitbraakte.

Toen ik zeker wist dat ze ons niet meer volgden, ging ik normaal zitten en nog moeizaam ademend beantwoordde ik Marcus' vraag.

'De beste patronen die ik ooit heb gemaakt.'

65

'Gamboa vermoedde inderdaad iets toen hij je de orchideeën bracht, dus stelde hij zich verdekt op en wachtte om te zien wie de eigenaar van de hoed op de schrijftafel was. En toen zag hij mij je kamer verlaten. Hij kent me goed; ik ben diverse malen bij hen op kantoor geweest. Vervolgens ging hij met die informatie naar Da Silva, maar zijn baas wilde niet naar hem luisteren; hij zei dat hij met een belangrijke kwestie bezig was, dat ze de volgende morgen wel zouden praten. En dat gebeurde dus vandaag. En toen Da Silva eenmaal wist waar het om ging, werd hij ziedend, heeft hij hem ontslagen en de rest in werking gezet.'

'En hoe weet jij dat allemaal?'

'Omdat Gamboa me vanavond zelf is komen opzoeken. Hij is helemaal overstuur, doodsbang en wanhopig op zoek naar bescherming; daarom dacht hij dat het misschien het beste was om naar de Engelsen te gaan, met wie ze voorheen een uitstekende relatie hadden. Hij weet evenmin waar Da Silva mee bezig is, want die houdt het zelfs voor zijn naaste medewerkers verborgen, maar door zijn gedrag begon ik voor jou te vrezen. Meteen nadat ik Gamboa had gesproken ben ik naar je hotel gegaan, maar je was al weg. Ik kwam net op het station aan toen de trein vertrok en vanaf een afstandje zag ik Da Silva alleen op het perron staan en ik dacht dat alles in orde was. Tot ik op het laatste moment zag dat hij een gebaar maakte naar twee mannen achter een van de treinraampjes.'

'Wat voor gebaar?'

'Een acht. Vijf vingers van zijn ene hand en drie van zijn andere.'

'Het nummer van mijn compartiment...'

'Het enige wat ze nog moesten weten. De rest was al afgesproken.'

Ik werd overmand door een vreemd gevoel. Hevige angst vermengd met opluchting, zwakte en woede tegelijk. De smaak van verraad, wellicht. Maar ik wist dat ik geen reden had om me verraden te voelen. Ik had Manuel zelf bedrogen met een banaal, verleidelijk optreden, en hij had getracht me met gelijke munt terug te betalen zonder zelf zijn handen vuil te maken of ook maar een greintje van zijn raffinement te verliezen. Ontrouw voor ontrouw, zo werkte dat.

We reden over stoffige weggetjes, ontweken gaten en kuilen, kwamen door slaperige dorpjes, desolate gehuchten en braakliggende landerijen. Het enige licht dat we vele kilometers lang zagen was afkomstig van de koplampen van onze eigen auto die zich een weg door de diepe duisternis baande; zelfs de maan liet zich niet zien. Marcus vermoedde dat Da Silva's mannen niet op het station zouden blijven, dat ze wellicht een manier zouden vinden om ons te volgen. Daarom reed hij zonder gas terug te nemen door, alsof die twee ongewenste figuren nog aan het spatbord gekleefd zaten.

'Ik ben er bijna zeker van dat ze het niet zullen wagen over te steken naar Spanje. Ze zouden zich op onbekend terrein begeven waar ze de regels van het spel niet beheersen. Van hun speciale spel. Maar we moeten op onze hoede blijven tot we de grens gepasseerd zijn.'

Het was logisch geweest als Marcus me naar de redenen had gevraagd waarom Da Silva probeerde me op zo'n vuile manier te elimineren nadat hij me daags ervoor nog zo voorkomend had behandeld. Marcus had ons zelf zien dineren en dansen in het casino, hij wist dat ik dagelijks gebruikmaakte van Da Silva's auto en dat ik in mijn hotel cadeautjes van hem had ontvangen. Misschien wachtte hij op een opmerking over de aard van mijn veronderstelde relatie met Da Silva, misschien op een verklaring over wat er tussen ons was voorgevallen, een uitleg die enig licht zou werpen op het waarom van zijn verderfelijke bevel net toen ik op het punt stond uit zijn land en zijn leven te vertrekken. Maar er kwam geen woord over mijn lippen.

Hij ging verder zonder zijn concentratie op de weg te verliezen, droeg opmerkingen en interpretaties aan, en wachtte tot ik er op een gegeven moment iets aan toe zou voegen.

'Da Silva,' vervolgde hij, 'heeft de deuren van zijn huis wijd voor je opengezet en hij liet je getuige zijn van alles wat daar gisteravond is voorgevallen, wat dat is weet ik niet.'

Ik reageerde niet.

'En jij bent blijkbaar niet van plan dat te vertellen.'

Dat was ik inderdaad niet.

'Hij is er nu van overtuigd dat je in opdracht van iemand toenadering tot hem hebt gezocht, en hij vermoedt dat je geen gewone buitenlandse naaister bent die toevallig in zijn leven is verschenen. Hij denkt dat je hem hebt benaderd omdat je je neus in zijn zaken wilde steken, maar hij heeft het mis wat zijn verdenking betreft voor wie je werkt, want na de tip van Gamboa neemt hij abusievelijk aan dat je dat voor mij doet. Hij heeft er hoe dan ook belang bij dat je je mond houdt. Als het even kan voorgoed.'

Ik zei nog steeds niets; ik verborg mijn gedachten liever achter een quasi-onverschillige houding. Tot mijn stilte voor beiden ondraaglijk werd.

'Bedankt voor je hulp, Marcus,' mompelde ik toen.

Ik kon hem niet misleiden. Niet misleiden, niet vertederen, niet ontroeren met mijn gespeelde argeloosheid.

'Voor wie werk je, Sira?' vroeg hij langzaam zonder zijn ogen van de weg te halen.

Ik draaide mijn hoofd en sloeg zijn profiel in het donker gade. Zijn scherpe neus, zijn krachtige kaaklijn; dezelfde vastberadenheid, dezelfde zelfverzekerdheid. Hij leek dezelfde man als destijds in Tétouan. Leek.

'Voor wie werk jij, Marcus?'

Op de achterbank, onzichtbaar maar vlakbij, had zich nog een passagier geïnstalleerd: de achterdocht.

Het was al na middernacht toen we de grens overgingen. Marcus liet zijn Britse paspoort zien en ik mijn Marokkaanse. Ik merkte dat hij ernaar keek, maar hij vroeg niets. Er was geen spoor te bekennen van Da Silva's mannen, slechts een stel slaperige agenten die geen zin hadden hun tijd aan ons te verdoen.

'Misschien moeten we een plek zoeken waar we kunnen overnachten nu we in Spanje zijn en weten dat ze ons niet zijn gevolgd of vooruitgesneld. Dan kan ik morgen de trein nemen en kun jij teruggaan naar Lissabon,' opperde ik.

'Ik rijd liever door naar Madrid,' antwoordde hij binnensmonds.

We reden verder zonder enig voertuig tegen te komen, alletwee verzonken in gedachten. De achterdocht ging gepaard met argwaan, en de argwaan voerde ons naar de stilte: een zware, ongemakkelijke stilte, geladen met wantrouwen. Een onredelijke stilte. Marcus had me zojuist uit de ergste situatie van mijn leven gered en hij zou de hele nacht doorrijden alleen maar om mij veilig op mijn bestemming af te zetten, en ik vergoedde hem dat door verstoppertje te spelen en hem elk stukje informatie dat hem uit zijn verwarring kon helpen te weigeren. Maar ik kon niet praten. Ik mocht nog niets zeggen; eerst moest ik voor mezelf bevestigd hebben wat ik al vermoedde vanaf het moment dat Rosalinda me tijdens ons nachtelijke gesprek de ogen had geopend. Of misschien wel. Misschien kon ik hem wel iets geven. Een brokje van de avond ervoor, een flintertje, een spoor. Iets wat ons allebei ten goede kwam: hem om zijn nieuwsgierigheid in elk geval deels te bevredigen en mij om het terrein goed bemest te hebben tegen de tijd dat ik mijn voorgevoelens bevestigd zou zien.

We waren Badajoz en Mérida gepasseerd. We zwegen al sinds de grenspost, voerden het wederzijdse wantrouwen mee over gehavende wegen en Romeinse bruggen.

'Herinner je je Bernhardt nog, Marcus?'

Ik meende dat zijn armspieren verstrakten en dat zijn vingers zich steviger om het stuur klemden.

'Ja, natuurlijk herinner ik me hem nog.'

Het donkere interieur van de auto vulde zich opeens met beelden, geluiden en geuren van die samen doorgebrachte avond waarna niets meer hetzelfde tussen ons was. Een Marokkaanse avond, mijn huis in de Sidi Mandri, een vermeende journalist die bij het balkon op me stond te wachten. De stampvolle straten van Tétouan, de tuin van het Hoge Commissariaat, het orkest van de kalief dat met verve hymnen ten gehore bracht, jasmijnen en sinaasappelbomen, galon en uniformen. Een afwezige Rosalinda en een enthousiaste Beigbeder die als een groots gastheer optrad, nog onwetend van het feit dat degene die hij op dat moment hulde bracht hem mettertijd met één houw het hoofd zou afslaan en zijn kop zou laten rollen. Een groep Duitse ruggen in een kring om de eregast met de kattenogen heen, en mijn begeleider die me vroeg hem te helpen clandestiene informatie te bemachtigen. Andere tijd, ander land en alles toch in wezen bijna gelijk. Bijna.

'Gisteravond heb ik met hem gedineerd in Da Silva's buitenhuis. Daarna voerden ze tot diep in de nacht een gesprek.'

Ik wist dat hij zich inhield, dat hij meer wilde weten, dat hij behoefte had aan gegevens en details, maar hij durfde me niets te vragen, want hij vertrouwde mij evenmin helemaal. Die lieve Sira, tja, zij was evenmin nog dezelfde als voorheen.

Ten slotte kon hij zich niet langer bedwingen. 'Heb je iets van hun gesprek kunnen opvangen?'

'Helemaal niets. Heb jij enig idee wat ze gemeenschappelijk kunnen hebben?'

'Geen enkel.'

Ik loog, en hij wist het. Hij loog, en ik wist het. En geen van beiden was bereid zijn kaarten op tafel te leggen, maar dat ontmoetingspuntje uit vervlogen tijden was voldoende om de spanning tussen ons af te zwakken. Misschien omdat het herinneringen terugbracht aan een verleden waarin nog niet alle onschuld verloren was gegaan. Misschien omdat die herinnering een stukje van de saamhorigheid terugbracht en ons erop attendeerde dat ons iets belangrijkers bond dan alleen wrok en leugens.

Ik probeerde op de weg te letten en geconcentreerd te blijven, maar de spanning van de voorbije dagen, het opgebouwde slaaptekort en de aanslag op mijn zenuwen door alles wat ik die nacht had meegemaakt, hadden me dusdanig uitgehold dat ik overmand werd door een enorme zwakte. Te lang op het slappe koord gedanst.

'Ben je moe?' vroeg hij. 'Kom, leun maar tegen mijn schouder.'

Ik sloeg beide armen om zijn rechterarm en nestelde me dicht tegen hem aan, zodat ik zijn warmte kon voelen.

'Ga maar slapen. Toe maar,' fluisterde hij.

Ik viel in een donkere, rumoerige put waarin ik onlangs voorgevallen scènes vervormd herbeleefde. Mannen die me met een getrokken mes achternazaten, de lange, vochtige kus van een slang, de echtgenotes van de wolframisten dansend op een tafel, Da Silva die op zijn vingers telde, Gamboa in tranen, Marcus en ik rennend door de donkere stegen van de medina van Tétouan.

Ik weet niet hoeveel tijd er was verstreken toen hij me wakker maakte.

'Wakker worden, Sira. We rijden Madrid binnen. Je moet me vertellen waar je woont.'

Zijn stem klonk heel dichtbij en haalde me uit mijn slaap; traag kwam ik weer bij mijn positieven. Toen besefte ik dat ik nog altijd tegen hem aan lag, vastgeklemd aan zijn arm. Het kostte me oneindig veel moeite mijn stroeve lichaam op te richten en het van hem los te maken. Ik deed het langzaam; mijn nek was stijf en al mijn ledematen waren stram. Zijn schouder moest ook pijnlijk zijn, maar hij liet het niet merken. Nog zwijgend keek ik door het raampje terwijl ik met mijn vingers mijn haar probeerde te fatsoeneren. De ochtend gloorde boven Madrid. Er waren nog lichtjes aan. Weinig, ver uit elkaar, triest. Ik dacht aan Lissabon en zijn krachtige vertoon van nachtelijk licht. In het Spanje van de beperkingen en de misère leefde men nog praktisch in het donker.

'Hoe laat is het?' vroeg ik ten slotte.

'Bijna zeven uur. Je hebt een hele poos geslapen.'

'En jij moet bekaf zijn,' zei ik nog slaperig.

Ik noemde het adres en vroeg hem langs het trottoir aan de overkant te parkeren, een paar meter bij mijn huis vandaan. Het was inmiddels bijna licht en de eerste zielen gingen de straat op. Bezorgers, een paar dienstmeisjes, een winkelbediende, een ober.

'Wat zijn jouw plannen voor nu?' vroeg ik terwijl ik door de ruit het verloop op straat in de gaten hield.

'Vooralsnog een kamer in het Palace nemen. En wanneer ik opsta als eerste dit pak laten reinigen en een overhemd kopen. Ik ben vreselijk smerig geworden van dat kolengruis op het spoor.'

'Maar je hebt mijn schetsboek te pakken gekregen...'

'Of het de moeite waard was, weet ik niet. Je hebt me nog niet verteld wat erin staat.'

Ik deed alsof ik niets hoorde.

'En nadat je schone kleding hebt bemachtigd, wat ga je dan doen?'

Ik zei het zonder naar hem te kijken, nog steeds geconcentreerd op de wereld buiten de auto, wachtend op het geschikte moment om de volgende stap te zetten.

'Naar de vestiging van mijn bedrijf gaan,' antwoordde hij. 'We hebben een filiaal hier in Madrid.'

'En ben je van plan weer net zo snel te verdwijnen als destijds in Marokko?' vroeg ik terwijl ik mijn blik weer over het ochtendlijke komen en gaan op straat liet glijden.

Hij antwoordde met een scheef lachje. 'Dat weet ik nog niet.'

Op datzelfde moment zag ik mijn conciërge naar de melkboer lopen. Kust veilig.

'Voor het geval je weer verdwijnt, trakteer ik je eerst op een ontbijt,' zei ik, en ik deed vlug het portier open.

Hij greep mijn arm om me tegen te houden.

'Niet voordat je me hebt verteld waar je bij betrokken bent.'

'Niet voordat ik erachter ben wie je werkelijk bent.'

We gingen hand in hand de trap op, bereid tot een wapenstilstand. Smerig en uitgeput, maar levend.

66

Zonder mijn ogen te openen wist ik dat Marcus niet meer naast me lag. Van zijn verblijf in mijn huis was geen zichtbaar spoor meer te bekennen. Geen vergeten kledingstuk, geen afscheidsbriefje, alleen zijn smaak in mijn lijf. Maar ik wist dat hij terugkwam. Vroeg of laat, op het meest onverwachte moment, zou hij opnieuw verschijnen.

Ik had graag nog even getreuzeld met opstaan. Nog een uurtje, een halfuur was misschien zelfs genoeg geweest: de tijd die nodig was om alles wat er de laatste dagen was voorgevallen rustig te overdenken, en bovenal de laatste nacht: wat ik had beleefd, waargenomen, gevoeld. Ik wilde tussen de lakens blijven liggen en elke seconde van de voorgaande uren terughalen, maar het kon niet. Ik moest weer aan de slag; er wachtten me duizend verplichtingen, ik moest in beweging komen. Dus nam ik een douche en kwam ik in actie. Het was zaterdag, en hoewel de meisjes en doña Manuela die dag niet naar het atelier waren gekomen, was alles netjes en zo klaargelegd dat ik me op de hoogte kon stellen van de drukke bezigheden gedurende mijn afwezigheid. Alles leek voorspoedig te zijn verlopen: er waren nieuwe modellen op de paspoppen, genoteerde maten in de schriften, restanten stof die ik niet had geknipt en aantekeningen in een puntig handschrift waarin vermeld stond wie er was langsgekomen, wie er had gebeld en welke zaken moesten worden geregeld. Ik had echter niet voldoende tijd om alles af te handelen; tegen het middaguur moest ik nog een vracht dingen afmaken, maar die moesten worden uitgesteld.

Embassy was stampvol, maar ik vertrouwde erop dat Hillgarth zag dat ik mijn tas liet vallen toen ik binnenkwam. Ik deed het doodgemoedereerd, brutaal bijna. Drie herenruggen bogen onmiddellijk voorover om hem op te rapen. Slechts één ervan slaagde erin, toebehorend aan een hoge Duitse officier in uniform die net op dat moment de deur wilde openen om naar buiten te gaan. Met mijn mooiste glimlach bedankte ik hem voor zijn attentie, terwijl ik terloops probeerde te zien of Hillgarth mijn binnenkomst had opgemerkt. Hij zat aan een tafeltje achterin, zoals altijd in gezelschap. Ik nam aan dat hij me had gezien en de boodschap had begrepen. Ik moest hem dringend spreken, bedoelde ik te zeggen. Toen keek ik op mijn horloge en trok een zogenaamd verbaasd gezicht, alsof me net te binnen schoot dat ik op datzelfde moment ergens anders een afspraak had waaraan ik me niet kon onttrekken. Voor tweeën was ik weer thuis. Om kwart over drie arriveerden de bonbons. Hillgarth had mijn seintje inderdaad opgevangen. Hij ontbood me om halfvijf, weer in de praktijk van dokter Rico.

Het protocol was hetzelfde. Ik arriveerde alleen en kwam niemand tegen op de trap. Dezelfde verpleegster deed open en bracht me naar de spreekkamer.

'Goedemiddag, Sidi. Het verheugt me u weer hier te hebben. Hebt u een goede reis gehad? Er wordt heel lovend gesproken over de Lusitania Express.'

Hij stond bij het raam, gekleed in een van zijn onberispelijke pakken. Hij kwam naar me toe en gaf me een hand.

'Goedemiddag, kapitein. De reis was uitstekend, dank u; de compartimenten van de Luxe Klasse zijn een waar genot. Ik wilde u zo snel mogelijk ontmoeten om u op de hoogte te stellen van mijn verblijf.'

'Dat stel ik op prijs. Gaat u zitten, alstublieft. Sigaret?'

Zijn houding was ontspannen en hij leek niet te popelen van ongeduld om het resultaat van mijn werk te horen. De urgentie van twee weken eerder was als bij toverslag verdwenen.

'Alles is goed verlopen en ik denk dat ik heel interessante gegevens heb vergaard. Uw vermoedens bleken gegrond: Da Silva heeft met Duitsers onderhandeld over de levering van wolfraam. De definitieve overeenkomst is donderdagavond in zijn huis gesloten, in aanwezigheid van Johannes Bernhardt.'

'Goed werk, Sidi. Deze informatie zal heel nuttig voor ons zijn.'

Hij leek niet verrast. Noch geïmponeerd. Noch dankbaar. Neutraal en onverschillig. Alsof het niet nieuw voor hem was.

'Het bericht lijkt u niet te verwonderen,' zei ik. 'Wist u er al van?'

Hij stak een Craven A op en zijn antwoord volgde met de eerste rookwolk.

'Vanochtend zijn we ingelicht over de ontmoeting van Da Silva met Bernhardt. Gezien zijn persoon is wolfraam het enige waarover ze op dit moment hebben kunnen onderhandelen, hetgeen onze vermoedens bevestigt: Da Silva's trouweloosheid tegenover ons. We hebben Londen al een memorandum doen toekomen.'

Hoewel ik een lichte huivering voelde, probeerde ik mijn stem gewoon te laten klinken. Mijn veronderstellingen gingen de goede kant op, maar ik moest nog verder.

'Wat toevallig dat iemand u juist vandaag op de hoogte heeft gesteld. Ik dacht dat ik als enige met de opdracht was belast.'

'Halverwege de ochtend kregen we plotseling bezoek van een in Portugal gestationeerde agent. Volstrekt onverwacht; hij is gisteravond per auto uit Lissabon vertrokken.'

'En heeft die agent Bernhardt in gesprek met Da Silva gezien?' vroeg ik, zogenaamd verrast.

'Hij persoonlijk niet, nee, maar iemand die zijn volste vertrouwen geniet wel.'

Ik schaterde het bijna uit. Dus zijn agent was over Bernhardt ingelicht door iemand die zijn volste vertrouwen genoot. Nou ja, al met al was het vleiend.

'We stellen bijzonder veel belang in Bernhardt,' ging Hillgarth verder, zich niet bewust van mijn gedachten. 'Zoals ik u in Tanger al vertelde, is hij het brein achter SOFINDUS, de holding onder welke het Derde Rijk zijn zakelijke transacties in Spanje sluit. De wetenschap dat hij in Portugal met Da Silva zakendoet, zal enorme gevolgen voor ons hebben omdat...'

'Neem me niet kwalijk, kapitein,' onderbrak ik hem. 'Mag ik u nog een vraag stellen. De agent die u heeft ingelicht over Bernhardts onderhandelingen met Da Silva, is dat ook iemand van de SOE, een van uw recente aanwinsten, zoals ik?'

Hij maakte zijn sigaret zorgvuldig uit alvorens antwoord te geven. Vervolgens keek hij op. 'Vanwaar de vraag?'

Ik glimlachte met alle onschuld die ik vanuit mijn huichelarij wist te projecteren. 'Niet om iets in het bijzonder,' antwoordde ik schouderophalend, 'maar het is bijna geestig dat we toevallig allebei op dezelfde dag met dezelfde informatie komen.'

'Wel, het spijt me u te moeten teleurstellen, maar nee, ik vrees dat het niet om een agent van de SOE gaat die onlangs voor deze oorlog is gerekruteerd. De informatie heeft ons bereikt via een van onze mensen van de SIS, onze, laten we zeggen, conventionele inlichtingendienst. En we twijfelen niet aan zijn geloofwaardigheid; het gaat om een absoluut betrouwbare agent met heel wat dienstjaren. Een oude rot in het vak, zogezegd.'

Klik. Er liep een rilling over mijn rug. Alle stukjes waren op hun plaats gevallen. Wat ik hoorde sloot naadloos aan op mijn verwachtingen, maar de stellige waarheid voelde als een kille vlaag in mijn ziel. Het was echter niet het moment om me in gevoelens te verliezen, ik moest doorgaan. Hillgarth laten zien dat wij nieuwelingen ook alles op alles zetten voor de missies de ons werden opgedragen.

'En heeft uw man van de SIS u nog meer inlichtingen verstrekt?' vroeg ik terwijl ik mijn blik strak op hem richtte.

'Nee, helaas heeft hij geen enkele bijzonderheid kunnen geven, maar...'

Ik liet hem niet uitspreken.

'Heeft hij u niet verteld hoe en waar de onderhandeling plaatsvond, heeft hij u niet de namen en achternamen van iedereen die daar aanwezig was gegeven? Heeft hij u niet geïnformeerd over de overeengekomen voorwaarden, de hoeveelheden wolfraam die ze gaan delven, de prijs per ton, de betalingswijze en de manier waarop ze de exportbelasting gaan ontduiken? Heeft hij u niet verteld dat ze de levering aan de Britten over minder dan twee weken radicaal stopzetten? Heeft hij u niet gezegd dat het Da Silva, afgezien van zijn verraad tegenover u, ook is gelukt de grootste mijneigenaren van Beira mee te krijgen om tezamen de gunstigste voorwaarden bij de Duitsers te kunnen bedingen?'

Onder zijn zware wenkbrauwen was de blik van de marineattaché staalhard geworden. Zijn stem klonk schor.

'Hoe bent u dat alles te weten gekomen, Sidi?'

Ik bleef hem trots aankijken. Ze hadden me ruim tien dagen lang gedwongen langs de rand van de afgrond te lopen en ik had het einde bereikt zonder naar beneden te storten: het werd tijd hem te laten weten wat ik daar had aangetroffen.

'Wel, als een naaister haar werk goed doet, gaat ze tot het laatste naadje.'

Gedurende het hele gesprek had ik mijn schetsboek met patronen nonchalant op mijn knieën laten liggen. De kaft was er half afgescheurd, sommige bladzijden waren gevouwen en hij zat onder de vlekken en resten vuil die getuigden van de stormachtige belevenissen die hij had meegemaakt sinds hij de kast van mijn hotel in Estoril verlaten had. Ik legde het schetsboek op tafel en zette mijn handen er gespreid op.

'Hier staan alle details in, tot en met het laatste woord van wat er die avond is overeengekomen. Heeft hij evenmin over een schetsboek gesproken, uw agent van de SIS?'

De man die zo overweldigend mijn leven weer binnen was gekomen, was ongetwijfeld een succesvol spion in dienst van His Majesty's Secret Service, maar in die troebele wolfraamzaak had ik hem zojuist de loef afgestoken.

67

Toen ik het gebouw van de clandestiene ontmoeting verliet, was er iets in me veranderd. Iets wat geen naam had, iets nieuws. Ik liep langzaam door de straten, dacht na over een mogelijk etiketje voor die gewaarwording, zonder me druk te maken of iemand me volgde en onverschillig onder het feit dat ik op een ongewenst element kon stuiten als ik een hoek omsloeg. Aan de buitenkant wees niets erop dat ik anders was dan de vrouw die diezelfde trottoirs een paar uur eerder in tegengestelde richting had betreden, in hetzelfde mantelpakje en op dezelfde schoenen. Niemand die me had zien gaan en weer terugkomen zou enige verandering aan me hebben bespeurd, behalve dat ik geen schetsboek meer bij me had. Maar zelf was ik me wel degelijk bewust van wat er was gebeurd. En Hillgarth ook. We wisten beiden dat op die namiddag eind mei de orde der dingen onherroepelijk gewijzigd was.

Hoewel hij karig met woorden was, bleek uit zijn houding duidelijk dat de gegevens die ik hem daarnet had aangeboden een rijkelijk arsenaal aan uiterst waardevolle informatie vormden dat zonder een seconde verloren te laten gaan minutieus door zijn mensen in Londen bestudeerd moest worden. Die bijzonderheden zouden tot gevolg hebben dat er alarmen afgingen, verdragen werden verbroken en de koers van honderden operaties werd omgelegd. En daarmee zou ook de houding van de marineattaché, zo voelde ik, radicaal veranderen. In zijn ogen had ik een ander beeld van mij zien ontstaan: zijn gewaagdste aanwinst, de onervaren naaister met een veelbelovend maar ongewis potentieel, was van de ene op de andere dag getransformeerd in iemand die hachelijke kwesties met de onverschrokkenheid en toewijding van een beroeps wist op te lossen. Het ontbrak me misschien aan methodiek en ik miste de technische kennis, ik behoorde zelfs niet tot de zijnen uit hoofde van mijn wereld, mijn vaderland en mijn taal, maar ik had vele malen deugdelijker gereageerd dan was verwacht, en daarmee had ik een nieuwe positie op zijn ranglijst verworven.

Het was niet echt blijdschap die ik vanbinnen meedroeg terwijl de laatste zonnestralen me op weg naar huis vergezelden. Noch enthousiasme, noch opwinding. Misschien paste trots wel het best bij het gevoel dat over me was neergedaald. Voor het eerst in lange tijd, misschien wel voor het eerst in mijn leven, was ik trots op mezelf. Trots op mijn capaciteiten en mijn taaiheid, trots omdat ik de verwachtingen die over mijn persoontje bestonden ruimschoots had overtroffen. Trots omdat ik wist dat ik een steentje kon bijdragen om van die wereld vol gekken een betere plek te maken. Trots op de vrouw die ik was geworden.

Zeker, Hillgarth had me daartoe aangespoord en me op de rand van grenzen geplaatst waar ik duizelig van werd. Zeker was ook dat Marcus mijn leven had gered door me uit een rijdende trein te halen, en dat ik het zonder zijn welkome hulp misschien niet had kunnen navertellen. Zeker, dat was allemaal waar, ja. Maar ook dat ikzelf, met mijn moed en mijn doorzettingsvermogen, een belangrijke rol had gespeeld om de toegewezen missie tot een goed einde te brengen. Al mijn angsten, al mijn doorwaakte nachten en mijn sprongen zonder vangnet hadden ergens toe gediend: niet alleen om nuttige informatie voor de vuile oorlogskunst te bemachtigen, maar ook, en bovenal, om mezelf en de mensen in mijn omgeving te laten zien hoe ver ik kon komen.

En toen mijn eigen gewicht tot me doordrong, wist ik dat het moment was aangebroken om niet meer blindelings de coördinaten te volgen die anderen voor me hadden uitgezet. Hillgarth had bepaald dat ik naar Lissabon ging, Manuel da Silva had besloten me uit de weg te ruimen, Marcus Logan had ervoor gekozen me te komen redden. Ik was als een simpele marionet van hand tot hand gegaan: ten goede of ten kwade, om me tot glorieuze daden te verheffen of me de hel in te stoten; ze hadden allemaal voor mij besloten en hadden me gehanteerd als iemand die een pion over een bord schuift. Niemand was duidelijk tegen me geweest, niemand had me openlijk zijn bedoelingen kenbaar gemaakt; het werd tijd dat ik zelf helderheid eiste. Dat ik zelf de touwtjes van mijn bestaan in handen nam, mijn eigen weg koos en besloot hoe en met wie ik die wilde bewandelen. Voor me lagen hindernissen en vergissingen, scherven, fouten en donkere modderpoelen. Ik ging geen serene toekomst tegemoet, daarvan was ik overtuigd. Maar het moment was gekomen dat ik moest weten welk terrein ik betrad en welke risico's ik het hoofd moest bieden wanneer ik 's morgens opstond. Kortom, ik moest zelf meester zijn van mijn levenslijn.

Die drie mannen – Marcus Logan, Manuel da Silva en Alan Hillgarth – hadden me, elk op zijn manier en waarschijnlijk zonder het zelf te weten, in amper een paar dagen tijd enorm laten groeien. Of misschien was ik al tijden langzaam aan het groeien en was ik me tot dan toe niet bewust geweest van mijn nieuwe grootte. Da Silva zou ik waarschijnlijk nooit meer zien, maar van Hillgarth en Marcus wist ik zeker dat ze nog lang in mijn buurt zouden zijn. En naar de nabijheid van een van de twee hunkerde ik in het bijzonder, een nabijheid gelijk aan die van de eerste ochtendlijke uren: een nabijheid vervuld van liefde en lichamen, en waarvan de herinnering me deed huiveren. Maar eerst zou ik de grenzen van het terrein moeten afbakenen. Duidelijk. Zichtbaar. Als iemand die een scheidslijn trekt of met krijt een streep op de grond zet.

Toen ik thuiskwam vond ik een envelop die iemand onder de deur door geschoven had. Met het logo van het Palace erop en een beschreven kaartje erin.

'Ik ben terug naar Lissabon. Overmorgen ben ik weer hier. Wacht op me.'

Uiteraard zou ik op hem wachten. Hoe en waar had ik in een paar uur geregeld.

Die avond lapte ik opnieuw en zonder een spoor van wroeging de door de leiding opgelegde regels aan mijn laars. 's Middag had ik ruim drie uur lang onafgebroken en tot in de kleinste bijzonderheden de bijeenkomst in Da Silva's buitenhuis voor Hillgarth uitgesponnen; vervolgens vroeg ik hem naar de lijsten waarover hij me had verteld, daags na het voorval op de renbaan.

'Alles is nog hetzelfde; vooralsnog is er voor zover wij weten geen nieuws.'

Dat hield in dat mijn vader nog op de lijst van vrienden van de Engelsen stond en ik op die van de Duitsers. Echt jammer, want het moment was aangebroken dat onze wegen elkaar weer zouden kruisen.

Ik verscheen zonder voorafgaande aankondiging. De spoken van andere tijden roerden zich heftig toen ze me het portaal zagen binnenkomen en ze herinnerden me aan de dag dat mijn moeder en ik samen verontrust diezelfde trappen op waren gegaan. Ze verdwenen snel, gelukkig, en met hen een stel erbarmelijke en bittere herinneringen die ik liever niet onder ogen zag.

De deur werd geopend door een dienstmeisje dat in niets op de oude Servanda leek.

'Ik moet meneer Alvarado onmiddellijk spreken. Het is dringend. Is hij thuis?'

Ze knikte, overdonderd door mijn heftigheid.

'In de bibliotheek?'

'Ja, maar...'

Voor ze haar zin kon afmaken stond ik al binnen.

'Dank u, het is niet nodig hem te waarschuwen.'

Hij was verheugd me te zien, veel meer dan ik had verwacht. Voor ik naar Portugal vertrok, had ik hem een kort briefje gestuurd en hem van mijn reis op de hoogte gesteld, maar hij moest het vreemd gevonden hebben. Te overhaast, moet hij hebben gedacht, te kort na dat intrigerende tafereel van het flauwvallen in de hippodroom. De wetenschap dat ik terug was stelde hem gerust.

De bibliotheek was nog precies zoals ik me herinnerde. Met meer boeken en papieren misschien: kranten, brieven, stapels tijdschriften. Voor de rest hetzelfde als toen mijn vader, mijn moeder en ik daar jaren eerder bij elkaar gezeten hadden: de eerste keer dat we met z'n drieën samen waren, en ook de laatste. Die verre herfstavond arriveerde ik heel zenuwachtig en argeloos, geremd en beduusd door het onbekende. Bijna zes jaar later was ik door mijn zelfvertrouwen onherkenbaar geworden. Dat had ik hardhandig verworven, door te werken, vergissingen te begaan en verlangens te koesteren, maar dat zelfvertrouwen was als een litteken op mijn huid gaan zitten en niets kon het me nog afnemen. Hoe hard de stormen en hoe zwaar de komende tijden ook mochten worden, ik wist dat ik de kracht had om ze aan te kunnen en ze te doorstaan.

'Ik moet je een gunst vragen, Gonzalo.'

'Wat je maar wilt.'

'Een samenkomst van vijf personen. Een besloten feestje. Hier, in jouw huis, dinsdagavond. Jij en ik plus nog drie gasten. Jij zult twee van hen rechtstreeks moeten uitnodigen, zonder kenbaar te maken dat ik erachter zit. Dat zal geen probleem opleveren, want jullie kennen elkaar al.'

'En de derde?'
'De derde neem ik voor mijn rekening.'
Hij stemde toe zonder vragen of bezwaren. Ondanks mijn verbijsterende gedrag, mijn plotselinge verdwijningen en mijn valse identiteit leek hij een blind vertrouwen in me te stellen.
'Hoe laat?' vroeg hij slechts.
'Ik kom halverwege de middag. En de gast die je nog niet kent om zes uur; ik moet met hem praten voor de anderen arriveren. Kan ik dat hier doen, in de bibliotheek?'
'Helemaal de jouwe.'
'Geweldig. Vraag het andere koppel voor acht uur, alsjeblieft. En nog iets: vind je het vervelend als ze te weten komen dat ik je dochter ben? Het blijft tussen ons vijven.'
Het duurde een paar seconden voor hij antwoord gaf, en in die tijd meende ik een nieuwe glans in zijn ogen te bespeuren.
'Het zal me tot eer en tot trots strekken.'
We praatten nog een poosje: over Lissabon en Madrid, over dit en dat en nog wat, altijd op veilig gebied. Maar toen ik wilde weggaan, speelde zijn gebruikelijke discretie hem parten.
'Ik weet dat ik op dit moment niet het recht heb me met je leven te bemoeien, Sira, maar...'
Ik draaide me om en omhelsde hem.
'Bedankt voor alles. Dinsdag hoor je het.'

68

Marcus verscheen op het afgesproken tijdstip. Ik had een boodschap voor hem achtergelaten in zijn hotel, en precies zoals ik had verwacht, ontving hij die zonder problemen. Wie er op dat adres woonde wist hij niet, alleen dat ik daar op hem wachtte. En daar was ik inderdaad, in een japon van rode crêpezijde, van top tot teen oogverblindend. Perfect opgemaakt, met mijn donkere haar opgestoken in een hoge wrong en mijn lange hals bloot. Wachtend.

Hij arriveerde onberispelijk in smoking, met gesteven plastron en een lichaam gehard in duizend avonturen, het ene nog ongekender dan het andere. Zo was het althans tot aan dat moment geweest. Zodra ik de bel hoorde snelde ik zelf naar de deur om open te doen. We begroetten elkaar, bedwongen met moeite onze tederheid, dicht bij elkaar en bijna intiem na zijn laatste overhaaste vertrek.

'Ik wil je aan iemand voorstellen.'

Aan zijn arm hangend sleepte ik hem mee naar de salon.

'Marcus, dit is Gonzalo Alvarado. Ik heb je naar zijn huis laten komen omdat ik wil dat je weet wie hij is. En ik wil ook dat hij weet wie jij bent. Dat het duidelijk voor hem wordt wie we beiden zijn.'

Ze begroetten elkaar beleefd. Gonzalo schonk een drankje voor ons in en we zaten met z'n drieën een poosje over koetjes en kalfjes te praten tot het dienstmeisje, als geroepen, in de deuropening verscheen en de gastheer kwam halen voor een telefoongesprek.

We bleven alleen achter, zo op het eerste gezicht een ideaal stel. Om het anders te zien, was het echter voldoende geweest als iemand het schorre gemompel had kunnen horen dat Marcus vrijwel zonder zijn lippen van elkaar te halen in mijn oor fluisterde.

'Kunnen we even onder vier ogen praten?'

'Natuurlijk. Kom mee.'

Ik leidde hem naar de bibliotheek. Het statige portret van doña Carlota domineerde nog altijd de wand achter het bureau, met haar tiara vol briljanten die eens van mij was geweest en dat later niet meer was.

'Wie is de man aan wie je me net hebt voorgesteld, waarom wil je dat hij weet wie ik ben? Wat is dit voor valstrik, Sira?' vroeg hij scherp zodra we ons hadden afgezonderd van de rest van het huis.

'Het is er een die ik speciaal voor jou heb opgezet,' antwoordde ik terwijl ik in een van de fauteuils plaatsnam. Ik sloeg mijn benen over elkaar en legde mijn rechterarm over de rugleuning. Op mijn gemak en de situatie meester, alsof ik mijn hele leven al dergelijke hinderlagen legde. 'Ik moet weten of het goed voor me is dat je in mijn leven blijft, of dat het beter is dat we elkaar niet meer zien.'

Mijn woorden vielen niet in goede aarde.

'Dit is onzinnig, ik denk dat ik beter kan gaan...'

'Geef je het al zo snel op? Nog maar drie dagen geleden leek je voor me te willen vechten. Je beloofde me dat je dat tegen elke prijs zou doen; je zei dat je me al eens was kwijtgeraakt en dat je niet zou toestaan dat dat nogmaals gebeurde. Zijn je gevoelens zo snel bekoeld? Of heb je misschien tegen me gelogen?'

Hij stond me zwijgend aan te kijken, gespannen en koel, afstandelijk.

'Wat wil je van me, Sira?' vroeg hij ten slotte.

'Dat je me iets opheldert uit je verleden. In ruil daarvoor zul je alles te weten komen wat je over mijn heden moet weten. En bovendien krijg je een beloning.'

'In welk deel van mijn verleden ben je geïnteresseerd?'

'Ik wil dat je me vertelt waarvoor je naar Marokko ging. Wil jij weten wat je beloning kan zijn?'

Hij antwoordde niet.

'Die beloning ben ik. Als je antwoord bevredigend is, krijg je mij. Als het niet overtuigend is, ben je me voorgoed kwijt. Aan jou de keus.'

Hij zweeg nog steeds. Vervolgens kwam hij langzaam naar me toe.

'Wat maakt het jou op dit moment nog uit wat ik in Marokko kwam doen?'

'Ooit, jaren geleden, opende ik mijn hart voor een man die me niet zijn ware gezicht liet zien, en het heeft me eindeloos veel moeite gekost de wonden te laten helen die hij mijn ziel had toegebracht. Ik wil niet dat me met jou hetzelfde overkomt. Ik wil geen leugens en geen schaduwen meer. Ik wil geen man die naar believen over me beschikt, die zomaar vertrekt en weer verschijnt, ook al is het om mijn leven te redden. Daarom moet ik al je kaarten zien, Marcus. Zelf heb ik er al een paar omgedraaid: ik weet voor wie je werkt en ik weet dat je niet gewoon in zaken zit, zoals ik ook weet dat je je voorheen evenmin met journalistiek bezighield. Maar ik moet nog enkele leemten in je geschiedenis opvullen.'

Eindelijk ging hij op de leuning van een sofa zitten, met een been op de vloer en het andere er kruislings overheen. Zijn rug recht, het glas nog in zijn hand, zijn gezicht gespannen.

'Goed,' zei hij na een poosje. 'Ik ben bereid te praten. Als jij ook eerlijk tegen mij bent. Volkomen.'

'Straks, dat beloof ik je.'

'Vertel me dan eerst wat je al over me weet.'

'Dat je bij de Britse militaire inlichtingendienst zit. De SIS, de MI6, of hoe je het ook wilt noemen.'

Van zijn gezicht was geen verbazing af te lezen; waarschijnlijk was hij indertijd grondig getraind om zijn emoties te verbergen en zijn gevoelens te verhullen. Anders dan ik. Ik was nergens in getraind, niet klaargestoomd, niet beschermd: ik was gewoon naakt in een wereld vol hongerige wolven geworpen. Maar ik leerde. Alleen en moeizaam, struikelend, vallend en weer opstaand; altijd voorwaarts lopend, eerst de ene voet, dan de andere. En telkens fermer. Met opgeheven hoofd en mijn blik naar voren gericht.

'Ik weet niet hoe je aan die informatie bent gekomen,' zei hij alleen maar. 'Dat maakt in wezen ook niet uit; ik neem aan dat je bronnen betrouwbaar zijn en het heeft geen zin het onweerlegbare te ontkennen.'

'Maar ik moet nog een paar dingen weten.'

'Waar wil je dat ik begin?'

'Bij het moment dat we elkaar leerden kennen, bijvoorbeeld. Bij de werkelijke redenen die je naar Marokko voerden.'

'Goed. De belangrijkste reden was dat Londen vrijwel niets wist over wat er in het Protectoraat speelde en verscheidene bronnen ons hadden gemeld dat de Duitsers daar op hun gemak en met goedkeuring van de Spaanse autoriteiten binnendrongen. Onze inlichtingendienst had amper informatie over de hoge commissaris aldaar, Beigbeder. Hij behoorde niet tot de bekende militairen, men wist niet wat hij uitstraalde, en evenmin wat zijn plannen en perspectieven waren, en bovenal wisten we niets over zijn houding jegens de Duitsers, die in het gebied dat onder zijn leiding stond blijkbaar in alle vrijheid konden doen en laten wat ze wilden.'

'En wat ontdekte je?'

'Dat de Duitsers daar, zoals we al hadden verwacht, hun gang konden gaan en deden waar ze zin in hadden, soms met zijn toestemming, soms buiten hem om. Je hebt me zelf voor een deel aan die informatie geholpen.'

Ik negeerde die laatste opmerking.

'En over Beigbeder?' wilde ik weten.

'Wat hem betreft stelde ik vast wat jij ook weet. Dat hij een intelligente, karakteristieke en nogal aparte figuur was, en nog altijd is, naar ik aanneem.'

'Waarom stuurden ze jou naar Marokko terwijl je er zo ellendig aan toe was?'

'We hadden over Rosalinda Fox gehoord, een landgenote die een liefdesrelatie met de hoge commissaris had: een juweel voor ons, een unieke kans. Maar het was te riskant haar rechtstreeks te benaderen: ze was zo waardevol dat we het niet konden riskeren haar door een onhandig opgezette operatie te verliezen. We moesten het geschikte moment afwachten. Dus zodra we hoorden dat ze hulp zocht om de moeder van een vriendin te evacueren, werd de machinerie in werking gezet. En het besluit viel dat ik de ideale persoon was voor die missie omdat ik in Madrid contact had gehad met iemand die dergelijke evacuaties naar het Middellandse-Zeegebied regelde. Ik had Londen zelf punctueel op de hoogte gehouden van Lance's doen en laten, dus meende men dat dit het perfecte alibi was om in Tétouan te verschijnen en Beigbeder te benaderen, onder het voorwendsel dat ik aanbood zijn geliefde een dienst te bewijzen. Er was echter een klein probleempje: in die dagen lag ik halfdood in het Royal London Hospital, met een vermorzeld lijf, half bewusteloos en onder de morfine.'

'Maar je hebt het aangedurfd, ons allemaal om de tuin geleid en je doel bereikt...'

'En hoe!' antwoordde hij. Om zijn lippen zag ik een zweem van een glimlach verschijnen, de eerste sinds we ons in de bibliotheek hadden afgezonderd. Toen voelde ik een kriebeling van opwinding: eindelijk was de Marcus die ik zo had gemist er weer, degene die ik bij me wilde houden. 'Het was een bijzondere tijd,' vervolgde hij. 'Na ruim een jaar in het turbulente Spanje van de burgeroorlog te hebben gezeten, was Marokko het beste wat me kon overkomen. Ik herstelde en voerde mijn opdracht uit, met een heel hoog rendement. En ik leerde jou kennen. Wat kon ik nog meer wensen?'

'Hoe deed je het?'

'Bijna elke avond seinde ik vanuit mijn kamer in het Nacional. Ik had een kleine radiozender bij me, gecamoufleerd in de kofferbodem. En ik schreef elke dag een gecodeerde samenvatting van alles wat ik zag, hoorde en deed. Vervolgens speelde ik die door aan een contact in Tanger, een winkelbediende bij Saccone & Speed.'

'Heeft niemand ooit verdenkingen tegen je gekoesterd?'

'Natuurlijk wel. Beigbeder was niet achterlijk, dat weet jij even goed als ik. Mijn kamer is diverse malen doorzocht, maar waarschijnlijk is dat gedaan door iemand met weinig kennis van zaken; ze hebben althans nooit iets gevonden. De Duitsers waren ook argwanend, hoewel zij evenmin iets te weten kwamen. Van mijn kant deed ik er alles aan om geen misstap te begaan. Ik legde geen contacten buiten de officiële circuits en zocht ook geen hachelijke situaties op. Integendeel, ik gedroeg me voorbeeldig, ik liet me met de juiste personen zien en deed alles heel openlijk. Heel netjes allemaal, ogenschijnlijk. Nog meer vragen?'

Hij leek inmiddels minder gespannen, meer vertrouwd. Weer meer de Marcus van altijd.

'Waarom vertrok je zo plotseling? Je had het me niet van tevoren gezegd; je verscheen gewoon op een ochtend bij mijn huis, vertelde me dat mijn moeder onderweg was en ik zag je nooit meer.'

'Omdat ik bevel had gekregen het Protectoraat onmiddellijk te verlaten. Er kwamen steeds meer Duitsers, het gerucht ging dat iemand me verdacht. Maar toch wist ik mijn vertrek een paar dagen te rekken, al liep ik daardoor het risico dat ik ontmaskerd zou worden.'

'Waarom?'

'Ik wilde niet weggaan voor ik zeker wist dat de evacuatie van je moeder volgens plan was verlopen. Ik had het je beloofd. Ik had niets liever gewild dan bij jou blijven, maar dat ging niet. Ik leefde in een andere wereld en mijn tijd was gekomen. Bovendien was het voor jou evenmin het beste moment. Je was nog herstellende van het bedrog en je was er niet klaar voor om welke man dan ook te vertrouwen, en al helemaal niet iemand die genoodzaakt was om te verdwijnen zonder je daarvoor een duidelijke reden te kunnen geven. Dat is alles, mijn lieve Sira. Einde. Is dit de geschiedenis die je wilde horen? Heb je iets aan deze versie?'

'Dat heb ik,' zei ik terwijl ik opstond en naar hem toe liep.

'Dus ik heb mijn beloning verdiend?'

Ik zei niets. Ik ging gewoon bij hem op schoot zitten en bracht mijn mond naar zijn oor. Mijn gepoederde huid beroerde zijn pas geschoren huid; van mijn glanzend rood gestifte lippen vloeide een fluistering op amper een halve centimeter van zijn oorlelletje. Ik voelde hem verstrakken toen hij mij zo dichtbij voelde.

'Je hebt je beloning verdiend, ja. Maar misschien ben ik een giftig geschenk.'

'Misschien. Maar om dat te kunnen bepalen moet ik nu eerst meer over jou weten. In Tétouan liet ik een jonge naaister achter die een en al zachtaardigheid en onschuld was, en in Lissabon kwam ik je weer tegen als een vrouw die vastgeklonken zat aan een volstrekt foute figuur. Ik wil weten wat daartussenin is gebeurd.'

'Je hoort het zo meteen. En om al je twijfels weg te nemen, zul je het van iemand anders horen, iemand die je volgens mij al kent. Kom mee.'

Dicht tegen elkaar aan liepen we de gang door naar de salon. Ik hoorde de krachtige stem van mijn vader in de verte, en opnieuw kon ik niet nalaten te denken aan de dag dat ik hem had leren kennen. Wat een wendingen had mijn leven sindsdien genomen! Wat was ik vaak kopje-onder gegaan en buiten adem geraakt, en even zo vaak had ik mijn hoofd weer opgericht. Maar dat was verleden tijd; de dagen van achteromkijken lagen achter me. We moesten ons nu alleen op het heden concentreren. Het in de ogen kijken om ons op de toekomst te kunnen richten.

Ik ging ervan uit dat de andere twee gasten inmiddels waren gearriveerd en dat alles volgens plan verliep. Toen we onze bestemming hadden bereikt, maakten we ons van elkaar los, al bleven onze vingers verstrengeld. Tot we van dichtbij de mensen zagen die op ons zaten te wachten. En toen glimlachte ik. En Marcus niet.

'Goedenavond, mevrouw Hillgarth; goedenavond, kapitein. Het doet me deugd u beiden te zien,' onderbrak ik hun gesprek.

Het vertrek vulde zich met een zware stilte. Zwaar en geladen, elektriserend.

'Goedenavond, señorita,' reageerde Hillgarth na een paar seconden die iedereen een eeuwigheid toeschenen. Zijn stem klonk alsof hij uit een spelonk kwam. Een donkere, kille spelonk waarin het hoofd van de Britse geheime inlichtingendienst in Spanje, de man die alles wist of diende te weten, in het duister tastte. 'Goedenavond, Logan,' voegde hij eraan toe. Zijn vrouw, ditmaal zonder masker van de schoonheidssalon, was zo geschokt toen ze ons samen zag dat ze mijn begroeting niet kon beantwoorden. 'Ik dacht dat u terug was naar Lissabon,' vervolgde de marineattaché, zich tot Marcus wendend. Hij liet nog een eindeloze vlaag van stilte voorbijgaan en zei toen: 'En het was me niet bekend dat u elkaar kende.'

Ik merkte dat Marcus iets wilde zeggen, maar dat belette ik hem. Ik kneep hard in zijn hand, die nog met de mijne verstrengeld was, en hij begreep het. Ik keek niet naar hem: ik wilde niet zien of hij even verbijsterd was als de Hillgarths, net zomin als ik zijn reactie wilde peilen toen hij dat tweetal in die onbekende salon zag zitten. Daar zouden we het later wel over hebben, wanneer alles bedaard was. Ik vertrouwde erop dat we daar nog heel veel tijd voor zouden krijgen.

In de grote lichte ogen van de echtgenote bespeurde ik een enorme verwarring. Zij was het die me de richtlijnen voor mijn Portugese missie had gegeven; ze was volledig betrokken bij de activiteiten van haar man. Waarschijnlijk knoopten beiden ijlings dezelfde losse eindjes aan elkaar als ik had gedaan, de vorige keer dat de kapitein en ik elkaar zagen. Da Silva en Lissabon, de onverwachte komst van Marcus naar Madrid, dezelfde informatie die we hadden aangedragen, met amper een paar uur verschil. Dat alles was duidelijk geen toeval. Hoe hadden ze dat over het hoofd kunnen zien!

'Agent Logan en ik kennen elkaar al jaren, kapitein, maar we hadden elkaar al heel lang niet gezien en we zijn elkaar nog aan het bijpraten over onze bezigheden,' verklaarde ik toen. 'Ik ben inmiddels op de hoogte van zijn omstandigheden en verantwoordelijkheden; onlangs hebt u me daar zelf enorm bij geholpen. Daarom had ik gedacht dat u wellicht ook zo vriendelijk zou willen zijn om hem eveneens over die van mij in te lichten. En en passant zou mijn vader het dan ook meteen weten. Ach, neem me niet kwalijk! Dat was ik nog vergeten te zeggen: Gonzalo Alvarado is mijn vader. Wees gerust, we zullen ons best doen ons zo min mogelijk samen in het openbaar te vertonen, maar u zult begrijpen dat ik mijn relatie met hem onmogelijk kan verbreken.'

Hillgarth antwoordde niet; eerst observeerde hij ons allebei weer vanonder zijn zware wenkbrauwen met die granieten blik van hem.

Ik kon me Gonzalo's verbijstering voorstellen; vermoedelijk was die even groot als die van Marcus, maar geen van beiden zei een woord. Ze wachtten slechts, net als ik, tot Hillgarth mijn stoutmoedigheid had kunnen verteren. Zijn ontredderde vrouw nam haar toevlucht tot een sigaret en deed met nerveuze vingers haar koker open. Er verstreken een paar ongemakkelijke seconden, waarin alleen het herhaaldelijk klikken van haar aansteker te horen was. Tot de marineattaché eindelijk het woord nam.

'Als ik het niet toelicht, zult u dat ongetwijfeld zelf doen, vermoed ik...'

'Ik vrees dat u me dan geen andere mogelijkheid laat,' zei ik terwijl ik hem mijn allerbeste glimlach schonk. Een nieuwe glimlach: volleerd, zelfverzekerd en enigszins uitdagend.

De stilte werd slechts verbroken door het tinkelende ijs in zijn glas toen hij de whisky naar zijn lippen bracht. Zijn vrouw verborg haar verwarring achter een diepe haal van haar Craven A.

'Ik neem aan dat dit de prijs is die we moeten betalen voor hetgeen u voor ons uit Lissabon hebt meegebracht,' zei hij ten slotte.

'Daarvoor, en voor alle toekomstige missies waarbij ik opnieuw tot het uiterste zal gaan, ik geef u mijn woord. Mijn woord als naaister en mijn woord als spion.'

69

Wat ik ditmaal kreeg was geen ingetogen boeket rozen met een lintje eromheen vol codestreepjes zoals Hillgarth me placht te sturen wanneer hij me een boodschap wilde doorgeven. Het ging evenmin om exotische bloemen zoals Manuel da Silva ze me zond voordat hij besloot dat het hem beter uitkwam me te laten vermoorden. Wat Marcus die avond meebracht naar mijn huis was slechts iets kleins en bijna onbeduidends, niet meer dan een knop geplukt uit een rozenstruikje dat als een wonder tegen een muur was gegroeid tijdens die lente volgend op de barbaarse winter. Een minibloemetje, bijna iel. Waardig in al zijn eenvoud, ongekunsteld.

Ik verwachtte hem niet en tegelijkertijd verwachtte ik hem wel. Een paar uur daarvoor had hij mijn vaders huis samen met de Hillgarths verlaten; de marineattaché had hem gevraagd met hen mee te gaan, waarschijnlijk wilde hij hem spreken zonder mij in de buurt te hebben. Ik keerde alleen terug, niet wetend wanneer hij weer zou verschijnen. Als hij al verscheen.

'Voor jou,' luidde zijn begroeting.

Ik nam het roosje aan en liet hem binnen. De knoop van zijn stropdas was losser gemaakt, alsof hij bewust had besloten zich te ontspannen. Hij liep langzaam naar het midden van de salon; met elke stap leek hij gedachten aaneen te rijgen en woorden te bedenken die hij moest uitspreken. Uiteindelijk draaide hij zich om en wachtte tot ik bij hem was.

'Je weet wat ons te wachten staat, hè?'

Ik wist het. Natuurlijk wist ik het. We bewogen ons in troebele moerassen, in een jungle van leugens en clandestiene raderwerken met schakels scherp als glas. Een heimelijke liefde in tijden van haat, gebrek en verraad, dat was wat voor ons lag.

'Ik weet wat ons te wachten staat, ja.'

'Het zal niet eenvoudig zijn,' voegde hij eraan toe.

'Niets is nog eenvoudig,' voegde ik eraan toe.

'Het kan zwaar worden.'
'Misschien.'
'En gevaarlijk.'
'Ook.'

Valkuilen omzeilen, risico's beperken. Zonder plannen, in tegenspoed, tussen de schaduwen, zo zouden we moeten leven. Lust en lef gebundeld. Vastberaden, moedig en gesterkt door de wetenschap dat we samen voor een gemeenschappelijke zaak stonden.

We keken elkaar strak aan en ik werd overweldigd door de herinnering aan het Afrikaanse land waar alles was begonnen. Zijn wereld en mijn wereld – voorheen zo ver uit elkaar, nu zo dicht bij elkaar – sloten eindelijk aan. En toen omhelsde hij me, en in de warmte en tederheid van ons samenzijn wist ik heel zeker dat we op die missie evenmin zouden falen.

EPILOOG

Dit was mijn geschiedenis, of althans hoe ik me haar herinner, misschien bestreken met het patina dat de decennia en de nostalgie aan dingen geven. Dit was mijn geschiedenis, inderdaad. Ik werkte voor de Britse geheime dienst en vier jaar lang vergaarde en leverde ik accuraat en punctueel informatie over de Duitsers op het Iberisch schiereiland. Nooit had iemand me geïnstrueerd in militaire tactieken, topografie van het strijdtoneel of de hantering van explosieven, maar mijn creaties zaten als geen andere en de roem van mijn atelier vrijwaarde me tegen elke achterdocht. Ik hield het tot 1945 open en ik werd een virtuoos in het dubbelspel.

Wat er na de Tweede Wereldoorlog in Spanje gebeurde is, evenals het spoor van vele personen die rondwaarden in deze hervertelling van die jaren, terug te vinden in geschiedenisboeken, archieven en hemerotheken. Niettemin vat ik het hier samen, voor het geval iemand wil weten wat er van hen geworden is. Ik zal proberen het goed te doen; uiteindelijk was dat altijd mijn werk: delen verbinden en een harmonieus geheel samenstellen.

Ik zal beginnen met Beigbeder, misschien wel de grootste pechvogel van alle personages in dit verhaal. Ik wist dat hij na het opheffen van zijn arrest in Ronda verscheidene keren in Madrid was geweest, dat hij zich daar zelfs enkele maanden gevestigd had. In de loop van die tijd hield hij voortdurend contact met de Engelse en de Amerikaanse ambassade en bood hij hun duizend plannen aan die soms magnifiek en andere keren volstrekt onzinnig waren. Hij vertelde me dat ze hem bij twee gelegenheden hadden getracht te vermoorden, hoewel hij me paradoxaal genoeg ook verzekerde dat hij nog interessante contacten met de machthebbers onderhield. Zijn oude vrienden behandelden hem hoffelijk, sommige zelfs gemeend hartelijk. Er waren er ook die hem verloochenden, zonder hem zelfs maar te willen aanhoren, want wat zou die gevallen engel nog voor hen kunnen betekenen?

In de negorij die het Spanje van destijds vormde, waar alles als een lopend vuurtje rondging, liep kort daarna het gerucht dat zijn onbestendige bestaan eindelijk een bestemming had gekregen. Hoewel vrijwel iedereen dacht dat zijn carrière over en uit was, deed Franco in 1943, toen het begon door te schemeren dat de Duitse zege twijfelachtig werd – tegen alle verwachting in en gehuld in geheimzinnigheid – opnieuw een beroep op zijn diensten. Zonder hem een officiële post te geven, bevorderde hij hem van de ene op de andere dag tot generaal, en droeg hij hem met alle ministeriële volmachten een nogal vage missie met Washington als reisdoel op. Tussen het moment dat de Caudillo hem met die taak belastte en het tijdstip van zijn vertrek om die uit te voeren, lagen maanden. Iemand vertelde me dat Beigbeder de leden van de Amerikaanse ambassade vreemd genoeg zelf had verzocht zo lang mogelijk te treuzelen met het afgeven van zijn visum; hij vermoedde dat Franco hem Spanje uit wilde werken met de bedoeling dat hij nooit meer terug zou komen.

Wat Beigbeder in Amerika deed is nooit helemaal duidelijk geworden, en er gingen uiteenlopende verhalen over. Volgens sommigen had de Generalísimo hem erheen gezonden om relaties te herstellen, bruggen te bouwen en de Amerikanen te overtuigen van Spanjes absolute neutraliteit tijdens de oorlog, alsof er nooit pontificaal een gesigneerde foto van de Führer op zijn bureau had gestaan. Andere, eveneens betrouwbare stemmen beweerden daarentegen dat zijn taak eerder militair dan diplomatiek van aard was geweest: in zijn hoedanigheid van voormalig hoge commissaris en groot kenner van de Marokkaanse werkelijkheid de toekomst van Noord-Afrika bespreken. Er was bovendien iemand die zei dat de ex-minister naar de Amerikaanse hoofdstad was getogen om met de regering van de Verenigde Staten de basis voor een 'Vrij Spanje' te leggen, naar analogie van het 'Vrije Frankrijk', met het oog op een mogelijke Duitse invasie van het Schiereiland. Verder was er ook de versie dat hij, zodra hij was geland, tegen eenieder die het maar wilde horen verkondigde dat hij zijn relatie met het Spanje van Franco verbroken had en op zoek was naar sympathisanten voor de monarchale zaak. En er was een obscene stem die suggereerde dat het doel van die reis louter ingegeven was door zijn persoonlijke wens om zich onder te dompelen in een zondig en verdorven leven vol tomeloze liederlijkheden. Wat dan ook de aard van de missie mocht zijn, feit is dat de Caudillo niet tevreden moet zijn geweest met de manier waarop die werd uitgevoerd: jaren nadien nam hij het op zich publiekelijk te verklaren dat Beigbeder een ontaarde schooier was die iedereen in zijn buurt iets probeerde af te troggelen.

Kortom, men kwam nooit echt te weten wat hij nu precies in Washington had gedaan; zeker is alleen dat zijn verblijf aldaar tot het einde van de Wereldoorlog duurde. Op de heenweg maakte hij een stop in Lissabon en ontmoette eindelijk Rosalinda weer. Ze hadden elkaar tweeënhalf jaar niet gezien. Ze brachten samen een week door waarin hij haar probeerde over te halen met hem mee te gaan naar Amerika. Dat lukte hem niet, waarom niet heb ik nooit geweten. Zij rechtvaardigde haar besluit door zich te verschansen achter het feit dat ze niet getrouwd waren, iets wat volgens haar Juan Luis' maatschappelijke prestige bij de Amerikaanse elite geen goed zou doen. Ik geloofde haar niet en hij volgens mij evenmin: als ze iedereen in het preutse Spanje dat uit de zege was verrezen had kunnen uitlachen, waarom had ze dat dan niet ook aan de andere kant van de Atlantische Oceaan kunnen doen? Nochtans heeft ze nooit de werkelijke redenen van haar opzienbarende besluit opgehelderd.

Vanaf zijn terugkeer naar Spanje in 1945 was Beigbeder actief lid van een groepje generaals dat jarenlang vergeefs plannen beraamde om het bewind van Franco omver te werpen: Aranda, Kindelán, Dávila, Orgaz, Varela. Hij had contact met Juan de Borbón en nam deel aan duizend samenzweringen, allemaal vruchteloos en sommige zelfs pathetisch, zoals die ene onder aanvoering van generaal Aranda om asiel te vragen in de Amerikaanse ambassade en daar ter plekke een monarchale regering in ballingschap op te richten. Enkele van zijn wapenbroeders betitelden hem als verrader, want hij zou met het verhaal van de samenzwering naar El Pardo zijn gesneld. Geen van die plannen om een eind aan het regime te maken had succes en de meeste intriganten moesten hun opstandigheid bekopen met arresten, verbanningen en vervangingen. Tijden later werd me verteld dat deze generaals gedurende de Wereldoorlog, middels de financier Juan March en uit handen van Hillgarth, miljoenen peseta's hadden ontvangen van de Engelse regering, met als doel de Caudillo dusdanig te beïnvloeden dat Spanje de oorlog niet aan de zijde van de asmogendheden in zou gaan. Of dat wel of niet waar was, weet ik niet; het zou kunnen dat sommigen van hen het geld hebben aangenomen, misschien werd het slechts onder enkelen van hen verdeeld. Beigbeder ontving in elk geval niets en hij eindigde zijn dagen 'voorbeeldig arm', zoals Dionisio Ridruejo over hem zei.

Ik hoorde ook geruchten over zijn liefdesavontuurtjes, over zijn vermeende romances met een Franse journaliste, een falangiste, een Amerikaanse spionne, een Madrileens schrijfster en de dochter van een generaal. Dat hij dol op vrouwen was, was geen geheim: met een verbluffend gemak viel hij als een blok voor de vrouwelijke charmes en werd als een tiener tot over de oren verliefd; dat had ik met eigen ogen gezien in het geval van Rosalinda, en ik neem aan dat hij in de loop van zijn leven soortgelijke relaties heeft gehad. Maar dat hij een perverseling zou zijn en dat zijn zwak voor seks zijn carrière met de grond gelijkgemaakt had, is naar mijn mening een zeer lichtzinnige bewering die hem geen recht doet.

Vanaf het moment dat hij weer voet op Spaanse bodem zette, ging het bergafwaarts met zijn leven. Voor hij naar Washington vertrok, woonde hij een tijdje in een gehuurd appartement in de calle de Claudio Coello; na zijn terugkeer installeerde hij zich in Hotel París in de calle Alcalá; vervolgens logeerde hij een poosje bij een zus van hem, en hij eindigde zijn dagen in een pension. Hij kwam de regering zonder een rooie cent binnen en stapte er net zo weer uit, en hij stierf zonder meer bezittingen in zijn kast dan een paar versleten pakken, drie uniformen uit zijn Afrikaanse tijd en een djellaba. En een paar honderd vel papier waarop hij in een pietepeuterig handschrift aan zijn memoires begonnen was. Hij was min of meer blijven steken bij de periode van El Barranco del Lobo, in 1909, en was niet eens in de buurt van het uitbreken van de Burgeroorlog gekomen.

Hij wachtte jarenlang op het moment dat de *baraka*, de levensadem en het geluk, zich aan zijn zijde zou scharen. Hij vertrouwde er optimistisch op dat hij weer gevraagd zou worden voor een post, voor een missie die zijn dagen zou vullen met actie en beweging. Er kwam nooit iets en na zijn terugkeer uit de Verenigde Staten stond op zijn staat van dienst slechts 'Onder bevel van Zijne Excellentie de Minister der Strijdkrachten', hetgeen in legerjargon zoveel wil zeggen als met de armen over elkaar zitten. Niemand wilde hem nog en hemzelf ontbrak het aan kracht: hij had de energie niet meer om zijn lot ter hand te nemen en zijn voorheen zo briljante geest raakte verstopt. In april 1950 werd hij bij de reserve ingedeeld; een oude Marokkaanse vriend, Bulaix Baeza, bood hem een betrekking aan die hem gedurende zijn laatste jaren redelijk bezighield, een simpel administratief baantje bij diens Madrileense onroerendgoedmaatschappij. Hij overleed in juni 1957; onder zijn grafsteen op het kerkhof Sacramental de San Justo rusten negenenzestig turbulente levensjaren. Zijn papieren lagen vergeten in het pension van La Tomasa; een paar maanden nadien werden ze opgehaald door een oude bekende uit Tétouan, die ze mocht meenemen in ruil voor het inlossen van het achterstallige pensiongeld van een paar duizend peseta. Tot op de dag van vandaag wordt zijn persoonlijke archief angstvallig bewaakt door iemand die hem kende en die hem waardeerde in zijn geliefde Marokko.

Ik resumeer nu hoe het Rosalinda is vergaan, en ik verbind haar verhaal met fragmenten van Beigbeders geschiedenis, waardoor wellicht het beeld van de laatste tijden van de ex-minister vollediger wordt. Na het einde van de oorlog besloot mijn vriendin Portugal te verlaten en zich in Engeland te vestigen. Ze wilde dat haar zoon daar zijn opleiding volgde, dus kwamen haar compagnon Dimitri en zij overeen El Galgo over te dragen. Het Jewish Joint Committee onderscheidde hen samen met het Croix de Lorraine van het Franse Verzet, als erkenning voor hun diensten aan gevluchte joden. Het Amerikaanse tijdschrift *Time* publiceerde een artikel waarin Martha Gellhorn, de echtgenote van Ernest Hemingway, over El Galgo en Mrs. Fox sprak als de twee beste attracties van Lissabon. Toch ging ze weg.

Met het geld van de overdracht installeerde ze zich in Groot-Brittannië. De eerste maanden ging alles van een leien dakje: gezondheid goed, overvloedig ponden op de bank, oude vrienden hervonden en zelfs de meubels uit Lissabon veilig en wel ontvangen, waaronder zeventien sofa's en drie vleugelpiano's. En toen, toen alles tot rust gekomen was en het leven glimlachte, bracht Peter Fox haar vanuit Calcutta opnieuw in herinnering dat ze een echtgenoot had. En hij vroeg haar het nogmaals samen te proberen. En tegen alle verwachting in stemde ze toe.

Ze ging op zoek naar een landhuis in Surrey en maakte zich voor de derde maal in haar leven op de rol van echtgenote te vervullen. Zelf vatte ze het avontuur in één woord samen: onmogelijk. Peter was niets veranderd: hij gedroeg zich nog steeds alsof Rosalinda het zestienjarige meisje was met wie hij ooit was getrouwd, hij behandelde het personeel als oud vuil, was onhebbelijk, egocentrisch en onsympathiek. Drie maanden na hun hereniging kwam Rosalinda weer in het ziekenhuis terecht. Ze werd geopereerd, moest wekenlang herstellen en daardoor werd haar in elk geval één ding duidelijk: ze moest haar man hoe dan ook verlaten. Ze keerde terug naar Londen, huurde een huis in Chelsea en gedurende korte tijd had ze daar een club waaraan ze de pittoreske naam The Patio gaf. Peter bleef intussen in Surrey en weigerde haar haar meubels uit Lissabon terug te geven en eindelijk eens in te stemmen met die vervloekte scheiding. Zodra ze weer de oude was, ging ze het gevecht voor haar definitieve vrijheid aan.

Het contact met Beigbeder verbrak ze nooit. Eind 1946, voordat Peter naar Engeland kwam, brachten ze samen een paar weken in Madrid door. In 1950 kwam ze opnieuw voor een tijdje over. Ik was er toen niet, maar in een brief vertelde ze me hoe vreselijk verdrietig ze het vond een voorgoed gebroken Juan Luis aan te treffen. Ze verhulde de situatie met haar gebruikelijke optimisme: ze had het over de machtige corporaties die hij leidde, over de grote man die hij in de zakenwereld was. Tussen de regels door las ik dat ze loog.

Vanaf dat jaar leek er een nieuwe Rosalinda opgestaan die zich slechts twee doelen had gesteld: scheiden van Peter en met tijdelijke verblijven in Madrid Juan Luis vergezellen in de laatste fasen van zijn leven. Volgens haar verouderde hij met reuzenschreden, elke dag minder geestdriftig en verder afgetakeld. Zijn energie, zijn scherpe geest, zijn elan en het dynamisme uit de tijd van het Hoge Commissariaat doofden met het uur verder uit. Hij vond het fijn als ze hem meenam in haar auto, als ze wat gingen eten in een dorpje in de bergen, in een eenvoudig eethuis aan de rand van de weg, ver van de asfaltjungle. Wanneer ze in de stad moesten blijven, gingen ze wandelen. Soms kwamen ze oude dino's tegen met wie hij ooit kazernes en kantoren had gedeeld. Dan stelde hij haar voor als mijn Rosalinda, na de Maagd het heiligst ter wereld. En dan lachte ze.

Ze kon maar moeilijk begrijpen waarom hij zo verslagen was, terwijl hij in jaren gerekend nog niet zo oud was. In die tijd moet hij begin zestig zijn geweest, maar hij was inmiddels een oude, geestelijk uitgebluste man. Hij was moe, verdrietig, teleurgesteld. In alles en iedereen. En toen kreeg hij zijn laatste originele idee: zijn laatste jaren naar Marokko kijkend slijten. Niet vanuit het land zelf, maar door het van een afstand gade te slaan. Hij wilde niet terug: daar was er bijna niemand over van degenen met wie hij zijn glorieuze dagen had gedeeld. Het Protectoraat was het jaar ervoor opgeheven en Marokko was weer onafhankelijk. De Spanjaarden waren vertrokken en van zijn oude Marokkaanse vrienden waren er nog maar enkele in leven. Hij wilde niet naar Tétouan terug, maar wel zijn dagen eindigen met dat land aan zijn horizon. En dat vroeg hij haar. Ga naar het zuiden, Rosalinda, zoek een plekje voor ons vanwaar we de zee kunnen zien.

En zij vond het. Guadarranque. In het uiterste zuiden. In de baai van Algeciras, tegenover de Straat, met uitzicht op Afrika en Gibraltar. Ze kocht een huis en grond, ging terug naar Engeland om haar zaken af te wikkelen, haar zoon op te zoeken en van auto te wisselen. Het was haar bedoeling binnen twee weken naar Spanje terug te keren, Juan Luis op te halen en een nieuw leven te beginnen. Op de tiende dag van haar verblijf in Londen ontving ze een telegram uit Spanje met het bericht dat hij was gestorven. Het sneed haar door de ziel, zo diep dat ze besloot, om zijn herinnering te laten voortduren, alleen het huis te gaan bewonen dat ze zo graag samen zouden hebben gedeeld. En daar woonde ze tot haar drieënnegentigste, zonder ooit dat vermogen van haar kwijt te raken om duizend keer te vallen en evenzovele keren weer op te staan, het stof van haar kleren te kloppen en met ferme pas verder te lopen, alsof er niets was gebeurd. Hoe zwaar de tijden ook waren, het optimisme waarmee ze alle klappen verwerkte en waaraan ze zich vastklemde om de wereld altijd van die kant te zien waar de zon het helderst schijnt, liet haar nooit in de steek.

Misschien vraagt u zich ook af hoe het Serrano Súñer is vergaan, dat zal ik u nu vertellen. De Duitsers vielen Rusland in juni 1942 binnen en hij, bereid om zijn goede vrienden van het Derde Rijk vol overgave te steunen, klom op het balkon van het secretariaat-generaal van de Movimiento in de calle Alcalá, en in zijn smetteloos witte saharienne en met zijn uitstraling als cavalier van het witte doek, brulde hij woest van die dingen als: 'Rusland is schuldig!' Toen stelde hij die karavaan van ongelukkige vrijwilligers op, de Blauwe Divisie, versierde het Estación del Norte met nazivlaggen en zond duizenden in treinwagons opgehoopte Spanjaarden op weg om van kou te sterven of aan de kant van de asmogendheden hun leven te wagen in een oorlog die niet zijn oorlog was en waarvoor niemand zijn hulp had gevraagd.

Politiek overleefde hij niet lang genoeg om te zien hoe Duitsland de oorlog verloor. Op 3 september 1942, tweeëntwintig maanden en zeventien dagen later dan Beigbeder en in exact dezelfde bewoordingen, kondigde het Officiële Staatsbulletin de ontheffing uit al zijn functies aan. De reden voor de val van de cuñadísimo was, zogezegd, een gewelddadig incident waarbij carlisten, leger en leden van de Falange betrokken waren. Er waren een bom, tientallen gewonden en twee verliezen: dat van de falangist die de bom wierp – hij werd geëxecuteerd – en dat van Serrano, ontslagen omdat hij de voorzitter van de Politieke Junta van de Falange was. Onderhands deden echter andere verhalen de ronde.

Het kostte Franco blijkbaar excessief veel Serrano te blijven steunen. Het was waar dat zijn briljante zwager de opbouw van de civiele structuur van het regime op zijn schouders had genomen; het was ook waar dat hij een groot deel van het vuile werk zelf opknapte. Hij organiseerde de regering van de nieuwe Staat en maakte een eind aan de insubordinatie en onbeschoftheden van de falangisten jegens Franco, voor wie ze overigens maar zeer weinig respect konden opbrengen. Hij delibereerde, organiseerde, beschikte en handelde op alle flanken van de binnenlandse en buitenlandse politiek, en hij werkte zoveel, betrok zichzelf bij zoveel zaken en deed dat met zoveel ijver dat uiteindelijk zelfs zijn eigen schaduw genoeg van hem kreeg. De militairen haatten hem en op straat kreeg men een enorme afkeer van hem, zozeer zelfs dat het volk hem de schuld van alle euvelen in Spanje gaf, van de prijsverhoging van de bioscoop- en schouwburgkaartjes tot de droogte die de velden in die jaren teisterde. Serrano was heel nuttig voor Franco, dat is zo, maar hij verzamelde te veel macht en een grenzeloze haat. De figuur Súñer begon voor iedereen hinderlijk te worden, en bovendien begon de voorziene victorie van Duitsland, dat hij zo enthousiast had gesteund, te wankelen. Daarom, zo beweerde men, had de Caudillo het incident met de gewelddadige falangisten aangegrepen om zich van hem te ontdoen, en hem en passant de zwartepiet toe te spelen als enige verantwoordelijke voor alle Spaanse sympathie tegenover de asmogendheden.

Dat was informeel de formele versie van de feiten. En men geloofde het min of meer ook zo. Maar ik vernam dat er nog een andere reden was, een reden die zelfs zwaarder zou wegen dan de interne politieke spanningen, Franco die hem beu was, en de Europese oorlog. Ik hoorde het zonder mijn huis te verlaten, in mijn atelier en van mijn eigen cliënten, van de aristocratische Spaanse dames die telkens overvloediger mijn paskamers bevolkten. Volgens hen was de ware verantwoordelijke voor Serrano's ondergang Carmen Polo, de eerste dame. Ze werd gedreven, vertelden ze, door haar verontwaardiging toen ze te weten kwam dat de beeldschone en arrogante markiezin van Llanzol op 29 augustus haar vierde dochter had gebaard. In tegenstelling tot haar vorige spruiten was de vader van dat meisje met kattenogen niet haar eigen echtgenoot, maar Ramón Serrano Súñer, haar minnaar. De vernedering die dat schandaal niet alleen voor Serrano's echtgenote – Zita Polo, de zuster van Carmen Polo – maar ook voor de hele familie Franco Polo inhield, overtrof alles wat de echtgenote van de Caudillo bereid was te verdragen. En ze zette haar man net zo lang onder druk tot ze hem zover had dat hij zich van zijn zwager ontdeed. Het vergeldende ontslag was ophanden. Drie dagen had Franco nodig om het hem privé te vertellen, en nog een om het openbaar te maken. Rosalinda zou hebben gezegd dat Serrano vanaf dat moment *totally out* was. Candelaria de smokkelaarster zou het krachtiger hebben geformuleerd: eruit gedonderd.

Kort daarna ging het gerucht dat hem de diplomatieke vertegenwoordiging in Rome zou worden toegewezen en dat hij, zodra er wat tijd overheen gegaan was, weer bij de machthebbers zou horen. Dat is nooit gebeurd. Zijn zwagers minachting voor hem verdween nooit meer. Ter verzachting dient echter wel te worden vermeld dat hij waardig en discreet een lang leven leidde waarin hij de advocatuur beoefende, participeerde in particuliere bedrijven, en journalistieke artikelen en enigszins opgesmukte memoires schreef. Vanuit de dissidentie en altijd via de publieke tribunes permitteerde hij het zich zelfs zijn familielid bij tijd en wijle te suggereren dat het wenselijk was om vergaande politieke hervormingen in gang te zetten. Zijn meerderwaardigheidscomplex raakte hij nooit kwijt, maar hij kwam evenmin in de verleiding om zich, zoals vele anderen, als democraat in hart en nieren te presenteren toen de bordjes verhangen werden. Mettertijd verwierf zijn persoon een zeker respect in de Spaanse publieke opinie, en hij overleed toen hij nog maar enkele dagen van de honderdtwee levensjaren verwijderd was.

Ruim drie decennia nadat hij hem zo wreed van zijn post had beroofd, zou Serrano in zijn memoires enkele waarderende regels aan

Beigbeder wijden. 'Hij was een merkwaardige maar bijzondere man, bovengemiddeld ontwikkeld, in staat tot duizend dwaasheden,' zou hij letterlijk schrijven. Een achtenswaardig man, luidde zijn eindoordeel. Het kwam te laat.

Duitsland gaf zich op 8 mei 1945 over. Uren daarna werden de ambassade en de rest van de Duitse kantoren officieel gesloten en overgedragen aan de ministeries van Binnenlandse en van Buitenlandse Zaken. De geallieerden kregen echter pas na de ondertekening van de *Erklärung in Anbetracht der Niederlage Deutschlands* op 5 juni van datzelfde jaar toegang tot deze panden. Toen de Britse en Amerikaanse functionarissen ten slotte de gebouwen betraden vanwaaruit de nazi's in Spanje hadden geopereerd, troffen ze slechts de resten van een naarstige plundering aan: de wanden kaal, de kantoren zonder meubilair, de archieven verbrand en de openstaande brandkasten leeggehaald. In hun overhaaste ijver hadden ze zelfs de lampen meegenomen. En dat alles onder het toegeeflijke oog van de agenten van het Spaanse ministerie van Binnenlandse Zaken die belast waren met de bewaking. Mettertijd werd een aantal goederen gelokaliseerd en in beslag genomen: tapijten, schilderijen, antieke beelden, porselein en zilveren voorwerpen. Van vele andere ging het spoor echter voorgoed verloren. En van de compromitterende documenten die getuigden van de innige betrekkingen tussen Spanje en Duitsland restte slechts as. Daarentegen slaagden de geallieerden er blijkbaar wel in de waardevolste buit van de nazi's in Spanje terug te halen: twee ton aan honderden niet-gemerkte en niet-geïnventariseerde goudbaren, die een tijdlang onder dekens in het kantoor van het hoofd van het economisch regeringsbeleid lagen. Wat de invloedrijke Duitsers betrof die zo actief waren tijdens de oorlog en wier echtgenotes in mijn creaties de luisterrijke feesten en ontvangsten bezochten: enkelen van hen werden gedeporteerd, anderen ontkwamen aan repatriëring door mee te werken, en velen lukte het zich te verbergen, zich te camoufleren, te vluchten, zich tot Spaanse te laten nationaliseren, als palingen weg te glippen of op mysterieuze wijze te veranderen in achtenswaardige burgers met een brandschoon verleden. Ondanks de aandrang van de geallieerden en de druk op Spanje om zich bij de internationale resoluties aan te sluiten, toonde het regime zich niet bijzonder genegen om actief mee te werken en beschermde het velen van de collaborateurs die op de zwarte lijst stonden.

Wat Spanje betrof waren er mensen die meenden dat de Caudillo samen met de capitulatie van Duitsland zou vallen. Velen geloofden – overdreven optimistisch – dat het niet lang zou duren voor de monarchie zou worden hersteld of er een liberaler regime werd ingesteld. Dat was in de verste verte niet het geval. Franco kalefaterde de regering wat op en wisselde enkele portefeuilles, liet binnen de Falange een paar koppen rollen, haalde de banden met het Vaticaan aan en ging vrolijk verder. En de nieuwe heren der wereld, de integere democratieën die zo heldhaftig en voortvarend het nazisme en het fascisme hadden verslagen, lieten hem begaan. Wie maakte zich op dat moment, met Europa ondergedompeld in zijn eigen wederopbouw, nu druk om dat rumoerige en behoeftige land? Wie was er nog geïnteresseerd in zijn honger, zijn mijnen, zijn Atlantische havens en de ijzeren vuist van de kleine generaal die over het land heerste? Zeker, ze weigerden ons de toetreding tot de Verenigde Naties, ze riepen hun ambassadeurs terug en gaven ons nog geen dollar van het Marshallplan. Maar ze grepen ook niet in. Laat ze het zelf maar uitzoeken. 'Hands off,' zeiden de geallieerden zodra de zege was behaald. Handen ervanaf, jongens, we gaan. Zo gezegd, zo gedaan; het diplomatieke personeel en de geheime diensten pakten hun boeltje, klopten het vuil van zich af en ondernamen de tocht naar huis. Tot sommigen er jaren later belang in stelden terug te keren en in de gunst te komen, maar dat is weer een ander verhaal.

Alan Hillgarth beleefde die tijd in Spanje evenmin aan den lijve. Hij werd in 1944 als hoofd van de Naval Intelligence Division overgeplaatst naar de Far East Fleet. Na de oorlog scheidde hij van zijn vrouw Mary en hij hertrouwde met een jonge vrouw die ik nooit heb ontmoet. Sindsdien leefde hij teruggetrokken in Ierland, ver van de clandestiene praktijken waaraan hij zich jarenlang zo competent had gewijd.

Van de grootse imperiale droom waarop het Nieuwe Spanje was geconstrueerd, bleef enkel het aloude Protectoraat behouden. Toen de wereldvrede gesloten was, zagen de Spaanse troepen zich gedwongen Tanger te verlaten, dat ze vijf jaar eerder hadden bezet als voorschot op het weelderige koloniale paradijs dat nooit kwam. De hoge commissarissen wisselden elkaar af, Tétouan dijde uit en de Marokkanen en de Spanjaarden leefden er rustig en harmonieus samen, onder de vaderlijke voogdij van Spanje. Begin jaren vijftig begonnen de antikoloniale bewegingen in de Franse zone zich echter te roeren. De gewapende acties in dat gebied werden zo fel dat Frankrijk zich genoodzaakt zag in onderhandeling te treden over de overdracht van soevereiniteit. Op 2 maart 1956 verleende Frankrijk Marokko de onafhankelijkheid. Spanje dacht intussen dat het niets met die antikoloniale bewegingen te maken had. In de Spaanse zone had nooit enige spanning bestaan: de Spanjaarden hadden Mohammed v gesteund, ze hadden zich tegen de Fransen gekeerd en de nationalisten beschermd. Hoe naïef. Toen ze eenmaal vrij waren van Frankrijk eisten de Marokkanen onmiddellijk de heerschappij over het Spaanse deel op. Op 7 april 1956 kwam er ijlings, gezien de toenemende spanningen, een einde aan het Protectoraat. En terwijl de macht werd overgedragen en de Marokkanen hun grond heroverden, begon voor tienduizenden Spanjaarden het drama van de repatriëring. Hele gezinnen van ambtenaren en militairen, vaklieden, werknemers en winkeliers ontruimden hun huizen en gingen op weg naar een Spanje dat velen van hen nog amper kenden. Achter lieten ze hun straten, hun geuren, hun verzamelde herinneringen en hun begraven doden. Met hun ingepakte meubels en hun verscheurde hart, gekweld door onzekerheid over wat dat nieuwe leven voor hen in petto zou hebben, staken ze de Straat over en verstrooiden zich over het Schiereiland, met de nostalgie naar Afrika altijd in hun hart.

Dit was in het kort hoe het verderging met de personages die iets met de geschiedenis in die turbulente tijden te maken hadden. Hun duistere activiteiten, hun glorieuze daden en hun tegenspoed vormden objectieve feiten, die destijds in kranten, tijdens samenkomsten en op coterieën rondgingen, en die vandaag de dag in bibliotheken en in het geheugen van de oudere mensen kunnen worden geraadpleegd. Wat vager was de toekomst van ons, die al die jaren zogezegd samen met hen beleefden.

Wat mijn ouders betreft zouden voor dit verhaal verscheidene ontknopingen kunnen worden geschreven. In een ervan zou Gonzalo Alvarado naar Tétouan gaan om Dolores op te zoeken en haar voor te stellen samen met hem terug te keren naar Madrid, waar ze voorgoed onafscheidelijk de verloren tijd zouden inhalen. In een totaal ander slot zou mijn vader de hoofdstad nooit verlaten en zou mijn moeder in Tétouan een bezadigde militair-weduwnaar ontmoeten die als een puber verliefd op haar werd, haar innige brieven schreef, haar trakteerde op schuimgebakjes bij La Campana en bij zonsondergang met haar ging wandelen in het park. Met geduld en volharding zou hij haar overhalen met hem te trouwen, op een mooie juniochtend met een kleine, ingetogen plechtigheid in bijzijn van al hun kinderen.

Er kon ook iets gebeuren in het leven van mijn oude vrienden uit Tétouan. Candelaria zou zich in de grote woning in de Sidi Mandri hebben kunnen vestigen toen mijn moeder het atelier sloot; wellicht zette ze daar het beste pension van het hele Protectoraat op. Het zou haar zo voor de wind gaan dat ze ook de belendende woning in handen kreeg, het appartement dat Félix Aranda verliet toen hij op een stormachtige avond ontplofte en zich ten slotte, met drie doosjes Optalidón opgelost in een halve fles Anís del Mono, van zijn moeder ontdeed. Het zou kunnen dat hij eindelijk vrij was weggevlogen: misschien koos hij ervoor zich in Casablanca te vestigen, een antiekwinkel te openen, duizend minnaars in honderd kleuren te hebben, en het kon zijn dat hij nog altijd even enthousiast alles en iedereen in de gaten hield en overal zijn neus in stak.

Wat Marcus en mij betreft waren onze wegen misschien uiteengegaan toen de oorlog was afgelopen. Het kan zijn dat hij, na de woelige liefde die we de resterende vier jaar hadden beleefd, terugkeerde naar zijn land en dat ik mijn dagen in Madrid sleet als een hooghartige couturière aan het hoofd van een legendarisch atelier, louter toegankelijk voor een cliëntèle die ik grillig, al naar gelang mijn stemming, uitverkoos. Of misschien kreeg ik genoeg van het werken en accepteerde ik het huwelijksaanzoek van een chirurg die me daar weghaalde en me de rest van mijn leven in de watten legde. Het zou echter ook kunnen dat Marcus en ik besloten de rest van onze weg samen af te leggen en dat we ervoor kozen terug te gaan naar Marokko, dat we in Tanger een prachtig huis op de Monte Viejo kochten, een gezin stichtten en een echte zaak begonnen waarvan we leefden tot we ons na de onafhankelijkheid in Londen vestigden. Of ergens aan de kust van de Middellandse Zee. Of in het zuiden van Portugal. Of, mocht dat uw voorkeur hebben, het zou ook zo kunnen zijn dat we ons nooit ergens definitief vestigden en decennialang van het ene naar het andere land trokken, in opdracht van de Britse geheime dienst, beiden beschut onder de dekmantel van een knappe handelsattaché en zijn elegante Spaanse echtgenote.

Dit zou ons lot kunnen zijn, of misschien een volstrekt ander, want wat er van ons is geworden, is nergens bewaard gebleven. Wellicht hebben we nooit bestaan. Of misschien ook wel, maar heeft niemand onze aanwezigheid opgemerkt. Uiteindelijk bewogen wij ons altijd aan de achterkant van de geschiedenis, doelbewust onzichtbaar tussen de plooien van onze tijd.